KB182412

원전으로 읽는 우리 고전 4

이씨 집안 이야기

이씨세대록 ❷

원전으로 읽는 우리 고전 4

이씨 집안 이야기

이씨세대록 2

장시광 옮김

이담북스

역자 서문

<쌍천기봉>을 2020년 2월에 완역, 출간했는데 이제 그 후편인 <이씨세대록>을 번역해 출간한다. <쌍천기봉>을 완역한 그때는 역자가 학교의 지원을 받아 연구년제 연구교수로 유럽에 가 있을 때였다. 연구년은 역자에게 부담 없이 번역에만 전념할 수 있는 환경을 만들어 주었다. 덕분에 역자는 <쌍천기봉>의 완역 이전부터 이미 <이씨세대록>의 기초 작업을 동시에 수행할 수 있었다. 이 번역서 2부의 작업인 원문 탈초와 한자 병기, 주석 작업은 그때 어느 정도 되어 있었다. <쌍천기봉>의 완역 후에는 <이씨세대록>의 기초 작업에 박차를 가했다. 당시에 유럽에 막 퍼지기 시작한 코로나19는 작업에 속도를 내도록 했다. 한국에 우여곡절 끝에 귀국한 7월 중순까지 전염병 덕분(?)에 집안에만 틀어박혀 있을 기회가 많았기 때문이다.

<쌍천기봉>이 역사적 사실에 허구를 덧붙인 연의적 성격이 강한 소설이라면 <이씨세대록>은 가문 내의 부부 갈등에 초점을 맞춘 가문소설이다. 세세한 갈등 국면은 유사한 면이 적지 않지만 이처럼 서술의 양상은 차이가 난다. 조선 후기의 독자들이 각기 18권, 26권이나 되는 연작소설을 흥미롭게 읽을 수 있었던 데에는 이처럼 작품마다 유사하면서도 특징적인 면이 있기 때문이었을 것으로 짐작된다.

역자가 대하소설에 흥미를 가지게 된 것도 이러한 면과 무관하지 않다. 흔히 고전소설을 천편일률적이라고 알고 있는데 꼭 그렇지만은 않다. 같은 유형인 대하소설이라 해도 <유효공선행록>처럼 형제 갈등이 두드러진 작품이 있는가 하면, <완월회맹연>이나 <명주보월빙>처럼 종법제로 인한 갈등을 다룬 작품도 있다. 또한 <임씨삼대록>처럼 여성의 성욕이 강하게 부각되어 있는 작품도 있다. <쌍천기봉> 연작만 해도 전편에는 중국의 역사적 사실을 토대로 군담이 등장하고 <삼국지연의>와의 관련성도 서술되는 가운데 남녀 주인공이 팔찌를 매개로 하여 갖은 갈등 끝에 인연을 맺는 과정이 펼쳐져 있다면, 후편에는 주로 가문 내에서 발생할 수 있는 다양한 부부 갈등이 등장함으로써 흥미의 제고와 함께 가부장제 사회의 질곡이 더욱 적나라하게 드러나게 하는 효과를 내고 있다.

이 책은 현대어역과 '주석 및 교감'의 2부로 구성되어 있다. 책의 순서로는 현대어역이 먼저지만 작업은 주석 및 교감을 먼저 했다. 주석 및 교감 부분에서는 국문으로 된 원문을 탈초하고 모든 한자어에는 한자를 병기했으며 어려운 어휘나 고유명사에는 주석을 달고 문맥이 이상하거나 틀린 부분은 이본을 참조해 바로잡았다. 이 작업은 현대어역을 하는 것보다 훨씬 공력이 많이 든다. 이 작업이 다 이루어지면 현대어역은 한결 수월해진다.

역자는 이러한 토대 작업이 누군가에 의해서는 반드시 이루어져야 한다고 생각한다. 물론 미흡한 점도 있을 것이다. 그러나 이러한 작업이 많아질수록 연구는 활성화하고 대중 독자들은 대하소설에 어렵지 않게 접근할 수 있을 것이다. 일은 고되지만 보람을 찾는다면 바로 그러한 이유에서일 터이다.

<쌍천기봉>을 작업할 때와 마찬가지로 이 작업도 여러 분에게서

도움을 받았다. 해결되지 않은 병기 한자와 주석을 상당 부분 해소해 주신 황의열 선생님께 고마운 마음을 전한다. <쌍천기봉> 작업 때도 많은 도움을 주셨는데 어려운 작업임에도 한결같이 아무 일 아니라는 듯이 도움을 주셨다. 연구실의 김민정 군은 역자가 해외에 있을 때 원문을 스캔해 보내 주고 권20 등의 기초 작업을 해 주었다. 대학원생 남기민, 한지원 님은 권21부터 권26까지의 기초 작업을 해 주었다. 감사드린다. 대학원 때부터 역자를 이끌어 주신 이상택 선생님, 한결같이 역자를 지켜봐 주시고 충고를 아끼지 않으시는 정원표 선생님과 박일용 선생님께는 늘 빚진 마음을 지니고 있다. 못난 자식을 묵묵히 돌봐 주시고 늘 사랑으로 대해 주시는 양가 부모님께 감사드린다. 끝으로 동지이자 아내 서경희에게 사랑과 감사의 마음을 전한다.

차례

제1부

현대어역

✤ 일러두기 ✤

1. 번역의 저본은 제2부에서 행한 교감의 결과 산출된 텍스트이다.
2. 원문에는 소제목이 없으나 내용을 고려하여 권별로 적절한 소제목을 붙였다.
3. 주석은 인명 등 고유명사나 난해한 어구, 전고가 있는 어구에 달았다.
4. 주석은 제2부의 것과 중복되는 것은 가급적 삭제하거나 간명하게 처리하였다.

이씨세대록 권3

이성문은 잃어버린 정혼자를 기다리고 이흥문은 정실의 누명을 벗겨 주다

이때, 문정공의 장자 성문은 자가 현보니, 어머니 소 씨가 꿈에 자기가 춘추시대 때의 안자(顔子)[1]라 하며 방 안에 들어오는 것을 보고 성문을 낳았다.

공자는 나면서부터 눈썹 사이에 정기가 찬란하고 큰 덕이 기이해 보통 아이와는 매우 달랐다. 그래서 조부 정국공 이관성이 공자를 사랑해 말했다.

"이 아이는 당당히 공맹(孔孟)[2]의 뒤를 이을 것이다."

그러고서 스스로 이름을 지어 '성문'이라 하니 문정공이 승상 앞에 있다가 웃고 말했다.

"성인은 어진 것을 다 갖추었으니 자(字)를 현보라 하소서."

승상이 옳다 하니 하남공이 희롱해 말했다.

"아우가 성현의 아들을 두었으니 훗날 우리가 자리를 피해 성문

---

1) 안자(顔子): 중국 춘추시대의 유학자(B.C.521~B.C.490) 안회(顔回)를 높여 부른 이름. 자는 자연(子淵). 공자의 수제자로 학덕이 뛰어났다고 전해짐.

2) 공맹(孔孟): 공자와 맹자를 아울러 이르는 말. 공자는 공구(孔丘, B.C.551~B.C.479)를 높여 부른 말. 공자는 중국 춘추시대 노나라의 사상가・학자로 자는 중니(仲尼)임. 인(仁)을 정치와 윤리의 이상으로 하는 도덕주의를 설파하여 덕치 정치를 강조하여 유학의 시조로 추앙받음. 맹자는 맹가(孟軻), B.C.372~B.C.289)를 높여 부른 말. 맹자는 중국 전국시대의 사상가로 자는 자여(子輿)・자거(子車)임. 공자의 인(仁) 사상을 발전시켜 '성선설'(性善說)을 주장하였으며, 인의의 정치를 권함. 유학의 정통으로 숭앙되며, '아성(亞聖)'이라 불림.

에게서 가르침을 들어야겠구나."

문정공이 웃고 대답했다.

"강보의 어린아이를 대인께서 넘치게 알아 이름을 이렇게 지으셨으니 이 아이가 오래 살지 여부도 알지 못하는데 더욱이 성현의 뒤를 이을 것이라 하시는 것이 우습습니다."

공자가 점점 자라 일고여덟 살 때부터 빼어난 문장이 팔두(八斗)[3]를 기울이며 성품과 행실이 조금도 희미함이 없었다. 부모가 사랑하는 마음은 이를 것도 없고 조부모와 숙부의 사랑이 헤아릴 수가 없었으니 일가 사람들이 공자를 정신없이 치켜세웠다. 더욱이 하남공은 공자를 볼 때마다 즐거워하고 칭찬하며 사랑해 말했다.

"나의 열 아들 가운데 한 명도 너를 따를 자가 없으니 참으로 탄식할 만하구나."

공자는 어려서부터 부귀와 사치가 겨룰 자가 없었으나 일찍이 윤문[4] 공자와 영문[5] 공자가 비참하게 죽은 것이 자나 깨나 가슴에 맺혀 슬퍼했다. 더욱이 윤문은 보지 않았으나 다른 사람이 만일 윤문의 말을 하면 눈물이 옷깃을 적셨다. 그리고 경문[6]을 곧 생각하면 슬퍼해 오열하며 말했다.

"죽은 이는 할 수 없으나 살아서 경문이를 찾고 조 모친과 두 아이를 얻어 효성을 받든다면 저녁에 죽어도 한이 없을까 한다."

하루는 백문이 이 말을 듣고는 형제가 죽매각에 들어갔을 때 공과

---

3) 팔두(八斗): 문장이 뛰어남을 이름. 중국 남조(南朝)의 사령운(謝靈運)이 삼국시대 위(魏)의 조식(曹植)을 두고 한 말.

4) 윤문: 이몽창의 첫 아내인 상 씨의 아들. 이몽창이 정을 두었던 옥란에 의해 피살됨. 이 작품의 전편(前篇)인 <쌍천기봉>에 등장함.

5) 영문: 이몽창의 정실 소월혜의 아들. 이몽창의 재실 조제염에 의해 독살됨. <쌍천기봉>에 등장함.

6) 경문: 이몽창의 정실 소월혜의 아들. 소월혜가 길에서 잃고 유영걸에 의해 길러짐. <쌍천기봉>에 나오는 이야기로 이경문은 <이씨세대록>에 다시 등장함.

부인이 앉아 있는데 공의 옷을 잡고 물었다.

"아버님. 조 모친과 두 아이, 경문은 어떤 사람이기에 오늘 큰형이 눈물을 흘리며 이러이러한 말을 했나이다."

공이 듣고는 정색하고 눈을 들어 공자를 보았다. 공자가 벌써 부친의 기색을 알고 물러나 엎드려 있으니 공이 한참 있다가 엄히 꾸짖었다.

"경문이는 생각하는 것이 옳으나 조 모친이라는 말은 무슨 말이냐? 조 씨가 전후에 저지른 대악(大惡)은 이에 올려 의논하지 않겠다. 그러나 네 아우를 독살하고 네 부모를 사지에 넣은 원수를 잊고 네 거동이 이러하니 내 이미 버린 바를 네가 어미라 일컬은 것은 무슨 뜻이냐?"

공자가 꿇고서 공의 말을 듣고 문득 일어나 절하고 말했다.

"소자가 불초하나 어찌 알지 못하겠나이까? 다만 유자식불거(有子息不去)[7]는 성인의 가르침에 있으니 조 모친이 당시에 저지른 과실은 일러 쓸데없습니다. 다만 아우와 누이는 대인의 골육이요, 소자 등의 동기입니다. 그 외로운 아이들이 어디에 가 살아가는 줄을 알지 못하니 생각이 없을 것이며 두 아이를 거두는 지경에 어찌 홀로 그 어미에게 박하게 하겠나이까? 대인께서 비록 조 모친에게 이를 갈며 분한 마음을 두셨으나 차마 조 모친을 버리지는 못할까 하나이다."

공이 낯빛을 고쳐 꾸짖었다.

"네 말이 오로지 윤리를 온전하게 하려 한 것이나 이는 그렇지 않다. 조 씨가 영문이를 독살한 죄를 저지르지 않았다면 내 어찌 편

---

7) 유자식불거(有子息不去): 자식이 있으면 쫓아내지 않음. 여자에게 칠거지악(七去之惡)이 있어도 세 가지 중 하나에 해당하면 쫓아내지 않는 삼불거(三不去)가 있는데 그중 하나가 이것임.

벽되게 조 씨에게 야박하게 하겠느냐? 그러나 아득한 부자의 정이 떳떳해 장차 조 씨에게 원한을 갚을 뜻이 있었다. 변변찮은 두 아이 때문에 조 씨를 잘 대우할 것이 아니니 너는 이후에는 무익한 말을 마라."

말을 마치자, 달 같은 이마에 근심스러운 빛이 어리고 눈에 가을 물결이 요동쳤다. 공자가 또한 머리를 숙여 슬퍼하며 물러났다.

공이 오랜 후에 눈물을 거두고 돌아 부인을 보니 안색이 자약해 다른 기색이 없으므로 공이 물었다.

"부인은 아이의 소견을 어떻게 여기시오?"

부인이 깊이 생각하다가 대답했다.

"어머니와 자식의 의리가 떳떳하니 무어라 하겠나이까?"

공이 정색하고 말했다.

"부인은 원래 남에게 후하고 자식에겐 야박하구려. 대해(大海)의 부평초 같은 조 씨의 사생을 알지 못하나 내 생전에 만나는 일이 있다면 조 씨가 부인에게 다시 괴롭게 굴 것이니 그런 마음이 있거든 지금 집을 떠나시오."

부인이 잠깐 웃고 대답하지 않았다.

공자가 여덟 살 때 상 부인[8] 제사에 참여해 슬피 통곡하니 눈물이 옥 같은 얼굴에 줄줄 흘러내렸다. 공이 그 타고난 효성을 크게 기특하게 여겨 윤문을 생각하고 더욱 슬퍼했다.

공자가 열 살이 넘은 후에는 제사 전에 삼 일을 재계(齋戒)해 정성을 극진히 하고 몸이 부숴지는 듯 서러워하니 이는 구태여 지어서 한 것이 아니라 효성이 지극하기 때문이었다.

---

8) 상 부인: 이성문의 아버지 이몽창의 첫 아내. 이윤문을 낳은 지 얼마 되지 않아 병사함. <쌍천기봉>에 등장함.

문정공이 복록이 다하지 않아 한 번 깃발이 동쪽을 가리키니 몇 달 내에 오나라 군사 7만 명을 무찌르고 개선가를 울리며 돌아왔다. 천자께서 왕작(王爵)을 봉하셨으나 문정공이 죽기로 사양하니, 비록 만승(萬乘)의 위엄을 지니셨으나 뜻을 이루지 못하시고 다만 장인(匠人)에게 명해 큰 집을 지어 주라 하셨다. 이에 공이 사은(謝恩)하고 사양하며 말했다.

"신의 어버이가 위에 있으니 사사로운 집을 두어 무엇에 쓰겠나이까?"

임금께서 성을 내며 말씀하셨다.

"경이 소년 시절에 남쪽을 평정하고 또 이제 고금에 없는 공을 이루었는데 미미한 봉작(封爵)을 굳이 사양하고 또 두어 간 집을 내려 주는 것을 막으니 이는 짐을 가볍게 여겨 그런 것이로다."

공이 황공해 사양치 못하고 아뢰었다.

"신이 나라의 은혜를 과하게 입었사오나 어찌 어버이를 떠나 따로 있을 수 있겠나이까? 한 담 안에 집을 지어 주소서."

임금께서 이 뜻을 좇으셨다. 공이 참으로 번화하고 사치한 것을 배척했으므로 죽매각에 이어 약간의 집을 지으라 하니 담당 관리가 명령을 들어 백여 간 집을 지었다. 공이 이에 매우 불쾌해 장인을 꾸짖고 지은 집을 다 헐고 십여 간만 꾸미게 했다.

이처럼 굴 적에 하간왕이 이르니 이 사람은 곧 황제의 친동생이었다. 공이 이에 급히 옷을 여미고 나가 하간왕과 말했다. 이때 소연이 공의 벼슬이 높고 임금께서 내려 주신 집이 웅장함을 즐거워하다가 공의 고집에 근심하고 있었는데 계교를 생각하고 하간왕 앞에 나아가 아뢰었다.

"구십 간을 다 헐기 번거로우니 반만 허는 것이 어떠하나이까?"

공이 눈썹을 찡그려 꾸짖고 물리치니 하간왕이 말했다.

"무슨 일 때문에 그러하오?"

공이 미소하고 대답했다.

"복(僕)[9]의 소소한 집안일을 알아 무엇하려 하십니까?"

왕이 웃고 말했다.

"이는 필연 임금께서 내려 주신 집을 헐려고 함이로다. 지어서 헐 것이면 애초에 어전(御前)에서 사양함이 옳았을 것이니 그 뜻이 어디에 있기에 지은 것을 허무는 것이오?"

공이 무릎을 쓸고 사례해 말했다.

"예로부터 부귀는 조물이 꺼리는 바였습니다. 복의 집이 대대로 황제 폐하의 은혜를 일관되게 입어 채읍(采邑)[10]과 진공(進貢)[11]이 이루 셀 수 없고 금은과 비단이 산과 같습니다. 그런데 또 집을 지어 내려 주셨으니 사양하는 것이 신하된 자의 분수에 옳지 않아 여남은 간을 꾸미려 했습니다. 그런데 백 간이 되도록 세우니 이를 진실로 좋게 여기지 않는 것이 아니나 몸을 돌아보건대 반드시 복이 없어질 것이므로 몸을 보전하려 그렇게 한 것입니다."

왕이 다 듣고 탄복해 말했다.

"명공(明公)[12]의 높은 뜻은 안 지 오래되었으나 이렇듯 함은 의외로다. 그런데 후백(侯伯)의 집 백 간인 것이 분수에 넘치는 것은 아니나 명공이 고집을 내니 내 말리지 못하겠소. 구십 간을 다 헐기는 번거로우니 반만 허는 것이 어떠하오?"

---

9) 복(僕): 상대에게 자신을 낮추어 부르는 말.

10) 채읍(采邑): 왕족, 공신, 대신들에게 공로에 대한 특별 보상으로 주는 영지(領地). 그 지역 조세를 받아 먹게 하였고, 봉작과 함께 대대로 상속되었음.

11) 진공(進貢): 공물을 갖다 바침.

12) 명공(明公): 듣는 이가 높은 벼슬아치일 때, 그 사람을 높여 이르던 이인칭 대명사.

공이 마뜩잖아 말했다.

“복이 부모 시하에 있어 사사로운 집이 부질없으나 성상(聖上)께서 정하신 뜻을 저버리지 못해 열 간 집이 족하니 또 어찌 이보다 더할 수 있겠나이까?”

왕이 웃으며 말했다.

“나의 놀란 혀가 궁궐에 오른다면 명공이 이 집을 못 헐 것이니 고집하지 마오.”

드디어 모든 장인에게 분부해 오십 간 집을 꾸미라 하였다. 공이 좋아하지 않았으나 이 사람은 지금 황제의 친동생으로서 자리가 높으니 여러 번 다투지 못해 잠자코 있었다.

집 공사를 마치자 공의 계부(季父) 소부공이 칭찬하며 말했다.

“이는 참으로 죽청을 위한 집이요, 죽청이 공으로 인해 공을 세웠구나.”

그러고서 정당(正堂)을 ‘숙현당’이라 이름 짓고 좌편 큰 누대를 ‘채경당’이라 이름 지어 성문의 처를 들이고 우편 누대를 ‘봉성당’이라 해 경문의 처를 들이라 하니 공이 웃고 감당하지 못하겠다며 사양했다.

관리가 다 지었음을 고하니 임금께서 즉시 예부시랑을 보내 동구에 큰 문을 세우도록 하고 어필(御筆)로 그 공적을 일일이 기록하시고 ‘정충공신 문정공 우승상 죽청지문’이라 제명하셨다.

천하의 아이들과 심부름꾼들이 문정공의 위엄과 덕을 모르는 이가 없어 빛나는 명예가 온 성에 자자했다. 공이 더욱 좋아하지 않아 자기 스스로 몸 닦기를 옥처럼 해 몸에 비단을 가까이하지 않고 위태로운 사람 구하기를 못 미칠 듯이 하니 승상이 크게 아름답게 여겼다.

이때, 성문 공자가 장성해 열세 살이 되었다. 얼굴이 기이해 천지 조화와 산천 정기를 오로지 가져 인간 세상의 만물 중에 비할 데가 없었다. 다만 의논한다면 그 부드러움은 옥을 다듬은 듯했고, 한 쌍의 별 같은 눈에는 봉래산(蓬萊山)[13] 맑은 기운을 오로지 담았으며 팔채(八彩)[14] 눈썹에는 뛰어난 기운이 빼어났다. 붉은 입술은 단사(丹沙)를 머금은 듯하고, 두 뺨에는 오색의 광채가 영롱해 찬란한 빛은 붉은 연꽃이 향기를 토하는 듯했다. 키는 살대 같고 봉황의 날개와 같은 두 팔은 위엄이 있었다. 빼어난 골격은 은은히 하늘로 올라가 신선이 될 듯했고 시원한 얼굴이 빼어나고 맑아 일세에 비슷한 이가 없었다. 그 모친 소 부인 안전(案前)에 모시고 앉으니 뚜렷이 한 판에 박아낸 듯했으므로 보는 사람들이 놀라 말했다.

"어머니와 자식이 비록 닮았다 하나 저와 같은 사람들이 있을까?"

공자가 이처럼 기특했으나 또한 매사에 하나의 일도 흠잡을 곳이 없었다. 그 어머니가 어려서부터 정대(正大)해 태임(太姙),[15] 태사(太姒)[16]의 덕(德)과 맹모(孟母)[17]의 남은 풍모가 있었다. 그러나 공자에게는 한 번도 잘못했다 한 적이 없었으니 공자의 속되지 않음을 여기에서 알 수 있다.

공자의 나이가 열세 살이 되자, 문장과 행실이 만고를 기울여 의논해도 비슷한 이가 없고 풍채와 용모는 어른 중 군자 같았다. 문정

---

13) 봉래산(蓬萊山): 봉래산. 중국의 전설상의 산.

14) 팔채(八彩): 여덟 빛깔의 눈썹이라는 뜻으로, 제왕의 얼굴을 찬미하는 말. 중국 고대 요임금의 눈썹에 여덟 가지 색채가 있었다는 데서 유래함. 여기에서는 이성문 눈썹의 아름다움을 형용한 말로 쓰임.

15) 태임(太姙): 중국 주(周)나라 왕계의 아내이자 문왕의 어머니. 며느리 태사(太姒)와 함께 현모양처의 대명사로 일컬어짐.

16) 태사(太姒): 중국 주(周)나라 문왕의 후비이자 무왕의 어머니.

17) 맹모(孟母): 맹자(孟子)의 어머니. 자식의 교육을 위해 세 번 이사한 맹모삼천(孟母三遷)의 고사로 유명함.

공이 며느리를 택하는 것이 한시가 급했으나 여 씨 때문에 차마 믿음을 저버리지 못해 여 씨가 돌아오기를 기다리고 있었다.

이때, 여현기가 소흥 태수에서 갈려 이부시랑으로 벼슬이 올라 경사에 올라왔다가 경태(景泰)[18]가 즉위한 후 소인(小人)이 전날 여 공의 강직하고 분명함을 꺼려 참소해 운남으로 귀양 갔다. 공이 자녀를 거느리고 천신만고 끝에 운남에 이르러 겨우 살아가더니 칠 년이 지난 후 상황(上皇)[19]이 즉위하시어 공을 태자소부(太子少傅)로 부르셨다. 공이 황제의 명령을 받아 일가를 거느려 경사로 향하다가 절강에 다다라 도적떼를 만나 일행과 자녀가 흩어지고 노복은 반이나 죽었다. 장자 박과 차자 단은 나이가 약년(弱年)에 이르렀으므로 겨우 환난을 벗어났으나 빙란 소저는 간 곳을 알 수가 없었다. 여 공 부자가 매우 놀라 소저의 거처를 찾았으나 끝내 찾지 못했다. 공은 혹 소저가 죽었는가 여겨 삼 일을 머무르며 산골짜기를 다 뒤져 찾았으나 그림자도 보이지 않더니 마지막에 한 사람이 일렀다.

"어떤 늙은 사람이 한 젊은 여자와 함께 갔소."

소사가 이 말을 듣고 잠시 마음을 놓아 혹 살아 있는가 의심해 남은 노복을 풀어 찾으라 하고 본현 관청에 이 사연을 알려 도적 잡아줄 것을 부탁한 후에 나라의 명령을 오래 지체하지 못해 경사로 갔다. 공이 딸을 생각해 통곡하며 애도하기를 마지않고 부인은 자주

---

18) 경태(景泰): 중국 명나라 제7대 황제인 대종(代宗)의 연호(1449~1457). 이름은 주기옥(朱祁鈺). 제5대 황제인 선종(宣宗) 선덕제(宣德帝, 1425~1435)의 아들이며 제6대 황제인 영종(英宗) 정통제(正統帝, 1435~1449)의 이복아우임. 1449년에 오이라트족의 침략으로 정통제가 직접 친정을 나가 포로로 잡힌, 이른바 토목(土木)의 변(變)으로, 황제로 추대됨. 정통제가 풀려나 돌아온 뒤에도 황위를 물려주지 않다가 정통제를 옹립하려는 세력이 일으킨 정변으로 폐위되고 폐위된 지 한 달 후에 급사함.

19) 상황(上皇): 복위한 영종(英宗)을 이름. 영종은 복위해 천순(天順, 1457~1464) 연호를 씀.

혼절했다.

소사가 성 안에 이르러 대궐에 가 사은숙배(謝恩肅拜)[20]하고 집에 가니 물색(物色)은 여전했으나 사람 일이 이처럼 바뀌었으므로 소사가 장부의 굳센 마음을 지녔으나 처량함을 이기지 못했다.

문정공이 공자를 데리고 이르러 서로 볼 적에 소사가 공자를 보고 새로이 슬퍼해 급히 손을 잡고 흐르는 눈물이 비 오듯 해 광삼(纊衫)[21]이 젖었다. 문정공이 크게 놀라 말했다.

"형이 슬퍼하는 것은 무슨 연고가 있어 그런 것인가?"

소사가 눈물을 한참이나 흘린 후에 겨우 일렀다.

"내 팔자가 기구하고 액운이 불리해 이번 행차에 자녀를 잃었으니 간장이 시드는 듯하네. 영랑(令郎)을 보니 장부의 눈물이 구구함을 면치 못하겠네."

공이 크게 놀라 그간의 곡절을 자세히 물으니 소사가 일일이 이르고 눈물을 흘리며 말했다.

"딸아이의 시체를 찾지 못했으니 요행 살아 있는가 하나 또한 어찌 외로운 약한 딸이 삶을 도모했을 줄을 알겠는가?"

공이 다 듣고는 매우 슬퍼해 말했다.

"당초에 현형(賢兄)이 귀양 가 만날 기약이 없음을 한스러워했더니 세상일이 어그러져 이렇게 될 줄 어찌 알았겠는가? 더욱이 아들의 종신대사(終身大事)[22]가 허망하게 되었으니 소제(小弟)의 액운이 불리함을 한스러워하나 어쩔 수가 없네."

소사가 슬퍼하며 말했다.

---

20) 사은숙배(謝恩肅拜): 임금의 은혜에 감사하며 공손하고 경건하게 절을 올림.

21) 광삼(纊衫): 고운 솜을 넣고 짓던 옷.

22) 종신대사(終身大事): 평생에 관계되는 큰일이라는 뜻으로, '결혼'을 이르는 말.

"소제의 복이 얕아 영랑 같은 기이한 사위를 얻지 못하게 되었네. 현형이 과도히 구니 참으로 감사하나 죽은 사람은 다시 살아나지 못하니 박명한 내 딸아이를 생각지 말고 며느리를 골라 영랑의 혼인을 이루게."

공이 잠자코 있다가 말했다.

"소제가 본디 신의를 중히 여기니 현형은 어찌 이런 말을 하는 것인가? 장부가 삼십에 아내를 얻으니 영애(令愛)[23]가 죽은 줄 확실히 알지 못한 채 신의를 저버리는 일은 결단코 하지 않을 것이니 형은 이런 뜻밖의 말을 말게."

소사가 말했다.

"소제가 어찌 마음에 없는 말을 하겠는가? 영랑이 형에게는 중요한 사람이라 한 여자를 위해 홀아비로 처하는 것은 마땅하지 않네. 그러니 명문가의 숙녀를 얻어 금실의 화락함을 밝히고 훗날 내 딸이 생존해 있거든 또한 베개 가에 용납해 준다면 다행일 것이네."

공이 웃으며 대답하지 않았다.

즉시 집으로 돌아와 이 일을 모든 사람에게 고하니 일가 사람들이 매우 놀라고 모두 여 공을 불쌍히 여겼다. 소부가 말했다.

"장차 성문을 어찌하려 하느냐?"

공이 대답했다.

"삼십까지 기다려 보려 하나이다."

소부가 말했다.

"네 뜻이 신의가 있으나 이는 옳지 않다. 여 씨와 전날의 언약이 있었으나 남자가 여자를 위해 아내를 얻지 않음은 성인의 가르침에

23) 영애(令愛): 윗사람 또는 상대의 딸을 높여 이르는 말.

없는 일이다. 훗날 여 씨를 만나거든 정실로 높이고 아직은 널리 구해 어진 며느리를 얻는 것이 어떠하냐?"

공이 대답했다.

"숙부 말씀이 옳으시나 여러 아내를 두는 것이 좋지 않으니 삼십은 기다리지 못해도 수년을 기다리는 것이 맞습니다."

소부가 웃고 말했다.

"여러 아내 두는 것이 유익하지 않은 줄을 가장 무섭게 보아서 그렇구나."

하남공이 크게 웃으며 말했다.

"범에게 물린 사람이니 또한 그르다 못할 것입니다."

공이 자약히 웃으며 대답했다.

"이는 진실로 그러해 제가 괴롭게 여긴 일이니 마음이 먼저 그러합니다."

소부가 또 말했다.

"그렇다면 첩이나 먼저 얻는 것이 어떠한고?"

공이 연이어 웃고 대답했다.

"숙부께서 말씀마다 저를 기롱하시니 아비 어리석은 행동을 자식에게는 가르치지 않을 것입니다."

철 시랑이 자리에 있다가 입을 가리며 말했다.

"제가 매양 바른 말을 하기에 숙부께 준절한 꾸지람을 듣거니와 탁구의 남편[24]은 더욱 어떻게 여기나이까?"

소부가 더욱 웃고 꾸짖어 말했다.

"짐승의 마음에 개의 행실을 하는 놈이 벌써 30여 년 전의 일을

---

24) 탁구의 남편: 소부 이연성을 이름. 철 시랑 연수가 이연성을 위해 부친 철염의 유모 손녀인 탁구를 소개한 바가 있으므로 이와 같이 말한 것임. <쌍천기봉>에 이 내용이 나옴.

두고 숙부를 업신여기니 이는 모두 네 할아비가 사람 같지 않기 때문이다.”

시랑이 미소하고 눈을 깜박이며 바라보니 자리에 있던 사람들이 크게 웃었다. 문정공이 이에 웃으며 말했다.

“형이 비록 나이가 숙부와 같으시나 매양 이런 버릇 없는 말을 하시는 것입니까?”

시랑이 말했다.

“숙부께서 자기 허물은 생각지 않으시고 남을 반박하실 때는 내가 자연히 혀를 놀리게 되니 내 스스로 꾸짖으나 그치지 못하니 민망하구나.”

소부가 말했다.

“그래서 너에게 약을 먹이고 싶었으나 철형의 종사(宗嗣)를 그르게 하지 못해 용서한 것이니 진실로 너를 어여삐 여겨서 그런 것이 아니다.”

시랑이 크게 웃고 말했다.

“제가 척희(戚姬)[25]가 아니요, 창징이 목전(目前)의 대종(大宗)을 앗지 못하니 무슨 죄로 저를 벙어리로 만드실 것입니까?”

소부가 말했다.

“말을 경솔히 해 윗사람 모르는 죄로 그리 하려 했다.”

승상이 잠깐 웃고 말했다.

“아우는 설사 버릴 말이라도 과도하게 하는구나.”

소부가 웃고 말이 없었다.

---

25) 척희(戚姬): 중국 한(漢)나라 고조(高祖) 유방(劉邦)의 총희(寵姬). 고조가 죽고 여후(呂后) 소생인 혜제(惠帝)가 즉위하자, 여후는 척희 소생인 유여의(劉如意)를 독살하고 척희의 눈동자를 제거하고 약을 먹여 귀 먹고 말을 못하게 만들어 굴 안에 살게 함.

석양에 잔치를 파하자 문정공이 마음이 우울해 숙현당에 갔다. 부인이 일어나 맞아 자리를 주자, 공이 여 씨 잃은 사실을 일러 매우 안타까워하니 부인이 말했다.

"박복한 사람이 며느리에게까지 재앙이 이르게 했습니다."

공이 웃으며 말했다.

"부인은 괴이한 말을 마시오. 부인이 중간에 좋은 운수를 만나지 못해 작은 고난이 있었으나 이제 학생과 여러 아이가 있거늘 불길한 말을 하는 것이오?"

부인이 잠깐 웃고 말이 없었다.

일주 소저가 협실(夾室)에서 나와 부모를 모시고 앉으니 공이 나오게 해 손을 잡고 무릎 위에 올려 앉혀 과도히 사랑하며 부인을 향해 말했다.

"이 아이의 배필은 어디에 있을꼬?"

부인이 대답했다.

"장성한 자식도 배필을 못 정했는데 저 어린아이를 가지고 부질없는 말씀을 하시는 것입니까? 원래 여자의 조혼(早婚)이 길하지 않으니 일주는 이십을 기다려 혼인을 시킵시다."

공이 또한 웃고 말했다.

"사람 일이 어찌 될지 알 수 없으니 이십까지 어찌 두겠소? 그러나저러나 성문의 일이 불행하게 되었소."

일주 소저가 나직이 여쭈었다.

"아버님이 예전에 여 씨를 보셨으니 여 씨가 어떠했나이까? 아버님이 그릇 보지 않으셨을 것이니 여 씨가 일찍 죽을 상(相)이었나이까?"

공이 더욱 기뻐하며 웃고 말했다.

“내 아이가 이처럼 영특하니 부인은 어떻게 여기시오? 처음에 여씨를 보니 복덕을 갖춘 아이라 내 그것을 믿었던 까닭이오.”

공이 이후에는 혼인 한 가지 일은 말하지 않으니 소사가 크게 감격했으나 매우 불안해 공에게 매양 성문의 아내를 얻으라 했다. 그러나 공은 매양 기다려 볼 것이라 이르고는 허락하지 않았다.

공자가 열네 살이 되니 신장과 행동이 점잖은 장부였다. 공이 날을 택해 관(冠)을 씌울 적에, 승상은 무평백이 죽은 뒤로 밤낮 즐기지 않으므로 공이 이를 근심해 틈을 타 기쁜 일을 보이려 했으므로 오운전에서 잔치를 베푸니 이 오운전은 임금께서 내려 주신 외당이었다.

공이 조정의 높은 관리들을 다 청해 자리를 이루고 잔치를 가지런히 베푸니, 이 학사 흥문이 아래로 두 아우를 거느려 성문 공자를 밀어내 좌중에 세웠다. 자리에 있던 사람들이 처음으로 성문을 보고 놀라며 감탄하지 않는 이가 없어 서로 얼굴을 보고 칭찬하며 일시에 문정공을 향해 치하하는 소리가 귀를 어지럽혔다.

개국공 이몽원이 나아가 성문의 구름 같은 머리를 걷으니 안두후 이몽상이 나아가 망건을 씌우고 강음후 이몽필이 관을 들어 얹고 진국공[26]과 요 공[27]이 예복을 내어와 입혔다. 성문은, 윤택한 귀밑은 더욱 옥 같고 푸른 눈썹은 누에눈썹을 닮았으며 너른 이마는 보름달이 뚜렷한 듯했다. 빼어나고 시원한 골격이 만고에 특이하니 좌우의 사람들이 눈이 시고 정신이 어린 듯해 말을 이루지 못할 정도였다.

공자가 손을 잡고 걸음을 옮겨 상 앞에 나아가 천지 신령에게 분

---

26) 진국공: 이관성의 첫째딸인 이빙옥의 남편 문복명. 문복명은 <쌍천기봉>에도 등장함.

27) 요 공: 이관성의 둘째딸인 이빙성의 남편 요익. 요익은 <쌍천기봉>에도 등장함.

향(焚香)하고 절할 적에 여러 겨레가 좌우에 늘어서서 법도를 일일이 가르쳤다. 예를 마치자 몸을 돌려 조부, 숙부와 부친에게 절하는 예를 하니 진퇴(進退)하는 절차가 조금도 어긋나지 않았다. 기운이 온화해 겨울날에 향기를 부쳐낸 듯하고 영롱한 광채가 자리에 빛나 집에 가득한 손님들이 입을 모아 칭찬하며 사랑함을 이기지 못했으니 그 부모와 숙부들의 마음이야 이를 것이 있겠는가. 승상은 성문의 손을 잡고 등을 두드려 사랑하며 하남공은 머리를 쓰다듬으며 기쁨을 이기지 못했으며 문정공은 본디 화려한 얼굴에 웃음을 띠어 붉은 입 사이로 흰 옥 같은 이가 드러나 삼춘(三春)에 온갖 꽃이 활짝 핀 듯했다. 모든 숙부가 다 각각 진실로 공자를 귀하게 여겨 안색을 흔쾌히 하니 자리에 감도는 온화한 기운이 봄바람과 같았다.

각로 정문한[28]이 조복(朝服)을 갖추고 으뜸자리에 앉아 예단을 받았다. 공자가 다시 옷을 고쳐 입고 금쟁반에 촉금단(蜀錦段)[29]을 담아 앞에 나아와 드리고 네 번 절하니 정 각로가 기뻐해 웃고 말했다.

"몽창 조카가 어찌 이런 기이한 아들을 낳을 줄 알았겠는가? 『예기』에 이른바, '좋은 달, 길한 날에 비로소 원복(元服)[30]을 입히고 씌워 주니 너의 어린 뜻을 버리고 너의 덕을 순조롭게 잘 이루면 장수를 누리고 큰 복을 받으리라.[31](영월길일(令月吉日), 시가원복(始加元服), 기이유지(棄爾幼志), 순이성덕(順爾成德), 수고유기(壽考維祺), 개이경복(介爾景福))'로다."

공자가 두 번 절하니 또 일렀다.

---

28) 정문한: 이성문의 아버지인 이몽창의 외삼촌. 이성문의 관례에서 주관자인 빈(賓)을 맡았음.

29) 촉금단(蜀錦段): 촉나라에서 난 비단.

30) 원복(元服): 관례 때 입던 의관.

29) 좋은 달~받으리라: 관례를 올릴 때 관례를 주관하는 빈(賓)이 관을 행하는 당사자인 관자(冠者)에게 첫 번째로 검은 베로 만든 관인 치포관(緇布冠)을 씌워 주면서 하는 축사.

"좋은 달, 좋은 날에 너의 관복(冠服)을 거듭 씌워 주니 너의 몸가짐을 공손히 하고 너의 덕행을 맑게 하고 삼가면 눈썹이 세도록 오래 살아 길이 큰 복을 받으리라.[32)](길월영신(吉月令辰), 내신이복(乃申爾服), 경이위의(敬爾威儀), 숙신이덕(淑愼爾德), 미수만년(眉壽萬年), 영수호복(永受胡福)"

공자가 또 절하니 공이 말했다.

"좋은 해, 좋은 달에 너의 관복(冠服)을 씌워 주니, 형제가 모두 생존해 그 덕행을 이루도록 하면 오래도록 살아 하늘의 복을 받으리라.[33)](이세지정(以歲之正), 이월지령(以月之令), 함가이복(咸加爾服), 형제구재(兄弟具在), 이성궐덕(以成厥德), 만구무강(萬耉無疆), 수천지경(受天之慶)"

공자가 네 번 절을 마치고 그제서야 유자(儒者)의 관(冠)과 유자의 옷으로 나아가 자리에 들었다. 손님과 주인이 다시 자리를 이루고 상을 들여 음악을 내어 크게 즐기니 자리에 있던 사람들이 공자의 풍채와 용모를 칭찬하며 말했다.

"구슬과 옥, 보배는 공자에게 비기면 탁하고 꽃은 요괴로운 색이니 봉래산의 맑은 정기가 오로지 공자에게 모인 것이 아닌가? 다만 저와 같은 기질을 가진 사람이 뉘 집 사위로 택해진 일이 있는고?"

문정공이 사양하며 말했다.

"작은 돈아(豚兒)[34)]가 평범하지 않다 한들 어찌 지나친 칭찬을 감당하겠습니까? 일찍이 소사 여 공의 딸과 정혼했나이다."

---

32) 좋은 달~받으리라: 빈이 관자에게 두 번째로 사슴가죽으로 만든 관인 피변(皮弁)을 씌워 주면서 하는 축사.

33) 좋은 해~받으리라: 빈이 관자에게 세 번째로 면류관과 비슷하나 술이 없는 작변(爵弁)을 씌워 주면서 하는 축사.

34) 돈아(豚兒): 자기 아들을 낮추어 부르는 말.

모두 소사를 향해 치하하며 말했다.

“명공께서는 무슨 복으로 이런 기이한 사위를 얻으셨나이까?”

소사가 오늘을 맞아 슬픔이 새로워 가슴이 막혀 흥이 없었으나 내색하지 않고 다만 겸손히 사례할 뿐이었다. 자리에 있던 상서 임계운이 공자의 손을 잡고 말했다.

“백달[35] 형과 교분이 심상치 않게 깊은데 너를 본 것이 늦었으니 안타깝구나.”

그러고서 사랑하며 공자를 눈여겨보니 문정공이 눈을 들어서 보고 매우 의심했다.

저물녘에 빈객이 흩어지고 승상은 아들들을 거느리고 정당(正堂)으로 갔다. 자리에 있던 부인들이 공자를 보고 기특하게 여겨 매우 칭찬하고 유 부인도 기뻐하며 공자를 매우 사랑했다.

이날 이성문의 외할머니 장 부인이 잔치 자리에 참석했다가 돌아가지 않고 딸 소 씨의 침소인 숙현당에 있었다. 정 부인이 문정공에게 명령하자 문정공이 일어나 숙현당으로 향하니 공자가 뒤를 따라 숙현당에 이르렀다. 소 상서도 딸을 보러 여기에 와 있었다. 문정공이 장모를 뵙고 공자가 조모를 뵈니 장 부인이 급히 공자의 손을 잡고 등을 두드리며 사랑하는 모습이 이루 말할 수 없었다. 소 부인이 평생 처음으로 온화한 기운이 가득해 옥 같은 뺨이 열리고 흰 이가 밝게 드러나니 공이 눈을 들어 잠깐 보고 미소 지었다. 이에 소 공이 기뻐하며 말했다.

“오늘 딸아이가 기뻐하는 모습을 보니 예전의 일이 아련하구나. 그러나저러나 이것이 누구의 공인고? 부인과 딸아이는 말해 보아라.”

---

35) 백달: 이몽창의 자(字).

장 부인이 낭랑하게 웃으며 말했다.

“이것은 다 사위의 덕분입니다. 사위가 아니었다면 성문이 어찌 있었을 것이며 설사 자식이 있다 한들 영화를 보기 쉬웠겠나이까?”

문정공이 웃고 말했다.

“예전에 장모님이 저를 보시면 불쾌한 말씀을 하시고 더욱이 아내는 저를 아주 거절하려 마음먹었는데 오늘 이 모습은 뜻밖입니다.”

부인이 낭랑하게 크게 웃고 말했다.

“전날에는 딸아이가 죽은 것으로 알아 여자의 도량이 넓지 못해 그처럼 졸렬한 모습을 보였으나 오늘은 이 아이의 모습을 보고 기쁘니 우리 모녀가 자연히 즐거운 빛을 감추지 못해 그런 것이라네.”

소 공이 말했다.

“과연 사위의 말이 옳으니 내 그래서 매양 부인과 딸을 경계했던 것이네.”

문정공이 웃고 말했다.

“장인어른께서는 지난 일이라고 스스로 옳다 하시나 장인어른도 저에게 곱지 않으셨나이다. 말끝마다 평온하지 않은 뜻을 비치셨으니 제가 더욱 불안했나이다.”

이에 공과 부인이 크게 웃었다. 그러고서 일주 소저와 백문 등 손자들을 어루만지며 말했다.

“성문이 이미 어른의 모습을 했는데 아내를 얻지 못하니 마음이 쓸쓸하구나. 사위는 편벽되게 고집하지 말라.”

공이 대답했다.

“장인어른 말씀이 옳으시나 성문이의 어미가 여 공이 아니었다면 동경(東京)에 무사히 갔겠나이까? 차마 그 지우(知遇)[36]를 저버리지 못하니 잠깐 기다려 보려 하나이다.”

소 공이 감탄하며 말했다.

"사위는 참으로 의기가 높은 군자로다. 다만 여 씨가 몸을 보전하지 못했는가 두렵구나."

공이 대답했다.

"만일 죽었다는 소식을 들은 후에는 설마 어찌할 수 있겠나이까?"

공이 한참을 앉아 말하다가 외당으로 나가니, 장 부인은 딸과 함께 자며 손자를 보고 기뻐해 잠을 이루지 못했다.

이때 임 상서 계운이 여러 자녀를 두었는데 차녀 옥형 소저의 나이가 열세 살이었다. 얼굴이 흰 달 가운데 옥연꽃이 핀 것 같고 행실이 아름다웠으나 다만 성품이 강렬해 분한 일에는 작은 일이라도 참지 못했다. 임 상서가 소저를 사랑했으나 이를 근심해 말했다.

"여자가 성품이 온순해 얌전한 덕이 있은 후 시가에서 용납받을 것이니 딸아이가 부도(婦道)를 어기는 일이 있을까 근심되는구나."

그러고서 사위를 매우 유의해 가리더니, 부친 임 승상이 하남공의 둘째아들 기문에게 소저를 시집 보내려 하자 상서가 말했다.

"옳지 않습니다. 이몽현이 어려서부터 성품이 각박해 정도(正道)만 지키는 줄을 소자가 익히 알고 있으니 딸아이와 같은 위인은 결코 몸을 보전하지 못할 것입니다."

승상이 이 말을 옳게 여겼다.

임 상서가 이날 성문의 관례식에 가서 보고 속으로 성문을 크게 기특하게 여겨 돌아와 말했다.

"이 사람은 진실로 군자입니다. 딸아이는 이 사람이 아니라면 자

---

36) 지우(知遇): 남이 자신의 인격이나 재능을 알고 잘 대우함.

기 뜻을 굽혀 정도에 들지 못할 것입니다."

이렇게 말하고 문정공의 너른 마음을 속으로 복종했으므로 뜻을 기울여 혼인을 맺으려 했다. 그런데 그 집으로부터 여 소사와 혼약이 있다는 말을 들은 것이다. 상서는 본디 여 소사와 깊은 교분이 있어 소사의 집안일을 자세히 알았으므로 이 말을 의심해 즉시 여씨 집안에 가 여 공을 보고 물었다.

"일찍이 들으니 형에게 한 딸이 있는데 잃어버렸다 하더니 백달의 아들과 정혼한 딸이 있는가?"

소사가 슬피 말했다.

"과연 이 형이 전에 소흥에 귀양 왔을 때 소제(小弟)의 딸아이가 강보에 있었던 때였으나 이 형 아들의 풍모를 사랑해 정혼했었네. 그런데 소제가 이번에 길을 떠났을 때 헤어져 딸의 사생을 알지 못하고 있는데 이 형이 굳이 소제가 딸 찾기를 기다리고 있으니 그 은혜에 감동함이 뼈에 사무칠 정도라네."

임 상서가 말했다.

"이 형의 처사가 군자의 모습이니 소제가 항복하겠네. 그러나 나의 어리석은 소견으로는 이 형 아들의 기상이 벼슬 안 한 선비로 묻힐 상이 아니요, 대궐의 섬돌에 올라 어향(御香)[37]을 쏘인다면 비록 영녀(令女)를 얻더라도 그 아비의 화려함을 닮아 한 부인과 늙지 않을 것이네. 소제에게 과연 어린 딸이 있어서 이제 이 형에게 구혼하려 하는데 형의 뜻은 어떠한가? 백 년 뒤에라도 영녀를 얻는 날에는 영녀를 이 형 아들의 정실로 높이고 내 딸은 둘째로 정하는 것이 어떠한가?"

---

37) 어향(御香): 궁중에서 쓰는 향. 천향(天香)과 같은 말. 과거에 급제함을 이름.

소사가 말했다.

"딸이 전날에 성품이 크게 어질어 옛사람보다 나으니 훗날 생존해 이 형 아들의 아내가 된다 해도 투기는 안 할 것이네. 그런데 이제 더욱이 대해의 부평초 같은 약한 여자가 살아 있기를 기약하겠는가? 형은 모름지기 이 형에게 구혼하게. 만일 듣지 않는다면 소제가 말을 돕겠네."

임 상서가 여 공이 아무렇지 않게 허락한 것에 크게 기뻐하고 응낙해 사례한 후 돌아갔다.

여 공 부인 경 씨가 아들들이 전하는 말을 듣고는 가슴을 두드려 울며 소사를 대해 말했다.

"이씨 집안에서 신의를 지키고 있는데 무슨 까닭으로 옥 같은 신랑을 남에게 허락하신 것입니까? 훗날 딸아이가 살아 돌아온다면 아이의 평생을 그릇 만드는 것이 아닙니까?"

소사가 말했다.

"부인은 성급히 굴어 심려를 허비하지 마시오. 임 공이 이리이리 일렀고 이 공이 또한 신의를 배반할 사람이 아니니 딸아이의 평생이 어찌 그릇되는 일이 있을 것이며 친구의 딸은 내 골육이나 다르지 않으니 제 비록 상원(上元)이 된들 무엇이 해롭겠소? 부인의 투기를 딸아이에게나 쓰지 말아 다른 사람의 비웃음을 사지 마시오."

부인이 몸을 구르며 크게 통곡하고 말했다.

"이는 어린아이의 생각입니다. 이씨 집안에서 자식을 두어 다른 곳에 혼인 상의도 안 했는데 상공께서는 차마 자기 자식을 잊고 그런 망령된 일을 하신 것입니까?"

소사가 도리어 일렀다.

"내 어찌 딸아이를 잊고 사위를 스스로 남에게 돌려보내겠소? 자기가 벌써 이씨 집안의 허락을 받고 와 내게 이리이리 사례하므로 내가 그 겸손히 사양하는 뜻에 항복해 예의로 일러 보낸 것이니 부인이 어찌 괴이한 모습을 보이는 것이오?"

부인이 하릴없어 다만 딸의 이름을 부르짖으며 통곡할 뿐이었다.

임 상서가 이씨 집안에 이르러 문정공을 보고 구혼하니 공이 한참을 생각하다가 말했다.

"형의 후의를 받들고 싶으나 여 형과의 맹약(盟約)이 굳으니 어찌 고칠 수가 있겠는가?"

상서가 말했다.

"여 형이 딸을 길에서 잃어 그 사생을 모르니 남자가 여자를 위해 장가가지 않는 것은 성인의 가르침에서 벗어나는 것이라 남자가 어찌 한 여자를 위해 절을 지키겠는가? 소제가 일찍 형과 교분이 심상치 않고 영랑(令郎)을 사랑하는 마음이 지극한 데 미쳤네. 내 딸아이를 허락해 돗자리 밖에 용납하고 훗날 숙녀의 생존을 기다려 여 씨에게 원위(元位)를 높이는 것이 어떠한가?"

공이 깊이 생각하다가 대답했다.

"형의 말이 일리가 있어 뜻을 받들고 싶으나 가친께서 아이들이 두 아내 얻는 것을 허락하지 않으시니 소제가 마음대로 하지 못하네. 여 씨를 버리지 못할 것이니 두어 해를 기다리려 하네."

임 상서가 대답했다.

"군자의 신의는 모든 행실 가운데 으뜸이나 또한 성인께서 경법(經法)과 권도(權道)[38]를 허락하셨네. 소제의 말은 형이 여씨 집안의 혼사를 물리고 소제의 딸을 취하라는 말이 아니네. 조만간 여 소저

---

38) 경법(經法)과 권도(權道): 경법은 언제나 변하지 않는 원칙이고, 권도는 사안에 따라 융통성 있게 처리하는 것을 의미함.

를 만나거든 여 소저를 상원으로 높이고 소제의 딸은 지금 취해 영랑의 집안일을 온전히 하게 하라는 것이네."

공이 웃고 말했다.

"소제의 뜻이 또한 이러하나 아버님의 명을 알지 못하니 아버님께 조용히 고해 자네에게 말해 주겠네."

임 상서가 응낙하고 돌아갔다.

공이 깊이 생각하고 헤아려 이날 밤에 정당(正堂)에 들어가 부친에게 이 일을 고하니 승상이 대답했다.

"지금 임 씨를 들이고 후에 여 씨를 얻으면 두 아내를 얻는 게 될 것이니 집안의 도가 바르게 되지 않을까 한다."

공이 머리를 조아리고 대답했다.

"소자가 또한 기뻐하지 않는 일이나 저의 간절한 뜻을 막지 못했나이다."

소부가 말했다.

"진실로 임 공의 말이 옳으니 여 씨를 만날 기약이 있음을 아는데 아내를 얻는다면 잘못된 일이지만 여 씨를 만날 기약이 없는데 남자가 절을 지키고 있다면 이는 옳지 않습니다. 임계운의 말대로 여 씨를 얻는다면 상원으로 높이는 것이 옳습니다. 흥문이가 벌써 두 아내를 두었으니 성문이에게만 막을 수 있겠습니까? 소 씨가 근래에는 병이 더욱 잦으니 근심되고 모친의 연세가 많으시니 소소한 예절에 거리낄 바가 아닙니다."

승상이 옳게 여겨 공에게 혼인을 허락하겠다고 이르니 공이 명을 듣고 물러났다.

다음 날 여, 임 양 공이 함께 이르러 인사를 마친 후 여 공이 문정공을 향해 간절히 설득해 말했다.

"형의 높은 신의는 소제가 가슴에 새기고 있네. 그러나 임 형의 딸은 소제의 골육과 다름이 없으니 이제 임 형의 딸을 취해 현보의 쌍을 갖추고 훗날 소제의 딸이 생존해 오거든 버리지 않는 것이 마땅하니 형은 고집하지 말게."

문정공이 말했다.

"인형(仁兄)[39]의 후의는 감사하네. 내 진실로 영녀(令女)를 마음에 두고 또 아내 여럿이 모이는 것을 좋아하지 않아 뜻을 받들지 못했더니 엄친께서 허락한다고 이르셨네. 임 형의 소원을 좇겠으나 옛일을 생각하니 마음이 슬퍼지는 것을 이기지 못하겠네."

소사가 슬피 탄식하고 임 공은 크게 기뻐 재삼 감사해하며 말했다.

"내 진실로 여 소저의 적국(敵國)[40]을 내 딸로 삼지는 않았을 것이네. 그러나 딸아이가 성품이 남달라 이 형과 소 부인의 큰 덕을 따라 배울 것이므로 혼인을 힘써 구한 것이었네. 이제 허락을 받으니 다행함을 이기지 못하겠네."

공이 웃고 또한 감당하지 못할 말임을 일컫고 사양했다.

임 공이 돌아가 택일해 알리니 혼인 날짜는 여름 사월 망간(望間)[41]이었다.

두 집안에서 혼수를 차리고 길일에 이씨 집안에서 공자를 보낼 적에 일가 사람들이 한 곳에 모여 공자에게 길복(吉服)을 입혀 습례(習禮)[42]하도록 했다. 공자가 머리에는 오사모(烏紗帽)[43]를 쓰고 몸에는 자줏빛 옷을 입고 허리에는 통천서대(通天犀帶)[44]를 둘렀다. 기

39) 인형(仁兄): 친구 사이에, 상대편을 높여 이르는 이인칭 대명사.

40) 적국(敵國): 남편의 다른 아내를 이르는 말.

41) 망간(望間): 음력 보름께.

42) 습례(習禮): 예법이나 예식을 미리 익힘.

43) 오사모(烏紗帽): 벼슬아치들이 관복을 입을 때에 쓰던 모자로, 검은 사(紗)로 만들었음.

이한 안색은 마치 삼춘(三春)에 온갖 꽃이 피어난 듯했고 예법에 맞는 모습과 행동은 성인의 풍모를 지녔으니 부모와 숙부들이 새로이 기뻐하는 가운데 유 부인이 눈물을 드리워 말했다.

"선군(先君)[45]께서는 평소에 이 아이를 손자들 중에서 기대하셨단다. 그런데 이제 이 아이가 장성한 것을 노모는 보지만 선군과 둘째 아들[46]은 자취가 아득하니 어찌 슬프지 않으냐?"

승상이 눈썹을 찡그리고 눈물을 참아 나아가 말했다.

"기쁜 일을 보아 옛일을 생각하니 마음이 끊어질 듯하나 어찌 슬퍼하셔서 심려를 허비하시나이까? 하물며 오늘은 좋은 날 저녁이니 원컨대 심려를 더시기를 바라나이다."

부인이 이에 억지로 참아 눈물을 거두었다.

시각이 다다르자, 개국공 등이 공자를 인도해 밖으로 나가 추종을 거느리고 임씨 집안에 이르렀다. 공자가 홍안(鴻雁)을 올리고 내당에 이르러 신부와 함께 교배(交拜)를 마치고 신방에 나아갔다. 신부의 고운 자질이 찬란하고 어여뻐 비록 공자의 천지 같은 맑은 기운에는 미치지 못했으나 하등(下等)이 아니었다.

. 임 상서가 개국공 등을 대해 신랑의 특이함을 좋아해 기쁨을 이기지 못하고, 임 승상 자명이 손자사위의 기특함을 기뻐하고 다행으로 여겨 신랑의 손을 잡고 등을 어루만지며 사랑하는 모습이 범상치 않았다.

밤이 깊어 신부가 침소에 이르니 공자가 일어나 신부를 맞아 자리

---

44) 통천서대(通天犀帶): 위아래가 뚫려 있는 무소의 뿔로 만든 허리띠.

45) 선군(先君): 죽은 남편. 유 부인의 남편 이현을 이름.

46) 둘째아들: 유 부인의 둘째아들 이한성을 이름. 이한성은 북흉노와의 전투에서 죽었음. <쌍천기봉>에 등장함.

를 주고 잠깐 별 같은 눈을 흘려 떠 그 얼굴을 보지 않은 채 그 심성을 스쳐 알았다. 속으로 마음을 풀어 버려 신부에게 은혜와 사랑하는 마음을 둔다면 신부의 마음이 방종할 듯해 그렇지 못하게 하려 생각을 정하고 눈을 들어 신부를 다시 보지 않았다. 이윽고 불을 끄고 침상에 나아가니 신부는 한쪽 구석에 앉아 움직이지 않았다.

이튿날 세수하고 들어가 승상과 세 부인이며 장모를 뵈니 모든 부인이 다 꽃과 달, 구슬 같아 한 명 한 명이 경국지색이었다. 모두 생의 비범함을 크게 소리내 칭찬하고 임 상서는 새로이 사랑함을 이기지 못했다.

이윽고 생이 하직하고 집으로 돌아오니 유 부인이 먼저 신부의 사람됨을 물었다. 공자가 매우 성숙했으나 나이가 어렸으므로 잠깐 부끄러움을 띠고 꿇어앉아서 주저하니 승상이 흐뭇한 표정으로 손을 잡고 웃으며 말했다.

"비록 부끄러우나 어른이 물으시는 것에 대답하지 않느냐?"

공자가 어물어물하다가 대답했다.

"소자와 같았나이다."

모두 크게 웃고 소부가 웃으며 말했다.

"임 씨가 이미 네 아내라 조물주가 유의해서 같도록 생기게 했구나. 정말로 너와 같더냐?"

공자가 웃고 대답했다.

"얼굴이 같다 하는 것이 아니라 위인의 아름답지 않음이 같나이다."

소부가 웃고 말했다.

"그렇다면 사랑이 가장 클 것이니 알지 못하겠구나, 오늘 밤에 맑은 기질이 얼마나 상한 것이냐?"

공자가 머리를 숙여 잠자코 있으니 소부가 손을 잡고 바른 대로 고할 것을 재촉했다. 공자가 민망해 옥 같은 얼굴이 붉고 눈썹이 나직해 머뭇거리는 모습이 빼어나니 문정공이 기뻐해 웃고 소부에게 고했다.

"어린아이가 부끄러운 일이 없지 않아 몸 둘 바를 몰라 하니 숙부께서는 용서하소서."

소부가 손을 놓으며 말했다.

"제 이르지 않으니 허실을 알게 앵혈(鶯血)[47]을 찍어 보는 것이 어떠하냐?"

공자가 매우 놀라 물러나니 좌우의 사람들이 크게 웃었다.

소 부인이 침소에 돌아오니 공자가 들어와 뵈거늘 부인이 나아오라 해 말했다.

"내 아이는 어미를 내외하지 않을 것이니 신부가 진실로 어떠하더냐?"

공자가 꿇어 편안한 모습으로 대답했다.

"제가 식견이 고루해 자못 잘 알지는 못하오나 행동거지가 가장 어려워 보였나이다."

부인이 웃고 말했다.

"어찌하여 어렵다는 말이냐?"

공자가 잠깐 웃고 말했다.

"제가 만일 조금이나 마음을 풀어 먹는다면 저 사람에게 쥐일 것이 반듯할 것입니다."

부인이 기미를 알고는 다시 묻지 않고 한가히 웃었다.

---

47) 앵혈(鶯血): 순결의 표식. 근세 이전에 나이 어린 처녀의 팔뚝에 찍던 처녀성의 표시를 말하는 것으로 도마뱀에게 주사(朱沙)를 먹여 죽이고 말린 다음 그것을 찧어 어린 처녀의 팔뚝에 찍으면 첫날밤에 남자와 잠자리를 할 때에 없어진다고 함.

석양에 임씨 집안에서 공자를 청하는 수레가 이르렀다. 공이 아들에게 명령해 가라고 하니 생이 명령을 듣고 임씨 집안에 이르렀다.

상서가 공자를 새로이 사랑해 공자를 이끌어 소저의 침소에 이르니 소저는 서안에 엎드려 잠이 깊이 들어 있었다. 이에 상서가 말했다.

"딸아이가 심한 약질이니 사위는 실례함을 허물치 말고 평안히 자도록 하게."

생이 잠자코 겸손히 사양하니 상서가 웃고 나갔다.

생이 눈을 들어서 보니 소저가 옥 같은 얼굴에 붉은빛이 모여 봄날의 졸음으로 몽롱한 가운데 연연하고 어여쁜 모습이 비할 데가 없었다. 연소한 남자가 어찌 동하지 않겠는가마는 공자는 소저가 어린 것을 더욱 아껴 묵묵히 오래 보다가 즉시 옷을 벗고 자리에 나아갔다. 소저가 이에 갑자기 놀라 깨어 생이 누워 있는 것을 보고 크게 놀라고 부끄러워 조용하고 천천히 물러앉았다. 생이 이에 눈을 들어서 볼 뿐이고 알은체하지 않았다.

다음 날 이씨 집안에서 잔치를 크게 베풀고 빈객을 모아 신부를 맞았다. 신부가 예복을 갖추고 폐백을 높이 들어 유 부인과 이관성 부부, 시부모에게 바치니 맑은 골격은 수정을 닦아 세운 듯하고 가을물결 같은 눈은 우주에 쏘이는 듯하며 붉은 입술과 뺨이 온갖 자태를 가져 세속의 화장한 여자들보다 뛰어났다. 빈객이 축하하고 유 부인 등과 시부모가 기뻐해 조금도 싫어하는 빛이 없으니 임씨 집안의 시비(侍婢)들이 다 시원함을 이기지 못했다.

이때, 양 씨가 단장을 이루고 자리에 있었는데 특이한 용모와 어진 기운이 한 자리에 독보했다. 좌우 사람들이 칭찬하고 기뻐하며 서로 일렀다.

"임 씨는 배짱이 있고 양 씨는 얌전하구나."

석양에 잔치를 파하고 신부가 채운당에 돌아가니 공자는 아우들을 거느려 서당에서 자고 들어가지 않았다. 세문과 흥문이 마침 여기에 와서 잤으므로 학사가 물었다.

"친영(親迎)[48] 삼 일에 어찌 신방을 비우는 것이냐?"

생이 웃고 대답했다.

"형제가 서로 따라 하룻밤을 지내는 것이 중요하니 매양 신방에 들어가 상직(上直)[49]하겠습니까?"

학사가 손을 잡고 웃으며 말했다.

"네가 제수씨를 나무라 벌써부터 홀대함이 있는 게 아니냐?"

생이 미소하고 말했다.

"형님은 뜻밖의 말씀을 하십니다. 정실을 까닭 없이 나무라 박대하는 일이 있겠나이까? 신부가 나이 어리고 기골이 약하니 자주 들어가 그 마음을 불안하게 하는 것이 옳지 않아 그런 것이니 형님은 부질없는 말씀을 마소서."

학사가 크게 웃고 세문이 말했다.

"아우의 말이 정대하고 일리가 있으나 마음에 없는 말인가 하구나."

생이 미소하고 대답하지 않았다.

다음 날 새벽에 신부가 단장을 이루고 숙현당에 들어가 문안했다. 공과 부인이 매우 기뻐하는 중에 그 위인을 염려했으나 아들의 진중하고 엄숙한 성품으로 제어할 줄로 알아 근심하지 않았다.

임 씨가 또한 성품이 막힘이 없고 영민해 효성이 남보다 뛰어나 부인 섬기기를 그림자가 응하듯 하고 소부공과 공자들 대접을 못 미

---

48) 친영(親迎): 육례의 하나로, 신랑이 신부의 집에 가서 신부를 직접 맞이하는 의식.

49) 상직(上直): 집 안에 살면서 시중을 듦.

칠 듯이 했다. 그런데 집안의 비복 중에 마음에 들지 않는 이가 있으면 이를 갈아 죽이려 했다. 또한 이를 시부모 모르게 했으나 소 부인이 이를 어찌 모르겠는가. 임 씨를 그릇 여기는 마음이 많았으나 아들의 기색이 냉랭하니 만일 아들이 자기의 불편한 마음을 안다면 아들 부부의 금실에 해로움이 있을 것이요, 임 씨의 나타난 허물이 없으니 갈수록 임 씨에게 잘 대해 주었다. 또한 자기에 대한 정성이 딸과 같음을 어여삐 여겨 사랑이 극진하고 문정공은 더욱 볼 때마다 임 씨를 새로이 사랑했다. 그러나 생은 임 씨에게 다시 들어가 보지 않았다. 이는 구태여 임 씨를 홀대하는 것이 아니라 신부의 나이가 어린 것을 꺼리고 여 씨 때문에 일이 년을 기다리려 해 뜻을 굳게 정해 그런 것이니 십여 세 어린아이의 신의가 이와 같았다.

이때 이 학사 흥문이 집에 두 부인을 두니 원비 양 씨와는 금실의 화락함이 가득해 날이 오랠수록 은정이 태산과 하해(河海) 같았다. 양 씨가 이를 기뻐하지 않아 하루는 조용한 때를 타 학사에게 간했다.

"군자가 세상에 처신함에 공평함이 으뜸입니다. 그런데 군자께서는 천승(千乘) 제후의 공자요, 벼슬이 조정의 머릿수를 채우고 고사(古事)를 널리 통달하시거늘 무슨 까닭으로 여자에게 원한을 끼쳐 첩이 부끄러움으로 낯 둘 땅이 없게 하시는 것입니까?"

학사가 웃고 말했다.

"부인의 말이 옳으나 내 어찌 없는 정을 지어 돌이키겠소? 부인은 무익한 말을 그치시오."

이렇게 말을 마치고 밖으로 나가니 양 씨가 길이 슬퍼했다.

학사가 홍선에게 처소를 정해 주려 했으나 아버지의 명령 때문에 다시 정해 주지 못했다. 하루는 모비(母妃)에게 이 사연을 고하니 주비(朱妃)가 정색하고 말했다.

"어린아이가 처첩을 갖춘 것이 매우 외람되고, 지금 너의 집안일이 한심하니 다시 이 일을 제기하지 마라."

학사가 황공해 물러나 홍선을 별사(別舍)에 두니 양 씨가 옷과 음식을 후하게 차려 거느릴 뿐이었다.

이때, 노 씨는 양 씨에 대한 총애가 온 집안에 덮이고 학사의 대우가 온전한 것을 보고 가만히 양 씨 해칠 꾀를 생각했다. 그 생각이 끝없어 옥교와 함께 모의하기를,

"학사의 총명이 남보다 뛰어나니 가볍게 계교를 내지 못할 것이다. 너는 장차 무슨 계교가 있느냐?"

라고 하니, 옥교가 말했다.

"소저가 어찌 생각지 못하시는 것입니까? 상공께서 양 씨와 정이 깊으시고 접때 의복 일은 공교한 듯하나 매우 평범한 것이었으니 상공이 어찌 그리 곧이들으셨겠나이까? 소비(小婢)가 보니 양 씨의 시녀 옥매는 범의 눈에 뱀의 입을 갖고 있으니 주인을 배반할 상입니다. 소비가 당당히 옥매와 한 무리가 되어 정을 두텁게 맺는다면 묘한 계책을 시행하기 쉬울까 하나이다."

노 씨가 매우 기뻐해 금은과 주옥(珠玉)을 흩어 궁중 인심을 두텁게 했다. 비록 공주의 덕이 크고 넓으나 수천 명 궁녀의 인심이 한결같지 않으니 사람 마음이 자기에게 무엇을 주는 사람을 좋게 여기므로 궁녀들이 노 씨의 공을 외우고 덕을 칭송해 노 씨를 양 씨 위로 대접했다. 노 씨가 이에 속으로 좋아했다.

하루는 노 씨가 소화각에 이르니 양 씨가 전날의 일을 내색하지 않고 정성껏 말했다. 옥교가 이때를 틈타 옥매를 이끌어 데리고 휘장 뒤로 가 은근한 말로 일렀다.

"우리는 다 학사 어른의 종이라 피차 형제의 의리가 있으니 이후에는 죽기로써 저버리지 않는 것이 어떠한가?"

옥매가 낭랑히 웃고 말했다.

"오늘 밤 꿈이 길하더니 원래 그대의 후의를 입을 조짐이었구나. 서로 백 년을 한 집에서 머물 것이니 동기같이 사랑하는 것이 옳다."

옥교가 웃으며 말했다.

"그대와 내가 이름이 같고 말 한마디에 뜻이 서로 맞으니 형제의 의리를 맺어 사생 간에 저버리지 않는 것이 어떠한가?"

옥매가 기뻐 즉시 허락하니 옥교가 해로 맏이였으므로 옥매가 옥교를 형으로 부르고 말했다.

"소제가 가난해 예단(禮單)이 없으니 형은 허물치 마시오."

옥교가 옥매가 보배에 마음이 동하는 것을 보고 기뻐 품에서 노리개 두 줄을 내어 주며 말했다.

"옛사람은 친구를 위해 죽는 이도 있었으니 하물며 먼지와 흙 같은 것을 아끼겠는가? 나의 소저는 어짊이 다른 사람과 다르시므로 금은과 보배는 이를 것도 없고 이런 노리개가 집안에 가득하니 그대가 훗날 찾아 이르면 가지고 싶은 대로 주겠네."

옥매가 크게 기뻐 사례해 말했다.

"우리 부인은 어려서부터 검소하셔서 이런 것을 가지고 계시지 않아 종들이 더욱이 얻어 쓰지 못했는데 오늘 우연히 형님의 덕을 입어 노리개를 얻었으니 은혜가 크오."

옥교가 웃고 말했다.

"아우가 잘못 안 것이네. 양 부인이 검소해 가지지 않은 것이 아니라 근본이 인색하셔서 비복에게도 보배를 주지 않으시려고 해 그런 것이라네."

옥매가 깨달아 재삼 칭송하고 사례하며 기쁨을 이기지 못하니 옥교가 말했다.

"양 부인이 우리가 서로 친한 줄 아신다면 필시 싫어하실 것이니 그대는 경솔히 누설치 말게. 내 또 우리 소저께서 번거로움을 좋아하시지 않는 줄을 알고 있으니 소저께도 고하지 않겠네."

이렇듯 말하며 서로 속마음을 속이지 않았다.

날이 늦어 노 씨가 옥교를 데리고 돌아와 웃으며 물었다.

"오늘 계교가 어떠했느냐?"

옥교가 웃고 말했다.

"하늘이 소저를 도우시니 기쁨을 이기지 못하겠나이다."

그러고는 드디어 옥매와 한 무리가 된 것을 자세히 고했다. 노 씨가 이에 크게 기뻐해 진기한 보배를 상으로 주고 다시 계교를 일일이 가르쳐 주니 옥교가 명을 듣고 물러났다.

이날, 옥매가 옥교를 우연히 만나 옥교가 자기를 사랑하고 또 노리개 준 것을 매우 기뻐해 이튿날 옥교를 찾아 이르렀다. 옥교가 이에 매우 반기며 말했다.

"하룻밤 사이에 그리워하는 일념이 구구함을 면치 못했더니 아우가 이제 신의 있게 찾아온 것을 감사하네."

그러고서 화려한 음식을 대접하고 금옥과 진기한 보배를 큰 궤에 담아서 주니 옥매가 매우 기뻐 사례했다. 옥교가 이에 말했다.

"이는 형제 사이의 정에 예삿일이라 어찌 사례할 일이겠는가?"

이처럼 서로 말하고 있는데, 노 씨가 옥교를 부르자 옥교가 들어가 대답하니 노 씨가 물었다.

"너는 누구와 말하던 중이냐?"

옥교가 대답했다.

"양 소저 시녀 옥매입니다."

노 씨가 즉시 불러서 보고 은근히 말했다.

"너의 영민함을 매양 사랑했으나 의심을 받을까 해서 너를 특별히 불러서 보지 못했더니 이제 네가 여기에 이르렀으니 내 정을 표해야겠구나."

그러고서 상자를 즉시 열고 명주(明珠) 네 낱을 상으로 주니 옥매가 고개를 조아리고 사례해 말했다.

"부인이 천한 비자를 이렇듯 사랑해 주시니 은혜가 백골난망(白骨難忘)[50] 입니다."

옥교가 웃고 말했다.

"우리 소저는 자네 부인과는 달리 재물 아낄 줄을 모르시는 분이라네."

노 씨가 눈을 들어 망령됨을 꾸짖으니 옥교가 웃고 물러났다. 옥매는 저 주인과 노비가 자기를 현혹하는 줄 모르고 진실로 양 씨를 그렇다고 여겨 죽어서라도 노 씨와 옥교의 은혜를 갚을 마음을 두었다.

그래서 이후에는 어지럽게 왕래하며 옥교와의 정을 태산처럼 쌓고 노 씨는 옥매를 자주 불러 아름다운 술과 음식을 먹이며 옥매가 갖고 싶어 하는 것을 천금이라도 아끼지 않고 주었다. 옥매가 뜻이 더욱 기울어 양 씨의 모든 움직임을 다 알아서 고했다.

하루는 옥교가 옥매에게 말했다.

"우리 소저께서는 비록 영리하시나 글씨를 잘 못 쓰신다네. 그래서 자네 소저의 왕우군(王右軍)[51] 필진도(筆陣圖)[52]를 우습게 여기

---

50) 백골난망(白骨難忘): 죽어서 백골이 되어도 잊을 수 없다는 뜻으로, 남에게 큰 은덕을 입었을 때 고마움의 뜻으로 이르는 말.

는 자체(字體)를 부러워하셔서 얻어 본받으려 하시나 자네 소저가 하도 엄격하셔서 얻을 생각을 못 하고 있네. 자네를 통해 구하려 하시나 말씀하시는 것을 어렵게 여기고 계신다네."

옥매가 말했다.

"이는 어렵지 않으니 이런 작은 일을 주저하겠소?"

이렇게 말하고 즉시 돌아와 소저가 정당(正堂)에 간 때를 타 서첩(書帖) 한 장을 구해 노 씨에게 드리니 노 씨가 크게 기뻐하며 일렀다.

"이 글씨는 여느 글씨와 다르니 어찌 등한히 볼 수 있겠느냐?"

그러고서 옥료(玉璙)[53] 한 쌍을 옥매에게 주니 옥매가 사례하고 돌아갔다.

노 씨가 밤낮으로 양 씨의 글씨를 본뜨며 일을 일으킬 사람을 못 얻어 초조해했다. 한편, 노 씨는 본시 학사의 옷과 물건들을 가져 하루에도 수없이 왕래했다.

이때 계양궁 문객이 삼천이나 하는데 그중에 남양 사람 남관이 서울의 벌열 집안 사람이었으나 부모가 일찍 죽고 가까운 친척이 없어 외롭게 의탁할 곳이 없었다. 남관의 부친 한이 하남공과 교분이 두터워 죽을 때 자기 자식을 하남공에게 의탁하니 공이 그 사정을 슬퍼해 남관을 어려서 데려다가 흥문 등과 함께 길렀다. 남관은 재주와 학문이 출중하고 얼굴이 옥 같았으며 인물이 어질었으니 부마가 매우 사랑해 차녀 초주 소저가 열한 살이요, 남생은 열다섯 살이었으므로 잠깐 기다렸다가 남관을 사위로 삼으려 했다. 그래서 학사

---

51) 왕우군(王右軍): 중국 동진(東晋)의 서예가인 왕희지(王羲之, 307~365)를 이름. 자는 일소(逸少). 그가 우군장군(右軍將軍)의 벼슬을 했으므로 이처럼 불림.

52) 필진도(筆陣圖): 글씨를 쓰는 법을 설명한 필첩으로, 왕희지(王羲之)의 작품이라고 하고, 혹은 그의 스승인 위(衛) 부인(夫人)의 작품이라고도 함.

53) 옥료(玉璙): 옥으로 만든 장식으로, 가슴에 늘어뜨리도록 만든 목걸이.

형제도 남생 사랑하는 것이 동기와 다르지 않았다.

노 씨가 옥매 덕분에 이 일을 자세히 알고 매우 기뻐하며 옥교에게 계교를 이르니 옥교가 옥매를 보고 말했다.

"노씨 집안 상공께서 여럿 계시는데 다 글을 잘 못해 남 상공의 <축진도>[54]를 얻고 싶어 하나 남 상공이 매몰차 주지 않으시네. 그래서 매우 근심하고 계시니 아우가 계교로 한번 얻어 낸다면 공이 적지 않을 것이야."

하루는 학사가 서당에서 잘 적에 옥매가 세숫물을 받들러 나갔다. 학사가 남생과 함께 세수를 마치고 서양정으로 나가자, 옥매가 때를 틈타 들어가 상자를 뒤져 남생의 서간 두 폭을 훔쳐 옥교에게 주었다. 옥교가 크게 기뻐해 은혜를 일컬으니 옥매가 말했다.

"형제 사이에 이것이 무엇이겠소? 하물며 제가 형의 후의를 자주 입었으나 조금도 갚지 못한 것을 한했소. 저는 소저가 찾으실까 두려우니 돌아가겠소."

이렇게 말하고 돌아갔다.

노 씨가 두 사람의 글씨를 구해 두 장의 서간을 만들었다. 이후에 옥매를 더욱 두텁게 대접하니 옥매의 마음이 점점 바뀌어 양 씨에게는 추호도 정성이 없게 되었다.

하루는 옥매가 휘장 밖에 서 있다가 들으니, 학사가 양 씨에게 말했다.

"옥매의 행동이 요괴로우니 이제는 가까이 부리지 마시오."

양 씨가 웃고 대답했다.

"그런 줄 알고 있으나 모친께서 주신 것이요, 드러난 허물이 없으

54) <축진도>: 미상임.

니 까닭 없이 내치는 것은 옳지 않은가 하나이다."

학사가 말했다.

"그대는 나중을 보시오. 이 여자가 참으로 간악하니 내가 죽이려 하오."

양 씨가 묵묵부답하니 옥매가 이 말을 듣고 속으로 크게 한해 말했다.

"내 저를 정성으로 섬겼더니 저는 이렇듯 흉한 마음을 두었구나. 내 정녕코 제 뜻을 좇지 않을 것이다."

그러고서 분노해 원망하는 마음이 지극했다.

눈물을 머금고 소원각에 이르니 옥교가 난간 아래 있다가 놀라 물었다.

"아우가 어찌 근심하는 빛으로 이른 것인가?"

옥매가 웃고 말했다.

"내 소저를 온 힘을 다하고 충성을 다해 섬겼으나 아까 소저와 어른의 말씀이 이러이러하셨으니 오래지 않아 내 목숨이 칼날 아래 놀란 넋이 될 것이라 이를 슬퍼하는 것이오."

옥교가 다 듣고는 말로 옥매의 심기를 돋웠다.

"그대의 충성이 기특해서 내 이르지 못했더니 주인이 종을 죽이려 하는데 그대는 어찌 좋은 계책을 생각하지 않는 겐가?"

옥매가 말했다.

"형을 속이지 않겠소. 분한 마음이 동해 원한을 갚으려 하나 묘한 계책을 생각하지 못하겠소."

옥교가 문득 손을 잡고 말했다.

"진심으로 내 말을 듣는다면 양 씨를 없애는 것은 손바닥 뒤집는 것과 같을 것이네."

옥매가 기뻐 계교 주기를 청하니 옥교가 소매 안에서 두 폭의 화전(華箋)을 주며,

"틈을 타 계교를 행한다면 양 씨가 죽어 몸이 묻힐 땅이 없을 것이네. 만일 양 씨가 물러나고 우리 주인이 자리를 얻으시는 날에는 우리 두 사람이 부귀를 함께 흠 없이 누릴 것이네."

라고 하니, 옥매가 그 말을 옳게 여겨 부탁을 받아들였다. 옥교가 이에 재삼 당부했다.

"일이 발각되면 우리 두 사람은 죽을 것이야. 참으로 마음을 다해 우리 주인을 도와 주게."

옥매가 웃고 말했다.

"그대가 나를 잘못 알았소. 내 어찌 그대 은혜와 소저의 하해 같은 덕을 모르겠소?"

옥교가 재삼 칭찬하며 사례했다.

옥매가 비록 남의 집 종이었으나 기질이 영리하고 문자에 정통했다. 두 폭의 화전을 보니 그간의 일을 알 수 있었다. 이에 놀라서 가만히 헤아리기를,

'원래 이런 일을 하려고 나에게 그렇게 대접한 것이었구나. 내 어찌 신의 없는 무리가 되겠는가.'

라 하고 틈을 엿보았다.

일이 공교롭게 되어 양 씨가 하루는 감기에 걸려 오랫동안 낫지 않으니 약으로 치료하고 양 상서가 편지를 자주 보냈다. 양 소저가 억지로 참고 답장을 쓰다가 정신이 더욱 어지러워 베개에 엎드려 우연히 잠이 들었다. 옥매가 때를 틈타 소저가 쓰던 서간을 급히 거두고 옥교가 준 서간을 연갑(硯匣)[55]에 놓았다.

이윽고 학사가 들어와서 보니 소저가 자고 있었다. 감히 깨우지

못하고 곁에 앉아 있더니 연갑에 먹의 자취가 낭자하고 두 봉의 서간이 놓여 있는 것이었다. 우연히 보니 한 장에는 '삼가 두 번 절합니다.'라 써져 있었고 한 서간에는 '양 씨는 고개를 조아립니다.'라 써져 있었다. 학사가 크게 놀라 편지를 급히 소매에 넣고 깊이 생각하더니 잠깐 웃었다. 이윽고 양 씨가 깨어 학사가 있는 것을 보고 몸을 움직여 일어나 앉았다. 이에 학사가 말리며 말했다.

"몸조리를 못 하기 쉬우니 움직이지 마시오."

양 씨가 겸손히 사양하고 잠자코 있었다. 학사가 진가(眞假)를 어서 알고 싶어 몸을 일으켜 밖으로 나가 문을 닫고 남생의 서간을 보니 다음과 같았다.

'한 번 양대(陽臺)[56]를 바라보니 옥인(玉人)의 돌아봄이 두터워 어리석은 뜻에 백 년을 함께하기를 바랐습니다. 그런데 하늘이 돕지 않는군요. 물으니, 어느 때 만날 언약이 있을까요? 기꺼이 뼈를 갈아 합하기를 원합니다. 밝히 알려 주세요.'

또 다음과 같은 내용이 있었다.

'피눈물이 앞을 가려 온갖 정을 다 펴지 못하니 다만 기약을 자세히 정해 주세요.'

양 씨 서간은 다음과 같았다.

'정이 없는 것이 아니요, 기약이 없는 것이 아니나 세상일이 뜻과 같지 않군요. 낭군께서는 학사가 입번(入番)[57]하기를 기다리고 지레 어수선하게 굴지 마세요. 학사가 알까 두렵습니다.'

---

55) 연갑(硯匣): 벼루, 먹, 붓, 연적 따위를 넣어 두는 납작한 상자.

56) 양대(陽臺): 여인이 있는 곳. 중국 초나라의 회왕(懷王)이 꿈속에서 자신을 무산(巫山)의 여자라 소개한 여인과 잠자리를 같이했는데, 그 여인이 떠나면서 아침에는 구름이 되고 저녁에는 비가 되어 양대(陽臺) 아래에 있겠다고 함.

57) 입번(入番): 관아에 들어가 차례로 숙직함.

두 사람의 필체가 분명했으나 학사가 다 보고는 속으로 웃으며 말했다.

"원래 이 사람의 재주가 가볍지가 않구나. 남생의 글은 언제 보았던고?"

그러고서 또한 뉘우쳐 말했다.

"이 일은 우연한 일이 아니다. 이 글이 양 씨 연갑에서 났고 글체가 이처럼 비슷하니 사광(師曠)의 총(聰)[58]을 지니고 있어도 진상을 알지 못할 것이다. 다 풀어 밝히기 전에는 양 씨와 남생에게 더러운 덕이 씌어질 것이니 누설하지 않는 것이 좋겠다."

드디어 불을 가져다 태우니 그 총명하고 신이함이 이와 같았다.

학사가 석양에 침소에 들어가 양 씨를 보고 말했다.

"누구에게 서간을 쓰려고 연갑을 열어 놓았던 것이오?"

양 씨가 대답했다.

"모친께서 마침 안부를 물으셔서 답장을 쓰고 있었습니다. 그런데 답장이 간 데 없으니 자못 괴이했나이다."

생이 그 마음을 누그러뜨리려 해 속여 말했다.

"휴지인 줄 알고 내 마침 없앴으니 괴이하게 여기지 마시오."

그러고서 손을 잡고 사랑하며 조금도 의심하는 뜻을 두지 않고 양 씨가 환난 만난 것을 참으로 불쌍히 여겼다.

옥매가 이를 자세히 살피고 크게 괴이하게 여겨 급히 옥교를 찾아보고 말했다.

"제가 계교를 행했으나 학사 어른이 거두어 소매에 넣고 서당에 가서 보시고는 잠깐 웃으시더니 서간을 즉시 태워 없애시고 기운이

58) 사광(師曠)의 총(聰): 사광의 귀밝음. 사광은 중국 춘추시대 진(晉)나라 사람으로 자는 자야(子野)로 저명한 악사(樂師)임. 음악에 정통하고 거문고를 잘 탔으며 음률을 잘 분변했다 함.

한결같았습니다. 이를 어찌하면 되겠소?"

옥교가 놀라 말했다.

"그대는 마음을 놓게. 소저와 조용히 의논해 보아야겠네."

그리고 즉시 노 씨에게 고하니 노 씨가 사나운 소리를 내며 손으로 책상을 치고 말했다.

"귀신은 속일 수 있으나 이 군은 속이지 못하겠구나. 우리 계교가 헤아릴 수 없으나 이 군이 이처럼 총명하니 어설픈 계교는 행하지 못하겠다."

옥교가 말했다.

"학사는 백 번을 속여도 되지 않을 뿐 아니라 학사는 계교를 가만히 못 본 척합니다. 소비(小婢)가 보니 정당 유 부인 탄생일이 가까우니 그날 잔치 자리에서 이러이러한 계교를 행한다면 모든 이목을 놀라게 할 것입니다. 학사가 비록 양 씨를 억울하다 여겨도 집안에서는 양 씨를 처치해야 할 것입니다."

노 씨가 크게 기뻐하며 말했다.

"네 말이 옳으나 옥매가 황개(黃蓋[59])를 감당하지 못할까 한다."

옥교가 웃고 노 씨의 귀에 대고 두어 말을 하니 노 씨가 크게 기뻐하며 말했다.

"옥교는 나의 자방(子房[60])이로구나. 너의 공을 장차 무엇으로 갚

---

59) 황개(黃蓋): 중국 삼국시대 동오(東吳)의 대장. 자는 공복(公覆)이며 천릉(泉陵, 지금의 호남성 영릉) 사람. 손견을 따라 군사를 일으키고 후에는 손책을 수행하여 강남을 경영하며 손씨 집안의 숙장(宿將)으로서 여러 차례 전공을 세움. 건안 13년(208), 적벽대전 중에는 화공을 실행하자는 건의를 한 후, 고육계를 써서 조조에게 거짓 항복을 하고 기회를 틈타 불을 질러 조조 군을 크게 무찌름. 여기에서는 황개가 쓴 고육계를 이름.

60) 자방(子房): 중국 한(漢)나라 고조 때의 재상(?~B.C.168) 장량(張良)의 자. 시호는 문성공(文成公). 일찍이 유방 밑에서 모사로 있으면서 소하(蕭何)와 함께 한나라 창업에 힘썼고, 그 공으로 유후(留侯)에 책봉됨. 말년에 유방이 자신을 의심한다는 것을 알고 적송자를 본받아 은거하여 살았음.

을 수 있겠느냐?"

옥교가 웃고 물러나 옥매를 찾아보고 말했다.

"범사에 시작이 있으면 끝이 있으니 이제 상공이 총명하셔서 자네 죄를 아시는 날에는 자네가 죽어 묻힐 땅이 없을 것이야. 자네가 이리이리 한다면 자네가 비록 작은 형벌을 받아도 정당의 어른인들 주인의 죄를 어찌 자네에게 쓰시겠는가? 자네가 매를 견뎌 무복(誣服)[61]한다면 우리 노주(奴主)가 힘을 다해 자네를 빼내 도망치게 해 잘 살게 하겠네."

옥매가 그럴 듯하게 여겨 응낙했다. 옥교가 또한 금옥과 보배를 주며 말했다.

"만일 자네가 일을 이룬다면 경사에 큰 집을 사 줄 것이니 화려하기가 석숭(石崇)[62]을 부러워하지 않게 할 것이네."

옥매가 사례하고 언약을 굳게 한 후 물러났다.

이러구러 유 부인의 탄생일이 다다랐다. 승상이 잔치를 베풀고 일가 사람들을 모아 헌수(獻壽)[63]했다. 먼저 승상 부부와 소부 부부가 잔을 올리고 이어서 부마 형제 무리 열 명이 잔을 올렸다. 차례가 학사 부부에게 이르자 학사와 양 씨가 잔을 올리고 물러났다.

노 씨가 긴 단장을 끌고 유리배(琉璃盃)를 들어 무릎을 꿇고 드리니 부인이 흔쾌히 받아 잠깐 마셨다. 그런데 부인이 갑자기 잔을 버리고 정신이 혼미해 엎어지고 버린 술 가운데에서 푸른 불이 일어나는 것이었다.

61) 무복(誣服): 강요에 의하여 하지 않은 것을 했다고 거짓으로 자백함.

62) 석숭(石崇): 중국 서진(西晉)의 부호(富豪, 249~300). 자는 계륜(季倫). 형주(荊州) 자사(刺史)를 지냈고, 항해와 무역으로 거부가 됨.

63) 헌수(獻壽): 환갑잔치 따위에서, 주인공에게 장수를 비는 뜻으로 술잔을 올림.

자리에 있던 사람들이 매우 놀라고 승상 형제도 몹시 놀라 급히 부인을 붙들어 해독약을 풀어 입에 넣으며 구호했다. 노 씨는 긴 단장을 벗고 계단 아래에 내려가 벌을 기다렸다. 하남공이 진노해 잔들이던 시녀를 조사하니 주방 시비인 설계가 술을 부어 옥매를 주니 옥매가 노 씨에게 준 것이라고 말했다.

부마가 옥매를 묶어 옥에 가두고 자신은 의관을 벗고 계단 아래에서 죄를 청했다. 승상이 부인을 구호해 부인이 한참 지난 후 정신을 차리자 매우 기뻐하고 부인을 붙들어 정침(正寢)으로 모셨다.

부마가 궁으로 돌아가 형벌 기구를 베풀어 놓고 종들에게 명령해 옥매를 올려 놓게 하고 중형(重刑)을 더하며 까닭 없이 정당 어른에게 독을 푼 연유를 물었다. 옥매가 처음에는 죽어도 모른다고 하다가 매 여러 대를 맞자 울면서 말했다.

"이는 양 부인의 계교이시니 소비(小婢)의 죄가 아닙니다."

공이 버럭 성을 크게 내 오형(五刑)[64]을 갖추려 하니 옥매가 슬피 소리쳤다.

"소비가 어려서부터 궁궐에서 자라 허튼소리를 하면 안 되는 줄을 아니 초사(招辭)[65]를 써 자세히 아뢸 것입니다. 그러니 소비의 죄를 용서하소서."

공이 맨 것을 늦추고 실상을 힐문(詰問)[66]했다. 옥매가 붓과 벼루를 구해 초사를 써서 올리니 그 내용은 다음과 같았다.

---

64) 오형(五刑): 다섯 가지 형벌. 묵형(墨刑), 의형(劓刑), 월형(刖刑), 궁형(宮刑), 대벽(大辟)을 이르는데, 묵형은 죄인의 이마나 팔뚝 따위에 먹줄로 죄명을 써넣던 형벌이고 의형은 코를 베는 형벌이며 월형은 발꿈치를 자르는 형벌이고, 궁형은 생식기를 자르는 형벌이며, 대벽은 목을 베는 형벌임.

65) 초사(招辭): 죄인이 자기의 범죄 사실을 진술하던 말.

66) 힐문(詰問): 트집을 잡아 따져 물음.

'양 부인이 노 부인을 투기하셨으나 계교를 못 얻고 계시다가 남 상공께서 양 부인과 은밀한 정이 있으시기에 이 계교를 양 부인께 드리셨으니 소비는 명령을 따라 행했을 따름입니다.'

공이 다 보고는 성난 눈으로 화를 내며 꾸짖었다.

"간악한 천한 종이 백옥 같은 주인을 모함하니 그 죄는 목을 베어 죽임이 마땅하다. 이 계교를 누가 가르쳤느냐? 빨리 바른 대로 아뢰면 죽음은 면할 것이다."

옥매가 울며 말했다.

"이는 부인과 남 상공께서 왕복하며 의논하신 일이니 소비가 어찌 허튼소리를 해 주인을 해치겠나이까? 드러난 증거가 있으니 이를 보시면 소비가 헛소리를 안 한 줄을 아실 것입니다."

그러고서 품 속에서 두 봉의 서간을 내어 올렸다. 공이 보니 양 씨의 글씨는 일찍이 알지 못했으나 남생의 글씨는 자기가 본 것과 똑같았다. 공이 낯빛이 변해 한참을 생각하고 있는데 문정공이 급히 이르러 말했다.

"이 일이 까마귀의 암수를 구분하기 어려운 것 같으니 죄 없는 비자를 벌 주는 것이 무익할까 하나이다."

공이 두 장의 서간을 주며 말했다.

"내가 미처 생각지 못해 천한 종을 벌주어 말이 이 지경에 미쳤으니 내가 며느리의 죄를 벗겨 구하려 해도 미치지 못하겠구나. 이를 장차 어떻게 처리해야 하겠느냐?"

문정공이 보니 하나는 양 씨가 남생에게 쓴 서간이요, 하나는 남생이 양 씨에게 쓴 서간이었다. 문정공이 부마의 말을 다 듣고 발을 구르며 낯빛이 변해 말했다.

"제가 당초에 이러한 강상(綱常)의 변(變)이 하룻저녁에 일어날 줄 알지 못하고 말이 양 씨에게 불행하게 미칠까 하여 이 여종을 늦추어 벌주려 했습니다. 그런데 제가 아까 두루 분주하다가 늦게야 여기에 이르렀는데 이런 변이 발각되었으니 어찌 한스럽지 않습니까? 이미 끝이 났으니 옥매를 마지못해 벌주어 물어야 할 것입니다."

부마가 말했다.

"하늘의 해가 비추고 신령이 임하셔도 양 씨가 그럴 리가 없거니와 이 일을 어찌할꼬?"

문정공이 말했다.

"이는 간사한 사람이 술수를 부린 것이니 옥매를 다시 벌주어 실상을 조사해 교묘한 죄를 드러내도록 하는 게 좋겠습니다."

부마가 옳게 여겨 다시 옥매를 올리라 했다.

이때, 옥매가 무복(誣服)하고 나니 노 씨 노주(奴主)가 매우 기뻐했다. 그런데 부마가 옥매에게 다시 죄를 물으려 한다는 말을 듣고 옥교가 급히 궁녀의 복색을 하고는 한 그릇 죽을 들고 밖으로 나가 옥매를 보고 말했다.

"이제 어르신이 그대를 놓아 주려 하시니 그대는 안심하고 이를 먹으라."

옥매가 곧이듣고 마시자 옥교가 즉시 돌아왔다. 이윽고 옥매가 입에서 피를 흘리고 죽었다.

모든 궁노(宮奴)가 옥매를 다시 잡아 올리라는 명을 듣고 즉시 옥에 가서 보니 옥매가 이미 죽어 있었다. 그래서 도로 들어가 고했다.

"죄인 옥매가 매를 이기지 못해 죽었나이다."

부마가 이 말을 듣고는 더욱 놀라고 괘씸하게 여겨 묵묵히 단정히 앉아 있는데 문정공이 말했다.

"내 아까 보니 옥매의 살이 떨어졌으나 급히 죽지는 않을 모양이었는데 어찌 그런 일이 있겠는가?"

그러고서 주검을 올리라 해 자세히 보고 말했다.

"이는 독살된 것이다. 아까 어느 사람이 옥매에게 친히 무엇을 먹인 일이 있더냐?"

옥을 지킨 노자(奴子)가 대답했다.

"소복(小僕) 등이 일찍이 궁중의 노비를 보지 못했으니 누구인 줄은 모르겠으나 어떤 궁녀가 이리이리 이르고 한 그릇 죽을 이 여자에게 먹이고 갔더니 이 여자가 즉시 피를 흘리고 죽었나이다."

문정공이 웃고 말했다.

"궁중에 요사스러운 재앙이 이처럼 가득하니 어찌 한스럽지 않나이까? 이제 장차 그림자를 상대해 양 씨의 억울함을 물을 수가 있겠습니까? 빙옥 같은 며느리를 오늘로부터 강상의 대죄인으로 만들었습니다."

부마가 또한 대로해 궁중의 높고 낮은 궁인을 다 잡아들였다. 이에 노 씨가 겁을 내 옥교를 농에 넣어 감추고 그 나머지는 다 내어 보냈다.

부마가 일일이 점고(點考)해 옥매를 지켰던 노자(奴子)와 대면하게 했으나 아까 보았던 여자가 한 명도 없다고 말했다. 부마가 더욱 분노해 진 상궁을 불러 내외의 각 방을 뒤지도록 했으나 궁녀가 한 명도 없었다. 부마가 문정공에게 처치할 방법을 물으니 공이 잠자코 있다가 대답했다.

"이는 벌써 짐작한 일입니다. 근본을 찾기 어려우니 남생과 양 씨가 다 인륜의 죄인이 되고 말았습니다. 두 벗의 자식을 그릇 만들고서 장차 지하에 가 어느 면목으로 두 벗을 보겠습니까? 또 이 말이 외간에 난다면 대론(臺論)[67]이 크게 어지러워 시비와 곡직(曲直)을 막론한 채 정위(廷尉)[68]에 묻는 날에는 큰일이 날 것입니다. 양 씨와 남생이 죽을 곳을 얻은 것이니 오늘부터 궁중의 높고 낮은 사람을 막론하고 모두 밖으로 다니지 못하게 엄히 지키고 홍문을 시켜 양 씨를 위로하게 해 그 위태함을 보전하도록 한다면 간사한 자를 쉽게 잡을 수 있을 것입니다."

부마가 옳게 여겨 즉시 궁중 내외에 명령을 내렸다. 또 좌우 사람을 시켜 학사를 부르라 하니 학사가 관을 벗고 띠를 푼 채 허리를 굽히고 빨리 걸어 앞에 이르렀다. 이에 부마가 말했다.

"오늘의 변이 어떠하냐?"

학사가 고개를 조아리고 절해 말했다.

"죄가 마땅히 사형에 처해져야 마땅하니 죽기를 원하나이다."

문정공이 옥매의 초사를 주고 말했다.

"네가 또 누구를 옳다고 여기느냐?"

학사가 다 보고는 머리를 두드리며 말했다.

"이런 일을 소질(小姪)이 겪어 보지 않았으니 어찌 알겠나이까?"

공이 말했다.

"양 씨를 의심하는 것이 아니냐?"

생이 대답했다.

"소질이 지식이 없어 어리석으니 장차 까마귀를 분변하지 못하겠나이다."

하남공이 정색하고 꾸짖었다.

---

67) 대론(臺論): 대관(臺官)과 간관(諫官)의 논의. 당송(唐宋) 때 시어사, 감찰어사가 관리 탄핵을 관장했는데 이들 벼슬을 통칭해 대관이라 하고 간의대부, 습유, 보궐, 정언이 규간(規諫)을 관장했는데 이들 벼슬을 통칭해 간관이라 하였으며, 대관과 간관을 합쳐 대간(臺諫)이라 칭하였음.

68) 정위(廷尉): 중국 진(秦)나라 때부터, 형벌을 맡아보던 벼슬. 구경(九卿)의 하나였던바, 나중에 대리(大理)로 고침.

"집안에 여러 사람을 모아 이런 일이 있게 되었으니 간사한 정황을 조사해 알기 전에는 내 눈에 뵈지 말고 애매한 어진 사람을 죄인으로 지목하지 마라."

생이 두 번 절해 명령을 듣고 물러났다.

이에 문정공이 말했다.

"이 일에서 양 씨를 옳다 하려 해도 초사가 분명하고, 법으로 다스리려 하면 형님의 어두우심이 드러남을 면치 못해 허다한 시비가 형님 몸에 미칠 것입니다. 그렇다고 드러내지 말자고 하면 처치가 모호해 처사의 편벽됨을 면치 못할 것입니다. 아직 이리이리 해 안팎의 시비를 막으시는 것이 좋겠습니다."

부마가 옳게 여겨 드디어 모든 궁인의 죄를 묻지 않고 일렀다.

"양 씨가 해산하기를 기다려 처치할 것이다."

그러고서 정당에 나아가 조모에게 죄를 청하니 부인이 말했다.

"이는 구태여 나를 해치려 한 것이 아니라 양 씨를 해치려 한 것인데 네가 어찌 엉성하게 벌을 주어 양 씨가 처신할 곳이 없게 한 것이냐? 너처럼 총명한 아이가 이에 이르러서는 일을 잘못했구나."

부마가 자리에서 내려가 절하고 말했다.

"제가 할머님이 위태로우신 것을 보고 참기 어려워 간사한 정황을 조사하려 했으나 도리어 어진 며느리를 지하에 넣게 되었으니 뉘우치나 미치지 못할 것입니다. 그러나 양 씨는 일찍 죽을 상이 아니니 자연히 앞날에 죄에서 벗어날 것입니다. 그러니 할머님은 근심을 두지 마소서."

승상이 정색하고 말했다.

"이런 큰일을 어른과 의논하지 않고 혼자 분주해 종부(宗婦)를 강상의 대죄인으로 만들었으니 이 무슨 도리냐?"

부마가 절해 사죄하고 말없이 물러나 돌아와 구태여 노 씨를 칭찬하지 않고 양 씨에게 죄를 묻지 않았다.

양 씨는 뜻밖에 이런 흉한 변을 만나 망극한 억울함을 이기지 못했다. 시부모가 비록 곧이듣지 않았으나 자기는 동해의 물을 기울여도 더러운 덕을 씻지 못하게 되었으므로 다만 낮은 집에서 처벌을 기다리며 시부모의 처치를 기다릴 뿐이었다. 그러나 공과 주비는 끝까지 옳고 그름을 묻지 않고 궁인을 신중히 택해 사방을 지키도록 했다. 양 씨는 스스로 기미를 알고 그 은혜에 감격해 뼈에 사무쳤다. 그러나 자기 한 몸의 누명을 생각하니 죽어 모르고 싶었고, 옥매는 이미 죽어 다시 찾을 길이 없으므로 이생에서의 삶이 이쯤에서 마쳐지게 된 것을 몹시 슬퍼했다.

학사는 양 씨가 죄에 빠진 것을 마음에 매우 불쌍히 여겼으나 부모의 뜻을 채 알지 못해 들어가 보지 못하고 겉으로는 좋은 빛으로 자약히 지냈다.

하루는 참지 못해 양 씨 있는 곳을 찾아 들어갔다. 양 씨는 이불에 싸여 한 시신이 되어 누워 숨기척도 없었다. 학사가 가만히 나아가 이불을 열고 등불을 내어 보니 베개에 눈물 흔적이 가득한데 양 씨는 조용히 하염없이 느껴 울고 있었다. 학사가 매우 불쌍히 여겨 양 씨의 손을 잡고 가만히 일렀다.

"인생이 백 년을 살 것이 아닌데 내 몸이 빙옥 같은 후에야 무슨 일로 무익한 염려를 해 꽃다운 몸을 상하게 하는 것이오? 나 이흥문이 비록 아는 것이 없으나 그대를 지목해 잘못했다 한 적이 없고 마음에 맹세해 간악한 무리를 찾아 그대를 신원(伸寃)[69]하려 하는데

---

69) 신원(伸寃): 가슴에 맺힌 원한을 풀어 버림.

그대는 무슨 까닭으로 천금과 같은 몸을 돌아보지 않는 것이오?"

양 씨가 이 말을 듣고는 놀라고 더욱 슬퍼 무수한 눈물이 비췻빛 소매를 적셨다. 낯을 벽으로 향한 채 한마디를 답하지 않으니 학사가 그 약함을 부족하게 여겨 한참 지난 후에 또 일렀다.

"비록 그대의 액운이 비할 데 없어 이런 일이 생겼으나 자기 몸이 옥 같은데 푸른 하늘이 말이 없음을 한할지언정 무익한 슬픔을 머금어 나의 마음을 저버리는 것이오?"

양 씨가 눈물을 흘리다가 한참 뒤에 겨우 말했다.

"군자께서 비록 의심을 두지 않으시고 시부모님께서 큰 은혜를 내리시나 첩이 무슨 마음으로 뻔뻔하게 낯을 들어 군자를 보고 싶겠나이까? 운명이 기박하고 운수가 불리함을 한하니 한 번 더러운 덕을 몸에 실어 백골이 진토가 되어도 원한을 풀 날이 없을 것입니다. 귀한 가문을 더럽힌 죄를 지은 사람이 장차 어느 곳에 몸을 둘 수 있겠습니까?"

그러고서 눈물을 계속 흘리니 학사가 불쌍함을 이기지 못해 야심토록 묵묵히 앉아 있었다.

그러다 갑자기 한 계교를 생각하고 몸을 일으켜 소원각에 이르렀다. 이때 노 씨는 바야흐로 단잠이 깊었는데 생이 곁에 이불을 펴고 이 밤을 한군데서 지내고 다음 날 아침에 일어나니 노 씨가 놀라고 속으로 기뻐해 일렀다.

"군자께서 오셨는데 맞이하는 예를 폐했으니 태만함이 지극합니다."

생이 말했다.

"양 씨가 큰 죄를 지었으니 그곳 침소는 내가 있을 곳이 아니오. 이제부터는 내 옷과 물건을 그대에게 받들게 하려 하니 사양하지 마시오."

노 씨가 마음에 기쁨을 이기지 못했으나 자못 사양하며 말했다.

“위로 양 부인이 계시니 첩이 어찌 당돌히 군자의 기추(箕帚)[70]를 받들겠나이까?”

생이 정색하고 말했다.

“다만 나의 말대로 하시오.”

노 씨가 이에 응낙했다.

생이 이후에는 밤낮으로 때도 없이 있으면서 기미를 살피며 한 일도 무심하게 보는 일이 없었다. 모든 시비(侍婢)를 살펴 옥교를 가장 의심했으나 드러난 일이 없으므로 잠자코 있으면서 나중을 보려 했다.

하루는 남생이 나가고 학사가 서당에 홀로 있으며 연갑(硯匣)[71]을 뒤적이니 홀연 한 봉의 서간이 빠졌다. 학사가 보니 양 씨의 서간이었다. 서간 속의 내용은 죄목이 드러나 죽을 곳에 빠졌으니 계교를 가르쳐 달라는 것이었다. 생이 다 보고는 깊이 생각하다가 서동(書童) 소희를 불러 말했다.

“남 상공이 나간 후에 내당 시비가 나왔더냐?”

소희가 말했다.

“낯은 모르나 어떤 여자가 상공의 의건(衣巾)을 가지러 왔다 하고 들어왔었나이다.”

학사가 말했다.

“얼굴이 이러이러하더냐?”

소희가 대답했다.

“얼굴을 다시 보면 알겠지만 또한 자세히는 알지 못하겠나이다.”

---

70) 기추(箕帚): 쓰레받기와 비를 아울러 이르는 말로 아내가 남편을 받드는 것을 이름.

71) 연갑(硯匣): 벼루, 먹, 붓, 연적 따위를 넣어 두는 납작한 상자.

생이 잠깐 생각하다가 그려서 보이려 했다. 문득 명패(命牌)[72]가 내려 학사를 찾았으므로 급히 조복(朝服)을 갖추고 승패(承牌)[73]해 들어갔다. 학사가 종일토록 천자를 모셔 말하다가 석양에 돌아왔다. 술이 많이 취해 서당에 누워 있는데 홀연 궁관이 정신없이 와 고했다.

"문정공 어르신께서 불의에 곽란(癨亂)[74]으로 막혀 위중하시므로 하남공 어르신께서 학사 어른을 부르시나이다."

학사가 놀라 즉시 오운전으로 들어갔다. 이때는 문정공이 적이 나아서 일어나 앉아 있고 하남공 등이 좌우에 열을 지어 있었다. 생이 나아가 기운을 여쭙고 말했다.

"임금께서 내려 주신 술에 취해 즉시 이르지 못했더니 그사이 숙부께서 환후(患候)가 있으신 줄을 어찌 알았겠나이까?"

하남공이 일어나며 학사에게 여기에 있으라 하니 학사가 명을 받들어 문정공을 모셨다. 밤을 맞아 취함을 이기지 못해 먼저 한 구석에 쓰러져 잤다. 취중에 잠자리가 조용하지 않아 몸을 한곳에 두지 않으니 소매에서 서간이 빠지는 것을 면치 못했다. 문정공이 책상에 기대 있다가 심상치 않은 종이가 빠진 것을 보고 매우 놀라 오랫동안 헤아렸다.

밤든 후에 학사가 일어나 앉아서 향기로운 차를 구해 먹고 옷을 여미어 공의 기운을 물은 후 바야흐로 낮에 얻은 서간이 번다함을 깨달아 없애려 해 소매를 더듬어 찾았으나 서간이 없었다. 크게 놀

---

72) 명패(命牌): 임금이 벼슬아치를 부를 때 보내던 나무패. '命' 자를 쓰고 붉은 칠을 한 것으로, 여기에 부르는 벼슬아치의 이름을 써서 돌림.

73) 승패(承牌): 명패를 받듦.

74) 곽란(癨亂): 음식이 체하여 토하고 설사하는 급성 위장병.

라 낯빛이 변하니 공이 물었다.

"조카는 무엇을 찾는 것이냐?"

학사가 대답했다.

"전날 봄 직하지 않은 서간을 얻어 소매에 넣었더니 취중에 아무데에 가 빠진 줄을 알지 못하겠나이다."

공이 그 서간을 던지며 말했다.

"이것이냐?"

학사가 두 손으로 받아 소매에 넣으니 공이 정색하고 말했다.

"비례(非禮)의 서간을 옷 소매에 넣고 다니는 것은 그 뜻이 어디에 있어서냐?"

학사가 웃고 대답했다.

"소질(小姪)이 본디 소탈한 것이 병이 되어 이런 괴이한 일에 근심할 줄을 몰라 그 일을 곧이듣지 않았나이다. 전날 과연 이런 일을 보았으나 시비하기 싫어 조용히 있으려고 제가 스스로 서간을 없앴습니다. 그런데 접때 옥매의 변이 났고 또 소질이 이 서간을 남생의 연갑에서 얻었으니 양 씨에게 입이 아홉이 있으나 해명하기 어려울 것입니다. 양 씨의 일이 아니라 하지도 못하나 다만 평소 그 위인을 본다면 결코 이런 일을 하지 않을 것이라 소질이 이런 일을 믿지 못하겠습니다. 하물며 남관은 금옥 같은 군자로서 정녕코 이런 일을 하지 않을 것입니다. 소질이 홀로 이 일을 잊지 않을 것이나 남에게 드러나도록 하는 것이 옳지 않아 가만히 없애려 했더니 승패(承牌)[75]해 궁에 들어갈 때 소매에 넣고서 잊고 있었던 것입니다."

공이 다 듣고는 하늘을 우러러 탄식하며 말했다.

75) 승패(承牌): 명패를 받듦.

"아! 원래 주머니 가운데 송곳을 보인 것이 여러 번이었구나. 네가 양 씨의 죄를 벗겨 놓았으니 또한 누구의 짓으로 생각하느냐?"

학사가 웃고 대답했다.

"보지 않았으니 뉘 짓인 줄 알겠나이까? 점점 싹이 커질 때는 자연히 보이는 것이 있을 것이니 숙부께서는 그때 보소서. 기이한 광경이 될 것입니다."

말을 마치고는 낭랑하게 크게 웃으니 문정공이 정색하고 꾸짖었다.

"이 일이 웃을 일이 아니다. 양 씨가 지금 강상의 대죄(大罪)를 무릅쓰고 있는데 너는 일을 처리해서 양 씨의 죄를 벗겨 놓은 일도 없고 죄를 다스림도 없이 처사가 매우 몽롱하구나. 대종부(大宗婦)를 저렇듯 버려 놓았으니 문호의 큰 근심인데 또 어찌 웃는 것이냐?"

학사가 사죄해 말했다.

"소질이 그윽이 생각하니 천하 여자의 생각이 공교해 남의 운명이 기박함을 좋게 여기니 자연히 웃음을 참지 못했나이다. 그러나 나중을 볼 것이니 군자가 눈으로 보지 않은 일로 장차 누구를 의심하겠나이까?"

문정공이 그 생각을 옳게 여겨 고개를 끄덕여 응했다.

이튿날 문정공이 하남공을 보고 수말을 자세히 전하고 말했다.

"형님께서 흥문이를 늘 배척하셨으나 그 아이의 생각을 들어 보니 보통 사람보다 뛰어났습니다. 그러니 어찌 기특하지 않습니까?"

하남공이 다 듣고는 매우 놀라 말했다.

"집안에 요사스러운 재앙이 점점 가득하니 사람을 어찌 집에 들임 직하겠느냐?"

문정공이 말했다.

"형님은 부질없는 말씀 마시고 흥문의 말대로 나중을 보소서. 천리(天理)가 순환함을 예로부터 좋게 여겼습니다. 양 씨 같은 숙녀가 마침내 죽지는 않을 것이니 형님은 말을 번다하게 마소서."

이에 하남공이 잠자코 있었다.

흥문이 서당에 돌아와 그 서간을 태워 버리고 붓과 벼루를 내와 옥교의 얼굴을 그려 소희를 불러서 그림을 보여 주며 말했다.

"어제 나왔던 시녀의 얼굴이 이렇더냐?"

소희가 대답했다.

"과연 이 그림의 얼굴과 같았나이다."

학사가 처음부터 짐작한 일이었으므로 더욱 괘씸하게 여겨 계교를 생각했다.

하루는 황혼이 되어 양 씨를 보려 해 침소에 이르렀다. 난간을 올라 디디려 하는데 한 명의 여인이 글월을 가지고 일렀다.

"남 상공이 소저에게 보냈으니 시녀는 들여 가라."

그러고서 빨리 달아났다. 학사가 밤낮으로 기틀을 엿보고 있었으므로 급히 따라가 그 사람을 이끌어 난간 아래 이르러 불을 밝히고 보니 노 씨의 시비 옥연이었다. 학사가 이에 물었다.

"뉘 서간을 가지고 여기에 왔느냐?"

옥연이 황망히 대답했다.

"소비가 아까 서당에 나가니 남 상공께서 이 서간을 주시며 양 소저께 드리라 했나이다."

학사가 이 말을 듣고 버럭 크게 화를 내며 사람들을 시켜 시노(侍奴)를 부르게 해 옥연을 단단히 매어 오라 하고 외당으로 나가 사람들을 시켜 횃불을 밝히라 했다. 모든 종들이 다 놀라 일시에 불을 켜니 생이 명령해 가까이에 형틀을 놓게 하고 오형(五刑)을 갖추어 옥연을 형틀에 올리게 한 후 꾸짖어 물었다.

"네 아까 비하당에 서간을 가지고 간 것은 지시한 사람이 있어서 그랬을 것이니 자세히 고한다면 네 몸에 한 차례 형벌도 내려지지 않고 네가 살 것이다. 그러나 만일 숨긴다면 즉각 몸을 마치게 될 것이다."

옥연이 일생 좋은 집에서 영화를 보다가 오늘 액운을 만나 두려웠고 좌우에 견디지 못할 형벌 기구를 벌여 놓은 것을 보고 혼비백산해 말했다.

"어른께서 진실로 소비(小婢)를 살려 주신다면 진상을 바로 고하겠나이다."

학사가 주부(主簿)를 가까이 불러 옥연을 죽이지 않겠다는 뜻을 수례(手例)[76]하고 말했다.

"네가 아무 말이라도 낱낱이 고한다면 이대로 할 것이나 그렇지 않는다면 죽기를 면치 못할 것이다."

옥연이 다행으로 여겨 이에 고개를 조아려 말했다.

"소비는 일찍이 소저를 경대(鏡臺) 아래에서 모시고 있으니 무엇을 알겠나이까? 다만 시비 옥교가 소저 가까이에서 신임을 받아, 접때 양 부인 시녀 옥매를 처음엔 극진히 사귀더니 옥매가 형벌을 입고 난 후에는 미음에 짐독(鴆毒)[77]을 타서 가져다가 먹였습니다. 소비는 이밖에 나머지 일은 알지 못합니다. 옥교가 오늘도 그 서간을 주며 할 말을 알려 주었나이다. 소비는 다만 이를 알고 다른 일은 알지 못하니 옥교를 불러서 묻는 것이 옳을까 하나이다."

학사가 다 듣고 그 말을 옳게 여겨 좌우 사람들에게 명령해 소원

76) 수례(手例): 예전에, 자기의 성명이나 직함 아래에 도장 대신에 자필로 글자를 직접 쓰던 일. 또는 그 글자.

77) 짐독(鴆毒): 짐새의 깃에 있는 맹렬한 독.

각에 가 옥교를 잡아 오라 했다.

노 씨가 계교가 이루어지기를 바라며 옥연을 기다리고 있더니 홀연 전하기를,

“학사의 종이 옥연을 잡아 오형(五刑)을 갖추고 학사께서 신문하려 하시니 옥연이 이실직고해 모든 시노(侍奴)가 옥교를 잡으러 왔나이다.”

라고 하는 것이었다.

노 씨가 이 말을 다 듣고 마른하늘에 날벼락이 쳐 온몸을 가루로 내는 듯해 옥교를 농에 넣어 감추고 가만히 가슴을 두드리며 모든 시노에게 말했다.

“옥교가 아까 밖으로 나갔으니 찾아서 잡아가라.”

이에 종들이 옥교를 두루 찾았으나 자취가 없었다. 이대로 노 씨에게 고하니 노 씨가 말했다.

“너희가 잡는 것을 잘못해서 도주한 것이다.”

시노들이 말했다.

“사방에 분장(粉牆)[78]이 높고 유리로 민 듯한데 여자가 장차 어디로 갈 수 있겠나이까?”

노 씨가 노해 말했다.

“천한 종년의 거처를 내가 어찌 알겠느냐?”

시노들이 할 수 없이 돌아가 이대로 고했다.

학사가 짐작하고 각 문을 단단히 지키라 분부하고 옥연을 옥에 가두었다. 그러고 나서 소원각에 들어가 진 상궁을 불러 진 상궁이 앞에 이르니 사나운 소리로 일렀다.

---

78) 분장(粉牆): 갖가지 색깔로 화려하게 꾸민 담.

"네가 어리석어 나의 아내를 어질게 교화하지 못했다. 죄인 옥교가 이곳에 숨어 있으니 그대는 마땅히 작은 궤 속이라도 열어 보여 나의 마음을 시원하게 하라."

말을 마치자, 수려한 눈썹에 노기가 어려 찬 바람이 눈 위에 부는 듯했다. 그리고 눈을 흘려 떠 노 씨를 보았다. 노 씨가 학사의 말을 듣고 심장이 떨어지는 듯했으나 낯빛에 드러나지 않도록 하고는 정색해 말했다.

"첩이 비록 어리석으나 또한 사족(士族) 집안의 여자로서 설마 죄 있는 비자(婢子)를 이곳에 감추어 두었을 것이며 하물며 더욱이 궤짝 속에 사람을 넣었겠습니까?"

학사가 돌아보고 말했다.

"부인은 잠자코 있으시오. 생은 의심이 매우 많은 사람이오. 생이 부인을 의심해 궤짝 안을 찾고 있으니 만일 옥교를 찾지 못한다면 내가 가시나무를 지고 그대에게 죄를 청하겠소."

노 씨가 크게 분해 가슴을 두드리고 울며 말했다.

"낭군이 첩을 박대함이 지극한 지경까지 이르렀다가 끝내는 이런 데에 지목할 줄을 어찌 알았겠나이까? 팔자가 박명하고 운수가 좋지 못해 낭군이 첩을 의심하나 제 마음은 하늘의 해가 비추고 있습니다. 궤짝 안에는 옥교의 자취가 없으니 아무 담 큰 사람이라도 나의 상자는 열지 못할 것입니다. 내 일찍이 도적이 아니요, 훔친 물건이 없는데 낭군께서는 심야에 규방 안을 어지럽게 하는 것입니까?"

진 상궁이 이 광경을 보고 말리며 말했다.

"천한 여종의 거처를 소저께서 어찌 아실 것이라고 상공께서 설사 취중이신들 괴이한 노릇을 하려 하시나이까? 만일 궤짝 안을 뒤져서 찾지 못한다면 겸연쩍음이 많을 것이고 아녀자를 대해 부끄러울 것이니 이만하시고 나가소서."

학사가 맑은 눈찌를 흘려 진 씨를 보며 냉소하고 말했다.

"궁희(宮姬)를 그리 알지 않았더니 대강 귀 먹고 눈 어두운 사람이로다. 내 아까 옥교를 찾으니 어느 사이에 옥교가 도주했다고 속였으나 내가 헤아려 보건대 여러 문에 노자(奴子)들이 지키고 있고 앞뒤 담은 유리로 깎아서 싼 듯한데 옥교가 날개를 가졌으면 모를까 그렇지 않고서는 어디로 갔겠는가? 사족 부녀가 천한 비자(婢子)와 한통속이 되어 칠거(七去)[79]의 큰 죄를 저지르고 일이 발각되자 이 집안에 깊이 감춘 것이다. 그러니 궁희는 어두운 말을 그치고 빨리 뒤져 나에게 보이라. 술을 먹었다 하나 본디 취하지 않았고 또한 오늘은 안 먹었으니 고루한 말을 그치라."

말을 마치자, 긴 눈썹이 관(冠)을 가리키고 소리가 점점 높아 친히 기린촉(麒麟燭)[80]을 들고 진 씨를 이끌어 비록 손바닥만 한 버들그릇이라도 내어 놓으라 하니 진 씨가 웃고 말했다.

"옥교가 새새끼라면 이 그릇에 담겼을 것입니다."

학사가 말했다.

"그대는 허수히 우기지 말라. 요망한 사람의 간악함이 비할 데 없으니 여기에 있을지 어찌 알겠는가?"

두루 뒤져 가다가 큰 농에 다다라서는 굳이 잠그고 안에서 가는 숨소리가 들리는 것이었다. 학사가 바야흐로 웃으며 말했다.

"수상하다."

노 씨를 돌아보아 열쇠를 찾으니 노 씨가 대로해 말했다.

---

79) 칠거(七去): 예전에, 아내를 내쫓을 수 있는 이유가 되었던 일곱 가지 허물. 시부모에게 불손함, 자식이 없음, 행실이 음탕함, 투기함, 몹쓸 병을 지님, 말이 지나치게 많음, 도둑질을 함 따위.

80) 기린촉(麒麟燭): 기린을 그려 넣은 등불.

"그곳에는 석가모니 고깔과 장삼(長衫)[81]과 재미(齋米)[82] 쌀을 두었으니 그대가 방자하게 열고서 죽으려 하는 것입니까? 대강 그대뿐만 아니라 일가 사람이 다 죽을 것입니다. 그대가 첩을 가볍게 여기고 있으나 세존(世尊)을 어찌 살피지 않는 것입니까?"

생이 웃고 말했다.

"내 본디 알지 못하니 한번 구경하게 열쇠를 빌려 주시오."

노 씨가 낯빛을 바꾸어 말했다.

"그대는 부모를 아끼지 않나이까? 이는 결단코 주지 못할 것입니다."

생이 열쇠를 주지 않을 줄 알고 일어나서 온 힘을 다해 배목[83]을 틀어서 빼고 보니 옥교가 안에 고단히 엎드려 죽은 듯이 있었다. 진 상궁은 당초에 학사가 과도하다 여기고 노 씨가 옥교를 농에 넣었을 줄은 꿈에도 생각지 못하고 있었다. 그러다가 이를 보고는 크게 놀라며 물러서고 생은 박장대소하며 말했다.

"세존도 괴이하구나! 세존을 위한 장삼과 고깔은 어디 가고 여승이 들어 있는고? 이는 여보살(女菩薩)이 아닌가? 이로써 보니 인간 진향(進香)[84]이 그르지 않구나. 이 사람은 노 씨의 전세 조상인가? 농에 넣어 두고 하루 네 번씩 향불을 피우는 것인가?"

말을 마치자 또 크게 웃고 옥교를 끌어내 친히 매어 대청 아래로 내리쳤다. 진 상궁이 그 거동을 요괴롭게 여겨 말을 안 하고 서 있으니 학사가 상궁을 보며 웃고 말했다.

"옥교는 사족(士族)의 입으로부터 달아났다고 들었으니 옥교는 잡

---

81) 장삼(長衫): 승려의 웃옷. 길이가 길고, 품과 소매를 넓게 만듦.

82) 재미(齋米): 승려나 사찰에 보시로 주는 쌀.

83) 배목: 문고리를 걸거나 자물쇠를 채우기 위하여 둥글게 구부려 만든 고리 걸쇠.

84) 진향(進香): 불교 신도가 성지(聖地)나 명산(名山)의 사당에 가 향을 사르고 부처에게 절함.

지 못하고 여보살 하나를 얻었네. 어쨌거나 내일 재계(齋戒)하고 모시고 앉아 경(經)을 들어야겠다."

진 씨가 정색하고 말했다.

"어르신의 집안일이 한심한데, 웃는 것은 무슨 까닭입니까?"

학사가 또 크게 웃고 말했다.

"노 씨의 세존 위한 재미(齋米)[85]와 장삼 고깔을 보려 했더니 그것은 흔적이 없고 여보살 하나가 살아서 들어 있으니 놀라운 가운데 괴이함을 이기지 못하고 이를 좋게 여기려 해 웃음이 난 것이니 궁희는 꾸짖지 말라. 사족(士族)이 천한 사람과 한통속이 되어 음흉한 계교를 행하다가 낭패를 보아 천한 것을 그릇에 담아 감추었으니 집안일 가운데 이보다 더한 일이 있겠는가?"

진 상궁이 이 말을 듣고 미소를 지었다. 노 씨가 비록 담력이 있으나 무슨 말을 하겠는가. 낯이 잿빛이 되어 묵묵히 있으니 생이 일어서며 말했다.

"세존께서는 억만 겁(劫)이나 행실을 닦아서 길을 다니면 꽃비가 날고 상서로운 기운이 어려 사람이 모여도 바람이 되어 몸을 감춘다 들었다. 그런데 이 세존은 어찌 내 손에 이토록 어설프게 잡혔으며 농 안에 고단하게 들어가 엎드려 있는 것인고?"

말을 마치고는 크게 웃고 소매를 떨쳐 나갔다. 진 상궁이 이에 또한 천천히 웃으며 돌아갔다.

노 씨가 이때 애달프고 분한 마음이 뼈에 사무쳐 머리를 부딪치고 가슴을 두드려 통곡하며 손을 비벼 빌었다.

"밝은 하늘이 굽어보신다면 오늘 밤에 역적 이흥문을 죽여 버리

85) 재미(齋米): 승려나 사찰에 보시로 주는 쌀.

소서.”

이처럼 소리를 내어 통곡했다.

이때 하남공이 내전에 들어와 취침하려 할 적에 야심토록 주비와 함께 자리 위에 앉아 말하고 있었다. 그런데 홀연 곡소리가 은은함을 듣고 놀라고 의아해 좌우 사람들을 부르니 소옥이 나아와 답했다. 공이 이에 물었다.

“심야에 어떤 사람이 까닭 없이 우는 것이냐?”

소옥이 연유를 알지 못한다고 대답하니 공이 성을 내 말했다.

“궁중의 법도가 지엄한데 어떤 사람이 감히 곡소리를 낸단 말이냐? 일을 맡은 궁인 진 씨를 부르라.”

소옥이 즉시 진 상궁을 찾아 명을 전하니 진 상궁이 급히 이르러 명을 받들었다. 공이 이에 정색하고 꾸짖었다.

“내가 이제 자려고 하는데 그대는 궁중의 모든 사람을 거느리는 사람으로서 까닭 없는 곡소리가 내 귀에 들리게 하는 것이냐?”

진 씨가 급히 고개를 조아려 말했다.

“첩이 비록 용렬하나 허다한 궁인이 하늘이 높은 줄 알고 있으니 누가 감히 울겠나이까? 다만 학사 어른이 아까 소원각에 들어와 시녀 옥교를 잡아가자 노 부인이 근심하고 분해서 우는 소리입니다.”

공이 놀라서 깊이 생각하다가 진 씨를 물러가라 하고 주비에게 말했다.

“이 아이가 소탈한 것이 병이 되어 매사에 사람에게 말하는 일이 없어 내가 또 양 씨를 향한 흥문이의 마음을 알지 못했소. 그런데 원래 저의 마음은 양 씨를 의심한 적이 없었던 것이구려. 그런데 집안 사람이 계교 부리는 싹을 어디로부터 알았기에 노 씨가 이처럼 놀라고 성낸다는 말이오? 알지 못할 일이오.”

주비가 공손히 두 손을 마주 잡고 대답했다.

"비록 양 씨를 구렁에서 건져 낸다 해도 노 씨를 버리는 것이 됩니다. 노 씨가 스스로 저지른 일에서 생긴 재앙이라 하나 이는 화평한 방법이 아니요, 피차에 볼 낯이 없으니 기쁨이 없나이다."

공이 웃으며 말했다.

"이는 또 공평한 말이라 하겠으나 또한 그런 요망한 사람을 집안에 어찌 두겠소? 선조의 신령이 용납하지 않으실 것이니 이런 자잘한 생각은 부질없소."

주비가 잠깐 웃고 대답을 안 했다.

학사가 외당에 나와 평안히 자고 다음 날 새벽에 남생을 향해 일렀다.

"내 잠깐 할 일이 있으니 송죽헌에 가 현보와 함께 있다가 내가 찾으면 오는 것이 어떠한가?"

남생이 응낙하고 일어나 나갔다.

학사가 죄인을 올리라 해 심복 시노 몇 명에게 명령해 큰 곤장을 가져와 자기의 명령을 기다리라 했다. 옥교가 이에 넋이 몸에 붙어 있지 않은 채 울고 말했다.

"저에게 무슨 죄가 있다 하고 이런 중한 형벌을 더하려 하시나이까?"

학사가 성을 내 꾸짖었다.

"네 죄가 태산과 같음을 내가 알고 있으니 수고로이 곤장을 맞지 말고 바른 대로 고하라."

옥교가 발악하며 말했다.

"소비(小婢)를 지금 때려 죽이신다 해도 소비는 추호도 죄를 저지른 일이 없으니 무엇을 바로 고하겠나이까?"

학사가 대로해 한 쌍 눈을 뚜렷이 뜨고 종들을 돌아보아 말했다.

"이 여자를 매우 쳐 실상을 알게 하도록 하라."

종들이 명령을 듣고 옥교를 끌어 형틀에 올려 매고 붉은 매를 단단히 풀어 헤쳤다. 건장한 종들이 소매를 걷어 매고 용을 써 멀리서 소리 치고 달려들어 옥교를 치니 태감 한 명은 중간 계단에 앉아 매우 칠 것을 소리치고 궁관 한 명은 엎드려 매의 수를 세었다. 사내종 대여섯 명은 옥교의 손과 발을 붙들고 있으니 사람이 많지 않았으나 위엄이 엄숙했다. 옥교 한 몸이 요동을 하지 못하는데 서너 대가 넘지 않아서 옥교의 살갗이 문드러지고 피가 돌돌 흘렀다. 옥교가 고개를 끄덕이고 혀를 빼 몸을 뒤틀며 소리쳤다.

"소비가 실정을 자세히 고할 것이니 치는 것을 늦추소서."

학사가 명령해 매를 그치라 하고 물으니 옥교가 말했다.

"소비가 양 씨 해친 줄을 어르신께서 어찌 그토록 자세히 아시는 것입니까?"

학사가 말했다.

"내 어찌 너의 간악함을 몰랐겠느냐? 이전부터 너의 간악함을 알았으나 드러난 일이 없어 잠자코 있었더니 옥연의 초사(招辭)[86]가 이처럼 명백하니 내 어찌 모를 수 있겠느냐?"

옥교가 말했다.

"이는 다 옥연이 무복(誣服)[87]한 것이니 믿지 마소서."

학사가 좌우의 사람들을 시켜 옥연을 불러 옥교와 대면시키고 말했다.

"옥교가 네 말이 거짓말이라 하니 네가 근본을 말해 보거라."

옥연이 옥교에게 말했다.

---

86) 초사(招辭): 죄인이 자기의 범죄 사실을 진술하던 말.

87) 무복(誣服): 강요에 의하여 하지 않은 것을 했다고 거짓으로 자백함.

"네가 진실로 나를 부추겨 어젯밤에 양 부인 침소에 가 이리이리 하라고 하지 않았느냐? 또 미음에 독을 넣어 옥매에게 가져가 먹이지 않았느냐? 내 보니 네가 매양 부인과 은밀한 말을 다 하니 이는 필시 부인과 은정이 있어서 그런 것일 터인데 네가 간사하게 변명하는 것은 어째서냐?"

옥교가 꾸짖었다.

"개 같은 짐승이 주인을 팔아 죄를 면하니 금수와 다름이 없구나."

옥교가 다시 고했다.

"소비를 이제 죽이셔도 고할 말이 없나이다."

학사가 더욱 노해 말했다.

"이 여자가 이처럼 간악하니 너희는 빨리 화형(火刑) 준비를 하라."

시노(侍奴)들이 명령에 응해 즉시 일어나 곁에다 불을 산처럼 피우고 쇠를 넣어 달구니 옥교가 돌아보고 하늘을 우러러 탄식했다.

"차라리 형체나 온전한 귀신이 되어야겠다. 어르신께서는 장차 무슨 말을 물으려 하시나이까?"

학사가 물었다.

"문정공 어르신의 소저에게는 누가 독을 주라 했느냐?"

옥교가 대답했다.

"천한 종이 무슨 원한이 있어 문정공 어르신의 따님을 해치겠나이까? 다만 이는 소저께서 따님의 미색을 시기해 계교를 알려 주셔서 행한 것입니다."

학사가 또 물었다.

"어떤 사람이 양 부인 상자에 무늬옷을 넣었던 것이냐?"

옥교가 대답했다.

"이는 또 소저의 명령이 있었으니 소비는 명령을 받들어 행했을 뿐입니다."

학사가 또 물었다.

"남 상공의 글씨는 언제 보았으며 집안 어르신의 음식에 독을 넣은 것은 네가 옥매를 사주해서 그랬던 것이냐?"

옥교가 숨을 내쉬고 대답했다.

"남 상공의 글씨는 제가 옥매와 한통속이 돼 얻어 소저께서 본뜨시고 양 부인 침소에 서간을 넣은 것은 옥매가 행했나이다. 집안 어르신의 음식에 독을 넣은 것도 소저께서 소비에게 명령해 지시하신 것을 소비가 옥매를 부추겨 행하도록 했나이다."

학사가 또 신문해 말했다.

"접때 서당에 간부(姦夫)의 서간을 넣은 것은 누가 한 짓이냐?"

옥교가 대답했다.

"옥매를 당초에 사귄 것은 계교를 이루려 한 것이요, 후에는 옥매가 매를 견디지 못해 승복할까 해서 죽인 것입니다. 접때 서당에 글을 넣어도 어르신이 양 씨를 의심하지 않자, 소저께서 이르시기를, '열 번 부추겨 응하지 않을 사람이 없으니 학사가 비록 양 씨와 정이 두터우나 차차 계교를 쓴다면 어찌 곧이듣지 않겠느냐?' 하시고 그 서간을 지어 주셔서 소비가 그 서간을 가져다 넣은 것입니다. 어제는 어르신이 비하당에 가시는 것을 보고 소비가 옥연에게 계교를 행하도록 한 것은 틀림없는 일입니다. 그런데 이는 다 소저께서 지시하신 것이니 원컨대 어르신은 제가 스스로 저지른 일이 아닌 줄을 살피셔서 저의 쇠잔한 목숨을 용서하소서."

학사가 다 듣고서 절절히 괘씸해하고 자기가 생각한 것이 그르지 않았음을 보고 스스로 총명함을 깨달았다. 옥교를 다시 옥에 가두고 초사(招辭)를 일일이 써 가지고 바로 승상부에 이르렀다.

아침을 맞아 사람들이 자리에 가득히 열을 지어 남자는 왼쪽에 여자는 오른쪽에 나누어 태부인 앞에서 시립(侍立)해 말을 하고 있었다. 생이 팔을 꽂고 읍양(揖讓)[88]해 자리에 나아가 하남공의 면전에 꿇어 소매에서 옥교의 초사를 내어 드리고 다시 절해 말했다.

"접때 양 씨의 강상 대죄가 심상치 않아 만일 양 씨를 다스리려 한다면 극률(極律)로 처치하는 것이 옳았을 것입니다. 그런데 양 씨의 예전 행동을 참작해 본다면 양 씨에게 그 죄가 있음을 분명히 지목할 수 없었고 대인께서 또한 그렇게 여겨 양 씨를 다스리지 않으셨습니다. 그래서 세월을 보내고 있더니, 제가 잠깐 간사한 정황을 살펴 범인을 잡으려고 계교했습니다. 과연 어젯밤에 노 씨의 시비 옥연이 양 씨 처소에 이르러 이리이리 하고 있다가 소자와 우연히 마주쳤습니다. 소자가 생각하기를, 하나를 잡으면 또한 이전의 미심쩍은 일을 알 수 있을 것 같았습니다. 그래서 천박함을 헤아리지 않고 옥연을 친히 잡아 벌을 주니 옥연이 사실을 말해 주었습니다. 소자가 실상을 알아보려 해 옥교를 찾으니 노 씨는 옥교가 도주했다고 일렀습니다. 제가 의심이 생겨 일을 맡은 궁인 진 씨와 함께 소원각에 가서 뒤져 보니 과연 노 씨가 옥교를 농에 넣어 감추어 두었습니다. 여자의 계교가 이러하고서 장차 무슨 일을 못하겠나이까? 제가 격분함을 견디지 못해 옥교를 벌주어 그 초사가 이처럼 명백하니 장차 어찌하면 되겠습니까? 노 씨의 죄가 심상치 않으니 이에 맞는 법률이 있을 것이라 대인께서 처치해 주시기를 바라나이다."

공이 귀로 들으며 눈으로 초사를 다 보니 아들의 총명하고 신이함이 이와 같음을 매우 흐뭇해해 눈썹 사이에 잠깐 기쁜 빛을 띠고는

---

88) 읍양(揖讓): 읍하는 예를 갖추면서 사양함.

몸을 돌려 승상을 보고 물었다.

"이 일을 어찌하면 되겠나이까?"

승상이 말했다.

"흥문이가 영리해 이처럼 공교로운 일에 대해 짧은 시간에 간악함을 드러내고 자취를 폭로했으니 아비보다 낫구나. 노 씨 처치하는 일을 어찌 나에게 묻는 것이냐? 투기는 칠거(七去)[89]에 있거늘 하물며 당당한 사족 부녀가 이처럼 음흉한 계교로 정실을 해쳤으니 잠시라도 집에 둘 수 있겠느냐? 노 공을 불러 이 일을 이르고 노 씨를 출거(黜去)[90]하는 것이 옳다."

공이 두 번 절해 명령을 듣고 좌우의 사람들은 노 씨의 행동에 매우 놀랐다. 문정공이 웃으며 말했다.

"오늘 보니 흥문이가 공이 있구나. 만일 양 씨를 얻지 않았던들 노 씨 같은 괴이한 여자로써 대종(大宗)을 받들게 할 뻔했으니 가문에 욕되지 않았겠는가?"

소부가 말했다.

"조카는 그리 이르지 마라. 양 씨가 없었다면 노 씨가 무엇하러 이런 일을 했겠느냐?"

공이 웃으며 대답했다.

"숙부께서는 이리 이르지 마소서. 설사 양 씨가 없다 해도 여자가 이런 마음을 머금었으니 어찌 참하다 이를 수 있으며 선조 신령이 이를 욕되게 여기시지 않을 수 있겠나이까?"

하남공이 웃고 옳다 하니 문정공이 다시 일렀다.

---

89) 칠거(七去): 예전에, 아내를 내쫓을 수 있는 이유가 되었던 일곱 가지 허물. 시부모에게 불손함, 자식이 없음, 행실이 음탕함, 투기함, 몹쓸 병을 지님, 말이 지나치게 많음, 도둑질을 함 따위.

90) 출거(黜去): 강제로 내쫓음.

"여자가 투기만 했어도 그 죄가 등한치 않은데 어찌 노 씨를 잠시라도 집안에 두겠는가?"

개국공이 스치는 생각이 있어 일렀다.

"형님이 이리 이르시니 훗날 여러 아이들이 아내를 얻었는데 만일 그 아내가 독하고 맹렬하면 다 내치실 것입니까?"

공이 웃고 말했다.

"독하고 맹렬한 이는 다 투기를 하느냐?"

개국공이 찬란히 웃고 말했다.

"소제가 두고 보니 독하고 맹렬한 이는 천 명에 한 명도 투기하지 않는 이가 없었으니 형님은 두고 보소서. 소제의 말이 맞을 것입니다."

문정공이 바야흐로 셋째동생의 말이 성문의 아내 임 씨를 두고 이른 것임을 알고 눈으로 보며 잠깐 웃고는 대답하지 않으니 안두후가 성문의 손을 잡고 말했다.

"이 손이 가장 어려우니 처자의 투기를 용납하실까?"

공자가 미소 짓고 말을 하지 않으니 유 부인이 잠깐 웃고 말했다.

"투기를 하는 여자가 있다 한들 노 씨 같은 이가 어디에 있겠느냐? 너희는 성문이를 돋우지 마라. 처자에게 가장 까다로운 아이니 물어 무엇하겠느냐? 제 아비부터 그러하니 자식이 어찌 닮지 않았겠느냐?"

문정공이 웃고 대답했다.

"소손(小孫)처럼 처자에게 더운 떡 같은 사람이 없거늘 할머님은 어찌 이토록 말씀하시나이까?"

유 부인이 웃고 말했다.

"이 아이의 화려한 말이 내 앞에서는 그칠 적이 없으나 소 씨를 어려워하는 줄을 자못 알고 있으니 연성이가 여기에서 말해 보는 게 어떠하냐?"

소부가 웃고 유 부인의 말을 이어 대답했다.

"처자에게 너무 부드럽게 굴어 소 씨가 남창에 가 떠돌아다니고 자식조차 잃었나이다.[91)]"

문정공이 손을 꽂고 크게 웃으며 말했다.

"소질(小姪)이 남창으로 가라고 안 했으니 그 일은 알지 못하겠나이다."

소부가 또 말했다.

"더운 떡 같아서 소 씨가 바람결에 떠 흘러갔습니다."

공이 미소 짓고 말했다.

"이는 복이 없는 탓이니 내 아랑곳하지 않겠나이다. 이제 소 씨가 서른 살이 갓 넘었는데 일품(一品) 후비(后妃)의 직첩(職牒[92)])을 가지고 화려한 집에서 맛있는 음식을 실컷 먹으며 다섯 아들과 두 딸을 두었으니 이것이 누구의 덕입니까?"

소부가 크게 웃고 말했다.

"너의 언변에 막혀 이 숙부가 말을 그치겠다."

유 부인이 즐겁게 웃으니 소부 부인[93)]이 성문에게 말했다.

"네 본디 아는 것이 밝으니 네 부친과 모친 중에 누가 그르며 옳으냐?"

공자가 옥 같은 얼굴에 웃음을 띠고 엎드려 대답하지 않으니 소

---

91) 남창에~잃었나이다: 이몽창의 아내 소월혜가 옥란의 모함으로 남창에 귀양 가고 자식 이경문을 잃은 일을 말함. 전편 <쌍천기봉>에 나오는 이야기임.

92) 직첩(職牒): 조정에서 내리는 벼슬아치의 임명장.

93) 소부 부인: 소부 이연성의 아내 정혜아를 이름.

부인이 눈동자를 옆으로 해 말했다.

"숙모님께서 물으시는데 어찌 대답하지 않는 것이냐?"

공자가 마지못해 대답했다.

"전에 모친께서 운수를 그릇 만나 잠깐 고생하셨으나 이것이 어찌 부친 때문이었겠나이까? 이제 불초하나 소손 등이 여럿 있고 영화가 가지런하니 흠잡을 것이 없나이다."

소부 부인이 낭랑히 크게 웃고 말했다.

"아들이 제 아비를 기리니 뉘 할 말이 있으리오? 네 아비는 기뻐할 것이나 네 모친은 필시 너를 미워할 것이다."

공자가 손을 꽂고 대답했다.

"부모님께서는 다 어린아이가 아니시니 숙모님께서 이르시는 말씀과 같을 길이 어디에 있겠나이까?"

좌우의 사람들이 크게 웃으며 소 부인을 보니 소 부인은 형제 항렬에 단정히 시립(侍立)해 눈을 들어 보지 않았다.

이윽고 자리를 파해 하남공이 궁으로 돌아가 시자(侍者)[94]를 시켜 노 부사를 청했다. 부사가 즉시 이르니 공이 옥교의 초사를 주며 말했다.

"전후에 일어난 변란은 참으로 사족(士族)이 행할 만한 일이 아니요, 인가(人家)에 희한한 변고(變故)이니 학생이 비록 불초하나 듣고 본 바 처음입니다. 족하의 낯을 보아 노 씨를 여기에 머무르지 않게 하려 하니 오늘 바로 데려가소서."

부사가 다 듣고 크게 부끄러워 이에 사례해 말했다.

"비천한 자식의 소행이 이와 같을 줄 어찌 알았겠습니까? 존문(尊

94) 시자(侍者): 상전 곁에서 모시는 사람.

門)의 처치가 마땅하시니 소생이 무슨 말을 하겠습니까?"

하남공이 정색하고 좌우 사람들을 시켜 혼서를 찾게 하고 노 씨에게 돌아가라 하니 부사가 자리를 피해 말했다.

"딸아이의 죄는 터럭을 빼 헤아려도 남을 것이나 존문(尊門)에서 딸아이를 아주 버리신다면 외로운 여자가 어디에 의지하겠습니까? 백골이나 이씨 선산에 묻히도록 허락하소서."

공이 정색하고 말했다.

"법에는 사사로움이 없으니 내 어찌 사정의 측은함을 생각하겠습니까? 더욱이 영녀(令女)의 죄는 심상한 데 있지 않으니 어찌 선산을 허락하겠습니까?"

부사가 부끄러워 말이 없었다. 다만 딸을 데리고 돌아가려 하니 노 씨가 크게 울고 죽어도 학사의 봉치[95]를 지켜 늙을 것을 생각하고 혼서를 주지 않았다. 학사가 분기가 격발해 이에 소원각에 이르러 좌우를 시켜 혼서를 가져오라 하니 노 씨가 가슴을 두드리고 크게 울며 말했다.

"양 씨 여자의 간악한 죄가 내게로 돌아왔으니 천하에 이런 원통한 일이 어디에 있나이까? 첩이 비록 시가에서 쫓겨난 여자가 되었으나 혼서를 마저 없애고 어디를 좇아 의지하겠나이까?"

학사가 낯빛을 바꾸고 시비(侍婢)를 꾸짖어 혼서를 가져오라 해 친히 태워 버리고 소매를 떨쳐 나갔다. 노 씨가 이에 한을 서리담고 부친을 따라 본가로 갔다.

부사 부인이 크게 놀라 연고를 물으니 노 부사가 내당에 부인을 따라 들어가 수말을 전했다. 부인이 크게 놀라고 딸을 불쌍히 여겨

95) 봉치: 혼인 전에 신랑 집에서 신부 집으로 보낸 채단(采緞)과 예장(禮狀).

붙들고 울며 말을 미처 못 했다.

그런데 이때 좌우의 사람들이 혜선 이고가 이르렀음을 고했다. 이 사람은 종남산에 사는 득도한 자였다. 도행(道行)이 높아 하늘의 바람과 구름, 천둥과 비를 부르는 등 모르는 술법이 없었다. 다만 성품이 탐욕스러워 사람에게서 천금과 보배를 받으면 어떤 어려운 일도 능히 해 주었다. 이런 까닭에 부사 부인이 이 사람을 높이 받들고 존경해 사귀며 큰 사찰을 지어 주고 명절에는 진향(進香)[96]을 게을리 하지 않고 혜선도 이 집에 자주 왕래해 정분이 두터웠다.

이날 마침 혜선이 이르니 부인 모녀가 크게 반겨 혜선을 청해 서로 보았다. 혜선이 들어와 인사를 마치고 눈을 들어서 보고 의아해 말했다.

"부인과 소저께서 무슨 까닭으로 낯에 근심스러운 빛이 은은하신 것입니까?"

부인이 울며 말했다.

"작은딸이 죄 없이 시가에서 쫓겨난 여자가 되었으니 이 아이의 평생을 슬퍼해 좋은 기운이 없어 그런 것이네."

혜선이 크게 놀라 말했다.

"소리(小尼)가 어찌 이런 줄 알았겠나이까? 알지 못하겠습니다. 무슨 일로 쫓겨나는 화를 보신 것입니까?"

부인이 말했다.

"딸아이가 죄가 없는데 적국(敵國)이 강성해 억울한 일로 잡혀 내쳐졌다네."

혜선이 말했다.

---

96) 진향(進香): 향을 올리며 제사를 지냄.

"소승이 어려서부터 귀부(貴府)의 은택을 많이 입었으니 죽을힘을 들여 소저의 적국을 물리치고 소저 부부가 다시 합쳐지게 할 것입니다. 어쨌거나 소저 부군의 성씨(姓氏)와 태어난 연월(年月)을 일러 주소서."

노 씨가 매우 기뻐하고 일러 주니 혜선이 손을 꼽아 헤아리다가 말했다.

"소저께서 쫓겨나는 화를 보신 것은 운수에 얽매여 그런 것이니 한스러워 마소서. 이제는 이 학사와는 인연이 끊어지고 적국의 운수가 크게 통해 해칠 길이 없습니다. 소저께서 칠팔 년을 참으시면 백문을 만나 인연이 길고 화락(和樂)이 지극할 것입니다. 그때 이 학사에 대한 원한을 갚을 수 있을 것입니다. 소저께서 저와 함께 절에 돌아가 부처께 공을 드리고 공방(空房)을 겪는다면 후일 부귀를 근심하지 않아도 될 것입니다."

부인이 말했다.

"천명이 이렇다면 사람의 힘으로 할 바가 아니니 딸아이는 어찌하고 싶으냐?"

소저가 말했다.

"이랑(李郎)이 소녀를 한하는 것이 뼈에 사무치도록 미쳤으니 또 어찌 이랑과 화락을 다시 이루기를 바라겠나이까? 차라리 사부의 말대로 해 그 때를 기다리고자 합니다."

혜선이 기뻐해 이에 소저를 데려갈 적에 부사 부부가 울고 소저와 손을 겨우 나누었다. 노 씨가 종남산 수월사에 이르러 혜선과 함께 고요히 세월을 보내고 이따금 집에 이르러 부모를 볼 뿐이었다. 이 이야기는 다음 회에 있다.

이때 이씨 집안에서 노 씨를 내치고 즉시 양 씨를 불렀다. 양 씨는 이때 몸을 베개머리에 던져 죽기를 달게 여기고 살기를 바라지 않고 있었다. 그런데 천만뜻밖에 뜬구름이 걷히고 태양이 빛을 토해 자기의 전세(前世) 더러운 누명이 깨끗이 씻기고 간악한 사람이 스스로 숨으며 시부모가 자신을 부르는 명령이 이른 것이다.

다행으로 여기는 마음이 꿈속 같아 겨우 몸을 움직여 의상을 정돈하고 승상부에 이르렀다. 수척한 얼굴이 새로워 흰 달이 탁한 구름에 싸인 것 같았다. 유 부인과 시부모 등이 새로이 사랑함을 이기지 못하고 승상이 기쁜 낯빛을 하고 일렀다.

"우리 며느리의 액운이 심해 간악한 사람이 술수를 부려 어진 며느리를 구덩이에 넣었구나. 우리가 곧이듣지 않았으나 마땅히 누명을 벗길 만한 것이 없음을 탄식하고 있었단다. 그런데 손자가 영민해 하룻밤 사이에 간사한 자취를 찾아 우리 며느리의 누명을 벗겼으니 기쁨이 지극하구나. 이후에는 흠 없이 즐겁게 살기를 원하노라."

양 씨가 고개를 조아리고 절했다. 하남공이 눈썹 사이에 미미한 웃음을 띠고 말했다.

"우리가 며느리에게 마땅히 죄가 있다 여겨도 우리 며느리의 도리로 이토록 너무 상심하지 않아도 되었을 것이다. 시아비와 남편이 며느리를 의심하지도 않는데 너의 낯빛이 이처럼 몰라보게 달라졌으니 장차 해산을 어떻게 하려 하느냐?"

양 씨가 옥 같은 얼굴에 잠깐 부끄러운 빛을 띠어 고개를 숙이니 안두후가 크게 웃고 말했다.

"사람마다 자식 낳는 것이 예삿일인데 양 씨가 부끄러워하는 것은 무슨 까닭인고? 알지 못할 일이구나."

정 부인이 말했다.

"사람마다 너처럼 활달하기 쉽겠느냐?"

강음후가 크게 웃고 말했다.

"활달하지 않다 한들 이미 생긴 일이니 부끄러워해 어찌하겠나이까? 흥문아, 너는 부끄럽지 않으냐?"

학사가 웃고 말했다.

"강도 노릇이나 했으면 부끄러울지 모르겠으나 아내 잉태한 것에 부끄러울 일이 있겠나이까?"

이에 자리에 있던 사람들이 크게 웃었다.

한참 지난 후 자리를 파해 헤어지고 주비는 양 씨를 데리고 궁으로 돌아가 괴이한 환난 겪은 것을 탄식하며 양 씨를 불쌍히 여겼다.

문득 장, 소 두 부인이 최, 화, 김 세 부인[97]과 함께 일시에 이르러 양 씨가 유복해 화란이 진정되고 몸이 예전 같아진 것을 치하하니 양 씨가 옷깃을 여미고 사례했다. 이에 주비가 탄식하며 말했다.

"집안에 요괴로운 변이 있어 며느리의 몸이 구렁에 떨어진 듯했는데 우리가 입이 있으나 그 억울함을 풀어 양 씨를 구하지 못했습니다. 그런데 며느리의 복이 많아 마침내 그처럼 공교로운 계책을 얻어 하루저녁에 누명이 벗겨졌으니 우리의 기쁨은 일러 알 바가 아닙니다."

장 부인이 낭랑히 웃고 말했다.

"양 씨 며느리가 고생한 것은 소 씨 아우와 다르지 않습니다."

소 부인이 두 손을 마주 잡고 탄식하며 말했다.

"양 씨의 유복함은 첩의 복록과는 다르니 저에게 비할 바가 아닙니다. 천하에 누가 첩과 같은 일을 겪은 사람이 있겠나이까? 두 아들

---

97) 최, 화, 김 세 부인: 각각 이몽원, 이몽상, 이몽필의 아내임.

을 참혹히 죽이고[98] 경문이는 생사를 모르니 즐거운 마음이 조금도 없나이다."

주비가 위로하며 말했다.

"부인이 운수가 안 좋아 소년 시절에 그처럼 고생했으나 이제는 자녀들이 넉넉하고 부귀가 산과 같아 다복함이 흠 없거늘 무슨 까닭에 매양 옛날 일을 일컬으며 마음을 상하게 하십니까?"

부인이 슬피 눈물을 흘리며 말했다.

"화란 속에서 살아남은 인생이 모든 일에 즐거운 일이 없으니 부귀는 꿈같이 여깁니다."

장 부인이 웃고 말했다.

"소 씨 아우가 이러한 줄을 서방님이 아신다면 오죽 갑갑히 여기실까? 근래에 이따금 저리 구니 문정공의 간장을 마르게 할 것입니다."

소 부인이 낯빛을 열어 붉은 입술에 흰 이를 드러내 말했다.

"형님은 이따금 괴이한 말씀을 하십니까? 문정공 말을 소제에게 이르지 마소서. 싫증 나게 여기나이다."

최 부인이 웃고 말했다.

"첩의 말이 외람되나 문정공이 변변치 않다면 저러한 복과 여러 아이들은 누구의 공이란 말입니까?"

소 부인이 말했다.

"부귀는 흙과 먼지 같고 여러 아이를 두었으나 범에게 물린 사람 같아서 평생 두려워하고 근심해 눈썹을 펴고 다닌 적이 없었으니 여러 자식 둔 것이 더욱 근심되나이다."

---

98) 두 아들을~죽이고: 이몽창의 전처였던 상 씨의 아들 이윤문과 자신의 소생 이영문이 죽은 일을 말함. 이윤문은 이몽창이 정을 두었던 이몽창 외가의 시녀 옥란이 죽이고, 이영문은 이몽창의 재실 조제염이 죽임. <쌍천기봉>.

주비가 말했다.

"부인의 심정이 어찌 그렇지 않겠습니까? 원래 여자가 된 후에는 만사가 다 애달픈 법입니다."

화 부인이 말했다.

"첩처럼 화란 속에서 살아남은 인생도 오히려 영화 가운데에서 슬픈 말을 하지 않는데 소 부인은 친부모님이 다 생존해 계시거늘 무슨 까닭에 때때로 속을 태우시는 것입니까?"

주비가 웃으며 말했다.

"소 부인 말씀이 서방님을 대놓고 모욕 주어 당돌함이 많으니 마땅히 벌을 주어야겠습니다."

소 부인이 미소를 짓고 대답했다.

"만일 술을 먹는다면 어찌 사양하겠습니까? 다만 한 잔 술은 마시지 않을 것이니 어떻게 하겠나이까?"

장 씨가 크게 웃고 말했다.

"소 씨 아우가 참으로 외람됩니다. 벌을 준다면 무엇하러 아까운 술을 주겠습니까? 퇴수(退水)[99]로 벌을 주어야겠습니다."

소 부인이 대답했다.

"만일 퇴수를 주신다면 진실로 사양하지 않을 것입니다."

장 부인이 그 말을 밉게 여겨 진 상궁을 불러 주방의 매운 술을 큰 잔에 부어 오라 해 친히 잔을 들고 말했다.

"두 번 실언을 했으니 그 벌주를 먹지 않을 수 없을 것입니다."

주비가 역시 웃고 말했다.

"우리가 비록 학식이 고루하나 여러 동서의 앞에 자리를 채우고

---

99) 퇴수(退水): 일정한 목적에 쓴 다음 버리거나 흘려보내는 물을 이름.

있으니 두 번 사양하지 못할 것입니다."

소 부인이 진정 술을 마시지 못했으나 웃사람이 이처럼 하는데 박절하게 사양함이 옳지 않고 원래 성품이 꾸밈이 없었으므로 자잘한 생각을 하지 않고 태연히 웃고 벌주를 받아 마시고 말했다.

"죄에는 법이 마땅하니 제가 이미 잘못한 일이 있는데 벌주가 싫다고 사양하겠나이까?"

장 부인이 웃고 말했다.

"옥주(玉主)와 우형(愚兄)이 법을 행했으니 문정 서방님이 이를 아신다면 오죽 노하실까?"

소 부인이 웃으며 말했다.

"형님은 말마다 문정공을 올리시니 그 어찌된 일입니까?"

이때 소 부인 낯에 붉은빛이 가득해 눈은 풀어지고 두 뺨은 부상(扶桑)[100]의 붉은 해를 머금은 듯했는데 잠깐 웃고 말하니 따뜻한 기운은 봄바람이 만물을 부쳐 내는 듯했다. 이에 최 부인이 웃고 말했다.

"아주버님이 평소에 소 씨 형님의 온화한 낯빛을 보지 못해 초조해하셨는데 오늘 형님의 안색을 보신다면 장 씨 형님에게 감격하는 마음이 적지 않으실 것입니다."

장 부인이 또한 웃고 말했다.

"이 말이 옳으니 내일이면 내 당당히 문정공 서방님께 복을 주었다는 사례를 받아야겠습니다."

소 부인이 미미히 웃고 답하려 하는데 문득 학사 형제가 성문과 함께 들어왔다. 성문이 모친의 안색을 보고 자못 놀라 거들떠보니

---

100) 부상(扶桑): 해가 뜨는 동쪽 바다.

장 부인이 기색을 알아보고 웃으며 말했다.

"내 너의 부친께 사례를 받으려 해 아우를 취하게 만들었으니 너는 어떻게 여기느냐?"

공자가 꿇어 대답했다.

"모친께서 많이 취하신 것을 부친께서 어찌 기뻐하시겠나이까? 하물며 모친은 기운이 약하신데 술을 가까이하셨으니 근심스럽습니다."

말이 끝나기 전에 궁녀가 아뢰었다.

"부마께서 조정에서 돌아오셨습니다."

그러자 소 부인이 급히 일어나 숙현당으로 돌아가고 최 부인 등도 차차로 돌아갔다.

학사가 이에 있더니 부마가 들어오자 옥교 등의 처치를 물었다. 이에 공이 말했다.

"살육이 좋지 않고 하물며 자기 마음대로 한 것이 아니니 멀리 내치는 것이 옳다."

학사가 명령을 듣고 물러나 사내종 중에 정예를 모아 옥교와 옥매를 다 항주와 창락의 역비(驛婢)로 삼아 내쳤다.

그러고서 소화각에 들어가 양 씨를 보니 양 씨가 편안히 일어나 맞이해 자리를 정했다. 이에 학사가 웃고 말했다.

"오늘 보니 장인어른께서 소생을 잘 얻으셨소. 내가 아니었다면 부인이 천만 년이 지난들 누명을 벗을 수 있었겠소?"

양 씨가 옷깃을 여미고 사례하더니 문득 시녀가 아뢰었다.

"양 상서 어르신께서 남창(南昌)으로부터 와 계시나이다."

원래 양 공은 몇 달 전에 남창 묘소를 수축(修築)[101]하려고 집을

---

101) 수축(修築): 집이나 다리, 방축 따위의 헐어진 곳을 고쳐 짓거나 보수함.

떠났으므로 이 일을 전혀 몰랐고 양 상서 부인도 아득히 몰랐다. 학사가 급히 일어나 양 공을 맞아 함께 내당에 들어가니 양 공이 소저와 서로 보고 말했다.

"딸아이를 서너 달 떠났다가 보았는데 어찌 이토록 수척해졌는고?"

학사가 대답했다.

"형인(荊人)[102]이 본디 약질에 잉태해 달이 차서 기운을 이기지 못해 그러한가 하나이다."

양 공이 곧이듣고 수심에 가득 차 말했다.

"만일 그렇다면 해산을 어찌 할 수 있을꼬?"

학사가 웃고 말했다.

"세존(世尊)께서 계시니 어련하겠나이까? 근심하지 마소서."

공이 웃으며 말했다.

"내게 천만 가지 근심이 있다가도 사위를 보면 웃음이 절로 나네. 그대의 말이 옳으니 이후에는 근심을 그칠 것이네."

학사가 웃고 대답하지 않으니 공이 말했다.

"올라오는 길에 바로 이리로 왔으니 사위는 내일 우리 집에 이르러 나를 찾게."

이렇게 말하고 돌아가니 학사가 따라가 전송하고 돌아와 소저를 위로하며 말했다.

"이제 요괴로운 사람이 물러가고 근심이 없으니 마음을 놓아 화락하게 지내는 것이 옳소."

소저가 탄식하고 대답하지 않으니 생이 재삼 위로하고 옛정을 이

---

102) 형인(荊人): 형차(荊釵)를 한 사람, 즉 아내를 가리킴. 형차는 나무로 만든 비녀로, 검소한 생활을 함을 의미함.

으니 새로운 은정이 산과 같았다.

소 부인이 돌아가 침소에 이르니 기운이 불평함을 이기지 못해 베개에 누웠다. 임 씨가 나아가 손을 주무르니 부인이 그윽이 불쌍히 여겨 임 씨의 손을 잡아 흐뭇해했다. 그러다 우연히 비홍(臂紅)[103]을 보고 본디 부부 사이가 소원한 줄을 알고 있었으므로 더욱 마음이 불편했다.

뒤이어 생이 들어와 기운을 물으니 부인이 말했다.

"매우 불편하니 나아와 오른손을 만지라."

생이 명령을 듣고 앞에 나아가 구호했다. 생이 임 씨와 몸이 닿았으나 기운이 나직할지언정 조금도 임 씨에게 눈길을 보내지 않고 임 씨는 찬 기운을 띤 채 움직임이 없었다.

부인이 이를 참으로 불편하게 여겨 잠자코 있었다. 문득 일주 소저가 뒤를 따르고 문정공이 앞에 서서 들어오니 아들과 며느리가 급히 일어나 맞고 부인이 겨우 몸을 움직여 일어나 앉았다. 공이 눈을 떠 부인을 보고 놀라서 말했다.

"부인의 마음이 평안하지 않소? 평소에 술을 마시지 않았는데 오늘 이 안색을 한 것은 무엇 때문이오?"

부인이 억지로 말했다.

"남궁에 갔다가 장 씨 형님이 희롱으로 권하셔서 잠깐 마셨더니 얼굴이 많이 벌게졌나이다."

공이 눈을 자주 들어 보며 웃고 말했다.

"내 장 씨 형수님께 배워 이제는 부인에게 술을 매양 먹여 부인의

---

103) 비홍(臂紅): 팔위에 있는 붉은 것이란 뜻으로 곧 앵혈(鶯血)을 말함. 앵혈은 근세 이전에 나이 어린 처녀의 팔뚝에 찍던 처녀성의 표시를 말하는 것으로 도마뱀에게 주사(朱沙)를 먹여 죽이고 말린 다음 그것을 찧어 어린 처녀의 팔뚝에 찍으면 첫날밤에 남자와 잠자리를 할 때에 없어진다고 함.

좋은 낯빛을 보아야겠소.”

부인이 미소를 띠고 대답하지 않으니 공이 다시 웃고 일어나며 말했다.

“평안히 쉬시오.”

그러고서 드디어 나가니 생이 다시 자리에 이르렀다. 부인이 임 씨와 생을 물러가라 하니 생이 모친의 기색이 평안하지 않은 것에 그윽이 황공해 물러갔다.

이윽고 공의 소희(小姬) 임 씨가 두 아들을 데리고 들어와 문안했다. 부인이 가까이 불러 자신을 구완하라 하더니 한참 지난 후에 길이 탄식했다. 임 씨가 의아해 물으니 부인이 말했다.

“생전에 손자를 못 보게 되었으니 자연히 슬퍼 그러하네.”

임 씨가 놀라고 의아해 말했다.

“대상공 부부가 계시는데 이런 말씀을 하시는 것입니까?”

부인이 말했다.

“성문이가 임 씨를 홀대하니 어찌 자식이 생기겠는가?”

임 씨가 말했다.

“상공은 지극한 효자시니 부인께서 이르신다면 어찌 안 들으시겠나이까?”

부인이 말했다.

“부부의 사사로운 일은 마음대로 못 하니 비록 자식이라 한들 인력으로 권할 수 있겠는가?”

이렇게 말을 마치고는 잠이 들었다.

임 씨가 물러가다가 중당(中堂)에서 생을 만났다. 이에 임 씨가 말했다.

“부인께서 잠드셨으니 들어가지 마소서.”

생이 이 말을 듣고 걸음을 멈추니 임 씨가 청해 앉도록 하고 자기 또한 앉아서 생에게 물었다.

"부인의 걱정이 깊으시니 이를 참으로 염려하나이다."

생이 매우 놀라서 말했다.

"모친께서 매양 경문이를 생각하셔서 우려가 있으신데 또 무슨 근심이 있으신 것인가?"

임 씨가 말했다.

"부인께서 전에 천고에 없던 화란(禍亂)을 두루 겪으시고 윤문, 영문 두 공자를 참혹히 이별하시고 경문 공자를 잃으셨으니 간장이 거의 재가 되신 듯합니다. 그 마음을 문정공 어르신은 알아 주시니 상공도 힘쓰시는 것이 어떠합니까?"

생이 슬피 말했다.

"이러한 줄을 아들이 어찌 모르겠는가? 모친께서 겉으로는 좋은 낯빛을 하고 계시나 마음속엔 슬픔이 서리담겨 있으니 자식들의 근심이 어찌 적겠는가? 다만 서모의 말이 다른 연고가 있으니 속이지 말게."

임 씨가 한참을 생각하다가 말했다.

"부인이 손자를 보지 못하실까 근심하시더이다."

생이 말했다.

"이런 말씀을 어찌 친히 이르시지 않았던고?"

임 씨가 부인 말을 옮겨 이르니 생이 머리를 숙이고 말을 않다가 선뜻 웃으며 말했다.

"이런 일에 어머님이 근심하시도록 해서 되겠는가? 내 어찌 처자를 홀대하겠는가마는 전에 부모님이 여 소사께 은혜 입으신 것이 등한치 않아 잠시 저를 기다리려 한 것이네. 어머님께서 우려하고 계시니 이런 작은 일에 모친 염려를 더하게 할 수 있겠는가?”

임 씨가 그 착한 마음을 칭찬해 말했다.

“상공의 신의는 고금에 없는 일입니다. 그러나 아내를 얻은 후에 한 방에 들지 않으시는 것은 너무 고집을 부리신 것입니다.”

생이 많은 말을 않고 겸손히 사양하며 말했다.

“가르침이 옳으니 삼가 받들겠네.”

드디어 일어나 나갔다.

석양에 들어와 혼정(昏定)하며 유의해 모친의 기색을 살폈으나 모친은 다른 내색이 없이 한결같이 흐뭇해할 뿐이었다. 생이 이윽히 시립(侍立)하고 있다가 먼저 물러나 임 씨 침소로 들어갔다.

이씨세대록 제4권

이성문은 그 어머니의 훈계를 듣고 이경문은 등문고를 울려 양부를 살리다

이때, 생이 먼저 물러가 임 소저 침소에 이르러 고요히 앉아 있었다. 이윽고 임 소저가 이에 이르러 생이 있는 것을 보고 놀라고 부끄러워 물러섰다. 생이 눈을 들어서 보고 시녀에게 명령해 일렀다.

"이불을 이곳에 펴라."

시녀가 즉시 이불을 가져와 깔고 나갔다. 생이 이에 관(冠)을 벗고 자리에 나아가면서 보니 소저는 단정히 선 채 있었다. 생이 구태여 말을 않고 나아가 소저를 이끌어 침상으로 갔다. 소저가 크게 부끄러워 응하지 않자 생이 힘을 다해 소저와 함께 누웠다. 소저의 아름다운 몸에 향기가 가득하니 남자가 친근히 정을 맺는 데 어찌 마음이 덜하겠는가. 그 사랑하는 마음이 비길 데가 없었다.

이튿날 새벽에 두 사람이 함께 숙현당에 나아가 문안했다. 부인이 등불을 밝히고 세수를 마치고서 백화각으로 가려 하다가 이 모습을 보고 놀라고 의심해 잠깐 생각하니 임 씨의 말을 듣고 아들이 마음을 돌린 것 같아 기뻐했으나 내색하지 않고 화장을 다스려 백화각으로 들어갔다. 생이 소저와 함께 가 앉으니 백문이 돌아보고 웃으며 말했다.

"형님이 오늘은 어찌 형수님과 함께 들어오시는 것입니까?"

생이 잠깐 웃고 말이 없더니 일주 소저가 정색하고 말했다.

"어린 것이 말마다 방자하니 무엇에 쓰겠느냐?"

생이 웃고 말했다.

"어린아이의 정신없는 말을 꾸짖어서 무엇하겠느냐?"

소저가 웃으며 대답했다.

"꾸짖는 것은 아닙니다. 백문이 벌써부터 그 행동이 우리와 같지 않으니 근심해서 그런 것입니다. 어떤 여자가 백문을 위해 단장하겠나이까?"

생이 근심스러운 빛으로 탄식하고 말했다.

"이런 말은 우리가 하지 못할 말이니 누이는 엄히 살피라."

소저가 깨달아 사죄했다.

생이 이후로 한 달에 사오일씩 임 씨 숙소를 찾아 은정을 자못 깊이 두었으나 조금도 무례한 빛과 함부로 하는 일이 없었다. 삼경(三更)에 들어와 침상에 오르면 잠자리의 정을 맺고 닭이 처음 울면 나왔다. 임 씨가 또한 그 뜻을 조금도 어기지 않아 생을 높은 손님처럼 공경해 서로 늘 함부로 하는 일이 없었다.

이러구러 일 년이 지나 천자께서 성묘(聖廟)에 배알하고 알성과(謁聖科)[1]를 베풀어 인재를 뽑으시니 사방의 어진 자가 구름 모이듯 했다. 공자가 근심스러운 빛으로 탄식하고 말했다.

"부모를 모신 처지에 어지러운 세상에 나가는 것이 부질없다."

그러고서 평온한 마음으로 과거 볼 생각을 하지 않고 녹명(錄名)[2]을 하지 않았다. 유 부인이 이날 자손들을 모아 녹명한 것을 가져오

1) 알성과(謁聖科): 황제가 문묘에 참배한 뒤 실시하던 비정규적인 과거 시험.

2) 녹명(錄名): 이름을 적음.

라 해서 보니 세문과 기문은 다 들어 있었으나 성문만 홀로 없었다. 이에 부인이 말했다.

"너는 어찌 없는 것이냐?"

생이 급히 꿇어 대답했다.

"소손은 미쳐 과거 공부를 행하지 못했으므로 가져온 것이 없나이다."

부인이 웃고 말했다.

"그렇다면 과거를 안 보려 하는 것이냐?"

공자가 손을 맞잡고 사례해 말했다.

"종신토록 안 보려 하는 것은 아닙니다. 다만 올해는 소손의 나이가 어리고 학문이 나아가지 못했으니 붓을 적시지 못할까 하나이다."

유 부인이 웃고 말했다.

"너의 욕심 없고 깨끗한 뜻이 아름다우나 여럿이 들어가는 것이 좋으니 사양하지 말거라."

문정공이 또한 일렀다.

"일찍 급제하는 것은 좋지 않으나 이번에 본다 해도 반드시 뽑힐지 어찌 알겠느냐? 할머님의 명령이 이와 같으시니 명을 거역함이 옳지 않다."

공자가 엎드려 명을 듣고 물러났다.

공자가 기문, 세문 등과 과장(科場)에 나아가니 천자께서 높이 구룡금상(九龍金牀)에 앉아 계시고 백관이 좌우로 예복을 갖추어 천자를 모시고 있으니 의관이 바르고 환패(環佩)[3]가 맑게 울렸다. 이 가운데 이흥문이 며칠 전에 예부상서 홍문관 태학사로 지위가 올랐으

---

3) 환패(環佩): 황제와 황후의 법복이나 문무백관의 조복(朝服)과 제복의 좌우에 늘이어 차던 옥. 흰 옥을 이어서 무릎 밑까지 내려가도록 하였음.

므로 비단 도포와 옥으로 만든 띠를 하고 아홀(牙笏)[4]을 받들고서 수십 명의 명관(名官)과 함께 의자에 앉아 글제를 내니 기이한 풍채가 더욱 호탕해 바라보면 눈이 시원해질 정도였다. 이에 기문이 말했다.

"우리 몸을 돌아보니 우리는 형의 구종(驅從)[5]만도 못합니다."

세문이 말했다.

"과장(科場)의 법이 지엄한데 무슨 잡말을 하는 것이냐?"

드디어 글제에 맞추어 글을 지어 바치고 돌아보니 성문은 단정히 앉아 글 지을 생각을 하지 않고 있었다. 시각이 다 되었음을 이르자, 한 붓에 내려써 기문에게 주어 함께 바치라 하고는 조금도 마음 졸이는 빛이 없었다.

삼십 명의 시관(試官)이 글을 뽑아 임금 앞에 바쳤다. 임금께서 먼저 한 장을 보시니 글의 격조가 높고 구법(句法)이 새로우며 맑은 것은 조옥(雕玉)[6]과 같고 엄숙함은 가을달 같아 말마다 대성인(大聖人)이 사물을 내뱉은 것 같고 살아 있는 것을 아끼는 마음이 나타나 공자(孔子)[7]께서 겪으신 예법이라도 미치지 못할 정도였다. 이에 크게 놀라 말씀하셨다.

"지금 세상에 어찌 이런 재주가 있을 줄 알았겠는가? 알지 못하겠구나, 나이가 얼마나 하는고?"

즉시 어필(御筆)로 장원(壯元)이라 쓰시고 차차 나머지 글을 다 살

---

4) 아홀(牙笏): 상아로 만든 홀. 홀은 신하가 임금을 만날 때 손에 쥐던 물건.

5) 구종(驅從): 벼슬아치를 모시고 따라다니던 하인.

6) 조옥(雕玉): 아로새긴 옥.

7) 공자(孔子): 공구(孔丘, B.C.551~B.C.479)를 높여 부른 말. 공자는 중국 춘추시대 노나라의 사상가·학자로 자는 중니(仲尼)임. 인(仁)을 정치와 윤리의 이상으로 하는 도덕주의를 설파하여 덕치 정치를 강조하여 유학의 시조로 추앙받음.

피셨다. 전두관(殿頭官)[8]이 첫 번째 피봉(皮封)[9]을 뜯으니 이는 곧 성문이었다. 이에 높이 불러 말했다.

"장원은 금주 사람 이성문이요, 조부(祖父)는 좌승상 정국공 성도백 이관성이요, 부(父)는 우승상 문정공 이몽창이라."

이처럼 부르니 세문과 기문이 크게 기뻐하며 공자를 향해 치하했다. 공자를 부르는 소리가 급하니 성문이 선뜻 소매를 떨치고 두건을 숙여 나왔다. 허다한 관리들이 급히 청삼(靑衫)[10]과 계수나무꽃을 가져다 입히고 씌워 옷을 가지런히 했다. 성문이 드디어 전하(殿下)에 이르러 산호(山呼)[11]하고 천자를 배알했다. 천자께서 용안(龍顔)을 들어서 한번 보시니 이는 곧 삼고(三顧)[12]하는 수고로움이 없이 와룡(臥龍)[13]이 이른 듯했고, 판축(版築)[14]을 꿈꾸지 않고도 훌륭한 신하를 얻은 듯했다. 곧고 깨끗한 안색은 아침 해가 연꽃 사이에 드는 듯하고 시원한 기상은 봄의 햇볕이 온갖 사물을 부쳐 내는 듯하며, 두 눈의 맑은 빛은 크고 넓으며, 푸른 눈썹은 강산의 정기를 띤 듯하고, 예법에 맞는 몸가짐을 갖춘 것은 일생을 익힌 이라도 이

8) 전두관(殿頭官): 궁전에서 임금의 명을 받아 널리 알리거나 일을 하는 내시.

9) 피봉(皮封): 봉투의 겉면.

10) 청삼(靑衫): 조복(朝服) 안에 받쳐 입던 옷. 남색 바탕에 검은 빛깔로 가를 꾸미고 큰 소매를 닮.

11) 산호(山呼): 나라의 중요 의식에서 신하들이 임금의 만수무강을 축원하여 두 손을 치켜들고 만세를 부르던 일. 중국 한나라 무제가 숭산(嵩山)에서 제사 지낼 때 신민(臣民)들이 만세를 삼창한 데서 유래함. 산호만세(山呼萬歲).

12) 삼고(三顧): 세 번 찾아감. 중국 삼국시대 때 유비(劉備)가 제갈량(諸葛亮)을 모사(謀士)로 삼기 위해 그의 초당을 세 번 찾아간 일을 이름.

13) 와룡(臥龍): 중국 삼국시대 촉한 유비의 책사인 제갈량(諸葛亮, 181~234)의 별호. 그의 자(字)는 공명(孔明)이고, 또 다른 별호는 복룡(伏龍). 유비를 도와 오(吳)나라와 연합하여 조조(曹操)의 위(魏)나라 군사를 대파하고 파촉(巴蜀)을 얻어 촉한을 세움. 유비가 죽은 후에 무향후(武鄕侯)로서 남방의 만족(蠻族)을 정벌하고, 위나라 사마의와 대전 중에 오장원(五丈原)에서 병사함.

14) 판축(版築): 판자와 판자 사이에 흙을 넣고 공이로 다지는 일이라는 뜻으로, 중국 은(殷)나라 부암(傅巖)에서 판축, 즉 담쌓는 일을 하다가 고종(高宗)에게 발탁되어 재상이 된 부열(傅說)의 일을 말함.

보다 더하지는 못할 것이었다. 임금께서 크게 놀라고 기뻐하셔서 문정공을 돌아보아 웃고 말씀하셨다.

“경이 이런 기이한 아들을 두었으니 몸이 높다고 할 만하도다. 황숙(皇叔)[15]의 두 아들은 영웅의 기상이 있고 경의 아들은 성인의 기상이 있으니 진실로 국가의 훌륭한 신하라 할 것이로다.”

공이 머리를 조아려 사은(謝恩)했다.

급제자를 차례로 불러들이니 둘째는 이세문이요, 셋째는 이기문이요, 넷째는 남관이요, 다섯째는 소 참정의 장자 소역이었다. 다 한결같이 옥 같은 얼굴에 버들 같은 풍채를 지녀 하안(何晏)[16]과 반악(潘岳)[17] 같았으니 임금께서 더욱 기뻐해 말씀하셨다.

“우리 조정에서 알성과를 베푼 것이 여러 번이었는데 오늘처럼 약관의 재주 있는 선비와 옥 같은 사람을 얻기가 쉽지 않았도다. 그 각각의 아비가 가르친 공이 적지 않도다.”

이렇게 말씀하시고 각각 술을 내려 주시고 특별히 하남공에게 축하의 말씀을 하셨다.

“경의 아들이 벌써 셋[18]이 득의(得意)했으니 태후 마마께서 기뻐하실 것이로다. 또 황숙(皇叔)의 유복(有福)함을 치하하노라.”

부마가 고개를 조아리고 사은(謝恩)했다.

성문이 옥 같은 얼굴에 씩씩한 풍채로 계수나무꽃을 숙이고 어주

15) 황숙(皇叔): 이몽현의 정실인 계양 공주를 이름.

16) 하안(何晏): 중국 삼국시대 위(魏)나라 사람(196~249)으로 자(字)는 평숙(平叔). 조조(曹操)의 의붓아들이자 사위. 반하(潘何)라 하여 서진(西晉)의 반악(潘岳)과 함께 잘생긴 남자의 대명사로 불림.

17) 반악(潘岳): 중국 서진(西晉)의 문인(247~300)으로 자는 안인(安仁), 하남성(河南省) 중모(中牟) 출생. 용모가 아름다워 낙양의 길에 나가면 여자들이 몰려와 그를 향해 과일을 던졌다는 고사가 있음.

18) 셋: 이흥문과 이세문, 이기문을 이름.

(御酒)에 취해 네 번 절해 사은숙배(謝恩肅拜)[19]하고 방하(榜下)[20] 네 명을 거느려 대궐 문을 나섰다. 하남공 등 다섯 명이 각각 기뻐하는 빛을 머금고 네 명을 앞세워 집안으로 돌아오니, 생황과 퉁소 등의 악기 소리가 하늘을 흔들고 창부(倡夫)[21]와 재인(才人)[22]이 꽃수풀을 이루었으며 추종(騶從)[23]과 벽제(辟除)[24] 소리가 대로(大路)를 덮었다. 이런 모습을 하고 집으로 향하니 길에 있던 사람들이 누가 부러워하지 않겠는가.

장원이 집에 이르러 형제 세 명이 쌍쌍이 당(堂)에 올라 부모와 유 부인 등에게 절했다. 아름다운 얼굴에 붉은 기운이 올라 낭성(狼星)[25] 같은 눈이 나직해 세 줄 금화(金花)가 서로 모여 있으니 조부모의 기쁨은 이를 것도 없고 그 어머니 등이 다행히 여기고 기뻐함을 어찌 헤아릴 수 있겠는가. 승상이 이에 말했다.

"예로부터 한 형제 셋이 한 과거에 높이 급제한 것은 희한한 일이니 오늘의 경사가 비록 기쁘다 하겠으나 돌이켜 가문을 생각해 보면 어찌 두려운 일이 아니겠느냐? 세 아이가 비록 나이는 어리나 경서(經書)를 읽어 거의 이치를 통달했으니 귀하다 해 마음을 교만하게 하지 말아서 가문에 욕이 미치게 하지 말라."

장원 등이 일제히 명을 들었다.

이윽고 외당에 빈객이 구름 모이듯 해 신래(新來)를 부르는 소리

19) 사은숙배(謝恩肅拜): 임금의 은혜에 감사하며 공손하고 경건하게 절을 올리던 일.

20) 방하(榜下): 같이 과거에 급제하였지만, 순위가 떨어지는 사람들을 말함.

21) 창부(倡夫): 남자 광대.

22) 재인(才人): 재주 부리는 사람.

23) 추종(騶從): 윗사람을 따라다니는 종.

24) 벽제(辟除): 지위가 높은 사람이 행차할 때, 구종(驅從) 별배(別陪)가 잡인의 통행을 금하던 일.

25) 낭성(狼星): 큰개자리에서 가장 밝은 청백색의 별. 하늘에서 볼 수 있는 가장 밝은 별.

가 진동했다. 승상이 자식과 손자 들을 거느려 외당에 나가 뭇 손님들을 맞아 인사를 하니 모두 일시에 축하했다. 이에 승상이 눈물을 흘리며 슬픈 빛을 하고 말했다.

"오늘 임금님의 은혜로 세 명의 어린아이가 내리 용문의 사다리를 끌어 잡았으니 기쁘다 하겠으나 돌이켜 생각해 보면 선친의 자취가 아득해 선친께서 인간 세상에 머물러 경사를 함께 보시지 못하니 또 어찌 마음이 즐겁기만 하겠습니까?"

말을 마치자, 봉황의 눈에 눈물이 어리고 하남공 등은 각각 손님들에게 겸손히 사례할 뿐이었다.

이날 신래(新來)를 당 아래에 내려 진퇴(進退)[26]시키며 노래하는 사람을 잡아 함께 춤추도록 하니 세문과 기문은 짐짓 친근하게 대하며 즐겼으나 성문은 시키는 대로는 할지언정 조금도 즐기는 빛이 없었다.

석양에 내당에 들어가 바야흐로 조용히 말할 적에 세 사람이 자신이 지은 글을 외워 조모에게 고했다. 승상이 이에 유 부인 앞에서 웃고 말했다.

"성문이의 글은 격조가 높고 기상이 당당해 넓기가 장강(長江)과 같고 곱기가 비단 같으며 깊기가 바다 같으니 마땅히 장원이 될 만하고, 세문이의 글은 맑고 냉담하며 기문이의 글은 화려하고 전아하나 또한 단점이 있으니 시관의 눈이 밝도다."

소부가 대답했다.

"내 원래 흥문이의 눈을 밝게 여겼나이다."

예부가 웃고 말했다.

---

26) 진퇴(進退): 과거급제자를 축하하기 위해 과거에 먼저 급제한 사람이 과거급제자에게 세 번 앞으로 나오고 세 번 뒤로 물러가게 했던 일.

"글을 뽑는 것은 이부상서가 하고 저는 보기만 했으니 이부가 오죽 억울하겠나이까?"

기문이 말했다.

"제가 천만 사람 가운데 의복조차 추레하고 거적에 엎드려 글을 써서 바치고 우러러 형님을 보았더니 형님은 금관(金冠)에 비단옷을 입고 의자에 앉아 계셨으니 그때 분하고 애달파서 죽고 싶었습니다."

예부가 웃으며 말했다.

"그렇다면 어찌 살아서 왔느냐?"

기문이 말했다.

"만일 뽑히지 못했다면 죽으려 했더니 오래 살 운명이라 급제해서 목숨을 얻었나이다."

좌우 사람들이 크게 웃었다.

밤이 들자 다 흩어지고 장원은 모친을 모시고 침소로 갔다. 부인이 바야흐로 기쁨이 지극해 성문의 손을 잡고 슬픈 빛을 띠고 말했다.

"너는 이제 과거에 급제해 어른의 소임을 했거늘 불쌍한 윤문이는 어디 가고 경문이는 어느 곳에 가 있단 말이냐? 이를 생각하니 네 어미가 기쁜 줄을 모르겠구나."

장원이 역시 마음이 슬퍼 대답하려 하더니 문정공이 손에 기린촉(麒麟燭)을 잡고 들어와 자리를 잡았다. 그러고서 부인이 팔채(八彩)[27] 눈썹에 근심스러운 빛을 머금고 복숭아꽃 같은 두 뺨에 눈물 흔적이 있는 것에 놀라 물었다.

"부인이 무슨 까닭에 슬퍼하시는 것이오? 그 연고를 듣고자 하오."

---

27) 팔채(八彩): 여덟 색깔의 무늬. 중국 요임금의 눈썹에 여덟 가지 무늬가 있었다는 데서 유래하는바, 고귀한 인물을 묘사할 때 사용됨.

부인이 슬픔을 참고 대답했다.

"우연히 마음이 어지러워 그런 것입니다. 다른 까닭이 있겠나이까?"

공이 오랫동안 생각하다가 말했다.

"서하지탄(西河之歎)[28]을 보았으나 해가 오래 지났고 부모님을 모신 처지에 매양 눈물을 때도 없이 내는 것이오?"

부인이 사죄해 말했다.

"잠시 생각지 못했으니 깊이 사죄하나이다."

공이 온화한 목소리로 부인을 위로했다.

이튿날 장원이 먼저 여 소사 집에 가서 보니 소사가 매우 흐뭇해하며 기뻐했다. 그런데 돌이켜 생각해 보니 도리어 그림의 떡과 같았으므로 마음이 착잡해 장원의 손을 잡고 탄식하며 말했다.

"오늘 일을 생각해 보니 어찌 자네와 내가 장인과 사위의 의리가 끊기고 임 공만 못할 줄 알았겠는가? 이제 해가 여러 번 바뀌었으나 딸아이의 종적이 아득하니 딸아이가 죽은 것이 의심 없도다. 그러니 훗날을 어찌 바라겠는가?"

말을 마치고 눈물을 흘리니 장원이 머리를 숙이고 감히 대답하지 못했다.

이윽고 하직하고 나와 임씨 집안에 이르니 상서와 부인의 기쁨을 어찌 헤아릴 수 있겠는가. 금은을 많이 내어 창부(倡夫)[29]와 재인(才人)[30]에게 상을 주고, 상서는 생의 손을 잡고 사랑함을 이기지 못했다.

---

28) 서하지탄(西河之歎): 서하(西河)에서의 탄식이라는 뜻으로 부모가 자식을 잃고 하는 탄식을 이름. 서하(西河)는 지금의 섬서성(陝西省) 한성현(韓城縣)에서 화음현(華陰縣) 일대. 중국 춘추시대 공자의 제자 자하(子夏, B.C.508?~B.C.425?)가 공자가 죽은 후 서하(西河)에 은거하고 있었는데 그 자식이 죽자 슬피 울어 눈이 멀었다는 데서 유래함.

29) 창부(倡夫): 남자 광대.

삼일유가(三日遊街)[31]를 마치니 천자께서 특지(特旨)로 성문을 간의태우(諫議大夫)에 임명하시고 세문을 한림수찬(翰林修撰)에 임명하시고 남관은 급사랑(給事郎)에 임명하셨다. 또 각각의 처자에게 봉관화리(鳳冠花履)[32]를 주셔서 영광(榮光)을 빛내시니 모든 이가 사은하고 물러났다. 유 씨 등은 부인의 직첩(職牒)[33]을 받들어 다른 의논이 없었으나 간의태우는 부인 직첩과 쌍봉관(雙鳳冠)을 봉(封)해 운아에게 맡기며 말했다.

"십 년 동안 간직해 그 사람을 기다리라."

운아가 알고 깊이 간수했다. 태우가 또 봉관 하나를 임 씨에게 보내고 외당으로 나오니 개국공이 하남공에게 고했다.

"조부께서 별세하신 후로 하나의 일도 부모님께 영화를 보이지 못하고 흥문이 급제했을 적에도 경하(慶賀)하지 못했습니다. 이제 세 아이가 한 과거에 급제한 것이 인간 세상에 드문 경사니 아버님께 고해 잔치를 베푸는 것이 어떠합니까?"

하남공이 옳게 여겼으나 문정공이 말했다.

"셋째아우의 말이 일리가 있으나 아버님께서 들으실 리가 없으니 무익하게 고하는 것이 부질없다."

개국공이 말했다.

"안 들으신다면 어쩔 수 없지만 우리 도리에는 아뢰는 것이 옳을까 하나이다."

하남공이 개국공의 말을 좇아 드디어 대서헌에 나아가 이 일을 아

---

30) 제인(才人): 재주 부리는 사람.

31) 삼일유가(三日遊街): 과거 급제자가 삼 일 동안 시험관과 선배 급제자, 친척을 방문하던 일.

32) 봉관화리(鳳冠花履): 봉황을 장식한 예관(禮冠)과 아름다운 신발. 고관부녀의 복식.

33) 직첩(職牒): 조정에서 내리는 벼슬아치의 임명장.

되니 승상이 탄식하고 말했다.

"우리 집은 훈척(勳戚) 대신(大臣)의 집이다. 다른 사람들은 과거에 낙방했는데 한 집에서 넷이나 득의(得意)한 것이 크게 두렵고 송구한 일이거늘 무엇이 좋다 해 경사를 축하하는 잔치를 벌여 즐기겠느냐? 너희는 내가 죽은 후에 집안의 명성을 추락시킬 것이 분명하구나."

하남공 등이 이 말을 듣고 등에 땀이 흐른 채 물러났다.

소 상서가 손자가 급제한 것을 매우 기뻐해 경사 축하하는 잔치를 베풀어 즐기니 소 부인이 또한 아들과 며느리를 거느리고 가려 했다.

임 씨는 이때 태우가 직첩과 쌍봉관을 주지 않는 것을 보고 분한 기운이 하늘을 찌를 듯했다. 그래서 한번 발악을 하려 했으나 태우가 근래에는 들어오지 않으므로 감히 내색하지 못하고 겨우 참으며 있었다. 소씨 집안의 잔치에 간다면 그 봉관을 쓸 것이었으므로 병이 났다 핑계하고 가지 않았다.

그래서 소 부인이 홀로 자식들을 거느리고 소씨 집안에 이르러 남매가 마주해 경사를 치하했다. 소 부인이 달포 묵으니 문정공이 이에 이르러 잔치에 쓸 기구를 도와 잔치 자리를 여는데 기구의 웅장함과 화려함이 헤아릴 수 없었다. 소 상서가 아들과 사위를 거느려 종일토록 무궁히 즐기며 기뻐했다.

이날 간의가 돌아와 술에 취하고 몸이 피곤해 쉬려 해 침소에 이르니 임 씨가 한번 눈을 들어 간의를 보았다. 임 씨의 노한 눈썹은 머리를 가리키고 독한 노기(怒氣)는 불이 일어날 듯했으니 임 씨가 그러한 채로 묵묵히 있었다. 생이 천천히 관복을 벗어 시녀에게 주고 망건을 벗어 편한 옷으로 앉아 차를 가져오라 했다. 시녀가 차를 가져다 앞에 놓으니 임 씨가 나아가 빼앗아 멀리 던지고 말했다.

"간의는 여 씨의 침소로 가소서. 욕되게 첩이 있는 곳에 와 차를 마실 이유가 없습니다."

간의가 이 광경을 보고 놀라서 천천히 말했다.

"부인의 이 행동이 무슨 일에서 비롯된 것이오?"

임 씨가 큰 소리로 꾸짖어 말했다.

"첩이 쓸모없는 비루한 자질을 지녔으나 조부께서는 조정의 재상이시고 엄부(嚴父)께서는 육경(六卿)[34]에 종사하니 첩이 어찌 여 씨 여자만 못할 것이라고 여 씨가 들어오지도 않았는데 간의가 대접에 차등을 두니 첩이 재상 가문의 자식으로서 차마 어찌 이러한 푸대접을 보고 살겠습니까? 오늘 밤에 죽더라도 억울하고 한스러운 마음을 말하고 그대 앞에서 죽겠습니다."

말을 마치고는 봉관을 낱낱이 찢어 생의 앞에 던지며 말했다.

"마저 두었다가 여 씨에게 주어 미색을 도우소서."

간의가 안색을 자약히 하고 그 행동을 보다가 그 말이 끝나자 탄식하고 말했다.

"부인의 행동이 도리를 알지 못하는 아내의 행동이니 무익하게 일러 부질없소. 다만 법에는 사사로움이 없으니 다스리지 않을 수가 없소."

그러고 나서 좌우의 사람들을 불러 부인의 유모를 잡아 내라 했다. 말을 마치니 안색이 차가운 바람과 뜨거운 햇볕 같았다. 간의가 사내종을 불러 소저의 유모를 결박해 냉옥(冷獄)에 넣으라 하고 침선(針線) 비자(婢子) 열 명을 다 점고해 반을 내쳤다. 그리고 일을 맡은 유모의 옷과 요를 거두고 침소 중에 가두어 잠가 봉하게 하고 집

34) 육경(六卿): 중국 주(周)나라 때에 둔 육관(六官)의 우두머리. 대총재・대사도・대종백・대사마・대사구・대사공을 이름. 통상 재상을 이름.

안사람을 시켜 협문(夾門)을 지키게 해 안팎을 통하지 못하게 하고 임씨 집안 사람을 들이지 말라 했다. 또 홍아를 불러 자기의 관복과 여러 물품을 맡기고는 소매를 떨쳐 나갔다.

임 씨가 이를 보고 갑자기 대로해 나아가 간의의 소매를 잡고 발악하며,

"그대가 첩에게 무슨 죄목으로 이처럼 벌을 주는 것입니까? 내 차라리 그대 앞에서 죽겠습니다."

라 하고 부딪치며 자신이 가진 칼을 빼 자기 가슴을 찌르려 했다. 간의가 말을 안 하고 칼을 붙들어 빼앗으니 임 씨가 굳이 잡아 놓지 않았다. 간의가 구태여 임 씨의 손을 풀어 칼을 앗아 소매에 넣고 천천히 걸어 나갔다. 외당에 이르러는 형구를 베풀고 유랑을 잡아 50여 장을 쳐 내치니 유랑이 혼절해 인사를 몰랐다.

임 씨가 이때 학사가 유모를 꾸짖고 법을 세우는 것을 맹렬히 하므로 속으로 크게 분노해 침석(寢席)에서 밤이 새도록 울고 머리를 바람벽에 부딪쳐 머리가 붓는 줄을 알지 못하니 모든 시녀가 임 씨를 붙들어 구호했다.

다음 날 새벽이 되어 문정공이 며느리가 아픈 데 놀라 친히 들어와 문병했다. 임 씨가 겨우 일어나 시아버지가 병을 물으니 대단하지 않다고 고하였으나 공의 총명으로 짐작하지 못하겠는가.

공이 속으로 의심해 홍아를 불러 연고를 물었다. 홍아가 감히 속이지 못해 일일이 고하니 공이 어이없어 생의 처치가 매우 엄격해 임 씨를 개과하게 하려 하는 줄 알고 내색하지 않았다.

부인이 이날 돌아왔다. 공이 비록 부인의 하해와 같은 큰 도량을 알고 있었으나 부인에게 시속의 모습이 있을까 해 임 씨를 아껴 정당에 다녀온 후 침소에 이르러 공이 먼저 말했다.

"우리 며느리가 뜻밖에도 병을 얻었으니 염려가 되는구려."

부인이 이 말을 듣고 임 씨의 처소에 이르러 임 씨를 보았다. 임 씨가 놀라 억지로 일어나 부인이 친히 온 것에 황공해했다. 부인이 위로하고 눈을 들어서 살피니 부은 눈은 낫지 않았고 눈물 흔적이 아직도 눈가에 어려 있었다, 부인이 묻지 않았으나 기미를 알고 한심하게 여겨 이윽히 위로하다가 침소로 돌아왔다.

공이 웃고 물었다.

"병세가 어떠하오?"

부인이 대답했다.

"불과 찬 기운 때문에 병이 생긴 것이니 대단하겠나이까?"

공이 미소하고 잠자코 있었다.

이날 밤에 간의가 저녁문안을 하니 부인이 좌우가 고요함을 타 이에 일렀다.

"내 본디 어려서부터 천하의 여자를 가련히 알고 불쌍히 여겼다. 네 어미가 두루 역경(逆境)을 겪어 다른 사람에게 없는 화란(禍亂)을 지낸 후에 더욱 여자를 불쌍히 여기니 너는 또한 그것을 알고 있느냐?"

간의가 또한 몸을 낮추어 대답했다.

"불초자가 늘 헤아리는 바입니다."

부인이 말했다.

"네가 안다면 무슨 까닭으로 며느리를 평안하지 못하게 해 며느리가 발분망식(發憤忘食)[35]하는 데 미치게 한 것이냐?"

간의가 두 번 절하고 말했다.

"제가 또한 일찍이 고서(古書)를 읽어 자못 의리를 알고 있으니

---

35) 발분망식(發憤忘食): 끼니까지도 잊을 정도로 어떤 일에 열중하여 노력함.

죄 없는 처자에게 한갓 헛위엄을 자랑해 처자를 편하지 않게 하겠나이까? 다만 어제 임 씨의 행동이 극악해 크게 예의에서 벗어났으므로 임 씨를 마땅히 출거(黜去)[36]하는 것이 옳으나 그렇지 하지 못하므로 잠깐 법을 세워 개과하게 하려 한 것입니다."

부인이 다 듣고는 얼굴빛을 더욱 온화하게 해 말했다.

"예로부터 이치에 통달한 남자도 임금의 총애를 시기하는 일이 있었다. 하물며 임 씨는 여자로서 남편이 자신을 들어오지 않은 아내보다도 여기지 않으니 분노하는 것이 그르지 않다. 그러니 내 아이는 임 씨를 과도하게 대하지 말거라."

간의가 웃고 손을 꽂아 대답했다.

"제가 또 알고 있으니 임 씨의 투악(妬惡)[37]은 하루아침에 제어하기 어려울 것입니다. 소자가 아니라면 저를 정도(正道)에 못 나아가게 할 것이니 끝내 저를 어찌 저버릴 수 있겠나이까? 모친께서는 우려하지 마소서."

부인이 낭랑히 웃고 말했다.

"내 어찌 네가 임 씨를 버릴 것이라 여기겠느냐? 다만 남자는 본디 처음 마음이 나중에 없으니 네가 또 그렇지 않을 줄 어찌 믿겠느냐?"

간의가 고개를 조아리고 절해 말했다.

"어머님의 가르침을 폐간(肺肝)에 새길 것이니 마침내 거역하지 않을 것입니다."

부인이 이에 그윽이 기뻐했다.

임 씨가 이때 병을 핑계하고 베개에 몸을 버린 지 두 달이 되었는

36) 출거(黜去): 강제로 내쫓음.

37) 투악(妬惡): 투기하는 악.

데 홀연 생각했다.

"내 이 군의 책망 때문에 이처럼 여러 날 들어 있는 것이 가소롭구나. 시부모님이 아셔도 그릇 여기실 것이니 참고 살다가 나중 일을 보고 죽어야겠다."

그러고서 선뜻 독기를 머금고 일어나 아침 저녁 문안에 참여했다. 공이 이에 장인(匠人)을 불러 봉관 하나를 고쳐 만들어 친히 주며 말했다.

"아들이 소탈해 너의 장렴(粧奩)[38]을 살피는 일이 없으니 내 특별히 대신해서 이를 너에게 주노라."

임 씨가 마지못해 받들어 봉관을 늘 쓰고 다녔다.

이때 임 씨 집안의 시녀가 소저에게 오면 창두가 엄히 막으며 태우 어른이 명령을 어기지 말라 하셨다 말하니 시녀들이 돌아가 이대로 고했다.

상서와 부인이 크게 놀라 의심할 적에 마침 간의가 이르렀다. 상서가 흐뭇한 낯빛으로 간의의 소매를 이끌고 부인 방에 이르러 간의를 보았다. 간의가 옥 같은 얼굴에 오사각모(烏紗角帽)[39]를 숙이고 붉은 도포를 입었으니 그 절세한 용모는 고금에 없었다. 상서가 새로이 사랑해 안주를 들여와 간의에게 전하며 말하고, 생이 또한 임 씨의 일을 공에게 쓰지 않아 친하게 말하며 조금도 서먹하지 않았다. 공이 더욱 사랑했으나 속으로 의심이 있었으므로 한나절 후에 이에 간의의 손을 잡고 물었다.

"근래에 딸아이가 무슨 죄를 그대에게 얻었던고?"

간의가 홀연히 한참을 오래 생각하다가 대답했다.

---

38) 장렴(粧奩): 몸을 치장하는 데 쓰는 갖가지 물건.

39) 오사각모(烏紗角帽): 벼슬아치들이 관복을 입을 때에 쓰던 각진 모자로, 검은 사(紗)로 만들었음.

"어찌 아셨나이까?"

상서가 웃고 말했다.

"너의 장모가 딸아이의 안부를 알려고 해 사람을 보내니 창두가 협문(夾門)을 지키고 막으며 사위의 명이라 했다 하니 그것이 무슨 까닭에서인가?"

태우가 상서의 말을 다 듣고 자리에서 물러나 자약히 말했다.

"전날 제가 여 소사 집과 굳게 맹세해 언약이 자못 굳어 여 공이 저를 자신의 사위로 알고 저 또한 소사를 장인으로 알았습니다. 그랬는데 중간에 일이 괴이하게 되어 여 공 딸의 생사를 알지 못해 옛날 서로 생각하던 마음이 끊어졌습니다. 그래서 다시 바라는 것이 우스웠으나 가친께서 십 년을 기다려 여 씨 찾을 것을 이르시고 여 소사가 자기 딸이 죽지 않은 줄을 간곡하게 일렀으므로 제가 장차 사람을 저버리지 않으려 했습니다. 장인어른께서 당초에 구혼하셨을 때도 아버님께서 그렇게 이르셨고 제가 결정한 지 오래라 선후의 차례와 법을 어지럽게 하지 못해 제가 이리이리 했습니다. 그런데 영녀(令女)가 분한 기운을 갑자기 드러내 패악(悖惡)[40]한 행동이 대단했으니 회암(晦庵)[41] 선생의 가르침으로 의논한다면 영녀를 결연히 내쳤을 것입니다. 그러나 제 부모님이 어지셔서 소소한 곡절을 살피지 않으시고 저 또한 어렸을 때의 정을 하루아침에 끊지 못해 영녀의 유모에게 약간의 태벌을 하고 마지못해 존부(尊府)와의 왕래를 막았던 것입니다. 그렇게 해 영녀를 개과시키려 하는 뜻이니 악장은

40) 패악(悖惡): 사람으로서 마땅히 하여야 할 도리에 어그러지고 흉악함.

41) 회암(晦庵): 중국 송나라의 유학자인 주희(朱熹, 1130～1200)의 호. 자(字)는 원회(元晦)・중회(仲晦). 도학(道學)과 이학(理學)을 합친 이른바 송학(宋學)을 집대성함. '주자(朱子)'라고 높여 이르며, 그 학문을 주자학이라고 함. 주요 저서에 『시전(詩傳)』, 『사서집주(四書集註)』, 『근사록(近思錄)』, 『자치통감강목(資治通鑑綱目)』 등이 있음.

괴이하게 여기지 마소서.”

상서가 다 듣고는 크게 놀라며 어이없이 여기다가 이에 사례해 말했다.

“딸아이의 과실이 이 지경에 미쳤어도 사위가 하해와 같은 큰 도량으로 너그럽게 용서해 주었으니 내 어찌 감격할 줄을 모르겠는가? 딸아이의 죄를 생각하니 털과 뼈까지 두려워지니 편안히 있지 못할 지경이네. 딸아이를 데리고 돌아와 심당(深堂)에 넣고 개과하기를 기다릴 것이네.”

간의가 대답했다.

“영녀(令女)의 죄와 허물이 심상치 않으나 소생이 장인어른께서 저를 지우(知遇)[42]하시는 것을 생각해 가만히 다스렸는데 이를 부모님과 집안사람들은 모르고 있나이다. 이는 진실로 소생이 영녀의 평생을 잠깐 아끼는 마음이 있어서 그랬던 것이니 장인어른께서 일을 드러내시는 것은 옳지 않은가 하나이다.”

임 공이 크게 감격해 칭찬해 말했다.

“내가 사위의 높은 의기(義氣)를 많이 사례하니 딸아이가 만일 잘못을 뉘우쳐 훗날 여 부인 안전(案前)에 죄를 얻는 일이 없다면 이 어찌 사위의 은혜 덕분이 아니겠는가?”

간의가 대답했다.

“아내가 만일 앞으로 잘못을 뉘우치는 일이 있다면 소생이 전날의 허물을 생각지 않을 것이나 끝내 한결같다면 용서하기 어려울까 하나이다.”

상서가 탄식하며 딸을 한스러워하고 부인은 더욱 부끄러워 간의

42) 지우(知遇): 남이 자신의 인격이나 재능을 알고 잘 대우함.

를 향해 사례하기를 마지않았다.

이날 태우가 종일토록 상서를 모시고 말하다가 집으로 돌아갔다.

이해 가을에 천자께서 팔도에 어사를 보내셨다. 천자께서 이성문이 묵묵하며 진중한 성품을 지녔는데 가지고 있는 재주도 보고 싶으셔서 특지(特旨)로 조서(詔書)를 내려 절강 순무어사(巡撫御史)[43]에 임명하고 절월(節鉞)[44]을 주며 남쪽 지방을 진정(鎭靜)하라 하셨다. 성문이 전지(傳旨)를 받들어 행장을 차릴 적에 일가 사람들의 염려는 이루 기록하지 못할 정도였다.

간의가 떠나면서 의복을 고치고 대검을 차고 들어와 부모와 조부모, 유 부인에게 하직하니 승상 부부가 흐뭇한 낯빛으로 말했다.

"네 나이가 어린데 먼 길을 떠나는 것이 힘들 것이나 이는 모두 나라의 은혜다. 남아가 이런 일에서 이름을 세울 것이니 자잘한 이별을 슬퍼하겠느냐? 모름지기 정사를 힘써 다스려서 욕(辱)이 네 아비에게 미치지 않도록 하라."

순무가 두 번 절해 명령을 듣고 아버지 앞에서 하직했다. 공이 순무의 손을 잡고 연연해하며 정사의 득실을 자세히 이르고 또 경계했다.

"네가 늘 삼가는 것을 헤아린다면 국가의 큰일을 맡아 그릇하지는 않을 것이다. 두 번 세 번 몸을 보중하고 조심하라."

순무가 두 번 절해 명령을 받드니 어버이를 떠나는 마음이 아득했

---

43) 순무어사(巡撫御史): 지방에서 변란이나 재해가 일어났을 때 두루 돌아다니며 사건을 진정하던 특사.

44) 절월(節鉞): 절부월(節斧鉞). 관리가 지방에 부임할 때에 임금이 내어 주던 물건. 절은 수기(手旗)와 같이 만들고 부월은 도끼와 같이 만든 것으로, 군령을 어긴 자에 대한 생살권(生殺權)을 상징함.

다. 그러나 어른들과 하남공의 기색이 매우 온화했으므로 자잘한 내색을 못 하고 좋은 낯빛으로 일어났다. 숙현당에 이르러 모친에게 하직하니 부인이 역시 온화한 낯빛을 하고 조금도 슬픈 기색이 없이 조심할 것을 일렀다. 순무가 두 여동생과 아우들에게 하직하고 다시 부인에게 절해 이별하니 부인이 말했다.

"아이가 이번에 가면 돌아올 기약이 없으니 너는 우리 며느리를 보고 가는 것이 좋겠구나."

순무가 명령을 듣고 채운당에 이르렀다. 이때 임 씨는 수 놓은 병풍에 기대 바느질을 하고 있었다. 임 씨가 생을 보고 발끈 성을 크게 내 매서운 노기(怒氣)가 눈에서 크게 일어나고 낯빛이 매우 좋지 않았다. 순무가 눈을 들어서 보지 않고 잠깐 앉아 있다가 즉시 나갔다.

대궐에 이르러 임금께 하직하고 절월과 황월(黃鉞)[45]을 앞세우고 사륜거(四輪車)[46]를 밀어 남쪽으로 향했다. 문정공 등 다섯 사람과 예부 등 모든 사촌이 10리 장정(長亭)[47]까지 나와 배송했다. 모두 먼 길을 떠나는 것을 염려했으나 그 젊은 나이에 소임을 맡아 저렇듯 행렬이 화려함을 기뻐했다.

하남공의 넷째아들 중문은 자가 순보니 하남공의 둘째부인 장 부인 소생이다. 흰 얼굴이 분(粉) 바른 하안(何晏)[48]이 돌아온 듯했고, 긴 눈썹은 귀를 가리켰으며 복숭아꽃 두 뺨에 늠름하고 준수한 풍채

45) 황월(黃鉞): 황금으로 장식한 도끼.

46) 사륜거(四輪車): 바퀴가 넷 달린 수레.

47) 장정(長亭): 먼 길을 떠나는 사람을 전송하던 곳.

48) 하안(何晏): 중국 삼국시대 위(魏)나라 사람(196~249)으로 자(字)는 평숙(平叔). 조조(曹操)의 의붓아들이자 사위. 반하(潘何)라 하여 서진(西晉)의 반악(潘岳)과 함께 잘생긴 남자의 대명사로 불림.

는 겨룰 사람이 없어 부모가 매우 사랑했다. 나이가 열넷에 이르자 높은 벼슬아치와 부귀한 집의 딸 둔 자들이 구름처럼 몰려와 구혼했으나 공이 쉽게 허락하지 않았다.

하간왕이 한 딸을 두었는데 용모가 아름답고 덕이 있어 온순하니 참으로 착하고 얌전한 여자였다. 왕이 사랑해 딸에 어울리는 쌍을 얻으려 했다.

그러다가 우연히 중문을 보고 크게 사랑해 간절히 구혼했다. 하남공은 국척(國戚)[49]과 결혼하는 것을 기뻐하지 않았으나 허락하지 않는 것이 일의 체면에 야박하고 공이 또한 처자의 아름다움을 자세히 알았으므로 혼인을 허락하고 택일해 친영(親迎)[50]했다.

공자가 왕궁에 이르러 신부를 맞이해 집으로 돌아왔다. 신부가 교배(交拜)를 마치고 폐백을 받들어 시부모에게 나오니 군주(郡主)의 아리땁고 자약한 용모가 일세에 무쌍했으므로 시부모가 크게 기뻐하고, 장 부인의 복록(福祿)을 칭찬하지 않는 이가 없었다.

이때, 하남공의 둘째딸 계양 공주 소생 초주 소저가 나이가 열네 살이 되니, 키가 커 날아갈 듯했고 피부가 윤택해 어머니의 빛나는 용모를 오로지 이어받았다. 공은 소저가 연약한 자태를 지니고 너무 어린 것이 꺼려졌으나 남생이 다 자란 남자로 있으므로 혼인을 잠시도 미룰 수가 없었다. 택일해 혼례를 이루니 남생의 준수한 골격과 소저의 빼어난 자태는 참으로 천정배필이었다. 남생이 일개 가난한 선비로서 오늘 왕부(王府)의 사랑하는 사위가 되어 소저의 미색과 덕이 자기가 바란 것을 넘었으므로 매우 기뻐하고 소저에 대한 사랑

49) 국척(國戚): 임금의 친인척.

50) 친영(親迎): 육례의 하나로, 신랑이 신부의 집에 가서 신부를 직접 맞이하는 의식.

이 비길 데가 없었다.

태후께서 공주의 딸이 장성해 처음으로 시집간 것을 듣고 크게 기뻐해 임금께 청해 초주를 금양 군주에 봉하도록 하셨다. 그리고 군주를 궐내(闕內)에 불러 상을 주고 궁녀 한 쌍을 내려 주셨다.

군주가 궁에서 수십 일을 묵고 집으로 돌아오니 생이 바삐 들어와서 보고 웃으며 말했다.

"어찌 그리 오래 있었소?"

소저가 웃음을 머금고 답하지 않으니 생이 소저를 공경하고 귀하게 대하는 것이 비길 데가 없었다.

이때 태후께서 병환이 나서 점점 위독해지시니 조정 안팎에서 어찌할 줄을 몰랐다. 주비는 넋이 몸에 붙어 있지 않아 가마를 갖추어 미양궁에 들어가 시약(侍藥)[51]을 지성으로 했으나 마침내 효험이 없었다.

다음 날 태후께서 임금을 청해 유조(遺詔)[52]하셨다.

"짐(朕)이 박덕한 위인으로 황후의 지위를 지니고 은혜를 입은 지 해가 오래니 밤낮으로 얇은 얼음을 디딘 듯했습니다. 그러다가 황천께 죄를 얻어 인종(仁宗) 황제(皇帝)[53]께서 붕(崩)하시고 선제(宣帝)[54]께서 앞을 서셨으며 위후[55]가 또한 돌아가니 인생 세간에 즐거움이 없었습니다. 이제 돌아가는 것이 기쁘니 어찌 슬퍼하겠습니

---

51) 시약(侍藥): 곁에서 모시며 약을 바침.

52) 유조(遺詔): 임금의 유언. 여기에서는 태후의 유언을 뜻함.

53) 인종(仁宗) 황제(皇帝): 중국 명(明)나라의 제4대 황제(재위 1424~1425). 연호는 홍희(洪熙). 성조(成祖) 영락제(永樂帝)의 장자(長子)로, 이름은 주고치(朱高熾). 1년 동안의 짧은 재위 기간이었지만 선정을 베풀어 다음 황제인 선덕제(宣德帝)의 치세에도 큰 영향을 미쳐 명나라의 기틀을 잡았다는 평가를 받음. <쌍천기봉>과 <이씨세대록>에서 태후는 인종의 후(后)로 등장함.

54) 선제(宣帝): 중국 명(明)나라의 제5대 황제인 주첨기(朱瞻基, 1399~1435)를 이름. '선제'는 연호 선덕(宣德, 1425~1435)과 황제(皇帝)를 줄여 부른 호칭. 묘호는 선종(宣宗).

55) 위후: <쌍천기봉>과 <이씨세대록>에서 선덕제의 후(后)로 등장함.

까? 원컨대 임금께서는 정사를 부지런히 닦으시고 계양을 사랑하셔서 길이 태평하게 지내소서."

임금께서 눈물을 드리워 명령을 들으셨다. 태후께서 또 공주의 손을 잡고 말씀하셨다.

"모녀의 이별이 느꺼우나 설마 어찌하겠느냐? 너는 오복(五福)을 잘 누리라."

주비가 가슴이 막혀 대답하지 못하고 다만 절해 명령을 받들었다.

태후께서 이윽고 붕(崩)하시니 공주가 정신을 잃고 기절해 인사를 몰랐다. 임금께서 몹시 슬퍼하시며 조정의 모든 관료가 거애(擧哀)[56]하며 태후의 큰 덕을 생각해 슬퍼하지 않는 이가 없었다.

며칠이 지나고 예로써 염빈(殮殯)[57]해 성복(成服)[58]을 지내니 주비의 망극함이 날로 더해 피를 토하고 피눈물이 상복에 맺혔다. 겨우 성복을 지내니 태후의 목소리와 모습이 아득해 주비가 밤낮으로 통곡하고 정신을 잃어 한 술 물을 마시지 못했다. 이에 예부 등의 망극함이 비길 데 없고 임금께서 친히 돌아보고 위로하시니, 지극한 대효(大孝)를 지닌 주비가 능히 심사를 억제하지 못해 날이 오랠수록 슬픔이 더했다.

승상이 이 기별을 듣고 크게 근심해 예부 등에게 말을 전해 미음 먹기를 권하니 공주가 예부를 대해 말했다.

"내 마음이 아직 슬프고 두려워서 이러하나 너희가 어찌 어지럽게 굴어 시부모님께 큰 염려를 끼치는 것이냐? 내 마땅히 명령을 듣

56) 거애(擧哀): 상례에서, 죽은 사람의 혼을 부르고 나서 상제가 머리를 풀고 슬피 울어 초상난 것을 알림. 또는 그런 절차.

57) 염빈(殮殯): 시체를 염습하여 관에 넣어 안치함.

58) 성복(成服): 초상이 나서 처음으로 상복을 입음. 보통 초상난 지 나흘 되는 날부터 입음.

겠다고 고하라."

예부가 대답했다.

"어머님의 가르침이 지극하시나 요사이 보건대, 어머님이 종일토록 한 그릇 미음을 찾으시는 일이 없고 피눈물이 마를 적이 없어 기운이 위태로우니 어찌 몸을 지탱하실 수 있겠나이까?"

공주가 다 듣고는 소리 없이 눈물을 흘리며 말했다.

"너희는 어미가 살아서 잠시 미음을 안 먹는 것으로도 마음이 이와 같은데 나는 모질기가 심해 모비(母妃)를 여읜 지 팔구일이 지났어도 예전처럼 몸이 건강해 나무나 돌과 다름이 없으니 어찌 부끄럽지 않으냐?"

이에 매우 슬퍼하며 좌우의 사람들에게 미죽(糜粥)[59]을 가져오라 해 두어 번 마시고 말했다.

"오늘부터 억지로 참을 것이니 너희는 너무 걱정하지 마라."

예부가 이 말을 듣고 매우 기뻐하며 돌아와 승상에게 고하니 승상이 잠깐 마음을 놓았다.

시간이 훌쩍 지나 태후를 효릉에 묻으니 주비가 더욱 오장이 무너져 통곡하기를 마지않으니 임금께서 더욱 슬퍼해 지극히 위로하셨다. 이에 공주가 크게 울고 아뢰었다.

"죄신(罪臣)이 오늘날 모후 낭랑을 마저 여의고 돌아가는 마음이 천지가 아득한 듯합니다. 엎드려 바라건대 성상(聖上)께서는 용체(龍體)를 보중하시기를 바라나이다."

임금께서 또한 슬퍼 용루(龍淚)를 드리워 말씀하셨다.

"짐이 선제(先帝)와 모후를 여의고 황고(皇考)[60]를 우러러 만년을

59) 미죽(糜粥): 미음이나 죽 따위를 통틀어 이르는 말.

60) 황고(皇考): 돌아가신 조부모의 존칭. 여기에서는 죽은 진 태후가 영종 황제의 조모이므로 이

길이 즐길 것을 빌었습니다. 그런데 황고께서 이제 길이 붕(崩)하셨으니 몸을 돌려 미양궁을 바라보면 마음이 나무나 돌 같은들 슬픔을 어찌 참을 수 있겠습니까? 더욱이 숙모의 마음은 일러 알 수 있는 바가 아니나 너무 슬프더라도 목숨을 잃게까지는 하지 말라는 것이 성인의 경계요, 황숙이 또한 대의(大義)를 아실 것이니 바라건대 슬픔을 참아 스스로 보중하소서."

공주가 눈물을 흘리며 절해 사례하고 소복에 흰 수레를 타고 집안으로 돌아갔다. 일가 사람들이 공주를 맞아 조문하는 예를 마치고 눈을 들어서 보니 공주의 온갖 아리따운 모습이 다 없어지고 한낱 해골이 되어 있었다. 좌우 사람들이 크게 놀라고 태부인이 슬퍼하며 위로했다.

"나라의 운수가 불행해 태후 낭랑께서 붕천(崩天)하신 것은 신하 된 자의 망극한 바요, 더욱이 옥주와 같은 효성을 지닌 분에게는 슬픔이 끝이 없을 것입니다. 그러나 노모가 어렸을 적에 부모를 여의고도 지금까지 삶을 꾀했으니 옥주는 널리 생각하소서."

승상이 이어 탄식하고 말했다.

"자식이 어버이를 여의고 따라 모시려는 뜻이 없겠는가마는 하나의 도리를 지켜 대의(大義)를 폐하는 것은 옳지 않으니 옥주가 또 어찌 생각지 못하겠습니까?"

공주가 참으로 슬펐으나 평생 큰 덕과 예의가 보통 사람보다 뛰어났으므로 다만 안색을 온화하게 해 절하고 명을 받들었다. 이에 정부인이 근심해 말했다.

"옥주의 안색을 보면 염려가 지극한 듯하니 몸을 회복하기가 어

와 같이 칭하였음.

려울까 하나이다.”

공주가 자리를 피해 사죄해 말했다.

“소년의 굳센 기운에 잠깐 초췌해졌으나 대단치 않을 것이니 염려를 더하지 마소서.”

시부모가 매우 근심해 양 씨와 예부에게 명해 궁으로 돌아가라 했다.

공주가 물러나 궁에 돌아와 슬픔을 더욱 이기지 못해 눈물이 옥 같은 얼굴에 가득해 눈물을 금치 못했다. 이에 미주 소저와 모든 아들, 사위가 모두 위로를 극진히 하고 남생이 또한 들어와 조상(弔喪)하고 말을 곡진히 했다. 소 부인 등 모든 동서가 이어 이르러 각각 위로하니 공주가 다만 눈물을 드리워 말이 없었다. 안두후 부인 화 씨가 눈물을 흘려 말했다.

“태낭랑(太朗朗)께서 건강하게 천년을 누리다 붕(崩)하셨는데도 옥주께서 이처럼 너무 슬퍼하시니 첩 같은 이는 목숨이 심히 모질고 질긴 것이 아닙니까?”

소 부인이 이어 말했다.

“옥주께서 이 말씀을 미루어 헤아리시고 모든 아이들의 마음을 살피셔서 슬픔을 참으소서.”

공주가 길이 한숨 짓고 겸손히 사양할 뿐이었다. 모든 부인네가 종일토록 여기에 있다가 파해 흩어지니 공주가 홀로 침상에 기대 매우 슬퍼했다.

밤이 되자 하남공이 들어와 자리를 이루어 앉았다. 공주가 안색을 온화히 해 일어나 맞고 아들과 며느리 들이 좌우에서 시립(侍立)하니 공이 눈을 들어서 보고 자연히 안색이 변해 천천히 말했다.

“낭랑께서 승하(昇遐)[61]하신 것은 신하로서 망극한 일이라 할 말이 없으나 현비(賢妃)는 너무 슬퍼해 우리 부모께 근심을 끼치지 마소서.”

공주가 몸을 낮추어 듣고 말이 없었다.

이윽고 공이 몸을 일으켜 나간 후, 초주 소저가 두 소저와 함께 공주를 모셨다.

이후에 주비가 지극한 슬픔을 참지 못한 데다 여러 달 소선(素膳)[62]을 먹어 연약한 몸이 침상에서 정신이 없어 병세가 깊었다. 이에 하남공이 근심해 주비가 기년(朞年)[63]까지 소선(素膳)을 행하지 못할 줄 알았다.

하루는 내당에 들어가니 공주가 기운이 적이 나은 듯해 사람들에게 붙들려 앉아 있었다. 공이 멀리 앉아 기운을 묻고 예부를 돌아보아 한 그릇 육즙(肉汁)을 가져오라 해 앞에 놓고 말했다.

“무릇 상례(喪禮)를 행하는 것은 예법에서 비롯한 바입니다. 그러나 성인께서는 슬퍼하더라고 목숨을 잃게까지는 하지 말라고 이르셨습니다. 그런데 이제 옥주가 고질(痼疾)이 오랫동안 낫지 않아 장차 몸을 보전할 길이 없으니 만일 불행하게 되면 부모께 불효 끼친 것을 용납받을 땅이 없을 것이요, 아래로 아이들이 수풀 잃은 새와 가지에 떨어진 잎과 같게 될 것입니다. 이미 낭랑을 따르지 못한 연후에 또 몸을 버리는 것이 옳지 않으니 현비는 깊이 생각하소서.”

주비가 다 듣고는 놀라고 더욱 마음이 산란해 옷깃을 여미고 말했다.

“옛사람은 죽을 계속 먹은 지 삼 년이 되어도 오히려 몸을 부지했는데 사람의 자식이 되어 삼년상 동안 육즙이 나오지 않는 것을 견디지 못하고 겨우 장례를 지내고서 육즙을 입에 가까이하겠나이까?

61) 승하(昇遐): 임금이나 존귀한 사람이 세상을 떠남을 높여 이르던 말.

62) 소선(素膳): 어물이나 육류가 없는 간소한 반찬.

63) 기년(朞年): 죽은 지 1년이 되는 날.

이는 죽어도 받들지 못할 것입니다."

공이 다 듣고 정색해 말했다.

"학생이 이를 모르는 것이 아니나 현비의 기력을 헤아려 보면 이대로는 현비가 몸을 부지하지 못할 것입니다. 형세가 부득이해 이를 권한 것인데 이처럼 불통하신 것이오?"

공주가 홀연히 눈물이 얼굴에 가득해 말했다.

"부모님의 은혜는 큰 하늘처럼 끝이 없거늘 예법에 구애되어 조금도 갚음이 없으니 이 마음은 쇠나 돌이 아니라 어찌 온전할 수 있겠습니까? 더욱이 낭랑께서 붕천(崩天)하신 지 기년(朞年)이 안 되었는데도 육즙을 낭자하게 먹는 것은 절대로 안 될 일이니 명공처럼 예법을 잘 지키시는 분이 이러함은 뜻밖입니다. 첩이 비록 병이 있으나 어찌 이때에 죽어 시부모님께 서하지척(西河之戚)[64]을 끼치고 여러 자식에게 종천지통(終天之痛)[65]을 끼치겠나이까? 그렇게 하지 않을 것이니 상공께서는 근심하지 마소서."

공이 이 말을 듣고 또한 태후의 은혜와 사랑을 생각하고 감회를 이기지 못해 눈에 물결이 요동쳐 한참을 말을 못 했다.

자기로서는 공주의 마음을 돌이키지 못할 줄 알고, 밖으로 나와서 이 일을 승상에게 고하니 승상이 매우 놀라 말했다.

"네가 벌써 권해 돌이킴이 있는가 했다. 대개 소선(素膳)을 그저 내온다면 병세가 깊어지지 않겠느냐?"

그러고서 승상이 즉시 궁에 이르렀다. 시녀가 빨리 공주에게 먼저

---

64) 서하지척(西河之戚): 서하(西河)에서의 슬픔이라는 뜻으로 부모가 자식을 잃은 슬픔을 이름. 서하(西河)는 지금의 섬서성(陝西省) 한성현(韓城縣)에서 화음현(華陰縣) 일대. 중국 춘추시대 공자의 제자 자하(子夏, B.C.508?~B.C.425?)가 공자가 죽은 후 서하(西河)에 은거하고 있었는데 그 자식이 죽자 슬피 울어 눈이 멀었다는 데서 유래함.

65) 종천지통(終天之痛): 하늘이 끝나는 듯한 슬픔이라는 뜻으로 왕이나 부모의 죽음을 이름.

아뢰니 공주가 억지로 이불을 물리치고 승상을 맞아 엎드렸다. 공이 급히 몸을 편안히 하라 이르고 눈을 들어서 보니 병세가 뼈에 박혀 있고 몸은 말라 있었다. 공이 이를 보고 크게 근심해 말했다.

"내가 여러 날 옥주를 보지 못했더니 그사이에 더욱 기력이 쇠했을 줄을 알았으리오?"

나아가서 맥을 보고 말했다.

"원기가 허해 기운이 실낱같으니 편벽되게 상례(喪禮)를 지키다가는 반드시 몸을 보전하지 못할 것입니다. 내 옥주를 권해 상례를 어겨 불의를 행하라 해도 옥주가 며느리의 도리에 거역하지 못할 것입니다. 또 공주 몸은 사사로운 몸이 아니라 선제와 낭랑께서 남겨 주신 몸이요, 우리 집의 귀중한 몸이니 잠깐 권도(權道)[66]를 행하소서."

말을 마치고 한 그릇 육즙을 가져오라 해 먹기를 간절히 권했다. 공주는 시아버지가 자기를 지극히 사랑해서 하는 말에 자기로서는 다시 할 말이 없어 육즙을 먹으려 했다. 그러나 차마 목이 메고 가슴이 막혀 먹고 싶지 않았으나 시아버지의 명령을 거역하는 것이 옳지 않았으므로 다만 고개를 조아리고 엎드려 두 줄기 눈물이 줄줄 흘러내릴 뿐 감히 말을 못 했다. 승상이 그 행동을 보니 자신도 효자로서 감동함을 이기지 못해 스스로 눈물을 머금고 다시 권하며 말했다.

"제가 예전에 선친의 기년(朞年) 안에 육즙을 내왔습니다. 이것이 구태여 서러움이 덜한 것이 아니라 몸을 돌아보지 않을 수 없어 권도를 행한 것이었으니 옥주는 제 뜻을 어기기 마소서. 옥주가 만일 고집해 제 말을 듣지 않고 예전처럼 소선을 내온다면 몇 년 썩인 폐간이 봄눈처럼 스러질 것입니다. 하루아침에 몸을 마친다면 황태후

66) 권도(權道): 상황에 따라 변통하는 도리.

께서 운향(雲鄕)[67]에서 슬퍼하지 않으실 것이며 이씨 선조에게는 죄인이 되지 않겠나이까? 효도가 비록 크나 대의(大義)도 돌아보지 않을 수 없으니 장차 어떻게 하려 합니까?"

공주가 엎드려 다 듣고는 하릴없는 바에, 타고난 품성이 대의를 알고 바다처럼 넓은 도량을 지닌 위인이라 오늘 시아버지가 옆에서 죽을 일을 명한들 어찌 며느리가 되어서 명령을 거역하겠는가. 눈물을 거두고 그릇을 내와 한 번 마시고는 눈물을 흘리며 사죄했다.

"불초 소첩의 몸이 무슨 큰일이라고 대인께서 이처럼 염려하시니 그 은혜에 감격하지는 못할망정 어찌 감히 사양해 명령을 거역하겠나이까?"

승상이 매우 기뻐해 다시 위로하고 또 슬피 말했다.

"인생은 흰 망아지가 달리는 것을 문틈으로 보는 것 같고 이제 네 아들이 있으니 차마 어찌하겠나이까? 옥주는 저의 말씀을 잊지 마시고 귀한 몸을 조심하소서."

공주가 눈물을 흘리며 명령을 들으니 승상이 재삼 위로하고 돌아갔다. 이에 예부 등의 기쁨을 어찌 헤아릴 수 있겠는가.

주비가 다만 세상일이 이와 같음을 길이 느껴 비록 슬픔을 억지로 참았으나 자연히 침상을 떠나지 못했다. 모든 아들과 며느리가 밤낮으로 시약(侍藥)[68]을 게을리하지 않고, 양 소저는 더욱 공경하고 삼가는 효성을 지녀 잠시도 몸을 게을리하지 않았다.

하루는 양 소저가 약을 달이다가 어린아이가 우니 궁인에게 약 달이는 것을 맡기고 침소에 들어가 어린아이를 안아 젖을 먹였다. 그런데 예부가 마침 들어와 약이 달여졌는지 물으려다가 소저는 없고

---

67) 운향(雲鄕): 신선이 사는 하늘나라인 백운향(白雲鄕)으로, 세상을 떠났음을 말함.

68) 시약(侍藥): 곁에서 모시며 약을 바침.

궁인이 달이는 것을 보고 매우 불쾌해했다. 약을 친히 열어 보니 수(數)에 찼으므로 친히 약을 짜려 했는데 소저가 나와서 상서가 평온하지 않은 줄은 모르고 수건을 내와 약을 짜려 했다. 이에 예부가 정색하고 수건을 앗아 짜다가 너른 소매가 자연 민첩하지 못해 약을 엎어 버렸다. 셋째아우가 마침 이 자리에 있다가 놀라서 말했다.

"형수님이 하시던 대로 두시는 것이 옳습니다."

상서가 약이 엎어진 것을 양 씨 탓으로 생각해 속으로 분노를 머금어 눈썹을 찡그리고 다시 약을 내와 물을 붓고 친히 불을 피워 달였다. 이에 학사가 말했다.

"무고한 일에 화를 내실 일이 아니니 형수님이 달이시게 우리는 정당(正堂)으로 갑시다."

상서가 듣지 않고 말했다.

"사람의 처자가 되어 이런 큰일을 때에 맞춰 못 하니 또 무엇을 맡기겠느냐?"

세문이 말했다.

"아까 계시다가 아이가 울기에 잠깐 가 계신 것입니다. 저희 처자가 함께 대령하지 않았으니 그 죄가 가볍지 않습니다. 어찌 홀로 형수님만 그르다 하겠나이까?"

상서가 정색하고 말했다.

"각각 맡은 것이 다르니 이것이 제수씨들이 간예(干預)[69]하실 일이겠느냐?"

드디어 노색(怒色)이 맹렬히 일어났다. 그러나 양 소저는 안색이 자약해 한 가에 서서 말을 하지 않았다.

---

69) 간예(干預): 어떤 일에 간섭하여 참여함.

한참 후에 상서가 약을 달여 친히 받들어 어머니 앞에 나아갔다. 주비가 일어나 앉아 조금 마시다가 약그릇을 도로 놓으며 눈썹을 찡그리며 말했다.

"약을 어떻게 달였기에 냄새가 들었느냐? 먹지 못하겠구나."

한림이 말했다.

"형수님이 약을 달이시다가 어린아이가 울어 잠깐 들어가셨는데 형님이 노해서 친히 약을 짜다가 약이 소매에 걸려 엎어져 형님이 약을 다시 달였나이다."

주비가 말했다.

"양 현부가 달인 약은 목구멍을 잘 넘기고 장이 편하니 이후에는 약은 양 현부가 달이고 다른 이는 간섭하지 말게 하라."

상서가 이에 묵묵히 말이 없었다.

황제께서 주비의 병세가 깊은 줄을 들으시고 크게 놀라고 염려하셔서 상서 양 공과 추밀부사 노 공에게 문병하라 하셨다. 그래서 두 공이 문에 이르니 예부가 당(堂)에서 내려가 공들을 맞이해 당에 오르도록 했다. 인사를 마치고 자리를 잡아 앉자, 예부가 근래의 안부를 물었다. 양 공이 임금의 명으로 옥주를 문병하러 왔음을 이르고 증세를 자세히 묻고서 한담했다. 양 공이 이에 말했다.

"노 공의 말을 들으니 자네가 노 씨를 내쫓았다고 하는데 어찌 된 일인가?"

예부가 정색하고 대답했다.

"그 실제로는 노 씨의 짓인지 알 수 없으나 사나운 여종이 농락해 노 씨가 큰 죄를 이씨 집안에 얻어서 노 씨가 내쫓긴 지 삼 년이 되었나이다."

양 공이 매우 놀라 그사이의 일을 물으니 상서가 잠깐 안색을 가

다듬어 말했다.

"장인어른처럼 이치에 달통하신 분이 남의 규방 일을 알려고 하시는 것은 옳지 않습니다. 더욱이 추밀 합하께서 아름답지 않은 일을 외인에게 누설하신 것은 옳지 않습니다. 학생이 본디 어리석은 위인으로 진실로 영녀(令女)의 짝이 되기에 어울리지 않은데 합하께서 사람을 알아보시는 눈이 없어 영녀를 저에게 맡기셨습니다. 그런데 소생이 군자의 제가(齊家)[70]하는 법이 없어 영녀가 큰 죄에 빠져 영녀를 내쳤으나 이는 스스로 즐겨서 한 일이 아닙니다."

노 공이 웃고 말했다.

"그러한 줄을 나 또한 알고 있으나 알지 못하겠네, 우리 딸의 열일곱 청춘을 어찌하려 하는가?"

상서가 무릎을 모아 몸을 단정히 해 대답했다.

"합하께서 만일 그러한 마음을 갖고 계시다면 영녀를 엄히 경계해 그 마음을 개과천선하게 하시면 될 것이니, 또한 해가 오래 지나고 나이가 찬 후에는 가문에서 노 씨를 용서했을 것입니다. 그런데 합하께서는 일세에 유명한 재상으로서 딸을 절에 보내 딸이 비구니의 무리가 되도록 하셨습니다. 이는 소생이 평소에 괴롭게 여기는 바니 천자께서 어지(御旨)를 내리셔도 차마 노 씨를 가까이할 생각이 없나이다. 합하께서는 스스로 생각하셔서 소생의 우직함을 용서하십시오. 머리 깎고 비구니가 되는 것과 부모로부터 물려받은 신체를 상하게 하는 것을 어떤 사람이 행할 것이며, 설사 머리털을 깎지 않는다 해도 산간에서 비구니의 무리와 불경을 외우고 부처를 공양하는 것이 재상 공후(公侯)의 부귀한 여자가 행할 만한 일입니까? 영

70) 제가(齊家): 집안을 가지런히 함.

녀는 합하께서 이르시는 것처럼 한때 나쁜 여종의 말을 들어 일을 그릇 했습니다. 그러나 이씨 집안을 지키려 했다면 그 가풍을 좇아 고요히 있으면서 전의 과실을 뉘우쳐야 했을 것입니다. 그렇게 한다면 소생이 마땅히 예부에 고해 영녀를 거두어 돌아왔을 것입니다. 그런데 영녀는 벌써 이씨 집안을 저버리려 하는 마음을 가지고 그 길을 달리했으니 이 일은 소생에게 의논하실 바가 아닙니다. 이후에는 소생이 인간 세상의 교분으로써 합하를 섬길 것이니 합하 또한 그렇게 아소서."

노 부사가 다 듣고는 그 말이 글자마다 이치에 맞아 예(禮)밖에 없으니 입이 있다 한들 무슨 말을 하겠는가. 부끄러워하는 빛이 낯위에 어려 몸 둘 곳을 몰라 하니 양 상서가 적이 불안해 이에 일어나며 말했다.

"옥주의 환후(患候)를 알았으니 마땅히 복명(復命)[71]하러 돌아가야겠네."

부사가 또한 일어나 돌아갔다.

상서가 부사의 용렬함을 우습게 여겨 한바탕 크게 웃고 소매를 떨쳐 소화각에 들어가 소저를 대해 말했다.

"그대는 과연 무심한 사람이오."

양 소저가 아까 상서의 책망을 들었으므로 어물어물하며 대답하지 않으니 상서가 말했다.

"무슨 까닭으로 대답하지 않는 것이오?"

소저가 천천히 대답했다.

"무슨 일이 무심하다 하시는 것입니까?"

---

71) 복명(復命): 명령을 받고 일을 처리한 사람이 그 결과를 보고함.

상서가 말했다.

“아까 장인어른께서 노 씨 내친 일을 모른다 하셨으니 어찌 우습지 않소?”

양 씨가 대답했다.

“그것이 무슨 좋은 일이라고 부모께인들 자랑하겠나이까?”

상서가 그 어짊에 탄복했다.

이후 양 씨가 친정에 이르니 양 공 부부가 바야흐로 노 씨 내친 곡절을 묻자 소저가 대강을 고했다. 양 공 부부가 이에 새로이 모골이 쭈뼛함을 깨닫지 못하고 상서의 총명하고 신이함에 감사했다.

이후 주비가 한 달이 조금 지나 병이 쾌차하니 자식들이 크게 기뻐하고 궁중이 모두 경사로 여겨 온화한 기운이 가득했다. 그러나 공주는 더욱 슬프고 경황이 없어 눈물이 마를 적이 없었다.

이때, 임 씨는 어사가 천 리 먼 길을 떠나면서 한마디 말도 안 하고 자신을 냉정히 보고 가는 것에 독한 노기(怒氣)를 누르지 못했다. 그래서 어사가 어렸을 때 입었던 옷과 신혼 때의 옷을 다 내어 쌓아 놓고 한편으로는 불을 지르며 홍아를 불러 말했다.

“네가 만든 옷은 내 찾지 않을 것이나 내가 지은 옷은 낱낱이 가져오라.”

홍아가 이 행동을 보고 어이가 없어 말했다.

“어사 상공께서 반석 같으신데 무슨 까닭으로 그 몸에 가까이하신 옷을 불 지르겠나이까?”

임 씨가 대로해 말했다.

“천한 종년이 어찌 담이 큰 체하고 나에게 따지는 것이냐? 너를 마땅히 한칼에 마쳐 내 분을 풀어야겠다.”

홍아가 울고 대답했다.

"비자(婢子)의 어미는 부인[72]을 길렀고 비자는 상공 어른을 어렸을 때 거두었습니다. 부인이 남창에서 떠돌아다니실 때 비자의 어미가 상공 어른을 길러 그 공이 많았으므로 상공 어른께서는 비자 등을 잘 대접하시거늘 소저가 무슨 위엄으로 첩을 죽이려 하시나이까?"

임 씨가 대로해 친히 나아가 홍아의 멱을 잡아 끌어 엎어뜨리고 발로 차며 이를 갈아 철편으로 무수히 치며 말했다.

"천한 년이 감히 말하는 양 하는 것이냐? 너를 죽여야 내 분이 잠깐 풀릴 것이고, 여 씨를 들여와 운수가 와해되는 모양을 본다면 내 무슨 근심이 있겠느냐?"

홍아가 본디 높은 집에서 머리 올린 시녀로서 전에 화란을 두루 겪은 중에도 이런 독한 일은 겪어 보지 못했으므로 대로해 겨우 임 씨에게서 벗어나 크게 울고 숙현당으로 돌아갔다.

마침 공과 부인이 자리에 있으니 홍아가 울고 나아가 연고를 자세히 고했다. 공이 어이없어 잠간 웃고 말을 안 하니 예부가 곁에 있다가 놀라서 말했다.

"이는 강상을 무너뜨린 대악이니 숙부께서 어찌하려 하십니까?"

공이 잠깐 웃고는 말을 하지 않고 부인이 말했다.

"조카는 한갓 임 씨만 비난하지 마라. 여자의 평생이 장부에게 달려 있으니 성문이가 만일 예사로웠다면 임 씨가 어찌 이런 행동을 했겠느냐?"

예부가 웃고 말했다.

---

72) 부인: 상공 이성문의 어머니 소월혜를 이름.

"현보는 크게 어진 선비니 여자에게 잘 대해 주지 않은 일이 있었겠나이까?

문정공이 한마디도 안 하고 나가니 예부가 모시고 나갔다.

부인이 즉시 일주를 불러 채운당에 가 임 씨의 과도한 행동을 말리라 하고 홍아를 불러 크게 꾸짖었다.

"부녀의 죄에는 가볍고 무거움이 있으니 나이 어린 여자는 작은 일에도 참지 못하는 법이다. 소저는 너의 소주인이거늘 그 허물을 낭자하게 드러내니 이 무슨 도리냐?"

운아가 또 부인 말에 한때 성결[73]에 행동한 것을 뉘우쳐 고개를 조아려 사죄하고 물러갔다.

일주 소저가 채운당에 이르니, 임 씨가 옷 불사르는 것을 마치고 분을 이기지 못해 눈을 독하게 뜨고 이를 갈아 철편을 들어 기완(奇玩)[74]을 산산이 두드리며 말하고 있었다.

"쓸데없으니 내 어찌 이런 것을 두어 여 씨의 기물로 삼게 하겠는가?"

이렇게 말하고 있으니 소저가 이 행동을 참혹히 여겨 천천히 들어갔다. 임 씨가 이에 소저를 돌아보고 말했다.

"소저는 실상을 말해 주소서. 첩의 행동이 어떠합니까?"

일주가 천천히 대답했다.

"소저가 진실로 묻고 싶은 말이었습니다. 오늘 광경이 무슨 연유에서 나온 것입니까?"

임 씨가 이 말을 듣고 한바탕 차게 웃으며 말했다.

"무슨 연고가 있겠습니까? 살려고 하는 마음이 없어서 이럽니다."

소저가 또 물었다.

---

73) 셩결: 성결. 성난 마음이 왈칵 일어난 바람.

74) 기완(奇玩): 기이한 노리개.

"어느 날 죽고 싶은 것입니까?"

임 씨가 대답하지 않고 두드리니, 이처럼 굴 적에 모든 소저가 모여 담을 싼 듯 둘렀다. 일주가 마음이 급해 빨리 나아가 손을 잡아 빌며 말했다.

"소저는 제가 빌건대 저 모습을 보소서. 모든 사람이 굿 삼아 보고 있으니 어찌 부끄럽지 않습니까? 소저가 내 말을 듣지 않으시고 무슨 낯으로 부모께 뵈려 하십니까?"

임 씨가 마지못해 잠깐 마음을 진정해 앉으며 말했다.

"시부모께서 내치신들 어찌하겠습니까?"

일주가 다시 말을 안 하고 시녀에게 명해 물건을 정리하게 했다. 다시 임 씨를 보니 임 씨가 분기에 막혀 거꾸러지므로 소저가 친히 청심원(淸心元)을 들어 입에 넣어 구호했다. 임 씨가 한참 후에 깨어나 길이 한숨 쉬고 말했다.

"소저께서 첩을 이처럼 살려내 무엇하러 하십니까?"

일주가 한가한 소리를 안 하고 말했다.

"동기지간에 당연한 일이니 다른 말을 해 무엇하겠습니까?"

이어 시녀에게 임 씨를 지키게 하고 어머니 침소로 돌아갔다.

문정공이 침소로 또 들어오니 소저는 그 아버지가 있는 것을 거리껴 말을 안 하고 있더니 공이 물었다.

"채운당 거동이 어떠하더냐?"

소저가 대답했다.

"대단한 허물은 없었나이다."

공이 웃으며 말했다.

"네 어미와 내 뜻이 다 같으니 바로 이르라."

소저가 드디어 자세히 고하니 공이 도리어 웃고 말을 안 했다.

저녁문안에 사람들이 정당(正堂)에 모이자, 임 씨의 모습을 모든 아이들이 전하니 사람마다 듣고 놀라지 않는 이가 없으나 승상과 정 부인은 구태여 알은체하지 않았다. 이에 개국공이 웃으며 말했다.

"전날에 형님께서 일렀던 말씀이 있으니 임 씨를 곧바로 내치소서."

공이 또한 웃고 말했다.

"내치려는 뜻이 없지 않으나 아들이 있지 않은 때이고 어린아이의 정신 없는 행동을 따져서 무엇하겠느냐?"

개국공이 크게 웃으며 말했다.

"그러므로 며느리에게 죄가 있으나 내치는 것이 쉽지 않은데, 전날 형님이 노 씨에게 일이 있을 적에는 그처럼 통쾌한 말씀을 하셨던 것입니까?"

공이 미소 짓고 대답하지 않으니 하남공이 말했다.

"셋째아우의 말은 희롱이지만, 알지 못하겠구나, 임 씨를 어떻게 하려 하느냐?"

공이 웃고 대답했다.

"처치해 부질없으니 버려두려 하나이다."

하남공이 말했다.

"여자가 되어 살아 있는 지아비의 옷을 불 지르고 장렴(粧奩)[75]을 두드리며 지아비의 유모를 난타했으니 이는 대악의 행동이다. 만일 그저 둔다면 훗날이 두렵지 않겠느냐?"

공이 대답했다.

"제가 자못 알고 있는 바입니다. 하지만 임 상서는 현명한 장부니 이런 일을 상서에게 알리는 것이 가당치 않고, 임 씨의 투기가 이러

---

75) 장렴(粧奩): 몸을 치장하는 데 쓰는 갖가지 물건.

하나 아직 저희에게 불초한 행동을 한 일이 없고 요사스러운 마음이 없으니 출거(黜去)[76]할 죄는 아닙니다. 그러니 마지막까지 보아 처치해도 늦지 않을까 하나이다."

정 부인이 말했다.

"몽창이의 말이 옳으나 마침내 아름답지 않구나. 며느리는 이 일을 어떻게 여기느냐?"

소 부인이 자리를 피해 대답했다.

"오늘 임 씨의 허다한 잘못은 다 첩이 아랫사람을 잘못 다스려 변이 규방에서 일어나고 불효가 어르신께 미친 것이니 첩이 감히 죽을 죄를 청할 뿐이요, 임 씨를 그르다고 못하겠나이다."

소부가 말했다.

"이는 너무 지나친 말이다. 그 친어머니가 못 가르친 버릇을 그대가 어찌 가르칠 수 있겠는가? 그 소견을 모두 듣고 싶구나."

부인이 용모를 가다듬고 사례해 말했다.

"며느리의 모친이 잘 가르쳤으므로 며느리가 본가에서는 온순했고, 시가에 와서는 첩이 용렬해 며느리를 법도로 인도하지 못해 이런 일이 생긴 것입니다."

소부가 크게 웃고 말했다.

"이 말이 옳으나 한 일이 그르도다. 임 씨가 본부에서는 누구를 샘내 변을 일으켰겠는가?"

부인이 자리를 피해 말이 없으니 유 부인이 말했다.

"임 씨가 한때 체면을 잃었으나 소 씨 며느리가 자연히 어질게 인도할 것이니 너희는 시비를 그치라."

---

76) 출거(黜去): 강제로 내쫓음.

이에 모든 사람이 웃고 자리를 파해 흩어졌다.

소 부인이 임 씨의 행동을 참으로 한심하게 여겨 임 씨를 타이를 것을 생각하고 있었다. 이날 밤에 공이 잠을 잘 때 끝까지 임 씨를 좋지 않게 여기는 내색은 하지 않고 부인에게 가만히 말했다.

"며느리가 한때 도리를 바르게 하지 못한 것이 대단한 허물이 아니니 부인은 조용히 일러 타이르시오. 우리 며느리는 영리하니 깨달음이 있을 것이오."

부인이 이에 응낙했다.

이날 임 씨가 두루 난리를 일으키고 그래도 분이 풀리지 않아 침상에 휘감겨 곡기를 끊고는 울음으로 날을 보냈다.

다음 날 밤에 부인이 바야흐로 시녀를 시켜 임 씨를 부르니 임 씨가 억지로 참아 비녀를 헤쳐 찌르고 의상을 정돈해 이에 이르러 명령을 들었다. 부인이 좌우를 물리치고 천천히 일렀다.

"우리 며느리가 어디를 앓는 것이냐?"

임 씨가 고개를 숙이고 대답했다.

"우연히 심사가 평안하지 않아 여러 번 문안을 폐하니 죄가 깊습니다."

부인이 또 일렀다.

"내 들으니 그대가 아들의 옷을 불 질렀다 하니 그것이 어찌 된 일이냐?"

임 씨가 부끄러워 묵묵히 있으니 부인이 말했다.

"그대가 마땅히 콱 막힌 마음을 그쳐 온순한 도에 나아가는 것이 옳거늘 깨달음은 없고 갈수록 교만하고 편협한 독을 내는구나. 지금 아들이 천 리 먼 곳에 가 정사를 다스리고 있으니 부모의 지극한 마음에 그 생사를 기약하지 못해 염려가 마음속에서 생겨나거늘 그대는 어찌 살아 있는 사람을 죽은 사람처럼 여겨 그 옷을 불 지른 것이냐? 무심한 사람도 놀라기를 마지않을 것인데 더욱이 그 부모는 분노를 이기지 못할 것이다. 그러나 우리가 본디 사람과 원한 맺는 것을 좋지 않게 여기고 사람을 가르쳐 착한 도에 나아가는 것을 기뻐하므로 노한 줄을 모르고 집안이 어지러움을 크게 근심해 내 수고롭게 그대에게 이르는 것이다. 그대가 사람의 며느리가 되어 그 신임하는 비자를 마음대로 어지럽게 쳤는데, 그 비자는 나에게 공이 있고 내 자식을 기른 공이 있는 사람이거늘 여자가 되어 시어버이와 지아비를 헤아리지 않고 행동하니 장차 어느 땅에 돌아가려 하는 것인가? 그대가 요사이 옷을 불 지르고 장렴(粧奩)을 두드려 그 하는 행동이 놀라우니 이는 천하고 미친 사람의 행동이다. 우리가 비록 용렬하나 법으로 다스리려 한다면 그대가 어느 낯으로 하늘의 해를 볼 수 있겠는가? 이제 그대의 비례를 모르는 척하는 것은 사랑에 취해 그대의 허물을 알지 못해서가 아니요, 우리가 어두워 살피지 못해서가 아니다. 이제 두 해 동안 함께 있었던 정을 생각해서이니 그대 시아버지와 내가 모두 시비를 하지 않고 조용히 불러 그대에게 이해득실을 이르는 것이다. 여자가 되어 삼가고 조심해 행실이 옛사람에 지지 않아도 시가에서 알아주지 못하는 여자가 한둘이 아닌데 더욱이 그대 같은 이야 이를 것이 있겠는가? 내 비록 어리석으나 그대 시어미에 외람되게 위치했으니 생각건대 또한 내 말이 중요하지 않은가? 그런데 그대가 그렇게 알지 않고 마음에 우습게 여겨 다시 칠거(七去)[77]의 죄를 범한다면 영당(令堂)[78]에 욕(辱)이 가볍지 않을

77) 칠거(七去): 예전에, 아내를 내쫓을 수 있는 이유가 되었던 일곱 가지 허물. 시부모에게 불손함, 자식이 없음, 행실이 음탕함, 투기함, 몹쓸 병을 지님, 말이 지나치게 많음, 도둑질을 함 따위.

78) 영당(令堂): 남의 어머니를 높여 이르는 말.

것이요, 존부(尊府)의 승상과 상서가 강직하고 분명하신 것으로 일세에 이름난 분들이니 반드시 사사로운 정을 생각지 않으셔서 그대를 용납하지 않으실 것이다. 시가와 친가가 다 그대를 용납하지 않는다면 그대는 진퇴양난이 될 것이니 그대는 이를 생각해 이전의 허물을 버리고 죄 위에 죄를 더하지 말라. 무릇 남자도 마음대로 행동하지 못하거늘 그대는 일개 여자로서 무슨 위엄으로 철없는 성을 마음대로 부려 남이 그대를 도리에 어긋난 여자로 여기게 하고 비웃음을 사는가? 하남궁 공주 마마께서는 귀한 것이 금지옥엽이요 지위가 천승(千乘)[79]의 후비(后妃)시나 몸을 낮추고 공손함을 못 미칠 듯이 하시는데 그대는 어떤 사람이라고 윗사람이 있음을 알지 못하는 것인가? 내 오늘 그대를 조용히 불러 의리로 타이르는 것이 내 나약해 그대를 못 이겨서가 아니다. 이는 전혀 그대를 위해 천륜의 지극한 의리를 잃지 않게 하려 해서이니 그대는 장차 어찌하려 하는가?"

말이 도도해 삼협(三峽)[80]의 물이 흐르는 듯하니 말마다 정대한 언어는 공자(孔子)[81]께서 도척(盜跖)[82]을 교화(敎化)시키는 것도 이보다 더하지는 못할 정도였다. 임 씨가 맹렬하고 독한 노기(怒氣)와 냉랭함과 매서움이 지극했으나 도척이 아니니 어찌 그 시어머니의 정대한 말에 깨닫는 것이 없을 것이며 또 무슨 말을 하겠는가. 부끄럽고 황공해 죽으려 해도 죽을 땅이 없을 정도였다. 그러나 한 조각

79) 천승(千乘): 천 대의 병거라는 뜻으로, 제후를 이르는 말. 제후는 천 대의 병거를 낼 만한 나라를 소유하였음.

80) 삼협(三峽): 중국 양자강에 있는 구당협(瞿塘峽), 무협(巫峽), 서릉협(西陵峽)의 세 협곡. 사천성(四川省) 봉절(奉節)에서 호북성(湖北省) 의창(宜昌)에 이르는 사이에 있음.

81) 공자(孔子): 공구(孔丘, B.C.551~B.C.479)를 높여 부른 말. 공자는 중국 춘추시대 노나라의 사상가·학자로 자는 중니(仲尼)임. 인(仁)을 정치와 윤리의 이상으로 하는 도덕주의를 설파하여 덕치 정치를 강조하여 유학의 시조로 추앙받음.

82) 도척(盜跖): 중국 춘추시대의 큰 도적. 현인 유하혜(柳下惠)의 아우로, 수천 명을 거느리고 천하를 횡행하였다고 함.

원망하는 마음이 없지 않아 이에 눈물을 흘리며 머리를 두드리고 엎드려 죄를 청해 말했다.

"소첩이 능력 없고 자질이 비루한데 귀한 가문에 의탁해 시부모님의 넓고 크신 은혜가 산 같으니 한 몸이 가루가 되어도 그 은혜는 다 갚지 못할 것입니다. 그러니 어찌 불효를 끼치고 싶겠나이까? 다만 소첩이 어려서부터 천성이 조급해 크면서 점점 길어졌습니다. 가군(家君)이 하는 일이 인정에 가깝지 않으니 편협한 성품에 도리를 미처 생각지 못하고 큰 죄를 지어 스스로 그른 줄을 알지 못했습니다. 그런데 어머님이 이제 밝게 타일러 주시고 의리로 경계해 주심을 받드니 바야흐로 막힌 흉금이 잠깐 트였습니다. 돌이켜 소첩의 죄를 헤아려 보면 터럭을 세어도 남을 것입니다. 법에 나아가기를 원하니 다시 아뢸 것이 없나이다."

말을 마치자 맑은 눈물이 주르륵 떨어졌다. 소 부인이 눈을 잠깐 들어서 보고 천천히 일렀다.

"며느리가 영리하게 깨달은 것이 가문으로서는 다행한 일이니 어찌 기쁘지 않은가? 그대의 죄는 진실로 그대의 말과 같아 크게 부도(婦道)에 어긋났으나 고치는 것이 귀하다 했으니 다시 옛일을 일컫는 것이 무익하다. 그러니 며느리는 슬퍼 말고 이후에는 덕을 옥같이 닦으라. 아들이 비록 매몰차나 며느리가 행실을 닦는다면 어찌 감동함이 없겠느냐?"

임 씨가 눈물을 흘리며 절하고 물러났다. 이후에는 자기의 허물을 크게 깨달아 자기의 행동에 대해 한심함을 이기지 못해 사람 보기가 부끄러워 십여 일을 두문불출(杜門不出)했다.

그러다가 마지못해 빗질하고 화장해 어른들에게 문안하니 모두가 그 행동을 도리에 어긋난 짓으로 여겼으나 그 시부모가 죄를 다스리지 않았는데 시비(是非)하는 것이 옳지 않아 내색하지 않았다.

임 씨가 이후에는 화내는 성질을 그쳐 온순하기에 힘쓰고 홍아를 불러 매우 사죄하니 홍아가 웃고 말했다.

"천첩(賤妾)은 소저의 종이니 소저께서 첩을 치신 것이 어찌 괴이한 일이며 소저께서 화낸 결에 다스리신 것을 첩이 어찌 원망하겠나이까?"

임 씨가 더욱 부끄러워 사죄하기를 마지않았다. 아 크도다! 소 부인의 어진 교화가 임 씨와 같은 대악(大惡)을 한마디에 제어했으니 한 말이 천금에 비길 만했다.

각설. 형부상서 유영걸은 남창 사람이니 어린 나이에 과거에 급제해 벼슬이 형부상서에 이르렀다. 소 부인이 문정공의 소실(小室) 옥란의 모함을 입어 큰 옥사가 일어났는데 유 상서가 한림 설최가 회유하는 말을 듣고 원래 범인을 묻지 않았다. 또 옥란의 무리가 소 부인 모해하는 것을 누에가 뽕 먹듯이 해 짧은 시간에 소 부인을 만길 구렁에 넣으니 유 상서가 미혹되어 옥란 무리의 말을 곧이들어 임금께 계사(啓辭)[83]했다.

그래서 소 부인이 남창에 귀양 가서 해산하니 이는 곧 남자아이였다. 등에 큰 붉은 점이 모란꽃잎만 하고 배에 '경문' 두 글자가 있으니 부인이 불행 중 다행으로 여겨 그 표식에 응해 이름을 경문이라 했다.

부인이 액운이 갈수록 험해 강도 나숭을 만나 한밤중에 달아나면서 경문을 잃었다. 경문은 마침 나숭이 얻어 유 상서 집에 이르니 상

83) 계사(啓辭): 논죄(論罪)에 관해 임금에게 올리던 글.

서 부인 김 씨가 경문을 천금을 주고 사서 스스로 낳은 것처럼 해 유 공을 속이려 했다.

이때 경사에서 소 부인의 억울한 사정이 드러나 설최는 먼 지방에 귀양 가고 유 공은 삭직당해 남창에 내려왔다. 이에 김 씨가 매우 기뻐해 유 공에게 경문을 보이고 말을 좋게 꾸며 이르니 유 공이 곧이듣고 기뻐하며 아이 이름을 '현명'이라 하고 아이를 손바닥 안의 귀한 보물처럼 사랑했다.

이때 공에게 첩 한 명이 있으니 이름은 각정이었다. 어려서부터 공의 신임을 받아 또 한 아들을 낳으니 공이 이름을 현아라 하고 사랑했으나 사랑이 현명에게는 미치지 못했다. 현명이 세 살 때 김 부인이 홀연 독질(毒疾)을 얻어 죽으니 유 공이 비통함을 이기지 못해 극진히 염빈(殮殯)[84]해 선영(先塋)에 장사지내고 각정에게 세상 일을 맡기고 현명을 불쌍히 여겨 사랑했다.

그 후 일 년 만에 경태(景泰)[85] 황제가 즉위해 유 공을 예부상서로 불렀다. 그래서 유 공이 경사에 올라가 맡은 일을 다스리고 경태의 뜻을 그때그때 잘 맞추어 경태의 총애를 받아 승상이 되어 조정을 다스렸다. 사방의 제후가 매사를 유 공에게 아뢰고 천하 십삼 성에서 청탁이 하루에도 부지기수로 올라왔다. 유 공이 만일 재물을 많이 받으면 지극한 살옥(殺獄)과 역모에 관계된 일이라도 다 풀어주고 공로가 없어도 맑은 벼슬과 높은 자리를 주었다. 반면에 마음

---

84) 념빈(殮殯): 시체를 염습하여 관에 넣어 안치함.

85) 경태(景泰): 중국 명나라 제7대 황제인 대종(代宗)의 연호(1449~1457). 이름은 주기옥(朱祁鈺). 제5대 황제인 선종(宣宗) 선덕제(宣德帝, 1425~1435)의 아들이며 제6대 황제인 영종(英宗) 정통제(正統帝, 1435~1449)의 이복아우임. 1449년에 오이라트족의 침략으로 정통제가 직접 친정을 나가 포로로 잡힌, 이른바 토목(土木)의 변(變)으로, 황제로 추대됨. 정통제가 풀려나 돌아온 뒤에도 황위를 물려주지 않다가 정통제를 옹립하려는 세력이 일으킨 정변으로 폐위되고 폐위된 지 한 달 후에 급사함.

이 어질고 재주가 있는 이라도 재물이 없으면 쓰지 않았다. 그래서 조정과 민간에 어진 선비가 물러나고 온 세상이 다 유 공을 꾸짖어 나라를 배반한 역적이라 했으나 경태는 이를 아득히 모르고 유 공을 모든 벼슬아치 가운데 가장 총애했다.

현명이 점점 자라 일고여덟 살에 이르자 얼굴은 흰 옥을 가다듬어 채색(彩色)을 메운 듯했고 긴 눈썹과 융준일각(隆準日角)[86]은 대인의 기상이었다. 가르치지 않은 문장을 지어 스스로 천 마디 말을 이루고 붓끝에서는 구슬과 옥이 어지럽게 떨어졌으니 이런 기이한 재주는 고금에 드물었다.

각정이 경문의 특이한 자질을 꺼려해 매양 경문을 해칠 마음이 있었다. 그러나 김 부인 시녀 추향이 경문이 강보에 있을 때부터 경문을 지성으로 보호했으므로 공자가 각정의 독수(毒手)에서 벗어날 수 있었다. 경문은 모친이 없는 것을 스스로 몸이 부서지는 듯이 슬퍼하고 각정을 지극히 공경하며 현아와의 우애를 정성껏 하며 공에게 효성이 못 미칠 듯이 했으니 공이 공자를 매우 사랑했다. 그러나 각정은 경문을 더욱 못마땅해했다.

경문이 여덟 살이 되자 만사에 모르는 것이 없고 고금의 일에 능통해 재주가 특출나 청련(青蓮)[87]의 한 말 술에 시 백 편[88]을 짓는 재주가 있고 행실은 안맹(顔孟)[89]을 본받았으며 도량(度量)이 넓고

---

86) 융준일각(隆準日角): 우뚝 솟은 왼쪽 이마. 융준은 우뚝 솟은 모양을 의미함. 일각(日角)은 이마 왼쪽의 두둑한 뼈 또는 이마 뼈가 불쑥 나온 모양으로 왕자(王者)나 귀인의 상(相)이라고 함. 이에 비해 월각(月角)은 오른쪽 이마의 불쑥 나온 모양을 의미함. 크게 귀하게 될 골상.

87) 청련(青蓮): 이백(李白, 701~762)을 말함. 청련은 이백의 호. 자는 태백(太白). 젊어서 여러 나라에 만유(漫遊)하고, 뒤에 출사(出仕)하였으나 안녹산의 난으로 유배되는 등 불우한 만년을 보냄. 칠언절구에 특히 뛰어났으며, 이별과 자연을 제재로 한 작품을 많이 남겼음. 시성(詩聖) 두보(杜甫)에 대하여 시선(詩仙)으로 칭하여짐.

88) 한 말 술에 시 백 편: 두보(杜甫, 712~770)가 <음중팔선가(飮中八仙歌)>에서 이백을 두고 한 말로 원문에는 일두시백편(一斗詩百篇)이라 되어 있음.

켜 기뻐하고 성내는 감정을 드러내지 않았으니 유씨 일문이 공자를 추켜서 대접했다.

경문은 부친이 의롭지 않은 일을 하는 것에 크게 애달파했다. 하루는 청주 자사가 생전복 칠백 개와 미인 열 명을 보내고 이부상서로 승진시켜 주기를 청탁했다. 그 생전복이 유달라 크기는 소반(小盤) 같고 두꺼운 것은 박 같았으니 한 점을 먹으면 맛이 기이해 사람이 옆에 있다가 침을 흘리는 줄을 깨닫지 못할 정도였고 미녀 열 명은 다 절대가인이었다. 유 공이 매우 기뻐해 다 받으려 하자 경문이 앞에 나아가 울면서 간했다.

"대인께서 본디 선조(先朝)의 신하였으니 새 임금을 섬기는 것은 불의(不義)한 일입니다. 그런데 이제 조정의 큰일을 맡으셔서 이런 불의한 일을 행하는 것은 결코 옳지 않습니다. 신하로서 임금을 보좌해 잘못된 점을 바로잡는 위치에 있으면서 사사로운 정을 끊고 공변된 도를 행하시는 것이 옳습니다. 이제 청주 자사가 보낸 것이 다 유씨 가문을 망하게 할 것들이니 원컨대 아버님은 그것들을 물리치시는 것이 옳을까 하나이다."

유 공이 이 말을 듣고 잠깐 뉘우쳐 즉시 다 도로 돌려보냈다. 경문이 이에 기쁨을 이기지 못해 때를 타 간했다.

"이제 국가의 정사가 해이하고 또 승상 이관성이 정벌할 뜻이 있다 하니 전후의 일이 크게 두렵습니다. 깨끗하게 고향에 돌아가는 것만 같지 못하니 대인께서는 깊이 생각하소서."

공이 말했다.

89) 안맹(顔孟): 안회(顔回)와 맹가(孟軻). 안회(B.C.521~B.C.490)는 중국 춘추시대의 유학자로 자는 자연(子淵)이고, 공자의 수제자로 학덕이 뛰어났음. 맹가는 중국 전국시대의 사상가(B.C.372~B.C.289)로 자는 자여(子輿)·자거(子車). 공자의 인(仁) 사상을 발전시켜 '성선설'(性善說)을 주장하였으며, 인의의 정치를 권함. 유학의 정통으로 숭앙되며, '아성(亞聖)'이라 불림.

"네 말이 옳다. 부귀를 누린 지가 오래니 고향에 돌아가 강의 물고기를 낚으며 여생을 즐기는 것이 좋겠구나."

그러고서 즉시 병을 핑계로 사직하니 경태가 잔치해 대접하고 유공을 남창 수령에 봉해 금은을 실은 채색 수레로 보내니 공이 고개를 조아려 사은했다.

공이 일가를 거느려 남창의 옛집에 이르러 문을 넓히고 담을 높여 백 년 살 집을 도모했다. 봉읍(封邑)에서 나는 것이 하루에도 이루 헤아릴 수 없고 몇 년 동안 탐욕스럽게 모은 재물이 산과 같았으므로 유 공이 조금의 시름도 없이 밤낮으로 미녀를 끼고 풍악으로 소일하니 음악 소리가 그칠 새가 없었다.

각정이 또 공의 뜻에 맞춰 날마다 맛있는 술과 안주를 가득 갖춰 공과 함께 잔치했다. 경문이 밤낮으로 두려워 매양 힘써 간하니 공이 꾸짖어 말했다.

"이 어린아이가 철 모른다."

이렇게 말하고는 듣지 않았다.

각정이 또 공의 마음을 돋워 말했다.

"어르신의 벼슬이 재상의 자리에 계시고 금은이 상자 안에 가득하니 일생을 즐겁게 지내실 것입니다. 마땅히 동산에 한 누대를 만들어 이름을 경화대라 하고 기이한 화초를 심어 사철의 경치를 감상하시면 어찌 좋지 않겠나이까?"

공이 기뻐하고 즉시 인부와 공장(工匠)에게 명령해 누대를 세우라 했다. 경문이 이 소식을 듣고 크게 놀라 바삐 아버지 앞에 나아가 간했다.

"아버님이 공장(工匠)을 모아 어디에 집을 지으려 하시나이까?"

공이 말했다.

"내 앞날이 짧고 시골의 경치가 볼 만한 것이 없어 마음이 즐겁지 않으니 후원에 한 누대를 만들어 봄가을로 놀려고 한다."

공자가 다 듣고는 눈물을 흘리며 머리를 두드려 간했다.

"대인께서 어찌 참아 이런 의롭지 않은 일을 행하려 하십니까? 예전에 주(紂)[90]의 녹대(鹿臺)[91]와 오왕(吳王)[92]의 고소대(姑蘇臺)[93]가 마침내 끝이 좋지 않았습니다. 하물며 아버님은 재상의 자리에서 퇴임하셨으므로 행동을 삼가시는 것이 옳으니 누대를 만들어 즐기는 것은 매우 잘못된 일입니다. 만일 조정에서 의론이 생긴다면 대인께서 무슨 계교로 막으려 하시나이까?"

공이 묵묵히 대답하지 않으니 각정이 내달아 말했다.

"공자가 상공을 나라 잃은 임금에게 비겼으니 실언한 것이 대단합니다."

유 공이 그 말을 듣고 대로해 경문을 결박하고 태장 이십 대를 쳐 내치며 말했다.

"네 나이 어린 것을 돌아보지 않았다면 네 중한 벌을 면치 못했을 것이다."

공자가 다시 말을 못 하고 모든 종들에게 떠밀려 밖에 나와 석고

---

90) 주(紂): 중국 은(殷)나라의 마지막 황제. 시호는 제신(帝辛)이고 성은 자(子), 이름은 수(受)이고 일명 수덕(受德)이라 함. 목야(牧野)의 전투에서 주나라 무왕에게 패해 자살하고 은나라는 망함. 주(紂)라는 이름은 주나라 무왕이 건국한 후 그를 '주(紂)'라고 부른 데서 유래함.

91) 녹대(鹿臺): 중국 은(殷)나라 주왕(紂王)이 총희(寵姬)인 달기(妲己)의 환심을 사기 위해 세운 화려한 별궁. 주왕은 후에 주(周)나라 무왕(武王)에게 패해 자살함.

92) 오왕(吳王): 중국 춘추시대 오(吳)나라 왕 부차(夫差, ?~B.C.473)를 이름. 성은 희(姬). 월왕(越王) 구천(句踐)에게서 패한 부왕(父王) 합려(闔閭)의 유언에 따라 구천에게 복수하기 위해 장작더미 위에서 자며 마침내 구천을 패배시켰으나 구천을 살려 주고, 후에 쓸개를 맛보며 원한을 갚기 위해 애쓴 구천에게 패배해 자살함.

93) 고소대(姑蘇臺): 고소대. 오(吳)나라 왕 부차(夫差)가 월(越)나라를 격파하고 월왕 구천(句踐)에게서 얻은 미인 서시(西施)를 위해 쌓은 누대. 부차는 후에 구천과의 전투에서 잡혀 추방당하자 자살함.

대죄(席藁待罪)[94]했다. 석양이 되자, 공이 그래도 부자(父子) 사이의 마음이 있어 공자를 불러 들어오게 해 밥을 먹이고 다시는 명을 거역하지 말라고 경계하니 공자가 눈물이 샘 솟듯 해 명령을 들을 뿐이었다.

수십 일 내에 누대 공사를 마치니 금은과 구슬, 채색단청(彩色丹靑)[95]으로 누대 위를 공교히 꾸몄다. 공이 각정과 함께 누대에 올라서 보고 크게 기뻐 미녀를 내오고 풍악을 즐겨 노니 공자가 누대를 우러러보고 강개해 말했다.

"우리 집이 반드시 은(殷)나라의 환(患)[96]이 있을 것이니 내 어찌 차마 앉아서 집이 망하는 것을 보겠는가?"

이에 잰걸음으로 경화대 앞에 이르니 공이 공자를 보고 웃으며 일렀다.

"내 아이가 이 아비의 일을 그토록 책망하더니 어찌 누대를 구경하러 왔느냐?"

경문이 문득 머리를 기둥에 부딪치며 크게 울고 간했다.

"성탕(成湯)[97]이 스스로를 꾸짖으시기를, '궁실이 거창해서인가, 여알(女謁)[98]이 성해서인가?[99]' 하셨습니다. 이제 대인께서 일국의

---

94) 석고대죄(席藁待罪): 거적을 깔고 엎드려서 임금이나 윗사람의 처분이나 명령을 기다리던 일. 여기에서는 유영걸의 명령을 기다림을 말함.

95) 채색단청(彩色丹靑): 여러 가지 빛깔로 그림이나 무늬를 그림. 또는 그 그림이나 무늬.

96) 은(殷)나라의 환(患): 중국 은(殷)나라가 주왕(紂王) 때에 망한 환난.

97) 성탕(成湯): 중국 은(殷)나라의 개국 군주 탕왕(湯王)을 이름. 이름은 이(履) 또는 대을(大乙). 처음에 박(亳) 땅에 있으면서 하(夏)나라의 방백이 되어, 천자 걸(桀)이 무도(無道)하자 군대를 일으켜 정벌하고 걸(桀)을 남소(南巢)로 추방한 후 천하를 차지해 국호를 상(商)이라 칭함.

98) 녀알(女謁): 여알. 대궐 안에서 정사(政事)를 어지럽히는 여자.

99) 궁실이~성해서인가?: 중국 은(殷)나라 임금 탕(湯)이 7년이나 큰 가뭄이 들자 상림(桑林) 들에 나아가 자신이 희생이 되어 비가 오기를 빌면서 여섯 가지로 스스로를 책망한 이른바 '육책(六責)'에 들어 있는 항목들 중 두 가지.

재상으로 나라를 총괄해 다스리시다가 시골에 물러와 계시니 이렇게 하지 않으실 듯한데 서모(庶母)가 귀에 듣기 좋게 참소하는 말을 대인께서 곧이들으시고 오늘 이 광경을 내셨으니 이는 집이 망할 근본이라 제가 먼저 죽기를 원합니다. 빌건대 대인께서 이 누대를 비록 허물지는 않으시더라도 미녀를 끼고 풍악을 즐기는 일을 그치신다면 거의 문호를 보전할 것입니다."

말이 끝나지 않아서 각정이 공의 앞에 나아와 말했다.

"첩이 어려서부터 어르신의 돌아보심을 얻었으므로 어르신께서 평안하실 것을 바라 이 누대를 만든 것입니다. 그런데 공자가 이제 첩을 달기(妲己)[100]에 견주니 차마 이 말을 듣고 살아서 무엇하겠나이까?"

말을 마치고는 공이 찬 칼을 빼 자결하려 하니 유 공이 이 광경을 보고 대로해 말했다.

"수치스러운 자식이 겨우 여덟 살에 이런 행동을 하니 살려 두어 부질없다."

이에 몸을 일으켜 공자의 몸을 잡아 누대 아래로 내리치니 몸과 뼈가 부서질 정도였다. 공자가 혼절해 피를 토하고 정신을 못 차리니 추향이 급히 나아가 울며 공자를 붙들어 방안에 눕히고 약물을 쳐 구호했다. 두어 식경(食頃)이 지나 공자가 눈을 떠 추향을 보고 눈물이 낯에 가득한 채 말을 안 하니 추향이 울며 위로했다.

"공자께서 무슨 일로 어르신께 천둥과 벼락이 날 만한 분노가 생기게 해 귀한 몸이 이렇듯 상하게 하신단 말입니까?"

공자가 눈을 감고 대답하지 않았다.

100) 달기(妲己): 중국 은(殷)나라의 마지막 천자인 주왕(紂王)의 총희(寵姬).

이날 공이 잔치를 파하고 내려와 경문의 거처를 물으니 추향이 대답했다.

"공자가 기절해 피를 무수히 토하고 인사를 모르나이다."

공이 이에 잠자코 있었다.

이후, 각정의 참소가 계속돼 공이 하루에 세 번씩 공자를 쳐 공자의 다리에 피가 마르는 적이 없으니 추향이 공자를 참으로 불쌍히 여겼다.

유 공이 민간에 저지르는 폐단이 무궁해 만일 고운 딸을 둔 백성이 있으면 위력으로 빼앗아 창녀의 수를 채우고 백성을 잔혹하게 학대하니 남창 한 고을에 원망하는 말이 하늘에 퍼져 가득했다. 그러나 저의 세력을 두려워해 감히 입을 벙긋하지 못했다.

경문이 부친이 하는 일이 점점 어찌할 수 없는 지경까지 간 것을 보고 스스로 망극해 생각했다.

'내 마땅히 고이 죽지 못하고 유씨 한 가문이 망하겠구나.'

하루는 현아와 함께 두루 거닐다가 홀연히 모친을 생각하고 크게 슬퍼 짤막한 시 한 수를 지어 맑게 읊었다. 그 소리가 단혈(丹穴)에 사는 봉황이 울며 청산의 백옥(白玉)을 두드리는 듯해 걷는 자가 걸음을 멈출 정도였다. 그런데 홀연 뜰에 흰 제비 한 쌍이 내려와 곡조에 맞춰 춤추니 그 거동이 자못 기이했다. 이에 현아가 놀라 말했다.

"공자께서 글을 읊으시는데 저 짐승의 행동이 어찌 저와 같습니까?"

경문이 또한 기이히 여기더니 남이 보면 좋지 않을까 여겨 제비들을 쫓아 버리고 다시 글을 읊지 않았다. 말이 점점 퍼져 이 일이 온 고을에 소문나 한 공자가 달밤 아래에서 글을 읊자 흰 제비가 내려와 춤추었다고 전해졌다. 이 소문을 후에 양 공이 들었다.

유 공이 하루는 경치를 감상하며 한 곳에 이르니 초가집 서너 간이 정결했다. 우연히 들이밀어 보니 한 절색의 여자가 혼자 앉아서 수를 놓고 있는 것이었다. 그린 듯한 눈썹이며 붉은 입이며 흰 낯이 고금에 없는 절색이었다. 공이 한번 보고 크게 미혹되어 헤아렸다.

'저 여자가 깊은 산 외진 곳에 혼자 있으니 데려간들 누가 시비하겠는가?'

드디어 그 여자를 옆에 끼고 집에 돌아와 서헌에서 핍박하려 했다.

원래 그 여자는 선비 최생의 처였다. 집이 가난해 최생은 나무해 팔고 노 씨는 수를 놓아 조석 끼니를 이었는데, 이날도 최생은 나무를 팔러 나가고 노 씨는 혼자 수를 놓고 있었던 것이다. 노 씨가 경황이 없는 중에 유가에게 납치되어 이곳에 와 유가가 자신을 핍박하려 하는 것을 보고 대로해 꾸짖었다.

"네 국가의 재상으로 밝은 대낮에 사족(士族)의 부녀를 겁간하려 하니 신명께서 너를 용서하지 않을 것이다."

유 공이 그 말하는 모습이 더욱 뼈가 녹는 듯해 노 씨를 내어 안고 관계를 맺으려 했다. 노 씨가 죽기로 좇지 않자 유 공이 매우 초조해 서둘렀다. 이때 경문이 서당에 있다가 공이 어떤 여자를 업고 들어가는 것을 보고 양갓집 여자인 줄은 모르고 놀라서 가만히 들어가 각정을 보고 일렀다.

"아버님이 아까 어떤 여자를 데리고 서헌으로 가셨으니 서모는 들어가 말리소서."

각정이 이 말을 듣고 대로해 서헌에 이르러 이 광경을 보고 분한 기운이 하늘 같아서 공을 붙들고 발악했다. 그러는 중에 경문이 또 들어가 간했다.

"이제 서모 한 명이 잠자리에서 아버님을 모시는 것이 족한데 또 미녀를 가까이하시나이까?"

노 씨가 경문을 붙들고 가리켜 꾸짖으며 말했다.

"너 역적이 아비를 돕지 않아 사족 부녀를 겁탈하는데 나를 천한 사람에게 비기는 것이냐?"

경문이 다 듣고 크게 놀라 급히 절하고 엎드려 말했다.

"소생이 알지 못하고 소홀히 대우한 죄가 깊습니다만 만일 사족이시라면 이곳에는 어찌 와 계시는 것입니까?"

노 씨가 크게 꾸짖어 말했다.

"다 저 도적이 한 일이다."

그러고서 연고를 이르니, 경문이 놀라움이 끝없고 망극함이 헤아릴 바 없어 공에게 고했다.

"이 변이 심상치 않으니 대인께서는 원컨대 부인을 돌려보내소서. 어찌 차마 이런 노릇을 하시는 것입니까?"

각정이 또한 발을 구르며 손바닥을 두드려 발작해 말했다.

"밝은 대낮에 사족 부녀를 겁탈하는 놈은 머리를 동쪽 시장에 달아야 할 것이다. 현아야, 빨리 관아에 고해 서울로 이문(移文)[101]하게 하라. 공자는 소지(所志)[102]의 초안을 잡으소서."

그러고서 머리를 풀고 유 공에게 달려들어 수염을 뜯으며 통곡했다. 유 공은 각정의 말을 듣고 놀라 눈이 휘둥그레져 한 구석에 앉았고 노 씨는 꾸짖기를 마지않으니 경문이 한심함을 이기지 못해 각정을 말려 말했다.

"서모는 괴이하게 굴지 말게."

노 씨를 향해서는 죄를 청해 말했다.

"가친께서 술에 취한 후에 귀한 몸을 잘못 범하셨으니 본래의 마

101) 이문(移文): 관아에 공문서를 보냄.

102) 소지(所志): 청원이 있을 때에 관아에 내던 서면.

음이 아닌 줄을 살피셔서 가친을 용서하시고 평안히 돌아가소서."

노 씨가 말했다.

"내 돌아갈 것이나 내 가부(家夫)를 불러오면 함께 갈 것이다."

경문이 진심으로 알아 급히 최생을 불러왔다.

이때 최생이 나무를 팔고 돌아오니 어린 아들 백만이 겨우 다섯 살인데 혼자 앉아서 울고 있었다. 최생이 매우 놀라 어미가 간 곳을 물으니 백만이 말했다.

"어떤 남자가 업고 갔나이다."

최생이 어이없어 어찌할 줄을 모르고 있는데 홀연 유씨 집안의 사람이 부르는 것을 보고 그 집으로 갔다. 노 씨가 이에 있다가 생을 보고는 자신의 낯을 싸고 말했다.

"첩이 그대에게 온 지 칠팔 년에 그대를 하루도 잘 먹이지 못했는데, 오늘날 늙은 도적에게 욕을 받았으니 차마 인간 세상에 머무르지 못할 것입니다. 그대는 행여 부부의 정을 생각해 훗날 성군(聖君)이 나시고 어진 재상이 국가의 정사를 다스릴 때 첩이 원통하게 죽은 것을 관부(官府)에 아뢰어 유 씨 도적의 머리를 동쪽 시장에 매달도록 하소서."

말을 마치고 찬 칼을 빼어 가슴을 찌르니 노 씨가 피를 흘리고 거꾸러졌다. 최생이 하도 망극해 노 씨를 붙들고 통곡 한마디를 하고 문득 기절하니 그 광경이 참담해 철이나 돌 같은 마음을 지닌 사람이라도 눈물을 흘릴 정도였다.

경문이 목전에서 이런 참혹한 모습을 보고 놀라움과 어지러움을 진정하지 못해 다만 최생을 주물러 깨웠다. 최생이 겨우 깨어나 우니 경문이 진실로 혀가 돕지 않아 말이 나오지 않았다. 그래도 낯을 두껍게 해 최생을 위로해 말했다.

"가친께서 잘못해 취한 후에 부인을 범하셔서 이런 큰 난리가 났으니 부끄러움을 어찌 다 이를 수 있겠습니까? 다만 선생은 모름지기 우리 부자의 죄를 용서하고 죽은 부인을 예법대로 염빈(殮殯)하시면 우리가 평생의 의식을 책임질 것입니다. 선생의 뜻이 어떠하십니까?"

최생이 마음속으로 이를 갈았으나 지금 유씨 가문의 권세가 태산 같았으므로 거스르지 못할 줄 알아 다만 사례해 말했다.

"죽은 아내가 성격이 조급해 스스로 죽은 것이니 어찌 존부(尊府)의 탓이겠나이까? 마땅히 공자의 말씀을 잊지 않겠습니다."

그러고서 노 씨의 신체를 거두어 돌아갔다. 유씨 집안에서 초상치를 온갖 물품을 성대히 차려 보내니 최생이 거짓으로 사례했으나 속으로는 이를 갈아 생각했다.

'죽은 아내가 저 때문에 죽었으니 내 어찌 차마 저 집 것을 염빈(殮殯)하는 데 쓰겠는가.'

그러고서 유씨 집안에서 보내 온 물품을 다 불 지르고 노 씨를 겨우 입관해 초장(草葬)[103]하고 행여 유 공이 자신을 괴롭힐까 두려워 백만을 업고 달아났다.

이때 유 공이 노 씨의 일로 변을 본 후 아무 말도 못 하고 멍한 듯이 있으니 마치 매에게 쫓긴 꿩 같았다. 이에 경문이 나아가 말했다.

"접때의 변은 진실로 대인께서 원임대신(原任大臣)[104]이 아니셨다면 문호를 보전하지 못했을 것이니 이후에는 주색(酒色)을 멀리하소서."

유 공이 묵묵히 대답하지 않았다.

---

103) 초장(草葬): 시체를 짚으로 싸서 임시로 매장함. 또는 그런 장사.

104) 원임대신(原任大臣): 예전에 대신을 지낸 벼슬아치를 이르던 말.

그러나 이후에 유 공이 또한 풍악을 그치지 않았다.

이듬해 겨울에 유 공이 눈이 오는 풍경을 감상하려고 각정과 함께 경화대에 가 삼 일을 노니 경문이 초조해 나아가 간했다.

“예로부터 물이 가득하면 넘친다 했습니다. 대인께서 이 누대에서 노신 지 두 해니 조물이 꺼릴 듯합니다. 하물며 요사이 엄동설한에 연일 누대에 계셨으니 귀체가 편찮으실까 두렵나이다.”

유 공이 대로해 말했다.

“전날에 이런 말을 다시 말라고 했거늘 너는 또 어찌 감히 나를 그르다 하는 것이냐?”

말을 마치고 태장 삼십을 쳐 내치니 공자가 쫓겨나 거적을 깔고 앉았다.

이때 공자가 홀연 세 명의 유자(儒者)를 만났다. 한 명은 봉황의 눈, 맑은 눈동자에 연꽃 같은 두 뺨이며 붉은 입술에 흰 이와 시원스러운 얼굴을 하고 산천의 빼어난 정기를 가졌으며 나이는 열서너 살 정도 되어 보였다. 한 명은 눈이 맑기가 거울 같고, 희기가 옥 같으며, 뺨은 삼춘(三春)의 붉은 복숭아 같고, 입은 앵두 같고, 키는 칠 척 오 촌이며 나이는 서른 살 정도 되었다. 한 명은 천정(天庭)[105]이 반달 같고 누에눈썹에 봉황의 눈을 하고 융준일각(隆準日角)[106]에 흰 이와 붉은 입술을 하고 귀밑이 윤택해 진주를 메운 듯하고 두 어깨는 나는 봉황 같고 허리는 살대 같으며 신장이 팔 척 오 촌은 하고 나이는 열여덟아홉 살 정도 되었다. 한결같이 갈건(葛巾)[107] 학창

105) 천정(天庭): 관상에서, 두 눈썹의 사이 또는 이마의 복판을 이르는 말.

106) 융준일각(隆準日角): 우뚝 솟은 왼쪽 이마. 융준은 우뚝 솟은 모양을 의미함. 일각(日角)은 이마 왼쪽의 두둑한 뼈 또는 이마 뼈가 불쑥 나온 모양으로 왕자(王者)나 귀인의 상(相)이라고 함. 이에 비해 월각(月角)은 오른쪽 이마의 불쑥 나온 모양을 의미함. 크게 귀하게 될 골상.

107) 갈건(葛巾): 갈포(葛布)로 만든 두건. 갈포는 칡 섬유로 짠 베.

의(鶴氅衣)[108]에 짚신을 신고 대나무 지팡이를 짚고 있었다. 모두 앞에 나아와 물었다.

"공자는 나이가 몇이나 하는고?"

경문이 일생을 시골에서 지내다 보니 뜻에 맞는 사람을 보지 못하고 밤낮으로 유 공의 패악(悖惡)[109]한 광경을 대해 마음이 우울하던 차에 오늘 세 명의 귀한 손님을 보니 노읍(魯邑)[110]에 들어 공자(孔子)를 대한 듯했다. 이에 공손히 일어나 절하고 대답하려 하는데 홀연 동자가 나와 말했다.

"어르신이 부르시나이다."

경문이 급히 들어가니 공이 말했다.

"누대에서 내려가려 하니 현아를 업고 앞서라."

경문이 공손히 현아를 업고 공과 함께 현아를 서당에 두고, 낮에 본 세 손님의 모습을 잊지 못해 바삐 나가 보았으나 종적이 없었다.

도로 들어와 속으로 탄식해 말했다.

'말세에 어찌 그런 기이한 사람들이 있는고.'

그러고서 그들을 잊지 못하니 이는 대개 천륜의 피가 스스로 움직였기 때문이다.

이듬해 봄에 이 승상이 황상을 맞이해 세우고 초야의 어진 선비를 발탁해 쓰며 조정의 권력을 잡았다. 그리고 전 조정의 공사(公事)를 조사해 유 공이 결정한 것이 하나도 바르지 않은 것을 보고는 매우 한심해 임금 앞에서 유 공의 죄를 고하고 유 공을 잡아 가두기로 했다.

이에 금의(禁義)[111]의 관원(官員)과 나졸(邏卒)이 남창으로 내려가

108) 학창의(鶴氅衣): 소매가 넓고 뒤 솔기가 갈라진 흰옷의 가를 검은 천으로 넓게 댄 웃옷.

109) 패악(悖惡): 사람으로서 마땅히 하여야 할 도리에 어그러지고 흉악함.

110) 노읍(魯邑): 중국 춘추시대 공자(孔子)가 난 나라.

철사로 유 공을 결박해 풍우(風雨)처럼 내달려 갔다. 유씨 일가가 참으로 경황이 없어 어찌할 줄을 모르고 경문이 망극해 급히 각정과 함께 집안의 보배를 거두어 가지고 경사에 이르니 유 공은 벌써 하옥된 뒤였다.

형부상서 이몽원이 좌기(坐起)[112]를 베풀고 유 공을 올려 이전에 불의(不義)로 결정한 문서 수백 장을 내어 놓고 간사히 행한 일을 자세히 물었다. 유 공이 입이 있다 한들 무슨 말을 하겠는가. 다만 한때, 오늘날이 있을 줄을 생각지 못하고 죄를 저질렀다 하니 이 상서가 크게 웃고 말했다.

"족하가 이치를 아는 재상으로서 이런 불의한 일을 행하고 천벌이 두렵지 않으시오?"

말을 마치니 노한 기운이 관을 가리켰다. 유 공을 다시 옥에 가두고 일을 거두어 계사(啓辭)하니 마침 임금께서 옥후(玉候)[113]가 좋지 않으셔서 비답(批答)[114]이 내려지지 않았다. 그러나 유 공은 죽을 줄로 알고 옥중에서 뉘우쳐 탄식했다.

"경문이의 금옥(金玉)과 같은 말을 듣지 않아서 오늘날이 있게 되었으니 누구 탓이라 하겠는가?"

경문이 이때 서울에 이르러 법관의 조사가 밝다면 그 부친이 죽을 줄로 알았다. 이날 형부(刑部)의 문 밖에서 우러러 개국공을 보니 기상과 풍채가 늠름해 거울처럼 밝고 산악처럼 높았다. 말이 정론이요, 유 공을 가리켜 이를 가는 것을 보고 하릴없이 물러와 가슴을 두드

111) 금의(禁義): 임금의 명령을 받들어 중죄인을 신문하는 일을 맡아 하던 관아.

112) 좌기(坐起): 관아의 으뜸 벼슬에 있던 이가 출근하여 일을 시작함.

113) 옥후(玉候): 임금의 건강 상태를 이르던 말.

114) 비답(批答): 임금이 상주문의 말미에 적는 가부의 대답.

리며 울었다. 그러다가 공이 후회하고 슬퍼하는 서간을 보내자 더욱 망극해 서간을 붙들고 몸을 구르며 통곡하니 해와 달이 빛을 잃을 정도라 길을 가는 사람들이 이를 보고 눈물을 흘렸다.

이때 개국공이 돌아가 형제들을 보고 유 공의 거동을 이르고 실소(失笑)함을 마지않으니 문정공이 놀라 말했다.

"유 공의 죄상이 이와 같으니 죽기를 면치 못하겠구나. 그 아들을 버릴 것이니 참으로 아깝구나."

개국공이 웃으며 말했다.

"유 공의 아들이 설사 좀스러운, 아름다운 얼굴이 있다 한들 무엇이 대단할 것이라고 형님이 이처럼 말씀하시는 겁니까?"

공이 말했다.

"그 아이의 심성은 알지 못하나 얼굴이 기이하니 내 자식들과는 비교할 수 없다. 내가 그 아이를 매우 아끼니 내가 마땅히 가서 보고 그 모습을 보아야겠다."

하남공이 말했다.

"둘째 말이 옳으니 가서 유 씨 아이를 보아 만일 사람을 놀라게 하고 세상을 구제할 재주가 있다면 그 아비를 도모해 살려내는 것이 살아 있는 것을 아끼는 덕이다."

문정공이 마음을 결정해 이튿날 미복(微服)으로 경문이 머무는 곳에 갔다. 경문이 하늘을 부르며 통곡하다가 밖에 손님이 왔다는 말을 듣고 울음을 그치고 손님을 청해서 보니 작년 겨울에 만났던 손님이었다. 놀라고 반겨 인사를 마치니 공이 말했다.

"작년에 군의 재주와 용모를 보고 흠모했으나 그 뒤로 서로 보지 못하고 오늘 군이 상경했다는 말을 듣고 여기에 이르렀네. 다만 영존(令尊)의 화란(禍亂)은 생각지 못한 바라 위로할 말이 없네."

공자가 눈물을 흘리며 대답했다.

“소생의 액운이 비상해 가엄(家嚴)께서 죽을 고비에 있으니 하늘을 불러 대신하기를 원합니다. 소생이 어린 나이에 이런 일을 만나 사방을 둘러보아도 아는 사람이 없고 물어볼 사람이 없더니 대인께서 어디에서 알고 이르신 것입니까? 대인의 큰 이름을 알고 싶나이다.”

공이 그 얼굴이 수척해지고 모습이 망극한 것을 보아 크게 감동하다가 그 말하는 것을 보니 예를 갖춘 모습이 진중하고 행동이 기이하므로 기특함을 이기지 못해 일렀다.

“나의 성명은 다른 날에 고하겠으나 다만 그대의 사정이 참담하니 안 본 것만 같지 못하도다. 장차 어떻게 하려 하는고?”

공자가 대답했다.

“오직 아비와 아들이 생사를 함께 할 것입니다.”

공이 속을 떠보기 위해 말했다.

“내 들으니 형부상서가 이몽원이라 하니 군이 그 문하에 나아가 참담한 사정을 고해 구해 줄 것을 청하는 것이 어떠한가?”

경문이 말했다.

“소자[115]가 대인을 보니 군자이신데 어찌 이런 불의(不義)의 말씀을 하시는 것입니까? 몽원이 설사 사리에 어두워 가친을 모해해도 소자가 마땅히 황제 폐하의 앞에 나아가 원통한 사정을 고해 원한을 푸는 것이 옳거늘 이제 가친이 그릇되게 사람의 달램을 들어 잘못한 일이 있으니 소생이 어찌 이 공에게 사사로이 청하겠나이까? 이몽원이 특명으로 임명된 법관으로서 사사로운 정을 두어 죄 있는 이를

115) 소자: 원문과 이본인 규장각본에 모두 ‘소자’라 되어 있음. 이경문이 이몽창과 후에 부자 사이라는 것을 확인하지만 아직 모르는 상태에서 이와 같이 부른 것임. 원래는 ‘소생’으로 칭하는 것이 마땅하나 작가 또는 필사자의 의도를 살려 수정하지 않았음.

구하는 것도 옳지 않습니다. 임금께서 만일 호생지덕(好生之德)[116]을 드리우셔서 가친의 쇠잔한 목숨을 살려 주신다면 천만다행이요, 그렇지 않고 사형을 주신다면 소자가 등문고를 울려 죽음을 대신할 것이니 대인께서는 괴이하게 여기지 마소서."

문정공이 다 듣고 탄식하며 말했다.

"크도다, 그대의 사람됨이여! 오늘 나이가 몇인고?"

경문이 대답했다.

"열 살입니다."

공이 더욱 놀라며 탄복했다.

조용히 위로하다가 돌아가 아우들을 대해 한숨 짓고 탄식하며 말했다.

"유 씨가 저와 같은 아들을 두었으니 이 일을 가볍게 보지 못할 것이다. 저의 말이 이러이러해 더욱 기특하니 우리가 도모해 유 씨를 살리는 것이 어떠하냐?"

개국공이 깊이 생각하다가 대답했다.

"형님 말씀이 이와 같으시니 이 아우가 말씀을 어겨 유 씨를 죽게는 안 하겠지만 폐하의 뜻이 어떠하신지 알 수 있겠나이까?"

문정공이 재삼 유 공의 죄를 늦추어 풀어 줄 것을 일렀다.

다음 날 개국공이 또 좌기했다.

이때 최생이 남창에 숨어서 밤낮으로 원한 갚기를 생각하더니 유 공이 잡혀 갔다는 말을 듣고 마을에서 따지기를 잘하는 자와 의논해 경사에 이르러 한 소지(所志)를 형부 관아에 올렸다.

개국공이 일일이 살펴보니 등골이 쭈뼛할 정도로 놀라운 사건이

116) 호생지덕(好生之德): 사형에 처할 죄인을 특사하여 살려 주는 제왕의 덕.

었다. 이에 왈칵 크게 성을 내 유 공을 올려 형벌을 몇 차례 내리며 실상을 물었다. 유 공이 몇 년 동안 쌓인 음란하고 패악한 자신의 행적이 드러났으니 할 수 없이 일일이 승복했다. 개국공이 어이없어 드디어 수십 명 원고의 소지와 유 공의 원정(原情)[117]을 거두어 임금께 아뢰고 계사(啓辭)[118]했다.

'죄인 유영걸이 전조(前朝) 때 저질렀던 패악(悖惡)한 행위는 이를 것도 없고 남창에 돌아가 백성을 못살게 굴고 폐단을 일으킨 것이 옛날 왕망(王莽),[119] 동탁(董卓)[120]이라도 이보다 더하지 못할 것입니다. 유영걸을 능지처참해 후인을 징계하소서.'

임금께서 바야흐로 계사를 자세히 보시고 용안(龍顔)이 진노(震怒)해 이날 조회를 베풀어 신하들을 모으셨다. 문무백관이 반열(班列)을 바로 하니 임금께서 유 공의 죄안(罪案)[121]을 내려 말씀하셨다.

"예로부터 나라를 어지럽히는 불충한 무리가 없지 않았으나 유씨 도적처럼 탐욕스럽고 음란하며 포악한 자가 있었겠는가? 법부(法部)의 계사(啓辭)대로 능지처참하는 것이 마땅하도다."

승상이 반열을 떠나 절하고 아뢰었다.

"유영걸의 죄는 죽임을 면치 못할 것입니다. 그러나 성상께서 새

---

117) 원정(原情): 사정을 하소연한 글.

118) 계사(啓辭): 논죄(論罪)에 관하여 임금에게 올리던 글.

119) 왕망(王莽): 중국 전한(前漢)의 정치가(B.C.45~A.D.23). 자는 거군(巨君). 자신이 옹립한 평제(平帝)를 독살하고 제위를 빼앗아 국호를 신(新)으로 명명함. 한(漢)나라 유수(劉秀)에게 피살됨.

120) 동탁(董卓): 중국 후한(後漢) 말년의 군벌(?~192). 자는 중영(仲穎). 황건적을 토벌하기 위해 의병을 일으켜 189년에 대장군 하진(何進)의 부름에 응해 군대를 거느리고 경사에 가 환관들을 죽이고, 오래지 않아 소제(少帝)를 폐위시키고 헌제(獻帝)를 옹립한 후 정사를 농단함. 헌제를 협박해 수도를 장안(長安)으로 옮기도록 하고 낙양의 궁실을 불태움. 후에 왕충(王允)과 양자 여포(呂布)에게 살해당함.

121) 죄안(罪案): 범죄 사실을 적은 기록.

로이 즉위하셔서 아직 나라의 민심이 진정되지 않았으니 대신을 능지처참하는 것은 옳지 않나이다. 한 목숨을 용서하시어 호생지덕(好生之德)을 펴시기를 바라나이다."

임금께서 말씀하셨다.

"선생의 말이 옳으나 아주 가벼운 죄로 치부해 용서하지 못할 것이니 우승상의 뜻은 어떠한가?"

문정공이 고개를 조아리고 아뢰었다.

"유영걸의 죄가 크게 드러나 국법으로 한다면 용서하지 못할 것이나 성조(聖朝) 조정에서 대신을 살육하는 것이 맞지 않으니 용서해 주시면 매우 다행이겠나이다."

상이 원래 문정공이 유영걸과 원한이 있는 줄 알고 일부러 물었더니 이 말을 들으시고는 놀라고 의아해 한참을 생각하셨다.

홀연 금문(金門)의 북이 크게 울렸다. 임금께서 내시를 시켜 무슨 일인지 물으라 하시니 무사가 십여 세 동자를 밀어 전폐(殿陛)[122]에 데려왔다. 모두 보니 그 아이가 머리를 풀어 낯을 덮고 옷을 한쪽 어깨에 걸치고는 한쪽 소매를 벗어 옥계(玉階) 아래에 엎드려 머리를 두드리고 눈물을 흘리며 말했다.

"죄신(罪臣) 유현명은 일만 번 죽음을 버려 황제 폐하 앞에 사정을 고하나이다."

드디어 소매에서 한 봉의 혈서를 내어 궁전 계단 위에 바치니 황제께서 의아해 한림학사 문복명에게 읽으라 하시니 복명이 용상 아래에 엎드려 큰 소리로 혈서를 읽었다. 그 상소는 다음과 같았다.

'죄신은 곧 죄인 유영걸의 천한 자식입니다. 죄신은 본디 강보에

---

122) 전폐(殿陛): 궁전(宮殿)으로 오르는 계단의 섬돌.

있을 때 어미를 잃고 외로워 의탁할 곳 없는 인생으로 늙은 아비를 우러러 살고 있습니다. 아비는 남은 삶을 도모해 시골에 물러가 호미를 메고 강의 물고기를 낚아 시골 늙은이가 되었습니다. 그런데 경태 황제께서 재삼 부르시는 명령이 성화같으셔서 죄신의 아비가 본디 마음이 굳지 못해 마지못해 경사에 이르러 나라의 권력을 잡았습니다. 그러나 죄신의 아비는 지식이 별로 없고 학문이 고루해 임금을 도울 재목이 아니요, 온갖 고초를 겪어 근력이 많이 사라져 조정의 번다한 일에 미처 대응하지 못해 업무를 깨치지 못했습니다. 그런 가운데 탐욕스러운 관원이 이때를 타 신의 아비에게 눈에 좋은 것을 주며 긴히 달래는 말을 하니 신의 아비가 그것을 물리치지 못했습니다. 드디어 신의 아비가 관원들의 말을 들어 죄를 범하고 전전(展轉)해 여기까지 이르렀으니 이 어찌 신의 아비의 본심이며 스스로 하려고 해서 한 것이겠나이까? 이는 다 액운이 비할 데 없이 크고 하늘이 죄신에게 편벽되게 재앙을 내리셔서 오늘의 환난이 있게 된 것이니 이 어찌 사람의 힘으로 할 수 있는 것이겠나이까?

최가 여자의 일을 보아도 신의 아비가 그 여자를 몰래 간통했다 하오나 이는 또 원통한 일입니다. 신의 아비는 본디 한 잔 술을 조금만 마셔도 정신이 혼미해 인사를 아주 알지 못합니다. 그래서 술을 마신 후에 우연히 두루 다니다가 최가 여자가 있는 곳이 깊지 않았으므로 순간적으로 양가(良家) 여자인 줄은 결코 생각지도 못하고 최가의 여자를 데리고 집에 왔습니다. 그랬는데 노 씨 여자의 말을 통해 죄신이 노 씨가 양가 여자임을 알고 죄신의 아비에게 풀어 이르니 아비가 깨달아 노 씨를 즉시 돌려보내자 노 씨가 자살한 것입니다. 그러니 이 어찌 아비의 죄라 하겠나이까? 최 씨 남자가 법부에 고소했을 때도 아비가 노 씨와 정을 통했다 한 말이 없으니 이로 보아도 아비가 강간한 일이 없는 줄을 알 수 있습니다. 아비가 민간의 여자를 탈취한 것은 곡절이 있나이다. 경태 황제께서 아비를 남창의 수령으로 봉하시자, 죄신의 아비가 일을 분간하는 것은 생각지 않고 다만 그 봉읍의 여자를 거둬 시녀의 수를 채우는 것이 무방하다고 생각했습니다. 그래서 한두 여자를 뽑은 것은 큰 과실이 아닌데 담당 관리가 아비를 이미 대역부도(大逆不道)[123]로 점찍어 극률(極律)로 처형할 것을 계달(啓達)[124]한 것입니다.

신이 감히 폐하를 원망하는 것이 아닙니다. 폐하께서는 궁중에 계셔서 소소한 일을 알지 못하시고 한갓 관리의 말을 좇아 윤허하셨으니 신이 하늘을 불러 통곡하고 잠깐 천한 소견을 베풀겠나이다. 해와 달은 밝아서 알지 못하는 것이 없을 것입니다. 원컨대 죄신의 아비가 일찍이 한 행위는 역모한 죄가 아니요, 다만 정신이 흐릿해 스스로 몸 간수를 알아서 하지 못해 죄에 빠진 것일지언정 나라를 저버린 일은 없사오니 이 죄를 역률(逆律)로 몰아서 신의 아비를 죽이시는 것은 너무 심한 것이 아니옵니까? 신의 아비가 말년에 죄를 국가에 얻어 머리와 몸이 장차 따로 있게 될 것이니 신이 그 자식이 되어 차마 앉아서 보고만 있을 수는 없습니다. 몸이 없어져 남은 삶이 있는 줄 잊고 구곡간장의 원통한 마음을 아뢰어 황제 폐하의 용상을 더럽힌 죄는 만 번 죽어도 아깝지 않고 천 번 죽어도 오히려 가벼울 것입니다. 그러나 임금님의 덕은 크고도 넓으셔서 초목에 이르기까지 미치니 신이 또한 성상(聖上) 만민(萬民)에 머릿수를 채웠으므로 머리를 부딪쳐 통곡합니다. 성상께서 늙은 아비의 외로운 쇠잔한 목숨을 용서하시고 신으로써 그 목숨을 대신하게 해 주신다면

---

123) 대역부도(大逆不道): 임금이나 나라에 큰 죄를 지어 도리에 크게 어긋나 있음. 또는 그런 짓.
124) 계달(啓達): 신하가 글로 임금에게 아뢰던 일.

신이 마땅히 웃음을 머금고 돌아갈 것이며 그 넋이 폐하의 만수무강을 축원할 것입니다. 죄신이 정신이 흩어지고 간담이 무너져 아뢸 바를 알지 못하겠나이다.'

임금께서 귀로 들으시고 용안(龍眼)으로 필체를 보시니 바삐 붓을 휘두른 모양이 용이 살아 움직이는 듯했으며 효자가 아비를 위해 죽을 곳을 찾는 말이 간절하고 엄숙해 매우 슬픈 가운데 말이 매우 깨끗하고 정성스러워 참으로 임금의 마음을 격동시킬 만했다. 임금께서 슬피 낯빛이 변하시고 문무백관이 또한 흐느끼며 슬퍼하지 않는 이가 없었다.

승상과 우승상이 이에 재상의 각모를 앞세우고 붉은 도포를 끌어 고개를 조아리고 아뢰었다.

"유영걸의 죄는 만 번 죽어 마땅합니다. 그러나 그 유씨 집 어린 자식의 하늘이 낸 효성이 실로 융성한 시대에 빛나고, 그 생김새를 잠깐 보니 큰 기상이 참으로 반드시 나라의 동량(棟樑)이 될 것입니다. 원컨대 폐하께서는 영걸의 죄를 사형에서 낮춰 주소서. 효로 천하를 다스리던 일을 본받아 특별한 은혜를 내리셔서 사형 명령을 거두시기를 바라나이다."

임금께서 다 듣고는 잠깐 웃으시고 고개를 끄덕여 말씀하셨다.

"상국(相國)의 말이 금옥(金玉)과 같으니 그대로 하겠소."

그러고서 전지(傳旨)[125]하시고 경문에게 의관을 주어 섬돌에 오르라 하시니 경문이 굳이 사양하며 말했다.

"죄신이 어찌 감히 폐하 앞에 오르겠나이까?"

임금께서 말을 전해 물으셨다.

---

125) 전지(傳旨): 상벌에 관한 임금의 명을 그 맡은 관아에 전달하던 일.

"이에 원정(原情)을 보니 진실로 그러하구나. 네 아비의 죄를 시원하게 용서하려 하니 너는 마땅히 글을 부지런히 읽어 짐의 보필을 빛내라."

경문이 머리를 두드려 산호배무(山呼拜舞)[126]하고 아뢰었다.

"신(臣)이 간뇌도지(肝腦塗地)[127]해도 성은(聖恩)을 만분의 일이나 갚을 길이 없을 것입니다. 신은 국가 중죄인의 자식이니 어찌 감히 폐하를 보필하기를 바라겠나이까? 다만 초야에 엎드려 화(華) 땅에 봉해진 사람이 요 임금의 천추(千秋)를 축원(祝願)한 일[128]을 본받을 따름입니다."

말을 마치고는 눈물을 흘려 사은숙배(謝恩肅拜)[129]하고 물러나니 임금께서 크게 탄식하고 말씀하셨다.

"저러한 인재가 유 씨 도적에게서 났으니 하늘의 뜻을 알지 못하겠도다. 장래에 유 씨 도적이 속죄하는 일이 없고는 이 사람이 과거장에 나아오지 못할 것이니 안타깝도다."

드디어 유영걸의 지위를 낮추어 서인(庶人)으로 만들어 강주에 위리안치(圍籬安置)[130]하라 하셨다. 삼사(三司)[131]와 아장(亞長),[132]

---

126) 산호배무(山呼拜舞): 산호하고 배무함. 산호는 나라의 중요 의식에서 신하들이 임금의 만수무강을 축원하여 두 손을 치켜들고 만세를 부르던 일. 중국 한나라 무제가 숭산(嵩山)에서 제사 지낼 때 신민(臣民)들이 만세를 삼창한 데서 유래함. 배무는 엎드려 절하고 춤을 추는 행위로서 조정에서 절을 하는 예식임.

127) 간뇌도지(肝腦塗地): 참혹한 죽임을 당하여 간장(肝臟)과 뇌수(腦髓)가 땅에 널려 있다는 뜻으로, 나라를 위하여 목숨을 돌보지 않고 애를 씀을 이르는 말.

128) 화(華) 땅에~일: 중국 화 땅에 봉해진 사람이 요임금에게 장수와 부귀, 아들이 많기를 축원했다는 고사. 화봉삼축(華封三祝).

129) 사은숙배(謝恩肅拜): 임금의 은혜에 감사하며 공손하고 경건하게 절을 올리던 일.

130) 위리안치(圍籬安置): 유배된 죄인이 거처하는 집 둘레에 가시로 울타리를 치고 그 안에 가두어 두던 일.

131) 삼사(三司): 세 관직의 합칭. 동한(東漢) 때에는 태위(太尉), 사공(司空), 사도(司徒)를, 당나라 때는 어사대부(御史大夫), 중서(中書), 문하(門下)를, 후당에서 송나라까지는 염철(鹽鐵), 탁지(度支), 호부(戶部)를, 명나라 때는 포정사사(布政使司), 안찰사사(按察使司) 도지휘사사(都指

공경(公卿) 등 지위가 높고 낮은 사람들이 다 경문의 안면을 보아 한마디를 안 하고 물러나니 그 사람됨을 알 수 있었다.

문정공은 유 공이 살아난 것을 더욱 기뻐해 하남공과 함께 친히 그 처소에 이르러 경문을 보았다.

이때 경문은 유 공을 옥중에 가 붙들어 내어와 하처(下處)[133]에 이르러 유 공을 붙들고 크게 통곡하며 매 맞은 곳을 보고 몸을 굴리며 애통해했다. 공이 역시 울고 말했다.

"전에 네 말을 듣지 않아 오늘 이 환난을 보았으니 어찌 남을 원망하겠느냐? 그러나 목숨이 살아나 아비와 아들이 다시 볼 수 있게 된 것은 다 성상께서 주신 것이다."

경문이 알고 말했다.

"만일 성상의 큰 은혜가 아니었으면 소자가 어찌 천륜(天倫)의 정을 온전히 했겠나이까?"

말이 끝나기 전에 시노(侍奴)가 아뢰었다.

"전날 오셨던 객(客)이 와 계십나이다."

경문이 바삐 나가 맞아 인사를 마친 후에 눈길을 들어 하남공을 보고는 얼굴이 어렴풋하니 다만 말했다.

"존객(尊客)께서 또 어찌 죄인을 찾으신 것입니까?"

문정공이 말했다.

"영대인(令大人)께서 사지(死地)를 면했다는 말을 듣고 일부러 와 하례하는 것이네."

경문이 눈물을 흘려 말했다.

揮使司)를 삼사로 부름. 모두 각 기관의 문무장관임.

132) 아장(亞長): 조정의 각 기관에서 두 번째 높은 벼슬.

133) 하처(下處): 손님이 길을 가다가 묵음. 또는 묵고 있는 그 집. 사처.

"아버님께서 비록 사지를 면하셨으나 중형(重刑)을 입어 상처가 매우 크시니 망극한 마음을 이루 아뢰지 못하겠나이다. 다만 귀객께서 죄인을 찾아 오셨으나 귀객이 사시는 곳을 알지 못하니 의혹함을 이기지 못하겠나이다."

하남공이 잠깐 웃고 말했다.

"나는 부마도위 이몽현이요, 이 사람은 우승상 문정공 이몽창이니 나와 동복형제라네."

경문이 듣고 놀라며 마음이 서늘해져 문득 낯빛을 고치고 사례해 말했다.

"이제 합하(閤下)께서 죄인을 찾으시니 그 후의(厚誼)는 깊이 감사함을 이기지 못하겠으나 합하 가문에는 부형을 해친 원수가 있으니 대면하지 못하겠나이다."

문정공이 웃고 대답했다.

"그대가 그르네. 존공(尊公)의 죄악이 온 성에 회자되어 모르는 사람이 없고 국법은 법률이 지엄한데 우리가 사람을 놀라게 할 만한 족하(足下)의 큰 재주를 아껴 성상께서 관전(寬典)[134]을 쓰실 때 다투지 않았네. 그런데 어찌 원수라 하는 겐가?"

경문이 탄식하고 말했다.

"아버님의 죄가 그러하나 사람의 자식이 되어 그 살이 헐도록 매를 때린 사람과 대화할 수 있겠나이까?"

그러고서 드디어 소매를 떨치고 들어갔다.

두 공이 조금도 노한 기색이 없이 웃고 돌아와 말했다.

"유 씨 아이가 자못 다루기 어려운 아이니 평범한 사람이 미칠 바

134) 관전(寬典): 너그러운 은전.

가 아니다. 훗날 자못 감화시킬 일이 있으리라."

유 공이 수레에 실려 적소로 가니 각정이 말했다.

"이제 적소에 가나 일의 형세가 매우 어려워 의지할 것이 없으니 남창에 가 재산을 팔아서 가야겠습니다."

유 공이 옳게 여겨 드디어 길을 떠나 남창으로 가 옛 집에 이르렀다. 집안의 보배를 다 거두고 논밭을 더러 팔아 수만 금을 장만해 가지고서 길을 떠나려 하는데 각정이 말했다.

"우리가 이렇게 간 후에는 조상의 제사를 지낼 사람이 없으니 공자를 두고 떠나는 것이 어떠합니까?"

유 공이 매우 옳게 여겨 경문을 머무르도록 했다. 경문이 이별을 슬퍼했으나 진실로 생각해 보면 다 떠나면 선조의 제사를 지낼 사람이 없고 모친 분묘의 풀을 벨 사람이 없으므로 사사로운 정을 참아 명령을 들었다. 그러나 경문이 목이 쉬도록 통곡하니 유 공이 역시 슬퍼해 서로 눈물을 뿌리고 경문을 위로했다.

"너는 늙은 아비를 생각지 말고 몸을 보전해 선조 제사를 정성껏 지내고 서로 만날 때를 기다리라."

생이 부친이 이렇듯 하는 것을 보고 간장이 녹는 듯했으나 겉으로는 온화한 낯빛으로 위로하며 말했다.

"아버님이 천 리 밖에 귀양 가시는데 소자가 함께 따라가지 못하니 더욱 망극함을 이기지 못하겠나이다. 조상의 제사를 폐하지 못해 소자를 머무르게 하시니 소자가 마지못해 명령을 받들 것입니다. 원컨대 아버님은 험한 길에 무사히 가셔서 귀체가 강건하시기를 바라옵나이다. 소자는 집을 정돈한 후에 마땅히 내려가 아버님을 때로 모시겠나이다."

말을 마치니 천 줄기 눈물이 옷 앞을 적셔 말을 이루지 못했다.

유 공이 또한 사람의 성품을 갖추었고, 자신이 험한 일을 겪어 죽을 목숨이 다시 살아나 하늘의 해를 본 것은 그 아들이 지극한 효성으로써 하늘을 감동시켰기 때문이었으므로 뉘우치고 부끄러워해 아들의 손을 잡고 갈범[135] 같은 소리로 엉엉 울며 말했다.

"내 모진 목숨은 죽지 않을 것이니 너는 천금 같은 몸을 보호해 내 너에게 멀리 바라는 바를 저버리지 말라."

공자가 더욱 오장이 미어지는 듯했으나 슬픔을 머금고 두 손을 받들어 위로하며 두어 마디 말로 부탁했다. 이는 유 공이 혹 적소(謫所)에 가서도 본성을 드러내 옛 버릇이 나올까 염려해 권면한 것이다. 공이 고개를 끄덕이며,

"다 네 말대로 할 것이다."

라고 말했다.

차관(差官)이 길을 재촉하니 마지못해 손을 나누었다. 공자가 유 공이 가는 길을 바라보며 정신이 아득해 통곡하니 지나가는 사람들이 길을 멈추고 눈물짓지 않는 이가 없었다.

날이 저물어 집에 돌아와 슬픈 마음을 누르지 못했으나 할 수 없는 일이었으므로 스스로 슬픔을 억제하고 밤낮으로 글을 읽으며 세월을 보냈다.

이때 절강 어사가 임금이 내려 준 임무를 마치고 몸이 적이 한가해지니 자나 깨나 잠시도 잊지 못하는 자는 조 씨 모친과 아우 경문이었으므로 그들을 찾기 위해 풍경을 유람한다 말하고서 그윽한 사찰과 깊은 도관(道觀) 등 미치지 않은 곳이 없었다. 그러나 흩어지고

135) 갈범: 몸에 칡덩굴 같은 어룽어룽한 줄무늬가 있는 범. 칡범.

모이는 것이 때가 있으니 하늘이 정해 주신 바를 어디에 가서 지레 사람의 힘으로 찾을 수 있겠는가.

눈물이 줄줄 흐르는 것을 깨닫지 못해 감회에 젖은 시를 지어 말 위에서 읊으며 등왕각(滕王閣)136)에 이르렀다. 마침 한 소년 서생이 홀로 앉아 벽에 붙인 시를 보고 있었다. 어사가 보니 그 소년이 살빛이 희고 신선 같은 풍채를 하고서 봉황의 눈에 누워 있는 누에눈썹을 하고 있으니 모습이 기이해 세속에서 벗어나 평범하지 않았다. 시원스러운 풍채는 어렴풋이 요지(瑤池)137)의 목왕(穆王)138)을 우습게 여기는 모습이니 자기 부친과 조금도 다름이 없었다. 이에 어사가 놀라 생각했다.

'내 일찍이 홍아의 말을 들으니 경문이 마치 부친 같다고 했는데 이 아이가 혹시 경문인가?'

이렇게 생각하고 나아가 서생에게 인사하고 말했다.

"학생은 뵙습니다."

그 소년이 돌아보고 문득 놀라 붓을 던지고 일어나 맞아 서로 자리를 정하니 어사가 말했다.

"마침 산을 유람하러 이곳에 왔다가 기약하지 않은 귀한 신선을 만났으니 성명을 듣고자 하나이다."

소년이 성명을 이르지 않고 말했다.

"귀객이 존성(尊姓)을 이르신다면 또한 명을 받들겠나이다."

어사가 미소하고 말했다.

---

136) 등왕각(滕王閣): 중국 당(唐)나라 태종(太宗)의 아우 등왕(滕王) 이원영(李元嬰)이 강서성(江西省) 남창시(南昌市)의 서남쪽에 세운 누각.

137) 요지(瑤池): 중국 곤륜산(崑崙山)에 있다는 연못으로 주(周) 목왕(穆王)이 서왕모(西王母)를 만나 즐겼다는 곳임.

138) 목왕(穆王): 중국 서주(西周) 때의 왕. 성은 희(姬)이고 이름은 만(滿).

"오늘 존객(尊客)을 보니 나이가 학생보다 어린가 싶으니 존객이 먼저 이르시면 다행일까 하나이다."

경문이 미소 짓고 대답하지 않다가 이에 말했다.

"유현사입니다."

어사가 놀라서 물었다.

"이전 조정의 승상 유 공의 친척이십니까?"

이에 대답하지 않으니 어사가 가만히 헤아렸다.

'아버님이 전날 유씨 집안의 어린아이를 기리셨고 유 씨 아이의 고향이 남창이니 이 사람은 필시 유현명이다. 그런데 말하기가 좋지 않아서 본명을 이르지 않은 것이다.'

그러고서,

"나는 동경 사람으로 남창의 풍경을 유람하러 여기에 이르렀더니 어찌 오늘 이곳에서 어진 선비를 만날 줄 생각했겠나이까?"

라 하니, 경문이 겸손히 사양하고 물었다.

"존형(尊兄)의 부모께서 다 계시며 형제가 몇입니까?"

어사가 대답했다.

"모두 다 계시고 여러 형제가 있어 외롭지 않습니다."

이에 경문이 그 풍채를 흠모하며 대화하는 즈음에 스스로 반갑고 슬퍼하는 마음이 나서 슬피 탄식하며,

"원래 그러하시군요."

라고 말했다.

어사가 또 물었다.

"형은 양친께서 강건하십니까?"

경문이 슬픈 빛으로 말했다.

"일찍이 자당(慈堂)을 영결(永訣)하고 또 가친께서는 먼 곳에 계십

니다. 마음이 우울하고 즐겁지가 않아 이곳에 왔더니 현형(賢兄)을 만날 줄 생각이나 했겠나이까?"

어사가 이 말을 듣고 이 사람은 틀림없이 유현명인 줄로 알고 속으로 위인을 아껴 웃고 말했다.

"왕발(王勃)[139]의 등왕각서(滕王閣序)[140]가 천 년 뒤에까지 전하나 대적할 사람이 없었습니다. 오늘 그대를 보니 기운이 맑고 시원해 필시 그 문장이 있을 것입니다. 한번 붓을 들어 글을 짓는 것이 어떠합니까?"

경문이 사양하며 말했다.

"시골의 작은 아이가 어찌 왕발의 재주에 비할 수 있겠습니까?"

어사가 잠깐 웃고 말했다.

"서로 예로써 마음을 허여함이 이와 같으니 생사에 변치 않는 것이 어떠하겠습니까?"

경문이 사례해 말했다.

"현형이 만일 소제를 더럽게 여기지 않으신다면 소제가 어찌 저버리겠나이까? 다만 존형의 실제 정체를 알고자 하나이다."

어사가 웃고 대답했다.

"내 어찌 형을 대해 내 정체를 속이겠나이까? 진실로 첫 말과 다름이 없으니 본디 동경 사람이나 자취가 사방에 가지 않은 곳이 없습니다. 그러나 뜻에 맞는 이가 없더니 오늘 형을 만나 한마디에 간담을 비추고 정이 무거운 줄을 깨닫지 못하니 생사를 같이하기로 맹세해 저버리지 말기를 원합니다."

---

139) 왕발(王勃): 중국 당(唐)나라의 문학가.(650 또는 649~676) 자(字)는 자안(子安). 양형(楊炯), 노조린(盧照鄰), 낙빈왕(駱賓王)과 함께 초당사걸(初唐四杰) 중의 한 명으로 불림. 대표작으로 <등왕각서(滕王閣序)>가 있음.

140) 등왕각서(滕王閣序): 중국 당(唐)나라의 왕발(王勃)이 지은 작품.

경문이 십분 사례했다. 석양이 서쪽으로 숨고 저녁밥을 짓는 연기가 일어나니 경문이 말했다.

"저의 집이 멀지 않으니 잠깐 왕림해 주무시는 것이 어떠합니까?"

어사가 사양하지 않고 따라가 유씨 집안에 이르러 함께 초당에 들어갔다. 어사가 좌우를 둘러보니 문방구가 가지런히 정돈되어 있고 서책이 가득해 만 권의 책이 쌓여 있었다. 경문이 시녀에게 명령해 저녁밥을 갖추어 대접했다. 두 사람이 밤이 깊도록 대화하니 경문의 굳세며 시원스러운 말과 통쾌한 소견이 크게 항복할 만하니 어사의 달변이 미치지 못할 정도였다. 서로 사랑하는 정이 봄눈이 녹듯 참지 못할 정도였으니 이는 천륜이 자연스럽게 움직였기 때문이다.

이날 밤에 함께 자니 어사가 또 물었다.

"영대인(令大人)께서는 무슨 일로 먼 곳에 가 계신 것입니까?"

경문이 슬피 대답했다.

"국가 죄수로 귀양 가 계십니다."

어사가 말했다.

"어찌 따라가지 않았습니까?"

경문이 대답했다.

"조상의 가묘가 이곳에 있고 제사를 받들 사람이 없어 형세상 따로 있게 되었나이다."

어사가 그 어버이와 헤어진 사정을 참혹히 여겼으나 자세히 물으면 수상하게 여길까 해 더 이상 제기하지 않고 서로 붙어서 말했다. 경문이 속옷 차림으로 이불을 반만 덮고 비단 병풍에 기대 말하는 모습은 백문과 흡사하고 눈썹을 찡그릴 때면 자기 아버지와 다름이 없었다. 집을 떠난 지 오래여서 고향을 그리워하는 마음이 간절하던 차에 그 같은 모습을 보니 반가운 마음이 헤아릴 바가 없었다. 그래서 경문의 옥 같은 손을 잡고 웃으며 말했다.

“내게 어린 아우가 있는데 그대의 모습이 매우 닮았으니 반갑습니다.”

경문이 말했다.

“천하에 각각의 사람이 그리도 같을 수 있으며 영제(令弟)[141]가 어찌 저처럼 용렬하겠나이까?”

어사가 웃고 말했다.

“그대의 말도 옳으니 하도 비슷해 한 집에 모이면 분변하지 못할 것입니다.”

경문이 또한 웃었다.

이날 밤을 서로 사랑하는 마음을 지니고 잤다.

다음 날 어사가 길을 떠나니 경문이 시녀에게 아침밥을 재촉해 어사에게 대접하고 말했다.

“형이 어디로 가려 하십니까?”

어사가 말했다.

“경사에 내 외가가 있어 경사로 가니 형이 과장(科場)에 나오면 만나기는 어렵지 않을까 합니다.”

경문이 실상을 이르지 않고 고개를 끄덕이니 어사는 떠나는 마음이 서운해 말했다.

“이제 형을 우연히 만나 정이 서로 심상치 않아 이별이 이처럼 슬프니 훗날 만나기를 기약하지 못하겠습니다.”

경문이 어사가 이처럼 자신을 사랑하는 것을 보니 은혜에 감동함이 분골난망(粉骨難忘)[142]이었다. 경문은 또 의리가 있는 사람이라

141) 영제(令弟): 상대의 아우를 높여 이르는 말.

142) 분골난망(粉骨難忘): 죽어 뼈가 가루가 되어도 은혜를 잊지 못함.

봉황의 눈에 눈물이 어려 말했다.

"우리는 다 남자니 훗날 다시 만나지 못할까 근심하겠나이까? 존형은 무사히 목적한 곳에 도달하소서. 경사에 가는 날 즉시 찾아뵙겠습니다."

이처럼 이르며 연연해해 쉽게 손을 나누지 못하니 두 사람이 서로 눈물을 뿌리다가 어사가 길을 떠났다. 어사가 한 걸음에 두 번 돌아보기를 면치 못하고 경문은 어사가 가는 길을 바라보며 비어 있는 듯한 마음을 억제하지 못했다.

어사가 이번 행차에 백년가우(百年佳偶)를 기이하게 만나 하늘의 뜻에 합하고 기쁜 일이 무궁할 것이니 다음 회를 보라.

제2부

주석 및 교감

☘ 일러두기 ☘

A. 원문

1. 저본은 한국학중앙연구원 소장본(26권 26책)으로 하였다.
2. 면을 구분해 표시하였다.
3. 한자어가 들어간 어휘는 한자 병기를 원칙으로 하였다.
4. 음이 변이된 한자어 및 한자와 한글의 복합어는 원문대로 쓰고 한자를 병기하였다. 예) 고이(怪異). 겁칙(刧-)
6. 현대 맞춤법 규정에 의거해 띄어쓰기를 하되, '소왈(笑曰)'처럼 '왈(曰)'과 결합하는 1음절 어휘는 붙여 썼다.

B. 주석

1. 다음과 같은 경우에 각주를 통해 풀이를 해 주었다.
   가. 인명, 국명, 지명, 관명 등의 고유명사
   나. 전고(典故)
   다. 뜻을 풀이할 필요가 있는 어휘
2. 현대어와 다른 표기의 표제어일 경우, 먼저 현대어로 옮겼다.
   예) 츄쳔(秋天): 추천.
3. 주격조사 'ㅣ'가 결합된 명사를 표제어로 할 경우, 현대어로 옮길 때 'ㅣ'는 옮기지 않았다. 예) 긔위(氣宇ㅣ): 기우.

C. 교감

1. 교감을 했을 경우 다른 주석과 구분해 주기 위해 [교]로 표기하였다.
2. 원문의 분명한 오류는 수정하고 그 사실을 주석을 통해 밝혔다.
3. 원문의 의미가 분명하지 않은 경우, 규장각 소장본(26권 26책)을 참고해 수정하고 주석을 통해 그 사실을 밝혔다.
4. 알 수 없는 어휘의 경우 '미상'이라 명기하였다.

니시셰ᄃᆡ록(李氏世代錄) 권지삼(卷之三)

1면

어시(於時)의 문졍공(--公)의 댱ᄌᆞ(長子) 셩문의 ᄌᆞ(字)ᄂᆞᆫ 현뵈니 모부인(母夫人) 소 시(氏) ᄭᅮᆷ의 츈츄(春秋) 적 안ᄌᆡ(顔子ㅣ)[1]로라 ᄒᆞ고 방듕(房中)의 들믈 보고 ᄉᆡᆼ(生)ᄒᆞ니,

공ᄌᆡ(公子ㅣ) 나며브터 미우(眉宇) ᄉᆞ이의 졍긔(精氣) 찬란(燦爛)ᄒᆞ고 셩덕(盛德)이 녕녕(英靈)[2]ᄒᆞ야 십분(十分) 범ᄋᆞ(凡兒)와 다ᄅᆞ디라. 조부(祖父) 뎡국공(--公)이 년ᄋᆡ(戀愛)ᄒᆞ야 ᄀᆞᆯ오ᄃᆡ,

"ᄎᆞᄋᆡ(此兒ㅣ) 당당(堂堂)이 공ᄆᆡᆼ(孔孟)[3]의 후(後)ᄅᆞᆯ 니으리라."

ᄒᆞ고 스ᄉᆞ로 일홈 지어 ᄀᆞᆯ오ᄃᆡ, '셩문'이라 ᄒᆞ니 문졍공(--公)이 승샹(丞相) 알ᄑᆡ셔 웃고 ᄀᆞᆯ오ᄃᆡ,

"셩인(聖人)은 어딜기 겸젼(兼全)ᄒᆞ니 ᄌᆞ(字)ᄅᆞᆯ 현뵈라 ᄒᆞ샤이다."

승샹(丞相)이 올타 ᄒᆞ니 하람공(--公)이 희롱(戲弄)ᄒᆞ야 ᄀᆞᆯ오ᄃᆡ,

"현뎨(賢弟) 셩현(聖賢)의 아ᄃᆞᆯ을 두어시니 타일(他日) 우리 등(等)이 돗글 피(避)ᄒᆞ야 ᄒᆞᆨ(學)을 드ᄅᆞ리라."

---

1) 안ᄌᆡ(顔子ㅣ): 안자. 중국 춘추시대의 유학자(B.C.521~B.C.490) 안회(顔回)를 높여 부른 이름. 자는 자연(子淵). 공자의 수제자로 학덕이 뛰어났다고 전해짐.

2) 녕녕(英靈): 영령. 산천의 정기를 타고 태어남.

3) 공ᄆᆡᆼ(孔孟): 공맹. 공자와 맹자를 아울러 이르는 말. 공자는 공구(孔丘, B.C.551~B.C.479)를 높여 부른 말. 공자는 중국 춘추시대 노나라의 사상가·학자로 자는 중니(仲尼)임. 인(仁)을 정치와 윤리의 이상으로 하는 도덕주의를 설파하여 덕치 정치를 강조하여 유학의 시조로 추앙받음. 맹자는 맹가(孟軻), B.C.372~B.C.289)를 높여 부른 말. 맹자는 중국 전국시대의 사상가로 자는 자여(子輿)·자거(子車)임. 공자의 인(仁) 사상을 발전시켜 '성선설'(性善說)을 주장하였으며, 인의의 정치를 권함. 유학의 정통으로 숭앙되며, '아성(亞聖)'이라 불림.

문경공(--公)이 소이ᄃᆡ왈(笑而對曰),

“강

•••

2면

보유ᄋᆞ(褓褓幼兒)ᄅᆞᆯ 대인(大人)이 과(過)히 아ᄅᆞ시므로 일홈을 이러ᄐᆞᆺ 지으시니 슈요(壽夭)[4]ᄅᆞᆯ 아디 못ᄒᆞ거ᄂᆞᆯ 더옥 셩현(聖賢)의 후(後)ᄅᆞᆯ 니으리라 ᄒᆞ시미 가쇼(可笑ㅣ)로소이다.”

공ᄌᆡ(公子ㅣ) 뎜뎜(漸漸) ᄌᆞ라 칠팔(七八) 세(歲) 적브터 문댱(文章) 긔졀(奇絕)[5]이 팔두(八斗)[6]ᄅᆞᆯ 기우리며 셩ᄒᆡᆼ(性行)이 일ᄌᆞ(一者) 호발(毫髮)이 흐미(稀微)ᄒᆞ미 업서 부모(父母)의 두굿기ᄂᆞᆫ ᄯᅳᆺ은 니ᄅᆞ도 말고 조부모(祖父母) ᄉᆞᆨ당(叔堂)의 경ᄋᆡ(傾愛)[7]ᄒᆞ미 측냥(測量)업서 일가(一家)의 밀위여 현혹(眩惑)ᄒᆞ미 되고 더옥 하람공(--公)은 본 적마다 두굿기며 일ᄏᆞ라 사랑ᄒᆞ야 ᄀᆞᆯ오ᄃᆡ,

“나의 십(十) ᄌᆡ(子ㅣ) 일(一) 인(人)도 너ᄅᆞᆯ ᄯᆞᆯ오리 업ᄉᆞ니 가히(可-) 탄(嘆)홉도다.”

ᄒᆞ더라.

공ᄌᆡ(公子ㅣ) ᄌᆞ쇼(自少)로 부귀(富貴) 호치(豪侈) 겨우리 업ᄉᆞ나 일즉 윤문[8] 공ᄌᆞ(公子)와 영문[9] 공ᄌᆞ(公子)ᄅᆞᆯ 참졀(慘絕)이 ᄉᆞ(死)ᄒᆞ

---

4) 슈요(壽夭): 수요. 오래 살고 일찍 죽음.

5) 긔졀(奇絕): 기절. 기이하고 빼어남.

6) 팔두(八斗): 문장이 뛰어남을 이름. 중국 남조(南朝)의 사령운(謝靈運)이 삼국시대 위(魏)의 조식(曹植)을 두고 한 말. 즉, “천하의 재주가 한 섬이 있다면 조자건이 여덟 말을 점유하고 있고, 내가 한 말을 얻었으며, 천하가 나머지 한 말을 나누어 가지고 있다. 天下才有一石, 曹子建獨占八斗, 我得一斗, 天下共分一斗.”라고 함. 『남사(南史)』, <사령운열전(謝靈運列傳)>.

7) 경ᄋᆡ(傾愛): 경애. 매우 사랑함.

8) 윤문: 이몽창의 첫 아내인 상 씨의 아들. 이몽창이 정을 두었던 옥란에 의해 피살됨. <쌍천기봉> 7:98.

믈 오미(寤寐)의 미쳐 슬허 더옥 윤문은 보디 아냐시나 사름이 만

3면

일(萬一) 그다히 말을 흔즉 눈믈이 옷기슬 적시는디라. 진실로(眞實-) 경문[10]곳 싱각흐면 오열비상(嗚咽悲傷)[11]흐야 왈(曰),

"죽으니는 홀일업거니와 사라셔 경문을 찻고 됴 모친(母親)[12]과 두 아히(兒孩)를 어더 효(孝)를 밧들딘대 셕시(夕死ㅣ)라도 흔(恨)이 업슬가 흐노라[13]."

흐[14]더니,

일일(一日)은 빅문이 듯고 형데(兄弟) 듁미각(--閣)의 드러가니 공(公)과 부인(夫人)이 좌(坐)흐엿는디 공(公)의 오슬 드리여 므른디,

"야애(爺爺ㅣ) 됴 모친(母親)과 두 아히(兒孩)와 경문은 엇던 사름이완디 금일(今日) 빅형(伯兄)이 타루(墮淚)흐야 여츠여츠(如此如此)흐더이다."

공(公)이 쳥파(聽罷)의 정식(正色)고 눈을 드러 공즈(公子)를 보니, 공지(公子ㅣ) 블셔 부친(父親) 긔식(氣色)을 알고 믈러 부복(俯伏)[15]흔대 공(公)이 반향(半晑)[16] 후(後) 엄절(嚴切)[17]이 닐오디,

---

9) 영문: 이몽창의 정실 소월혜의 아들. 이몽창의 재실 조제염에 의해 독살됨. <쌍천기봉> 13:30~33.

10) 경문: 이몽창의 정실 소월혜의 아들. 소월혜가 길에서 잃고 유영걸에 의해 길러짐. <쌍천기봉>에 나오는 이야기로 이경문은 <이씨세대록>에 다시 등장함.

11) 오열비상(嗚咽悲傷): 흐느껴 울며 매우 슬퍼함.

12) 됴 모친(母親): 조 모친. 이몽창의 재실이었던 조제염으로서, 정실 소월혜의 아들 이영문을 독살하고 쫓겨난 인물임. <쌍천기봉>에 등장함.

13) 흐노라: [교] 원문에는 '흐느이다'로 되어 있으나 문맥을 고려하여 규장각본(3:2)을 따름.

14) 흐: [교] 원문에는 이 글자가 없으나 규장각본(3:2)을 따라 삽입함.

15) 부복(俯伏): 고개를 숙이고 엎드림.

"경문은 싱각홀시 올커니와 됴 모친(母親)이란 말이

•••

4면

어인 말고? 됴 시(氏) 젼후(前後) 딕악(大惡)은 치아(齒牙)의 올녀 의논(議論)티 아니커니와 네 아ᄋᆞ를 독ᄉᆞ(毒死)홈과 너의 부모(父母)를 ᄉᆞ디(死地)의 너흔 원슈(怨讎)를 닛고 거죄(擧措ㅣ) 여ᄎᆞ(如此)ᄒᆞ니 ᄂᆡ 임의 ᄇᆞ린 바를 네 어미라 칭(稱)ᄒᆞ미 쟝ᄎᆞᆺ(將次ㅅ) 므솜 뜻고?"

공ᄌᆡ(公子ㅣ) ᄉᆞ러 듯기를 ᄆᆞᆺ고 믄득 ᄂᆞ려 ᄇᆡ샤(拜謝) 왈(曰),

"아ᄒᆡ(兒孩) 블쵸(不肖)ᄒᆞ오나 엇디 아디 못ᄒᆞ리잇가마ᄂᆞᆫ 유ᄌᆞ식블거(有子息不去)[18]ᄂᆞᆫ 셩교(聖敎)의 이시니 됴 모친(母親) 당초(當初) 과실(過失)은 닐러 ᄡᅳᆯ ᄃᆡ 업ᄉᆞᆸ고 아ᄋᆞ와 누의ᄂᆞᆫ ᄃᆡ인(大人) 골육(骨肉)이오, 쇼ᄌᆞ(小子) 등(等)의 동긔(同氣)라, 그 혈혈치ᄋᆞ(孑孑稚兒)[19] 등(等)이 아모 ᄃᆡ 가 뇨ᄉᆡᆼ(聊生)[20]ᄒᆞ믈 아디 못ᄒᆞ니 싱각이 헐(歇)ᄒᆞ며 두 아ᄒᆡ(兒孩)를 거두ᄂᆞᆫ 지경(地境)의 엇디 홀노 어믜게 박(薄)ᄒᆞ리잇가? 대인(大人)이 비록 졀치(切齒)[21]ᄒᆞ시ᄂᆞᆫ 지경(地境)의 이시나 ᄎᆞ마 그러티 못홀가 ᄒᆞᄂᆞ이다."

---

16) 반향(半晌): 한나절의 반.

17) 엄절(嚴切): 태도가 매우 엄격함.

18) 유ᄌᆞ식블거(有子息不去): 유자식불거. 자식이 있으면 쫓아내지 않음. 여자에게 칠거지악(七去之惡)이 있어도 세 가지 중 하나에 해당하면 쫓아내지 않는 삼불거(三不去)가 있는데 그중 하나가 이것임.

19) 혈혈치ᄋᆞ(孑孑稚兒): 외로운 어린아이.

20) 뇨ᄉᆡᆼ(聊生): 요생. 그럭저럭 살아감.

21) 졀치(切齒): 절치. 몹시 분하여 이를 갊.

공(公)이 ᄂᆞᆺ

5면

비출 고텨 칙왈(責曰),

"네 말이 젼혀(專-) 뉸긔(倫紀)[22]를 온젼(穩全)코져 ᄒᆞ나 이는 그러티 아니니 됴 시(氏)의 죄(罪) 영ᄋᆞ(-兒)[23]를 독살(毒殺)흠곳 업던들 닉 엇디 일편도이 박(薄)ᄒᆞ리오마는 유유(幽幽)[24]흔 부ᄌᆞ(父子)의 졍(情)이 덧덧ᄒᆞ니 장ᄎᆞᆺ(將次ㅅ) 보슈(報讎)[25]코져 ᄯᅳᆺ이 잇거늘 녹녹(錄錄)흔 두 아히(兒孩)로 요딕(饒貸)[26]홀 배 아니니 ᄎᆞ후(此後) 무익(無益)흔 말을 말나."

셜파(說罷)의 ᄃᆞᆯ ᄀᆞᆺ튼 니마의 수운(愁雲)[27]이 어릭고 봉안(鳳眼)의 츄패(秋波ㅣ) 요동(搖動)ᄒᆞ니 공지(公子ㅣ) ᄯᅩᄒᆞᆫ 머리를 수겨 참연(慘然)ᄒᆞ야 믈러나니,

공(公)이 냥구(良久) 후(後) 눈믈을 거두고 도라 부인(夫人)을 보니 안식(顏色)이 쳔연ᄌᆞ약(天然自若)ᄒᆞ야 다른 ᄉᆞ식(辭色)이 업ᄉᆞ니 공(公)이 문왈(問曰),

"부인(夫人)은 히ᄋᆞ(孩兒)의 소견(所見)을 엇더킈 너기ᄂᆞ뇨?"

부인(夫人)이 팀음(沈吟)[28] 딕왈(對曰),

---

22) 뉸긔(倫紀): 윤기. 윤리와 기강.

23) 영ᄋᆞ(-兒): 영아. 이몽창의 재실이었던 조제염에게 독살된 이영문을 이름. 독살 장면은 <쌍천기봉>(13:30~33)에 보임.

24) 유유(幽幽): 깊고 깊음.

25) 보슈(報讎): 보수. 남이 저에게 해를 준 대로 저도 그에게 해를 줌.

26) 요딕(饒貸): 요대. 너그러이 용서함.

27) 수운(愁雲): 근심스러운 기색.

"모즈지의(母子之義) 덧덧ᄒᆞ니 므어시라 ᄒᆞ리오?"

공(公)이 정ᄉᆡᆨ(正色) 왈(曰),

"부인(夫人)은 원ᄅᆡ(元來) ᄂᆞᆷ의

6면

게 후(厚)ᄒᆞ고 ᄌᆞ식(子息)의게 박(薄)ᄒᆞ도다. 대ᄒᆡ(大海)의 부평(浮萍)[29] ᄀᆞᄐᆞᆫ 됴녜(-女ㅣ) ᄉᆞᄉᆡᆼ(死生)을 아디 못ᄒᆞ나 ᄂᆡ ᄉᆡᆼ젼(生前) 만나미 이실딘대 부인(夫人)이 다시 괴로이 굴리니 그런 ᄠᅳᆮ이 잇거든 이제 집을 ᄯᅥ나쇼셔."

부인(夫人)이 잠쇼(暫笑)ᄒᆞ고 답(答)디 아니터라.

공ᄌᆡ(公子ㅣ) 팔(八) 셰(歲ㄴ) 제 상 부인(夫人)[30] 졔ᄉᆞ(祭祀)의 참예(參預)ᄒᆞ니 슬픠 통곡(慟哭)ᄒᆞ야 눈믈이 옥면(玉面)의 니음ᄎᆞ니 공(公)이 그 텬ᄉᆡᆼ효의(天生孝義)[31]ᄅᆞᆯ 크게 긔특(奇特)이 너겨 윤문을 ᄉᆡᆼ각고 더옥 슬허ᄒᆞ더라.

공ᄌᆡ(公子ㅣ) 십(十) 셰(歲) 넘은 후(後)ᄂᆞᆫ 삼(三) 일(日) ᄌᆡ계(齋戒)ᄒᆞ야 극진(極盡)이 정셩(精誠)으로 ᄒᆞ고 셜워ᄒᆞ미 ᄇᆡᄋᆞᄂᆞᆫ ᄃᆞᆺᄒᆞ야 ᄒᆞ니 이 구ᄐᆞ야 지어 ᄒᆞ미 아니로ᄃᆡ 효의(孝義) 지극(至極)ᄒᆞᆫ 연괴(緣故ㅣ)라.

문정공(--公)이 복녹(福祿)이 진(盡)티 아냐 ᄒᆞᆫ 번(番) 긧발(旗ㅅ발)

---

28) 팀음(沈吟): 침음. 속으로 깊이 생각함.

29) 부평(浮萍): 개구리밥과의 여러해살이 수초(水草). 몸은 둥글거나 타원형의 광택이 있는 세 개의 엽상체(葉狀體)로 이루어져 있는데 겉은 풀색이고 안쪽은 자주색임. 개구리밥.

30) 상 부인(夫人): 이성문의 아버지 이몽창의 첫 아내. 이윤문을 낳은 지 얼마 되지 않아 병사함. <쌍천기봉> 7:72~83.

31) 텬ᄉᆡᆼ효의(天生孝義): 천생효의. 타고난 효성.

이 동(東)으로 ᄀᆞᄅᆞ치매 수월(數月) ᄂᆡ(內)의 오군(吳軍) 칠만(七萬)을 즛디ᄅᆞ고 개가(凱歌)를 울녀 도라오니 텬

7면

ᄌᆞ(天子ㅣ) 왕작(王爵)을 봉(封)ᄒᆞ시나 죽기로 ᄉᆞ양(辭讓)ᄒᆞ니 비록 만승(萬乘)의 위엄(威嚴)이나 앗디 못ᄒᆞ야 다만 공장(工匠)을 명(命)ᄒᆞ샤 큰 집을 지어 주라 ᄒᆞ시니, 공(公)이 샤은(謝恩)ᄒᆞ야 ᄉᆞ양(辭讓) 왈(曰),

"신(臣)이 어버의 우희 이셔 ᄉᆞᄉᆞ(私私) 집ᄒᆞ야 므어싀 ᄡᅳ리잇가?"

샹(上)이 노왈(怒曰),

"경(卿)이 쇼년(少年)의 남(南)을 평뎡(平定)ᄒᆞ고 ᄯᅩ 이제 고금(古今)의 업ᄉᆞᆫ 공(功)을 일우ᄃᆡ 미(微)ᄒᆞᆫ 봉쟉(封爵)을 고ᄉᆞ(固辭)ᄒᆞ고 ᄯᅩ 두어 간(間) 집을 흠ᄉᆞ(欽賜)[32]ᄒᆞᆷ믈 막으니 이ᄂᆞᆫ 딤(朕)을 가ᄇᆡ야이 너기미로다."

공(公)이 황공(惶恐)ᄒᆞ야 ᄉᆞ양(辭讓)티 못ᄒᆞ고 주왈(奏曰),

"신(臣)이 국은(國恩)을 과(過)히 닙ᄉᆞ오나 엇디 어버이를 ᄯᅥ나 ᄯᅡ로 이시리잇가? ᄒᆞᆫ 댱원(牆垣)[33] 안희 지어지이다."

샹(上)이 조ᄎᆞ시니 공(公)이 진실로(眞實-) 번화(繁華) 샤치(奢侈)를 빈쳑(排斥)ᄒᆞᄂᆞᆫ 고(故)로 뉵미각(--閣)을 니어 약간(若干) 지으라 ᄒᆞ니 유ᄉᆡ(有司ㅣ)[34] 명(命)을 드러 ᄇᆡᆨ여(百餘) 간(間)을 지으니 공

---

32) 흠ᄉᆞ(欽賜): 흠사. 임금이 신하에게 특별히 물건을 내려줌.

33) 댱원(牆垣): 장원. 담.

34) 유ᄉᆡ(有司ㅣ): 유사. 일을 맡은 사람.

(公)이 크게 블열(不悅)

8면

ᄒᆞ야 공쟝(工匠)을 칙(責)ᄒᆞ고 다 헐고 십여(十餘) 간(間)만 ᄯᆞ미라 ᄒᆞ니,

이러굴 제 하간왕(--王)이 니ᄅᆞ니 이 곳 황야(皇爺) 친뎨(親弟)라. 공(公)이 급(急)히 오ᄉᆞᆯ 념의고 나가 말ᄉᆞᆷᄒᆞ더니, 이ᄣᆡ 쇼연이 공(公)의 위(位) 놉고 흠ᄉᆞ(欽賜)[35]ᄒᆞ신 집이 쟝(壯)ᄒᆞᆷ을 즐겨ᄒᆞᄃᆡ 공(公)의 고집(固執)ᄒᆞᆷ을 민망(憫惘)ᄒᆞ야 계교(計巧)ᄅᆞᆯ ᄉᆡᆼ각고 알ᄑᆡ 나아가 품왈(稟曰),

"구십(九十) 간(間)을 다 헐기 폐(弊)롭ᄉᆞ오니[36] 반(半)만 헐미 엇더ᄒᆞ니잇가?"

공(公)이 미우(眉宇)ᄅᆞᆯ �그여 즐퇴(叱退)[37]ᄒᆞ니 하간왕(--王)이 ᄀᆞᆯ오ᄃᆡ,

"쟝ᄎᆞᆺ(將次ㅅ) 므ᄉᆞᆷ 일이뇨?"

공(公)이 미쇼(微笑) ᄃᆡ왈(對曰),

"복(僕)[38]의 쇼쇼(小小) 가ᄉᆞ(家事)ᄅᆞᆯ 아라 므엇ᄒᆞ시리잇가?"

왕(王)이 웃고 왈(曰),

"이 필연(必然) 흠ᄉᆞ(欽賜)ᄒᆞ신 집을 헐랴 ᄒᆞ미로다. 지어 헐 거시면 당초(當初) 어젼(御前)의셔 ᄉᆞ양(辭讓)ᄒᆞ미 올흐니 그 ᄯᅳᆺ이 어ᄃᆡ

---

35) 흠ᄉᆞ(欽賜): 흠사. 임금이 신하에게 특별히 물건을 내려줌.

36) 폐(弊)롭ᄉᆞ오니: 폐롭사오니. 성가지고 귀찮사오니.

37) 즐퇴(叱退): 질퇴. 꾸짖어 물리침.

38) 복(僕): 상대에게 자신을 낮추어 부르는 말.

잇관ᄃᆡ 지어 허ᄂᆞ뇨?"

공(公)이 무릅흘 ᄯᅳ러 샤례(謝禮) 왈(曰),

"ᄌᆞ고(自古)로 부

9면

귀(富貴)ᄂᆞᆫ 조믈(造物)의 ᄭᅥ리ᄂᆞᆫ 배어ᄂᆞᆯ 복(僕)의 집이 ᄃᆡᄃᆡ(代代)로 황은(皇恩)을 일편도이 닙ᄉᆞ와 ᄎᆡ읍(采邑)[39] 진공(進貢)[40]이 블가승쉬(不可勝數ㅣ)[41]오, 금은(金銀) ᄌᆡᄇᆡᆨ(財帛)이 뫼 ᄀᆞᆺ거ᄂᆞᆯ 셩샹(聖上)이 ᄯᅩ 집을 지어 흠ᄉᆞ(欽賜)ᄒᆞ시매 ᄉᆞ양(辭讓)ᄒᆞ미 신ᄌᆞ(臣子) 분(分)의 가(可)티 아냐 열아믄 간(間)을 윤ᄉᆡᆨ(潤色)고져 ᄒᆞᆫ 배 ᄇᆡᆨ(百) 간(間)토록 셰우니 진실로(眞實-) 됴히 아니 너기미 아니로ᄃᆡ 몸을 도라보건ᄃᆡ 손복(損福)ᄒᆞ미 반ᄃᆞᆺᄒᆞᆫ 고로 보젼(保全)코져 ᄒᆞ미로소이다."

왕(王)이 듯기ᄅᆞᆯ ᄆᆞᆺ고 탄복(歎服) 왈(曰),

"명공(明公)[42]의 놉흔 ᄯᅳᆺ은 아란 디 오라거니와 이러ᄐᆞᆺ ᄒᆞ믄 의외(意外)로다. 연(然)이나 후ᄇᆡᆨ(侯伯)의 집이 ᄇᆡᆨ(百) 간(間)이 그ᄃᆡ도록디 아니ᄒᆞᄃᆡ 명공(明公)이 고집(固執)을 ᄂᆡ시니 말리디 못ᄒᆞᄂᆞ니 구십(九十) 간(間)을 다 헐기ᄂᆞᆫ 너모 폐(弊)로오니 반(半)만 헐미 엇더ᄒᆞ뇨?"

공(公)이 블열(不悅) 왈(曰),

---

39) ᄎᆡ읍(采邑): 채읍. 왕족, 공신, 대신들에게 공로에 대한 특별 보상으로 주는 영지(領地). 그 지역 조세를 받아 먹게 하였고, 봉작과 함께 대대로 상속되었음.

40) 진공(進貢): 공물을 갖다 바침.

41) 블가승쉬(不可勝數ㅣ): 불가승수. 이루 셀 수 없음.

42) 명공(明公): 듣는 이가 높은 벼슬아치일 때, 그 사람을 높여 이르던 이인칭 대명사.

"복(僕)이 부모(父母) 시하(侍下)의 이시니 ᄉᆞᄉᆞ(私私) 집

10면

이 브졀업ᄉᆞᄃᆡ 셩샹(聖上) 뎡(定)ᄒᆞ신 ᄯᅳᆺ을 져ᄇᆞ리디 못ᄒᆞ야 십(十) 간(間) 집이 족(足)ᄒᆞ니 ᄯᅩ 어이 더으리잇가?"

왕(王)이 우으며 ᄀᆞᆯ오ᄃᆡ,

"나의 놀란 혜 탑젼(榻前)의 오ᄅᆞᆯ딘ᄃᆡ 명공(明公)의 이 집을 못 헐지니 고집(固執)디 말라."

드ᄃᆡ여 모든 공쟝(工匠)을 분부(分付)ᄒᆞ야 오십(五十) 간(間)을 ᄭᅮ미라 ᄒᆞ니 공(公)이 블열(不悅)ᄒᆞ나 뎨 금샹(今上) 친뎨(親弟)로 위치(位次ㅣ) 존듕(尊重)ᄒᆞ니 여러 번(番) ᄃᆞ토디 못ᄒᆞ야 믁연(默然)이러라.

집을 필역(畢役)[43]ᄒᆞ매 공(公)의 계부(季父) 쇼공(少公)[44]이 찬(讚)ᄒᆞ야 ᄀᆞᆯ오ᄃᆡ,

"이 진짓 듁쳥을 위(爲)ᄒᆞᆫ 집이오, 듁쳥이 공(功)을 인(因)ᄒᆞ야 공(功)을 셰우도다."

졍당(正堂)을 일홈ᄒᆞ야 ᄀᆞᆯ오ᄃᆡ, '슉현당(--堂)'이라 ᄒᆞ고 좌편(左便) 큰 누(樓)ᄅᆞᆯ 뎨명(題名)ᄒᆞ야 '치경당(--堂)'이라 ᄒᆞ야 셩문의 쳐(妻)ᄅᆞᆯ 드리고 우편(右便) 누(樓)ᄅᆞᆯ ᄀᆞᄅᆞ쳐 '봉셩당(--堂)'이라 ᄒᆞ야 경문의 쳐(妻)ᄅᆞᆯ 드리라 ᄒᆞ니 공(公)이 웃고 블

43) 필역(畢役): 공사를 마침.

44) 쇼공(少公): 소공. 소부공(少傅公) 이연성을 이름.

11면

감(不堪)[45] ᄒᆞ믈 ᄉᆞ양(辭讓)ᄒᆞ더라.

듕ᄉᆡ(中使ㅣ) 필역(畢役)ᄒᆞ믈 고(告)ᄒᆞ니 샹(上)이 즉시(卽時) 녜부시랑(禮部侍郎)을 보ᄂᆡ여 동구(洞口)의 큰 문(門)을 셰우고 어필(御筆)로 그 공젹(功績)을 일일이(一一-) 긔록(記錄)ᄒᆞ시고 뎨명(題名) 왈(曰), '졍튱공신(精忠功臣) 문졍공(--公) 우승샹(右丞相) 듁쳥지문(--之門)'이라 ᄒᆞ시니,

텬하(天下) ᄋᆞ동(兒童) 주졸(走卒)이 문졍공(--公) 위덕(威德)을 모ᄅᆞ리 업서 영명(榮名)[46]이 만셩(滿城)의 쟈쟈(藉藉)ᄒᆞ니 공(公)이 더옥 블열(不悅)ᄒᆞ야 ᄌᆞ긔(自己) ᄉᆞᄉᆞ로 닷그믈 옥(玉)ᄀᆞ티 ᄒᆞ야 몸의 금슈(錦繡)를 갓가이 아니ᄒᆞ고 위틱(危殆)ᄒᆞᆫ 사ᄅᆞᆷ 구(救)ᄒᆞ믈 믓 미출 ᄃᆞ시 ᄒᆞ니 승샹(丞相)이 크게 아ᄅᆞᆷ다이 너기더라.

이ᄣᅢ, 셩문 공ᄌᆡ(公子ㅣ) 댱셩(長成)ᄒᆞ야 십삼(十三) 셰(歲) 되매 얼골의 긔이(奇異)ᄒᆞ미 텬디(天地) 조화(造化)와 산쳔(山川) 졍긔(精氣)를 오로지 가져 인간(人間) 만믈(萬物)의 비(比)ᄒᆞᆯ 곳이 업ᄂᆞᆫ디라. 다만 의논(議論)ᄒᆞᆯ딘대 연연(軟軟)ᄒᆞ미 옥(玉)을 다ᄃᆞ믄 ᄃᆞᆺ 일(一) 빵(雙) 셩안(星眼)이 봉ᄂᆡ산(蓬萊山)[47]

45) 블감(不堪): 불감. 감당하지 못함.

46) 영명(榮名): 영광스러운 명예.

47) 봉ᄂᆡ산(蓬萊山): 봉래산. 중국의 전설상의 산.

12면

묽은 긔운을 뎜득(占得)[48]ᄒᆞ야 팔ᄎᆡ(八彩)[49] 미우(眉宇)의는 문명(文明)[50]이 녕녕(英靈)[51]ᄒᆞ고 넉ᄉᆞ(-四) 주슌(朱脣)이 단사(丹沙)를 먹으믄 둣, 냥협(兩頰)의 오ᄉᆡᆨ(五色) 광휘(光輝) 녕농(玲瓏)ᄒᆞ야 찬란(燦爛)ᄒᆞᆫ 광염(光艷)이 홍년(紅蓮) 향긔(香氣)를 토(吐)ᄒᆞᄂᆞᆫ 둣, 신쟝(身長)이 살ᄃᆡ ᄀᆞᆺ고 봉익(鳳翼)[52]이 아아(峨峨)[53]ᄒᆞ야 표일(飄逸)[54]ᄒᆞᆫ 골격(骨格)이 은은(隱隱)이 등션(登仙)[55]ᄒᆞᆯ 둣 쇄락(灑落)ᄒᆞᆫ 옥면(玉面)이 슈려쳥월(秀麗淸越)[56]ᄒᆞ야 일셰(一世)예 방블(彷彿)ᄒᆞ니 업ᄉᆞᄃᆡ 그 모친(母親) 소 부인(夫人) 안젼(案前)의 시좌(侍坐)ᄒᆞ매 완연(宛然)[57]이 ᄒᆞᆫ 판(板)의 박아낸 둣ᄒᆞ니 보ᄂᆞ니 놀나 ᄀᆞᆯ오ᄃᆡ,

"모ᄌᆡ(母子ㅣ) 비록 ᄀᆞᄐᆞ나 뎌 ᄀᆞᄐᆞᆯ 리 이시리오?"

ᄒᆞ니 공ᄌᆡ(公子ㅣ) 이러ᄐᆞᆺ 긔특(奇特)ᄒᆞ나 ᄯᅩᄒᆞᆫ 범ᄉᆞ(凡事)를 ᄒᆞᆫ 일도 하ᄌᆞ(瑕疵)ᄒᆞᆯ 일이 업ᄉᆞᆫ디라. 그 모부인(母夫人)이 ᄌᆞ쇼(自少)로 졍대(正大)ᄒᆞ미 태임(太姙),[58] 태ᄉᆞ(太姒)[59]의 덕(德)과 ᄆᆡᆼ모(孟母)[60]

---

48) 뎜득(占得): 점득. 차지하여 얻음.

49) 팔ᄎᆡ(八彩): 팔채. 여덟 빛깔의 눈썹이라는 뜻으로, 제왕의 얼굴을 찬미하는 말. 중국 고대 요(堯) 임금의 눈썹에 여덟 가지 색채가 있었다는 데서 유래함. 여기에서는 이성문 눈썹의 아름다움을 형용한 말로 쓰임.

50) 문명(文明): 문채(文彩)가 뛰어나고 분명함.

51) 녕녕(英靈): 영령. 산천의 정기를 타고 태어남.

52) 봉익(鳳翼): 봉황의 날개와 같은 두 팔.

53) 아아(峨峨): 위엄이 있고 성(盛)함.

54) 표일(飄逸): 빼어남.

55) 등션(登仙): 등선. 하늘로 올라가 신선이 됨.

56) 슈려쳥월(秀麗淸越): 수려청월. 빼어나고 고우며 맑고 뛰어남.

57) 완연(宛然): 눈에 보이는 것처럼 아주 뚜렷함.

의 여풍(餘風)[61]이 이시ᄃᆡ 공ᄌᆞ(公子)ᄅᆞᆯ ᄃᆡ(對)ᄒᆞ야는 ᄒᆞᆫ 번(番) 그ᄅᆞ다 ᄒᆞ미 업ᄉᆞ니 공ᄌᆞ(公子)의 비쇽(非俗)ᄒᆞ미 이에 다ᄃᆞ라 알리러라.

•••

13면

공ᄌᆡ(公子ㅣ) 방년(芳年)이 십삼(十三) 세(歲)의 문댱(文章) ᄒᆞᆨᄒᆡᆼ(學行)이 만고(萬古)ᄅᆞᆯ 기우려 의논(議論)ᄒᆞ여도 방블(彷彿)ᄒᆞ리 업고 톄뫼(體貌ㅣ) 대인(大人) 군ᄌᆞ(君子) ᄀᆞᄐᆞ니 문졍공(--公)이 ᄐᆡᆨ부(擇婦)ᄒᆞ미 일시(一時) 밧바 ᄒᆞᄃᆡ 녀 시(氏)로 인(因)ᄒᆞ야 ᄎᆞ마 실신(失信)티 못ᄒᆞ야 등ᄃᆡ(等待)[62]ᄒᆞᄂᆞᆫ 가온대 잇더라.

어시(於時)의 녀현긔, 쇼흥(紹興)[63] 태슈(太守)ᄅᆞᆯ 가라 니부시랑(李府侍郎)을 승ᄎᆡ(陞差)[64]ᄒᆞ야 올나왓더니 경태(景泰)[65] 즉위(卽位)ᄒᆞᆫ 후(後) 쇼인(小人)이 젼일(前日) 녀 공(公)의 강명(剛明)[66]ᄒᆞ믈 써

---

58) 태임(太姙): 중국 주(周)나라 왕계의 아내이자 문왕의 어머니. 며느리 태사(太姒)와 함께 현모양처의 대명사로 일컬어짐.

59) 태ᄉᆞ(太姒): 태사. 중국 주(周)나라 문왕의 후비이자 무왕의 어머니.

60) ᄆᆡᆼ모(孟母): 맹모. 맹자(孟子)의 어머니. 자식의 교육을 위해 세 번 이사한 맹모삼천(孟母三遷)의 고사로 유명함. 즉, 맹자 어머니가 처음에 공동묘지 근방에 살았는데 맹자가 장사 지내는 흉내를 내자, 시장 근처로 이사를 갔더니 맹자가 물건 파는 흉내를 내므로, 서당 근처로 이사를 가자 맹자가 예절을 배우니 맹자 어머니가 비로소 이곳이 자식을 거주하게 할 만한 곳이라고 했다는 고사. 유향(劉向), 『열녀전(列女傳)』, <추맹가모(鄒孟軻母)>.

61) 여풍(餘風): 아직 남아 있는 풍모.

62) 등ᄃᆡ(等待): 등대. 미리 준비하고 기다림.

63) 쇼흥(紹興): 소흥. 절동(浙東, 절강성 동부)지방에서 경치가 뛰어난 곳으로 바다와 강으로 둘러싸인 동남의 대도회지. 『대명일통지』 권45, '소흥부'.

64) 승ᄎᆡ(陞差): 승차. 벼슬이 오름.

65) 경태(景泰): 중국 명나라 제7대 황제인 대종(代宗)의 연호(1449~1457). 이름은 주기옥(朱祁鈺). 제5대 황제인 선종(宣宗) 선덕제(宣德帝, 1425~1435)의 아들이며 제6대 황제인 영종(英宗) 정통제(正統帝, 1435~1449)의 이복아우임. 1449년에 오이라트족의 침략으로 정통제가 직접 친정을 나가 포로로 잡힌, 이른바 토목(土木)의 변(變)으로, 황제로 추대됨. 정통제가 풀려나 돌아온 뒤에도 황위를 물려주지 않다가 정통제를 옹립하려는 세력이 일으킨 정변으로 폐위되고 폐위된 지 한 달 후에 급사함.

리던 고(故)로 춤소(讒訴)[67] 야 운남(雲南)[68]의 원찬(遠竄)[69] 니 공(公)이 녀(子女)를 거리고 쳔신만고(千辛萬苦) 야 운남(雲南)의 니러 겨유 뇨(聊生)[70] 더니 칠(七) 년(年)이 디난 후(後) 샹황(上皇)[71]이 즉위(卽位) 샤 태쇼부(太子少傅)로 브시니 공(公)이 은명(恩命)을 몌여 일가(一家)를 거려 경(京師)로 향(向)실 졀강(浙江)[72]의 다라는 적(大賊)을 만나 일(一行)과 녜(子女ㅣ) 분찬(奔竄)[73] 야 노복(奴僕)이 반(半)이나 쥭고 댱

14면

(長子) 박과 (次子) 단은 나히 약년(弱年)의 니럿는 고(故)로 겨유 환(患)을 버셔나나 빙난 쇼져(小姐)는 브디거쳐(不知去處)[74] 고 업니 녀 공(公) 부(父子ㅣ) 경(大驚) 야 녀(女兒)의 거쳐(去處)를 츄심(推尋)[75] 되 종시(終始) 엇디 못니 공(公)이 혹(或) 쥭은가 야 삼(三) 일(日)을 머므러 산곡간(山谷間)을 다 뒤여 어드나 형영(形影)이 업더니 최후(最後) 일(一) 인(人)이 닐오되,

---

66) 강명(剛明): 강직하고 분명함.

67) 춤소(讒訴): 참소. 남을 헐뜯어서 죄가 있는 것처럼 꾸며 윗사람에게 고하여 바침.

68) 운남(雲南): 중국 남서부에 위치한 성(省).

69) 원찬(遠竄): 먼 곳으로 귀양을 보냄.

70) 뇨(聊生): 요생. 그럭저럭 살아감.

71) 샹황(上皇): 상황. 복위한 영종(英宗)을 이름. 영종은 복위해 천순(天順, 1457~1464) 연호를 씀.

72) 졀강(浙江): 절강. 중국 남동부에 위치한 성(省). 소주(蘇州), 항주(杭州) 등이 있음.

73) 분찬(奔竄): 바삐 달아나 숨음.

74) 브디거쳐(不知去處): 부지거처. 간 곳을 알 수 없음.

75) 츄심(推尋): 추심. 찾아냄.

"엇던 늙은 사ᄅᆞᆷ이 ᄒᆞᆫ 져믄 녀ᄌᆞ(女子)ᄅᆞᆯ 더브러 가더라."

ᄒᆞ니 쇼ᄉᆡ(少師ㅣ) 이 말을 듯고 잠간(暫間) 관심(寬心)[76]ᄒᆞ야 혹(或) 사랏ᄂᆞᆫ가 의심(疑心)ᄒᆞ야 남은 노복(奴僕)을 헤쳐 심방(尋訪)[77]ᄒᆞ라 ᄒᆞ고 본현(本縣)의 졍고(呈告)[78]ᄒᆞ야 도적(盜賊) 잡기ᄅᆞᆯ 쵹(促)ᄒᆞᆫ 후(後) 국명(國命)을 오래 지류(遲留)티 못ᄒᆞ야 경ᄉᆞ(京師)로 오매 녀ᄋᆞ(女兒)ᄅᆞᆯ ᄉᆡᆼ각ᄒᆞ야 통도(痛悼)[79]ᄒᆞ기ᄅᆞᆯ 마디아니ᄒᆞ고 부인(夫人)은 혼졀(昏絕)ᄒᆞ기ᄅᆞᆯ ᄌᆞ로 ᄒᆞ더라.

쇼ᄉᆡ(少師ㅣ) 셩ᄂᆡ(城內)의 니ᄅᆞ러 궐하(闕下)의 샤은슉ᄇᆡ(謝恩肅拜)[80]ᄒᆞ고 부듕(府中)의 니

15면

ᄅᆞ니 믈ᄉᆡᆨ(物色)은 의구(依舊)[81]ᄒᆞᄃᆡ 인ᄉᆡ(人事ㅣ) 변역(變易)[82]ᄒᆞ미 여ᄎᆞ(如此)ᄒᆞ엿ᄂᆞᆫ디라 댱부(丈夫)의 쟝심(壯心)[83]이나 쳐졀(凄切)[84]ᄒᆞ믈 이긔디 못ᄒᆞ더라.

문졍공(--公)이 공ᄌᆞ(公子)ᄅᆞᆯ ᄃᆞ리고 니ᄅᆞ러 셔로 볼ᄉᆡ, 공ᄌᆞ(公子)ᄅᆞᆯ 보고 새로이 비샹(悲傷)ᄒᆞ야 밧비 손을 잡고 눈믈이 비 오ᄃᆞᆺ ᄒᆞ

---

76) 관심(寬心): 마음을 놓음.

77) 심방(尋訪): 방문하여 찾아봄.

78) 졍고(呈告): 정고. 올려 아룀.

79) 통도(痛悼): 마음이 몹시 아프도록 슬퍼함.

80) 샤은슉ᄇᆡ(謝恩肅拜): 사은숙배. 임금의 은혜에 감사하며 공손하고 경건하게 절을 올림.

81) 의구(依舊): 예전과 같음.

82) 변역(變易): 변하고 바뀜.

83) 쟝심(壯心): 장심. 굳센 마음.

84) 쳐졀(凄切): 처절. 몹시 처량함.

야 광삼(纊衫)[85]이 젓는디라 문졍공(--公)이 크게 놀라 골오딕,

"형(兄)의 슬허ᄒᆞ미 므솜 연괴(緣故ㅣ) 잇ᄂᆞ뇨?"

쇼ᄉᆡ(少師ㅣ) 타루(墮淚)[86] 반향(半晌)[87] 후(後) 겨유 닐오딕,

"쇼뎨(小弟) 팔ᄌᆡ(八子ㅣ) 긔구(崎嶇)ᄒᆞ고 운익(運厄)이 블리(不利)ᄒᆞ야 금번(今番) ᄒᆡᆼ도(行途)의 ᄌᆞ녀(子女)를 일흐니 간댱(肝腸)이 이우는디라. 녕낭(令郎)을 보매 녀ᄋᆞ(女兒)를 ᄉᆡᆼ각ᄒᆞ야 댱부(丈夫)의 눈믈이 구구(區區)[88]ᄒᆞ믈 면(免)티 못ᄒᆞᄂᆞ이다."

공(公)이 대경(大驚)ᄒᆞ야 기간(其間) 곡졀(曲折)을 ᄌᆞ시 무른대 쇼ᄉᆡ(少師ㅣ) 일일히(一一-) 니ᄅᆞ고 타루(墮淚) 왈(曰),

"녀ᄋᆞ(女兒)의 시슈(屍首)[89]를 엇디 못ᄒᆞ니 요ᄒᆡᆼ(僥倖) 사랏는가 ᄒᆞ나 ᄯᅩᄒᆞᆫ 엇디 혈혈(孑孑)ᄒᆞᆫ 약녜(弱女ㅣ) 도ᄉᆡᆼ(圖生)[90]ᄒᆞ

16면

믈 긔필(期必)ᄒᆞ리오?"

공(公)이 듯기를 ᄆᆞᆺ고 참샹(慘傷)[91]ᄒᆞ믈 마디아냐 왈(曰),

"당초(當初) 현형(賢兄)이 원뎍(遠謫)[92]ᄒᆞ야 긔약(期約)이 업ᄉᆞ믈 ᄒᆞᆫ(恨)ᄒᆞ더니 셰ᄉᆡ(世事ㅣ) 차타(蹉跎)[93]ᄒᆞ야 이럴 줄 엇디 알리오?

85) 광삼(纊衫): 고운 솜을 넣고 짓던 옷.

86) 타루(墮淚): 눈물을 흘림.

87) 반향(半晌): 한나절의 반.

88) 구구(區區): 잘고 많아서 일일이 언급하기가 구차스러움.

89) 시슈(屍首): 시수. 죽은 사람의 몸을 이르는 말.

90) 도ᄉᆡᆼ(圖生): 도생. 삶을 꾀함.

91) 참샹(慘傷): 참상. 매우 슬퍼함.

92) 원뎍(遠謫): 원적. 멀리 귀양감.

더옥 ᄋᆞᄌᆞ(兒子)의 죵신대ᄉᆡ(終身大事ㅣ)[94] 거ᄎᆞ러시니 쇼뎨(小弟) 운익(運厄)이 블리(不利)ᄒᆞᆷ믈 ᄒᆞᆫ(恨)ᄒᆞ나 밋디 못ᄒᆞ리로다."

쇼ᄉᆞ(少師ㅣ) 슬허 왈(曰),

"쇼뎨(小弟) 복(福)이 열워 녕낭(令郎) ᄀᆞᄐᆞᆫ 긔셔(奇壻)[95]를 엇디 못ᄒᆞ미라. 현형(賢兄)이 과도(過度)히 구ᄅᆞ시니 지극(至極) 감사(感謝)ᄒᆞ나 ᄉᆞ인(死人)이 부ᄉᆡᆼ(復生)[96]티 못ᄒᆞᄂᆞ니 박명(薄命)ᄒᆞᆫ 녀ᄋᆞ(女兒)를 ᄉᆡᆼ각디 마ᄅᆞ시고 ᄐᆡᆨ부(擇婦)ᄒᆞ야 녕낭(令郎)의 길긔(吉期)를 일우소셔."

공(公)이 믁연(默然) 왈(曰),

"쇼뎨(小弟) 본ᄃᆡ(本-) 신의(信義)를 듕(重)히 너기ᄂᆞ니 엇디 이런 말을 ᄒᆞᄂᆞ뇨? 댱뷔(丈夫ㅣ) 삼십(三十)의 유실(有室)[97]ᄒᆞᄂᆞ니 녕ᄋᆡ(令愛)[98]의 쥭으믈 진뎍(眞的)[99]히 아디 못ᄒᆞ고 실신(失信)ᄒᆞ믄 뎡(正)코 아니리니 형(兄)은 이런 졍외(情外)[100]의 말을 말라."

쇼ᄉᆞ(少師ㅣ)

17면

ᄀᆞᆯ오ᄃᆡ,

---

93) 차타(蹉跎): 미끄러져 넘어짐.

94) 죵신대ᄉᆡ(終身大事ㅣ): 종신대사. 평생에 관계되는 큰일이라는 뜻으로, '결혼'을 이르는 말.

95) 긔셔(奇壻): 기서. 기이한 사위.

96) 부ᄉᆡᆼ(復生): 부생. 다시 살아남.

97) 유실(有室): 아내를 둠.

98) 녕ᄋᆡ(令愛): 영애. 윗사람 또는 상대의 딸을 높여 이르는 말.

99) 진뎍(眞的): 진적. 참되고 틀림없음.

100) 졍외(情外): 정외. 인정에 벗어남.

"쇼뎨(小弟) 엇디 ᄆᆞ음의 업ᄉᆞᆫ 말을 ᄒᆞ리오? 녕낭(令郎)이 형(兄)의게 즁(重)ᄒᆞᆫ 사ᄅᆞᆷ이라 일(一) 녀ᄌᆞ(女子)ᄅᆞᆯ 위(爲)ᄒᆞ야 공환(空鰥)[101] ᄒᆞ미 가(可)티 아니ᄒᆞ니 명문(名門)의 슉녀(淑女)ᄅᆞᆯ 어더 금슬지화(琴瑟之和)[102] ᄅᆞᆯ ᄇᆞᆰ히고 타일(他日) 쇼녜[103](小女ㅣ) ᄉᆡᆼ존(生存)ᄒᆞ미 잇거든 ᄯᅩᄒᆞᆫ 벼개 ᄀᆞ의 용납(容納)ᄒᆞ미 ᄒᆡᆼ(幸)이라."

공(公)이 쇼이브답(笑而不答)ᄒᆞ고 즉시(卽時) 도라와 ᄎᆞᄉᆞ(此事)ᄅᆞᆯ 모든 ᄃᆡ 고(告)ᄒᆞ니 일개(一家ㅣ) 대경(大驚)ᄒᆞ고 모다 녀 공(公)을 블샹이 너기ᄂᆞᆫ디라. 쇼뷔(少傅ㅣ) 왈(曰),

"쟝ᄎᆞᆺ(將次ㅅ) 셩문을 엇디랴 ᄒᆞᄂᆞ뇨?"

공(公)이 ᄃᆡ왈(對曰),

"삼십(三十)ᄭᆞ디 기ᄃᆞ려 보고져 ᄒᆞᄂᆞ이다."

쇼뷔(少傅ㅣ) 왈(曰),

"네 ᄯᅳᆺ이 유신(有信)[104] 커니와 이ᄂᆞᆫ 가(可)티 아니ᄒᆞ니 녀 시(氏)로 젼(前) 언약(言約)이 이시나 남ᄌᆡ(男子ㅣ) 녀ᄌᆞ(女子)ᄅᆞᆯ 위ᄒᆞ야 취실(娶室)티 아니믄 셩교(聖敎)의 업ᄉᆞᆫ 일이니 타일(他日) 너 시(氏)ᄅᆞᆯ 만나거든 샹원(上元)을 존(尊)ᄒᆞ고 아직 너비 듯보와 현부(賢婦)ᄅᆞᆯ 어드미 엇더ᄒᆞ뇨?"

공(公)이 ᄃᆡ왈(對曰)

101) 공환(空鰥): 공연히 홀아비가 됨.

102) 금슬지화(琴瑟之和): 부부 사이가 좋음. 금과 슬은 모두 현악기의 이름으로, 금은 5현이나 7현이고 슬은 25현임. 금과 슬은 서로 잘 어울리므로, 부부의 화락을 이 악기들로 비유함. 『시경(詩經)』, <관저(關雎)>에는 "금과 슬을 타며 즐겁게 하리라. 琴瑟友之."라 되어 있음.

103) 녜: [교] 원문에는 '뎨'로 되어 있으나 오기로 보이므로 규장각본(3:14)을 따름.

104) 유신(有信): 신의가 있음.

18면

"슉부(叔父) 말숨이 올흐시나 여러 안해 됴티 아니ᄒᆞ오니 삼십(三十)은 기ᄃᆞ리디 못ᄒᆞ오나 수년(數年)을 기ᄃᆞ리미 가(可)토소이다."

쇼뷔(少傅ㅣ) 웃고 왈(曰),

"여러 안해 유익(有益)디 아니믈 ᄀᆞ장 무셔이 보앗도다."

하람공(--公)이 대쇼(大笑) 왈(曰),

"범의게 믈린 사ᄅᆞᆷ이니 ᄯᅩ한 그ᄅᆞ다 못ᄒᆞ리이다."

공(公)이 ᄌᆞ약(自若)히 우어 ᄃᆡ왈(對曰),

"이ᄂᆞᆫ 진실로(眞實-) 그러ᄒᆞ야 쇼뎨(小弟) 괴로이 너긴 일이니 ᄆᆞ음이 몬져 그러ᄒᆞ이다."

쇼뷔(少傅ㅣ) 우왈(又曰),

"그럴진대 쳡(妾)이나 몬져 어드미 엇더ᄒᆞ리오?"

공(公)이 년(連)ᄒᆞ야 웃고 ᄃᆡ왈(對曰),

"슉뷔(叔父ㅣ) 언언(言言)이 쇼딜(小姪)을 긔롱(譏弄)ᄒᆞ시니 아븨 블쵸(不肖)ᄒᆞᆷ믈 ᄌᆞ식(子息)을 ᄀᆞᄅᆞ치디 아니ᄒᆞᄂᆞ이다."

텰 시랑(侍郎)이 좌(座)의 잇다가 입을 ᄀᆞ리와 ᄀᆞᆯ오ᄃᆡ,

"쇼딜(小姪)이 ᄆᆡ양 바ᄅᆞᆫ 말 ᄒᆞ기로 슉부(叔父)긔 쥰칙(峻責)[105]을 듯ᄌᆞᆸ거니와 탁구[106]의 가부(家夫)[107]ᄂᆞᆫ 더옥 엇더니

---

105) 쥰칙(峻責): 준책. 준엄한 책망.

106) 구: [교] 원문에는 '고'로 되어 있으나 <쌍천기봉>에 '탁구'로 나와 있으므로 이와 같이 수정함.

107) 탁구의 가부(家夫): 탁구의 남편. 소부 이연성을 이름. 철 시랑 연수가 이연성을 위해 부친 철염의 유모 손녀인 탁구를 소개한 바가 있으므로 이와 같이 말한 것임. <쌍천기봉>(5:21~27)에 이 내용이 나옴.

19면

잇고?”

쇼뷔(少傅ㅣ) 더옥 웃고 ᄭᅮ지저 ᄀᆞᆯ오ᄃᆡ,

“슈심견힝(獸心犬行)[108]의 놈이 블셔 삼십여(三十餘) 년(年) 남은 일을 두고 우슉(愚叔)을 업슈이 너기니 이 도시(都是) 네 하라비 사ᄅᆞᆷ갓디 못ᄒᆞᆫ 연괴(緣故ㅣ)로다.”

시랑(侍郞)이 미쇼(微笑)ᄒᆞ고 눈을 ᄀᆞᆷ쟈겨 앙시(仰視)ᄒᆞ니 일좨(一座ㅣ) 대쇠(大笑ㅣ)어ᄂᆞᆯ 문졍공(--公)이 쇼왈(笑曰),

“형(兄)이 비록 년긔(年紀) 슉부(叔父)로 ᄀᆞᄐᆞ시나 ᄆᆡ양 이런 버ᄅᆺ 업ᄉᆞᆫ 말을 ᄒᆞ시ᄂᆞ니잇가?”

시랑(侍郞) 왈(曰),

“슉뷔(叔父ㅣ) ᄌᆞ가(自家) 허믈랑 ᄉᆡᆼ각디 아니시고 ᄂᆞᆷ을 논박(論駁)[109]ᄒᆞ실 제ᄂᆞᆫ ᄌᆞ연(自然) 혜 놀리이니 스ᄉᆞ로 ᄎᆡᆨ(責)ᄒᆞ나 그치디 아니ᄒᆞ니 민망(憫惘)ᄒᆞ야 ᄒᆞ노라.”

쇼뷔(少傅ㅣ) 왈(曰),

“그러므로 약(藥)을 먹이고져 ᄒᆞ나 뎔형(-兄)의 종ᄉᆞ(宗嗣)를 그ᄅᆞ게 못ᄒᆞ야 용샤(容赦)ᄒᆞ나 진실로(眞實-) 너ᄅᆞᆯ 어엿비 너기미 아니로다.”

시랑(侍郞)이 대쇼(大笑) 왈(曰),

“쇼딜(小姪)이 쳑희(戚姬)[110] 아니오, 챵딩[111]이 목젼(目前)의 대

---

108) 슈심견힝(獸心犬行): 수심견행. 짐승의 마음에 개의 행실.

109) 논박(論駁): 어떤 주장이나 의견에 대하여 그 잘못된 점을 조리 있게 공격하여 말함.

110) 쳑희(戚姬): 척희. 중국 한(漢)나라 고조(高祖) 유방(劉邦)의 총희(寵姬). 고조가 죽고 여후(呂后) 소생인 혜제(惠帝)가 즉위하자, 여후는 척희 소생인 유여의(劉如意)를 독살하고 척희의 눈동자를 제거하고 약을 먹여 귀 먹고 말을 못하게 만들어 굴 안에 살게 함.

111) 딩: [교] 원문에는 ‘딘’으로 되어 있으나 앞의 예를 따라 이와 같이 수정함.

종[112](大宗)을 앗디 못ᄒᆞ니 므슴 죄(罪)로 벙

20면

어리를 ᄆᆡᆼ그시리오?"

쇼뷔(少傅ㅣ) 왈(曰),

"언경(言輕)[113]ᄒᆞ야 웃사ᄅᆞᆷ 모ᄅᆞᄂᆞᆫ 죄(罪)로 그리ᄒᆞ고져 ᄒᆞ노라."

승상(丞相)이 잠쇼(暫笑) 왈(曰),

"현뎨(賢弟)ᄂᆞᆫ 셜ᄉᆞ(設使) ᄇᆞ릴 말인들 과(過)히 ᄒᆞᄂᆞᆫ도다."

쇼뷔(少傅ㅣ) 웃고 무언(無言)이러라.

셕양(夕陽)의 파연(罷宴)ᄒᆞ니 문졍공(--公)이 ᄆᆞᄋᆞᆷ이 울울(鬱鬱)ᄒᆞ야 슉현당(--堂)의 니ᄅᆞ니, 부인(夫人)이 니러 마자 좌(座)를 밀매 공(公)이 녀 시(氏)의 분찬(奔竄)ᄒᆞ믈 닐러 차셕(嗟惜)ᄒᆞ믈 마디아니홀ᄉᆡ 부인(夫人)이 ᄀᆞᆯ오ᄃᆡ,

"박복지인(薄福之人)이 ᄌᆞ부(子婦)의게지 앙홰(殃禍ㅣ)[114] 니ᄅᆞᄂᆞᆫ도다."

공(公)이 쇼왈(笑曰),

"부인(夫人)은 고이(怪異)ᄒᆞᆫ 말 말라. 부인(夫人)이 듕간(中間)의 운수(運數)를 만나디 못ᄒᆞ야 져근 굿기미 이시나 이제 ᄒᆞᆨᄉᆡᆼ(學生)과 여러 아ᄒᆡ(兒孩) 잇거ᄂᆞᆯ 블길(不吉)ᄒᆞᆫ 말을 ᄒᆞ시ᄂᆞ뇨?"

부인(夫人)이 잠쇼(暫笑) 무언(無言)이러라.

---

112) 종: 원문에는 '동'으로 되어 있으나 문맥을 고려하여 규장각본(3:16)을 따름.

113) 언경(言輕): 말이 경솔함.

114) 앙홰(殃禍ㅣ): 어떤 일로 인하여 생기는 재난.

일쥬 쇼졔(小姐ㅣ) 협실(夾室)로조차 나와 시좌(侍坐)ᄒᆞ니 공(公)이 나호여 손을 잡고 무릅히 올녀 안쳐

•••

21면

과도(過度)히 ᄉᆞ랑ᄒᆞ며 부인(夫人)을 향(向)ᄒᆞ야 ᄀᆞᆯ오ᄃᆡ,

"ᄎᆞᄋᆞ(此兒)의 ᄇᆡ필(配匹)은 어ᄃᆡ 이시리오?"

부인(夫人)이 ᄃᆡ왈(對曰),

"댱셩(長成)ᄒᆞᆫ ᄌᆞ식(子息)도 ᄇᆡ필(配匹)을 못 뎡(定)ᄒᆞ고 뎌 어린 아희(兒孩)ᄅᆞᆯ 가지고 브졀업ᄉᆞᆫ 브담(腐談)[115]을 ᄒᆞ시ᄂᆞ뇨? 원ᄅᆡ(元來) 녀ᄌᆞ(女子)의 조혼(早婚)이 길(吉)티 아니ᄒᆞ니 일주ᄂᆞᆫ 이십(二十)을 기ᄃᆞ리샤이다."

공(公)이 역쇼(亦笑) 왈(曰),

"인졍(人情)이 그런 줄 아디 못ᄒᆞᄂᆞ니 이십(二十)을 어이 두리오? 연(然)이나 셩문의 일이 블ᄒᆡᆼ(不幸)토소이다."

일쥬 쇼졔(小姐ㅣ) ᄂᆞ즉이 엿자오ᄃᆡ,

"야애(爺爺ㅣ) 당년(當年)의 녀 시(氏)ᄅᆞᆯ 보시니 엇더ᄒᆞ더니잇가? 야애(爺爺ㅣ) 그릇 보디 아니시리니 요사(夭死)[116]ᄒᆞᆯ 샹(相)이러니잇가?"

공(公)이 더옥 두굿겨 웃고 왈(曰),

"ᄂᆡ 아희(兒孩) 이러틋 영오(穎悟)ᄒᆞ니 부인(夫人)은 엇더케 너기시ᄂᆞ뇨? 원ᄅᆡ(元來) 녀 시(氏)ᄅᆞᆯ 보니 복덕(福德)이 ᄀᆞᄌᆞᆫ 아희(兒孩)

115) 브담(腐談): 부담. 케케묵은 말. 또는 쓸모없는 이야기.

116) 요사(夭死): 일찍 죽음.

라. 내 이[117]를 미든 연괴(緣故ㅣ)라."

흐더라.

공(公)이 이후(以後) 친ᄉᆞ(親事)[118] 일관(一關)[119]은 드노

...

22면

티 아니ᄒᆞ니 쇼ᄉᆡ(少師ㅣ) 크게 감격(感激)ᄒᆞ야ᄒᆞ나 심(甚)히 블안(不安)ᄒᆞ야 ᄆᆡ양 취실(娶室)ᄒᆞ라 ᄒᆞᆫ대 ᄆᆡ양 기ᄃᆞ려 보믈 니ᄅᆞ고 허(許)티 아니ᄒᆞ더니,

십ᄉᆞ(十四) 셰(歲) 되니, 신댱(身長)과 거지(擧止) 언연(偃然)[120]ᄒᆞᆫ 댱뷔(丈夫ㅣ)라. 공(公)이 퇴일(擇日)ᄒᆞ야 관(冠)을 쓰일ᄉᆡ 승샹(丞相)이 무평빅(--伯) 망(亡)ᄒᆞ므로브터 듀야(晝夜) 즐기디 아니ᄒᆞ니 ᄀᆞ장 민망(憫惘)이 너기ᄂᆞᆫ 고(故)로 조각을 타 깃븐 일을 뵈고져 ᄒᆞ야 오운뎐(--殿)의 빅셜(排設)[121]ᄒᆞ니 이ᄂᆞᆫ 흠ᄉᆞ(欽賜)[122]ᄒᆞ신 외당(外堂)이라.

만됴공경(滿朝公卿)[123]을 다 쳥(請)ᄒᆞ야 좌(座)ᄅᆞᆯ 일우고 빅셜(排設)을 뎡뎨(整齊)[124]ᄒᆞ매 니(李) ᄒᆞᆨᄉᆞ(學士) 흥문이 아ᄅᆡ로 두 아ᄋᆞᆯ 거ᄂᆞ려 셩문 공ᄌᆞ(公子)ᄅᆞᆯ 미러너여 와 좌듕(座中)의 셰우니 좌샹(座

117) 이: [교] 원문에는 '너'로 되어 있으나 문맥을 고려해 규장각본(3:17)을 따름.
118) 친ᄉᆞ(親事): 친사. 혼사.
119) 일관(一關): 한 가지 일.
120) 언연(偃然): 사람의 겉모양이나 언행이 의젓하고 점잖음. 엄연(儼然).
121) 빅셜(排設): 배설. 연회나 의식(儀式)에 쓰는 물건을 차려 놓음.
122) 흠ᄉᆞ(欽賜): 흠사. 임금이 신하에게 특별히 물건을 내려줌.
123) 만됴공경(滿朝公卿): 만조공경. 온 조정의 재상.
124) 뎡뎨(整齊): 정제. 정돈하여 가지런히 함.

上) 졔인(諸人)이 처엄으로 보는디라 막블경탄(莫不驚歎)[125]ᄒᆞ고 면면(面面) 칭찬(稱讚)ᄒᆞ야 일시(一時)의 문졍공(--公)을 향(向)ᄒᆞ야 티하(致賀)ᄒᆞ는 소ᄅᆡ 귀를 어ᄌᆞ러이더라.

기국공(--公)이 나아가

...

23면

구름 ᄀᆞ튼 머리를 거두매 안두휘(--侯ㅣ) 나아가 망건(網巾)을 ᄡᅳ이고 강음휘(--侯ㅣ) 관(冠)을 드러 언ᄌᆞ며 진국공(--公)[126]과 뇨 공(公)[127]이 녜복(禮服)을 나와 닙히니 윤튁(潤澤)ᄒᆞᆫ 귀미치 더옥 옥(玉) ᄀᆞᆺ고 프른 눈섭이 ᄌᆞᆷ미[128](蠶眉)[129]를 샹[130](像)[131]ᄒᆞ고 너른 니매 망월(望月)이 두렷ᄒᆞᆫ ᄃᆞᆺ, 쥰아쇄락(俊雅灑落)[132]ᄒᆞᆫ 골격(骨格)이 만고(萬古)의 특이(特異)ᄒᆞ니 좌위(左右ㅣ) 눈이 싀고 졍신(精神)이 어린 ᄃᆞᆺᄒᆞ야 능히(能-) 말을 일우디 못ᄒᆞ더니,

공ᄌᆡ(公子ㅣ) 손을 짓고 거름을 옴겨 상(牀) 알ᄑᆡ 나아가 텬디(天地)긔 분향(焚香) 녜ᄇᆡ(禮拜)ᄒᆞᆯ시 제족(諸族)이 좌우(左右)의 느러셔 규구(規矩)[133]를 일일히(一一-) ᄀᆞᄅᆞ쳐 녜필(禮畢)ᄒᆞ매 몸을 두로혀

---

125) 막블경탄(莫不驚歎): 막불경탄. 놀라 감탄하지 않는 이가 없음.

126) 진국공(--公): 전편인 <쌍천기봉>이나 <이씨세대록>에 진국공은 이곳 외에는 보이지 않음. 문맥을 고려하면 이관성의 첫째딸인 이빙옥의 남편 문복명을 가리키는 것으로 보임.

127) 뇨 공(公): 요 공. 문맥을 고려하면 이관성의 둘째딸인 이빙성의 남편 요익을 가리키는 것으로 보임.

128) 미: [교] 원문에는 '이'로 되어 있으나 오기로 보임.

129) ᄌᆞᆷ미(蠶眉): 잠미. 잠자는 누에 같다는 뜻으로, 길고 굽은 눈썹을 이르는 말. 와잠미(臥蠶眉).

130) 샹: [교] 원문에는 '향'으로 되어 있으나 오기로 보임.

131) 샹(像): 상. 닮음.

132) 쥰아쇄락(俊雅灑落): 준아쇄락. 빼어나고 전아하며 시원스럽게 생김.

조부(祖父) 슉당(叔堂)과 부친(父親)긔 빅례(拜禮)ᄒᆞ니 진퇴(進退) 졀치(節次ㅣ) 조곰도 어긋나디 아니ᄒᆞ고 긔운이 온화(穩和)ᄒᆞ미 동일(冬日) 향긔(香氣)롤 부처ᄂᆡ난 둧 녕농(玲瓏)ᄒᆞᆫ 용광(容光)이 일좌(一座)롤 ᄇᆞ익니 만당빈긱(滿堂賓客)[134]이 칙칙(嘖嘖)[135] 칭찬(稱讚)ᄒᆞ

24면

야 ᄉᆞ랑ᄒᆞ믈 이긔디 못ᄒᆞ니 그 부모(父母) 졔슉(諸叔)의 ᄆᆞᄋᆞᆷ을 니ᄅᆞ리오. 승샹(丞相)이 손을 잡고 등을 두ᄃᆞ려 년ᄋᆡ(戀愛)ᄒᆞ며 하람공(--公)이 머리롤 쓰다드마 두굿기믈 이긔디 못ᄒᆞ니 문졍공(--公)이 본ᄃᆡ(本-) 화려(華麗)ᄒᆞᆫ 얼골의 우음을 띄여 블근 입 ᄉᆞ이로 빅벽(白璧) ᄀᆞᄐᆞᆫ 니 비최여 삼츈(三春) 만홰(萬花ㅣ) 발양(發揚)[136]ᄒᆞᆫ 둧ᄒᆞ고 졔슉(諸叔)이 다 각각(各各) 귀듕(貴重)ᄒᆞ믈 이긔디 못ᄒᆞ야 안ᄉᆡᆨ(顔色)을 흔연(欣然)이 ᄒᆞ매 만좌(滿座)의 화긔(和氣) 츈풍(春風) ᄀᆞᆺ더라.

각노(閣老) 뎡문한[137]이 됴복(朝服)을 ᄀᆞ초고 슈좌(首座)의 안자 녜단(禮單)을 바드니 공지(公子ㅣ) 다시 복ᄉᆡᆨ(服色)을 고티고 금반(金盤)의 촉금단(蜀錦段)[138]을 담아 진젼(進前)ᄒᆞ야 드리고 ᄉᆞ빅(四拜)ᄒᆞ니 뎡 각뇌(閣老ㅣ) 두굿겨 웃고 ᄀᆞᆯ오ᄃᆡ,

---

133) 규구(規矩): 그림쇠와 곱자라는 뜻으로 규범과 법도를 이름.

134) 만당빈긱(滿堂賓客): 만당빈객. 집에 가득한 손님들.

135) 칙칙(嘖嘖): 책책. 크게 외치거나 떠드는 소리.

136) 발양(發揚): 활짝 핌.

137) 뎡문한: 정문한. 이성문의 아버지인 이몽창의 외삼촌. 이성문의 관례에서 주관자인 빈(賓)을 맡았음.

138) 촉금단(蜀錦段): 촉나라에서 난 비단.

"몽딜(-姪)이 엇디 이런 긔ᄌᆞ(奇子)ᄅᆞᆯ 나흘 줄 알리오? 『긔(記)』예 닐온바, '녕월길일(令月吉日)의 시가원복(始加元服)ᄒᆞᄂᆞ니 기이유지(棄爾幼志)ᄒᆞ고

···

25면

슌이셩덕(順爾成德)ᄒᆞ면 슈고유긔(壽考維祺)ᄒᆞ야 개이경복(介爾景福)ᄒᆞ리라.'139)"

공ᄌᆡ(公子ㅣ) ᄌᆡᄇᆡ(再拜)ᄒᆞ매 ᄯᅩ 닐러 왈(曰),

"길월녕신(吉月令辰)의 ᄂᆡ신이복(乃申爾服)ᄒᆞᄂᆞ니 경이위의(敬爾威儀)ᄒᆞ야 슉신이덕(淑愼爾德)이면 미슈만년(眉壽萬年)ᄒᆞ야 영슈호복(永受胡福)ᄒᆞ라.140)"

공ᄌᆡ(公子ㅣ) ᄯᅩ 절ᄒᆞᆫᄃᆡ 공(公)이 ᄀᆞᆯ오ᄃᆡ,

"이셰지뎡141)(以歲之正)과 이월지녕(以月之令)애 함142)가이복(咸加爾服)ᄒᆞᄂᆞ니 형뎨구ᄌᆡ(兄弟具在)ᄒᆞ야 이셩143)궐144)덕(以成厥德)ᄒᆞ

---

139) 녕월길일(令月吉日)의~개이경복(介爾景福)ᄒᆞ리라: 영월기일의 시가원복하나니 기이유지하고 순이성덕하면 수고유기하야 개이경복하리라. 좋은 달, 길한 날에 비로소 원복(元服: 관례 때 입던 의관)을 입히고 씌워 주니 너의 어린 뜻을 버리고 너의 덕을 순조롭게 잘 이루면 장수를 누리고 큰 복을 받으리라. 관례를 올릴 때 관례를 주관하는 빈(賓)이 관을 행하는 당사자인 관자(冠者)에게 첫 번째로 검은 베로 만든 관인 치포관(緇布冠)을 씌워 주면서 하는 축사. 『의례(儀禮)』「사관례(士冠禮)」. 유자징(劉子澄)의 『소학(小學)』, 「경신(敬身)」에도 인용되어 있음.

140) 길월녕신(吉月令辰)의~영슈호복(永受胡福)ᄒᆞ라: 길월영신의 내신이복하나니 경이위의하야 숙신이덕이면 미수만년하야 영수호복하라. 좋은 달, 좋은 날에 너의 관복(冠服)을 거듭 씌워 주니 너의 몸가짐이나 차림새를 공경히 하고 너의 덕행을 맑게 하고 삼가면 눈썹이 세도록 오래 살아 길이 큰 복을 받으리라. 빈이 관자에게 두 번째로 사슴가죽으로 만든 관인 피변(皮弁)을 씌워 주면서 하는 축사. 『의례(儀禮)』「사관례(士冠禮)」. 유자징(劉子澄)의 『소학(小學)』, 「경신(敬身)」에도 인용되어 있음.

141) 뎡: [교] 원문에는 '녕'으로 되어 있으나 오기로 보임.

142) 함: [교] 원문에는 '찬'으로 되어 있으나 오기로 보임.

143) 셩: [교] 원문에는 '경'으로 되어 있으나 오기로 보임.

면 만[145]구무강(萬耆無疆)ᄒᆞ야 슈텬지경(受天之慶)ᄒᆞ리라.[146]"

공ᄌᆡ(公子ㅣ) 네 번(番) 절을 ᄆᆞᆺ고 그제야 유관유의(儒冠儒衣)[147]로 나아가 좌(座)의 드니 빈쥐(賓主ㅣ) 다시 좌(座)를 일우고 상(牀)을 드리며 풍뉴(風流)를 나와 크게 즐[148]길ᄉᆡ 좌듕(座中)이 공ᄌᆞ(公子)의 풍도(風度)와 녜모(禮貌)를 일ᄏᆞ라 ᄀᆞᆯ오ᄃᆡ,

"쥬옥보벽(珠玉寶璧)[149]은 공ᄌᆞ(公子)의게 비기매 탁(濁)ᄒᆞ고 고존 요괴(妖怪)로온 ᄉᆡᆨ(色)이니 아니 봉니산(蓬萊山) ᄆᆞᆰ은 졍긔(精氣) 오ᄅᆞ지 공ᄌᆞ(公子)긔 모혓ᄂᆞ니잇가? 다만 뎌 ᄀᆞᄐᆞᆫ 긔질(氣質)로 뉘 집 동상(東床)[150]을

26면

졈복(占卜)[151]ᄒᆞ미 잇ᄂᆞ니잇가?"

문졍공(--公)이 ᄉᆞ양(辭讓) 왈(曰),

"져근 돈이(豚兒ㅣ)[152] 용상(庸常)[153]티 아니미 이신들 엇디 과장

---

144) 궐: [교] 원문에는 '직'으로 되어 있으나 오기로 보임.

145) 만: [교] 원문에는 '황'으로 되어 있으나 오기로 보임.

146) 이셰지뎡(以歲之正)과~슈텬지경(受天之慶)ᄒᆞ리라: 이세지정과 이월지령에 함가이복하나니 형제구재하야 이성궐덕하면 만구무강하야 수천지경하리라. 좋은 해, 좋은 달에 너의 관복(冠服)을 씌워 주니, 형제가 모두 생존해 그 덕행을 이루도록 하면 오래도록 살아 하늘의 복을 받으리라. 빈이 관자에게 세 번째로 면류관과 비슷하나 술이 없는 작변(爵弁)을 씌워 주면서 하는 축사. 『의례(儀禮)』「사관례(士冠禮)」. 유자징(劉子澄)의 『소학(小學)』, 「경신(敬身)」에도 인용되어 있음.

147) 유관유의(儒冠儒衣): 유자의 관과 유자의 옷.

148) 즐: [교] 원문에는 '늘'로 되어 있으나 오기로 보이므로 규장각본(3:20)을 따름.

149) 쥬옥보벽(珠玉寶璧): 주옥보벽. 구슬과 옥, 보배.

150) 동상(東床): 사위. 중국 진(晉)나라의 태위 극감이 사윗감을 고르는데 왕도(王導)의 집 동쪽 평상 위에 엎드려 음식을 먹고 있는 왕희지(王羲之)를 골랐다는 고사에서 온 말.

151) 졈복(占卜): 점복. 원래 점을 치는 일을 뜻하는데 여기에서는 '택해짐'의 뜻으로 쓰인 듯함.

(過奬)[154]ᄒᆞ시믈 당(當)ᄒᆞ리오? 일즉 쇼ᄉᆞ(少師) 녀 공(公)의 녀ᄋᆞ(女兒)와 뎡혼(定婚)ᄒᆞ미 잇ᄂᆞ니이다."

모다 쇼ᄉᆞ(少師)ᄅᆞᆯ 향(向)ᄒᆞ야 티하(致賀) 왈(曰),

"명공(明公)이 쟝ᄎᆞᆺ(將次ㅅ) 므ᄉᆞᆷ 복(福)으로 이런 긔셔(奇壻)ᄅᆞᆯ 어드시ᄂᆞ뇨?"

쇼ᄉᆡ(少師ㅣ) 금일(今日)을 당(當)ᄒᆞ야 새로온 비회(悲懷) 가ᄉᆞᆷ의 막혀 흥미(興味) ᄉᆞ연(捨然)[155]ᄒᆞ나 ᄉᆞᄉᆡᆨ(辭色)디 아니ᄒᆞ고 다만 손샤(遜謝)ᄒᆞᆯ 분이라. 좌샹(座上)의 샹셔(尙書) 임계운이 공ᄌᆞ(公子)의 손을 잡고 ᄀᆞᆯ오ᄃᆡ,

"ᄇᆡᆨ달[156] 형(兄)으로 교계(交契)[157] 깁흐미 심샹(尋常)티 아니ᄒᆞᄃᆡ 너ᄅᆞᆯ 보미 느ᄌᆞ니 가셕(可惜)도다."

ᄒᆞ고 ᄉᆞ랑ᄒᆞ야 유의(留意)ᄒᆞ니 문졍공(--公)이 눈을 드러 보고 ᄀᆞ장 의심(疑心)ᄒᆞ더라.

셕양(夕陽)의 빈ᄀᆡᆨ(賓客)이 흐터지고 승샹(丞相)이 졔ᄌᆞ(諸子)ᄅᆞᆯ 거ᄂᆞ려 졍당(正堂)의 나ᄅᆞ니 좌듕(座中)의 졔(諸) 부인(夫人)이 공ᄌᆞ(公子)ᄅᆞᆯ 보고 긔특(奇特)이 너겨 칭찬(稱讚)ᄒᆞ

152) 돈ᄋᆡ(豚兒ㅣ): 돈아. 자기 아들을 낮추어 부르는 말.

153) 용샹(庸常): 평범함.

154) 과장(過奬): 지나치게 칭찬함.

155) ᄉᆞ연(捨然): 사연. 없어짐.

156) ᄇᆡᆨ달: 백달. 이몽창의 자(字).

157) 교계(交契): 교분.

27면

믈 마디아니코 존당(尊堂)이 두굿김과 익듕(愛重)ᄒᆞ믈 이긔디 못ᄒᆞ더라.

ᄎᆞ일(此日) 댱 부인(夫人)[158]이 연ᄎᆞ(宴次)[159]의 참예(參預)ᄒᆞ엿다가 도라가디 아니코 슉현당(--堂)의 잇ᄂᆞᆫ디라. 뎡 부인(夫人)이 공(公)을 명(命)ᄒᆞ야 니러나매 공ᄌᆡ(公子ㅣ) 뒤흘 ᄯᆞ와 슉현당(--堂)의 니ᄅᆞ매, 소 샹셔(尙書ㅣ) 녀ᄋᆞ(女兒)ᄅᆞᆯ 보라 이에 왓ᄂᆞᆫ디라. 공(公)[160]이 악모(岳母)긔 뵈고 공ᄌᆡ(公子ㅣ)[161] 조모(祖母)긔 뵈오매 댱 부인(夫人)이 밧비 손을 잡고 등을 두ᄃᆞ려 익듕(愛重)ᄒᆞ미 측냥(測量)업고 소 부인(夫人)이 평ᄉᆡᆼ(平生) 처엄으로 화긔(和氣) 이연(怡然)[162]ᄒᆞ고 옥협(玉頰)이 열리고 호치(皓齒)[163] 현영(現影)[164]ᄒᆞ여시니 공(公)이 눈을 드러 잠간(暫間) 보고 미쇼(微笑)ᄒᆞ니 소 공(公)이 두굿겨 ᄀᆞᆯ오ᄃᆡ,

"금일(今日) 녀ᄋᆞ(女兒)의 깃거ᄒᆞ믈 보니 당년(當年) 일이 의희(依稀)[165]ᄒᆞ도다. 연(然)이나 뉘 공(功)이뇨? 부인(夫人)과 녀ᄋᆞ(女兒)ᄂᆞᆫ ᄒᆡ셕(解析)[166]ᄒᆞ라."

---

158) 댱 부인(夫人): 장 부인. 상서 소문의 아내. 이몽창의 장모이자 소월혜의 어머니.

159) 연ᄎᆞ(宴次): 연차. 잔치 자리.

160) 공(公): 이몽창을 이름. 장 부인은 이몽창의 장모임.

161) 공ᄌᆡ(公子ㅣ): 공자. 이성문을 이름. 장 부인은 이성문의 외할머니임.

162) 이연(怡然): 기쁜 모양.

163) 호치(皓齒): 희고 깨끗한 이.

164) 현영(現影): 모습을 드러냄.

165) 의희(依稀): 물체 따위가 희미하고 흐릿함.

166) ᄒᆡ셕(解析): 해석. 풀어서 밝힘.

당 부인(夫人)이 낭쇼(朗笑) 왈(曰),

"이거시 다 현셔(賢壻)의 덕(德)이라. 현

•••

28면

셔(賢壻)곳 아니런들 셩문이 어이 이시며 셜亽(設使) 子식(子息)이 이신들 영화(榮華) 보기 쉬오리오?"

공(公)이 웃고 골오딕,

"셕일(昔日) 악뫼[167](岳母ㅣ) 쇼셔(小壻)를 보신즉 미안(未安)훈 말숨을 ㅎ시고 형인(荊人)[168]은 더옥 쇼셔(小壻)를 아조 거졀(拒絕)코져 뜻으로 금일(今日) 경식(景色)이 의외(意外)로소이다."

부인(夫人)이 낭연(朗然) 대쇼(大笑) 왈(曰),

"젼일(前日)은 녀익(女兒ㅣ) 죽은 양으로 알고 녀조(女子)의 협냥(狹量)[169]이 너르디 못ㅎ야 그러툿 취졸(取拙)[170]을 뵈여시나 금일(今日)은 추오(此兒)를 두굿기매 우리 모녜(母女ㅣ) 즈연(自然) 깃븐 식(色)을 곱초디 못ㅎ미라."

소 공(公) 왈(曰),

"과연(果然) 현셔(賢壻)의 말이 올흐니 닉 그러므로 미양 부인(夫人)과 녀오(女兒)를 경계(警戒)ㅎ더니라."

문졍공(--公)이 쇼왈(笑曰),

---

167) 뫼: [교] 원문에는 '뷔'로 되어 있고 규장각본(3:22)에도 그렇게 되어 있으나 문맥을 고려하여 이와 같이 수정함.

168) 형인(荊人): 형차(荊釵)를 한 사람, 즉 아내를 가리킴. 형차는 나무로 만든 비녀로, 검소한 생활을 함을 의미함.

169) 협냥(狹量): 협량. 좁은 도량.

170) 취졸(取拙): 취졸. 졸렬한 행동을 함.

"악댱(岳丈)이 디난 일이라 스스로 올흐라 ᄒᆞ시나 악댱(岳丈)은 곱디 아니ᄒᆞ시더이다. 언언단단(言言端端)[171]이 미온(未穩)[172]ᄒᆞᆫ 뜻을 비최시니 쇼세(小壻ㅣ) 더옥 블안(不安)ᄒᆞ

29면

더이다."

공(公)과 부인(夫人)이 크게 웃더라. 일쥬 쇼제(小姐ㅣ)와 ᄇᆡᆨ문 등(等) 졔손(諸孫)을 가챠ᄒᆞ야 ᄀᆞᆯ오ᄃᆡ,

"셩문이 임의 어룬의 거동(擧動)을 일워시ᄃᆡ 취실(娶室)티 못ᄒᆞ니 심회(心懷) 은은(隱隱)ᄒᆞᆫ디라. 현셔(賢壻)ᄂᆞᆫ 일편도이 고집(固執)디 말라."

공(公)이 ᄃᆡ왈(對曰),

"악부(岳父) 말솜이 비록 올흐나 셩ᄋᆞ(-兒)의 어미 녀 공(公)곳 아니면 동경(東京)을 무ᄉᆞ(無事)히 가시리잇가? ᄎᆞ마 그 지우(知遇)[173]를 져ᄇᆞ리디 못ᄒᆞᆯ디라 잠간(暫間) 기ᄃᆞ려 보고져 ᄒᆞᄂᆞ이다."

소 공(公)이 탄왈(歎曰),

"현셔(賢壻)ᄂᆞᆫ 진실로(眞實-) 의긔(義氣) 놉흔 군ᄌᆡ(君子ㅣ)로다. 다만 녀 시(氏) 보젼(保全)티 못ᄒᆞ엿ᄂᆞᆫ가 두리노라."

공(公)이 ᄃᆡ왈(對曰),

"만일(萬一) 죽은 소식(消息)을 드른 후(後)야 현마 엇디ᄒᆞ리잇가?"

---

171) 언언단단(言言端端): 말끝.

172) 미온(未穩): 평온하지 않음.

173) 지우(知遇): 남이 자신의 인격이나 재능을 알고 잘 대우함.

이윽이 안자 말숨ᄒᆞ다가 외당(外堂)으로 나오니, 댱 부인(夫人)이 녀ᄋᆞ(女兒)로 더브러 자며 손ᄋᆞ(孫兒)ᄅᆞᆯ 두굿겨 ᄌᆞᆷ을 일우디 못ᄒᆞ더라.

이적의 임 샹셔(尙書) 계운이 여

•••

30면

러 ᄌᆞ녀(子女)ᄅᆞᆯ 두어시니 ᄎᆞ녀(次女) 옥형 소졔(小姐ㅣ) 년(年)이 십삼(十三) 셰(歲)의 얼골이 소월(素月) 가온ᄃᆡ 옥년(玉蓮) ᄀᆞᆺ고 ᄒᆡᆼ실(行實)이 아ᄅᆞᆷ다오ᄃᆡ 다만 셩품(性品)이 강강(剛剛)[174]ᄒᆞ야 분(憤)ᄒᆞᆫ 일은 져근 일이라도 ᄎᆞᆷ디 못ᄒᆞ니 임 샹세(尙書ㅣ) 비록 ᄉᆞ랑ᄒᆞ나 근심ᄒᆞ야 ᄀᆞᆯ오ᄃᆡ,

"녀ᄌᆡ(女子ㅣ) 셩품(性品)이 온슌(溫順)ᄒᆞ야 유한뎡뎡(幽閑貞靜)[175]ᄒᆞᆫ 덕(德)이 이신 후(後) 구가(舅家)의 용납(容納)ᄒᆞᄂᆞ니 녀ᄋᆞ(女兒)ᄂᆞᆫ 부도(婦道)의 어긔미 이실가 근심ᄒᆞ노라."

ᄒᆞ야 ᄐᆡᆨ셔(擇壻)ᄒᆞ기ᄅᆞᆯ 십분(十分) 유의(留意)ᄒᆞ더니, 부친(父親) 임 승샹(丞相)이 하람공(--公) ᄎᆞᄌᆞ(次子) 긔문의게 쇽현(續絃)[176]코져 ᄒᆞᆫ대 샹세(尙書ㅣ) 왈(曰),

"가(可)티 아니ᄒᆞ이다. ᄂᆡ몽현이 ᄌᆞ쇼(自少)로 셩되(性度ㅣ) ᄀᆞᆨ박(刻薄)[177]ᄒᆞ야 졍도(正道)만 ᄃᆡᆨ히ᄂᆞᆫ 줄 쇼ᄌᆡ(小子ㅣ) ᄂᆡᆨ이 아ᄋᆞᆸᄂᆞ니 녀ᄋᆞ(女兒)의 우인(爲人)으로 결연(決然)이 보젼(保全)티 못ᄒᆞ리러

---

174) 강강(剛剛): 굳셈.

175) 유한뎡뎡(幽閑貞靜): 유한정정. 그윽하며 곧고 고요하다는 뜻으로 부녀의 인품이 매우 얌전하고 점잖음을 말함.

176) 쇽현(續絃): 속현. 거문고와 비파의 끊어진 줄을 다시 잇는다는 뜻으로, 아내를 여읜 뒤에 다시 새 아내를 맞는 일을 비유적으로 이르는 말. 여기에서는 아내를 맞아들임을 뜻함.

177) ᄀᆞᆨ박(刻薄): 각박. 인정이 없고 삭막함.

이다.”

승샹(丞相)이 올히 너기더라.

임 샹셰(尙書ㅣ) 이날 셩문의 관녜(冠禮)의 가 보고 ᄆᆞ음

31면

의 크게 긔특(奇特)이 너겨 도라와 ᄀᆞᆯ오ᄃᆡ,

“ᄎᆞ인(此人)은 진짓 군ᄌᆡ(君子ㅣ)라. 녀ᄋᆡ(女兒ㅣ) 이 사ᄅᆞᆷ곳 아니면 굴강(屈降)[178]ᄒᆞ야 졍도(正道)의 드디 못ᄒᆞ리라.”

ᄒᆞ고 문졍공(--公)의 관ᄃᆡ(寬大)[179]한 의견(意見)을 심복(心服)ᄒᆞᄂᆞᆫ 고(故)로 뜻을 기우려 셩혼(成婚)코져 ᄒᆞ더니, 뎨 녀 쇼ᄉᆞ(少師)와 언약(言約)이 이시믈 듯고 본ᄃᆡ(本-) 녀 쇼ᄉᆞ(少師)로 문경(刎頸)의 사괴미[180] 이시니 가듕ᄉᆞ(家中事)ᄅᆞᆯ ᄌᆞ시 아ᄂᆞᆫ 고(故)로 의심(疑心)ᄒᆞ야 즉시(卽時) 녀부(-府)의 가 녀 공(公)을 보고 므러 ᄀᆞᆯ오ᄃᆡ,

“일즉 드ᄅᆞ니 형(兄)의게 일(一) 녜(女ㅣ) 이셔 분찬(奔竄)ᄒᆞ다 드럿더니 빅달의 ᄋᆞᄌᆞ(兒子)와 졍혼(定婚)ᄒᆞᆫ 녀ᄌᆡ(女子ㅣ) 잇ᄂᆞ냐?”

쇼ᄉᆡ(少師ㅣ) 슬허 왈(曰),

178) 굴강(屈降): 굴항. 굴복.

179) 관ᄃᆡ(寬大): 관대. 너그럽고 도량이 큼.

180) 문경(刎頸)의 사괴미: 문경의 사귐이. 친구를 위해 목을 베어 줄 정도의 친한 사귐이. 문경지교(刎頸之交)를 이름. 중국 전국(戰國)시대 조(趙)나라 염파(廉頗)와 인상여(藺相如)의 고사. 인상여(藺相如)가 진(秦)나라에 가 화씨벽(和氏璧) 문제를 잘 처리하고 돌아와 상경(上卿)이 되자, 장군 염파(廉頗)는 자신이 인상여보다 오랫동안 큰 공을 세웠으나 인상여가 자기보다 높은 지위에 앉았다 하며 인상여를 욕하고 다님. 인상여가 이에 대해 대응하지 않자 제자들이 그 까닭을 물으니, 두 사람이 다투면 국가가 위태로워지고 진(秦)나라에만 유리하게 되므로 대응하지 않은 것이었다 하니 염파가 그 말을 전해 듣고 가시나무로 만든 매를 지고 인상여의 집에 찾아가 사과하고 문경지교를 맺음. 사마천, 『사기(史記)』, <염파인상여열전(廉頗藺相如列傳)>.

"과연(果然) 니(李) 형(兄)이 당년(當年)의 쇼흥(紹興) 원뎍(遠謫)ᄒᆞ야실 제 녀ᄋᆡ(女兒ㅣ) 강보(襁褓)의 잇는 ᄶᅵ나 니ᄌᆞ(李子)의 풍모(風貌)를 ᄉᆞ랑ᄒᆞ야 뎡약(定約)ᄒᆞ엿더니 쇼제(小弟) 금번(今番) ᄒᆡᆼ도(行途)의 분니(分離)[181]ᄒᆞ야 ᄉᆞᄉᆡᆼ(死生)을 아디 못ᄒᆞᄃᆡ 니(李) 형(兄)이 구디 ᄎᆞᆺ기를 기ᄃᆞ리니

32면

장ᄎᆞᆺ(將次ㅅ) 감은(感恩)ᄒᆞ미 텰골(徹骨)[182]ᄒᆞ야 ᄒᆞ노라."

임 샹셰(尙書ㅣ) 왈(曰),

"니(李) 형(兄)의 일이 군ᄌᆞ지풍(君子之風)이니 쇼제(小弟) 항복(降服)ᄒᆞ노라. 연(然)이나 쇼뎨(小弟)의 어린 소견(所見)은 니ᄌᆞ(李子)의 긔상(氣像)이 님하(林下)의 골몰(汨沒)ᄒᆞᆯ 샹(相)이 아니오, 뇽계(龍階)[183]를 더위잡아[184] 어향(御香)[185]을 ᄡᅬ일딘대 비록 녕녀(令女)를 어드나 그 아븨 번ᄉᆞ(繁奢)[186]ᄒᆞ믈 달마 ᄒᆞᆫ 부인(夫人)으로 늙디 아니리니 쇼뎨(小弟) 과연(果然) 어린 녀ᄋᆡ(女兒ㅣ) 이셔 이제 니ᄌᆞ(李子)를 구혼(求婚)코져 ᄒᆞᄂᆞ니 형(兄)의 ᄠᅳᆺ이 엇더ᄒᆞ니잇고? ᄇᆡᆨ(百) 셰(歲)라도 녕녀(令女)를 엇는 날은 니ᄌᆞ(李子)의 샹원(上元)을 존(尊)ᄒᆞ고 ᄂᆡ 녀ᄋᆞ(女兒)는 둘재를 뎡(定)ᄒᆞ미 엇더ᄒᆞ뇨?"

---

181) 분니(分離): 분리. 떨어져 헤어짐.

182) 텰골(徹骨): 철골. 뼈에 사무침.

183) 뇽계(龍階): 용계. 대궐의 섬돌.

184) 더위잡아: 높은 곳에 오르려고 무엇을 끌어 잡아.

185) 어향(御香): 궁중에서 쓰는 향. 천향(天香)과 같은 말.

186) 번ᄉᆞ(繁奢): 번사. 번다함.

쇼시(少師ㅣ) ᄀᆞᆯ오ᄃᆡ,

"아녜(阿女ㅣ) 젼일(前日) 셩품(性品)이 크게 현슉(賢淑)ᄒᆞ야 고인(古人)의 디나니 타일(他日) ᄉᆡᆼ존(生存)ᄒᆞ미 이셔 니ᄌᆞ(李子)의 가모(家母)의 모텸(冒忝)[187]ᄒᆞ나 투긔(妬忌)ᄂᆞᆫ 아닐디니 이제 더옥 대ᄒᆡ(大海)의 평초(萍草) ᄀᆞᄐᆞᆫ 약

33면

녜(弱女ㅣ) 뇨ᄉᆡᆼ(聊生)[188]ᄒᆞᄆᆞᆯ 긔필(期必)[189]ᄒᆞ리오? 형(兄)은 모ᄅᆞ미 니(李) 형(兄)을 보고 구혼(求婚)ᄒᆞ야 만일(萬一) 듯디 아니커든 쇼뎨(小弟) 조언(助言)ᄒᆞ리라."

임 샹셰(尙書ㅣ) 녀 공(公)의 타연(泰然)이 허락(許諾)ᄒᆞᄆᆞᆯ 크게 깃거 응낙(應諾) 샤례(謝禮)ᄒᆞ고 도라가니,

녀 공(公) 부인(夫人) 경 시(氏), 제ᄌᆞ(諸子)의 뎐언(傳言)으로조차 이 말을 듯고 가슴을 두ᄃᆞ려 울고 쇼ᄉᆞ(少師)ᄅᆞᆯ ᄃᆡ(對)ᄒᆞ야 ᄀᆞᆯ오ᄃᆡ,

"니가(李家)의셔 신(信)을 딕희여 잇거ᄂᆞᆯ 엇딘 고(故)로 옥(玉) ᄀᆞᄐᆞᆫ 신낭(新郞)을 ᄂᆞᆷ의게 허(許)ᄒᆞ시뇨? 타일(他日) 녀ᄋᆞ(女兒ㅣ) 사라 도라올딘ᄃᆡ 평ᄉᆡᆼ(平生)을 그ᄅᆞᆺ 민ᄃᆞᆯ미 아니니잇가?"

쇼시(少師ㅣ) ᄀᆞᆯ오ᄃᆡ,

"부인(夫人)은 조협(躁狹)[190]이 구러 심녀(心慮)ᄅᆞᆯ 허비(虛費)티 마ᄅᆞ소셔. 임 공(公)이 여ᄎᆞ여ᄎᆞ(如此如此) 니ᄅᆞ니 니(李) 공(公)이

---

187) 모텸(冒忝): 모첨. 외람되이 어떤 일을 맡음.

188) 뇨ᄉᆡᆼ(聊生): 요생. 그러저럭 살아감.

189) 긔필(期必): 기필. 꼭 이루어지기를 기약함.

190) 조협(躁狹): 성미가 너그럽지 못하고 좁음.

ᄯᅩᄒᆞᆫ 신의(信義)를 ᄇᆡ반(背叛)ᄒᆞᆯ 배 아니니 녀ᄋᆞ(女兒)의 평ᄉᆡᆼ(平生)이 엇디 그릇되미 이시며 친우(親友)의 녀ᄋᆡ(女兒ㅣ) ᄂᆡ 골육(骨肉)이나 다ᄅᆞ디 아니ᄒᆞ니 뎨 비록 샹원(上元)이 된들 무

34면

어시 ᄒᆡ(害)로오리오? 투긔(妬忌)를 녀ᄋᆞ(女兒)의게나 ᄡᅳ디 마라 타인(他人)의 츄쇼(取笑)[191]를 밧디 말라."

부인(夫人)이 구을며 대곡(大哭) 왈(曰),

"이는 어린 아ᄒᆡ(兒孩) 의ᄉᆡ(意思ㅣ)라. 뎨 ᄋᆞᄌᆞ(兒子)를 두어시나 다른 ᄃᆡ 샹의(相議)토 아닛ᄂᆞᆫᄃᆡ ᄎᆞ마 ᄌᆞ식(子息)을 닛고 그런 망녕(妄靈)된 일을 ᄒᆞ시ᄂᆞ뇨?"

쇼ᄉᆡ(少師ㅣ) 도로혀 닐오ᄃᆡ,

"ᄂᆡ 엇디 녀ᄋᆞ(女兒)를 잇고 스ᄉᆞ로 셔랑(壻郎)을 ᄂᆞᆷ의게 도라보ᄂᆡ리오? 뎨 블셔 니가(李家)의 허락(許諾)을 밧고 와 ᄂᆡ게 여ᄎᆞ여ᄎᆞ(如此如此) 샤례(謝禮)ᄒᆞ니 그 겸ᄉᆞ(謙辭)ᄒᆞᄂᆞᆫ ᄠᅳᆺ이 항복(降服)되여 녜(禮)로 닐러 보ᄂᆡ엿거ᄂᆞᆯ 부인(夫人)이 엇디 고이(怪異)ᄒᆞᆫ 경샹(景狀)을 ᄒᆞᄂᆞ뇨?"

부인(夫人)이 ᄒᆞᆯ일업셔 다만 녀ᄋᆞ(女兒)를 브ᄅᆞ지져 호통(號慟)ᄒᆞᆯ 분이러라.

임 샹셰(尙書ㅣ) 니부(李府)의 니ᄅᆞ러 문졍공(--公)을 보고 구혼(求婚)ᄒᆞ니 공(公)이 팀음(沈吟)[192]ᄒᆞ야 ᄀᆞᆯ오ᄃᆡ,

191) 츄쇼(取笑): 취소. 비웃음을 취함.

192) 팀음(沈吟): 침음. 속으로 깊이 생각함.

"형(兄)의 후의(厚誼)를 밧들고져 ᄒᆞᄃᆡ 녀 형(兄)과 ᄆᆡᆼ약(盟約)이 구드니 어이 고티리오?"

샹셰(尙書ㅣ)

35면

왈(日),

"녀 형(兄)의 녀ᄌᆡ(女子ㅣ) 분찬(奔竄)ᄒᆞ야 ᄉᆞᄉᆡᆼ(死生)을 모ᄅᆞ니 남ᄌᆡ(男子ㅣ) 녀ᄌᆞ(女子)를 위(爲)ᄒᆞ야 유취(有娶)[193] 아니믄 셩교(聖教)의 버셔나니 엇디 일(一) 개(個)로 ᄃᆡ희리오? 쇼뎨(小弟) 일즉 형(兄)으로 더브러 교계(交契) 심샹(尋常)티 아니코 녕낭(令郎)을 ᄉᆞ랑ᄒᆞᄂᆞᆫ ᄆᆞᄋᆞᆷ이 지극(至極)ᄒᆞ매 미쳐시니 녀ᄋᆞ(女兒)를 허(許)ᄒᆞ야 돗밧긔 용납(容納)ᄒᆞ고 타일(他日) 슉녀(淑女)의 ᄉᆡᆼ존(生存)ᄒᆞᆷ을 기ᄃᆞ려 원위(元位)를 존(尊)ᄒᆞ미 엇더ᄒᆞ뇨?"

공(公)이 팀음(沈吟) 답왈(答日),

"형(兄)의 말이 유리(有理)ᄒᆞ니 밧들고져 ᄒᆞᄃᆡ 가친(家親)이 제ᄋᆞ(諸兒)의 두 안해를 허(許)티 아니시니 쇼뎨(小弟) ᄌᆞ뎐(自專)[194]티 못ᄒᆞ거니와 녀 시(氏)를 ᄇᆞ리디 못ᄒᆞ리니 두어 ᄒᆡ를 기ᄃᆞ리려 ᄒᆞ노라."

임 샹셰(尙書ㅣ) 답왈(答日),

"군ᄌᆞ(君子)의 신의(信義)ᄂᆞᆫ ᄇᆡᆨᄒᆡᆼ(百行)의 웃듬이어니와 ᄯᅩᄒᆞᆫ 셩인(聖人)이 경권(經權)[195]을 허(許)ᄒᆞ시니 쇼뎨(小弟) 말이 녀가(-家)의

---

193) 유취(有娶): 유취. 아내를 둠.

194) ᄌᆞ뎐(自專): 자전. 자기 마음대로 결정하여 처리함.

195) 경권(經權): 경법(經法)과 권도(權道). 경법은 언제나 변하지 않는 원칙이고, 권도는 사안에 따라 융통성 있게 처리하는 것을 의미함.

혼ᄉᆞ(婚事)ᄅᆞᆯ 믈리고 쇼녀(小女)ᄅᆞᆯ 취(娶)ᄒᆞ라 말이 아니라 조만

•••

36면

간(早晩間) 녀 쇼져(小姐)ᄅᆞᆯ 만나거든 샹원(上元)을 존(尊)ᄒᆞ고 쇼녀(小女)ᄅᆞᆯ 이제 취(娶)ᄒᆞ야 녕낭(令郎)의 가ᄉᆞ(家事)ᄅᆞᆯ 온젼(穩全)코져 ᄒᆞ미라."

공(公)이 웃고 왈(曰),

"쇼졔(小姐ㅣ) ᄯᅳᆺ이 ᄯᅩᄒᆞᆫ 이러ᄒᆞ되 부명(父命)을 아디 못ᄒᆞ니 죵용이 고(告)ᄒᆞ야 회보(回報)ᄒᆞ리라."

임 샹셰(尙書ㅣ) 응낙(應諾)고 도라가니,

공(公)이 팀ᄉᆞ샹냥(沈思商量)[196]ᄒᆞ야 ᄎᆞ야(此夜)의 졍당(正堂)의 드러가 부친(父親)긔 ᄎᆞᄉᆞ(此事)ᄅᆞᆯ 고(告)ᄒᆞ니 승샹(丞相)이 답왈(答曰),

"이제 임 시(氏)ᄅᆞᆯ 취(娶)ᄒᆞ고 후(後)의 녀 시(氏)ᄅᆞᆯ 어드면 두 안히 될 거시니 가되(家道ㅣ) 졍(正)티 아닐가 ᄒᆞ노라."

공(公)이 계슈(稽首)[197] ᄃᆡ왈(對曰),

"쇼ᄌᆡ(小子ㅣ) ᄯᅩᄒᆞᆫ 깃거 아니ᄒᆞ오ᄃᆡ 뎌의 ᄀᆞᆫ졀(懇切)ᄒᆞᆫ ᄯᅳᆺ을 막디 못ᄒᆞ엿ᄂᆞ이다."

쇼뷔(少傅ㅣ) ᄀᆞᆯ오ᄃᆡ,

"진실로(眞實-) 임 공(公)의 말이 올흐니 녀 시(氏)ᄅᆞᆯ 만날 지쇽(遲速)이 이시믈 알고 취쳐(娶妻)ᄒᆞ면 그ᄅᆞ거니와 녀 시(氏)ᄅᆞᆯ 만날 긔약(期約)이 돈연(頓然)[198]ᄒᆞᆫᄃᆡ 남ᄌᆡ(男子ㅣ) ᄃᆡ희고 이시미 가(可)티

---

196) 팀ᄉᆞ샹냥(沈思商量): 침사상량. 깊이 생각함.

197) 계슈(稽首): 계수. 고개를 조아림.

아니ᄒᆞ니 임계

37면

운의 말대로 녀 시(氏)ᄅᆞᆯ 어더 샹원(上元)을 존(尊)ᄒᆞ미 올흐니 홍문이 블셔 두 안히ᄅᆞᆯ 두어시니 셩문이ᄯᅳ려 막으리잇가? 소 시(氏) 근ᄂᆡ(近來)의ᄂᆞᆫ 더옥 병(病)이 ᄌᆞᄌᆞ니 근심되고 모친(母親)이 년심(年深)[199]ᄒᆞ시니 져근 졀목(節目)을 거리ᄢᅵᆯ 배 아니니이다."

승샹(丞相)이 올히 너겨 공(公)을 명(命)ᄒᆞ야 허혼(許婚)ᄒᆞ믈 니ᄅᆞ니, 공(公)이 슈명(受命)ᄒᆞ고 믈러나다.

명일(明日) 녀·임 냥공(兩公)이 ᄒᆞᆷ긔 니ᄅᆞ러 녜필한훤(禮畢寒暄)[200]의 녀 공(公)이 공(公)을 향(向)ᄒᆞ야 ᄀᆞᆫ졀(懇切)이 개유(開諭) 왈(曰),

"형(兄)의 놉흔 신의(信義)ᄅᆞᆯ 쇼데(小弟) 슈심명골(垂心銘骨)[201]ᄒᆞᄃᆡ 임 형(兄)의 녀ᄋᆡ(女兒ㅣ) 쇼데(小弟) 골육(骨肉)으로 다ᄅᆞ미 업ᄉᆞ니 이제 임 형(兄)의 녀ᄋᆞ(女兒)ᄅᆞᆯ 춰(娶)ᄒᆞ야 현보의 ᄡᅡᆼ(雙)을 오ᄅᆞ지ᄒᆞ고 타일(他日) 녀ᄋᆡ(女兒ㅣ) ᄉᆡᆼ존(生存)ᄒᆞ미 잇거든 ᄇᆞ리디 아니ᄒᆞ미 맛당ᄒᆞ니 형(兄)은 고집(固執)디 말라."

문졍공(--公)이 ᄀᆞᆯ오ᄃᆡ,

"인형(仁兄)[202]의 후의(厚誼) 다샤(多謝)ᄒᆞ나 진실

---

198) 돈연(頓然): 아주 끊어진 모양.

199) 년심(年深): 연심. 나이가 많음.

200) 녜필한훤(禮畢寒暄): 예필한훤. 날씨의 춥고 더움을 말하는 예를 마침.

201) 슈심명골(垂心銘骨): 수심명골. 마음에 드리우고 뼈에 새김.

202) 인형(仁兄): 친구 사이에, 상대편을 높여 이르는 이인칭 대명사.

38면

로(眞實-) 녕녀(令女)를 뉴렴(留念)ᄒᆞ고 ᄯᅩ 여러히 모히믈 즐겨 아냐 밧드디 못ᄒᆞ엿더니 엄명(嚴命)이 허락(許諾)ᄒᆞ믈 니ᄅᆞ시니 임 형(兄)의 소원(所願)을 조ᄎᆞ려니와 셕ᄉᆞ(昔事)를 ᄉᆡᆼ각ᄒᆞ니 ᄆᆞᄋᆞᆷ이 감상(感傷)ᄒᆞ믈 이긔디 못ᄒᆞ리로다."

쇼ᄉᆡ(少師ㅣ) 참연(慘然) 탄식(歎息)ᄒᆞ고 임 공(公)은 크게 깃거 ᄌᆡ삼(再三) 칭샤(稱謝) 왈(曰),

"ᄂᆡ 진실로(眞實-) 녀 쇼져(小姐)의 뎍국(敵國)을 ᄂᆡ ᄯᆞᆯ로 삼디 아닐 거시로대 녀ᄋᆡ(女兒ㅣ) 셩졍(性情)이 ᄂᆞᆷ과 다ᄅᆞ니 니(李) 형(兄)과 소 부인(夫人) 셩덕(盛德)을 ᄯᆞᆯ와 ᄇᆡ홀 고(故)로 녁구(力求)[203] ᄒᆞ야 허(許)ᄒᆞ믈 어드니 영ᄒᆡᆼ(榮幸)[204] ᄒᆞ믈 이긔디 못ᄒᆞ리로다."

공(公)이 웃고 ᄯᅩᄒᆞᆫ 블감(不堪)ᄒᆞ믈 일ᄏᆞᆺ고 ᄉᆞ양(辭讓)ᄒᆞ더라.

임 공(公)이 도라가 ᄐᆡᆨ일(擇日)ᄒᆞ야 보(報)ᄒᆞ니 하ᄉᆞ월(夏四月) 망간(望間)이라.

냥개(兩家ㅣ) 혼슈(婚需)를 ᄎᆞᆯ혀 길일(吉日)의 니부(李府)의셔 공ᄌᆞ(公子)를 보낼ᄉᆡ 일개(一家ㅣ) ᄒᆞᆫ 당(堂)의 모다 공ᄌᆞ(公子)를 길복(吉服)을 닙혀 습녜(習禮)[205] ᄒᆞ니 머리의 오사

---

203) 녁구(力求): 힘써 구혼함.

204) 영ᄒᆡᆼ(榮幸): 영행. 기쁘고 다행스러움.

205) 습녜(習禮): 습례. 예법이나 예식을 미리 익힘.

39면

모(烏紗帽)[206]를 쓰고 몸의는 ᄌᆞ금관ᄃᆡ(紫金冠帶)를 닙고 허리의는 통텬셔ᄃᆡ(通天犀帶)[207]를 두ᄅᆞ니 안ᄉᆡᆨ(顔色)의 긔이(奇異)ᄒᆞ미 삼츈(三春) 만홰(萬花ㅣ) 발양(發揚)[208]ᄒᆞᆫ 듯 녜모(禮貌) 쥬션(周旋)[209]이 셩쟈지풍(聖子之風)이니 부모(父母) 슉당(叔堂)이 새로이 두굿기며 뉴 부인(夫人)이 눈믈을 드리워 ᄀᆞᆯ오ᄃᆡ,

"션군(先君)[210]이 샹시(常時) ᄎᆞᄋᆞ(此兒)를 졔ᄋᆞ(諸兒) 듕(中) 긔ᄃᆡ(期待)하시더니 저의 댱셩(長成)ᄒᆞ믈 노모(老母)는 보ᄃᆡ 션군(先君)과 ᄎᆞᄋᆞ(次兒)[211]의 자최 묘망(渺茫)[212]ᄒᆞ니 엇디 슬프디 아니ᄒᆞ리오?"

승샹(丞相)이 미우(眉宇)를 찡긔고 눈믈을 춤아 나아가 ᄀᆞᆯ오ᄃᆡ,

"깃븐 일을 보매 셕ᄉᆞ(昔事)를 ᄉᆡᆼ각ᄒᆞ오니 ᄆᆞᄋᆞᆷ이 붕졀(崩絕)[213]ᄒᆞ오나 엇디 샹회(傷懷)ᄒᆞ셔 셩녀(盛慮)를 허비(虛費)ᄒᆞ시리잇가? ᄒᆞ믈며 금일(今日) 길셕(吉夕)이니 원(願)컨대 셩녀(盛慮)를 널리ᄒᆞ시믈 ᄇᆞ라ᄂᆞ이다."

부인(夫人)이 강잉(强仍)ᄒᆞ야 눈믈을 거두고 시각(時刻)이 다ᄃᆞᄅᆞ매 ᄀᆡ국공(--公) 등(等)이 공ᄌᆞ(公子)를 인도(引導)ᄒᆞ야 밧그로 나가 츄

206) 오사모(烏紗帽): 벼슬아치들이 관복을 입을 때에 쓰던 모자로, 검은 사(紗)로 만들었음.

207) 통텬셔ᄃᆡ(通天犀帶): 통천서대. 위아래가 뚫려 있는 무소의 뿔로 만든 허리띠.

208) 발양(發揚): 활짝 핌.

209) 쥬션(周旋): 주선. 예법을 행할 적에 나아가고 물러나며 읍(揖)하는 동작.

210) 션군(先君): 죽은 남편. 유 부인의 남편 이현을 이름.

211) ᄎᆞᄋᆞ(次兒): 차아. 둘째아들. 유 부인의 둘째아들 이한성을 이름. 이한성은 북흉노와의 전투에서 죽었음. <쌍천기봉> 17:24~67.

212) 묘망(渺茫): 아득함.

213) 붕졀(崩絕): 붕절. 무너지고 끊어짐.

40면

죵(騶從)을 거ᄂᆞ려 임부(-府)의 니ᄅᆞ러 홍안(鴻雁)을 뎐(奠)ᄒᆞ고 ᄂᆡ당(內堂)의 니ᄅᆞ러 신부(新婦)로 더브러 교ᄇᆡ(交拜)ᄅᆞᆯ ᄆᆞᆺ고 동방(洞房)의 나아가니 신부(新婦)의 션연(嬋娟)[214] 옥질(玉質)이 찬연(燦然)[215] 교아(嬌雅)[216]ᄒᆞ야 비록 공ᄌᆞ(公子)의 텬디(天地) ᄆᆞᆰ은 긔운이 밋디 못ᄒᆞ나 하등(下等)이 아니러라.

임 샹셰(尙書ㅣ) ᄀᆡ국공(--公) 등(等)을 ᄃᆡ(對)ᄒᆞ야 신낭(新郞)의 특이(特異)ᄒᆞ믈 깃거 두굿거오믈 이긔디 못ᄒᆞ고 임 승샹(丞相) ᄌᆞ명이 ᄎᆞ셔(此壻)의 긔특(奇特)ᄒᆞ믈 희ᄒᆡᆼ(喜幸)ᄒᆞ야 손을 잡고 등을 어ᄅᆞ만져 ᄉᆞ랑이 심상(尋常)티 아니ᄒᆞ더라.

야심(夜深)ᄒᆞ매 신뷔(新婦ㅣ) 침소(寢所)의 니ᄅᆞ니 공ᄌᆡ(公子ㅣ) 니러 마자 좌(座)ᄅᆞᆯ 밀고 잠간(暫間) ᄡᅡᆼ셩(雙星)을 흘리ᄡᅥ 그 얼골을 보디 아니ᄒᆞ고 그 ᄂᆡᄌᆡ(內在)ᄅᆞᆯ 크게 ᄉᆞᆺ텨 심하(心下)의 ᄆᆞ음을 프러ᄇᆞ려 은ᄋᆡ(恩愛)ᄅᆞᆯ 머므러 그 ᄆᆞ음을 방죵(放縱)티 못ᄒᆞ게 ᄒᆞ려 쥬의(主義)ᄅᆞᆯ 뎡(定)ᄒᆞ고 눈을 드러 다시 보디 아니터니

41면

이윽고 블을 ᄭᅳ고 상요(牀-)의 나아가니 신뷔(新婦ㅣ) ᄒᆞᆫ 구셕의 안자 움즉이디 아니ᄒᆞ더라.

---

214) 션연(嬋娟): 선연. 얼굴이 곱고 아름다움.

215) 찬연(燦然): 빛나는 모양.

216) 교아(嬌雅): 어여쁘고 우아함.

이튼날 소셰(梳洗)ᄒᆞ고 드러가 승샹(丞相)과 삼 부인(夫人)이며 악모(岳母)를 뵈오매 졔(諸) 부인(夫人)ᄂᆡ 다 화월(花月)과 쥬옥(珠玉) ᄀᆞᄐᆞ야 개개(箇箇) 경국식(傾國色)[217]이러라. 모다 ᄉᆡᆼ(生)의 비범(非凡)ᄒᆞ믈 칙칙(嘖嘖)[218]이 일ᄏᆞᆮ고 임 샹셰(尚書ㅣ) 새로이 ᄉᆞ랑ᄒᆞ믈 이긔디 못ᄒᆞ더니,

이윽고 ᄉᆡᆼ(生)이 하딕(下直)고 도라오니 뉴 부인(夫人)이 몬져 신부(新婦)의 우인(爲人)을 므ᄅᆞ매 공ᄌᆡ(公子ㅣ) 심(甚)히 슉셩(熟成)ᄒᆞ나 나히 어린 고(故)로 잠간(暫間) 슈괴(羞愧)ᄒᆞ믈 ᄯᅴ여 ᄉᆞ러 쥬뎌(躊躇)ᄒᆞ니 승샹(丞相)이 두굿겨 손을 잡고 쇼왈(笑曰),

"비롯 븟그러오나 존당(尊堂)이 므ᄅᆞ시ᄂᆞᆫ 바를 ᄃᆡ답(對答)디 아니ᄒᆞᄂᆞ뇨?"

공ᄌᆡ(公子ㅣ) 유유(儒儒)[219]ᄒᆞ다가 ᄃᆡ왈(對曰),

"쇼ᄌᆞ(小子)와 ᄀᆞᆮ더이다."

모다 크게 웃고 쇼뷔(少傅ㅣ) 쇼왈(笑曰),

"임 시(氏) 임의 네 안해라 유의(留意)ᄒᆞ야 ᄀᆞᆺ게 삼겻도다. 진실로(眞實-) 너 ᄀᆞᆮ더냐?"

42면

공ᄌᆡ(公子ㅣ) 웃고 ᄃᆡ왈(對曰),

"얼골이 ᄀᆞᆮ다 ᄒᆞ미 아냐 위인(爲人)의 블미(不美)ᄒᆞ미 ᄀᆞᆮ더이다."

---

217) 경국식(傾國色): 경국색. 임금이 혹하여 나라가 기울어져도 모를 정도의 미인이라는 뜻으로, 뛰어나게 아름다운 미인을 이르는 말. 경국지색(傾國之色).

218) 칙칙(嘖嘖): 책책. 크게 외치거나 떠드는 소리.

219) 유유(儒儒): 모든 일에 딱 잘라 결정을 내리지 못하고 어물어물한 데가 있음.

쇼뷔(少傅ㅣ) 웃고 왈(曰),

“그럴딘ᄃᆡ 은ᄋᆡ(恩愛) 최듕(最重)[220]ᄒᆞ리니 아디 못게라, 금야(今夜)의 청슈(淸秀)[221]ᄒᆞᆫ 긔질(氣質)이 언마나 상(傷)ᄒᆞ뇨?”

공ᄌᆡ(公子ㅣ) 머리ᄅᆞᆯ 수겨 믁연(默然)ᄒᆞ니 쇼뷔(少傅ㅣ) 손을 잡고 딕고(直告)ᄒᆞ믈 ᄌᆡ쵹ᄒᆞ니 공ᄌᆡ(公子ㅣ) 민망(憫惘)ᄒᆞ야 옥면(玉面)이 븕고 미위(眉宇ㅣ) ᄂᆞᄌᆞᆨᄒᆞ야 유유(儒儒)ᄒᆞᄂᆞᆫ 거동(擧動)이 졀승(絶勝)ᄒᆞ니 문졍공(--公)이 두굿겨 웃고 쇼부(少傅)긔 고왈(告曰),

“어린 아ᄒᆡ(兒孩) 슈괴지ᄉᆡ(羞愧之事ㅣ) 업디 못ᄒᆞ야 몸 둘 바ᄅᆞᆯ 몰라 ᄒᆞ오니 슉부(叔父)ᄂᆞᆫ 용샤(容赦)ᄒᆞ쇼셔.”

쇼뷔(少傅ㅣ) 손을 노흐며 ᄀᆞᆯ오ᄃᆡ,

“제 니ᄅᆞ디 아니ᄒᆞ니 허실(虛實)을 알게 잉혈(鶯血)[222]을 ᄃᆡ어 보미 엇더ᄒᆞ뇨?”

공ᄌᆡ(公子ㅣ) 크게 놀나 믈러나니 좌위(左右ㅣ) 대쇼(大笑)ᄒᆞ더라.

소 부인(夫人)이 침소(寢所)의 도라오매 공ᄌᆡ(公子ㅣ) 드러와 뵈거ᄂᆞᆯ 부인(夫人)이 나아오라 ᄒᆞ여 왈(曰),

“ᄂᆡ 아ᄒᆡ(兒孩) 어미ᄅᆞᆯ ᄂᆡ외(內外)티

...

43면

아니리니 신뷔(新婦ㅣ) 진실로(眞實-) 엇더ᄒᆞ더뇨?”

---

220) 최듕(最重): 최중. 가장 깊음.

221) 청슈(淸秀): 청수. 맑고 빼어남.

222) 잉혈(鶯血): 앵혈. 순결의 표식. 장화(張華)의 『박물지』에서 그 출처를 찾을 수 있음. 근세 이전에 나이 어린 처녀의 팔뚝에 찍던 처녀성의 표시를 말하는 것으로 도마뱀에게 주사(朱沙)를 먹여 죽이고 말린 다음 그것을 찧어 어린 처녀의 팔뚝에 찍으면 첫날밤에 남자와 잠자리를 할 때에 없어진다고 함.

공지(公子ㅣ) ᄉᆞ러 안셔(安舒)히 ᄃᆡ왈(對曰),

“ᄒᆡᄋᆡ(孩兒ㅣ) 식견(識見)이 고루(固陋)ᄒᆞ와 ᄌᆞ못 가히(可-) 아디 못ᄒᆞ오나 거지(擧止) ᄀᆞ장 어려워 뵈더이다.”

부인(夫人)이 쇼왈(笑曰),

“엇디ᄒᆞ야 어렵다 말이오?”

공지(公子ㅣ) 잠간(暫間) 웃고 ᄀᆞᆯ오ᄃᆡ,

“ᄒᆡᄋᆡ(孩兒ㅣ) 만일(萬一) 죠곰이나 ᄆᆞᄋᆞᆷ을 프러 먹은즉 뎌의게 쥐이미 반ᄃᆞᆺᄒᆞ리러이다.”

부인(夫人)이 디긔(知機)[223]ᄒᆞ고 다시 믓디 아니ᄒᆞ고 한가(閑暇)히 웃더라.

셕양(夕陽)의 임부(-府)의셔 쳥(請)ᄒᆞᄂᆞᆫ 거매(車馬ㅣ) 니ᄅᆞ니 공(公)이 ᄋᆞᄌᆞ(兒子)ᄅᆞᆯ 명(命)ᄒᆞ야 가라 ᄒᆞᆫ대 ᄉᆡᆼ(生)이 슈명(受命)ᄒᆞ야 임부(-府)의 니ᄅᆞ니,

샹셰(尙書ㅣ) 새로이 ᄉᆞ랑ᄒᆞ야 잇그러 쇼져(小姐) 침소(寢所)의 니ᄅᆞ니 쇼졔(小姐ㅣ) 셔안(書案)의 업ᄃᆡ여 깁히 좀드럿거ᄂᆞᆯ 샹셰(尙書ㅣ) 왈(曰),

“녀ᄋᆡ(女兒ㅣ) 심(甚)ᄒᆞᆫ 약질(弱質)이라 현셔(賢壻)ᄂᆞᆫ 실녜(失禮)ᄒᆞ믈 허믈 말고 평안(平安)이 잘디어다.”

ᄉᆡᆼ(生)이 믁연(默然) 손사(遜謝)ᄒᆞᆫ대 샹셰(尙書ㅣ) 웃고 나가거ᄂᆞᆯ,

ᄉᆡᆼ(生)이 눈을 드

223) 디긔(知機): 지기. 기미를 앎.

44면

러 보니 쇼졔(小姐ㅣ) 옥면(玉面)의 홍광(紅光)이 칆지(聚之)ᄒᆞ야 봄 조으롬이 몽농(朦朧)ᄒᆞᆫ 가온대 연연(娟娟)ᄒᆞ고 어엿븐 거동(擧動)이 비(比)ᄒᆞᆯ ᄃᆡ 업ᄉᆞ니 년쇼(年少) 남ᄌᆡ(男子ㅣ) 엇디 동(動)티 아니ᄒᆞ리오마ᄂᆞᆫ 그 어리믈 더옥 앗겨 믁연(默然)이 오래 보다가 즉시(卽時) 오ᄉᆞᆯ ᄀᆞᄅᆞ고 자리의 나아가니, 쇼졔(小姐ㅣ) 홀연(忽然) 놀라 ᄭᆡ여 ᄉᆡᆼ(生)이 누어시믈 보고 대경(大驚)ᄒᆞ고 븟그려 안셔(安舒)히 믈러 안거ᄂᆞᆯ ᄉᆡᆼ(生)이 눈을 드러 볼 분이오 아ᄅᆞᆫ 톄 아니ᄒᆞ더라.

명일(明日) 니부(李府)의셔 잔치를 크게 ᄇᆡ셜(排設)[224]ᄒᆞ고 빈ᄀᆡᆨ(賓客)을 모화 신부(新婦)를 마ᄌᆞᆯᄉᆡ 신뷔(新婦ㅣ) 녜복(禮服)을 ᄀᆞ초고 폐ᄇᆡᆨ(幣帛)을 놉히 드러 존당(尊堂) 구고(舅姑)긔 헌(獻)ᄒᆞᆯᄉᆡ ᄆᆞᆰ은 골격(骨格)은 슈졍(水晶)을 닷가 셰온 ᄃᆞᆺ 츄파ᄡᅡᆼ셩(秋波雙星)[225]은 두우(斗牛)의 ᄲᅩ이ᄂᆞᆫ ᄃᆞᆺ 단슌홍협(丹脣紅頰)[226]의 일쳔(一千) ᄌᆞᄐᆡ(姿態)를 졈득(占得)[227]ᄒᆞ야 셰쇽(世俗) 홍분(紅粉)[228]의 ᄲᅱ여나니 빈ᄀᆡᆨ(賓客)이 하례(賀禮)ᄒᆞ며 존당(尊堂) 구괴(舅姑ㅣ) 흔연(欣然)

---

224) ᄇᆡ셜(排設): 배설. 연회나 의식(儀式)에 쓰는 물건을 차려 놓음.

225) 츄파ᄡᅡᆼ셩(秋波雙星): 추파쌍성. 가을물결 같은 두 눈.

226) 단슌홍협(丹脣紅頰): 단순홍협. 붉은 입술과 발그레한 뺨.

227) 졈득(占得): 점득. 차지하여 얻음.

228) 홍분(紅粉): 붉게 화장한 여자.

45면

ᄒᆞ야 죠곰도 염고(厭苦)229)ᄒᆞ미 업ᄉᆞ니 임부(-府) 시비(侍婢) 다 쾌(快)ᄒᆞ믈 이긔디 못ᄒᆞ더라.

이ᄯᅢ 양 시(氏) 단장(丹粧)을 일우고 좌듕(座中)의 이시니 특이(特異)ᄒᆞᆫ 용광(容光)과 현숙(賢淑)ᄒᆞᆫ 긔운이 일좌(一座)의 독보(獨步)ᄒᆞ니 좌위(左右ㅣ) 칭찬(稱讚) 열복(悅服)230)ᄒᆞ고 서로 닐오ᄃᆡ,

"임 시(氏)ᄂᆞᆫ 담긔(膽氣) 잇고 양 시(氏)ᄂᆞᆫ 유한뎡졍(幽閑貞靜)231)ᄒᆞ다."

ᄒᆞ더라.

셕양(夕陽)의 파연(罷宴)ᄒᆞ고 신뷔(新婦ㅣ) 취운당(--堂)의 도라가매 공지(公子ㅣ) 졔뎨(諸弟)ᄅᆞᆯ 거ᄂᆞ려 셔당(書堂)의셔 자고 드러가디 아니ᄒᆞ니, 셰문과 흥문이 마ᄎᆞᆷ 예 와 자ᄂᆞᆫ디라 ᄒᆞㄱ서(學士ㅣ) 문왈(問曰),

"친영(親迎) 삼(三) 일(日)의 어이 동방(洞房)을 뷔오ᄂᆞ뇨?"

ᄉᆡᆼ(生)이 쇼이ᄃᆡ왈(笑而對曰),

"형뎨(兄弟) 샹슈(常隨)232)ᄒᆞ야 일야(一夜) 디ᄂᆡ미 관듕(關重)233)ᄒᆞ니 ᄆᆡ양 드러가 샹딕(上直)234)ᄒᆞ리잇가?"

ᄒᆞㄱ서(學士ㅣ) 손을 잡고 우어 왈(曰),

"네 아니 수시(嫂氏)ᄅᆞᆯ 나므라 블셔 소ᄃᆡ(疏待)235)ᄒᆞ미 잇ᄂᆞ냐?"

---

229) 염고(厭苦): 싫어하고 괴롭게 여김.

230) 열복(悅服): 기쁜 마음으로 복종함.

231) 유한뎡졍(幽閑貞靜): 유한정정. 그윽하며 곧고 고요하다는 뜻으로 부녀의 인품이 매우 얌전하고 점잖음을 말함.

232) 샹슈(常隨): 상수. 서로 따름.

233) 관듕(關重): 관중. 매우 중요함.

234) 샹딕(上直): 상직. 집 안에 살면서 시중을 듦.

싱(生)이 미소(微笑) 왈(曰),

"형당(兄丈)은 의외지언(意外之言)을 ᄒᆞ시ᄂᆞ이다. 정실(正室)을 무고(無故)이 나므라 소

...

46면

ᄃᆡ(疏待)ᄒᆞ미 이시리잇가? 뎨 나히 어리고 긔골(氣骨)이 약(弱)ᄒᆞ니 ᄌᆞ로 드러가 그 ᄆᆞ음을 블안(不安)케 하미 가(可)티 아니ᄒᆞ니 형당(兄丈)은 브졀업ᄉᆞᆫ 말ᄉᆞᆷ 마ᄅᆞ쇼셔."

혹ᄉᆡ(學士ㅣ) 대쇼(大笑)ᄒᆞ고 셰문 왈(曰),

"현뎨(賢弟) 말이 졍대(正大) 유리(有理)ᄒᆞ나 졍외지언(情外之言)[236] 인가 ᄒᆞ노라."

싱(生)이 미소(微笑) 브답(不答)ᄒᆞ더라.

평명(平明)의 신뷔(新婦ㅣ) 단장(丹粧)을 일우고 슉현당(--堂)의 드러가 문안(問安)ᄒᆞ니 공(公)과 부인(夫人)이 두굿기믈 과(過)히 ᄒᆞ고 그 위인(爲人)을 념녀(念慮)ᄒᆞ나 ᄋᆞᄌᆞ(兒子)의 팀엄(沈嚴)[237]ᄒᆞ므로 족(足)히 졔어(制御)ᄒᆞᆯ 줄 아라 근심티 아니ᄒᆞ더라.

임 시(氏) ᄯᅩᄒᆞᆫ 셩품(性品)이 소통(疏通)[238]ᄒᆞ고 영민(穎敏)ᄒᆞ야 효셩(孝誠)이 츌인(出人)[239]ᄒᆞ매 부인(夫人) 셤기믈 그림재 응(應)ᄐᆞᆺ ᄒᆞ고 쇼 공(公)과 졔(諸) 공ᄌᆞ(公子) ᄃᆡ졉(待接)을 못 미ᄎᆞᆯ ᄃᆞᆺᄒᆞ나 가ᄂᆡ

---

235) 소ᄃᆡ(疏待): 소대. 정성을 들이지 않고 아무렇게나 대접을 함.

236) 졍외지언(情外之言): 정외지언. 마음에 없는 말.

237) 팀엄(沈嚴): 침엄. 진중하고 엄숙함.

238) 소통(疏通): 막히지 않고 잘 통함.

239) 츌인(出人): 출인. 남보다 뛰어남.

(家內) 비복(婢僕)이 미안(未安)ᄒᆞ미 이신즉 니를 ᄀᆞ라 죽이고져 ᄒᆞ딕 ᄯᅩᄒᆞᆫ 구괴(舅姑ㅣ) 모ᄅᆞ게 ᄒᆞ니 소 부인(夫人)이 어이 모ᄅᆞ리오. 그릇 너기미

···

47면

만흐나 ᄋᆞᄌᆡ(兒子ㅣ) ᄀᆡ쉭(氣色)이 ᄂᆡᆼ낙(冷落)ᄒᆞ니 ᄌᆞᄀᆡ(自己) 미안(未安)ᄒᆞ믈 알딘ᄃᆡ ᄌᆞ부(子婦)[240]의 금슬(琴瑟)[241]의 해로오미 이실 거시오, 나타난 허믈이 업ᄉᆞ니 가지록 흔연(欣然)ᄒᆞ고 ᄯᅩᄒᆞᆫ ᄌᆞᄀᆡ(自己)의게 졍셩(精誠)이 녀ᄋᆞ(女兒) ᄀᆞᄐᆞᆯ 어엿비 너겨 ᄉᆞ랑이 극진(極盡)ᄒᆞ고 문정공(--公)은 더옥 본 적마다 새로이 ᄋᆡ듕(愛重)ᄒᆞᄃᆡ ᄉᆡᆼ(生)은 다시 드러가 보디 아니니, 구ᄐᆞ여 소ᄃᆡ(疏待)ᄒᆞ미 아니로ᄃᆡ 그 나히 어리믈 구애(拘礙)ᄒᆞ고 녀 시(氏)로 인(因)ᄒᆞ야 일이(一二) 년(年)을 기ᄃᆞ리고져 ᄒᆞ야 ᄯᅳᆺ을 구디 뎡(定)ᄒᆞ니 십여(十餘) 셰(歲) 쇼ᄋᆡ(小兒ㅣ) 유신(有信)[242]ᄒᆞ미 이러ᄐᆞᆺ ᄒᆞ더라.

이적의 니(李) ᄒᆞᆨᄉᆞ(學士) 흥문이 샤듕(舍中)의 두 부인(夫人)을 두매 원비(元妃) 양 시(氏)로 더브러 금슬지화(琴瑟之和ㅣ)[243] 흡연(洽然)[244]ᄒᆞ야 날이 오랠ᄉᆞ록 은졍(恩情)이 태산(泰山) 하ᄒᆡ(河海) ᄀᆞᄐᆞ니 양 시(氏) 블열(不悅)ᄒᆞ야 일일(一日)은 죠용ᄒᆞᆫ ᄣᆡ를 타 간(諫)ᄒᆞ

240) ᄌᆞ부(子婦): 자부. 자식과 며느리.

241) 금슬(琴瑟): 부부간의 사랑.

242) 유신(有信): 신의가 있음.

243) 금슬지화(琴瑟之和ㅣ): 부부 사이가 좋음. 금과 슬은 모두 현악기의 이름으로, 금은 5현이나 7현이고 슬은 25현임. 금과 슬은 서로 잘 어울리므로, 부부의 화락을 이 악기들로 비유함. 『시경(詩經)』, <관저(關雎)>에는 "금과 슬을 타며 즐겁게 하리라. 琴瑟友之."라 되어 있음.

244) 흡연(洽然): 흡족한 모양.

야 ᄀᆞᆯ오ᄃᆡ,

"군ᄌᆡ(君子ㅣ) 셥셰쳐신(涉世處身)[245]의 공평(公平)ᄒᆞ미 웃듬이어ᄂᆞᆯ

48면

군ᄌᆡ(君子ㅣ) 쳔승(千乘)[246]의 공ᄌᆡ(公子ㅣ)오, 쟉위(爵位) 한원(翰院)[247]의 츙수(充數)ᄒᆞ야 고ᄉᆞ(故事)ᄅᆞᆯ 너비 달통(達通)ᄒᆞ시려든 엇딘 고(故)로 규ᄂᆡ(閨內)의 이러ᄐᆞᆺ 편벽(偏僻)[248]ᄒᆞ야 ᄋᆞ녀(兒女)의 원(怨)을 기티고 쳡(妾)으로 ᄒᆞ여금 븟그러오믈 ᄂᆞᆺ 둘 ᄯᅡ히 업게 ᄒᆞ시ᄂᆞ뇨?"

ᄒᆞᆨᄉᆡ(學士ㅣ) 웃고 ᄀᆞᆯ오ᄃᆡ,

"부인(夫人) 말이 올흐나 ᄂᆡ 엇디 업ᄉᆞᆫ 졍(情)을 지어 두로혀리오? 부인(夫人)은 무익지언(無益之言)을 긋칠디어다."

셜파(說罷)의 밧그로 나가니 양 시(氏) 기리 툐챵(怊悵)ᄒᆞ더라.

ᄒᆞᆨᄉᆡ(學士ㅣ) 홍션을 쳐소(處所)ᄅᆞᆯ 뎡(定)ᄒᆞ야 주고져 ᄒᆞᄃᆡ 부명(父命)으로 다시 엇디 못ᄒᆞ야 일일(一日)은 모비(母妃)긔 졍유(情由)[249]ᄅᆞᆯ 고(告)ᄒᆞᆫ대 쥬비(朱妃) 졍ᄉᆡᆨ(正色)고 ᄀᆞᆯ오ᄃᆡ,

"어린 아ᄒᆡ(兒孩) 쳐쳡(妻妾)을 ᄀᆞ쵸미 극(極)히 외람(猥濫)[250]ᄒᆞ

245) 셥셰쳐신(涉世處身): 섭세처신. 세상을 살아가는 데 가져야 할 몸가짐이나 행동.

246) 쳔승(千乘): 천승. 천 대의 병거라는 뜻으로, 제후를 이르는 말. 제후는 천 대의 병거를 낼 만한 나라를 소유하였음. 이성문의 아버지 연왕 이몽창이 제후이므로 이와 같이 칭한 것임.

247) 한원(翰院): 한림원(翰林院)의 별칭. 당나라 초에 설치되어 명나라 때에는 저작(著作), 사서 편수, 도서 등의 사무를 맡아 함. 여기에서는 조정을 이름.

248) 편벽(偏僻): 생각 따위가 한쪽으로 치우쳐 있음.

249) 졍유(情由): 정유. 사유.

250) 외람(猥濫): 하는 행동이나 생각이 분수에 지나침.

고 시금(時今)의 너의 가ᄉᆡ(家事ㅣ) 한심(寒心)ᄒᆞ니 다시 뎨긔(提起)티 말라."

혹ᄉᆡ(學士ㅣ) 황공(惶恐)ᄒᆞ야 퇴(退)ᄒᆞ야 홍선을 별샤(別舍)의 두니 양 시(氏) 의식(衣食)을 후(厚)히 거ᄂᆞ릴 분이러라.

ᄎᆞ시(此時)

49면

의 노 시(氏), 양 시(氏)의 툥권(寵眷)[251]이 합가(闔家)[252]의 덥히고 혹ᄉᆞ(學士)의 듕ᄃᆡ(重待)[253] 온젼(穩全)ᄒᆞ믈 보고 ᄀᆞ만이 해(害)ᄒᆞᆯ 꾀를 ᄉᆡᆼ각ᄒᆞ매, 의ᄉᆡ(意思ㅣ) 궁극(窮極)ᄒᆞ야 옥교로 더브러 모의(謀議)ᄒᆞᄃᆡ,

"혹ᄉᆡ(學士ㅣ) 춍명(聰明)이 과인(過人)ᄒᆞ니 가ᄇᆞ야이 계교(計巧)티 못ᄒᆞ리니 쟝ᄎᆺ(將次ㅅ) 므슴 계괴(計巧ㅣ) 잇ᄂᆞ뇨?"

옥괴 ᄀᆞᆯ오ᄃᆡ,

"쇼졔(小姐ㅣ) 엇디 ᄉᆡᆼ각디 못ᄒᆞ시ᄂᆞ뇨? 샹공(相公)이 양 시(氏)로 졍(情)이 듕(重)ᄒᆞ시고 뎌적 의복(衣服) 일이 공교(工巧)ᄒᆞᆫ 듯ᄒᆞ나 심(甚)히 심샹(尋常)ᄒᆞ니 샹공(相公)이 엇디 그리 드ᄅᆞ시리오? 쇼비(小婢) 보니 양 시(氏) 시녀(侍女) 옥ᄆᆡ 범의 눈이오 ᄇᆡ얌의 입이니 쥬인(主人)을 반(叛)ᄒᆞᆯ 샹(相)이라. 쇼비(小婢) 당당(堂堂)이 결납(結納)[254]ᄒᆞ야 졍(情)을 두터이 ᄆᆡ즌즉 묘계(妙計)[255]를 ᄒᆡᆼ(行)ᄒᆞ미 쉬

---

251) 툥권(寵眷): 총권. 총애.

252) 합가(闔家): 집안 전체.

253) 듕ᄃᆡ(重待): 중대. 매우 소중히 대우함.

254) 결납(結納): 주로 나쁜 일을 꾸미려고 서로 한통속이 됨.

올가 ᄒᆞᄂᆞ이다."

노 시(氏) 대희(大喜)ᄒᆞ야 금은(金銀) 쥬옥(珠玉)을 흐터 궁듕(宮中) 인심(人心)을 결납(結納)ᄒᆞ매 비록 공쥬(公主) 셩덕(盛德)이 호호양양(浩浩洋洋)[256]ᄒᆞ나 수쳔(數千) 궁아(宮娥)의 인심(人心)이 ᄒᆞᆫ

50면

ᄀᆞᆯᄀᆞᆺ디 아닌 고(故)로 인심(人心)이 주ᄂᆞ니를 됴히 너기ᄂᆞᆫ디라 공(功)을 외오고 덕(德)을 송(頌)ᄒᆞ야 양 쇼져(小姐) 우흐로 ᄃᆡ졉(待接)ᄒᆞ니 노 시(氏) 암희(暗喜)[257]ᄒᆞ야,

일일(一日)은 쇼화각(--閣)의 니ᄅᆞ니 양 시(氏) 젼일(前日)을 ᄉᆞ식(辭色)디 아니코 은근(慇懃)이 말ᄉᆞᆷᄒᆞ더니 옥괴 ᄣᆡ를 타 옥ᄆᆡ를 인(因)ᄒᆞ야 ᄃᆞ리고 장(帳) 뒤히 와 은근(慇懃)이 닐오ᄃᆡ,

"우리 다 ᄒᆞᆨᄉᆞ(學士) 노야(老爺) 비ᄌᆡ(婢子ㅣ)니 피ᄎᆡ(彼此ㅣ) 형뎨(兄弟)의 의(義) 잇ᄂᆞᆫ디라 ᄎᆞ후(此後) 죽기로ᄡᅥ 져ᄇᆞ리디 말미 엇더ᄒᆞ뇨?"

옥ᄆᆡ 낭연(朗然)이 웃고 ᄀᆞᆯ오ᄃᆡ,

"금야(今夜) 몽ᄉᆡ(夢事ㅣ) 길(吉)ᄒᆞ더니 원래(元來) 그ᄃᆡ의 후의(厚誼)를 닙을 ᄆᆡᆼ됴ㅣ(萌兆ㅣ)[258]랏다. 서로 ᄇᆡᆨ(百) 년(年)을 일ᄐᆡᆨ(一宅)의 머믈 거시니 동긔(同氣)ᄀᆞ티 ᄉᆞ랑ᄒᆞ미 올토다."

옥괴 쇼왈(笑曰),

255) 묘계(妙計): 묘한 계책.

256) 호호양양(浩浩洋洋): 매우 큼.

257) 암희(暗喜): 속으로 기뻐함.

258) ᄆᆡᆼ됴ㅣ(萌兆ㅣ): 맹조. 조짐.

"그ᄃᆡ와 내 일홈이 ᄀᆞᆺ고 일언(一言)의 디긔(志氣)[259] 상합(相合)ᄒᆞ니 형뎨(兄弟) 의(義)로 ᄆᆡ자 ᄉᆞᄉᆡᆼ(死生)의 져ᄇᆞ리디 말미 엇더뇨?"

옥미 깃거 즉시(卽時) 허락(許諾)ᄒᆞ니 옥괴 ᄒᆡ로 ᄆᆞ디라 옥미

51면

형(兄)으로 브ᄅᆞ고 ᄀᆞᆯ오ᄃᆡ,

"쇼뎨(小弟) 가난ᄒᆞ야 녜단(禮單)이 업ᄉᆞ니 형(兄)은 허믈 마라."

옥괴 옥미의 ᄌᆡ보(財寶)의 ᄆᆞ음이 동(動)ᄒᆞ믈 보고 깃거 품으로조차 옥노리개 두 줄을 내여 주어 ᄀᆞᆯ오ᄃᆡ,

"고인(古人)은 디긔(知己)[260]ᄅᆞᆯ 위(爲)ᄒᆞ야 죽ᄂᆞ니도 잇ᄂᆞ니 ᄒᆞ믈며 딘토(塵土) ᄀᆞᆺ튼 거ᄉᆞᆯ 앗기리오? 우형(愚兄)의 쇼졔(小姐ㅣ) 인셩(仁聖)[261]ᄒᆞ시미 타류(他類)와 다ᄅᆞ시므로 금은딘보(金銀珍寶)[262]ᄂᆞᆫ 니ᄅᆞ디 말고 이런 노리개 궤듕(櫃中)의 ᄀᆞ득ᄒᆞ여시니 그ᄃᆡ 후일(後日) ᄎᆞ자 니ᄅᆞᆯ딘대 가지고져 ᄒᆞᄂᆞᆫ ᄃᆡ로 주리라."

옥미 크게 깃거 샤례(謝禮) 왈(曰),

"우리 부인(夫人)은 ᄌᆞ쇼(自少)로 쳥한(淸閑)ᄒᆞ샤 이런 거ᄉᆞᆯ 가지디 아니시므로 더옥 비ᄌᆡ(婢子ㅣ) 어더 ᄡᅳ디 못ᄒᆞ더니 금일(今日) 우연(偶然)이 져져(姐姐)의 덕(德)을 닙어 어드니 은혜(恩惠) 크도다."

옥괴 웃고 왈(曰),

"아이 그릇 아랏도다. 양 부인(夫人)이 쳥한(淸閑)ᄒᆞ야 가디디 아

---

259) 디긔(志氣): 지기. 의지와 기개.

260) 디긔(知己): 지기. 자기의 속마음을 참되게 알아주는 친구.

261) 인셩(仁聖): 인성. 재주와 덕을 갖춤.

262) 금은딘보(金銀珍寶): 금은진보. 금은과 진기한 보배.

니미 아니라 근본(根本)을 닌지(吝財)[263] ᄒᆞ샤

...

52면

비복(婢僕)이라도 주디 아니려 ᄒᆞ신 뜻이라."

옥믹 ᄭᆡ드라 ᄌᆡ삼(再三) 칭사(稱謝) 샤례(謝禮)ᄒᆞ고 깃브믈 이긔디 못ᄒᆞ거놀 옥괴 ᄀᆞᆯ오ᄃᆡ,

"양 부인(夫人)이 우리 서로 친(親)ᄒᆞ믈 아ᄅᆞ실딘대 필연(必然) 아쳐로이 너기실 거시니 그ᄃᆡᄂᆞᆫ 경(輕)히 누셜(漏泄)티 말라. ᄂᆡ 또 우리 쇼제(小姐ㅣ) 번거ᄒᆞ믈 됴하 아니ᄒᆞ시ᄂᆞᆫ 줄 아ᄂᆞ니 고(告)티 아니ᄒᆞ리라."

이러ᄐᆞᆺ 말ᄒᆞ며 서ᄅᆞ 심두(心頭)[264]ᄅᆞᆯ 긔이디 아냐 말ᄒᆞ더니 날이 느ᄌᆞ니, 노 시(氏) 옥교ᄅᆞᆯ ᄃᆞ려 도라와 웃고 무ᄅᆞᄃᆡ,

"금일(今日) 계괴(計巧ㅣ) 엇디오?"

옥괴 웃고 ᄀᆞᆯ오ᄃᆡ,

"하ᄂᆞᆯ이 쇼져(小姐)ᄅᆞᆯ 도우시니 깃브믈 이긔디 못ᄒᆞᆯ소이다."

드ᄃᆡ여 옥믹로 결납(結納)ᄒᆞ믈 ᄌᆞ시 고(告)ᄒᆞ니 노 시(氏) 대희(大喜)ᄒᆞ야 진보(珍寶)ᄅᆞᆯ 샹ᄉᆞ(賞賜)ᄒᆞ고 다시 계교(計巧)ᄅᆞᆯ 일일히(一一) ᄀᆞᄅᆞ치니 괴 슈명(受命)ᄒᆞ고 믈러가다.

ᄎᆞ일(此日), 옥믹 옥교로 더브러 우연(偶然)히 만나 ᄉᆞ랑

263) 닌지(吝財): 인재. 재물을 아낌.

264) 심두(心頭): 생각하고 있는 마음.

53면

ᄒᆞ믈 보고 노리개 주믈 십분(十分) 깃거 이튼날 옥교를 ᄎᆞ자 니ᄅᆞ니, 괴 크게 반겨 왈(曰),

"일야지간(一夜之間) 샹ᄉᆞ(相思) 일념(一念)이 구구(區區)ᄒᆞ믈 면(免)티 못ᄒᆞ더니 아이 이제 유신(有信)[265]이 ᄎᆞᄌᆞ믈 다샤(多謝)[266]ᄒᆞ노라."

ᄒᆞ고 샤려(奢麗)[267]ᄒᆞᆫ 음식(飮食)으로 ᄃᆡ졉(待接)ᄒᆞ며 금옥진보(金玉珍寶)를 큰 궤(櫃)의 담아 주니, ᄆᆡ 대희(大喜) 샤례(謝禮)ᄒᆞ거ᄂᆞᆯ 괴 ᄀᆞᆯ오ᄃᆡ,

"이ᄂᆞᆫ 형뎨지졍(兄弟之情)의 녜ᄉᆡ(例事ㅣ)라 엇디 샤례(謝禮)ᄒᆞᆯ 배리오?"

ᄒᆞ고 서로 말ᄒᆞ더니, 노 시(氏) 옥교를 브ᄅᆞ니 옥괴 드러가 ᄃᆡ답(對答)ᄒᆞᆫ대 노 시(氏) 문왈(問曰),

"너는 눌로 더브러 말ᄒᆞᄂᆞᆫ다?"

옥괴 ᄃᆡ왈(對曰),

"양 쇼져(小姐) 시녀(侍女) 옥ᄆᆡ로쇼이다."

노 시(氏) 즉시(卽時) 블러 보고 은근(慇懃)이 ᄀᆞᆯ오ᄃᆡ,

"너의 영민(穎敏)ᄒᆞ믈 ᄆᆡ양 ᄉᆞ랑ᄒᆞᄃᆡ 시러금 혐의(嫌疑)예 간셥(干涉)ᄒᆞ야 각별(各別)이 블러 보디 못ᄒᆞ엿더니 이제 니ᄅᆞ러시니 ᄂᆡ 졍(情)을 표(表)ᄒᆞ노라."

---

265) 유신(有信): 신의가 있음.

266) 다샤(多謝): 다사. 감사한 마음이 많음.

267) 샤려(奢麗): 사려. 사치하고 화려함.

상협(箱匧)을 즉시(卽時) 열고 명쥬(明珠)

54면

네 낫출 샹ᄉᆞ(賞賜)ᄒᆞᆫ대 옥미[268] 고두(叩頭) 샤례(謝禮)ᄒᆞ고 왈(曰),

“부인(夫人)니 쳔비(賤婢)를 이러틋 무휼(撫恤)[269]ᄒᆞ시니 은혜(恩惠) ᄇᆡᆨ골난망(白骨難忘)[270]이로소이다.”

옥괴 웃고 왈(曰),

“우리 쇼져(小姐)ᄂᆞᆫ 너희 부인(夫人)쳐로 닌ᄌᆡ(吝財)ᄒᆞ실 줄 모ᄅᆞ시ᄂᆞ니라.”

노 시(氏) 눈을 드러 망녕(妄靈)되믈 ᄎᆡᆨ(責)ᄒᆞ니 괴 웃고 퇴(退)ᄒᆞᆯ ᄉᆡ, 옥미 뎌 노쥬(奴主)의 어리이믈 모ᄅᆞ고 진실로(眞實-) 양 시(氏)를 그러히 너겨 죽어 노 시(氏) 노쥬(奴主)의 은혜(恩惠)를 갑고져 ᄯᅳᆺ이 잇ᄂᆞᆫ 고(故)로 이후(以後) 분분(紛紛)[271]이 왕ᄂᆡ(往來)ᄒᆞ며 옥교로 졍의(情誼) 태산(泰山) ᄀᆞᆺ고 노 시(氏) ᄌᆞ로 블러 아름다온 쥬식(酒食)을 먹이며 가지고져 ᄒᆞᄂᆞᆫ 거ᄉᆞᆯ 쳔금(千金)이라도 앗기디 아니ᄒᆞ야 주니, 옥미 더옥 ᄯᅳᆺ이 기우러 양 시(氏)의 일동일졍(一動一靜)을 다 아라 고(告)ᄒᆞ더니 일일(一日)은 옥괴 옥미ᄃᆞ려 ᄀᆞᆯ오ᄃᆡ,

“우리 쇼졔(小姐ㅣ) 비록 영오(穎悟)ᄒᆞ시나 글시를 잘 못 ᄡᅳ시ᄂᆞᆫ 고(故)로 너의 쇼뎨(小姐ㅣ) 왕우군(王右軍)[272]의

---

268) 미: [교] 원문에는 ‘괴’로 되어 있고 규장각본(3:43)에도 그렇게 되어 있으나 문맥을 고려해 이와 같이 수정함.

269) 무휼(撫恤): 어려운 처지에 있는 사람을 불쌍히 여겨 위로하고 물질로 도움.

270) ᄇᆡᆨ골난망(白骨難忘): 백골난망. 죽어서 백골이 되어도 잊을 수 없다는 뜻으로, 남에게 큰 은덕을 입었을 때 고마움의 뜻으로 이르는 말.

271) 분분(紛紛): 어지러운 모양.

55면

필진도(筆陣圖)[273]ᄅᆞᆯ 우이 너기ᄂᆞᆫ ᄌᆞ톄(字體)ᄅᆞᆯ 흠앙(欽仰)[274]ᄒᆞ셔 어더 법밧고져 ᄒᆞ시ᄃᆡ 너의 쇼졔(小姐ㅣ) 하 엄듕(嚴重)ᄒᆞ시니 의ᄉᆞ(意思)티 못ᄒᆞ고 너ᄃᆞ려 구(求)코져 ᄒᆞᄃᆡ 어려이 너기시더니라."

옥ᄆᆡ ᄀᆞᆯ오ᄃᆡ,

"이ᄂᆞᆫ 어렵디 아니ᄒᆞ니 이런 쇼ᄉᆞ(小事)ᄅᆞᆯ ᄌᆞ뎌(趑趄)[275]ᄒᆞ리오?"

ᄒᆞ고 즉시(卽時) 도라와 쇼졔(小姐ㅣ) 졍당(正堂)의 간 ᄶᅢᄅᆞᆯ 타 셔텹(書帖) ᄒᆞᆫ 댱(張)을 어더 노 시(氏)긔 드리니 노 시(氏) 크게 깃거 닐오ᄃᆡ,

"이 글시 여ᄂᆞ 글시와 다ᄅᆞ니 엇디 등한(等閑)이 보리오?"

옥뇨(玉璙)[276] 일(一) ᄡᅡᆼ(雙)을 옥ᄆᆡᄅᆞᆯ 주니 ᄆᆡ 샤례(謝禮)ᄒᆞ고 도라가다.

노 시(氏), 쥬야(晝夜) 양 시(氏)의 글시ᄅᆞᆯ 모ᄯᅳ며 긔ᄉᆞ(起事)[277]ᄒᆞᆯ 사ᄅᆞᆷ을 못 어더 ᄒᆞ더니, 노 시(氏) 본시(本是) ᄒᆞᆨᄉᆞ(學士)의 의건즙믈(衣巾什物)[278]을 가져 ᄒᆞ로도 수(數)업시 왕ᄂᆡ(往來)ᄒᆞᄂᆞᆫ 고(故)로,

---

272) 왕우군(王右軍): 중국 동진(東晋)의 서예가인 왕희지(王羲之, 307~365)를 이름. 자는 일소(逸少). 그가 우군장군(右軍將軍)의 벼슬을 했으므로 이처럼 불림.

273) 필진도(筆陣圖): 글씨를 쓰는 법을 설명한 필첩으로, 왕희지(王羲之)의 작품이라고 하고, 혹은 그의 스승인 위(衛) 부인(夫人)의 작품이라고도 함. 왕희지는 『필진도』의 뒤에 <제필진도후(題筆陣圖後)>를 씀. 정약용의 『다산시문집』, <기예론(技藝論) 2>에 "시속(時俗)에서 말하는 왕희지의 서법(書法)이란 곧 우리나라에서 새긴 목판본(木版本) 필진도(筆陣圖)를 가리킨 것이다. 俗所云羲之, 卽鄕刻木板筆陣圖也."라는 언급이 있는 것으로 보아 조선시대에는 『필진도』가 왕희지의 작품으로 인식된 듯함.

274) 흠앙(欽仰): 공경하여 우러러 사모함.

275) ᄌᆞ뎌(趑趄): 자저. 머뭇거리며 망설임.

276) 옥뇨(玉璙): 옥료. 옥으로 만든 장식으로, 가슴에 늘어뜨리도록 만든 목걸이.

277) 긔ᄉᆞ(起事): 기사. 대사를 일으킴.

278) 의건즙믈(衣巾什物): 의건집물. 옷, 수건 등 집에서 쓰는 온갖 물건.

계양궁(--宮) 문긱(門客)이 삼쳔(三千)이나 흔딕 그듕(-中) 남양인(--人) 남관이 경궁(京宮) 별열(閥閱)이로딕 부뫼(父母ㅣ) 조샹(早喪)[279] ᄒᆞ고 강근(强近)[280] 친쳑(親戚)이 업ᄉᆞᆫ[281]

...

56면

고(故)로 혈혈무탁(孑孑無託)[282] ᄒᆞ고 관의 부친(父親) 한이 하람공(--公)으로 교계(交契) 두터온 고(故)로 님망(臨亡)의 ᄋᆞᄌᆞ(兒子)ᄅᆞᆯ 의탁(依託)하니 공(公)이 그 졍ᄉᆞ(情事)ᄅᆞᆯ 츄연(惆然)[283] ᄒᆞ야 관을 ᄋᆞ시(兒時)로브터 ᄃᆞ려 흥문 등(等)과 ᄀᆞ티 기ᄅᆞ니 ᄌᆡ혹(才學)이 츌인(出人)ᄒᆞ고 얼골이 옥(玉) ᄀᆞᄐᆞ며 인믈(人物)이 돈후(敦厚)[284] ᄒᆞ니 부매(駙馬ㅣ) ᄀᆞ장 ᄉᆞ랑ᄒᆞ야 ᄎᆞ녀(次女) 쵸쥬 쇼졔(小姐ㅣ) 십일(十一) 셰(歲)오 남ᄉᆡᆼ(-生)은 십오(十五) 셰(歲)므로 잠간(暫間) 기ᄃᆞ려 사회ᄅᆞᆯ 삼고져 ᄒᆞ고 혹ᄉᆞ(學士) 형뎨(兄弟) 남ᄉᆡᆼ(-生) ᄉᆞ랑ᄒᆞ믈 동긔(同氣)로 다ᄅᆞ디 아니ᄒᆞ니,

노 시(氏) 옥믹로 인(因)ᄒᆞ야 ᄎᆞᄉᆞ(此事)ᄅᆞᆯ ᄌᆞ시 알고 크게 깃거 옥교로 여ᄎᆞ여ᄎᆞ(如此如此) ᄒᆞ라 ᄒᆞ니 옥괴 옥믹ᄅᆞᆯ 보고 닐오딕,

"노부(-府) 샹공(相公)이 여러히 겨시딕 다 글을 잘 못ᄒᆞ야 남 샹공(相公) 츅진도[285]ᄅᆞᆯ 엇고져 ᄒᆞ딕 남 샹공(相公)이 믹몰ᄒᆞ아 주디

279) 조샹(早喪): 조상. 일찍 죽음.

280) 강근(强近): 친척과의 촌수가 가까움.

281) ᄉᆞᆫ: [교] 원문에는 'ᄉᆞ'로 되어 있으나 오기로 보임.

282) 혈혈무탁(孑孑無託): 외로워 의탁할 곳이 없음.

283) 츄연(惆然): 추연. 슬퍼함.

284) 돈후(敦厚): 인정이 두텁고 후함.

285) 츅진도: 미상임.

아니시니 ᄀᆞ장 민망(憫惘)이 너기시ᄂᆞ니 현뎨(賢弟) 계교(計巧)로 ᄒᆞᆫ 번(-番) 어더 ᄂᆡᆫ즉 공(功)이

57면

젹디 아니리라.”

일일(一日)은 ᄒᆞᆨᄉᆡ(學士ㅣ) 셔당(書堂)의셔 잘ᄉᆡ 셰슈(洗手)ᄅᆞᆯ 밧드러 나가니 ᄒᆞᆨᄉᆡ(學士ㅣ) 남ᄉᆡᆼ(-生)으로 더브러 소셰(梳洗)ᄅᆞᆯ ᄆᆞᆺ고 셔양졍(--亭)으로 나가니, ᄆᆡ ᄶᅢᄅᆞᆯ 타 드러가 샹협(箱匧)을 뒤여 남ᄉᆡᆼ(-生)의 셔간(書簡) 이(二) 복(幅)을 어더 옥교ᄅᆞᆯ 주니, 괴 크게 깃거 은혜(恩惠)ᄅᆞᆯ 일ᄏᆞᄅᆞ니 ᄆᆡ 왈(曰),

“형뎨(兄弟) ᄉᆞ이 어거시 므어시며 ᄒᆞ믈며 형(兄)의 후의(厚誼)ᄅᆞᆯ ᄌᆞ로 닙어시나 일분(一分)도 갑디 못ᄒᆞ믈 ᄒᆞᆫ(恨)ᄒᆞ노라. 쇼졔(小姐ㅣ) ᄎᆞᄌᆞ실가 두리오니 도라가노라.”

ᄒᆞ고 가다.

노 시(氏), 두 사ᄅᆞᆷ의 글시ᄅᆞᆯ 엇고 두 댱(張) 셔간(書簡)을 일우매 이후(以後) 더옥 ᄆᆡᄅᆞᆯ 후(厚)히 ᄃᆡ졉(待接)ᄒᆞ니 ᄆᆡ ᄯᅳᆺ이 졈졈(漸漸) 반(叛)ᄒᆞ야 양 시(氏)긔 츄호(秋毫)[286]도 졍셩(精誠)이 업더니,

일일(一日)은 댱(帳) 밧긔 셧다가 드ᄅᆞ니 ᄒᆞᆨᄉᆡ(學士ㅣ) 양 시(氏)ᄃᆞ려 왈(曰),

“옥ᄆᆡ의 형샹(形狀)이 요괴(妖怪)로오니 이제ᄂᆞᆫ 갓가이 ᄇᆞ리디 말라.”

양 시(氏) 쇼이ᄃᆡ왈(笑而對曰),

---

286) 츄호(秋毫): 추호. 가을철에 털갈이하여 새로 돋아난 짐승의 가는 털이라는 뜻으로 매우 적거나 조금인 것을 비유적으로 이르는 말.

"그런 줄 알

58면

오ᄃᆡ 모친(母親)이 주신 거시오 드러난 허믈이 업ᄉᆞ니 무고(無故)히 ᄂᆡ치미 가(可)티 아닌가 ᄒᆞᄂᆞ이다."

ᄒᆞᆨᄉᆡ(學士ㅣ) 왈(曰),

"그ᄃᆡᄂᆞᆫ 나죵을 보라. ᄎᆞ녜(此女ㅣ) ᄀᆞ장 간흉(奸凶)[287] ᄒᆞ니 ᄂᆡ 죽이고져 ᄒᆞ노라."

양 시(氏) 믁믁부답(默默不答)ᄒᆞ니 ᄆᆡ ᄎᆞ언(此言)을 듯고 ᄆᆞ음의 크게 ᄒᆞᆫ(恨)ᄒᆞ야 ᄀᆞᆯ오ᄃᆡ,

"ᄂᆡ 뎌롤 졍셩(精誠)으로 셤기더니 뎨 져러ᄐᆞᆺ 흉(凶)ᄒᆞᆫ ᄯᅳᆺ을 두어시니 뎡(正)코 졔 ᄯᅳᆺ을 좃디 아니리라."

ᄒᆞ고 분앙(憤怏)[288] ᄒᆞ매 원심(怨心)이 극(極)ᄒᆞ니,

눈믈을 먹음고 쇼원각(--閣)의 니ᄅᆞ니, 옥괴 난간(欄干) 아래 잇다가 놀나 무ᄅᆞᄃᆡ,

"현뎨(賢弟) 엇디 우ᄉᆡᆨ(憂色)으로 니ᄅᆞ럿ᄂᆞ뇨?"

ᄆᆡ 웃고 왈(曰),

"ᄂᆡ 쇼져(小姐)ᄅᆞᆯ 진튱갈력(盡忠竭力)[289] ᄒᆞ야 셤기ᄃᆡ 앗가 쇼져(小姐)와 노애(老爺ㅣ) 여ᄎᆞ여ᄎᆞ(如此如此)ᄒᆞ시니 미구(未久)[290]의 검하(劍下) 경혼(驚魂)[291]이 될 거시니 슬하ᄒᆞ노라."

---

287) 간흉(奸凶): 간사하고 흉악함.

288) 분앙(憤怏): 분노하고 원망함.

289) 진튱갈력(盡忠竭力): 진충갈력. 온 힘을 다해 충성을 다함.

290) 미구(未久): 오래지 않음.

괴 텽파(聽罷)의 말로ᄡᅥ 도도와 ᄀᆞᆯ오ᄃᆡ,

"그ᄃᆡ 튱셩(忠誠)이 긔특(奇特)ᄒᆞ므로 니ᄅᆞ디 못ᄒᆞ엿더니 쥬인(主人)이 비ᄌᆞ(婢子)

59면

ᄅᆞᆯ 죽이고져 ᄒᆞ매 잇거ᄂᆞᆯ 그ᄃᆡᄂᆞᆫ 엇디 댱ᄎᆡᆨ(長策)[292]을 ᄉᆡᆼ각디 아니ᄒᆞᄂᆞ뇨?"

ᄆᆡ 왈(曰),

"형(兄)을 긔이디 아닛ᄂᆞ니 분심(憤心)[293]이 동(動)ᄒᆞ니 원(怨)을 갑고져 ᄒᆞᄃᆡ 묘ᄎᆡᆨ(妙策)을 ᄉᆡᆼ각디 못ᄒᆞ리로다."

옥괴 ᄆᆞᆫ득 손을 잡고 ᄀᆞᆯ오ᄃᆡ,

"그ᄃᆡ 진심(盡心)ᄒᆞ야 ᄂᆡ 말을 드ᄅᆞᆯ진대 양 시(氏) 젼졔(剪除)[294]ᄒᆞ미 여반쟝(如反掌)[295]이라."

ᄆᆡ 깃거 계교(計巧)ᄅᆞᆯ 쳥(請)ᄒᆞ니 괴 ᄉᆞ매 안흐로셔조차 두 복(幅) 화젼(華箋)을 주고,

"그 ᄢᆡᄅᆞᆯ 타 여ᄎᆞ여ᄎᆞ(如此如此) ᄒᆞᆯ딘대 양 시(氏) 죽어 장신(葬身)[296]ᄒᆞᆯ ᄯᅡ히 업서 만일(萬一) 양 시(氏) 믈러나고 아쥐(我主ㅣ) 위(位)ᄅᆞᆯ 어드시ᄂᆞᆫ 날은 우리 냥인(兩人)이 부귀(富貴)ᄅᆞᆯ ᄒᆞᆫ가지로 무

---

291) 경혼(驚魂): 놀란 넋.

292) 댱ᄎᆡᆨ(長策): 장책. 원대하고 좋은 계책이나 대책.

293) 분심(憤心): 분한 마음.

294) 젼졔(剪除): 전제. 잘라 없앰.

295) 여반쟝(如反掌): 여반장. 손바닥을 뒤집는 것 같다는 뜻으로, 일이 매우 쉬움을 이르는 말.

296) 장신(葬身): 몸을 묻음.

흠(無欠)[297]이 누릴가 ᄒᆞ노라."

ᄆᆡ 과연(果然)ᄒᆞ야 텽납(聽納)[298]ᄒᆞ거늘 옥괴 ᄌᆡ삼(再三) 당부(當付)ᄒᆞ야 ᄀᆞᆯ오ᄃᆡ,

"일이 발각(發覺)ᄒᆞᆫ즉 우리 냥인(兩人)이 죽을디라. 쳔만진심(千萬盡心)ᄒᆞ야 아쥬(我主)ᄅᆞᆯ 돕ᄉᆞ오라."

ᄆᆡ 웃고 ᄀᆞᆯ오ᄃᆡ,

"그ᄃᆡ 날

60면

을 그ᄅᆞᆺ 아랏도다. 내 엇디 그ᄃᆡ 은혜(恩惠)와 쇼져(小姐)의 하ᄒᆡ(河海) ᄀᆞᄐᆞᆫ 덕(德)을 모ᄅᆞ리오?"

괴 ᄌᆡ삼(再三) 칭샤(稱謝)ᄒᆞ더라.

옥ᄆᆡ 비록 인가(人家) 쳥의(青衣)[299]나 긔질(氣質)이 혜힐(慧黠)[300]ᄒᆞ고 문ᄌᆞ(文字)ᄅᆞᆯ 졍통(精通)ᄒᆞ니 두 복(幅) 화젼(華箋)을 보매 기간(其間) ᄉᆞ어(辭語)ᄅᆞᆯ 족(足)히 알디라. 놀나 ᄀᆞ만히 혜오ᄃᆡ,

'원ᄅᆡ(元來) 이런 ᄉᆞ어(辭語)ᄅᆞᆯ 위(爲)하야 날을 그ᄃᆡ도록 ᄃᆡ졉(待接)ᄒᆞ닷다. 내 엇디 무신(無信)ᄒᆞᆫ 뉴(類ㅣ)리오?'

ᄒᆞ고 ᄀᆞ틈을 엿보더니,

일이 공교(工巧)ᄒᆞ야 양 시(氏) 일일(一日)은 상한(傷寒)으로 미류(彌留)[301]ᄒᆞᆯᄉᆡ 약(藥)으로 티료(治療)ᄒᆞ고 양 샹셰(尙書ㅣ) 글월노 므

---

297) 무흠(無欠): 흠이 없음.

298) 텽납(聽納): 청납. 의견이나 권고 따위를 잘 들어서 받아들임.

299) 쳥의(青衣): 청의. 천한 사람을 이르는 말. 예전에 천한 사람이 푸른 옷을 입었던 데서 유래함.

300) 혜힐(慧黠): 간사하고 꾀가 많아 교묘하게 잘 둘러댐.

러 ᄌᆞ로 니ᄅᆞ니 양 쇼졔(小姐ㅣ) 강인(强仍)[302]ᄒᆞ야 답장(答狀)을 쓰다가 정신(精神)이 더옥 혼혼(昏昏)[303]ᄒᆞ야 벼개의 업듸여 우연(偶然)이 좀드니 옥미 ᄶᅢ를 타 급(急)히 쓰던 셔간(書簡)을 거두고 옥교의 주던 셔간(書簡)을 연갑(硯匣)[304]의 노핫더니,

이윽고 ᄒᆞᆨᄉᆡ(學士ㅣ) 드러와 보니 쇼졔(小姐ㅣ) 자ᄂᆞᆫ디라 감히(敢-) ᄭᅵ오디

∙∙∙

61면

못ᄒᆞ야 겨ᄐᆡ 안잣더니 연갑(硯匣)의 믁젹(墨跡)이 낭쟈(狼藉)ᄒᆞ고 두 봉(封) 셔간(書簡)이 노혓거ᄂᆞᆯ 우연(偶然)이 보니 ᄒᆞᆫ 댱(張)의ᄂᆞᆫ '근지ᄇᆡ(謹再拜)[305]'라 ᄒᆞ엿고 ᄒᆞᆫ 셔간(書簡)은 '양 시(氏)ᄂᆞᆫ 돈슈(頓首)[306]ᄒᆞ노라.' ᄒᆞ엿거ᄂᆞᆯ, 대경(大驚)ᄒᆞ야 급(急)히 ᄉᆞ매의 너코 팀음(沈吟)ᄒᆞ야 잠간(暫間) 웃더니 양 시(氏) 이윽고 ᄭᅵ여 ᄒᆞᆨᄉᆞ(學士)의 이시믈 보고 운동(運動)ᄒᆞ야 니러 안거ᄂᆞᆯ ᄒᆞᆨᄉᆡ(學士ㅣ) 말려 ᄀᆞᆯ오ᄃᆡ,

"실셥(失攝)[307]기 쉬오니 움즉이디 말라."

양 시(氏) 손샤(遜謝)ᄒᆞ고 믁연(默然)이어ᄂᆞᆯ ᄒᆞᆨᄉᆡ(學士ㅣ) 진가(眞假)ᄅᆞᆯ 급(急)히 알고져 ᄒᆞ야 몸을 니러 밧긔 나가 문을 닷고 남싱(-

---

301) 미류(彌留): 병이 오래 낫지 않음.

302) 강인(强仍): 강잉. 억지로 함.

303) 혼혼(昏昏): 정신이 가물가물하고 희미함.

304) 연갑(硯匣): 벼루, 먹, 붓, 연적 따위를 넣어 두는 납작한 상자.

305) 근지ᄇᆡ(謹再拜): 근재배. 삼가 두 번 절함.

306) 돈슈(頓首): 돈수. 고개를 조아림.

307) 실셥(失攝): 실섭. 몸조리를 잘 하지 못함.

生)의 셔간(書簡)을 보니 ᄒᆞ여시ᄃᆡ,

'ᄒᆞᆫ 번(番) 양ᄃᆡ(陽臺)[308]를 ᄇᆞ라매 옥인(玉人)의 도라보미 듯거오니 어린 ᄠᅳᆺ의 ᄇᆡᆨ(百) 셰(歲)를 ᄇᆞ라거ᄂᆞᆯ 텬의(天意) 돕디 아니ᄒᆞᄂᆞᆫ도다. 뭇ᄂᆞ니 어ᄂᆞ 시(時) 언약(言約)이 이시리오? 낙낙(樂樂)[309]이 ᄲᅧ를 ᄀᆞ라 합(合)ᄒᆞ믈 원(願)ᄒᆞ노라. ᄇᆞᆰ

62면

히 ᄀᆞᄅᆞ치라.'

ᄯᅩ ᄀᆞᆯ오ᄃᆡ,

'혈뉘(血淚ㅣ) 알픈 ᄀᆞ리오니 만만(萬萬)ᄒᆞᆫ 졍(情)을 다 못 ᄒᆞᄂᆞ니 다만 긔약(期約)을 ᄌᆞ시 뎡(定)ᄒᆞ라.'

ᄒᆞ엿더라.

양 시(氏) 셔(書)의 왈(曰),

'졍(情)이 업ᄉᆞᆫ 거시 아니오 긔약(期約)이 업ᄉᆞᆫ 거시 아니로ᄃᆡ 시ᄉᆡ(時事ㅣ) 시러금 ᄠᅳᆺᄀᆞᆺ디 못ᄒᆞ니 낭군(郎君)은 ᄒᆞᆨᄉᆞ(學士)의 입번(入番)[310]ᄒᆞ기를 기ᄃᆞ리고 ᄌᆞ레 번거이[311] 구디 말라. ᄒᆞᆨᄉᆡ(學士ㅣ) 알가 두리노라.'

ᄒᆞ엿더라.

---

308) 양ᄃᆡ(陽臺): 양대. 여인이 있는 곳. 중국 초나라의 회왕(懷王)이 꿈속에서 자신을 무산(巫山)의 여자라 소개한 여인과 잠자리를 같이했는데, 그 여인이 떠나면서 아침에는 구름이 되고 저녁에는 비가 되어 양대(陽臺) 아래에 있겠다고 함. 『문선(文選)』에 실린 송옥(宋玉)의 <고당부(高唐賦)>에 나오는 이야기.

309) 낙낙(樂樂): 낙락. 매우 즐거움.

310) 입번(入番): 관아에 들어가 차례로 숙직함.

311) 번거이: 어수선하게.

냥인(兩人)의 ᄌᆞ톄(字體) 분명(分明)ᄒᆞᄃᆡ ᄒᆞᆨᄉᆡ(學士ㅣ) 보기ᄅᆞᆯ ᄆᆞᆺ고 심하(心下)의 우어 ᄀᆞᆯ오ᄃᆡ,

"원ᄅᆡ(元來) ᄎᆞ인(此人)의 ᄌᆡ죄(才操ㅣ) 비경(非輕)ᄒᆞ도다. 남ᄉᆡᆼ(-生)의 글은 언졔 보왓던고?"

ᄯᅩᄒᆞᆫ 뉘우쳐 ᄀᆞᆯ오ᄃᆡ,

"이 일이 우연(偶然)ᄒᆞᆫ 일이 아니라. 이 글이 양 시(氏) 연갑(硯匣)으로 나고 글톄(-體) 이러ᄐᆞᆺ 방블(彷彿)ᄒᆞ니 ᄉᆞ광(師曠)의 총(聰)[312]이라도 아디 못ᄒᆞᆯ 거시오 양

63면

시(氏)와 남ᄉᆡᆼ(-生)이 다 신ᄇᆡᆨ(伸白)[313]디 못ᄒᆞᆫ 젼(前) 누덕(累德)[314]이 될디라. 누셜(漏泄)티 아니미 올토다."

드ᄃᆡ여 블을 가져 ᄉᆞᆯ오니 그 총명신이(聰明神異)[315]ᄒᆞ미 여ᄎᆞ(如此)ᄒᆞ더라.

셕양(夕陽)의 침소(寢所)의 드러가 양 시(氏)ᄅᆞᆯ 보고 ᄀᆞᆯ오ᄃᆡ,

"뉘게 셔간(書簡)을 ᄡᅳ노라 연갑(硯匣)을 여러 노핫더뇨?"

양 시(氏) ᄃᆡ왈(對曰),

"모친(母親)이 마ᄎᆞᆷ 안부(安否)ᄅᆞᆯ 무러 계시니 답장(答狀)을 ᄡᅳ더

---

312) ᄉᆞ광(師曠)의 총(聰): 사광의 총. 사광의 귀밝음. 사광은 중국 춘추시대 진(晉)나라 사람으로 자는 자야(子野)로 저명한 악사(樂師)임. 눈이 보이지 않아 스스로 맹신(盲臣), 명신(瞑臣)으로 부름. 진(晉)나라에서 대부(大夫) 벼슬을 했으므로 진야(晉野)로 불리기도 함. 음악에 정통하고 거문고를 잘 탔으며 음률을 잘 분변했다 함.

313) 신ᄇᆡᆨ(伸白): 신백. 원통한 일을 풀어 밝힘.

314) 누덕(累德): 덕을 욕되게 함. 또는 그런 행위.

315) 총명신이(聰明神異): 총명하고 신기하며 기이함.

니 간 ᄃᆡ 업ᄉᆞ니 ᄌᆞ못 고이(怪異)ᄒᆞ더이다."

ᄉᆡᆼ(生)이 그 ᄆᆞᄋᆞᆷ을 누기고져 ᄒᆞ야 소겨 ᄀᆞᆯ오ᄃᆡ,

"슈지(手紙)[316]로 아라 ᄂᆡ 마ᄎᆞᆷ 업시ᄒᆞ여시니 고이(怪異)히 너기디 말라."

ᄒᆞ고 인(因)ᄒᆞ야 집슈(執手) ᄋᆡ련(愛戀)ᄒᆞ야 죠금도 의심(疑心)ᄒᆞᄂᆞᆫ ᄠᅳᆺ을 두디 아니ᄒᆞ고 그ᄋᆞᆨ이 ᄒᆞᆫ 곡경(曲境) 만나믈 어엿비 너기니,

옥ᄆᆡ ᄌᆞ못 ᄉᆞᆯ피고 크게 고이(怪異)히 너겨 밧비 옥교ᄅᆞᆯ ᄎᆞ자보고 ᄀᆞᆯ오ᄃᆡ,

"ᄂᆡ 계교(計巧)ᄅᆞᆯ ᄒᆡᆼ(行)ᄒᆞ매 노얘(老爺ㅣ) 거두어 ᄉᆞ매의 너코 셔당(書堂)의 가 보시고 잠간(暫間) 우ᄉᆞ시더니 여ᄎᆞ여

64면

ᄎᆞ(如此如此) ᄒᆞ시고 즉시(卽時) ᄉᆞᆯ와 업시ᄒᆞ고 ᄉᆞ긔(辭氣) 여일(如一)[317]ᄒᆞ니 엇디ᄒᆞ리오?"

괴 놀나 ᄀᆞᆯ오ᄃᆡ,

"그ᄃᆡᄂᆞᆫ 방심(放心)ᄒᆞ라. 죠용히 쇼져(小姐)긔 의논(議論)ᄒᆞ리라."

ᄒᆞ고 즉시(卽時) 노 시(氏)긔 고(告)ᄒᆞ니 노 시(氏) 녀셩(厲聲)[318]ᄒᆞ야 손으로 상(牀)을 티고 ᄀᆞᆯ오ᄃᆡ,

"귀신(鬼神)은 가히(可-) 소기려니와 니(李) 군(君)은 소기디 못ᄒᆞ리로다. 우리 계괴(計巧ㅣ) 측냥(測量)티 못ᄒᆞᄃᆡ 총명(聰明)ᄒᆞ미

---

316) 슈지(手紙): 수지. 휴지.

317) 여일(如一): 한결같음.

318) 녀셩(厲聲): 여성. 소리를 사납게 함.

여ᄎᆞ(如此)ᄒᆞ니 서의(鉏鋙)[319]ᄒᆞᆫ 계교(計巧)ᄂᆞᆫ 운동(運動)티 못ᄒᆞ리로다."

옥괴 왈(曰),

"ᄒᆞᆨᄉᆞ(學士)ᄂᆞᆫ ᄇᆡᆨ(百) 번(番)을 소기나 됴티 아닐 분 아냐 ᄀᆞ만이 믈시(勿施)[320]ᄒᆞ니 쇼비(小婢) 보니 정당(正堂) 뉴 부인(夫人) 탄ᄉᆡᆼ일(誕生日)이 갓가오니 그날 연시(宴時)의 여ᄎᆞ여ᄎᆞ(如此如此) ᄒᆞᆫ즉 모ᄃᆞᆫ 이목(耳目)을 놀ᄂᆡ고 ᄒᆞᆨᄉᆡ(學士ㅣ) 비록 양 시(氏)ᄅᆞᆯ ᄋᆡ미히 너기나 쳐티(處置)ᄒᆞ미 이시리이다."

노 시(氏) 대희(大喜) 왈(曰),

"네 말이 비록 올흐나 옥미 황개(黃蓋)[321]ᄅᆞᆯ 당(當)티 못ᄒᆞᆯ가 ᄒᆞ노라."

괴 웃고 귀예 다혀 여ᄎᆞ여ᄎᆞ(如此如此) 두어 말 ᄒᆞ니 노 시(氏) 대희(大喜)ᄒᆞ야 ᄀᆞᆯ

65면

오ᄃᆡ,

"교ᄂᆞᆫ 나의 ᄌᆞ방(子房)[322]이라. 너의 공을 쟝ᄎᆞᆺ(將次ㅅ) ᄆᆞ어ᄉᆞ로

---

319) 서의(鉏鋙): 서어. 익숙하지 아니하여 서름서름함.

320) 믈시(勿施): 물시. 하려던 일을 그만둠.

321) 황개(黃蓋): 중국 삼국시대 동오(東吳)의 대장. 자는 공복(公覆)이며 천릉(泉陵, 지금의 호남성 영릉) 사람. 손견을 따라 군사를 일으키고 후에는 손책을 수행하여 강남을 경영하며 손씨 집안의 숙장(宿將)으로서 여러 차례 전공을 세움. 건안 13년(208), 적벽대전 중에는 화공을 실행하자는 건의를 한 후, 고육계를 써서 조조에게 거짓 항복을 하고 기회를 틈타 불을 질러 조조 군을 크게 무찌름. 여기에서는 황개가 쓴 고육계를 이름.

322) ᄌᆞ방(子房): 자방. 중국 한(漢)나라 고조 때의 재상(?~B.C.168) 장량(張良)의 자. 시호는 문성공(文成公). 일찍이 유방 밑에서 모사로 있으면서 소하(蕭何)와 함께 한나라 창업에 힘썼고, 그 공으로 유후(留侯)에 책봉됨. 말년에 유방이 자신을 의심한다는 것을 알고 적송자를 본받아 은거하여 살았음.

갑흐리오?"

괴 웃고 퇴(退)ᄒᆞ야 옥ᄆᆡ를 ᄎᆞ자보고 왈(曰),

"범ᄉᆞ(凡事ㅣ) 이시ᄆᆡ 웃치 이시리니 이제 샹공(相公)의 총명(聰明)ᄒᆞ시미 너의 죄(罪)를 아ᄅᆞ시ᄂᆞᆫ 날은 네 죽어 무칠 ᄯᅡ히 업ᄉᆞ리니 여ᄎᆞ(如此)ᄒᆞᆫ즉 네 비록 져근 형벌(刑罰)의 니ᄅᆞ나 쥬인(主人)의 죄(罪)를 정당(正堂) 노얘(老爺ㅣ)신들 엇디 네게 ᄡᅳ시리오? 네 능히(能-) 매를 견ᄃᆡ여 무복(誣服)[323]ᄒᆞᆫ즉 우리 노쥐(奴主ㅣ) 힘을 다ᄒᆞ야 ᄲᅢ혀 도망(逃亡)ᄒᆞ야 조히 살게 ᄒᆞ리라."

옥ᄆᆡ 과연(果然)ᄒᆞ여 응낙(應諾)ᄒᆞ거ᄂᆞᆯ 괴 ᄯᅩᄒᆞᆫ 금옥진보(金玉珍寶)를 주고 ᄀᆞᆯ오ᄃᆡ,

"만일(萬一) 일을 일울딘대 경듕(京中)의 대가(大家)를 샤 가음열기 셕슝(石崇)[324]을 블워 아니킈 ᄒᆞ리라."

옥ᄆᆡ 칭샤(稱謝)ᄒᆞ고 언약(言約)을 구지 ᄒᆞ고 믈러나다.

이러구러 뉴 부인(夫人) 탄일(誕日)이 다ᄃᆞᄅᆞ니 승샹(丞相)이 잔치를

…

66면

ᄇᆡ셜(排設)[325]ᄒᆞ고 일가(一家)를 모화 헌슈(獻壽)[326]ᄒᆞᆯᄉᆡ 몬져 승샹(丞相) 부부(夫婦)와 쇼부(少傅) 부뷔(夫婦ㅣ) 잔(盞)을 헌(獻)ᄒᆞ고 디어(至於) 부마(駙馬) 형뎨(兄弟) 군죵(群種) 십(十) 인(人)이

323) 무복(誣服): 강요에 의하여 하지 않은 것을 했다고 거짓으로 자백함.

324) 셕슝(石崇): 석숭. 중국 서진(西晉)의 부호(富豪, 249~300). 자는 계륜(季倫). 형주(荊州) 자사(刺史)를 지냈고, 항해와 무역으로 거부가 됨.

325) ᄇᆡ셜(排設): 배설. 연회나 의식(儀式)에 쓰는 물건을 차려 놓음.

326) 헌슈(獻壽): 헌수. 환갑잔치 따위에서, 주인공에게 장수를 비는 뜻으로 술잔을 올림.

잔(盞)을 헌(獻)ᄒᆞ매, ᄎᆞ례(次例) ᄒᆞᆨᄉᆞ(學士) 부부(夫婦)의게 니ᄅᆞ러 ᄒᆞᆨᄉᆞ(學士)와 양 시(氏) 쟉(爵)을 헌(獻)ᄒᆞ고 믈러나니,

노 시(氏) 긴 단장(丹粧)을 ᄭᅳ을고 유리ᄇᆡ(琉璃盃)를 드러 ᄉᆞ러 드리니 부인(夫人)이 흔연(欣然)이 바다 잠간(暫間) 마시매 홀연(忽然) 잔(盞)을 ᄇᆞ리고 혼미(昏迷)ᄒᆞ야 업더디고 ᄇᆞ린 술 가온ᄃᆡ로셔 프른 블이 니러나니,

일좨(一座ㅣ) 대경(大驚)ᄒᆞ고 승샹(丞相) 형뎨(兄弟) 차악(嗟愕)[327] ᄒᆞ야 급(急)히 부인(夫人)을 븟드러 ᄒᆡ독약(解毒藥)을 프러 녀흐며 구호(救護)ᄒᆞ고 노 시(氏) 긴 단댱(丹粧)을 벗고 계하(階下)의 ᄂᆞ려 ᄃᆡ죄(待罪)ᄒᆞ고 하람공(--公)이 진노(震怒)ᄒᆞ야 잔(盞) 드리던 시녀(侍女)를 사휙(查覈)[328] ᄒᆞ니 쥬방(廚房) 시비(侍婢) 설계 부어 옥ᄆᆡ를 주니 옥ᄆᆡ 노 시(氏)를 준디라.

부매(駙馬ㅣ) ᄆᆡ여 옥(獄)의 가도고 의관(衣冠)을 벗고 계하(階下)의셔

67면

청죄(請罪)ᄒᆞ고 승샹(丞相)은 부인(夫人)을 구호(救護)ᄒᆞ야 반향(半晑) 후(後) 인ᄉᆞ(人事)를 출히니 승샹(丞相)이 대희(大喜)ᄒᆞ야 븟드러 정침(正寢)으로 드리니,

부매(駙馬ㅣ) 궁(宮)의 도라가 형댱(刑杖) 긔구(器具)를 ᄇᆡ셜(排設)ᄒᆞ고 ᄉᆞ예(使隷)를 명(命)ᄒᆞ야 옥ᄆᆡ를 올려 듕형(重刑)을 더으며 무

327) 차악(嗟愕): 몹시 놀람.

328) 사휙(查覈): 사핵. 실제 사정을 자세히 조사하여 밝힘.

고(無故)히 졍당(正堂)의 독(毒)ᄒᆞ믈 무ᄅᆞ니 옥ᄆᆡ 쳐엄은 죽기로 몰래라 ᄒᆞ더니 여러 댱(杖)의 미쳐ᄂᆞᆫ 울며 ᄀᆞᆯ오ᄃᆡ,

“ᄎᆞ(此)ᄂᆞᆫ 양 부인(夫人) 계괴(計巧ㅣ)시니 쇼비(小婢)의 죄(罪) 아니로소이다.”

공(公)이 볼연(勃然)[329] 대로(大怒)ᄒᆞ야 쟝ᄎᆞ(將次) 오형(五刑)[330]을 ᄀᆞ초고져 ᄒᆞ니 ᄆᆡ 슬피 웨여 왈(曰),

“쇼비(小婢) ᄌᆞ쇼(自少)로 궁졍(宮廷)의 ᄉᆡᆼ쟝(生長)ᄒᆞ야 허언(虛言) 아닐 줄 아옵ᄂᆞ니 됴ᄉᆞ(招辭)[331]ᄅᆞᆯ ᄌᆞ시 알외리니 용샤(容赦)ᄒᆞ쇼셔.”

공(公)이 ᄆᆡᆫ 거ᄉᆞᆯ 느추고 실샹(實狀)을 힐문(詰問)[332]ᄒᆞ니 ᄆᆡ 필연(筆硯)을 구(求)ᄒᆞ야 됴ᄉᆞ(招辭)ᄅᆞᆯ ᄡᅥ 올리니 ᄀᆞᆯ와시니,

‘양 부인(夫人)이 노 부인(夫人)을 투긔(妬忌)ᄒᆞ셔 계교(計巧)ᄅᆞᆯ

•••

68면

못 어더 ᄒᆞ시더니 남 샹공(相公)이 양 부인(夫人)으로 ᄀᆞ만ᄒᆞᆫ 졍(情)이 계셔 이 계교(計巧)ᄅᆞᆯ 드리시니 쇼비(小婢)ᄂᆞᆫ 준ᄒᆡᆼ(遵行)[333]ᄒᆞᆯ ᄯᆞ름이로소이다.’

공(公)이 견필(見畢)의 노목(怒目)이 진녈(震烈)[334]ᄒᆞ야 ᄭᅮ지져 ᄀᆞᆯ

---

329) 볼연(勃然): 발연. 왈칵 성을 내는 태도나 일어나는 모양이 세차고 갑작스러움.

330) 오형(五刑): 다섯 가지 형벌. 묵형(墨刑), 의형(劓刑), 월형(刖刑), 궁형(宮刑), 대벽(大辟)을 이르는데, 묵형은 죄인의 이마나 팔뚝 따위에 먹줄로 죄명을 써넣던 형벌이고 의형은 코를 베는 형벌이며 월형은 발꿈치를 자르는 형벌이고, 궁형은 생식기를 자르는 형벌이며, 대벽은 목을 베는 형벌임.

331) 됴ᄉᆞ(招辭): 초사. 죄인이 자기의 범죄 사실을 진술하던 말.

332) 힐문(詰問): 트집을 잡아 따져 물음.

333) 준ᄒᆡᆼ(遵行): 준행. 전례나 명령 따위를 그대로 좇아서 행함.

334) 진녈(震烈): 진렬. 맹렬히 성을 냄.

오ᄃᆡ,

"간악(奸惡)ᄒᆞᆫ 쳔비(賤婢) ᄇᆡᆨ옥(白玉) ᄀᆞᆺᄐᆞᆫ 쥬인(主人)을 함(陷)ᄒᆞ니 죄당듀륙(罪當誅戮)[335]이라. 이 계교(計巧)ᄅᆞᆯ 뉘 ᄀᆞᄅᆞ치더뇨? ᄲᆞᆯ리 딕툐(直招)[336]ᄒᆞ면 죽기ᄅᆞᆯ 면(免)ᄒᆞ리라."

ᄆᆡ 울며 ᄀᆞᆯ오ᄃᆡ,

"이ᄂᆞᆫ 부인(夫人)과 남 샹공(相公)이 왕복(往復)ᄒᆞ셔 의논(議論)ᄒᆞ신 일이니 쇼비(小婢) 엇디 허언(虛言)을 ᄒᆞ야 쥬인(主人)을 해(害)ᄒᆞ리잇가? 표젹(表迹)[337]이 이시니 이ᄅᆞᆯ 보시면 쇼비(小婢)의 허언(虛言) 아닌 줄 아ᄅᆞ시리이다."

ᄒᆞ고 품 가온ᄃᆡ로셔 두 봉(封) 셔간(書簡)을 ᄂᆡ여 올리니 공(公)이 보니 양 시(氏)의 글시ᄂᆞᆫ 일즉 아디 못ᄒᆞ나 남ᄉᆡᆼ(-生)의 글시ᄂᆞᆫ 의연(依然)ᄒᆞᆫ디라. 실ᄉᆡᆨ(失色)ᄒᆞ야 팀음(沈吟)ᄒᆞ더니 문졍공(--公)이 밧비 니ᄅᆞ러 ᄀᆞᆯ오ᄃᆡ,

"이 일이 오됴(烏鳥)의 ᄌᆞ웅(雌雄)[338]

69면

ᄀᆞᄐᆞ니 무죄(無罪)ᄒᆞᆫ 비ᄌᆞ(婢子)ᄅᆞᆯ 저주미 무익(無益)ᄒᆞᆯ가 ᄒᆞᄂᆞ이다."

공(公)이 두 댱(張) 셔간(書簡)을 주어 왈(曰),

---

335) 죄당듀륙(罪當誅戮): 죄당주륙. 지은 죄가 목 베어 죽여야 마땅함.

336) 딕툐(直招): 직초. 지은 죄를 사실대로 바로 말함.

337) 표젹(表迹): 표적. 드러난 자취.

338) 오됴(烏鳥)의 ᄌᆞ웅(雌雄): 오조의 자웅. 까마귀의 암수를 구분하기 어렵듯이 사람의 선악 등도 분간하기 어려움을 말함. 『시경』, <정월(正月)>에 다음과 같은 구절이 있음. "산을 일러 낮다고 하나 산등성이도 있고 언덕도 있네. 백성의 와전된 말을 어찌 막지 못하는가. 저 늙은이 불러 꿈을 점치네. 다 자기를 성인이라 하나 까마귀의 암수를 누가 구분하리? 謂山蓋卑, 爲岡爲陵. 民之訛言, 寧莫之懲. 召彼故老, 訊之占夢. 具曰予聖, 誰知烏之雌雄."

"우형(愚兄)이 미처 싱각디 못ᄒᆞ야 쳔비(賤婢)를 져주어 말이 이 디경(地境)의 미처시니 내 ᄋᆞ부(阿婦)를 벗겨 구(救)코져 ᄒᆞ나 밋디 못ᄒᆞᆯ디라. 쟝ᄎᆞᆺ(將次ㅅ) 엇디 쳐티(處置)ᄒᆞ리오?"

문졍공(--公)이 보니 ᄒᆞ나흔 양 시(氏) 남싱(-生)의게 ᄒᆞᆫ 셔간(書簡)이오, ᄒᆞ나흔 남싱(-生)이 양 시(氏)긔 ᄒᆞᆫ 셔간(書簡)이라. 문졍공(--公)이 텽파(聽罷)의 돈족(頓足)[339] 실식(失色) 왈(曰),

"쇼뎨(小弟) ᄠᅳᆺ이 당초(當初) 이런 강샹(綱常)의 변(變)이 일셕(一夕)의 날 줄 아디 못ᄒᆞ고 말이 양 시(氏)긔 년누(連累)ᄒᆞᆯ가 블힝(不幸)ᄒᆞ야 저주믈 느츄고져 ᄒᆞ더니 앗가 두로 분주(奔走)ᄒᆞ야 늣게야 니ᄅᆞ러 이런 변(變)이 발각(發覺)ᄒᆞ여시니 엇디 ᄒᆞᆫ(恨)홉디 아니리오? 임의 ᄉᆞᆺ치 나시니 옥미를 ᄌᆞ시 져주어 뭇기를 마디못ᄒᆞ리이다."

부매(駙馬ㅣ) 왈(曰),

"ᄇᆡᆨ일(白日)이 비최고 신

•••

70면

기(神祇)[340] 님(臨)ᄒᆞ셔도 그럴 니(理) 업거니와 이 일을 엇디ᄒᆞ리오?"

문공(-公) 왈(曰),

"이는 간인(奸人)이 농슐(弄術)[341]ᄒᆞ미니 옥미를 다시 저주어 실샹(實狀)을 사획(查覈)ᄒᆞ야 공교(工巧)ᄒᆞᆫ 쐬를 드러나게 ᄒᆞ사이다."

부매(駙馬ㅣ) 올히 너겨 다시 옥미를 올리라 ᄒᆞ니,

---

339) 돈족(頓足): 발을 구름.

340) 신기(神祇): 천신(天神)과 지기(地祇). 곧 하늘의 신령과 땅의 신령을 이름.

341) 농술(弄術): 농술. 술수를 부림.

ᄎᆞ시(此時) 옥ᄆᆡ 무복(誣服)ᄒᆞ고 나니 노 시(氏) 노쥐(奴主ㅣ) 크게 깃거ᄒᆞ더니 옥ᄆᆡ를 다시 무ᄅᆞ려 ᄒᆞ믈 듯고 옥괴 급(急)히 궁녀(宮女)의 복ᄉᆡᆨ(服色)을 ᄒᆞ고 일긔(一器) 쥭(粥)을 들고 밧그로 나가 옥ᄆᆡ를 보고 ᄀᆞᆯ오ᄃᆡ,

"이제 노애(老爺ㅣ) 그ᄃᆡ를 노흐려 ᄒᆞ시니 그ᄃᆡᄂᆞᆫ 안심(安心)ᄒᆞ야 이를 먹으라."

옥ᄆᆡ 고디듯고 바다 마시거ᄂᆞᆯ 괴 즉시(卽時) 도라오니 이윽고 옥ᄆᆡ 입으로 피를 흘리고 죽으니,

모든 궁뇌(宮奴ㅣ) 다시 잡아 올리라 명(命)을 듯고 즉시(卽時) 옥(獄)의 가 보니 임의 죽엇ᄂᆞᆫ디라. 도로 드러가 고(告)ᄒᆞᄃᆡ,

"죄인(罪人) 옥ᄆᆡ 매를 이긔디 못ᄒᆞ야 죽엇

71면

ᄂᆞ이다."

부매(駙馬ㅣ) ᄎᆞ언(此言)을 듯고 더옥 놀나고 통히(痛駭)[342]히 너겨 믁연(默然) 단좨(端坐ㅣ)어ᄂᆞᆯ 문졍공(--公)이 ᄀᆞᆯ오ᄃᆡ,

"ᄂᆡ 앗가 보니 술이 ᄯᅥ러져시나 급(急)히 죽든 아니ᄒᆞᆯ 거시어ᄂᆞᆯ 어이 그러ᄒᆞ미 이시리오?"

죽엄을 올리라 ᄒᆞ야 ᄌᆞ시 보고 왈(曰),

"듕독(中毒)ᄒᆞ미라. 앗가 엇던 사ᄅᆞᆷ이 친(親)히 므어ᄉᆞᆯ 먹이더냐?"

ᄃᆡ흰 노ᄌᆡ(奴子ㅣ) ᄃᆡ왈(對曰),

"쇼복(小僕) 등(等)이 일즉 궁듕(宮中) 노비(奴婢)를 보디 못ᄒᆞ여시

342) 통히(痛駭): 통해. 몹시 이상스러워 놀람.

니 아뫼 줄 모르옵거니와 엇던 궁녀(宮女ㅣ) 여ᄎᆞ여ᄎᆞ(如此如此) 니ᄅᆞ고 일긔(一器) 미쥭(糜粥)[343]을 먹이고 가더니 즉시(卽時) 피롤 흘리고 죽으니이다."

문졍공(--公)이 쇼왈(笑曰),

"궁듕(宮中)의 요얼(妖孼)[344]이 이러ᄐᆞᆺ 편만(遍滿)[345]ᄒᆞ니 엇디 ᄒᆞᆫ(恨)홉디 아니리오? 이제 쟝ᄎᆞᆺ(將次ㅅ) 그림쟈롤 ᄃᆡ(對)ᄒᆞ야 양 시(氏)의 ᄋᆡᄆᆡᄒᆞᆷ을 무ᄅᆞ리잇가? 빙옥(氷玉) ᄀᆞᄐᆞᆫ 현부(賢婦)롤 금일(今日)로브터 강샹(綱常) 대죄인(大罪人)을 ᄆᆡᆼ글과이다."

부매(駙馬ㅣ) ᄯᅩᄒᆞᆫ 대로(大怒)

72면

ᄒᆞ야 궁듕(宮中) 대쇼(大小) 궁인(宮人)을 다 잡히니, 노 시(氏) 황겁(惶怯)[346]ᄒᆞ야 옥교롤 농(籠)의 너허 ᄀᆞᆷ초고 기여(其餘)ᄂᆞᆫ 다 ᄂᆡ여 보ᄂᆡ니,

부매(駙馬ㅣ) 일일히(一一-) 뎜고(點考)ᄒᆞ야 옥ᄆᆡ ᄃᆡ히엿던 노ᄌᆞ(奴子)로 면질(面質)[347]ᄒᆞ나 ᄒᆞ나토 앗가 보던 녀랑(女娘)이 아니라 ᄒᆞᄂᆞᆫ디라. 부매(駙馬ㅣ) 더옥 분노(忿怒)ᄒᆞ야 진 샹궁(尙宮)을 블러 ᄂᆡ외(內外) 각 방(房)을 뒤나 궁녀(宮女ㅣ) 일(一) 인(人)도 업ᄉᆞᆫ디라. 문졍공(--公)을 ᄃᆡ(對)ᄒᆞ야 쳐티(處置)ᄒᆞᆯ 도리(道理)롤 무ᄅᆞ니 공(公)

343) 미쥭(糜粥): 미음이나 죽 따위를 통틀어 이르는 말.

344) 요얼(妖孼): 요악한 귀신의 재앙. 또는 재앙의 징조.

345) 편만(遍滿): 널리 그득 참.

346) 황겁(惶怯): 겁이 나서 얼떨떨함.

347) 면질(面質): 관계자 양쪽을 대면시켜 심문함.

이 믁연(默然)ᄒᆞ다가 ᄃᆡ왈(對曰),

"블셔 아ᄂᆞᆫ 일이로ᄃᆡ 근본(根本)을 ᄎᆞᆺ기 어려오니 남ᄉᆡᆼ(-生)과 양 시(氏) 다 인륜(人倫) 죄인(罪人)이라. 두 벗의 ᄌᆞ식(子息)을 그릇 ᄆᆡᆼ글고 쟝ᄎᆞᆺ(將次ㅅ) 디하(地下)의 어ᄂᆞ 면목(面目)으로 보며 이 말이 ᄯᅩ 외간(外間)의 날딘대 ᄃᆡ론(臺論)[348]이 크게 어ᄌᆞ러워 시비곡딕(是非曲直)을 아디 못ᄒᆞ고 졍위(廷尉)[349]예 뭇ᄂᆞᆫ 날은 큰일이 나리니 양 시(氏)와 남ᄉᆡᆼ(-生)이 죽을 곳을 어드미니 금일(今日)로브터

…

73면

궁듕(宮中) 대쇼인(大小人)이 밧글 통(通)티 못ᄒᆞ게 엄격(嚴格)ᄒᆞ고 홍문으로 ᄒᆞ야금 양 시(氏)ᄅᆞᆯ 위로(慰勞)ᄒᆞ야 위틱(危殆)ᄒᆞ믈 보젼(保全)ᄒᆞᆯ딘대 간졍(奸情)[350]을 수이 잡으미 이시리이다."

부매(駙馬ㅣ) 올히 너겨 즉시(卽時) 궁듕(宮中) ᄂᆡ외(內外)예 녕(令)을 ᄂᆞ리오고 좌우(左右)로 ᄒᆞᆨᄉᆞ(學士)ᄅᆞᆯ 브ᄅᆞ라 ᄒᆞ니, ᄒᆞᆨᄉᆡ(學士ㅣ) 면관히ᄃᆡ(免冠解帶)[351]ᄒᆞ고 츄주(趨走)[352]ᄒᆞ야 알픠 니ᄅᆞ매 부매(駙馬ㅣ) ᄀᆞᆯ오ᄃᆡ,

"금일지변(今日之變)이 엇더ᄒᆞ뇨?"

---

348) ᄃᆡ론(臺論): 대론. 대관(臺官)과 간관(諫官)의 논의. 당송(唐宋) 때 시어사, 감찰어사가 관리 탄핵을 관장했는데 이들 벼슬을 통칭해 대관이라 하고 간의대부, 습유, 보궐, 정언이 규간(規諫)을 관장했는데 이들 벼슬을 통칭해 간관이라 하였으며, 대관과 간관을 합쳐 대간(臺諫)이라 칭하였음.

349) 졍위(廷尉): 정위. 중국 진(秦)나라 때부터, 형벌을 맡아보던 벼슬. 구경(九卿)의 하나였던바, 나중에 대리(大理)로 고침.

350) 간졍(奸情): 간정. 간악한 실정.

351) 면관히ᄃᆡ(免冠解帶): 면관해대. 관을 벗고 띠를 풂.

352) 츄주(趨走): 추주. 윗사람 앞을 지날 때에 허리를 굽히고 빨리 걸음.

혹식(學士ㅣ) 돈슈(頓首) 빅샤(拜謝) 왈(曰),

"죄당궁익(罪當窮厄)[353]이라 죽으믈 원(願)ᄒᆞᄂᆞ이다."

문졍공(--公)이 옥미 툐ᄉᆞ(招辭)ᄅᆞᆯ 주고 ᄀᆞᆯ오ᄃᆡ,

"녜 ᄯᅩ 눌을 올타 ᄒᆞᄂᆞ다?"

혹식(學士ㅣ) 간필(看畢)[354]의 고두(叩頭) 왈(曰),

"이런 일을 쇼딜(小姪)이 디ᄂᆡ디 아냐시니 엇디 알리잇고?"

공(公) 왈(曰),

"아니 양 시(氏)ᄅᆞᆯ 의심(疑心)ᄒᆞᄂᆞ다?"

ᄉᆡᆼ(生)이 ᄃᆡ왈(對曰),

"쇼딜(小姪)이 디식(知識)이 우ᄆᆡ(愚昧)ᄒᆞ니 쟝ᄎᆺ(將次ㅅ) 오됴(烏鳥)ᄅᆞᆯ 분변(分辨)티 못ᄒᆞᆯ소이다."

하람공(--公)이 졍ᄉᆡᆨ(正色) 즐왈(叱曰),

"부ᄂᆡ(府內)의 여러 사ᄅᆞᆷ을 모

74면

화 이런 일이 이시니 간졍(奸情)을 사획(查覈)디 아닌 젼(前)은 ᄂᆡ 눈의 뵈디 말고 익믹ᄒᆞᆫ 현인(賢人)을 지목(指目)디 말디어다."

ᄉᆡᆼ(生)이 ᄌᆡᄇᆡ(再拜) 슈명(受命)ᄒᆞ고 믈러나거ᄂᆞᆯ 문졍공(--公)이 ᄀᆞᆯ오ᄃᆡ,

"이 일이 양 시(氏)ᄅᆞᆯ 올타 ᄒᆞ고져 ᄒᆞ나 툐ᄉᆡ(招辭ㅣ) 분명(分明)ᄒᆞ고 법(法)으로 다ᄉᆞ리고져 ᄒᆞᆫ즉 형댱(兄丈)이 어두오시믈 면(免)티 못

353) 죄당궁익(罪當窮厄): 죄당궁액. 지은 죄가 지극한 형벌에 처해져야 마땅함.

354) 간필(看畢): 다 봄.

ᄒᆞ야 허다(許多) 시비(是非) 형당(兄丈) 몸의 미ᄎᆞᆯ 거시오, 말고져 ᄒᆞᆫ ᄌᆞᆨ 쳐티(處置) 모호(模糊)ᄒᆞ야 일편되믈 면(免)티 못ᄒᆞᆯ디라. 아직 여ᄎᆞ 여ᄎᆞ(如此如此)ᄒᆞ야 듕외(中外) 시비(是非)ᄅᆞᆯ 막으시미 올흐니이다."

부매(駙馬ㅣ) 올히 너겨 드ᄃᆡ여 졔(諸) 궁인(宮人)을 뭇디 아니ᄒᆞ고 닐오ᄃᆡ,

"양 시(氏) 분산(分産)[355]ᄒᆞ기ᄅᆞᆯ 기ᄃᆞ려 쳐티(處置)ᄒᆞ리라."

ᄒᆞ고 졍당(正堂)의 나아가 조모(祖母)긔 청죄(請罪)ᄒᆞ니 부인(夫人)이 ᄀᆞᆯ오ᄃᆡ,

"이 구ᄐᆞ야 날을 해(害)ᄒᆞ미 아니라 양 시(氏)ᄅᆞᆯ 해(害)ᄒᆞ미어ᄂᆞᆯ 네 엇디 초솔(草率)[356]이 저쥬어 양 시(氏)

75면

로ᄡᅧ 치신무디(置身無地)[357]킈 ᄒᆞᄂᆞ뇨? 너의 ᄎᆞᆼ명(聰明)이 이곳의 다ᄃᆞ라ᄂᆞᆫ 잘못ᄒᆞ엿도다."

부매(駙馬ㅣ) 하셕(下席)[358] ᄇᆡ샤(拜謝) 왈(曰),

"아ᄒᆡ(兒孩) 대모(大母)의 위위(危危)[359]ᄒᆞ시믈 보오니 ᄎᆞᆷ기 어렵ᄉᆞ와 간졍(奸情)을 사획(査覈)고져 ᄒᆞ매 도로혀 어딘 ᄌᆞ부(子婦)ᄅᆞᆯ ᄉᆞ디(死地)의 너흐니 뉘우ᄎᆞ나 밋디 못ᄒᆞ리로소이다. 연(然)이나 양 시(氏)ᄂᆞᆫ 일편도이 골몰(汨沒)ᄒᆞᆯ 샹(相)이 아니니 ᄌᆞ연(自然) 젼두(前

355) 분산(分産): 아이를 낳음. 해산.

356) 초솔(草率): 거칠고 엉성하여 볼품이 없음.

357) 치신무디(置身無地): 치신무지. 몸 둘 곳이 없음.

358) 하셕(下席): 하석. 자리에서 내려감.

359) 위위(危危): 위태로움.

頭)[360]의 버ᄉᆞ미 이실디라 조모(祖母)ᄂᆞᆫ 쇼려(消慮)[361]ᄒᆞ쇼셔.”

승샹(丞相)이 졍ᄉᆡᆨ(正色) 왈(曰),

“이런 대ᄉᆞ(大事)ᄅᆞᆯ 의논(議論)티 아니코 혼자 분주(奔走)ᄒᆞ야 종부(宗婦)ᄅᆞᆯ 강샹(綱常) 대죄인(大罪人)을 ᄆᆡᆫᄃᆞ니 이 므슴 도리(道理)오?”

부매(駙馬ㅣ) ᄇᆡ샤(拜謝) 샤죄(謝罪)ᄒᆞ고 무언이퇴(無言而退)ᄒᆞ야 도라와 구ᄐᆞ여 노 시(氏)ᄅᆞᆯ 표쟝(表章)[362]ᄒᆞ미 업고 양 시(氏)ᄅᆞᆯ 뭇디 아니ᄒᆞ니,

양 시(氏), 의외(意外)예 이런 흉(凶)ᄒᆞᆫ 변(變)을 만나 망극(罔極) 분완(憤惋)[363]ᄒᆞ믈 이긔디 못ᄒᆞ야 구괴(舅姑ㅣ) 비록 고디듯디 아니ᄒᆞ나 ᄌᆞ긔(自己) 동ᄒᆡ슈(東海水)

•••

76면

ᄅᆞᆯ 기우려도 누덕(累德)을 씻디 못ᄒᆞ게 되엿ᄂᆞᆫ디라 다만 ᄂᆞ존 집의 ᄃᆡ죄(待罪)ᄒᆞ야 쳐티(處置)ᄅᆞᆯ 기ᄃᆞ릴ᄉᆡ, 공과 쥬비(朱妃) ᄆᆞᄎᆞᆷᄂᆡ 시비(是非)ᄅᆞᆯ 아니ᄒᆞ고 궁인(宮人)을 극튁(極擇)ᄒᆞ야 ᄉᆞ면(四面)을 딕희오니 양 시(氏) 스ᄉᆞ로 디긔(知機)[364]ᄒᆞ고 감은(感恩)ᄒᆞ미 텰골(徹骨)[365]ᄒᆞ나 일신(一身) 누명(陋名)을 ᄉᆡᆼ각ᄒᆞ니 죽어 모ᄅᆞ고

360) 젼두(前頭): 전두. 지금부터 다가오게 될 앞날.

361) 쇼려(消慮): 소려. 근심을 없앰.

362) 표쟝(表章): 표장. 드러내어 칭찬함.

363) 분완(憤惋): 몹시 분하게 여김.

364) 디긔(知機): 지기. 기미를 앎.

365) 텰골(徹骨): 철골. 뼈에 사무침.

져 ᄒᆞ고 옥미 임의 죽으니 다시 ᄎᆞᄌᆞᆯ 길이 업ᄉᆞᆫ디라 ᄎᆞᄉᆡᆼ(此生) 계활(契活)[366]이 그만 ᄒᆞ야 ᄆᆞᄎᆞᆷ 극골ᄋᆡ통(刻骨哀痛)[367] ᄒᆞ더라.

흑ᄉᆡ(學士ㅣ) 양 시(氏)의 죄(罪)의 ᄡᅡ디믈 ᄆᆞ음의 심(甚)히 잔잉ᄒᆞ나 부모(父母)의 ᄯᅳᆺ을 채 아디 못ᄒᆞ야 드러가 보디 못ᄒᆞ고 것ᄎᆞ로 흔연(欣然) ᄌᆞ약(自若)히 ᄃᆞᆫ니더니,

일일(一日)은 ᄎᆞᆷ디 못ᄒᆞ야 잇ᄂᆞᆫ 곳을 ᄎᆞ자 드러가니 양 시(氏) 금니(衾裏)의 ᄉᆡᆨ여 ᄒᆞᆫ 시신(屍身)이 되여 누어 숨긔쳑도 업ᄉᆞ니 ᄀᆞ만이 나아가 니블을 열고 쵹(燭)을 나와 보니 벼개의 누흔(淚痕)이 ᄉᆞᄆᆞᆺ고 ᄀᆞ만이 늣기

77면

믈 마디아니ᄒᆞ니 흑ᄉᆡ(學士ㅣ) 크게 어엿비 너겨 손을 잡고 ᄀᆞ만이 닐오ᄃᆡ,

"인ᄉᆡᆼ(人生)이 ᄇᆡᆨ(百) 년(年)이 아니오 ᄂᆡ 몸이 빙옥(氷玉) ᄀᆞᄐᆞᆫ 후(後) ᄆᆞᄉᆞᆷ 일 무익(無益)ᄒᆞᆫ 념녀(念慮)ᄅᆞᆯ ᄒᆞ야 방신(芳身)을 상(傷)히 오ᄂᆞ뇨? 나 니흥문이 비록 아ᄂᆞᆫ 거시 업ᄉᆞ나 그ᄃᆡᄅᆞᆯ 지목(指目)ᄒᆞ야 하ᄌᆞ(瑕疵)ᄒᆞ미 업고 ᄆᆞ음의 ᄆᆡᆼ셰(盟誓)ᄒᆞ야 간당(奸黨)[368]을 ᄎᆞ자 그ᄃᆡᄅᆞᆯ 신원(伸寃)[369]코져 ᄒᆞ거ᄂᆞᆯ 엇던 고(故)로 쳔금지신(千金之身)을 도라보디 아닛ᄂᆞ뇨?"

양 시(氏) ᄎᆞ언(此言)을 듯고 놀라고 더옥 슬허 무수(無數)ᄒᆞᆫ 눈믈

---

366) 계활(契活): 결활. 삶을 위하여 애쓰고 고생함.

367) 극골ᄋᆡ통(刻骨哀痛): 각골애통. 마음속에 깊이 새겨질 정도로 몹시 슬퍼함.

368) 간당(奸黨): 간악한 무리.

369) 신원(伸寃): 가슴에 맺힌 원한을 풀어 버림.

이 취슈(翠袖)[370]를 적시고 ᄂᆞ출 향벽(向壁)ᄒᆞ야 일언(一言) 블응(不應)ᄒᆞ니 혹ᄉᆡ(學士ㅣ) 그 약(弱)ᄒᆞ믈 브죡(不足)ᄒᆞ야 냥구(良久) 후(後) 쏘 닐오ᄃᆡ,

"비록 ᄋᆡᆨ운(厄運)이 듕비(重比)[371]ᄒᆞ야 이런 일이 이시나 ᄂᆡ 몸이 옥(玉) ᄀᆞᆺ고 창명(蒼明)[372]이 말이 업ᄉᆞ믈 ᄒᆞᆫ(恨)ᄒᆞᆯ디언뎡 무익(無益)ᄒᆞᆫ 슬프믈 먹음어 ᄂᆡ ᄆᆞᄋᆞᆷ을 져ᄇᆞ리ᄂᆞ뇨?"

양 시(氏) 톄루(涕淚) 양

78면

구(良久)의 계유 ᄀᆞᆯ오ᄃᆡ,

"군ᄌᆡ(君子ㅣ) 비록 치의(致疑)[373]티 아니시고 구괴(舅姑ㅣ) 대은(大恩)을 ᄂᆞ리오시나 쳡(妾)이 므ᄉᆞᆷ ᄯᅳᆺ으로 언연(偃然)[374]이 ᄂᆞ출 드러 군ᄌᆞ(君子)를 보고져 ᄯᅳᆺ이 이시리오? 명되(命途ㅣ)[375] 긔박(奇薄)[376]ᄒᆞ고 시운(時運)이 블리(不利)ᄒᆞ믈 ᄒᆞᆫ(恨)ᄒᆞᄂᆞ니 ᄒᆞᆫ 번(番) 누덕(累德)을 시ᄅᆞ매 ᄇᆡᆨ골(白骨)이 진퇴(塵土ㅣ) 되나 신ᄇᆡᆨ(伸白)[377]ᄒᆞᆯ 날이 업ᄉᆞ니 셩문(盛門)을 더러인 죄(罪) 쟝ᄎᆞᆺ(將次ㅅ) 어ᄂᆞ 곳의 잇ᄂᆞ뇨?"

---

370) 취슈(翠袖): 취수. 비췻빛 소매.

371) 듕비(重比): 중비. 거듭되고 자주 닥침.

372) 창명(蒼明): 푸른 하늘.

373) 치의(致疑): 의심을 둠.

374) 언연(偃然): 교만방자한 모양.

375) 명되(命途ㅣ): 운명과 재수를 아울러 이르는 말.

376) 긔박(奇薄): 기박. 팔자, 운수 따위가 사납고 복이 없음.

377) 신ᄇᆡᆨ(伸白): 신백. 원통한 일을 풀어 밝힘.

인(因)ᄒᆞ야 톄읍(涕泣)ᄒᆞ믈 마디아니ᄒᆞ니 ᄒᆞᆨᄉᆡ(學士ㅣ) 잔잉ᄒᆞ믈 이긔디 못ᄒᆞ야 믁연(默然)이 야심(夜深)토록 안잣더니,

홀연(忽然) ᄒᆞᆫ 계교(計巧)를 ᄉᆡᆼ각고 몸을 니러 쇼원각(--閣)의 니ᄅᆞ니, 노 시(氏) ᄇᆡ야흐로 등즙이 깁헛거ᄂᆞᆯ ᄉᆡᆼ(生)이 겨ᄐᆡ 금침(衾枕)을 펴고 ᄎᆞ야(此夜)를 흔ᄃᆡ셔 ᄃᆡᄂᆡ고 명됴(明朝)의 니러나니 노 시(氏) 놀라고 ᄆᆞᄋᆞᆷ의 깃거 닐오ᄃᆡ,

"군ᄌᆡ(君子ㅣ) 오시ᄃᆡ 맛ᄂᆞᆫ 녜(禮)를 폐(廢)ᄒᆞ니 ᄐᆡ만(怠慢)ᄒᆞ미 극(極)ᄒᆞ이다."

ᄉᆡᆼ(生) 왈(曰),

"양 시(氏) 대죄(大罪)를 므릅

79면

ᄡᅥ 침쇠(寢所ㅣ) ᄂᆡ 이실 고디 아니라. 이제ᄂᆞᆫ 의건즙믈(衣巾什物)[378] 을 그ᄃᆡ 밧드러 ᄉᆞ양(辭讓)티 말라."

노 시(氏) ᄆᆞᄋᆞᆷ의 깃브믈 이긔디 못ᄒᆞ나 짐즛 ᄉᆞ양(辭讓) 왈(曰),

"우흐로 양 부인(夫人)이 계시니 쳡(妾)이 엇디 당돌(唐突)이 군ᄌᆞ(君子)의 긔취[379](箕帚)[380]를 밧들리오?"

ᄉᆡᆼ(生)이 정ᄉᆡᆨ(正色) 왈(曰),

"다만 나의 말대로 홀디어다."

노 시(氏) 응낙(應諾)ᄒᆞ거ᄂᆞᆯ,

---

378) 의건즙믈(衣巾什物): 의건집물. 옷, 수건 등 집에서 쓰는 온갖 물건.

379) 취: [교] 원문에는 '최'로 되어 있으나 문맥을 고려해 규장각본(3:64)을 따름.

380) 긔취(箕帚): 기추. 쓰레받기와 비를 아울러 이르는 말로 아내가 남편을 받드는 것을 이름.

싱(生)이 이후(以後)로 듀야(晝夜) 무샹(無常)[381]이 이셔 ᄉᆞ긔(事機)[382]를 ᄉᆞᆯ피매 ᄒᆞᆫ 일도 무심(無心)ᄒᆞᆫ 일이 업고 모든 시비(侍婢)를 ᄉᆞᆯ펴 옥교를 ᄀᆞ장 의심(疑心)ᄒᆞᄃᆡ 나타난 일이 업ᄉᆞᆫ 고(故)로 ᄌᆞᆷᄌᆞᆷ(潛潛)ᄒᆞ야 나죵을 보려 ᄒᆞ얏더니,

일일(一日)은 남ᄉᆡᆼ(-生)이 나가고 셔당(書堂)의 홀로 이셔 연갑(硯匣)[383]을 뒤져기다가 홀연(忽然) 일(一) 봉(封) 셔간(書簡)이 ᄲᅡ디거ᄂᆞᆯ 보니 양 시(氏) 셔간(書簡)이라. 셔듕(書中) ᄉᆞ의(辭意)[384] 죄목(罪目)이 챵누(彰漏)[385]ᄒᆞ야 죽을 고ᄃᆡ ᄲᅡ뎌시니 계교(計巧)를 ᄀᆞᄅᆞ치라 ᄒᆞ엿더라. 싱(生)이 보기를 ᄆᆞᆺ

80면

고 팀음(沈吟)[386]ᄒᆞ다가 셔동(書童) 쇼희를 블러 ᄀᆞᆯ오ᄃᆡ,

"남 샹공(相公) 나간 후(後) ᄂᆡ당(內堂) 시비(侍婢) 나왓더냐?"

쇼희 ᄀᆞᆯ오ᄃᆡ,

"ᄂᆞᆺ촐 모ᄅᆞᄃᆡ 엇던 녀랑(女娘)이 샹공(相公)의 의건(衣巾) 가지라 왓노라 ᄒᆞ고 드러왓더니이다."

ᄒᆞᆨᄉᆡ(學士ㅣ) 왈(曰),

"얼골이 이러이러ᄒᆞ더냐?"

381) 무샹(無常): 무상. 일정한 때가 없음. 무상시(無常時).

382) ᄉᆞ긔(事機): 사기. 일의 기미.

383) 연갑(硯匣): 벼루, 먹, 붓, 연적 따위를 넣어 두는 납작한 상자.

384) ᄉᆞ의(辭意): 사의. 글의 내용.

385) 챵누(彰漏): 창루. 드러나 퍼짐.

386) 팀음(沈吟): 침음. 속으로 깊이 생각함.

쇼희 듸왈(對曰),

"얼골을 다시 보면 알려니와 쏘흔 주셔히는 싱각디 못홀소이다."

싱(生)이 잠간(暫間) 싱각다가 그려 뵈고져 흐더니 문득 명패(命牌)[387] 누려 혹소(學士)를 추주니 급(急)히 됴복(朝服)을 ᄀ초고 승패(承牌)[388] 흐야 드러가 죵일(終日)토록 텬주(天子)를 뫼셔 말솜흐다가 셕양(夕陽)의 도라오매 술이 미이 취(醉)흐야 서당(書堂)의 누엇더니 홀연(忽然) 궁관(宮官)이 숫두러여 고(告)흐야 ᄀ오듸,

"문졍공(--公) 노애(老爺ㅣ) 블의(不意)예 곽난(癨亂)[389]으로 막혀 듕(重)흐시니 남공(-公) 노애(老爺ㅣ) 브르시누이다."

혹시(學士ㅣ) 놀나 즉시(卽時) 오운뎐(--殿)의 드러가니 문졍공(--公)이 뎌기 나아 니러 안잣고 하

81면

람공(--公) 등(等)이 좌우(左右)의 셩녈(成列)흐엿거늘 싱(生)이 나아가 문후(問候)흐고 ᄀ오듸,

"은소(恩賜)[390] 향온(香醞)[391]의 취(醉)흐야 즉시(卽時) 니ᄅ디 못흐엿더니 그소이 슉뷔(叔父ㅣ) 환휘(患候ㅣ) 계신 줄 엇디 알리오?"

하람공(--公)이 니러나며 이에 이시라 흐니 혹시(學士ㅣ) 슈명(受

---

387) 명패(命牌): 임금이 벼슬아치를 부를 때 보내던 나무패. '命' 자를 쓰고 붉은 칠을 한 것으로, 여기에 부르는 벼슬아치의 이름을 써서 돌림.

388) 승패(承牌): 명패를 받듦.

389) 곽난(癨亂): 곽란. 음식이 체하여 토하고 설사하는 급성 위장병.

390) 은소(恩賜): 은사. 임금이 은혜로써 신하에게 물건을 내려 주던 일. 또는 그 물건.

391) 향온(香醞): 찹쌀과 멥쌀을 찐 다음 끓는 물을 부어 그 밥이 물에 잠긴 뒤에 퍼서 식히고 녹두와 보리를 섞어서 디딘 누룩을 넣고 담근 술. 궁중 사온서(司醞署)에서 빚은 어용(御用)의 술임.

命)ᄒᆞ야 뫼셔 잇더니 밤을 당(當)ᄒᆞ야 취(醉)ᄒᆞ믈 이긔디 못ᄒᆞ야 몬져 ᄒᆞᆫ 구석의 쓰러뎌 자더니 취듕(醉中) 즘이 죠용티 못ᄒᆞ야 몸을 ᄒᆞᆫ 고ᄃᆡ 두디 아니코 ᄉᆞ매의 셔간(書簡)이 ᄲᅡ디믈 면(免)티 못ᄒᆞ니 문경공(--公)이 안셕(案席)의 비겨 심샹(尋常)티 아닌 슈디(手紙) ᄲᅡ디믈 보고 ᄀᆞ장 놀라 혜아리기를 오래 ᄒᆞ더니,

밤든 후(後) ᄒᆞᆨᄉᆡ(學士ㅣ) 니러 안자 향다(香茶)[392]를 어더먹고 오술 념의여 공(公)의 기운을 뭇ᄌᆞ온 후(後) ᄇᆡ야흐로 나ᄌᆡ 셔간(書簡)이 번거ᄒᆞ믈 ᄭᆡᄃᆞ라 업시코져 ᄒᆞ야 ᄉᆞ매를 더드머 어드니 업ᄉᆞᆫ디라 대경(大驚)ᄒᆞ야 변ᄉᆡᆨ(變色)ᄒᆞ

82면

거ᄂᆞᆯ 공(公)이 문왈(問曰),

"현딜(賢姪)이 므어ᄉᆞᆯ 엇ᄂᆞ냐?"

ᄒᆞᆨᄉᆡ(學士ㅣ) ᄃᆡ왈(對曰),

"작일(昨日) 보암 ᄌᆞᆨ디 아닌 셔간(書簡)을 이에 녀헛더니 취듕(醉中)의 아모 ᄃᆡ 가 ᄲᅡ진 줄 아디 못ᄒᆞ여이다."

공(公)이 그 셔간(書簡)을 더뎌 ᄀᆞᆯ오ᄃᆡ,

"이거시냐?"

ᄒᆞᆨᄉᆡ(學士ㅣ) ᄡᆞᆼ슈(雙手)로 밧ᄌᆞ와 ᄉᆞ매의 너커ᄂᆞᆯ 공(公)이 졍ᄉᆡᆨ(正色) 왈(曰),

"비례(非禮)의 셔간(書簡)을 옷 ᄉᆞ매의 너코 ᄃᆞᆫ니믄 그 ᄯᅳᆺ이 어ᄃᆡ 잇ᄂᆞ뇨?"

---

392) 향다(香茶): 향기로운 차.

혹식(學士ㅣ) 웃고 딕왈(對曰),

"쇼딜(小姪)이 본딕(本-) 소탈(疏脫)ᄒᆞ기로 병(病)이 되여시니 이런 변괴(變怪)[393]의 일을 근심홀 줄 몰라 쏘 고디드ᄅᆞ미 업습ᄂᆞ니 젼일(前日) 과연(果然) 이런 일을 보와시딕 시비(是非)ᄒᆞ믈 슬히 너기고 죠용키를 취(取)ᄒᆞ야 스ᄉᆞ로 업시ᄒᆞ엿더니 뎌즈음긔 옥미의 변(變)이 낫고 쏘 이 글을 남싱(-生)의 연갑(硯匣)의셔 어더시니 양 시(氏) 입이 아홉이 이시나 발명(發明)키 어렵고 양 시(氏) 일이 아니라 ᄒᆞ기도

●●●

83면

못ᄒᆞ딕 다만 평일(平日) 우인(爲人)을 슷칠딘대 결연(決然)이 이런 일이 업슬디라 밋디 아니미 ᄒᆞ나히오, ᄒᆞ믈며 남관은 금옥(金玉) ᄀᆞ튼 군직(君子ㅣ)니 뎡(正)코 이런 일을 아닐 거시어늘 쇼딜(小姪)이 홀노 닛디 아니ᄒᆞ나 놈다려 챵누(彰漏)[394]ᄒᆞ미 가(可)티 아냐 ᄀᆞ만이 업시코져 ᄒᆞ엿더니 승패(承牌)[395]ᄒᆞ야 드러갈 제 ᄉᆞ매의 너코 인(因)ᄒᆞ야 니젓더니이다."

공(公)이 텽필(聽畢)의 앙텬(仰天) 탄왈(歎曰),

"희(噫)라! 원릭(元來) 주머니 가온대 송곳출 뵈미 여러 번(番)이랏다. 네 양 시(氏)를 벗겨 노흐니 쏘혼 뉘 쟉용(作用)이라 ᄒᆞᄂᆞ다?"

혹식(學士ㅣ) 쇼이딕왈(笑而對曰),

---

393) 변괴(變怪): 이상야릇한 일이나 재변.

394) 챵누(彰漏): 창루. 드러나 퍼짐.

395) 승패(承牌): 명패를 받듦.

"보디 아냐시니 뉘 일인동 알리잇가? 졈졈(漸漸) 삭시 커딜 제는 ᄌᆞ연(自然) 보람이 이실 거시니 슉부(叔父)는 그때 보쇼셔. 긔관(奇觀)이 되리이다."

언파(言罷)의 낭연(朗然) 대쇼(大笑)ᄒᆞ니 문졍공(--公)이 졍ᄉᆡᆨ(正色) ᄎᆡᆨ왈(責曰),

"이 일이 우을

84면

일이 아니라. 양 시(氏) 지금(只今)의 강상(綱常) 대죄(大罪)ᄅᆞᆯ 무릅쓰고 이시ᄃᆡ 네 텨티(處置)ᄒᆞ야 벗김도 업고 다ᄉᆞ림도 업고 쳐ᄉᆡ(處事ㅣ) 심(甚)히 몽농(朦朧)[396]ᄒᆞ야 대죵부(大宗婦)ᄅᆞᆯ 뎌러ᄐᆞᆺ ᄇᆞ려시니 문호(門戶)의 큰 근심이라 ᄯᅩ 엇디 웃기ᄅᆞᆯ ᄒᆞᄂᆞᆫ다?"

ᄒᆞᆨᄉᆡ(學士ㅣ) 샤례(謝禮) 왈(曰),

"쇼딜(小姪)이 그윽이 ᄉᆡᆼ각ᄒᆞ니 텬하(天下) 녀ᄌᆞ(女子)의 의ᄉᆡ(意思ㅣ) 공교(工巧)ᄒᆞ고 명(命)이 박(薄)ᄒᆞ믈 됴히 너기니 ᄌᆞ연(自然) 웃기ᄅᆞᆯ ᄎᆞᆷ디 못ᄒᆞᄂᆞ이다. 연(然)이나 나죵을 볼 거시니 군ᄌᆡ(君子ㅣ) 눈으로 보디 아닌 일을 장ᄎᆞᆺ(將次ㅅ) ᄂᆞᆷ을 의심(疑心)ᄒᆞ리오?"

문졍공(--公)이 그 의논(議論)을 올히 너겨 고개 조아 응(應)ᄒᆞ더라.

이튼날 문졍공(--公)이 하람공(--公)을 보고 슈말(首末)을 ᄌᆞ시 뎐(傳)ᄒᆞ고 왈(曰),

"형댱(兄丈)이 흥ᄋᆞ(-兒)ᄅᆞᆯ 상시(常時) ᄇᆡ쳑(排斥)ᄒᆞ시더니 그 의논(議論)을 드ᄅᆞ매 범인(凡人)의 ᄲᅱ여난디라 엇디 긔특(奇特)디 아니리오?"

396) 몽농(朦朧): 의식이 흐리멍덩함.

남공(-公)이 텽파(聽罷)의 대경(大驚) 왈(曰),

"가듕(家中)의 요얼(妖孼)[397]이 졈졈(漸漸) 편만(遍滿)[398]

85면

ᄒᆞ니 사ᄅᆞᆷ을 엇디 들렴 즉ᄒᆞ리오?"

문공(-公) 왈(曰),

"형댱(兄丈)은 브졀업ᄉᆞᆫ 말 마ᄅᆞ시고 흥문의 의논(議論)대로 필경(畢竟)을 보샤이다. 텬리(天理) 슌환(循環)ᄒᆞ믈 ᄌᆞ고(自古)로 됴히 너기니 양 시(氏) ᄀᆞᄐᆞᆫ 슉녀(淑女) 셩완(聖婉)이 ᄆᆞᄎᆞᆷᄂᆡ 골몰(汨沒)티 아니리니 형(兄)은 말을 번거이[399] 마ᄅᆞ쇼셔."

남공(-公)이 믁연(默然)ᄒᆞ더라.

흥문이 셔당(書堂)의 도라와 그 셔간(書簡)을 ᄉᆞᆯ와 ᄇᆞ리고 필연(筆硯)을 나와 옥교의 얼골을 그리고 쇼희ᄅᆞᆯ 블러 뵈여 왈(曰),

"작일(昨日) 나왓던 시녀(侍女)의 얼골이 이러터냐?"

쇼희 ᄃᆡ왈(對曰),

"과연(果然) 이 그림 ᄀᆞᆺ더이다."

혹ᄉᆡ(學士 ㅣ) 처음브터 짐쟉(斟酌)ᄒᆞᆫ 일이라 더옥 통히(痛駭)ᄒᆞ야 계교(計巧)ᄅᆞᆯ ᄉᆡᆼ각ᄒᆞ더니,

일일(一日)은 황혼(黃昏)을 당(當)ᄒᆞ야 양 시(氏)ᄅᆞᆯ 보고져 ᄒᆞ야 침소(寢所)의 니ᄅᆞ러 난간(欄干)을 올나 드ᄃᆡ고져 ᄒᆞ니 일(一) 개(個)

397) 요얼(妖孼): 요악한 귀신의 재앙. 또는 재앙의 징조.

398) 편만(遍滿): 널리 그득 참.

399) 번거이: 조용하지 못하고 자리가 어수선하게.

녀인(女人)이 글월을 가지고 닐오되,

"남 샹공(相公)이 쇼져(小姐)의게 보닉시니 시녀(侍女)는

•••

86면

드려가라."

ᄒᆞ고 쌜리 닷거늘 혹ᄉᆡ(學士ㅣ) 듀야(晝夜) 긔틀을 엿ᄂᆞᆫ디라 급(急)히 ᄯᆞ라 기인(其人)을 잇그러 난간(欄干) 아래 니ᄅᆞ러ᄂᆞᆫ 블을 붉히고 보니 노 시(氏) 시비(是非) 옥연이어늘, 혹ᄉᆡ(學士ㅣ) 문왈(問曰),

"뉘 셔간(書簡)을 가지고 이에 왓ᄂᆞ다?"

옥연이 황망(慌忙)이 ᄃᆡ왈(對曰),

"쇼비(小婢) 앗가 셔당(書堂)의 나가니 남 샹공(相公)이 이 셔[400]간(書簡)을 주며 양 쇼져(小姐)긔 드리라 ᄒᆞ더이다."

혹ᄉᆡ(學士ㅣ) ᄎᆞ언(此言)을 듯고 불연(勃然) 대로(大怒)ᄒᆞ야 좌우(左右)로 시노(侍奴)ᄅᆞᆯ 블러 ᄃᆞᆫᄃᆞᆫ이 ᄆᆡ여 오라 ᄒᆞ고 외당(外堂)으로 나가 좌우(左右)로 홰블을 붉히라 ᄒᆞ니 졔뇌(諸奴ㅣ) 진경(盡驚)ᄒᆞ야 일시(一時)의 블을 혀매 ᄉᆡᆼ(生)이 명(命)ᄒᆞ야 갓가이 형틀(刑-)을 노코 오형(五刑)을 ᄀᆞ초고 옥연을 형틀(刑-)의 ᄆᆡ운 후(後) 혹ᄉᆡ(學士ㅣ) 즐문(叱問) 왈(曰),

"네 앗가 비하당(--堂)의 셔간(書簡)을 가지고 가믄 ᄀᆞᄅᆞ친 사ᄅᆞᆷ이 이시리니 ᄌᆞ시 고(告)ᄒᆞᆯ딘대 네 몸의 일(一) ᄎᆞ(次) 형쟝(刑杖)이 아니 ᄂᆞ려디고 살미 이시려니와 만일(萬一) 은휘(隱諱)

---

400) 셔: [교] 원문에는 '션'으로 되어 있으나 오기로 보임.

87면

홀딘딕 경각(頃刻)[401]의 몸을 ᄆᆞᄎᆞ리라.”

옥연이 일ᄉᆡᆼ(一生) 금누(金樓)의 영화(榮華)ᄅᆞᆯ 씌엿다가 금일(今日) 익(厄)을 만나 두리옴과 좌우(左右)의 견ᄃᆡ디 못홀 형벌(刑罰)을 버렷ᄂᆞᆫ 양(樣)을 보고 혼비ᄇᆡᆨ산(魂飛魄散)ᄒᆞ야 ᄀᆞᆯ오ᄃᆡ,

“노얘(老爺ㅣ) 진실로(眞實-) 쇼비(小婢)ᄅᆞᆯ 살오실딘ᄃᆡ 진졍(眞情)을 바로 고(告)ᄒᆞ리이다.”

ᄒᆞᆨᄉᆞ(學士ㅣ) 쥬부(主簿)ᄅᆞᆯ 갓가이 블러 죽이디 아닐 ᄯᅳᆺ을 슈례[402](手例)[403] 두고 ᄀᆞᆯ오ᄃᆡ,

“네 아모 말이라도 낫낫치 고(告)홀딘대 이ᄃᆡ로 ᄒᆞ려니와 블연즉(不然則) 죽기ᄅᆞᆯ 면(免)티 못ᄒᆞ리라.”

옥연이 영ᄒᆡᆼ(榮幸)[404]ᄒᆞ야 이에 고두(叩頭) 왈(曰),

“쇼비(小婢)ᄂᆞᆫ 일즉 쇼져(小姐)ᄅᆞᆯ 뫼셔 경ᄃᆡ(鏡臺) 하(下)의 시임(侍臨)[405]ᄒᆞ니 ᄆᆞ어ᄉᆞᆯ 알리잇고ᄆᆞᄂᆞᆫ 시비(侍婢) 옥괴 쇼져(小姐)긔 갓가이 신임(信任)ᄒᆞ야 뎌ᄌᆞ음긔 양 부인(夫人) 시녀(侍女) 옥ᄆᆡᄅᆞᆯ 처엄은 극진(極盡)이 사괴더니 옥ᄆᆡ 형벌(刑罰) 닙고 난 후(後) ᄆᆡ음(米飮)의 딤독(鴆毒)[406]을 타 갓다가 먹이니 기간(其間) ᄉᆞ어(辭語)ᄂᆞᆫ 아디 못ᄒᆞ고 금일(今日)

---

401) 경각(頃刻): 아주 짧은 시간.

402) 례: [교] 원문에는 '톄'로 되어 있으나 오기로 보이므로 규장각본(3:73)을 따름.

403) 슈례(手例): 수례. 예전에, 자기의 성명이나 직함 아래에 도장 대신에 자필로 글자를 직접 쓰던 일. 또는 그 글자.

404) 영ᄒᆡᆼ(榮幸): 영행. 기쁘고 다행스러움.

405) 시임(侍臨): 곁에서 모심.

406) 딤독(鴆毒): 짐독. 짐새의 깃에 있는 맹렬한 독.

88면

도 그 셔간(書簡)을 주며 홀 말을 ᄀᆞᄅᆞ치니 쇼비(小婢) 다만 이를 알고 다른 일을 아디 못ᄒᆞ니 옥교를 블러 무ᄅᆞ미 올흘가 ᄒᆞᄂᆞ이다."

혹싀(學士ㅣ) 텽파(聽罷)의 올히 너겨 좌우(左右)를 명(命)ᄒᆞ야 쇼원각(--閣)의 가 옥교를 잡아 오라 ᄒᆞ니, 노 시(氏) 옥연을 보ᄂᆡ고 계괴(計巧ㅣ) 일믈 ᄇᆞ라더니 홀연(忽然) 뎐(傳)ᄒᆞᄃᆡ,

"혹ᄉᆞ(學士) 노ᄌᆡ(奴子ㅣ) 옥연을 잡아 오형(五刑)을 ᄀᆞ초아 져주라 ᄒᆞ시니 옥연이 여ᄎᆞ여ᄎᆞ(如此如此)하니 교를 모든 시뇌(侍奴ㅣ) 잡으라 왓ᄂᆞ이다."

노 시(氏) 청파(聽罷)의 ᄎᆞ언(此言)을 듯고 청텬(靑天)의 벽녁(霹靂)이 일신(一身)을 분쇄(粉碎)[407]ᄒᆞᄂᆞᆫ ᄃᆞᆺᄒᆞ야 옥교를 농(籠)의 너허 누의 곰초고 ᄀᆞ만이 가슴을 두ᄃᆞ리며 모든 시노(侍奴)의게 닐러 ᄀᆞᆯ오ᄃᆡ,

"옥괴 앗가 밧그로 나가시니 ᄎᆞ자 잡아가라."

졔뇌(諸奴ㅣ) 두로 어드나 형젹(形迹)이 업ᄂᆞᆫ디라 이ᄃᆡ로 노 시(氏)긔 고(告)ᄒᆞ니, 노 시(氏) 왈(曰),

"너희 잡기를 잘 못ᄒᆞ야 도주(逃走)ᄒᆞ도다."

시뇌(侍奴ㅣ) 왈(曰),

"ᄉᆞ면(四面)

---

407) 분쇄(粉碎): 단단한 물체를 가루처럼 잘게 부스러뜨림.

89면

분댱(粉牆)[408]이 놉고 뉴리(琉璃)로 민 듯ᄒᆞ거늘 녀지(女子ㅣ) 쟝찻(將次ㅅ) 어ᄃᆡ로 가리잇가?"

노 시(氏) 노(怒)ᄒᆞ여 왈(曰),

"쳔(賤)ᄒᆞᆫ 죵년의 거쳐(去處)ᄅᆞᆯ ᄂᆡ 엇디 알리오?"

시뇌(侍奴ㅣ) ᄒᆞᆯ일업서 도라가 이대로 고(告)ᄒᆞ니,

ᄒᆞᆨᄉᆡ(學士ㅣ) 짐작(斟酌)고 각(各) 문(門)을 든든이 ᄃᆞᆮ희라 분부(分付)ᄒᆞ고 옥연을 옥(獄)의 ᄂᆞ리오고 쇼원각(--閣)의 드러가 진 샹궁(尙宮)을 블러 알픠 니ᄅᆞ매 ᄆᆡᆼ셩(猛聲)으로 닐오ᄃᆡ,

"네 무샹(無狀)ᄒᆞ야 쳐ᄌᆞ(妻子)ᄅᆞᆯ 어디리 교화(敎化)티 못ᄒᆞ야 죄인(罪人) 옥괴 이곳의 은닉(隱匿)ᄒᆞ야시니 그ᄃᆡ 맛당이 져근 궤듕(櫃中)이라도 여러 뵈야 나의 ᄆᆞᄋᆞᆷ을 쾌(快)케 ᄒᆞ라."

셜파(說罷)의 슈려(秀麗)ᄒᆞᆫ 미우(眉宇)의 노긔(怒氣) 어ᄅᆡ여 상풍(霜風)[409]이 눈을 부ᄂᆞᆫ 듯ᄒᆞ야 봉안(鳳眼)을 흘리ᄠᅧ 노 시(氏)ᄅᆞᆯ 본ᄃᆡ, 노 시(氏) ᄒᆞᆨᄉᆞ(學士)의 말을 듯고 ᄆᆞᄋᆞᆷ이 ᄯᅥ러디ᄂᆞᆫ 듯ᄒᆞᄃᆡ 안ᄉᆡᆨ(顔色)을 강잉(强仍)ᄒᆞ야 정ᄉᆡᆨ(正色)고 ᄀᆞᆯ오ᄃᆡ,

"쳡슈블민(妾雖不敏)[410]이나 ᄯᅩᄒᆞᆫ ᄉᆞ족지녜(士族之女ㅣ)어ᄂᆞᆯ ᄎᆞ마 죄(罪) 잇ᄂᆞᆫ 비ᄌᆞ(婢子)

---

408) 분댱(粉牆): 분장. 갖가지 색깔로 화려하게 꾸민 담.

409) 상풍(霜風): 몹시 찬 바람.

410) 쳡슈블민(妾雖不敏): 첩수불민. 첩이 비록 어리석고 둔함.

90면

를 이곳의 곱초와 두며 ᄒᆞ믈며 더옥 궤듕(櫃中)의 사ᄅᆞᆷ을 너흐리오?"

혹ᄉᆡ(學士ㅣ) 도라보고 ᄀᆞᆯ오ᄃᆡ,

"부인(夫人)은 즘즘(潛潛)ᄒᆞᆯ디어다. ᄉᆡᆼ(生)의 의심(疑心)이 태듕(泰重)ᄒᆞ야 부인(夫人)을 의심(疑心)ᄒᆞ야 갑[411]듕(匣中)[412]을 구ᄉᆡᆨ(求索)[413]ᄒᆞᄂᆞ니 만일(萬一) 엇디 못ᄒᆞᆫ즉 가ᄉᆡ롤 져 그ᄃᆡ게 청죄(請罪)ᄒᆞ리라."

노 시(氏) 대분(大憤)ᄒᆞ야 가슴을 두ᄃᆞ리고 울며 ᄀᆞᆯ오ᄃᆡ,

"낭군(郎君)이 쳡(妾)을 박ᄃᆡ(薄待)ᄒᆞ미 극진지도(極盡之度)의 니ᄅᆞ럿다가 필경(畢竟) 이런 곳의 지목(指目)ᄒᆞᆯ 줄 엇디 알리오? 팔ᄌᆡ(八子ㅣ) 박명(薄命)ᄒᆞ고 시운(時運)이 브졔(不齊)[414]ᄒᆞ야 낭군(郎君)이 의심(疑心)ᄒᆞ나 ᄂᆡ ᄆᆞᄋᆞᆷ은 ᄇᆡᆨ일(白日)이 비최고 갑[415]듕(匣中)의 옥교의 자최 업ᄂᆞ니 아모 담(膽) 큰 사ᄅᆞᆷ이라도 나의 샹협(箱匧)은 여디 못ᄒᆞ리니 ᄂᆡ 일즉 도적(盜賊) 아니오 장믈(贓物)[416]이 업거ᄂᆞᆯ 심야(深夜)이 규듕(閨中)을 탁난(濁亂)[417]ᄒᆞᄂᆞ뇨?"

진 샹궁(尙宮)이 ᄎᆞ경(此景)을 보고 말녀 ᄀᆞᆯ오ᄃᆡ,

"쳔비(賤婢)의 거쳐(居處)를 쇼졔(小姐ㅣ) 엇디 아ᄅᆞ실 거

---

411) 갑: [교] 원문에는 '각'으로 되어 있으나 문맥을 고려해 이와 같이 수정함.
412) 갑듕(匣中): 갑중. 상자 안.
413) 구ᄉᆡᆨ(求索): 구색. 애를 써서 찾아냄.
414) 브졔(不齊): 부제. 고르지 못함.
415) 갑: [교] 원문에는 '각'으로 되어 있으나 문맥을 고려해 이와 같이 수정함.
416) 장믈(贓物): 장물. 훔쳐 가진 물건.
417) 탁난(濁亂): 탁란. 흐리고 어지럽힘.

91면

시라 샹공(相公)이 셜亽(設使) 취듕(醉中)의 계신들 고이(怪異)ᄒᆞᆫ 노ᄅᆞ술 ᄒᆞ려 ᄒᆞ시ᄂᆞ뇨? 만일(萬一) 뒤여 엇디 못ᄒᆞᆯ딘대 무류(無聊)ᄒᆞ미 만코 ᄋᆞ녀ᄌᆞ(兒女子)를 ᄃᆡ(對)ᄒᆞ야 븟그러오리니 그만 ᄒᆞ야 나가쇼셔.”

ᄒᆞᆨᄉᆡ(學士ㅣ) ᄆᆞᆰ은 눈찌를 흘려 진 시(氏)를 보며 ᄂᆡᆼ쇼(冷笑) 왈(曰), “궁희(宮姬)를 그리 아니 아랏더니 대강(大綱) 귀 먹고 눈 어두온 사ᄅᆞᆷ이로다. ᄂᆡ 앗가 옥교를 ᄎᆞᄌᆞ니 어ᄂᆞ ᄉᆞ이 도주(逃走)ᄒᆞ므로 소기니 혜건ᄃᆡ 여러 문(門)의 노ᄌᆡ(奴子ㅣ) ᄃᆡᆨ희엿고 젼후(前後) 댱원(牆垣)[418]이 뉴리(琉璃)로 ᄊᆞᆺ가 ᄡᆞᆫ 둧ᄒᆞ거늘 옥교 ᄂᆞᆯ개를 가져시면 모ᄅᆞ거니와 그러티 아닌 젼(前)은 어ᄃᆡ로 가리오? ᄉᆞ족(士族) 부녜(婦女ㅣ) 쳔비(賤婢)로 결납(結納)[419]ᄒᆞ야 칠거(七去)[420]의 대죄(大罪)를 범(犯)ᄒᆞ고 일이 발각(發覺)ᄒᆞ매 이 당듕(堂中)의 깁히 ᄀᆞᆷ초앗ᄂᆞ니 궁희(宮姬)ᄂᆞᆫ 어두온 말을 긋치고 ᄲᆞᆯ리 뒤여 날을 뵈라. 술을 먹엇다 ᄒᆞ나 본ᄃᆡ(本-) 취(醉)티 아냣고 ᄯᅩᄒᆞᆫ 오ᄂᆞᆯ은

92면

아니 먹어시니 고톄(固滯)[421]로온 말을 그치라.”

---

418) 댱원(牆垣): 장원. 담.

419) 결납(結納): 주로 나쁜 일을 꾸미려고 서로 한통속이 됨.

420) 칠거(七去): 예전에, 아내를 내쫓을 수 있는 이유가 되었던 일곱 가지 허물. 시부모에게 불손함, 자식이 없음, 행실이 음탕함, 투기함, 몹쓸 병을 지님, 말이 지나치게 많음, 도둑질을 함 따위.

셜파(說罷)의 긴 눈섭이 관(冠)을 ᄀᆞᄅᆞ치고 소ᄅᆡ 졈졈(漸漸) 놉하 친(親)히 긔린쵹(麒麟燭)[422]을 들고 진 시(氏)ᄅᆞᆯ 잇그러 비록 손바당만 ᄒᆞᆫ 버들그ᄅᆞ시라도 ᄂᆡ라 ᄒᆞ니 진 시(氏) 웃고 왈,

"옥괴 새삿길딘대 이 그ᄅᆞᄉᆡ 담겨실소이다."

ᄒᆞᆨᄉᆡ(學士ㅣ) 왈(曰),

"그ᄃᆡᄂᆞᆫ 허수히[423] 우기디 말라. 요인(妖人)의 간악(奸惡)이 무비(無比)[424] ᄒᆞ니 능히(能-) 어이 알리오?"

두로 뒤여 가다가 큰 농(籠)의 다ᄃᆞ라ᄂᆞᆫ 구디 ᄌᆞᆷ으고 ᄀᆞᄂᆞᆫ 숨소ᄅᆡ 들리거ᄂᆞᆯ ᄒᆞᆨᄉᆡ(學士ㅣ) ᄇᆡ야흐로 쇼왈(笑曰),

"슈샹(殊常)ᄒᆞ다."

노 시(氏)ᄅᆞᆯ 도라보와 열쇠ᄅᆞᆯ ᄎᆞᄌᆞᆫ대 노 시(氏) 대로(大怒) 왈(曰),

"그곳의 셕[425]가셰존(釋迦世尊)[426] 곳갈과 댱삼(長衫)[427]과 ᄌᆡ미(齋米)[428] ᄡᆞᆯ을 위(爲)ᄒᆞ야시니 무샹(無狀)이 열고 그ᄃᆡ 죽으랴 ᄒᆞᄂᆞ냐? 대강(大綱) 그ᄃᆡ분 아냐 일가(一家) 사ᄅᆞᆷ이 다 죽을 거시니 그ᄃᆡ 쳡(妾)을 가ᄇᆡ야이 너기나 셰존(世尊)을 엇디 ᄉᆞᆯ피디 아닛ᄂᆞ뇨?"

ᄉᆡᆼ(生)이 웃고 왈(曰),

"ᄂᆡ

---

421) 고톄(固滯): 고체. 성질이 편협하고 고집스러워 너그럽지 못함.

422) 긔린쵹(麒麟燭): 기린촉. 기린을 그려 넣은 등불.

423) 허수히: 짜임새나 단정함이 없이 느슨하게.

424) 무비(無比): 비할 데가 없음.

425) 셕: [교] 원문에는 '셔'로 되어 있으나 오기로 보임.

426) 셔가셰존(釋迦世尊): 석가세존. '석가모니'를 높여 이르는 말.

427) 댱삼(長衫): 장삼. 승려의 웃옷. 길이가 길고, 품과 소매를 넓게 만듦.

428) ᄌᆡ미(齋米): 재미. 승려나 사찰에 보시로 주는 쌀.

93면

본딕(本-) 아디 못ᄒᆞ니 ᄒᆞᆫ번(-番) 귀경ᄒᆞ게 열쇠를 빌리라.”

노 시(氏) 작ᄉᆡᆨ(作色) 왈(曰),

“그딕 부모(父母)를 아니 앗기ᄂᆞ냐? 이는 뎡(正)코 주디 못ᄒᆞ리로다.”

ᄉᆡᆼ(生)이 주디 아닐 줄 알고 니러나 용녁(勇力)을 발(發)ᄒᆞ야 빈목[429]을 트러 ᄲᅡ히고 보니 옥괴 고초(苦楚)히 업ᄃᆡ여 죽은 ᄃᆞ시 잇거늘 진 샹궁(尙宮)은 당초(當初) ᄒᆞᆨᄉᆞ(學士)를 과도(過度)히 너기고 농(籠)의 너허실 줄은 쑴밧기라 대경(大驚)ᄒᆞ야 믈러셔고 ᄉᆡᆼ(生)은 박댱대쇼(拍掌大笑) 왈(曰),

“셰존(世尊)도 고이(怪異)홀샤! 위(爲)ᄒᆞᆫ 댱삼(長衫) 곳갈은 어ᄃᆡ 가고 녀승(女僧)이 드럿ᄂᆞᆫ고? 이 아니 녀보살(女菩薩)인가? 일로 보니 인간(人間) 진향(進香)[430]이 그ᄅᆞ디 아니토다. 노 시(氏)의 젼세(前世) 조상(祖上)인가? 농(籠)의 너허 두고 ᄉᆞ시(四時) 향화(香火)를 ᄒᆞᄂᆞᆫ가?”

말을 ᄆᆞᆺ고 ᄯᅩ 대쇼(大笑)ᄒᆞ고 ᄭᅳ어ᄂᆡ여 친(親)히 ᄆᆡ야 텽하(廳下)의 ᄂᆞ리티니, 진 샹궁(尙宮)은 그 거동(擧動)을 요괴(妖怪)로이 너겨 말을 아니ᄒᆞ고 섯거늘 ᄒᆞᆨᄉᆡ(學士ㅣ) 보며 웃고

94면

왈(曰),

“옥교ᄂᆞᆫ ᄉᆞ족(士族)의 입으로셔 ᄃᆞ라낫다 ᄒᆞ여시니 잡디 못ᄒᆞ고

429) 빈목: 배목. 문고리를 걸거나 자물쇠를 채우기 위하여 둥글게 구부려 만든 고리 걸쇠.

430) 진향(進香): 불교 신도가 성지(聖地)나 명산(名山)의 사당에 가 향을 사르고 부처에게 절함.

녀보살(女菩薩) ᄒᆞ나흘 어더시니 아모커나 ᄂᆡ일(來日) ᄌᆡ계(齋戒)ᄒᆞ고 뫼셔 안자 경(經)을 드ᄅᆞ리라.”

진 시(氏) 정ᄉᆡᆨ(正色) 왈(曰),

“노야(老爺) 가ᄉᆞ(家事ㅣ) 한심(寒心)ᄒᆞ거ᄂᆞᆯ 우음은 무ᄉᆞ 일이뇨?”

ᄒᆞᆨᄉᆞ(學士ㅣ) ᄯᅩ 대쇼(大笑) 왈(曰),

“노가(-家) 셰존(世尊) 위ᄒᆞᆫ ᄌᆡ미(齋米)[431] ᄡᆞᆯ과 댱삼(長衫) 곳갈을 보려 ᄒᆞ니 그ᄂᆞᆫ 흔젹(痕迹) 업고 녀보살(女菩薩) ᄒᆞ나히 사라 드러시니 놀나온 가온ᄃᆡ도 고이(怪異)ᄒᆞᆷ을 이긔디 못ᄒᆞ야 됴히 너기노라 ᄒᆞ며 우음이 발(發)ᄒᆞ미니 궁희(宮姬)ᄂᆞᆫ ᄭᅮ짓디 말디어다. ᄉᆞ족(士族)이 쳔인(賤人)으로 결납(結納)ᄒᆞ야 음흉(陰凶)ᄒᆞᆫ 계교(計巧)ᄅᆞᆯ ᄒᆞ다가 ᄑᆡ(敗)ᄒᆞ매 그ᄅᆞᄉᆡ 담아 ᄀᆞᆷ초니 ᄀᆞᄉᆞ(嘉事ㅣ)[432] 이밧긔 더ᄒᆞ랴?”

진 샹궁(尙宮)이 ᄎᆞ언(此言)을 듯고 미쇼(微笑)ᄒᆞᆫ대, 노 시(氏) 비록 도시담(都是膽)[433]이나 므ᄉᆞᆷ 말을 ᄒᆞ리오. ᄂᆞᆺ치 ᄌᆡ빗 ᄀᆞᄐᆞ야 믁연(默然)ᄒᆞ니 ᄉᆡᆼ(生)이 니러셔며 왈(曰),

“셰존(世尊)은 억만(億萬)

95면

겁(劫)이나 ᄒᆡᆼ실(行實)을 닷가 ᄃᆞᆫ니매 ᄉᆞᆺ비 ᄂᆞᆯ고 셔긔(瑞氣) 어릐여 사ᄅᆞᆷ이 보아도 ᄇᆞ람이 되여 몸을 ᄀᆞᆷ촌다 드럿더니 이 셰존(世尊)은 엇디 ᄂᆡ 손의 그대도록 허소히 잡히며 농듕(籠中)의 고초(苦

431) ᄌᆡ미(齋米): 재미. 승려나 사찰에 보시로 주는 쌀.

432) ᄀᆞᄉᆞ(嘉事ㅣ): 가사. 즐겁고 좋은 일.

433) 도시담(都是膽): 모두 담으로 채워져 있음. 담력이 있고 배짱이 있다는 말.

楚)히 드러 업딕엿ᄂᆞ뇨?"

말을 ᄆᆞᄎᆞ며 대쇼(大笑)ᄒᆞ고 ᄉᆞ매를 ᄲᅥᆯ텨 나가니, 진 샹궁(尙宮)이 ᄯᅩᄒᆞᆫ 완완(緩緩)[434]이 우ᄉᆞ며 도라가니,

노 시(氏) 이ᄯᅴ 읻다ᄅᆞ고 분(憤)ᄒᆞ미 텰골(徹骨)[435]ᄒᆞ야 머리를 ᄇᆞ드이즈며 가ᄉᆞᆷ을 허위며 통곡(慟哭)ᄒᆞ며 손을 ᄇᆞ븨여 비ᄅᆞ딕,

"명텬(明天)이 됴림(照臨)[436]ᄒᆞ시거든 금야(今夜)로셔 역적(逆賊) 니흥문을 죽여 가쇼셔."

쇼릭를 발(發)ᄒᆞ야 호곡(號哭)ᄒᆞ니,

이ᄯᅴ, 하람공(--公)이 내뎐(內殿)의 드러와 취침(就寢)ᄒᆞᆯᄉᆡ 야심(夜深)토록 쥬비(朱妃)로 더브러 자리 우히 안자 말ᄉᆞᆷᄒᆞ더니, 홀연(忽然) 곡셩(哭聲)이 은은(隱隱)ᄒᆞ믈 듯고 경아(驚訝)[437]ᄒᆞ야 좌우(左右)를 브ᄅᆞ니 쇼옥이 나아와 딕답(對答)ᄒᆞ거놀 공(公)이

•••

96면

문왈(問曰),

"심야(深夜)의 엇던 사ᄅᆞᆷ이 무고(無故)히 우ᄂᆞ뇨?"

쇼옥이 아디 못ᄒᆞ므로 딕(對)ᄒᆞ니 공(公)이 노왈(怒曰),

"궁듕(宮中) 법(法)이 지엄(至嚴)ᄒᆞ거놀 하인(何人)이 감히(敢-) 곡셩(哭聲)을 닉ᄂᆞ뇨? ᄉᆞ디궁인(事知宮人)[438] 진 시(氏)를 브ᄅᆞ라."

---

434) 완완(緩緩): 느린 모양.

435) 텰골(徹骨): 철골. 뼈에 사무침.

436) 됴림(照臨): 조림. 신불(神佛)이 세상을 굽어봄.

437) 경아(驚訝): 놀라고 의아해함.

438) ᄉᆞ디궁인(事知宮人): 사지궁인. 일을 맡은 궁인.

쇼옥이 즉시(卽時) 진 샹궁(尙宮)을 ᄎᆞ자 명(命)을 뎐(傳)ᄒᆞ니 진 샹궁(尙宮)이 년망(連忙)이 니ᄅᆞ러 승명(承命)[439]ᄒᆞ니 공(公)이 졍ᄉᆡᆨ(正色) ᄎᆡᆨ왈(責曰),

"ᄂᆡ 이제 슉침(宿寢)[440]코져 ᄒᆞ거ᄂᆞᆯ 그ᄃᆡ 궁듕(宮中) 대쇼인(大小人)을 다 총녕(總領)[441]ᄒᆞ며 무고(無故)ᄒᆞᆫ 곡셩(哭聲)을 ᄂᆡ 귀예 들리게 ᄒᆞᄂᆞ다?"

진 시(氏) 년망(連忙)이 고두(叩頭)ᄒᆞ여 ᄀᆞᆯ오ᄃᆡ,

"쳡(妾)이 비록 용녈(庸劣)ᄒᆞ나 허다(許多) 졔(諸) 궁인(宮人)이 하ᄂᆞᆯ이 놉흔 줄 아옵ᄂᆞ니 뉘 감히(敢-) 울리잇고마ᄂᆞᆫ ᄒᆞᆨᄉᆞ(學士) 노얘(老爺ㅣ) 앗가 쇼원각(--閣)의 드러오샤 시녀(侍女) 옥교ᄅᆞᆯ 여ᄎᆞ여ᄎᆞ(如此如此) 잡아가시니 노 부인(夫人)이 우분(憂憤)[442]ᄒᆞ야 우ᄅᆞ시ᄂᆞᆫ 소ᄅᆡ로소이다."

공(公)이 놀라 팀음(沈吟)[443]ᄒᆞ다가 진 시(氏)ᄅᆞᆯ 믈러가라 ᄒᆞ고 쥬비(朱妃)ᄅᆞᆯ ᄃᆡ(對)ᄒᆞ야 ᄀᆞᆯ

97면

오ᄃᆡ,

"이 아희(兒孩) 소탈(疏脫)키 병(病)이 되야 ᄆᆡᄉᆞ(每事)ᄅᆞᆯ 사ᄅᆞᆷ을 향(向)ᄒᆞ야 니ᄅᆞ미 업ᄂᆞᆫ 고(故)로 ᄂᆡ ᄯᅩ 양 시(氏) 향(向)ᄒᆞᆫ ᄆᆞ음을

439) 승명(承命): 명령을 받듦.

440) 슉침(宿寢): 숙침. 잠을 잠.

441) 총녕(總領): 총령. 모든 것을 전부 거느림.

442) 우분(憂憤): 근심하고 분노함.

443) 팀음(沈吟): 침음. 속으로 깊이 생각함.

아디 못ᄒᆞ더니 원ᄅᆡ(元來) 저의 ᄆᆞ음은 양 시(氏)ᄅᆞᆯ 티의(致疑)[444] ᄒᆞ미 업닷다. 연(然)이나 가인(家人)의 용슐(用術)[445] ᄒᆞᄂᆞᆫ 삭슐 어ᄃᆡ로조차 아랏관ᄃᆡ 저의 경노(驚怒)ᄒᆞ미 그러ᄐᆞᆺ ᄒᆞᄃᆞᆺ던고? 아디 못ᄒᆞᆯ 일이로다."

쥬비(朱妃) 념슈(斂手)[446] ᄃᆡ왈(對曰),

"비록 양 시(氏)ᄅᆞᆯ 구학(溝壑)[447]의 건디나 노 시(氏)ᄅᆞᆯ ᄇᆞ리미 되니 ᄌᆞ작지얼(自作之孼)[448]이라 ᄒᆞ나 이 스ᄉᆞ로 화평(和平)ᄒᆞᆫ 도리(道理) 아니오, 피ᄎᆞ(彼此)의 ᄂᆞᆺ치 업ᄉᆞ니 깃브미 업ᄂᆞ이다."

공(公)이 쇼왈(笑曰),

"이 ᄯᅩ 공평(公平)ᄒᆞᆫ 의논(議論)이라 ᄒᆞ려니와 ᄯᅩᄒᆞᆫ 그런 요인(妖人)을 가ᄂᆡ(家內)의 엇디 두리오? 션조(先祖) 신녕(神靈)이 용납(容納)디 아니ᄒᆞ시리니 이런 호의(狐疑)[449] ᄇᆞ졀업도다."

쥬비(朱妃) 잠쇼(暫笑) ᄇᆞ답(不答)이러라.

혹ᄉᆡ(學士ㅣ) 외당(外堂)의 나와 평안(平安)이 자고 평명(平明)의 남ᄉᆡᆼ(-生)을 향(向)ᄒᆞ야 닐오ᄃᆡ,

"ᄂᆡ 잠

444) 티의(致疑): 치의. 의심을 둠.

445) 용슐(用術): 용술. 술수를 부림.

446) 념슈(斂手): 염수. 두 손을 마주 잡고 공손히 서 있음.

447) 구학(溝壑): 구렁.

448) ᄌᆞ작지얼(自作之孼): 자작지얼. 자기가 저지른 일 때문에 생긴 재앙.

449) 호의(狐疑): 여우의 의심이라는 뜻으로 자잘한 생각을 말함.

98면

간(暫間) 홀 일이 이시니 송듁헌(--軒)의 가 현보로 더브러 잇다가 ᄎᆞᆺ거든 오미 엇더ᄒᆞ뇨?"

남ᄉᆡᆼ(-生)이 응낙(應諾)ᄒᆞ고 니러 나가니 ᄒᆞᆨᄉᆡ(學士ㅣ) 죄인(罪人)을 올리라 ᄒᆞ야 심복(心腹) 시노(侍奴) 수인(數人)을 명(命)ᄒᆞ야 큰 별곤(別棍)[450]을 가져와 녕(令)을 기ᄃᆞ리라 ᄒᆞ니 옥괴 넉시 몸의 붓디 아냐 울고 ᄀᆞᆯ오ᄃᆡ,

"비ᄌᆡ(婢子ㅣ) 므ᄉᆞᆷ 죄(罪) 잇다 ᄒᆞ고 이런 듕(重)ᄒᆞᆫ 형벌(刑罰)을 더으려 ᄒᆞ시ᄂᆞ니잇가?"

ᄒᆞᆨᄉᆡ(學士ㅣ) 노즐(怒叱) 왈(曰),

"네 죄(罪) 태산(泰山) ᄀᆞᄐᆞ믈 ᄂᆡ 아ᄂᆞ니 슈고로이 형댱(刑杖)을 맛디 아냐셔 딕툐(直招)[451]ᄒᆞ라."

옥괴 발악(發惡)ᄒᆞ야 ᄀᆞᆯ오ᄃᆡ,

"쇼비(小婢)ᄅᆞᆯ 즉금(卽今) ᄆᆞ아 죽이시믄 올커니와 츄호(秋毫)[452]도 저ᄌᆞᆫ 일이 업ᄉᆞᆸᄂᆞ니 므어ᄉᆞᆯ 딕툐(直招)ᄒᆞ리잇가?"

ᄒᆞᆨᄉᆡ(學士ㅣ) 대로(大怒)ᄒᆞ야 일(一) 빵(雙) 봉안(鳳眼)을 두려디 �고 제노(諸奴)ᄅᆞᆯ 도라보아 ᄀᆞᆯ오ᄃᆡ,

"ᄎᆞ녀(此女)ᄅᆞᆯ ᄆᆞ이 텨 실상(實狀)을 사ᄒᆡᆨ(査覈)ᄒᆞ라."

제뇌(諸奴ㅣ) 녕(令)을 드러 교ᄅᆞᆯ ᄭᅳ어 형판(刑板)의 올녀 ᄆᆡ고 블근 ᄆᆡ

450) 별곤(別棍): 아주 크고 단단하게 만든 곤장.

451) 딕툐(直招): 직초. 지은 죄를 사실대로 바로 말함.

452) 츄호(秋毫): 추호. 가을철에 털갈이하여 새로 돋아난 짐승의 가는 털이라는 뜻으로 매우 적거나 조금인 것을 비유적으로 이르는 말.

99면

ᄅᆞᆯ 단단이 프러 헤티고 건장(健壯)ᄒᆞᆫ ᄉᆞ예(使隸) ᄉᆞ매ᄅᆞᆯ 거더 디ᄅᆞ고 용[453]을 발(發)ᄒᆞ야 먼니셔 소ᄅᆡ 티고 ᄃᆞᆯ녀드러 티거든 태감(太監) 일(一) 인(人)은 듕계(中階)의 안자 ᄆᆡ이 티기ᄅᆞᆯ 웨고 궁관(宮官) 일(一) 인(人)은 업ᄃᆡ여 수(數)ᄅᆞᆯ 혜고 창두(蒼頭) 다여ᄉᆞᆺ 그 슈족(手足)을 븟드러시니 사ᄅᆞᆷ이 만티 아니나 위엄(威嚴)이 엄슉(嚴肅)ᄒᆞ니 옥교 ᄒᆞᆫ 몸이 요동(搖動)을 못 ᄒᆞᄃᆡ 삼ᄉᆞ(三四) 댱(杖)이 넘디 못ᄒᆞ여셔 피육(皮肉)이 후란(朽爛)[454]ᄒᆞ고 셩혈(腥血)[455]이 돌지어 흐ᄅᆞ니 괴 고개를 그덕이고 혀ᄅᆞᆯ ᄉᆡᆨ디워 몸을 뒤틀며 웨여 ᄀᆞᆯ오ᄃᆡ,

"쇼비(小婢) 진뎡(眞情)을 ᄌᆞ시 고(告)ᄒᆞ리니 티기ᄅᆞᆯ 느추쇼셔."

ᄒᆞᆨᄉᆡ(學士ㅣ) 명(命)ᄒᆞ야 그치라 ᄒᆞ고 므ᄅᆞᆫ대 괴 ᄀᆞᆯ오ᄃᆡ,

"쇼비(小婢) 양 시(氏) 해(害)ᄒᆞᆫ 줄 노얘(老爺ㅣ) 엇디 그ᄃᆡ도록 ᄌᆞ시 아ᄅᆞ시ᄂᆞ니잇가?"

ᄒᆞᆨᄉᆡ(學士ㅣ) 왈(曰),

"ᄂᆡ 엇디 너의 간흉(奸凶)[456]ᄒᆞᆷ을 모로리오? 이젼(以前)브터 너의 간흉(奸凶)ᄒᆞᆷ을 아ᄅᆞᄃᆡ 나타난 일

---

453) 용: 한꺼번에 모아서 내는 센 힘.

454) 후란(朽爛): 썩어 문드러짐.

455) 셩혈(腥血): 성혈. 비린내가 나는 피.

456) 간흉(奸凶): 간사하고 흉악함.

100면

이 업ᄉᆞ므로 ᄌᆞᆷᄌᆞᆷ(潛潛)ᄒᆞ엿더니 옥연의 툐ᄉᆡ(招辭ㅣ)[457] 이러ᄐᆞᆺ 명ᄇᆡᆨ(明白)ᄒᆞ니 ᄂᆡ 엇디ᄒᆞᆯ다?"

괴 ᄀᆞᆯ오ᄃᆡ,

"이 다 옥연의 무복(誣服)[458]이니 밋디 마ᄅᆞ쇼셔."

ᄒᆞᆨᄉᆡ(學士ㅣ) 좌우(左右)로 옥연을 블러 면질(面質)[459]ᄒᆞ야 ᄀᆞᆯ오ᄃᆡ,

"옥괴 허언(虛言)이라 ᄒᆞ니 네 근본(根本)을 ᄒᆡ셕(解析)ᄒᆞ라."

옥연이 옥교ᄃᆞ려 왈(曰),

"네 진실로(眞實-) 날을 쵹(囑)[460]ᄒᆞ야 어졔밤의 양 부인(夫人) 침소(寢所)의 가 이리이리 ᄒᆞ라 아니며 옥ᄆᆡ롤 미음(米飮)의 독(毒)을 저어 갓다가 아니 먹이며 ᄂᆡ 보니 네 ᄆᆡ양 부인(夫人)으로 더브러 ᄀᆞ만ᄒᆞᆫ 말을 진수(盡數)히[461] ᄒᆞ니 필경(畢竟) 은졍(恩情)이 잇거ᄂᆞᆯ 간사(奸詐)히 발명(發明)ᄒᆞᄂᆞᆫ 엇디오?"

옥괴 ᄭᆞ지져 왈(曰),

"개 ᄀᆞᄐᆞᆫ 즘ᄉᆡᆼ(生)이 쥬인(主人)을 ᄑᆞ라 죄(罪)롤 면(免)ᄒᆞ니 금슈(禽獸)와 다ᄅᆞ미 업도다."

괴 다시 고왈(告曰),

"쇼비(小婢)롤 이제 죽이시ᄆᆞᆫ 올커니와 고(告)ᄒᆞᆯ 말이 업서이다."

---

457) 툐ᄉᆡ(招辭ㅣ): 초사. 죄인이 자기의 범죄 사실을 진술하던 말.

458) 무복(誣服): 강요에 의하여 하지 않은 것을 했다고 거짓으로 자백함.

459) 면질(面質): 관계자 양쪽을 대면시켜 심문함.

460) 쵹(囑): 촉. 부추김.

461) 진수(盡數)히: 모두.

혹ᄉᆡ(學士ㅣ) 익노(益怒)ᄒᆞ야 ᄀᆞᆯ오ᄃᆡ,

“ᄎᆞ녜(此女ㅣ) 간악(奸惡)ᄒᆞ미 여ᄎᆞ(如此)ᄒᆞ니

101면

좌우(左右)로 ᄲᆞᆯ리 화형(火刑)을 나오라.”

시뇌(侍奴ㅣ) 응명(應命)ᄒᆞ고 즉시(卽時) 니러나 겨ᄐᆡ 블을 뫼ᄀᆞ티 픠오고 쇠ᄅᆞᆯ 너허 달흔대 괴 도라보고 앙텬(仰天) 탄왈(歎曰),

“출하리 형톄(形體)나 온젼(穩全)ᄒᆞᆫ 귀신(鬼神)이 되리라. 노야(老爺)ᄂᆞᆫ 쟝ᄎᆞᆺ(將次ㅅ) 므ᄉᆞᆷ 말을 뭇고져 ᄒᆞ시ᄂᆞ뇨?”

혹ᄉᆡ(學士ㅣ) 무러 ᄀᆞᆯ오ᄃᆡ,

“문졍공(--公) 노야(老爺) 녀ᄋᆞ(女兒) 쇼져(小姐)ᄂᆞᆫ 뉘 독(毒)을 주라 ᄒᆞ더뇨?”

괴 ᄃᆡ왈(對曰),

“천비(賤婢) 므ᄉᆞᆷ 혐원(嫌怨)[462]으로 문졍공(--公) 노야(老爺) 녀ᄋᆞ(女兒)ᄅᆞᆯ 해(害)ᄒᆞ리오마ᄂᆞᆫ 이ᄂᆞᆫ 쇼져(小姐) ᄉᆡᆨ(色)을 ᄉᆡ애(猜捱)[463] ᄒᆞ야 계교(計巧)ᄅᆞᆯ ᄀᆞᄅᆞ치시거ᄂᆞᆯ ᄒᆡᆼ(行)ᄒᆞ이다.”

혹ᄉᆡ(學士ㅣ) ᄯᅩ 문왈(問曰),

“ᄎᆡ의(彩衣)ᄂᆞᆫ 엇던 사ᄅᆞᆷ이 양 부인(夫人) 상협(箱匧)의 너흐뇨?”

옥괴 ᄃᆡ왈(對曰),

“이 ᄯᅩ 쇼져(小姐) 명(命)이니 쇼비(小婢)ᄂᆞᆫ 밧드러 ᄒᆡᆼ(行)ᄒᆞᆯ 분이로소이다.”

---

462) 혐원(嫌怨): 싫어하고 원망함.

463) ᄉᆡ애(猜捱): 시애. 시기함.

혹식(學士ㅣ) 또 문왈(問曰),

"남 샹공(相公) 글시는 언제 보며 존당(尊堂) 티독(置毒)[464]은 네 옥미롤 지촉(指囑)[465] 호냐?"

괴 숨을 누리쉬고 되(對)호야 골오되,

"남 샹공(相公) 글시

•••

102면

는 옥미로 결납(結納)호야 어더 쇼제(小姐ㅣ) 모쓰시고 양 부인(夫人) 침소(寢所)의 너키는 옥미 힝(行)호고 졍당(正堂) 티독(置毒)도 쇼제(小姐ㅣ) 쇼비(小婢)롤 명(命)호야 ᄀ른치시거놀 옥미롤 다릐여 힝(行)호니이다."

혹식(學士ㅣ) 또 져주어 골오되,

"뎌적 셔당(書堂)의 간셔(姦書) 너키는 뉘 일이뇨?"

괴 되왈(對曰),

"옥미롤 당초(當初) 결납(結納)호믄 계교(計巧)롤 일우려 호미오, 후(後)의는 매롤 견되디 못호야 승복(承服)호미 이실가 죽이미니이다. 뎌즈음긔 셔당(書堂)의 글 너흠도 노애(老爺ㅣ) 양 시(氏)롤 티의(致疑)티 아니시니 쇼제(小姐ㅣ) 니르시되, '열 번(番) 드릐여 아니 응(應)홀 사롬이 업ᄉ니 혹식(學士ㅣ) 비록 양 시(氏)로 졍(情)이 듕(重)호나 ᄎᄎ(次次) 계교(計巧)롤 힝(行)홀딘대 엇디 아니 고디드르리오?' 호고 그 셔간(書簡)을 지어 주시거놀 갓다가 너코 작일(昨日)

464) 티독(置毒): 치독. 독을 넣음.

465) 지촉(指囑): 지촉. 사주함.

노애(老爺ㅣ) 비하당(--堂)의 가시믈 보고 옥연을 ᄀᆞᄅᆞ치믄 뎍실(的實)ᄒᆞ니이다. 이

103면

다 쇼져(小姐)의 ᄀᆞᄅᆞ치시미니 원(願)컨ᄃᆡ 노야(老爺)ᄂᆞᆫ 비ᄌᆞ(婢子ㅣ) ᄉᆞᄉᆞ로 저ᄌᆞᆫ 일 아닌 줄 ᄉᆞᆯ피샤 쇠잔(衰殘)ᄒᆞᆫ 목숨을 용샤(容赦)ᄒᆞ쇼셔."

ᄒᆞᆨᄉᆞ(學士ㅣ) 듯기를 ᄆᆞᄎᆞ매 졀졀(切切)이 다 통완(痛惋)[466]ᄒᆞ고 ᄌᆞ가(自家)의 ᄉᆡᆼ각던 배 그ᄅᆞ디 아니ᄒᆞ니 ᄉᆞᄉᆞ로 총명(聰明)ᄒᆞ믈 ᄭᆡ드라 다시 옥(獄)의 ᄂᆞ리오고 툐ᄉᆞ(招辭)를 일일히(一一-) ᄡᅥ 가지고 바로 샹부(相府)로 니ᄅᆞ니,

아젹[467]을 당(當)ᄒᆞ야 만좨(滿座ㅣ) 셩녈(成列)ᄒᆞ야 남좌녀우(男左女右)를 분(分)ᄒᆞ야 태부인(太夫人) 안젼(案前)의 시립(侍立)ᄒᆞ야 말ᄉᆞᆷᄒᆞ거ᄂᆞᆯ ᄉᆡᆼ(生)이 ᄑᆞᆯ을 ᄯᅳᆺ고 읍양(揖讓)[468]ᄒᆞ야 좌(座)의 나아가 하람공(--公) 면젼(面前)의 ᄭᅮ러 ᄉᆞ매로조차 옥교의 툐ᄉᆞ(招辭)를 ᄂᆡ여 드리고 다시 졀ᄒᆞ야 ᄀᆞᆯ오ᄃᆡ,

"뎌즈음ᄭᅴ 양 시(氏)의 강샹(綱常) 대죄(大罪) 심샹(尋常)티 아니ᄒᆞ니 만일(萬一) 다ᄉᆞ리려 ᄒᆞᆯ딘ᄃᆡ 극뉼(極律)이 가(可)ᄒᆞᆯ 거시오, 젼일(前日) ᄒᆡᆼᄉᆞ(行事)를 참쟉(參酌)ᄒᆞ매 가히(可-) 분명(分明)이 지목(指目)디 못ᄒᆞ고 대인(大人)이 ᄯᅩᄒᆞᆫ 그

466) 통완(痛惋): 괘씸해하고 한탄함.

467) 아젹: 아침.

468) 읍양(揖讓): 읍하는 예를 갖추면서 사양함.

104면

러히 너기샤 다ᄉᆞ리디 아니ᄒᆞ시고 일월(日月)을 쳔연(遷延)[469]ᄒᆞ시니 히ᄋᆡ(孩兒ㅣ) 잠간(暫間) 간졍(奸情)[470]을 ᄉᆞᆯ피고 잡기ᄅᆞᆯ 계교(計巧)ᄒᆞ매 과연(果然) 작야(昨夜)의 노 시(氏) 시비(是非) 옥연이 양 시(氏)의 곳의 니ᄅᆞ러 여ᄎᆞ여ᄎᆞ(如此如此) ᄒᆞ거ᄂᆞᆯ 쇼ᄌᆡ(小子ㅣ) 우연(偶然)이 마조텨 ᄉᆡᆼ각ᄒᆞ매 ᄒᆞ나흘 잡은즉 ᄯᅩᄒᆞᆫ 이젼(以前) 의심(疑心)저온 일을 알딘 고(故)로 쳔누(淺陋)[471]ᄒᆞ믈 혜디 아니코 친(親)히 잡아 셔당(書堂)의 가 져준즉 여ᄎᆞ여ᄎᆞ(如此如此) ᄒᆞ옵ᄂᆞᆫ디라. 히ᄋᆡ(孩兒ㅣ) 졍실(情實)[472]을 사ᄒᆡᆨ(查覈)[473]고져 ᄒᆞ와 옥교ᄅᆞᆯ ᄎᆞ즌즉 노 시(氏) 도주(逃走)ᄒᆞ믈 니ᄅᆞ오ᄃᆡ 히ᄋᆡ(孩兒ㅣ) 의심(疑心)이 ᄆᆡᆼ동(萌動)[474]ᄒᆞ여 ᄉᆞ디궁인(事知宮人)[475] 진 시(氏)로 더브러 쇼원각(--閣)의 가 뒤니 과연(果然) 농(籠)의 너허 ᄀᆞᆷ초미 잇ᄉᆞᆸᄂᆞᆫ디라. 녀ᄌᆞ(女子)의 계교(計巧ㅣ) 쟝ᄎᆞᆺ(將次ㅅ) 이러코 므ᄉᆞ 일을 못ᄒᆞ리잇고? 히ᄋᆡ(孩兒ㅣ) 격분(激憤)ᄒᆞ믈 능히(能-) 견ᄃᆡ디 못ᄒᆞ야 옥교ᄅᆞᆯ 져주매 툐ᄉᆡ(招辭ㅣ) 이러ᄐᆞᆺ 명ᄇᆡᆨ(明白)ᄒᆞ니 쟝ᄎᆞᆺ(將次ㅅ)

469) 쳔연(遷延): 천연. 일이나 날짜 따위를 미루고 지체함.
470) 간졍(奸情): 간정. 간악한 실정.
471) 쳔누(淺陋): 천루. 천박하고 고루함.
472) 졍실(情實): 정실. 실제의 사실.
473) 사ᄒᆡᆨ(查覈): 사핵. 실제 사정을 자세히 조사하여 밝힘.
474) ᄆᆡᆼ동(萌動): 맹동. 어떤 생각이나 일이 일어나기 시작함.
475) ᄉᆞ디궁인(事知宮人): 사지궁인. 일을 맡은 궁인.

105면

얻디ᄒᆞ리잇가? 노 시(氏)의 죄과(罪過ㅣ) 심상(尋常)티 아니ᄒᆞ니 뉼(律)이 이실디라 대인(大人)이 쳐티(處置)ᄒᆞ시믈 ᄇᆞ라ᄂᆞ이다."

공(公)이 귀로 드ᄅᆞ며 눈으로 보기를 ᄆᆞᄎᆞ매 ᄋᆞᄌᆞ(兒子)의 춍명신이(聰明神異)ᄒᆞ미 이 ᄀᆞᄐᆞ믈 ᄀᆞ장 두굿겨 미우(眉宇)의 잠간(暫間) 희싁(喜色)을 ᄯᅴ여 도라 승샹(丞相)긔 뭇ᄌᆞ오ᄃᆡ,

"ᄎᆞᄉᆞ(此事)ᄅᆞᆯ 얻디ᄒᆞ리잇고?"

승샹(丞相)이 ᄀᆞᆯ오ᄃᆡ,

"흥ᄋᆞ(-兒)의 영오(穎悟)ᄒᆞ미 이러ᄐᆞᆺ 공교(工巧)ᄒᆞᆫ 일을 발간젹복(發奸赤暴)[476]ᄒᆞ미 편시간(片時間) 일우니 긔이(奇異)ᄒᆞ미 승어뷔(勝於父ㅣ)[477]로다. 쳐티(處置)ᄒᆞ믈 얻디 날ᄃᆞ려 무ᄅᆞ리오? 투긔(妬忌)ᄂᆞᆫ 칠거(七去)[478]의 잇거ᄂᆞᆯ ᄒᆞ믈며 당당(堂堂)ᄒᆞᆫ ᄉᆞ족(士族) 부녜(婦女ㅣ) 이러ᄐᆞᆺ 음흉[479](陰凶)ᄒᆞᆫ 계교(計巧)로 정실(正室)을 해(害)ᄒᆞ니 잠시(暫時)나 집의 두리오? 노 공(公)을 블러 이런 일을 니ᄅᆞ고 츌거(黜去)[480]ᄒᆞ미 가(可)토다."

공(公)이 ᄌᆡᄇᆡ(再拜) 슈명(受命)ᄒᆞ고 좌위(左右ㅣ) 노 시(氏)의 ᄒᆡᆼᄉᆞ(行事)ᄅᆞᆯ 차악(嗟愕)[481]ᄒᆞᆯ시 문

---

476) 발간젹복(發奸赤暴): 발간적폭. 간악한 일을 적발해 적나라하게 드러냄.

477) 승어뷔(勝於父ㅣ): 아버지보다 나음.

478) 칠거(七去): 예전에, 아내를 내쫓을 수 있는 이유가 되었던 일곱 가지 허물. 시부모에게 불손함, 자식이 없음, 행실이 음탕함, 투기함, 몹쓸 병을 지님, 말이 지나치게 많음, 도둑질을 함 따위.

479) 흉: [교] 원문에는 '용'으로 되어 있으나 문맥을 고려해 규장각본(3:88)을 따름.

480) 츌거(黜去): 출거. 강제로 내쫓음.

481) 차악(嗟愕): 몹시 놀람.

106면

경공(--公)이 쇼왈(笑曰),

"금일(今日)로 보니 홍문이 유공(有功)ᄒᆞ도다. 만일(萬一) 양 시(氏)를 아니 어덧던들 노 시(氏) ᄀᆞᄐᆞᆫ 고이(怪異)ᄒᆞᆫ 녀ᄌᆞ(女子)로 대죵(大宗)을 밧들미 욕(辱)되디 아니ᄒᆞ리오?"

쇼뷔(少傅ㅣ) 왈(曰),

"현딜(賢姪)은 그리 니ᄅᆞ디 말라. 양 시(氏) 업던들 노 시(氏) 무숨ᄒᆞ라 이런 작용(作用)을 ᄒᆞ리오?"

공(公)이 우셔 ᄃᆡ왈(對曰),

"슉뷔(叔父ㅣ) 이리 니ᄅᆞ디 마ᄅᆞ쇼셔. 셜ᄉᆞ(設使) 양 시(氏) 업ᄉᆞ나 녀ᄌᆡ(女子ㅣ) 이런 ᄯᅳ슬 먹음어시니 엇디 뎡졍(貞靜)타 니ᄅᆞ며 션조(先祖) 신녕(神靈)이 욕(辱)되이 아니 너기시리오?"

하람공(--公)이 웃고 올타 ᄒᆞ니, 문졍공(--公)이 다시 닐오ᄃᆡ,

"녀ᄌᆡ(女子ㅣ) 투긔(妬忌)만 ᄒᆞ여도 그 죄(罪) 등한(等閑)티 아니ᄒᆞ니 엇디 잠시(暫時)나 가듕(家中)의 두리오?"

ᄀᆡ국공(--公)이 ᄉᆞ텨 닐오ᄃᆡ,

"형댱(兄丈)이 뎌리 ᄒᆞ시고 타일(他日) 여러 아ᄒᆡ(兒孩) 취쳐(娶妻)ᄒᆞ야 만일(萬一) 쵸독(楚毒)[482]고 ᄆᆡᆼ녈(猛烈)ᄒᆞᆯ딘ᄃᆡ 다 ᄂᆡ티시리잇가?"

공(公)이 쇼왈(笑曰),

"쵸

---

482) 쵸독(楚毒): 초독. 매섭고 독함.

107면

독(楚毒)고 믱녈(猛烈)ᄒᆞ니는 다 투긔(妬忌)를 ᄒᆞᄂᆞ냐?"

기국공(--公)이 찬연(燦然)이 웃고 왈(曰),

"쇼뎨(小弟) 두고 보니 쵸독(楚毒)고 믱녈(猛烈)ᄒᆞ니 쳔(千)의 ᄒᆞ나히 투긔(妬忌) 아닛ᄂᆞ니는 업ᄉᆞ니 형댱(兄丈)이 두고 보쇼셔. 말이 마ᄌᆞ리이다."

문졍공(--公)이 ᄇᆡ야흐로 삼뎨(三弟)의 말이 임 시(氏)를 니ᄅᆞᆷ을 보고 눈으로 보며 잠간(暫間) 웃고 브답(不答)ᄒᆞᆫᄃᆡ 안두휘(--侯ㅣ) 셩문의 손을 잡고 ᄀᆞᆯ오ᄃᆡ,

"이 손이 ᄀᆞ장 어려오니 쳐ᄌᆞ(妻子)의 투긔(妬忌)를 용납(容納)ᄒᆞ실가?"

공ᄌᆡ(公子ㅣ) 미쇼(微笑) 무언(無言)이어ᄂᆞᆯ 뉴 부인(夫人)이 잠쇼(暫笑)ᄒᆞ고 ᄀᆞᆯ오ᄃᆡ,

"투긔(妬忌)를 ᄒᆞᄂᆞ니 이신들 노 시(氏) ᄀᆞᄐᆞ니 어ᄃᆡ 이시리오? 너히 셩문을 도도디 말라. 쳐ᄌᆞ(妻子)의게 ᄀᆞ장 ᄶᆞ달은 아ᄒᆡ(兒孩)니 므러 므엇ᄒᆞ리오? 제 아비브터 그러ᄒᆞ니 ᄌᆞ식(子息)이 어이 담디 아니ᄒᆞ리오?"

문졍공(--公)이 웃고 ᄃᆡ왈(對曰),

"쇼손(小孫)ᄀᆞ티 쳐ᄌᆞ(妻子)의게 더온 쪅 ᄀᆞᄐᆞ니 업거ᄂᆞᆯ 조

108면

뫼(祖母ㅣ) 엇디 이대도록 ᄒᆞ시ᄂᆞ니잇가?"

뉴 부인(夫人)이 쇼왈(笑曰),

"ᄎᆞᄋᆞ(此兒)의 화려(華麗)ᄒᆞᆫ 담논(談論)이 ᄂᆡ 알픠셔는 긋칠 말이 업ᄉᆞ나 소 시(氏)를 향(向)ᄒᆞ야 어려이 구ᄂᆞᆫ 줄 ᄌᆞ못 아ᄂᆞ니 연셩이 공논(公論)ᄒᆞ미 엇더ᄒᆞ뇨?"

쇼뷔(少傅ㅣ) 웃고 말솜을 니어 ᄃᆡ왈(對曰),

"너모 브드러이 굴매 남챵(南昌)의 가 뉴리(流離)[483]ᄒᆞ고 ᄌᆞ식(子息)조차 일흐니이다.[484]"

문졍공(--公)이 손을 곳고 ᄃᆡ쇼(大笑) 왈(曰),

"쇼딜(小姪)이 남챵(南昌)으로 가라 아냐시니 아디 못ᄒᆞᆯ소이다."

쇼뷔(少傅ㅣ) 우왈(又曰),

"더온 쩍 ᄀᆞᄐᆞ매 표풍(漂風)[485]ᄒᆞ엿더니이다."

공(公)이 미쇼(微笑) 왈(曰),

"이ᄂᆞᆫ 복(福) 업ᄉᆞᆫ 타시니 ᄂᆡ 아랑고티 아닐소이다. 이제 소 시(氏) 삼십(三十)이 ᄀᆞᆺ 넘엇거ᄂᆞᆯ 일품(一品) 후비(后妃) 직텹(職牒)으로 화당금누(華堂金樓)[486]의 딘미(珍味)[487]를 염(厭)ᄒᆞ고 오ᄌᆞ이녀(五子二女ㅣ) 뉘 덕(德)이니잇가?"

---

483) 뉴리(流離): 유리. 떠돌아다님.

484) 남챵(南昌)의~일흐니이다: 남창에 가 유리하고 자식조차 일흐니이다. 남창에 가 떠돌아다니고 자식조차 잃었나이다. 이몽창의 아내 소월혜가 옥란의 모함으로 남창에 귀양 가고 자식 이경문을 잃은 일을 말함. <쌍천기봉> 9:20~10:23.

485) 표풍(漂風): 바람결에 떠 흘러감.

486) 화당금누(華堂金樓): 화당금루. 화려하고 부귀한 집.

487) 딘미(珍味): 진미. 음식의 아주 좋은 맛. 또는 그런 맛이 나는 음식물.

쇼뷔(少傅ㅣ) 크게 웃고 왈(曰),

"너의 언변(言辯)의 막혀 우슉(愚叔)이 말을 그치노라."

뉴 부인(夫人)이 흔

109면

연(欣然)이 우순딕 쇼부(少傅) 부인(夫人)[488]이 셩문두려 왈(曰),

"네 본딕(本-) 알오미 붉으니 너히 모친(母親)과 부친(父親)이 뉘 그루며 올흐뇨?"

공직(公子ㅣ) 옥면(玉面)의 우음을 씌여 부복(俯伏) 브답(不答)ᄒᆞ니 소 부인(夫人)이 눈을 빗기 보며 ᄀᆞᆯ오딕,

"슉뫼(叔母ㅣ) 무루시는 바를 엇디 딕답(對答)디 아닛는다?"

공직(公子ㅣ) 마디못ᄒᆞ야 딕왈(對曰),

"당년(當年)의 모친(母親)이 운수(運數)를 그룻 만나샤 잠간(暫間) 굿기시미 이시나 엇디 부친(父親) 연괴(緣故ㅣ)리잇고? 이제 블쵸(不肖)ᄒᆞ나 쇼손(小孫) 등(等)이 여러히 잇고 영홰(榮華ㅣ) 졔미(齊美)[489] ᄒᆞ니 흠(欠)ᄒᆞᆯ 거시 업ᄉᆞ니이다."

쇼부(少傅) 부인(夫人)이 낭연(朗然) 대쇼(大笑) 왈(曰),

"아ᄃᆞᆯ이 제 아비를 기리니 뉘 ᄒᆞᆯ 말이 이시리오? 네 아비는 깃거ᄒᆞ려니와 네 모친(母親)은 필연(必然) 너를 믜이 너기리로다."

공직(公子ㅣ) 공슈(拱手) 딕왈(對曰),

"부모(父母) 다 동티히ᄋᆡ(童穉孩兒ㅣ) 아니시니 니ᄅᆞ시는 말ᄉᆞᆷ ᄀᆞ

488) 쇼부(少傅) 부인(夫人): 소부 부인. 소부 이연성의 아내 정혜아를 이름.

489) 졔미(齊美): 제미. 아름다움이 가지런함.

틀 길이 어딘 이시리잇가?"

좌위(左右ㅣ) 대쇼(大笑)ᄒᆞ고 소 부인(夫人)

...

110면

을 보매 단졍(端正)이 형뎨(兄弟) 항녈(行列)로 시립(侍立)ᄒᆞ야 눈을 거듧ᄠᅳ미 업더라.

이윽고 파(罷)ᄒᆞ야 하람공(--公)이 궁(宮)으로 도라가 시쟈(侍者)로 노 부ᄉᆞ(府使)를 쳥(請)ᄒᆞ니 부ᄉᆡ(府使ㅣ) 즉시(卽時) 니ᄅᆞ럿거ᄂᆞᆯ 공(公)이 옥교의 툐ᄉᆞ(招辭)를 주어 ᄀᆞᆯ오ᄃᆡ,

"젼후(前後) 변난(變亂)이 진실노(眞實-) ᄉᆞ족(士族)의 ᄒᆡᆼ(行)ᄒᆞ염 즉ᄒᆞᆫ 일이 아니오, 인가(人家)의 희한(稀罕)ᄒᆞᆫ 변괴(變故ㅣ)니 ᄒᆞᆨᄉᆡᆼ(學生)이 비록 블쵸(不肖)ᄒᆞ나 문견(聞見)의 처엄이라. 가히(可-) 족하(足下)의 ᄂᆞᆺ출 보와 머므러 두디 못ᄒᆞᄂᆞ니 금일(今日)로 ᄃᆞ려갈디어다."

부ᄉᆡ(府使ㅣ) 듯기를 ᄆᆞᆺ고 크게 븟그려 이에 샤례(謝禮)ᄒᆞ야 ᄀᆞᆯ오ᄃᆡ,

"쳔(賤)ᄒᆞᆫ ᄌᆞ식(子息)의 소ᄒᆡᆼ(所行)이 여ᄎᆞ(如此)ᄒᆞᆫ 줄 엇디 알리오? 존문(尊門) 쳐티(處置) 맛당ᄒᆞ시니 쇼ᄉᆡᆼ(小生)이 므ᄉᆞᆷ 말을 ᄒᆞ리오?"

하람공(--公)이 졍ᄉᆡᆨ(正色)고 좌우(左右)로 혼셔(婚書)를 ᄎᆞᆺ고 노시(氏)를 도라가라 ᄒᆞ니 부ᄉᆡ(府使ㅣ) 피셕(避席) 왈(曰),

"녀ᄋᆞ(女兒)의 죄(罪)ᄂᆞᆫ 터럭을 ᄲᅢ혀 혜여도 남으려니와 그러나 존

111면

문(尊門)이 아조 ᄇᆞ리실딘ᄃᆡ 혈혈(孑孑)ᄒᆞᆫ 녀ᄌᆡ(女子ㅣ) 어ᄃᆡ를 의지(依支)ᄒᆞ리오? ᄇᆡᆨ골(白骨)이나 니시(李氏) 션산(先山)을 허(許)ᄒᆞ쇼셔."

공(公)이 졍ᄉᆡᆨ(正色) 왈(曰),

"법(法)은 ᄉᆞᄉᆡ(私私ㅣ) 업ᄉᆞ니 ᄂᆡ 엇디 ᄉᆞ졍(事情)의 측은(惻隱)ᄒᆞ믈 개렴(介念)[490] ᄒᆞ리오? 더옥 녕녀(令女)의 죄괘(罪過ㅣ) 심샹(尋常)ᄒᆞᆫ ᄃᆡ 잇디 아니ᄒᆞ니 엇디 션산(先山)을 허(許)ᄒᆞ리오?"

부ᄉᆡ(府使ㅣ) 참슈(慙羞) 무언(無言)ᄒᆞ야 다만 녀ᄋᆞ(女兒)ᄅᆞᆯ ᄃᆞ려 도라갈ᄉᆡ 노 시(氏) 크게 울고 죽어도 ᄒᆞᆨᄉᆞ(學士)의 봉ᄎᆡ(封采)[491]를 ᄃᆡ히여 늙으믈 계교(計巧)ᄒᆞ고 주디 아니ᄒᆞᆫᄃᆡ ᄒᆞᆨᄉᆡ(學士ㅣ) 분긔(憤氣)를 격발(激發)ᄒᆞ야 이에 쇼원각(--閣)의 니ᄅᆞ러 좌우(左右)로 혼셔(婚書)를 가져오라 ᄒᆞ니, 노 시(氏) 가ᄉᆞᆷ을 두ᄃᆞ리고 크게 우러 왈(曰),

"양녀(-女)의 간흉(奸凶)[492]ᄒᆞᆫ 죄악(罪惡)이 ᄂᆡ게로 도라뎌시니 텬하(天下)의 이런 원통(冤痛)ᄒᆞᆫ 일이 어ᄃᆡ 이시리오? 쳡(妾)이 비록 구가(舅家)의 츌뷔(黜婦ㅣ) 되나 혼셔(婚書)를 ᄆᆞ자 업시ᄒᆞ고 어ᄃᆡ를 조차 의지(依支)ᄒᆞ리오?"

ᄒᆞᆨᄉᆡ(學士ㅣ) 변ᄉᆡᆨ(變色)고 시비(侍婢)

490) 개렴(介念): 개념. 어떤 일 따위를 마음에 두고 생각하거나 신경을 씀. 개회(介懷).

491) 봉ᄎᆡ(封采): 봉치의 원말. 봉치는 혼인 전에 신랑 집에서 신부 집으로 보낸 채단(采緞)과 예장(禮狀).

492) 간흉(奸凶): 간사하고 흉악함.

112면

ᄅᆞᆯ ᄡᅮ지져 가져오라 ᄒᆞ야 친(親)히 ᄉᆞᆯ와 ᄇᆞ리고 ᄉᆞ매ᄅᆞᆯ ᄯᅥᆯ쳐 나가니, 노 시(氏) ᄒᆞᆫ(恨)을 서리담고[493] 부친(父親)을 ᄯᆞᆯ와 본부(本府)의 니ᄅᆞ매,

부ᄉᆞ(府使) 부인(夫人)이 크게 놀라 연고(緣故)ᄅᆞᆯ 무ᄅᆞᆫᄃᆡ, 노 부ᄉᆡ(府使ㅣ) 미조차 드러가 슈말(首末)을 뎐(傳)ᄒᆞ니 부인(夫人)이 대경(大驚)ᄒᆞ고 녀ᄋᆞ(女兒)ᄅᆞᆯ 잔잉ᄒᆞ야 븟들고 울며 말을 못 미쳐 ᄒᆞ야셔,

좌위(左右ㅣ) 혜션 니고(尼姑)의 니ᄅᆞ러시믈 고(告)ᄒᆞ니, ᄎᆞ(此)ᄂᆞᆫ 죵남산(終南山) 득도지인(得道之人)이라. 도ᄒᆡᆼ(道行)이 놉하 텬시(天時)의 풍운뇌우(風雲雷雨)ᄅᆞᆯ 블러 모ᄅᆞᆯ 슐(術)이 업ᄉᆞᄃᆡ 다만 셩졍(性情)이 탐학(貪虐)[494]ᄒᆞ야 사ᄅᆞᆷ의 쳔금듕보(千金重寶)ᄅᆞᆯ 바들딘ᄃᆡ 아모 어려온 일도 능히(能-) ᄒᆞ니 ᄎᆞ고(此故)로 부ᄉᆞ(府使) 부인(夫人)이 츄존(推尊)[495]ᄒᆞ야 사괴여 대찰(大刹)을 짓고 졀일(節日)의 진향(進香)[496]ᄒᆞ믈 게을리 아니ᄒᆞ고 혜선이 ᄯᅩ ᄌᆞ로 왕ᄂᆡ(往來)ᄒᆞ야 졍분(情分)이 두텁더니,

이날 마ᄎᆞᆷ 니ᄅᆞ매 부인(夫人) 모녜(母女ㅣ) 크게 반겨 쳥(請)ᄒᆞ야 볼

493) 서리담고: 어떤 생각을 마음속 깊이 간직하고.

494) 탐학(貪虐): 탐욕이 많고 포학함.

495) 츄존(推尊): 추존. 높이 받들어 존경함.

496) 진향(進香): 향을 올리며 제사를 지냄.

113면

싀 혜션이 드러와 녜필(禮畢)의 눈을 드러 보고 의아(疑訝)ᄒᆞ야 ᄀᆞᆯ오ᄃᆡ,

"부인(夫人)과 쇼졔(小姐ㅣ) 하고(何故)로 수ᄉᆡᆨ(愁色)이 은은(隱隱)ᄒᆞ시뇨?"

부인(夫人)이 톄읍(涕泣) 왈(曰),

"져근ᄯᆞᆯ이 무죄(無罪)히 구가(舅家)의 츌뷔(黜婦ㅣ) 되니 저의 평ᄉᆡᆼ(平生)을 슬허ᄒᆞ매 화긔(和氣) 업ᄉᆞ미라."

혜션이 크게 놀라 왈(曰),

"쇼리(小尼) 엇디 이런 줄 알리오? 아디 못게라, 므ᄉᆞ 일노 츌화(黜禍)[497]ᄅᆞᆯ 보시뇨?"

부인(夫人) 왈(曰),

"녀ᄋᆡ(女兒ㅣ) 본ᄃᆡ(本-) 죄(罪) 업ᄉᆞᄃᆡ 뎍국(敵國)이 강셩(强盛)ᄒᆞ야 ᄋᆡᄆᆡᄒᆞᆫ 일로 잡히여 ᄂᆡ티니라."

혜션 왈(曰),

"쇼승(小僧)이 ᄌᆞ쇼(自少)로 귀부(貴府) 은ᄐᆡᆨ(恩澤)을 만히 닙어시니 죽을힘을 드려 쇼져(小姐)의 뎍국(敵國)을 믈리티고 쇼져(小姐) 부부(夫婦)ᄅᆞᆯ ᄌᆡ합(再合)게 ᄒᆞ리니 아모커나 가군(家君)의 셩시(姓氏)와 년월(年月)을 니ᄅᆞ쇼셔."

노 시(氏) ᄀᆞ장 깃거 니ᄅᆞᄃᆡ 혜션이 손을 곱아 헤아리다가 ᄀᆞᆯ오ᄃᆡ,

"쇼졔(小姐ㅣ) 츌화(黜禍) 보시미 수(數)의 얽ᄆᆡ여시니 ᄒᆞᆫ(恨)티 마ᄅᆞ쇼셔. 이제ᄂᆞᆫ 니(李) ᄒᆞᆨᄉᆞ(學士)

---

497) 츌화(黜禍): 출화. 쫓겨나는 화.

114면

로 더브러 인연(因緣)이 ᄭᅳᆫ허디고 뎌의 운쉬(運數ㅣ) 크게 통(通)ᄒᆞ여 해(害)ᄒᆞᆯ 길히 업ᄉᆞ니 쇼졔(小姐ㅣ) 칠팔(七八) 년(年)을 ᄎᆞᆷ으시면 졍목간[498] ᄇᆡᆨ문을 만나 인연(因緣)이 길고 화락(和樂)이 극(極)ᄒᆞ리니 그ᄣᆡ의 니(李) ᄒᆞᆨᄉᆞ(學士)의 원(怨)을 갑흐리니 쇼져(小姐)ᄂᆞᆫ 날로 더브러 뎔의 도라가 부쳐긔 공(功)을 드리고 공방(空房)을 겻글딘대 후일(後日) 부귀(富貴)를 근심티 아니리이다."

부인(夫人)이 ᄀᆞᆯ오ᄃᆡ,

"텬쉬(天數ㅣ) 이러ᄐᆞᆺ ᄒᆞ면 인력(人力)으로 ᄒᆞᆯ 배 아니니 녀ᄋᆞ(女兒)의 ᄠᅳᆺ은 엇디코져 ᄒᆞᄂᆞ뇨?"

쇼졔(小姐ㅣ) ᄀᆞᆯ오ᄃᆡ,

"니랑(李郞)이 쇼녀(小女) ᄒᆞᆫ(恨)ᄒᆞ미 텰골(徹骨)[499]ᄒᆞ매 미쳐시니 ᄯᅩ 엇디 화락(和樂)을 다시 ᄒᆞ믈 ᄇᆞ라리오? ᄎᆞᆯ하리 ᄉᆞ부(師父)의 말대로 ᄒᆞ야 그 ᄣᆡ를 기ᄃᆞ리고져 ᄒᆞ노라."

혜션이 깃거 이의 쇼져(小姐)ᄅᆞᆯ ᄃᆞ려갈ᄉᆡ 부ᄉᆞ(府使) 부뷔(夫婦ㅣ) 울고 손을 계유 ᄂᆞᆫ호니 노 시(氏) 죵남산(終南山) 슈월ᄉᆞ(--寺)의 니ᄅᆞ러 혜션으로 더브러 고요히

115면

일월(日月)을 보ᄂᆡ고 잇다감 집의 니ᄅᆞ러 부모(父母)ᄅᆞᆯ 볼 분이러

498) 졍목간: 미상임.

499) 텰골(徹骨): 철골. 뼈에 사무침.

라. 이 셜홰(說話ㅣ) 하회(下回)의 잇ᄂᆞ니라.

이ᄢᅢ, 니부(李府)의셔 노 시(氏)ᄅᆞᆯ ᄂᆡ티고 즉시(卽時) 양 시(氏)ᄅᆞᆯ 브ᄅᆞ매 양 시(氏) 이ᄢᅢ 몸을 팀애(枕厓)[500]의 ᄇᆞ려 죽기ᄅᆞᆯ 달게 너기고 살기ᄅᆞᆯ ᄇᆞ라디 아니ᄒᆞ더니 쳔만의외(千萬意外)예 부운(浮雲)이 거두고 태양(太陽)이 빗출 토(吐)ᄒᆞ야 ᄌᆞ긔(自己) 젼셰(前世) 더로온 누명(陋名)을 신셜(伸雪)[501]ᄒᆞ고 간인(奸人)이 스ᄉᆞ로 숨으며 구괴(舅姑ㅣ) 브ᄅᆞᄂᆞᆫ 명(命)이 니ᄅᆞ니,

ᄒᆡᆼ희(幸喜)ᄒᆞ미 ᄭᅮᆷ속 ᄀᆞᄐᆞ야 겨유 몸을 운동(運動)ᄒᆞ야 의샹(衣裳)을 뎡돈(整頓)ᄒᆞ고 샹부(相府)의 니ᄅᆞ매 수쳑(瘦瘠)ᄒᆞᆫ 용광(容光)이 새로와 소월(素月)이 탁운(濁雲)의 ᄡᆞ임 ᄀᆞᆺ더라. 존당(尊堂) 구괴(舅姑ㅣ) 새로이 ᄋᆡ경(愛傾)[502]ᄒᆞ믈 이긔디 못ᄒᆞ야 승샹(丞相)이 흔연(欣然)이 닐오ᄃᆡ,

“ᄋᆞ부(阿婦)의 ᄋᆡᆨ운(厄運)이 구더 간인(奸人)이 용슐(用術)[503]ᄒᆞ야 현부(賢婦)ᄅᆞᆯ ᄀᆡᆼ참(坑塹)[504]의 너흐니 우리 고디드ᄅᆞ미 아니로ᄃᆡ 시러금 신셜(伸雪)

116면

ᄒᆞᆯ 조각이 업ᄉᆞ믈 탄(嘆)ᄒᆞ더니 손ᄋᆞ(孫兒)의 영민(穎敏)ᄒᆞ미 일야지간(一夜之間)의 간젹(奸迹)[505]을 ᄎᆞ자 ᄋᆞ부(阿婦)ᄅᆞᆯ 신셜(伸雪)

---

500) 팀애(枕厓): 침애. 베개 머리.

501) 신셜(伸雪): 신설. ‘신원설치(伸寃雪恥)’의 준말로 가슴에 맺힌 원한을 풀어 버리고 창피스러운 일을 씻어버린다는 뜻.

502) ᄋᆡ경(愛傾): 애경. 사랑이 깊음.

503) 용슐(用術): 용술. 술수를 부림.

504) ᄀᆡᆼ참(坑塹): 갱참. 깊고 길게 파 놓은 구덩이.

ᄒᆞ니 깃브미 극(極)ᄒᆞᆫ디라. ᄎᆞ후(此後)나 무흠(無欠)이 화락(和樂)ᄒᆞ믈 원(願)ᄒᆞ노라."

양 시(氏) 돈슈(頓首)[506] ᄇᆡ사(拜謝)ᄒᆞ매 하람공(--公)이 미우(眉宇)의 미(微)ᄒᆞᆫ 우음을 ᄯᅴ여 ᄀᆞᆯ오ᄃᆡ,

"우리 등(等)이 현부(賢婦)의 죄(罪)ᄅᆞᆯ 비록 올히 너겨도 ᄋᆞ부(阿婦)의 도리(道理) 뎌대도록 과상(過傷)티 아냠 즉ᄒᆞ거ᄂᆞᆯ ᄉᆞ아븨와 가뷔(家夫ㅣ) 티의(致疑)티 아니ᄒᆞ거ᄂᆞᆯ 너의 신ᄉᆡᆨ(神色)이 뎌대도록 환탈(換奪)[507]ᄒᆞ야시니 쟝ᄎᆞᆺ(將次ㅅ) ᄒᆡ만(解娩)[508]을 어이ᄒᆞ리오?"

양 시(氏) 옥면(玉面)의 잠간(暫間) 슈ᄉᆡᆨ(愁色)을 ᄯᅴ여 고개ᄅᆞᆯ 수기매 안두휘(--侯ㅣ) 크게 웃고 ᄀᆞᆯ오ᄃᆡ,

"인인(人人)이 ᄌᆞ식(子息) 나키 녜ᄉᆡ(例事ㅣ)어ᄂᆞᆯ 양 시(氏) 븟그리믄 므ᄉᆞᆷ 연괴(緣故ㅣ)뇨? 아디 못ᄒᆞᆯ 일이로다."

뎡 부인(夫人)이 ᄀᆞᆯ오ᄃᆡ,

"사ᄅᆞᆷ마다 뎌텨로 활발(活潑)키 쉬오랴?"

강음휘(--侯ㅣ) 대쇼(大笑) 왈(曰),

"활발(活潑)티 아니ᄒᆞ온들 임의 삼기ᄂᆞᆫ 일이니 븟그려

117면

ᄒᆞ야 엇디ᄒᆞ리오? 흥문아, 너ᄂᆞᆫ 븟그럽디 아니냐?"

혹ᄉᆡ(學士ㅣ) 웃고 왈(曰),

---

505) 간젹(奸迹): 간적. 간사한 자취.

506) 돈슈(頓首): 고개를 조아림.

507) 환탈(換奪): 모습이 몰라보게 달라짐.

508) ᄒᆡ만(解娩): 해만. 아이를 낳음. 해산.

“강도(强盜) 노르시나 ᄒᆞ여시면 븟그럽ᄉᆞ올디 모르옵거니와 안해 잉틱(孕胎)ᄒᆞ여든 븟그러올 일이 이시리오?”

일좨(一座ㅣ) 크게 웃더니 냥구(良久) 후 파(罷)ᄒᆞ야 허여디고 쥬비(朱妃) 양 시(氏)를 드려 궁(宮)으로 도라와 고이(怪異)ᄒᆞᆫ 환난(患難)을 디닉믈 탄셕(嘆惜)ᄒᆞ야 익련(哀憐)ᄒᆞ미 더ᄒᆞ더니,

믄득 댱・소 이 부인(夫人)이 최・화・김 삼 부인(夫人)[509]으로 더브러 일시(一時)의 니르러 양 시(氏)의 유복(有福)ᄒᆞ미 화란(禍亂)을 딘뎡(鎭靜)ᄒᆞ고 몸이 녜 ᄀᆞ트믈 티하(致賀)ᄒᆞ니 양 시(氏) 졍금(整襟) 샤례(謝禮)ᄒᆞ고 쥬비(朱妃) 탄왈(歎曰),

“가간(家間)의 요괴(妖怪)로온 변(變)이 이셔 현뷔(賢婦ㅣ) 몸이 굴형의 써러딘 듯ᄒᆞ니 우리 입이 이시나 능히(能-) 익믹ᄒᆞ믈 구(救)티 못ᄒᆞ더니 현부(賢婦)의 복(福)이 듕(重)ᄒᆞ야 ᄆᆞᄎᆞᆷ닉 그러툿 공교(工巧)ᄒᆞᆫ 용술(用術)을 어더 닉여 ᄒᆞ로져녁의 누명(陋名)을 버ᄉᆞ니 깃브미 일

•••

118면

러 알 배 아니로소이다.”

댱 부인(夫人)이 낭연(朗然)이 웃고 ᄀᆞᆯ오딕,

“양 현부(賢婦)의 굿기미 쇼뎨(-弟)로 다르디 아니ᄒᆞ도다.”

쇼 부인(夫人)이 념슈(斂手)[510] 탄왈(歎曰),

“양 시(氏)의 유복(有福)ᄒᆞ믄 쳡(妾)의 뉴(類ㅣ) 아니니 비(比)ᄒᆞᆯ

509) 최・화・김 삼 부인(夫人): 각각 이몽원, 이몽상, 이몽필의 부인을 이름.

510) 념슈(斂手): 염수. 두 손을 마주 잡고 공손히 서 있음.

배 아니로소이다. 텬하(天下)의 뉘 쳡(妾)의 졍ᄉ(情事) ᄀᆞᄐᆞ니 잇ᄂᆞ뇨? 두 아ᄃᆞᆯ을 참혹(慘酷)히 죽이고[511] 경문의 ᄉᆡᆼᄉ(生死)ᄅᆞᆯ 모ᄅᆞ니 즐거온 ᄯᅳᆺ이 분호(分毫)도 업ᄂᆞ이다."

쥬비(朱妃) 위로(慰勞) 왈(曰),

"부인(夫人)의 운쉬(運數ㅣ) 쇼년(少年) 궂기미 비록 그러ᄒᆞ나 이제 여러 ᄌᆞ녜(子女ㅣ) 죡(足)ᄒᆞ고 부귀(富貴) 여산[512](如山)ᄒᆞ니 다복(多福)ᄒᆞ미 무흠(無欠)ᄒᆞ거ᄂᆞᆯ 엇딘 고(故)로 ᄆᆡ양 셕ᄉ(昔事)ᄅᆞᆯ 일ᄏᆞ라 심ᄉ(心思)ᄅᆞᆯ 샹(傷)히오시ᄂᆞ뇨?"

부인(夫人)이 쳑연(戚然)[513] 누하(淚下) 왈(曰),

"화란(禍亂)의 남은 인ᄉᆡᆼ(人生)이 ᄇᆡᆨᄉᆡ(百事ㅣ) 다 즐거온 일이 업ᄉᆞ니 부귀(富貴)ᄂᆞᆫ ᄭᅮᆷ ᄀᆞᄐᆞ여 ᄒᆞᄂᆞ이다."

댱 부인(夫人)이 웃고 왈(曰),

"소뎨(-弟) ᄃᆡ려ᄒᆞᆷ을 슉슉(叔叔)이 아ᄅᆞ실딘ᄃᆡ ᄌᆞᆨ히 ᄀᆞᆸᄀᆞᆸ히 너기시랴? 근ᄂᆡ(近來)의 잇다감 ᄃᆡ려 굴

119면

미 문졍공(--公) 간댱(肝腸)을 ᄆᆞᄅᆞ게 ᄒᆞᄂᆞᆫ ᄆᆞᄃᆡ라."

쇼 부인(夫人)이 ᄂᆞᆺ비ᄎᆞᆯ 여러 쥬슌(朱脣)의 호치(皓齒) 현츌(顯出)[514]ᄒᆞ여 왈(曰),

---

511) 두 아ᄃᆞᆯ을~죽이고: 두 아들을 참혹히 죽이고. 이몽창의 전처였던 상 씨의 아들 이윤문과 자신의 소생 이영문이 죽은 일을 말함. 이윤문은 이몽창이 정을 두었던 이몽창 외가의 시녀 옥란이 죽이고, 이영문은 이몽창의 재실 조제염이 죽임. <쌍천기봉>.

512) 산: [교] 원문에는 '신'으로 되어 있고 규장각본(3:99)에도 그렇게 되어 있으나 오기로 보이므로 이와 같이 수정함.

513) 쳑연(戚然): 척연. 슬퍼하는 모양.

"져져(姐姐)ᄂᆞᆫ 잇다감 고이(怪異)ᄒᆞᆫ 말숨을 ᄒᆞ시ᄂᆞ뇨? 문뎡공(--公)의 말숨 쇼뎨(小弟)ᄃᆞ려 니ᄅᆞ디 마ᄅᆞ쇼셔. ᄉᆡ트시[515] 너기ᄂᆞ이다."

최 부인(夫人)이 쇼왈(笑曰),

"쳡(妾)의 말이 범남(氾濫)ᄒᆞ나 문졍공(--公)이 즈즐[516]ᄒᆞ실딘대 뎌런 복(福)과 여러 아ᄒᆡ(兒孩) 뉘 공(功)이니잇고?"

소 부인(夫人) 왈(曰),

"부귀(富貴)ᄂᆞᆫ 딘토(塵土) ᄀᆞᆺ고 여러 아ᄒᆡ(兒孩)를 두고 범의게 믈린 사ᄅᆞᆷ ᄀᆞᄐᆞ야 일ᄉᆡᆼ(一生) 두리고 근심ᄒᆞ기의 눈섭이 펴이여 디닐 적이 업ᄉᆞ니 긔 더옥 근심되이다."

쥬비(朱妃) 왈(曰),

"부인(夫人) 졍ᄉᆡ(情事ㅣ) 엇디 그러 아니ᄒᆞ시리오? 원ᄅᆡ(元來) 녀ᄌᆡ(女子ㅣ) 된 후(後)ᄂᆞᆫ ᄇᆡᆨᄉᆡ(百事ㅣ) 다 애들은 ᄆᆞᄃᆡ니이다."

화 부인(夫人) 왈(曰),

"쳡(妾) ᄀᆞᄐᆞᆫ 화란(禍亂) 여ᄉᆡᆼ(餘生)도 오히려 영화(榮華) 가온ᄃᆡ 슬픈 말을 아니ᄒᆞ거ᄂᆞᆯ 소 부인(夫人)은 친당(親堂)이 구존(俱存)ᄒᆞ시

120면

거ᄂᆞᆯ 엇딘 고(故)로 ᄡᅥᆨᄡᅥᆨ 심ᄉᆞ(心思)를 슬오시ᄂᆞ뇨?"

쥬비(朱妃) 소왈(笑曰),

"소 부인(夫人) 말숨이 슉슉(叔叔)을 공티(公恥)[517]ᄒᆞ야 당돌(唐突)

---

514) 현츌(顯出): 현출. 밝게 드러남.

515) ᄉᆡ트시: 싫증이 나게.

516) 즈즐: 지질. 보잘것없고 변변하지 못함.

517) 공티(公恥): 공치. 대놓고 모욕을 줌.

ᄒᆞ미 만흐니 당당(堂堂)이 벌(罰)ᄒᆞ사이다.”

소 부인(夫人)이 미쇼(微笑) ᄃᆡ왈(對曰),

“만일(萬一) 술을 먹을딘대 엇디 ᄉᆞ양(辭讓)ᄒᆞ리오마는 일쟉블음(一爵不飮)[518]이니 엇디ᄒᆞ리잇가?”

댱 시(氏) 대쇼(大笑) 왈(曰),

“쇼뎨(-弟) 진실로(眞實-) 범남(氾濫)ᄒᆞ도다. 벌(罰)을 ᄒᆞᆯ딘대 므슴ᄒᆞ라 앗가온 술을 주리오? 츄슈(推水)[519]로 벌(罰)ᄒᆞ리라.”

소 부인(夫人)이 ᄃᆡ왈(對曰),

“만일(萬一) 츄슈(推水)를 주실딘대 진실로(眞實-) ᄉᆞ양(辭讓)티 아니ᄒᆞ리이다.”

댱 부인(夫人)이 그 말을 ᄆᆡ이 너겨 진 샹궁(尙宮)을 블러 쥬방(廚房)의 ᄆᆡ온 술을 큰 잔(盞)의 부어 오라 ᄒᆞ야 친(親)히 들고 ᄀᆞᆯ오ᄃᆡ,

“두 번(番) 실언(失言)ᄒᆞ매 벌(罰)을 아니 먹디 못ᄒᆞ리라.”

쥬비(朱妃) 역시(亦是) 웃고 ᄀᆞᆯ오ᄃᆡ,

“우리 비록 ᄒᆞᆨ식(學識)이 고루(固陋)ᄒᆞ나 제형(諸兄) 안젼(案前)의 충수(充數)ᄒᆞ야시니 두 번 ᄉᆞ양(辭讓)티 못ᄒᆞ리라.”

소 부인(夫人)이

...

121면

진실로(眞實-) 술을 마시디 못ᄒᆞ나 웃사ᄅᆞᆷ이 이러틋 ᄒᆞᄂᆞᆫᄃᆡ 박졀(迫切)이 ᄉᆞ양(辭讓)ᄒᆞ미 가(可)티 아니코 원래(元來) 셩졍(性情)이

---

518) 일쟉블음(一爵不飮): 일작불음. 한 잔은 마시지 않음.

519) 츄슈(推水): 추수. 퇴수(退水)로 보이나 미상임. ‘推’의 음이 ‘퇴’로도 나므로 이와 같이 볼 여지가 있음. 퇴수는 일정한 목적에 쓴 다음 버리거나 흘려보내는 물을 이름.

텬진(天眞)을 힝(行)ᄒᆞᄂᆞᆫ디라 쇼쇼(小小) 호의(狐疑)[520]를 아니ᄒᆞ고 ᄌᆞ약(自若)히 웃고 바다 마시고 ᄀᆞ오ᄃᆡ,

"죄당법(罪當法)[521]이라 임의 그릇ᄒᆞ미 이시니 슬흐므로 ᄉᆞ양(辭讓)ᄒᆞ리오?"

댱 부인(夫人)이 쇼왈(笑曰),

"옥쥬(玉主)와 우형(愚兄)이 법(法)을 힝(行)ᄒᆞ여시나 문졍슉(--叔)이 아ᄅᆞ실딘대 즉히 노(怒)ᄒᆞ시랴?"

소 부인(夫人)이 우어 왈(曰),

"져져(姐姐)ᄂᆞᆫ 말마다 문졍공(--公)을 드노흐시니 긔 어인 일이니잇고?"

이ᄣᆡ 소 부인(夫人) ᄂᆞᆺ치 홍광(紅光)이 만면(滿面)ᄒᆞ야 봉안(鳳眼)이 프러디고 냥협(兩頰)이 부샹(扶桑)[522] 홍일(紅日)을 먹음은 ᄃᆞᆺᄒᆞ거ᄂᆞᆯ 잠간(暫間) 웃고 말ᄒᆞ매 화(和)ᄒᆞᆫ 긔운이 봄ᄇᆞ람이 만믈(萬物)을 부처여ᄂᆞᆫ ᄃᆞᆺᄒᆞ거ᄂᆞᆯ, 최 부인(夫人)이 쇼왈(笑曰),

"슉슉(叔叔)이 평ᄉᆡᆼ(平生)의 져져(姐姐)의 화ᄉᆡᆨ(和色)을 보디 못ᄒᆞ야 초조(焦燥)ᄒᆞ시ᄂᆞ니 금일(今日) 안ᄉᆡᆨ(顔色)을 보실

122면

딘대 댱 져져(姐姐)를 좀 아니 감격(感激)ᄒᆞ야 ᄒᆞ실로다."

댱 부인(夫人)이 역쇼(亦笑) 왈(曰),

520) 호의(狐疑): 여우의 의심이라는 뜻으로 자잘한 생각을 말함.

521) 죄당법(罪當法): 지은 죄가 법으로 처벌받아 마땅함.

522) 부샹(扶桑): 부상. 해가 뜨는 동쪽 바다.

"이 말이 올흐니 명일(明日)이면 당당(堂堂)이 문졍공(--公) 슉슉(叔叔)의게 념복(斂福)[523] 샤례(謝禮)ᄅᆞᆯ 바ᄃᆞᆯ로다."

소 부인(夫人)이 미미(微微)히 웃고 답(答)고뎌 ᄒᆞ더니 믄득 ᄒᆞᆨᄉᆞ(學士) 형뎨(兄弟), 셩문으로 더브러 드러와 셩문이 모친(母親) 안ᄉᆡᆨ(顔色)을 보고 ᄌᆞ못 놀라 거듧ᄯᅥ보더니 댱 부인(夫人)이 아라보고 우어 왈(曰),

"ᄂᆡ 너의 부친(父親)긔 샤례(謝禮)ᄅᆞᆯ 밧고져 ᄒᆞ야 아ᄋᆞᆯ ᄎᆔ(醉)킈 ᄒᆞ여시니 엇더킈 너기ᄂᆞ뇨?"

공ᄌᆡ(公子ㅣ) ᄊᆞ러 ᄃᆡ왈(對曰),

"모친(母親)이 과ᄎᆔ(過醉)ᄒᆞ시믈 부친(父親)이 엇디 깃거ᄒᆞ시리오? ᄒᆞ믈며 신긔(神氣) 약(弱)ᄒᆞ신ᄃᆡ 술을 갓가이ᄒᆞ여 계시니 우민(憂悶)ᄒᆞ이다."

언미필(言未畢)의 궁녜(宮女ㅣ) 보왈(報曰),

"부매(駙馬ㅣ) 됴당(朝堂)으로셔 오신다."

ᄒᆞ니 소 부인(夫人)이 급(急)히 니러 슉현당(--堂)으로 돌아오고 최 부인(夫人) 등(等)이 ᄎᆞᄎᆞ(次次)로 도라가니,

ᄒᆞᆨᄉᆡ(學士ㅣ) 이에 잇더니 부매(駙馬ㅣ) 드러오매 ᄒᆞᆨ

123면

ᄉᆡ(學士ㅣ) 옥교 등 쳐티(處置)ᄅᆞᆯ 뭇ᄌᆞ오니 공(公) 왈(曰),

"살육(殺戮)이 됴티 아니ᄒᆞ고 ᄒᆞ믈며 저희 ᄆᆞ음이 아니니 원방(遠方)의 ᄂᆡ티미 가(可)ᄒᆞ다."

---

523) 념복(斂福): 염복. 복을 모음.

ᄒᆞ니 ᄒᆞᆨᄉᆡ(學士ㅣ) 슈명(受命)ᄒᆞ고 믈러나 아역(衙役)을 ᄎᆡ뎡(採精)[524]ᄒᆞ야 옥교와 옥미ᄅᆞᆯ 다 항쥐(杭州) 창낙[525] 역비(驛婢)ᄅᆞᆯ 삼아 ᄂᆡ티고,

쇼화각(--閣)의 드러가 양 시(氏)ᄅᆞᆯ 보니 양 시(氏) 안셔(安舒)히 니러 마자 좌(座)ᄅᆞᆯ 뎡(定)ᄒᆞ매 ᄒᆞᆨᄉᆡ(學士ㅣ) 웃고 ᄀᆞᆯ오ᄃᆡ,

"금일(今日)로 보건ᄃᆡ 악댱(岳丈)이 쇼ᄉᆡᆼ(小生)을 잘 어드시도다. ᄂᆡ 아닐딘대 부인(夫人)이 쳔만(千萬) 년(年)인들 누명(陋名)을 버ᄉᆞ리오?"

양 시(氏) 념임(斂衽)[526] 손사(遜謝)ᄒᆞ더니 믄득 시녜(侍女ㅣ) 보왈(報曰),

"양 샹셔(尙書) 노얘(老爺ㅣ) 남챵(南昌)으로조차 와 계시이다."

원ᄅᆡ(元來) 양 공(公)이 수월(數月) 젼(前) 남챵(南昌) 묘소(墓所) 수튝(修築)[527]ᄒᆞ기로 인(因)ᄒᆞ야 집을 ᄯᅥ낫기의 이 일을 젼혀(全-) 모ᄅᆞ고 양 샹셔(尙書) 부인(夫人)도 아득히 모ᄅᆞᄂᆞᆫ디라. ᄒᆞᆨᄉᆡ(學士ㅣ) 급(急)히 니러 마자 이에 드러와 쇼져(小姐)로 서로 볼ᄉᆡ 양 공(公)이 ᄀᆞᆯ오ᄃᆡ,

"녀ᄋᆞ(女兒)

124면

ᄅᆞᆯ 서너 달 ᄯᅥ낫다가 보매 뎌대도록 수쳑(瘦瘠)ᄒᆞ엿ᄂᆞ뇨?"

ᄒᆞᆨᄉᆡ(學士ㅣ) ᄃᆡ왈(對曰),

---

524) ᄎᆡ뎡(採精): 채정. 정예를 가림.

525) 창낙: 지명으로 보이나 미상임.

526) 념임(斂衽): 염임. 옷깃을 여밈.

527) 수튝(修築): 수축. 집이나 다리, 방죽 따위의 헐어진 곳을 고쳐 짓거나 보수함.

“형인(荊人)[528]이 본디(本-) 약질(弱質)의 잉틱(孕胎)ᄒᆞ야 삭쉬(朔數ㅣ) ᄎᆞ매 능히(能-) 이긔디 못ᄒᆞ야 그러ᄒᆞᆫ가 ᄒᆞᄂᆞ이다.”

양 공(公)이 고디듯고 ᄀᆞ장 수심(愁心)ᄒᆞ야 왈(曰),

“만일(萬一) 그러ᄒᆞᆯ딘대 히산(解産)을 엇디 능히(能-) ᄒᆞ리오?”

ᄒᆞᆨᄉᆡ(學士ㅣ) 웃고 왈(曰),

“셰존(世尊)이 이시니 얼현이 ᄒᆞ리잇가? 근심 마ᄅᆞ쇼셔.”

공(公)이 쇼왈(笑曰),

“ᄂᆡ게 쳔수만ᄒᆞᆫ(千愁萬恨)[529]이 잇다가도 현셔(賢壻)곳 보면 우음이 졀로 나는도다. 그ᄃᆡ 말이 올흐니 ᄎᆞ후(此後)는 근심을 그티리라.”

ᄒᆞᆨᄉᆡ(學士ㅣ) 쇼이브답(笑而不答)이러니, 공(公) 왈(曰),

“길로 바로 이리 왓시니 현셰(賢壻ㅣ) 명일(明日) 니ᄅᆞ러 ᄎᆞᄌᆞ라.”

ᄒᆞ고 도라가니 ᄒᆞᆨᄉᆡ(學士ㅣ) ᄇᆡ송(陪送)ᄒᆞ고 드러와 쇼져(小姐)ᄅᆞᆯ 위로(慰勞) 왈(曰),

“이제 요인(妖人)이 믈러가고 근심이 업ᄉᆞ니 ᄆᆞᄋᆞᆷ을 노화 화락(和樂)ᄒᆞ미 가(可)ᄒᆞ도다.”

쇼제(小姐ㅣ) 탄식(歎息) 브답(不答)ᄒᆞ니 ᄉᆡᆼ(生)이 ᄌᆡ삼(再三) 위로(慰勞)ᄒᆞ고 구경(舊情)을 니으매 새로온

125면

은정(恩情)이 여산(如山)ᄒᆞ더라.

소 부인(夫人)이 도라가 침소(寢所)의 니ᄅᆞ매 긔운이 블평(不平)ᄒᆞ

528) 형인(荊人): 형차(荊釵)를 한 사람, 즉 아내를 가리킴. 형차는 나무로 만든 비녀로, 검소한 생활을 함을 의미함.

529) 쳔수만ᄒᆞᆫ(千愁萬恨): 천수만한. 온갖 근심과 걱정.

믈 이긔디 못ᄒᆞ야 벼개의 누으매 임 시(氏) 나아가 손을 쥐므ᄅᆞ니, 부인(夫人)이 그윽이 ᄋᆡ련(愛憐)ᄒᆞ야 그 거동(擧動)을 보며 손을 잡아 두굿기더니 우연(偶然)이 비홍(臂紅)[530]을 보고 본ᄃᆡ(本-) 부부(夫婦) ᄉᆞ이 소(疏)ᄒᆞ믈 아는 배라 더옥 ᄆᆞᄋᆞᆷ이 블평(不平)ᄒᆞ야 ᄒᆞ더니,

미조차 ᄉᆡᆼ(生)이 드러와 긔운을 뭇ᄌᆞ온ᄃᆡ 부인(夫人) 왈(曰),

"ᄀᆞ장 블평(不平)ᄒᆞ니 나아와 우슈(右手)ᄅᆞᆯ 믄디라."

ᄉᆡᆼ(生)이 슈명(受命)ᄒᆞ야 알ᄑᆡ 나아가 구호(救護)ᄒᆞ매 임 시(氏)로 몸이 년(連)ᄒᆞ야시나 긔운이 ᄂᆞ즉ᄒᆞ야실지언졍 ᄒᆡᆼ혀(幸-)도 눈을 보ᄂᆡ미 업고 임 시(氏)ᄂᆞᆫ 쵹ᄂᆡᆼ(觸冷)[531]ᄒᆞ야 동(動)ᄒᆞ미 업더라.

부인(夫人)이 가장 어려이 너겨 즘즘(潛潛)ᄒᆞ엿더니 믄득 일쥬 쇼제(小姐ㅣ), 공(公)이 알ᄑᆡ 셔셔 드러오니 ᄌᆞ뷔(子婦ㅣ) 급(急)히 니러 맛고 부인(夫人)이 겨유 운동(運動)ᄒᆞ야 니러 안ᄌᆞ매 공(公)이

126면

눈으로ᄡᅥ 부인(夫人)을 보고 놀라 ᄀᆞᆯ오ᄃᆡ,

"부인(夫人)이 심ᄉᆡ(心思ㅣ) 블평(不平)ᄒᆞ시냐? 평ᄉᆡᆼ(平生) 블음(不飮)으로 금일(今日) 안ᄉᆡᆨ(顔色)이 므ᄉᆞᆷ 연괴(緣故ㅣ)뇨?"

부인(夫人)이 강잉(强仍)ᄒᆞ야 ᄀᆞᆯ오ᄃᆡ,

"남궁(-宮)의 갓다가 댱 형(兄)이 희롱(戲弄)으로 권(勸)ᄒᆞ시니 잠간(暫間) 마셧더니 대단이 발(發)ᄒᆞ이다."

---

530) 비홍(臂紅): 팔위에 있는 붉은 것이란 뜻으로 곧 앵혈(鶯血)을 말함. 앵혈은 순결의 표식으로 장화(張華)의 『박물지』에서 그 출처를 찾을 수 있음. 근세 이전에 나이 어린 처녀의 팔뚝에 찍던 처녀성의 표시를 말하는 것으로 도마뱀에게 주사(朱沙)를 먹여 죽이고 말린 다음 그것을 찧어 어린 처녀의 팔뚝에 찍으면 첫날밤에 남자와 잠자리를 할 때에 없어진다고 함.

531) 쵹ᄂᆡᆼ(觸冷): 촉랭. 찬 기운이 몸에 닿음.

공(公)이 눈을 ᄌᆞ로 드러 보며 웃고 왈(曰),

“댱수(-嫂)ㅣ 빅화 이제는 부인(夫人)을 술을 ᄆᆡ양 먹혀 화ᄉᆡᆨ(和色)을 보미 올토다.”

부인(夫人)이 미쇼(微笑)ᄒᆞ고 답(答)디 아니ᄒᆞ니 공(公)이 다시 웃고 니러나며 왈(曰),

“평안(平安)이 쉬쇼셔.”

ᄒᆞ고 드ᄃᆡ여 나가니 ᄉᆡᆼ(生)이 다시 좌(座)의 니ᄅᆞ매 부인(夫人)이 님 시(氏)와 ᄉᆡᆼ(生)을 믈러가라 ᄒᆞ니 ᄉᆡᆼ(生)이 모친(母親) 긔ᄉᆡᆨ(氣色)이 블안(不安)ᄒᆞ믈 그윽이 황공(惶恐)ᄒᆞ야 믈러가니,

이윽고 공(公)의 쇼희(小姬) 님 시(氏) 이(二) ᄌᆞ(子)ᄅᆞᆯ ᄃᆞ리고 드러와 문안(問安)ᄒᆞ니 부인(夫人)이 갓가이 블러 구호(救護)ᄒᆞ라 ᄒᆞ더니 냥구(良久) 후(後) 기리 탄식(歎息)ᄒᆞ거ᄂᆞᆯ 님 시(氏) 의아(疑訝)ᄒᆞ야 뭇ᄌᆞ온

•••

127면

대 부인(夫人) 왈(曰),

“ᄉᆡᆼ젼(生前)의 손ᄋᆞ(孫兒)ᄅᆞᆯ 못 보게 ᄒᆞ야시니 ᄌᆞ연(自然) 슬픈 배로다.”

님 시(氏) 경아(驚訝)[532] 왈(曰),

“대상공(大相公) 부뷔(夫婦ㅣ)[533] 계시니 이런 말숨을 ᄒᆞ시ᄂᆞ니잇가?”

---

532) 경아(驚訝): 놀라고 의아해함.

533) 대상공(大相公) 부뷔(夫婦ㅣ): 대상공 부부. 이성문과 임 씨 부부를 이름. 이성문이 장자(長子)이므로 이와 같이 말함. 또 말하는 사람 임 씨는 이몽창의 첩이므로 자식뻘인 이성문에게도 대상공이라는 호칭을 쓴 것임.

부인(夫人) 왈(曰),

"셩ᄋᆞᆡ(-兒ㅣ) 임 시(氏)를 소ᄃᆡ(疏待)[534]ᄒᆞ니 엇디 ᄌᆞ식(子息)이 이시리오?"

님 시(氏) 왈(曰),

"샹공(相公)은 지회(至孝ㅣ)시라 부인(夫人)이 니ᄅᆞ신즉 엇지 아니 드ᄅᆞ시리잇고?"

부인(夫人) 왈(曰),

"부부(夫婦) ᄉᆞ졍(私情)은 임의(任意)로 못 ᄒᆞᄂᆞ니 비록 ᄌᆞ식(子息)인들 인녁(人力)으로 권(勸)ᄒᆞ리오?"

셜파(說罷)의 즘드니,

님 시(氏) 믈러오더니 듕당(中堂)의셔 ᄉᆡᆼ(生)을 만나니 님 시(氏) 왈(曰),

"부인(夫人)이 즘드러 계시니 드러가디 마ᄅᆞ쇼셔."

ᄉᆡᆼ(生)이 ᄎᆞ언(此言)을 듯고 거름을 머초거ᄂᆞᆯ 님 시(氏) 쳥(請)ᄒᆞ야 안게 ᄒᆞ고 ᄯᅩᄒᆞᆫ 안자 무ᄅᆞᄃᆡ,

"부인(夫人)이 심위(心憂ㅣ) 듕(重)ᄒᆞ시니 ᄀᆞ장 념녀(念慮)ᄒᆞᄂᆞ이다."

ᄉᆡᆼ(生)이 대경(大驚) 왈(曰),

"모친(母親)이 ᄆᆡ양 경문을 ᄉᆡᆼ각ᄒᆞ샤 심위(心憂ㅣ) 계시거니와 ᄯᅩ 므ᄉᆞᆷ 심위(心憂ㅣ) 계시뇨?"

님 시(氏) 왈(曰),

"부인(夫人)이 당년(當年)의 쳔고(千古)의 업ᄉᆞ신

534) 소ᄃᆡ(疏待): 소대. 정성을 들이지 않고 아무렇게나 대접을 함.

128면

화란(禍亂)을 ᄀᆞ초 겻그시고 윤·영 두 공ᄌᆞ(公子)를 참별(慘別)[535]ᄒᆞ시고 경문 공ᄌᆞ(公子)를 일흐시니 간장(肝腸)이 거의 지되신 듯ᄒᆞ니 그 뜻을 노야(老爺)는 바드시ᄂᆞ니 샹공(相公)니 힘ᄡᅳ시미 엇더ᄒᆞ시니잇고?"

ᄉᆡᆼ(生)이 츄연(惆然) 왈(曰),

"이러ᄒᆞ믈 ᄌᆡ(子ㅣ) 어이 모ᄅᆞ리잇가? 모친(母親)이 거ᄎᆞ로 흔연(欣然)ᄒᆞ시나 심듕(心中)은 슬프미 셔리담아 계시니 ᄌᆞ(子) 등(等)의 근심이 엇디 헐(歇)ᄒᆞ리잇가? 다만 셔모(庶母) 말솜이 별단(別段) 연괴(緣故ㅣ) 이시니 긔이디 마ᄅᆞ쇼셔."

님 시(氏) 팀음(沈吟)[536]ᄒᆞ다가 ᄀᆞᆯ오ᄃᆡ,

"부인(夫人)이 손ᄋᆞ(孫兒)를 보디 못ᄒᆞ시믈 근심ᄒᆞ시더이다."

ᄉᆡᆼ(生) 왈(曰),

"이런 말솜을 어이 친(親)히 니ᄅᆞ시미 업더니잇고?"

님 시(氏), 부인(夫人) 말을 옴겨 니ᄅᆞ니 ᄉᆡᆼ(生)이 머리를 수기고 말을 아니타가 가연이 쇼왈(笑曰),

"이런 일의 태태(太太) 근심ᄒᆞ시도록 ᄒᆞ리오? ᄌᆡ(子ㅣ) 엇디 쳐ᄌᆞ(妻子)를 소ᄃᆡ(疏待)[537]ᄒᆞ리오마는 당년(當年)의 부뫼(父母ㅣ) 녀 쇼ᄉᆞ(少師) 은혜(恩惠) 닙으시미 등

---

535) 참별(慘別): 참혹히 영별함.

536) 팀음(沈吟): 침음. 속으로 깊이 생각함.

537) 소ᄃᆡ(疏待): 소대. 정성을 들이지 않고 아무렇게나 대접을 함.

129면

한(等閑)티 아니시니 잠간(暫間) 뎌를 기ᄃᆞ리고져 뜻이러니 태태(太太) 우려(憂慮)ᄒᆞ시니 이런 져근 일의 모친(母親) 념녀(念慮)를 ᄒᆞ시리오?"

님 시(氏) 칭션(稱善) 왈(曰),

"샹공(相公)의 신의(信義)ᄂᆞᆫ 고금(古今)의 업ᄉᆞ나 그러나 취(娶)ᄒᆞᆫ 후(後)ᄂᆞᆫ 일실(一室)의 드디 아니시미 고집(固執)ᄒᆞ니이다."

ᄉᆡᆼ(生)이 다쇼(多少) 셜화(說話)를 아니ᄒᆞ고 손사(遜謝) 왈(曰),

"ᄀᆞᄅᆞ치미 올흐니 삼가 밧들리이다."

드ᄃᆡ여 니러 나갓더니 셕양(夕陽)의 드러와 혼뎡(昏定)ᄒᆞ며 유의(留意)ᄒᆞ야 모친(母親)을 ᄉᆞᆯ피ᄃᆡ 구ᄐᆞ여 녀ᄂᆞ ᄉᆞ식(辭色)이 업셔 ᄒᆞᆫ골ᄀᆞ티 흔연(欣然)ᄒᆞᆯ 분이라. ᄉᆡᆼ(生)이 이시히(移時-)[538] 시립(侍立)ᄒᆞ엿다가 몬져 믈러 임 시(氏) 침소(寢所)로 드러가니라.

538) 이시히(移時-): 한참 동안.

니시셰딩록(李氏世代錄) 권지亽(卷之四)

1면

시시(是時)에 싱(生)이 몬져 믈너가 임 시(氏) 침소(寢所)에 니루러 고요히 안잣더니, 이윽고 임 쇼졔(小姐ㅣ) 이에 니루러 싱(生)이 이시믈 보고 놀납고 븟그려 믈너셔거놀 싱(生)이 눈을 드러 보고 시녀(侍女)로 명(命)호야 니루딕,

"침금(寢衾)을 이고딕 비셜(排設)[1]호라."

시녜(侍女ㅣ) 즉시(卽時) 침금(寢衾)을 가져와 졍 비셜(排設)호고 나가니 싱(生)이 의관(衣冠)을 그루고 자리의 나아가며 보니 쇼졔(小姐ㅣ) 단졍(端正)이 션 재 잇거놀 굿투여 말 아니호고 나아가 잇그러 침셕(寢席)의 가니 쇼졔(小姐ㅣ) 크게 븟그려 응(應)티 아닌딕 싱(生)이 힘을 다호여 훈가지로 누으

2면

매 션연(嬋娟)[2]훈 긔질(氣質)의 텬향(天香)이 옹울(蓊鬱)[3]호니 남지(男子ㅣ) 친근(親近)이 미즈매 엇디 헐(歇)호리오. 익듕(愛重)호는 뜻이 비길 곳 업더라.

---

1) 비셜(排設): 배설. 연회나 의식(儀式)에 쓰는 물건을 차려 놓음.

2) 션연(嬋娟): 선연. 얼굴이 곱고 아름다움.

3) 옹울(蓊鬱): 무성함.

이튼날 평명(平明)의 냥인(兩人)이 흔가지로 슉현당(--堂)의 나아가 문안(問安)ᄒᆞ니 부인(夫人)이 쵹(燭)을 ᄇᆞᆰ히고 소셰(梳洗)ᄅᆞᆯ ᄆᆞᆺᄎᆞ매 빅화[4]각(--閣)으로 가랴 ᄒᆞ다가 이 거동(擧動)을 보고 놀나고 의심(疑心)ᄒᆞ여 잠간(暫間) ᄉᆡᆼ각ᄒᆞ니 임 시(氏) 말노 ᄋᆞᄌᆡ(兒子ㅣ) 회심(回心)ᄒᆞ믈 두굿기나 ᄉᆞᄉᆡᆨ(辭色)디 아니코 소장(梳粧)[5]을 다ᄉᆞ려 빅화각(--閣)으로 드러가니 ᄉᆡᆼ(生)이 쇼져(小姐)로 더브러 가 안자니 빅문이 낫도라 쇼왈(笑曰),

"형댱(兄丈)이 금일(今日)은 엇디 수수(嫂嫂)로 더브러 흔가디로 드러오시ᄂᆞ니

3면

잇고?"

ᄉᆡᆼ(生)이 잠쇼(暫笑) 무언(無言)이러니 일쥬 쇼졔(小姐ㅣ) 졍ᄉᆡᆨ(正色)고 ᄀᆞᆯ오ᄃᆡ,

"어린 거시 말마다 활발(活潑)ᄒᆞ니 무어ᄉᆡ ᄡᅳ리오?"

ᄉᆡᆼ(生)이 쇼왈(笑曰),

"쇼ᄋᆞ(小兒)의 형샹(形狀) 업ᄂᆞᆫ 말을 쪽슈(足數)[6]ᄒᆞ야 무엇ᄒᆞ리오?"

쇼졔(小姐ㅣ) 쇼이ᄃᆡ왈(笑而對曰),

"쪽슈(足數)ᄒᆞᄂᆞᆫ 거시 아니로ᄃᆡ 빅문이 이졔브터 거동(擧動)이 우리ᄀᆞᆺ디 아니ᄒᆞ니 근심ᄒᆞᄂᆞ이다. 엇던 녀ᄌᆡ(女子ㅣ) 단장(丹粧)케 ᄒᆞ

4) 화: [교] 원문에는 '하'로 되어 있으나 앞의 예를 따라 이와 같이 수정함.

5) 소장(梳粧): 빗질하고 화장함.

6) 쪽슈(足數): 족수. 따지고 꾸짖음.

리오?"

싱(生)이 우연(喟然) 탄왈(歎曰),

"이런 말은 우리 아닐 말이라 현믹(賢妹)는 엄찰(嚴察)[7] ᄒᆞ라."

쇼제(小姐ㅣ) 씌ᄃᆞ라 샤례(謝禮)ᄒᆞ더라.

이후(以後)로 일(一) 삭(朔)의 수오(數五) 일(日)식 임 시(氏) 슉소(宿所)ᄅᆞᆯ ᄎᆞ자 은졍(恩情)이 ᄌᆞ못 견권(繾綣)[8] ᄒᆞᄃᆡ 죠곰도 셜만(褻慢)[9] ᄒᆞᆫ 빗과 가챠ᄒᆞᄂᆞᆫ 일이 업셔 삼경(三更)의 드러와 상(牀)의 오ᄅᆞ매 침셕(寢席)의 졍(情)을 머므ᄅᆞ고 계(鷄) 쵸명(初鳴)의

4면

나오니 임 시(氏) ᄯᅩᄒᆞᆫ 그 ᄯᅳᆺ을 잠간(暫間)도 어긔오디 아냐 공경(恭敬)ᄒᆞ믈 존빈(尊賓)ᄀᆞᆺ티 ᄒᆞ야 피ᄎᆡ(彼此ㅣ) 샹슈(相隨)ᄒᆞ미 업더니,

이러구러 일(一) 년(年)이 디나 텬ᄌᆡ(天子ㅣ) 셩묘(聖廟)의 ᄇᆡ알(拜謁)ᄒᆞ시고 알셩(謁聖)[10]을 베프샤 인ᄌᆡ(人材)ᄅᆞᆯ ᄲᆡ실ᄉᆡ ᄉᆞ방(四方) 현ᄌᆡ(賢者ㅣ) 구름 못ᄃᆞᆺ ᄒᆞᄂᆞᆫ디라. 공ᄌᆡ(公子ㅣ) 우연(喟然)이 탄왈(嘆曰),

"부모(父母) 시하(侍下)의 샤간[11] 들기ᄅᆞᆯ 못 ᄒᆞ나 분요(紛擾)[12] 셰샹(世上)의 나 ᄇᆞ졀업도다."

7) 엄찰(嚴察): 엄히 살핌.

8) 견권(繾綣): 생각하는 정이 두터움.

9) 셜만(褻慢): 설만. 하는 짓이 무례하고 거만함.

10) 알셩(謁聖): 알성. 황제가 문묘에 참배한 뒤 실시하던 비정규적인 과거 시험. 알성과(謁聖科).

11) 샤간: 미상임.

12) 분요(紛擾): 어수선하고 소란스러움.

ᄒᆞ고 탄연(坦然)[13]이 과거(科擧) 의ᄉᆞ(意思)를 아니ᄒᆞ고 녹명(錄名)[14]을 ᄒᆞ미 업더니 뉴 부인(夫人)이 이날 제ᄌᆞ(諸子)를 모화 녹명(錄名)ᄒᆞᆫ 거ᄉᆞᆯ 가져오라 ᄒᆞ여 보니 세문, 긔문이 다 드러시ᄃᆡ 셩문이 홀로 업거ᄂᆞᆯ 부인(夫人) 왈(曰),

"너ᄂᆞᆫ 어이 업ᄂᆞ

5면

뇨?"

ᄉᆡᆼ(生)이 년망(連忙)이 ᄉᆞ려 ᄃᆡ왈(對曰),

"쇼손(小孫)은 밋쳐 ᄒᆡᆼ(行)티 못ᄒᆞ여시므로 가져온 거시 업ᄉᆞ이다."

부인(夫人)이 소왈(笑曰),

"이럴딘ᄃᆡ 과거(科擧)를 아니 보려 ᄒᆞᄂᆞ냐?"

공ᄌᆡ(公子ㅣ) 공슈(拱手) 사례(謝禮) 왈(曰),

"죵신(終身)토록 아니 보려 ᄒᆞ미 아니로ᄃᆡ 금년(今年)은 나히 어리고 ᄒᆞᆨ문(學問)이 진취(進就)티 못ᄒᆞ여ᄉᆞ오니 능히(能-) 윤필(潤筆)[15]티 못ᄒᆞᆯ가 ᄒᆞᄂᆞ이다."

뉴 부[16]인(夫人)이 쇼왈(笑曰),

"너의 념결(恬潔)[17]ᄒᆞᆫ ᄯᅳᆺ이 아ᄅᆞᆷ다오나 여러히 드러가기 됴흐니 츄ᄉᆞ(推辭)[18]티 말나."

---

13) 탄연(坦然): 마음이 안정되어 아무 걱정 없이 평온함.

14) 녹명(錄名): 이름을 적음.

15) 윤필(潤筆): 붓을 적신다는 뜻으로, 그림을 그리거나 글씨를 쓰는 일을 이르는 말.

16) 부: [교] 원문에는 '분'으로 되어 있으나 오기로 보임.

17) 념결(恬潔): 염결. 욕심이 없고 마음이 깨끗함.

문정공(--公)이 ᄯᅩ한 닐오ᄃᆡ,

“조달(早達)[19]이 됴티 아니ᄒᆞ나 굿ᄐᆞ여 이번(-番) ᄉᆡᆨ힐 동 엇디 알니오? 대모(大母)의 명(命)이 여ᄎᆞ(如此)ᄒᆞ시니 역명(逆命)ᄒᆞ미 가(可)티 아니ᄒᆞ도다.”

공ᄌᆡ(公子ㅣ) 부복(俯伏)

6면

슈명(受命)ᄒᆞ고 믈너나 긔문, 셰문 등(等)으로 더브러 과옥(科屋)[20]의 나아가매, 텬ᄌᆡ(天子ㅣ) 놉히 구룡금상(九龍金牀)의 좌(坐)ᄒᆞ시니 ᄇᆡᆨ관(百官)이 좌우(左右)로 녜복(禮服)을 ᄀᆞ초아 시위(侍衛)ᄒᆞ야시니 의관(衣冠)이 졍뎡졔졔(整整齊齊)[21]ᄒᆞ고 환패(環佩)[22]쟝쟝(錚錚)[23]ᄒᆞᆫ 가온ᄃᆡ 니흥문이 수일(數日) 젼(前) 녜부샹셔(禮部尙書) 홍문관(弘文館) 태ᄒᆞᆨᄉᆞ(太學士)의 승품(陞品)[24]ᄒᆞ엿ᄂᆞᆫ 고(故)로 금포옥ᄃᆡ(錦袍玉帶)[25]로 아홀(牙笏)[26]을 밧고 수십(數十) 명관(名官)으로 더브러 교[27]위(交椅)[28]예 의지(依支)ᄒᆞ야 시ᄀᆡᆨ(時刻)을

---

18) 츄ᄉᆞ(推辭): 추사. 물러나 사양함.

19) 조달(早達): 젊은 나이로 일찍 높은 지위에 오름.

20) 과옥(科屋): 과거를 보는 장소.

21) 졍뎡졔졔(整整齊齊): 정정제제. 잘 정돈하여 아주 가지런함.

22) 환패(環佩): 황제와 황후의 법복이나 문무백관의 조복(朝服)과 제복의 좌우에 늘이어 차던 옥. 흰 옥을 이어서 무릎 밑까지 내려가도록 하였음.

23) 쟝쟝(錚錚): 쟁쟁. 쇠붙이 따위가 맞부딪쳐 맑게 울리는 소리.

24) 승품(陞品): 직위가 오름.

25) 금포옥ᄃᆡ(錦袍玉帶): 금포옥대. 비단 도포와 옥으로 만든 띠.

26) 아홀(牙笏): 상아로 만든 홀. 홀은 신하가 임금을 만날 때 손에 쥐던 물건.

27) 교: [교] 원문에는 ‘조’로 되어 있으나 오기로 보임.

28) 교위(交椅): 교의. 의자.

뎡(定)ᄒᆞ고 졔(題)를 ᄂᆡ매 긔이(奇異)ᄒᆞᆫ 풍신(風神)이 더옥 동탕(動蕩)[29]ᄒᆞ여 ᄇᆞ[30]라보매 눈이 쇄락(灑落)[31]ᄒᆞ니 긔문이 ᄀᆞᆯ오ᄃᆡ,

"우리 몸을 도라보니 형(兄)의 구죵(驅從)[32]만도 못ᄒᆞ[33]도다."

셰문 왈(曰),

"과쟝(科場)의 법(法)이 지엄(至嚴)

7면

ᄒᆞ거ᄂᆞᆯ 므삼 잡말(雜-)을 ᄒᆞᄂᆞᆫ다?"

드ᄃᆡ여 졔(題)를 비겨 글을 지어 밧티고 도라보니, 셩문이 단졍(端正)이 안자 글 지을 의ᄉᆞ(意思)를 아니ᄒᆞ거ᄂᆞᆯ 시긱(時刻)이 되믈 니ᄅᆞ니 ᄒᆞᆫ 붓의 ᄂᆞ리지어 긔문을 주어 ᄒᆞᆫ가지로 밧티라 ᄒᆞ고 죠곰도 조이미 업더라.

삼십(三十) 시관(試官)이 글을 ᄲᆡ 뇽젼(龍殿)의 헌(獻)ᄒᆞ니 샹(上)이 몬져 ᄒᆞᆫ 쟝(張)을 보시매 이 됴격(調格)이 놉고 귀법(句法)이 쳥신(淸新)ᄒᆞ여 ᄆᆞᆰ으미 조옥(雕玉)[34] ᄀᆞᆺ고 쇡쇡ᄒᆞ미 츄월(秋月) ᄀᆞᆺᄐᆞ야 말마다 ᄃᆡ셩인(大聖人)이 물(物)을 토(吐)ᄒᆞ고 ᄉᆡᆼ(生)을 앗기ᄂᆞᆫ ᄆᆞ음이 나타나 공ᄌᆡ(孔子ㅣ)[35] 디ᄂᆡ신 녜력(睿力)이라도 밋디 못ᄒᆞᆯ더라.

---

29) 동탕(動蕩): 활달하고 호탕함.

30) ᄇᆞ: [교] 원문에는 '보'로 되어 있으나 의미를 명확히 하기 위해 규장각본(4:6)을 따름.

31) 쇄락(灑落): 기분이나 몸이 상쾌하고 깨끗함.

32) 구죵(驅從): 구종. 벼슬아치를 모시고 따라다니던 하인.

33) ᄒᆞ: [교] 원문에는 'ᄒᆞᆫ'으로 되어 있으나 오기로 보이므로 규장각본(4:7)을 따름.

34) 조옥(雕玉): 아로새긴 옥.

35) 공ᄌᆡ(孔子ㅣ): 공자. 공구(孔丘, B.C.551~B.C.479)를 높여 부른 말. 공자는 중국 춘추시대 노나라의 사상가·학자로 자는 중니(仲尼)임. 인(仁)을 정치와 윤리의 이상으로 하는 도덕주의를 설파하고 덕치 정치를 강조하여 유학의 시조로 추앙받음.

크게 놀나 골오듸,

"금텬하(今天下)의 엇디 이

8면

런 지죄(才操ㅣ) 이실 줄 알니오? 아디 못게라 년긔(年紀) 언마나 혼고?"

즉시(卽時) 어필(御筆)노 장원(壯元)을 뎨명(題名)ᄒᆞ시고 ᄎᆞᄎᆞ(次次) ᄡᅳ노시기를 ᄆᆞᆺᄎᆞ시니 뎐두관(殿頭官)[36]이 뎨일(第一) 피봉(皮封)[37]을 ᄠᅥ히니 이 곳 셩문이라. 놉히 블너 왈(曰),

"장원(壯元)은 금쥐인(錦州人) 니셩문이오, 조(祖)ᄂᆞᆫ 좌승샹(左丞相) 명국[38]공(--公) 셩도[39]ᄇᆡᆨ(--伯) 니관셩이오, 부(父)ᄂᆞᆫ 우승샹(右丞相) 문졍공(--公) 니몽챵이라."

브ᄅᆞ니 셰문, 긔문이 크게 깃거 공ᄌᆞ(公子)를 향(向)ᄒᆞ야 치하(致賀)ᄒᆞ더니 브ᄅᆞᄂᆞᆫ 소ᄅᆡ 급(急)ᄒᆞ거ᄂᆞᆯ, 셩문이 가연이 ᄉᆞᄆᆡ를 ᄯᅥᆯ티고 두건(頭巾)을 숙여 나오매 허다(許多) 딕ᄉᆡᆨ(職司ㅣ)[40] 급(急)히 쳥삼(靑衫)[41]과 계화(桂花)를 가져 닙히고 ᄢᅵ워 복ᄉᆡᆨ(服色)을 뎡졔(整齊)[42]ᄒᆞ매 드ᄃᆡ여 뎐하(殿下)의

36) 뎐두관(殿頭官): 전두관. 궁전에서 임금의 명을 받아 널리 알리거나 일을 하는 내시.

37) 피봉(皮封): 봉투의 겉면.

38) 명국: [교] 원문에는 '졍문'으로 되어 있으나 앞의 예(1:1)를 따라 이와 같이 수정함.

39) 셩도: [교] 원문에는 '셔한'으로 되어 있으나 앞의 예(1:1)를 따라 이와 같이 수정함.

40) 딕ᄉᆡᆨ(職司ㅣ): 직사. 직무를 맡은 사람.

41) 쳥삼(靑衫): 조복(朝服) 안에 받쳐 입던 옷. 남색 바탕에 검은 빛깔로 가를 꾸미고 큰 소매를 닮.

42) 뎡졔(整齊): 정제. 정돈하여 가지런히 함.

9면

니ᄅᆞ러 산호(山呼)[43] ᄇᆡ알(拜謁)ᄒᆞ온ᄃᆡ 텬ᄌᆡ(天子ㅣ) ᄒᆞᆫ번(-番) 농안(龍顔)을 드러 보시매 이 곳 삼고(三顧)[44]ᄒᆞᄂᆞᆫ 슈고로오미 업시셔 와룡(臥龍)[45]이 니ᄅᆞᄂᆞᆫ ᄃᆞᆺ, 판츅(版築)[46]을 ᄭᅮᆷᄭᅮ디 아냐셔 냥필(良弼)[47]을 어든디라. 졍념(貞廉)[48]ᄒᆞᆫ 안ᄉᆡᆨ(顔色)은 됴일(朝日)이 옥년(玉蓮) ᄉᆞ이의 드ᄂᆞᆫ ᄃᆞᆺ, 동탕(動蕩)[49]ᄒᆞᆫ 긔상(氣像)은 츈일(春日)이 ᄇᆡᆨ믈(百物)을 븟텨 ᄂᆡᄂᆞᆫ ᄃᆞᆺ, 두 눈의 ᄆᆞᆰ은 빗티 호호(浩浩)ᄒᆞ며 양양(洋洋)ᄒᆞ여 프ᄅᆞᆫ 눈셥은 강산(江山)의 졍긔(精氣)ᄅᆞᆯ 비양(飛揚)[50]ᄒᆞᄂᆞᆫ ᄃᆞᆺ, 녜모(禮貌)[51]의 ᄀᆞ즉ᄒᆞ미 일ᄉᆡᆼ(一生)을 니기미라도 이예셔 더으디 못ᄒᆞᆯ디라. 샹(上)이 크게 경희(驚喜)ᄒᆞ샤 문졍공(--公)을 도라보샤 우으시고 ᄀᆞᆯ오ᄃᆡ,

“경(卿)이 이런 긔ᄌᆞ(奇子)ᄅᆞᆯ 두어시니 가히(可-) 몸이 놉도다. 황슉(皇叔)

---

43) 산호(山呼): 나라의 중요 의식에서 신하들이 임금의 만수무강을 축원하여 두 손을 치켜들고 만세를 부르던 일. 중국 한나라 무제가 숭산(嵩山)에서 제사 지낼 때 신민(臣民)들이 만세를 삼창한 데서 유래함. 산호만세(山呼萬歲).

44) 삼고(三顧): 세 번 찾아감. 중국 삼국시대 때 유비(劉備)가 제갈량(諸葛亮)을 모사(謀士)로 삼기 위해 그의 초당을 세 번 찾아간 일을 이름. 나관중, <삼국지연의>.

45) 와룡(臥龍): 중국 삼국시대 촉한 유비의 책사인 제갈량(諸葛亮, 181~234)의 별호. 그의 자(字)는 공명(孔明)이고, 또 다른 별호는 복룡(伏龍). 유비를 도와 오(吳)나라와 연합하여 조조(曹操)의 위(魏)나라 군사를 대파하고 파촉(巴蜀)을 얻어 촉한을 세움. 유비가 죽은 후에 무향후(武鄕侯)로서 남방의 만족(蠻族)을 정벌하고, 위나라 사마의와 대전 중에 오장원(五丈原)에서 병사함.

46) 판츅(版築): 판축. 판축은 판자와 판자 사이에 흙을 넣고 공이로 다지는 일이라는 뜻으로, 중국 은(殷)나라 부암(傅巖)에서 판축, 즉 담쌓는 일을 하다가 고종(高宗)에게 발탁되어 재상이 된 부열(傅說)의 일을 말함. 『서경(書經)』, 「열명(說命) 하(下)」.

47) 냥필(良弼): 양필. 보필하는 임무를 제대로 해내는 신하.

48) 졍념(貞廉): 정렴. 마음이 곧고 깨끗함.

49) 동탕(動蕩): 활달하고 호탕함.

50) 비양(飛揚): 공중으로 높이 떠오름.

51) 녜모(禮貌): 예모. 예절에 맞는 몸가짐.

10면

의 냥ᄌᆞ(兩子)ᄂᆞᆫ 영웅(英雄)의 긔샹(氣像)이오, 경(卿)의 ᄌᆞ(子)ᄂᆞᆫ 셩인(聖人)의 긔샹(氣像)이 이시니 딘실노(眞實-) 국가(國家)의 냥신(良臣)이라 ᄒᆞ리로다."

공(公)이 머리 조아 샤은(謝恩)ᄒᆞ더니 ᄎᆞ례(次例)로 블너드리니 탐화(探花)ᄂᆞᆫ 셰문이오, 셋ᄌᆡᄂᆞᆫ 니긔문이오, 넷ᄌᆡᄂᆞᆫ 남관이오, 다ᄉᆞᆺᄌᆡᄂᆞᆫ 소 참졍(參政)의 댱ᄌᆞ(長子) 소역이라. 다 ᄒᆞᆫ골ᄀᆞᆺ티 옥면뉴풍(玉面柳風)[52]이 하안(何晏),[53] 반악(潘岳)[54] ᄀᆞᆺᄐᆞ니 샹(上)이 더옥 깃거 ᄀᆞᆯ오샤ᄃᆡ,

"아됴(我朝)의 알셩(謁聖)ᄒᆞ미 여러 번(番)이로ᄃᆡ 금일(今日)쳐로 약관(弱冠) ᄌᆡᄉᆞ(才士)와 옥인(玉人)을 취(取)ᄒᆞ미 쉽디 아니ᄒᆞ니 그 각각(各各) 아뷔 ᄀᆞᄅᆞ틴 공(功)이 젹디 아니ᄒᆞ다."

ᄒᆞ시고 각각(各各) ᄉᆞ쥬(賜酒)ᄒᆞ시고 각별(各別) 하람공(--公)을 ᄃᆡ(對)ᄒᆞ샤 칭하(稱賀) 왈(曰),

"경(卿)의 아ᄃᆞᆯ이 발

52) 옥면뉴풍(玉面柳風): 옥면유풍. 옥 같은 얼굴과 버들 같은 풍채라는 뜻으로 남자의 아름다운 외모를 비유한 말.

53) 하안(何晏): 중국 삼국시대 위(魏)나라 사람(196~249)으로 자(字)는 평숙(平叔). 조조(曹操)의 의붓아들이자 사위. 노장(老莊)을 좋아해 하후현(夏侯玄), 왕필(王弼) 등과 청담(淸淡)을 숭상해 당시 사대부가 그들을 본받아 청담(淸淡)이 당대의 기풍(氣風)이 되기도 함. 후에 사마의(司馬懿)에게 죽임을 당함. 반하(潘何)라 하여 서진(西晉)의 반악(潘岳)과 함께 잘생긴 남자의 대명사로 불림.

54) 반악(潘岳): 중국 서진(西晉)의 문인(247~300)으로 자는 안인(安仁), 하남성(河南省) 중모(中牟) 출생. 용모가 아름다워 낙양의 길에 나가면 여자들이 몰려와 그를 향해 과일을 던졌다는 고사가 있음. 문장이 뛰어났는데 <도망시(悼亡詩)>가 유명함. 후에 손수(孫秀)가 그가 모반했다는 무고를 해 일족이 주살당함.

11면

셔 셰히 득의(得意)ᄒᆞ니 태낭낭(太娘娘)의 깃거ᄒᆞ심과 황슉(皇叔)의 유복(有福)ᄒᆞ믈 치하(致賀)ᄒᆞ노라.”

부매(駙馬ㅣ) 계슈(稽首)[55] 샤은(謝恩)ᄒᆞ더라.

셩문이 옥안영풍(玉顔英風)의 계화(桂花)ᄅᆞᆯ 숙이고 어쥬(御酒)ᄅᆞᆯ 취(醉)ᄒᆞ여 ᄉᆞᄇᆡ(四拜) 슉샤(肅謝)[56]ᄒᆞ고 방하(榜下)[57] ᄉᆞ(四) 인(人)을 거ᄂᆞ려 궐문(闕門)을 나 하람공(--公) 등(等) 오(五) 인(人)이 각각(各各) 희ᄉᆡᆨ(喜色)을 머금고 ᄉᆞ(四) 인(人)을 압셰워 부듕(府中)으로 도라올ᄉᆡ, ᄉᆡᆼ쇼고악(笙簫鼓樂)[58]이 하ᄂᆞᆯ을 흔들고 챵부(倡夫)[59] ᄌᆡ인(才人)[60]이 ᄭᅩᆺ수풀을 닐위고 츄죵(騶從)[61]과 벽디(辟除)[62] 대로(大路)ᄅᆞᆯ 덥허 향(向)ᄒᆞ니 도로(道路) 인인(人人)이 뉘 아니 블워ᄒᆞ리오.

장원(壯元)이 부듕(府中)에 니ᄅᆞ러 형뎨(兄弟) 삼(三) 인(人)이 ᄡᅣᆼᄡᅣᆼ(雙雙)이 당(堂)의 올나 부모(父母) 존당(尊堂)의 졀ᄒᆞ매

55) 계슈(稽首): 계수. 고개를 조아림.

56) 슉샤(肅謝): 숙사. 임금의 은혜에 감사하며 공손하고 경건하게 절을 올리던 일. 사은숙배(謝恩肅拜)

57) 방하(榜下): 같이 과거에 급제하였지만, 순위가 떨어지는 사람들을 말함.

58) ᄉᆡᆼ쇼고악(笙簫鼓樂): 생소고악. 생황과 퉁소, 북 등의 음악 소리.

59) 챵부(倡夫): 창부. 남자 광대.

60) ᄌᆡ인(才人): 재인. 재주 부리는 사람.

61) 츄죵(騶從): 추종. 윗사람을 따라다니는 종.

62) 벽디(辟除): 벽제. 지위가 높은 사람이 행차할 때, 구종(驅從) 별배(別陪)가 잡인의 통행을 금하던 일.

12면

아름다온 얼골의 븕은 긔운이 올나 낭셩(狼星)[63] 궃튼 눈이 ᄂᆞ죽ᄒᆞ여 세 줄 금홰(金花ㅣ) 서로 ᄀᆡ야이니 조부모(祖父母)의 경희(驚喜)ᄒᆞ믄 니ᄅᆞ도 말고 그 모시(母氏) 등(等)이 다ᄒᆡᆼ(多幸)코 깃거ᄒᆞ미 어이 측냥(測量)ᄒᆞ리오. 승샹(丞相)이 ᄀᆞᆯ오ᄃᆡ,

"ᄌᆞ고(自古)로 ᄒᆞᆫ 형뎨(兄弟) 셰히 일방(一榜)의 고등(高登)ᄒᆞ믄 희한(稀罕)ᄒᆞᆫ 일이니 금일(今日) 경ᄉᆡ(慶事ㅣ) 비록 깃브다 ᄒᆞ려니와 도라 문호(門戶)ᄅᆞᆯ ᄉᆡᆼ각건ᄃᆡ 엇디 두렵디 아니ᄒᆞ리오? 삼(三) ᄋᆞ(兒) 등(等)이 비록 나히 젹으나 경셔(經書)ᄅᆞᆯ 닑어 거의 식니(識理)ᄅᆞᆯ 통(通)ᄒᆞ니 귀(貴)ᄒᆞ므로 ᄆᆞ음을 교만(驕慢)이 마라 가문(家門)에 욕(辱)이 밋게 말나."

장원(壯元) 등(等)이 일제(一齊)히 슈명(受命)ᄒᆞ더라.

이윽

13면

고 외당(外堂)의 빈ᄀᆡᆨ(賓客)이 구름 못ᄃᆞᆺ ᄒᆞ야 신ᄅᆡ(新來)ᄅᆞᆯ 브ᄅᆞᄂᆞᆫ 소ᄅᆡ 진동(震動)ᄒᆞ니 승샹(丞相)이 졔ᄌᆞ졔손(諸子諸孫)을 거ᄂᆞ려 외당(外堂)으로 나와 졔빈(諸賓)을 마자 한훤녜필(寒暄禮畢)[64]의 모다 일시(一時)의 하례(賀禮)ᄒᆞ니, 승샹(丞相)이 함누(含淚) 쳐연(悽然) 왈(曰),

---

63) 낭셩(狼星): 낭성. 큰개자리에서 가장 밝은 청백색의 별. 하늘에서 볼 수 있는 가장 밝은 별.
64) 한훤녜필(禮畢寒暄): 한훤예필. 날씨의 춥고 더움을 말하는 예를 마침.

"금일(今日) 텬은(天恩)으로 세 낫 어린 아히(兒孩) ᄂᆞ리 뇽제(龍梯)[65]를 더위잡아시니[66] 가히(可-) 깃브다 ᄒᆞ려니와 도라 ᄉᆡᆼ각건ᄃᆡ 션친(先親)의 자최 묘망(渺茫)[67]ᄒᆞ고 인셰(人世)의 머므러 경ᄉᆞ(慶事)를 ᄒᆞᆫ가지로 보시디 못ᄒᆞ니 ᄯᅩ 엇디 ᄆᆞ음이 일편도이 즐겁다 ᄒᆞ리오?"

셜파(說罷)의 봉안(鳳眼)의 눈믈이 어ᄅᆡ고 하람공(--公) 등(等)은 각각(各各) 손샤(遜謝)ᄒᆞᆯ 분이러라.

이날 신ᄅᆡ(新來)를 당하(堂下)의 ᄂᆞ리워 진퇴(進退)ᄒᆞ며

14면

가인(歌人)을 잡아 ᄃᆡ무(對舞)ᄒᆞ니 세문, ᄀᆡ문은 짐ᄌᆞᆺ 일압(昵狎)[68]ᄒᆞ야 즐겨ᄒᆞᄃᆡ 셩문은 시기ᄂᆞᆫ ᄃᆡ로 ᄒᆞᆯ지언뎡 죠금도 즐겨ᄒᆞ미 업더라.

셕양(夕陽)의 ᄂᆡ당(內堂)의 드러가 ᄇᆡ[69]야흐로 죠용이 말삼ᄒᆞᆯᄉᆡ 삼(三) 인(人)이 지은 글을 외와 조모(祖母)ᄭᅴ 고(告)ᄒᆞ니 승샹(丞相)이 뉴 부인(夫人) 욻히셔 웃고 ᄀᆞᆯ오ᄃᆡ,

"셩ᄋᆞ(-兒)의 글은 됴격(調格)이 놉고 긔샹(氣像)이 당당(堂堂)ᄒᆞ여 너ᄅᆞ기 댱강(長江) ᄀᆞᆺ고 곱기 금슈(錦繡) ᄀᆞᆺᄐᆞ며 깁기 바다 ᄀᆞᆺᄐᆞ니 당당(堂堂)이 쟝원(壯元)이 될 거시오, 셰ᄋᆞ(-兒)의 글은 ᄆᆞᆰ고 ᄂᆡᆼ담(冷淡)ᄒᆞ며 긔[70]문은 화려(華麗) 쥰아(俊雅)ᄒᆞ나 ᄯᅩᄒᆞᆫ 단[71]쳐(短處)

---

65) 뇽제(龍梯): 용제. 궁으로 가는 사다리라는 뜻으로 과거에 급제함을 의미함.

66) 더위잡아시니: 높은 곳에 오르려고 무엇을 끌어 잡았으니.

67) 묘망(渺茫): 아득함.

68) 일압(昵狎): 친근하게 대하며 태도가 가벼움.

69) ᄇᆡ: [교] 원문에는 '보'로 되어 있으나 오기로 보이므로 규장각본(4:14)을 따름.

이시니 시관(試官)이 눈이 붉도다."

소뷔(少傳ㅣ) 뒤왈(對日),

"닉 원간(元間) 흥문

···

15면

이 눈을 붉게 넉이ᄂᆞ이다."

녜뷔(禮部ㅣ) 웃고 ᄀᆞᆯ오딕,

"ᄉᆡ노기ᄂᆞᆫ 니부샹셔(吏部尙書) ᄒᆞ고 나ᄂᆞᆫ 볼 만ᄒᆞ여시니 즉히 이 ᄆᆡᄒᆞ리잇가?"

긔문 왈(日),

"쳔만(千萬) 사ᄅᆞᆷ 가온딕 의복(衣服)조차 츄러ᄒᆞ고 거젹의 업딕여 글을 뻐 밧티고 우러러 형댱(兄丈)을 보매 금관금의(金冠錦衣)로 교위(交椅)의 안자 계시니 그ᄣᅴ 분(憤)ᄒᆞ고 이ᄃᆞᆯ오미 죽고져 시브더이다."

녜뷔(禮部ㅣ) 쇼왈(笑日),

"그럴진딕 엇디 사라 왓ᄂᆞᆫ다?"

긔문 왈(日),

"만일(萬一) ᄲᅡ이디 못ᄒᆞ던들 죽으려 ᄒᆞ더니 댱슈(長壽)ᄒᆞᆯ 마딕라 ᄲᅡ이니 살기를 엇과이다."

좌위(左右ㅣ) 크게 웃더라.

밤이 들매 다 허여지고 장원(壯元)이 모친(母親)을 뫼셔 침소(寢所)의 니ᄅᆞ니 부인(夫人)이 ᄇᆞ야

---

70) 긔: [교] 원문에는 이 앞에 '됴문'이 있으나 부연으로 보아 삭제함.

71) 단: [교] 원문에는 '난'으로 되어 있으나 오기로 보임.

16면

ᄒᆞ로 두긋기미 극(極)ᄒᆞ여 손을 잡고 참연(慘然) 비왈(悲曰),

"너ᄂᆞᆫ 이제 급뎨(及第)ᄒᆞ여 어룬의 소임(所任)을 ᄒᆞ거ᄂᆞᆯ 어엿븐 윤ᄋᆞ(-兒)ᄂᆞᆫ 어ᄃᆡ 가고 경문은 어ᄂᆞ 곳의 가 잇ᄂᆞᆫ고? 이ᄅᆞᆯ ᄉᆡᆼ각ᄒᆞ니 네 어미 깃븐 줄 모로노라."

쟝원(壯元)이 역시(亦是) ᄆᆞᄋᆞᆷ이 비챵(悲愴)ᄒᆞ여 ᄃᆡ답(對答)고져 ᄒᆞ더니,

문졍공(--公)이 손의 그린쵹(麒麟燭)을 잡고 드러와 좌(坐)ᄒᆞ며 부인(夫人)이 팔ᄎᆡ(八彩)[72] 슈미(秀眉)의 슈ᄉᆡᆨ(愁色)을 먹음고 도화(桃花) 냥협(兩頰)의 누흔(淚痕)이 이시믈 놀나 므ᄅᆞᄃᆡ,

"부인(夫人)이 엇던 고(故)로 슬허ᄒᆞ시ᄂᆞ뇨? 연고(緣故)ᄅᆞᆯ 듯고져 ᄒᆞ노라."

부인(夫人)이 강잉(强仍) ᄃᆡ왈(對曰),

"우연(偶然)이 ᄆᆞᄋᆞᆷ이 사오나오이다. 다ᄅᆞᆫ 연괴(緣故 ㅣ) 이시리잇가?"

공(公)이 침음(沈吟) 냥구(良久)에 ᄀᆞᆯ

17면

오ᄃᆡ,

"셔하지탄(西河之歎)[73]을 보미 이시나 셰ᄌᆡ(歲載)[74] 오ᄅᆡ고 부모

72) 팔ᄎᆡ(八彩): 팔채. 여덟 색깔의 무늬. 중국 고대 요(堯) 임금의 눈썹에 여덟 가지 무늬가 있었다는 데서 유래하는바, 고귀한 인물을 묘사할 때 사용됨.

73) 셔하지탄(西河之歎): 서하지탄. 서하(西河)에서의 탄식이라는 뜻으로 부모가 자식을 잃고 하는 탄식을 이름. 서하(西河)는 지금의 섬서성(陝西省) 한성현(韓城縣)에서 화음현(華陰縣) 일대. 중

(父母) 시하(侍下)의 눈물을 미양 무상(無常)[75]이 닉느뇨?"

부인(夫人)이 샤왈(謝曰),

"일시(一時)의 싱각디 못ᄒᆞ엿더니 깁히 샤죄(謝罪)ᄒᆞᄂᆞ이다."

공(公)이 화셩(和聲)으로 위로(慰勞)ᄒᆞ더라.

이튼날 장원(壯元)이 몬져 녀 쇼ᄉᆞ(少師) 집의 가셔 보매 쇼식(少師ㅣ) 크게 두굿겨 깃거ᄒᆞ나 도라 싱각ᄒᆞ매 도로혀 그림의 썩 ᄀᆞᄐᆞᆫ디라 심식(心思ㅣ) 황당(慌唐)ᄒᆞ야 손을 잡고 탄왈(歎曰),

"금일(今日) 싱각ᄒᆞ매 엇디 너와 닉 옹셔지의(翁婿之義)[76] ᄀᆞᆺ쳐지고 임 공(公)만 못ᄒᆞᆯ 줄 아라시리오? 이제 셰지(歲載) 여러 번(番) 뒤치딕 녀ᄋᆞ(女兒)의 죵적(蹤迹)이 묘망(渺茫)ᄒᆞ니 죽을시 의심(疑心) 업ᄉᆞᆫ디라 후일(後日)을 어이 ᄇᆞ라

•••

18면

리오?"

언파(言罷)의 눈믈을 ᄂᆞ리오니 장원(壯元)이 머리를 숙이고 감히(敢-) 답(答)디 못ᄒᆞ더니,

이윽고 하딕(下直)고 나와 임부(-府)의 니ᄅᆞ매 샹셔(尙書)와 부인(夫人)의 경희(驚喜)ᄒᆞ미 어이 측냥(測量)ᄒᆞ리오. 금은(金銀)을 거룩히 닉여 창부(倡夫)[77] ᄌᆡ인(才人)[78]을 샹(賞)ᄒᆞ고 샹셰(尙書ㅣ) 싱

국 춘추시대 공자의 제자 자하(子夏, B.C.508?~B.C.425?)가 공자가 죽은 후 서하(西河)에 은거하고 있었는데 그 자식이 죽자 슬피 울어 눈이 멀었다는 데서 유래함. 『예기(禮記)』, 「단궁(檀弓)」.

74) 셰지(歲載): 세재. 해.

75) 무샹(無常): 무상. 일정한 때가 없음. 무상시(無常時).

76) 옹셔지의(翁婿之義): 옹서지의. 장인과 사위의 의리.

(生)의 손을 잡고 ᄉᆞ랑ᄒᆞ믈 이긔디 못ᄒᆞ더라.

삼일유가(三日遊街)[79]를 ᄆᆞᆺᄎᆞ매 텬ᄌᆡ(天子ㅣ) 특지(特旨)로 셩문을 간의태우(諫議大夫)를 ᄒᆞ이시고 셰문을 한님슈찬(翰林修撰)을 ᄒᆞ이시고 남관은 급ᄉᆞ랑(給事郞)을 ᄒᆞ이시니 각각(各各) 쳐ᄌᆞ(妻子)를 봉관화리(鳳冠花履)[80]를 주샤 영광(榮光)을 빗ᄂᆡ시니 졔인(諸人)이 샤은(謝恩)ᄒᆞ고 믈너나 뉴 시(氏) 등(等)이 부인(夫人)

19면

딕텹(職牒)[81]을 밧ᄌᆞ와 다른 의논(議論)이 업ᄉᆞ듸 간의(諫議), 부인(夫人) 딕텹(職牒)과 쌍봉관(雙鳳冠)을 봉(封)ᄒᆞ야 운아를 맛뎌 ᄀᆞᆯ오듸,

"십(十) 년(年)을 그음ᄒᆞ야 그 사ᄅᆞᆷ을 기ᄃᆞ리라."

운의 알고 깁히 간ᄉᆞᄒᆞ니 태위(大夫ㅣ) 또 봉관(鳳冠) ᄒᆞ나흘 임시(氏)의게 보ᄂᆡ고 외당(外堂)을 나오니 ᄀᆡ국공(--公)이 하람공(--公)긔 고(告)ᄒᆞ야 ᄀᆞᆯ오듸,

"조뷔(祖父ㅣ) 별셰(別世)ᄒᆞ신 후(後)로 ᄒᆞᆫ 일도 부모(父母)긔 영양(榮養)[82]을 뵈옵디 못ᄒᆞ고 흥문이 급뎨(及第)ᄒᆞ여실 젹도 경하(慶賀)티 못ᄒᆞ야시니 이제 세 아ᄒᆡ(兒孩) ᄒᆞᆫ 방(榜)의 급뎨(及第)ᄒᆞ미 인간

77) 챵부(倡夫): 창부. 남자 광대.

78) ᄌᆡ인(才人): 재인. 재주 부리는 사람.

79) 삼일유가(三日遊街): 과거 급제자가 삼 일 동안 시험관과 선배 급제자, 친척을 방문하던 일.

80) 봉관화리(鳳冠花履): 봉황을 장식한 예관(禮冠)과 아름다운 신발. 고관부녀의 복식.

81) 딕텹(職牒): 직첩. 조정에서 내리는 벼슬아치의 임명장.

82) 영양(榮養): 부모를 영화롭게 잘 모심.

(人間)의 드믄 경ᄉᆡ(慶事ㅣ)니 야야(爺爺)긔 고(告)ᄒᆞ야 잔ᄎᆡ를 베플미 엇더ᄒᆞ뇨?"

하람공(--公)이 올히 넉이거ᄂᆞᆯ 문졍공(--公)이 ᄀᆞᆯ오ᄃᆡ,

"삼

20면

톄(三弟)의 말이 유리(有理)ᄒᆞ나 야[83]애(爺爺ㅣ) 드ᄅᆞ실 일이 업ᄉᆞ니 무익(無益)히 고(告)ᄒᆞ미 브졀업도다."

긔국공(--公) 왈(曰),

"아니 드ᄅᆞ시면 홀일업거니와 우리 도리(道理)ᄂᆞᆫ 취품(就稟)ᄒᆞ미 올흘가 ᄒᆞᄂᆞ이다."

하람공(--公)이 조차 드ᄃᆡ여 대셔헌(大書軒)의 나아가 이 일을 취품(就稟)ᄒᆞ매 승샹(丞相)이 탄식(歎息) 왈(曰),

"우리 집이 훈쳑(勳戚) 대신(大臣)의 집으로 ᄂᆞᆷ은 과거(科擧)의 낙방(落榜)ᄒᆞ거ᄂᆞᆯ 일ᄐᆡᆨ(一宅)의셔 네히 득의(得意)ᄒᆞ믄 크게 두렵고 송구(悚懼)ᄒᆞ거ᄂᆞᆯ 무어시 됴타 ᄒᆞ여 경연(慶宴)을 버려 즐기리오? 여등(汝等)이 만일(萬一) ᄂᆡ 죽은 후(後)도 가셩(家聲)을 츄락(墜落)ᄒᆞ미 반ᄃᆞᆺᄒᆞ리로다."

하람공(--公) 등(等)이 ᄎᆞ언(此言)을 듯고 한츌쳠ᄇᆡ(汗出沾背)[84]ᄒᆞ야 믈

83) 야: [교] 원문에는 '애'로 되어 있으나 오기로 보임.

84) 한츌쳠ᄇᆡ(汗出沾背): 한출첨배. 땀이 나 등에 밴다는 뜻으로 몹시 두려워함을 이르는 말.

21면

너나다.

소 샹셰(尙書ㅣ) 손ᄋᆞ(孫兒)의 득의(得意)ᄒᆞ믈 크게 깃거 경연(慶宴)을 베퍼 즐길ᄉᆡ, 소 부인(夫人)이 ᄯᅩᄒᆞᆫ ᄌᆞ부(子婦)를 거ᄂᆞ려 가고져 ᄒᆞ니,

임 시(氏) 이ᄯᅴ 태우(大夫)의 딕텹(職牒)과 ᄡᅡᆼ봉관(雙鳳冠) 아니 주믈 보고 분긔(憤氣) 하늘을 ᄀᆞᄅᆞ치니 ᄒᆞᆫ번(-番) 발악(發惡)고져 ᄒᆞ되 태우[85](大夫) 근일(近日)은 드러오디 아녀시니 감히(敢-) ᄉᆞ식(辭色)디 못ᄒᆞ고 계요 ᄎᆞᆷ아 잇더니, 만일(萬一) 소부(-府) 경연(慶宴)의 갈딘ᄃᆡ 그 봉관(鳳冠)을 ᄲᅳᆯ디라 칭병(稱兵)ᄒᆞ고 가디 아니니,

소 부인(夫人)이 홀노 졔ᄌᆞ(諸子)를 거ᄂᆞ려 소부(-府)의 니ᄅᆞ러 남ᄆᆡ(男妹) ᄃᆡ(對)ᄒᆞ여 경ᄉᆞ(慶事)를 치하(致賀)ᄒᆞ고 달을 묵으며 문졍공(--公)이 이의 니ᄅᆞ러 긔구(器具)를 도아 연셕(宴席)을 열매 긔구(器具)의

22면

쟝녀(壯麗)[86]ᄒᆞ미 측냥(測量)업더라. 소 샹셰(尙書ㅣ) ᄌᆞ셔(子壻)를 거ᄂᆞ려 죵일(終日)토록 즐기며 두굿기며 측냥(測量)업더라.

이날 간의(諫議) 도라와 술이 취(醉)ᄒᆞ고 몸이 곤(困)ᄒᆞ야 쉬고져 ᄒᆞ야 침소(寢所)의 니ᄅᆞ니 임 시(氏) ᄒᆞᆫ번(-番) 눈을 드러 간의(諫議)

---

85) 우: [교] 원문과 규장각본(4:21)에 '후'로 되어 있으나 오기로 보임.

86) 쟝녀(壯麗): 장려. 웅장하고 화려함.

ᄅᆞᆯ 보니 노(怒)호온 눈셥이 머리ᄅᆞᆯ ᄀᆞᄅᆞ티고 독(毒)ᄒᆞᆫ 노긔(怒氣) 블니듯 ᄒᆞ여 즘즘(潛潛)코 잇더니 ᄉᆡᆼ(生)이 날호여 관복(冠服)을 버셔 시녀(侍女)ᄅᆞᆯ 주고 망건(網巾)을 버ᄉᆞ매 평의(平衣)로 안쟈 차(茶)ᄅᆞᆯ 가져오라 ᄒᆞ니 시녜(侍女ㅣ) 차(茶)ᄅᆞᆯ 가져 앏히 노흐매 임 시(氏) 나아가 아사 먼니 더디고 ᄀᆞᆯ오ᄃᆡ,

"간의(諫議)ᄂᆞᆫ 녀 시(氏) 침소(寢所)로 갈디어다. 욕(辱)되이 쳡(妾)의 곳의 와 음슈(飮水)ᄒᆞᆯ 묘리(妙理) 업ᄂᆞ니라."

•••

23면

간의(諫議) ᄎᆞ경(此景)을 보고 경히(驚駭)[87]ᄒᆞ여 날호여 ᄀᆞᆯ오ᄃᆡ,

"부인(夫人)의 거죄(擧措ㅣ) 무ᄉᆞ 일노 비롯거뇨?"

고셩(高聲) 대즐(大叱) 왈(曰),

"쳡(妾)이 블용누질(不用陋質)[88]이나 조뷔(祖父ㅣ) 됴뎡(朝廷) ᄌᆡ샹(宰相)이시고 엄뷔(嚴父ㅣ) 뉵경(六卿)[89]의 죵ᄉᆞ(從事)ᄒᆞ니 ᄂᆡ 엇디 녀녀(-女)만 못ᄒᆞᆯ 거시라 드러오디 아니ᄒᆞ여셔 ᄃᆡ졉(待接)이 층등(層等)[90]ᄒᆞ니 쳡(妾)이 샹문(相門) 옥슈(玉樹)로 츰아 엇디 보고 살니오? 금야(今夜)의 죽어도 통흔(痛恨)[91]ᄒᆞᆫ 말을 다ᄒᆞ고 그ᄃᆡ 앏히셔 죽으리라."

셜파(說罷)의 봉관(鳳冠)을 ᄂᆞᆺᄂᆞᆺ티 ᄲᅵ뎌 ᄉᆡᆼ(生)의 앏히 더뎌 ᄀᆞᆯ오ᄃᆡ,

---

87) 경히(驚駭): 경해. 뜻밖의 일로 몹시 놀람.

88) 블용누질(不用陋質): 불용누질. 쓸모 없는 비루한 자질.

89) 뉵경(六卿): 육경. 중국 주(周)나라 때에 둔 육관(六官)의 우두머리. 대총재·대사도·대종백·대사마·대사구·대사공을 이름. 통상 재상을 이름.

90) 층등(層等): 서로 구별되는 층과 등급.

91) 통흔(痛恨): 통한. 몹시 분하거나 억울하여 한스럽게 여김.

"마자 두엇다가 녀녀(-女)를 주어 식(色)을 도으라."

ᄒᆞ니 간의(諫議), 안식(顔色)을 ᄌᆞ약(自若)히 ᄒᆞ고 그 거동(擧動)을 보더니 그 말이 긋ᄎᆞ매 탄식(歎息)ᄒᆞ여 골오ᄃᆡ,

"부인(夫人)의 거동(擧動)이

24면

장ᄎᆞᆺ(將次ㅅ) 발부(潑婦)[92]의 거동(擧動)이니 무익(無益)히 닐너 브졀업도다. 다만 법(法)은 ᄉᆞ싀(私私ㅣ) 업ᄂᆞ니 가히(可-) 아니 다ᄉᆞ리디 못ᄒᆞ리니라."

좌우(左右)를 블너 부인(夫人)의 유모(乳母)를 잡아 ᄂᆡ라 하고 셜파(說罷)의 안식(顔色)이 상풍녈일(霜風烈日)[93] ᄀᆞᄐᆞ야 창두(蒼頭)[94]를 블너 쇼져(小姐) 유모(乳母)를 결박(結縛)ᄒᆞ야 ᄂᆡᆼ옥(冷獄)의 너흐라 ᄒᆞ고 침션(針線) 비ᄌᆞ(婢子) 십(十) 인(人)을 다 졈고(點考)ᄒᆞ여 반(半)은 ᄂᆡ티고 ᄉᆞ디양낭(事知養娘)[95]을 의련[96]과 뇨를 거두고 침소(寢所) 누듕(樓中)의 가도아 즘가 봉(封)하고 그 가인(家人)을 협문(夾門)을 ᄃᆞ희여 ᄂᆡ외(內外) 격졀(隔絕)[97]이 ᄒᆞ여 임부(-府) 사ᄅᆞᆷ을 드리디 말나 ᄒᆞ고 홍아를 블너 ᄌᆞ긔(自己) 관복(冠服) 제구(諸具)를 맛디고 ᄉᆞ매를 ᄯᅥᆯ쳐 나가니,

---

92) 발부(潑婦): 흉악하여 도리를 알지 못하는 여자.

93) 상풍녈일(霜風烈日): 상풍열일. 몹시 찬 바람과 여름에 뜨겁게 내리쬐는 태양이라는 뜻으로 기세가 세참을 이름.

94) 창두(蒼頭): 종살이를 하는 남자.

95) ᄉᆞ디양낭(事知養娘): 사지양랑. 일을 맡은 양랑.

96) 의련: 미상임.

97) 격졀(隔絕): 격절. 서로 사이가 떨어져서 연락이 끊어짐.

임 시(氏)

25면

블연(勃然)[98] 대로(大怒)ᄒᆞ여 나아가 간의(諫議) ᄉᆞ매를 잡고 발악(發惡)ᄒᆞᄃᆡ,

"그ᄃᆡ 쳡(妾)을 무삼 죄(罪)로 이러ᄐᆞᆺ 몽죄(蒙罪)[99]ᄒᆞᄂᆞ뇨? ᄂᆡ 출하리 그ᄃᆡ 앏ᄒᆡ셔 죽으리라."

부ᄃᆡ이져 ᄎᆞᆫ 칼흘 ᄲᆡ혀 가슴을 지ᄅᆞ고져 ᄒᆞ니, 간의(諫議) 말을 아니ᄒᆞ고 칼흘 븟드러 아ᄉᆞᆫᄃᆡ 임 시(氏) 구지 잡아 노티 아니ᄒᆞᄃᆡ 굿ᄐᆞ여 프러 아사 ᄉᆞ매의 너코, 완완(緩緩)이 거러 나가 외당(外堂)의 니ᄅᆞ러ᄂᆞᆫ 위의(威儀)를 베플고 유랑(乳娘)을 잡아 오십여(五十餘) 댱(杖)을 텨 ᄂᆡ티니 혼졀(昏絕)ᄒᆞ야 인ᄉᆞ(人事)를 모ᄅᆞᄂᆞᆫ디라.

임 시(氏) 이ᄯᆡ를 당(當)ᄒᆞ야 ᄒᆞᆨᄉᆞ(學士)의 유모(乳母) ᄎᆡᆨ(責)홈과 법(法)을 셰오믈 ᄆᆡᆼ녈(猛烈)이 ᄒᆞᄂᆞᆫ디라 심하(心下)의 대분(大憤)ᄒᆞ야 침셕(寢席)의셔 죵야(終夜)토록

26면

울고 머리를 ᄇᆞ람벽(--壁)[100]의 부ᄃᆡ이져 븟ᄂᆞᆫ 줄 ᄉᆡᆼ각디 못ᄒᆞ니 모든 시녜(侍女ㅣ) 븟드러 구호(救護)ᄒᆞ니,

---

98) 블연(勃然): 발연. 왈칵 성을 내는 태도나 일어나는 모양이 세차고 갑작스러움.

99) 몽죄(蒙罪): 죄를 입음.

100) ᄇᆞ람벽(--壁): 바람벽. 방이나 칸살의 옆을 둘러막은 둘레의 벽.

평명(平明)의 니ᄅᆞ러 문정공(--公)이 ᄌᆞ부(子婦)의 유병[101](有病)ᄒᆞ믈 놀나 친(親)히 드러와 문병(問病)ᄒᆞ매 임 시(氏) 계유 니러 존구(尊舅)의 무ᄅᆞ믈 대단티 아니믈 고(告)ᄒᆞ니 공(公)의 총명(聰明)이 짐쟉(斟酌)디 못ᄒᆞ리오.

ᄆᆞᄋᆞᆷ의 의심(疑心)ᄒᆞ야 홍아ᄅᆞᆯ 블너 연고(緣故)ᄅᆞᆯ 무ᄅᆞᆫᄃᆡ 홍애 감히(敢-) 긔이디 못ᄒᆞ야 일일히(一一-) 고(告)ᄒᆞ니 공(公)이 ᄆᆞᄋᆞᆷ의 어히업시 너기더니 ᄉᆡᆼ(生)의 쳐치(處置) 가장 어려오니 ᄀᆡ과(改過)케 ᄒᆞ려 ᄒᆞ믈 알고 ᄉᆞᄉᆡᆨ(辭色)디 아니코 잇더니,

부인(夫人)이 이날 도라오니 공(公)이 비록 부인(夫人)의 하ᄒᆡ(河海) 대량(大量)을 아나 그려도 쇽ᄐᆡ(俗態)

27면

이실가 ᄒᆞ고 임 시(氏)ᄅᆞᆯ 앗겨 뎡당(正堂)의 ᄃᆞᆫ녀 침소(寢所)의 니ᄅᆞ매 공(公)이 몬져 ᄀᆞᆯ오ᄃᆡ,

"ᄋᆞ뷔(阿婦ㅣ) 블의(不意)예 유병(有病)ᄒᆞ니 념녀(念慮)롭도다."

부인(夫人)이 ᄎᆞ언(此言)을 듯고 이의 니ᄅᆞ러 보매 임 시(氏) 강잉(强仍)ᄒᆞ여 놀나 니러나 친님(親臨)ᄒᆞ시믈 황공(惶恐)ᄒᆞ여ᄒᆞ거ᄂᆞᆯ 부인(夫人)이 위로(慰勞)ᄒᆞ고 눈을 드러 ᄉᆞᆯ피매 부은 눈이 낫디 아니ᄒᆞ엿고 누흔(淚痕)이 오히려 안광(眼眶)의 어ᄅᆡ여시니 부인(夫人)이 뭇디 아니ᄒᆞ나 지긔(知機)[102]ᄒᆞ고 한심(寒心)이 넉여 이윽이 위로(慰勞)ᄒᆞ고 도라오니,

---

101) 병: [교] 원문에는 '형'으로 되어 있으나 문맥을 고려해 규장각본(4:26)을 따름.

102) 디긔(知機): 지기. 기미를 앎.

공(公)이 웃고 무러 왈(曰),

"병셰(病勢)가 엇더ᄒᆞ더니잇가?"

부인(夫人)이 ᄃᆡ왈(對曰),

"블과(不過) 쵹샹(觸傷)[103] ᄒᆞ미라 대단ᄒᆞ리잇가?"

공(公)이 미쇼(微笑)하고 즘즘(潛潛)ᄒᆞ엿더라.

ᄎᆞ야(此夜)의 간의(諫議) 혼

28면

뎡(昏定)ᄒᆞ매 부인(夫人)이 좌우(左右) 고요ᄒᆞ믈 타 이에 닐오ᄃᆡ,

"ᄂᆡ 본ᄃᆡ(本-) ᄌᆞ쇼(自少)로 텬하(天下)의 녀ᄌᆞ(女子)ᄅᆞᆯ 가련(可憐)이 알고 어엿비 넉이더니 네 어미 ᄀᆞᆺ초 역경(逆境)을 겻거 ᄂᆞᆷ의 업슨 화란(禍亂)을 디ᄂᆡᆫ 후(後) 더옥 녀ᄌᆞ(女子)ᄅᆞᆯ 잔잉히 넉이ᄂᆞ니 네 ᄯᅩᄒᆞᆫ 아ᄂᆞᆫ다?"

간의(諫議) ᄯᅩᄒᆞᆫ 몸을 ᄂᆞᆺ초아 ᄃᆡ왈(對曰),

"블쵸(不肖)의 샹시(常時) 혜아리ᄂᆞᆫ 배로소이다."

부인(夫人)이 ᄀᆞᆯ오ᄃᆡ,

"네 알딘ᄃᆡ 엇딘 고(故)로 ᄋᆞ부(阿婦)ᄅᆞᆯ 블평(不平)케 ᄒᆞ미 발분망식(發憤忘食)[104] ᄒᆞ매 밋쳣ᄂᆞ뇨?"

간의(諫議) ᄌᆡᄇᆡ(再拜)ᄒᆞ고 ᄀᆞᆯ오ᄃᆡ,

"ᄒᆡᄋᆡ(孩兒ㅣ) ᄯᅩᄒᆞᆫ 일즉 고셔(古書)ᄅᆞᆯ 닑어 ᄌᆞ못 의리(義理)ᄅᆞᆯ 아옵ᄂᆞ니 무죄(無罪)ᄒᆞᆫ 쳐ᄌᆞ(妻子)ᄅᆞᆯ ᄒᆞᆫ갓 헛위엄(-威嚴)을 쟈랑ᄒᆞ여

103) 쵹샹(觸傷): 촉상. 찬 기운이 몸에 닿아서 병이 일어남.

104) 발분망식(發憤忘食): 끼니까지도 잊을 정도로 어떤 일에 열중하여 노력함.

뎌를 편(便)티 아니케 ᄒᆞ리잇가마ᄂᆞᆫ 작

29면

일(昨日) 임 시(氏)의 거죄(擧措ㅣ) 여ᄎᆞ여ᄎᆞ(如此如此) 극악(極惡)ᄒᆞ오미 크게 녜의(禮義)ᄅᆞᆯ 건너시니 당당(堂堂)이 츌거(黜去)[105]ᄒᆞ오미 올ᄒᆞ듸 가(可)티 아니ᄒᆞ온 고(故)로 잠간(暫間) 법(法)을 셰워 기과(改過)케 ᄒᆞ미로소이다."

부인(夫人)이 듯기ᄅᆞᆯ ᄆᆞᆺ고 ᄉᆞ식(辭色)이 더옥 화슌(和順)ᄒᆞ여 ᄀᆞᆯ오듸,

"ᄌᆞ고(自古)로 식니(識理)ᄅᆞᆯ 통(通)ᄒᆞᄂᆞᆫ 남ᄌᆞ(男子)도 임군의 툥(寵)을 식오ᄂᆞᆫ 일이 이시니 ᄒᆞ믈며 임 시(氏), 년쇼(年少) 녀ᄌᆞ(女子)로 드러오디 아닌 안헤만티 못 너기니 분노(忿怒)홀시 그ᄅᆞ디 아니ᄒᆞ니 ᄂᆡ 아ᄒᆡ(兒孩)ᄂᆞᆫ 과도(過度)히 논박(論駁)[106]디 말나."

간의(諫議) 웃고 손을 ᄭᅩᆺ자 ᄃᆡ왈(對曰),

"ᄒᆡᄋᆡ(孩兒ㅣ) ᄯᅩ 아옵ᄂᆞ니 임 시(氏)의 투악(妬惡)이 일됴(一朝)의 졔어(制御)키 어려온 재(者ㅣ)니 쇼ᄌᆡ(小子ㅣ) 아닌즉 뎌ᄅᆞᆯ ᄡᅧ 졍도(正道)의 못 나아가게 ᄒᆞ리니 필경(畢竟)의

30면

엇디 뎌ᄅᆞᆯ 져ᄇᆞ리리잇가? 모친(母親)은 우려(憂慮)하시디 마오쇼셔."

부인(夫人)이 낭쇼(朗笑) 왈(曰),

---

105) 츌거(黜去): 출거. 강제로 내쫓음.

106) 논박(論駁): 어떤 주장이나 의견에 대하여 그 잘못된 점을 조리 있게 공격하여 말함.

“닉 엇디 이러케 넉이리마는 남직(男子ㅣ) 본딕(本-) 처음 ᄆᆞ옴이 나죵의 업ᄂᆞ니 네 ᄯᅩ 이러티 아니키를 어이 미드리오?”

간의(諫議) 계상(稽顙)[107] 빅샤(拜謝) 왈(曰),

“ᄌᆞ교(慈敎)를 폐간(肺肝)의 삭이리니 ᄆᆞᄎᆞᆷ닉 거역(拒逆)디 아니리이다.”

부인(夫人)이 그읏이 두굿기더라.

임 시(氏) 이ᄯᅵ 칭병(稱病)ᄒᆞ고 침애(枕厓)의 ᄇᆞ련 디 냥(兩) 삭일(朔日)이 되엿더니 홀연(忽然) ᄉᆡᆼ각ᄒᆞ딕,

‘닉 니(李) 군(君)의 칙(責)을 인(因)ᄒᆞ여 이리 여러 날 드러 이시미 가쇼(可笑)로오니 구괴(舅姑ㅣ) 알으셔도 그릇 너기시리니 강잉(强仍)ᄒᆞ야 살아다가 나종을 보고 죽으리라.’

ᄒᆞ고 가연이 독(毒)을 먹음고 니러나 됴셕(朝夕) 뎡

31면

셩[108](定省)의 참예(參預)ᄒᆞ니 공(公)이 장인(匠人)을 블너 봉관(鳳冠) ᄒᆞ나흘 곳텨 ᄆᆡᆫᄃᆞ라 친(親)히 주어 ᄀᆞᆯ오딕,

“ᄋᆞ직(兒子ㅣ) 소탈(疏脫)ᄒᆞ야 네 장념(粧奩)[109]을 ᄉᆞᆯ피미 업ᄉᆞ니 특별(特別)이 닉 딕신(代身)ᄒᆞ야 주노라.”

임 시(氏) 마디못ᄒᆞ야 밧ᄌᆞ와 샹시(常時) ᄡᅳ고 ᄃᆞᆫ니더라.

ᄎᆞ시(此時)에 임부(-府) 시녜(侍女ㅣ) 쇼져(小姐)의게 니른즉 챵뒤

107) 계상(稽顙): 계상. 머리를 조아림.

108) 셩: [교] 원문에는 ‘졍’으로 되어 있으나 오기로 보임.

109) 장념(粧奩): 장렴. 몸을 치장하는 데 쓰는 갖가지 물건.

(蒼頭ㅣ)[110] 엄(嚴)히 조당(阻擋)[111]ᄒᆞ야 태우(大夫) 노야(老爺) 명(命)을 어긔디 말나 ᄒᆞ신다 ᄒᆞ니 시녀(侍女)들이 가 이ᄃᆡ로 고(告)ᄒᆞ니,

샹셔(尙書)와 부인(夫人)이 크게 놀나 의심(疑心)ᄒᆞᆯ 젹 ᄆᆞᄎᆞᆷ 간의(諫議) 니ᄅᆞ니 샹셰(尙書ㅣ) 흔연(欣然)이 ᄉᆞ매ᄅᆞᆯ 잇글고 부인(夫人) 방(房)의 니ᄅᆞ러 뵈ᄉᆡ 간의(諫議) 옥(玉) ᄀᆞᆺᄐᆞᆫ 얼골의 오사각모(烏紗角帽)[112]ᄅᆞᆯ 숙이고 홍포(紅袍)ᄅᆞᆯ 닙어시니 졀세[113](絕世)ᄒᆞᆫ 용뫼(容貌ㅣ) 고금(古今)의 업

32면

ᄂᆞᆫ디라. 샹셰(尙書ㅣ) 새로이 ᄉᆞ랑ᄒᆞ여 쥬찬(酒饌)을 드려 권(勸)ᄒᆞ며 말ᄉᆞᆷᄒᆞ고 ᄉᆡᆼ(生)이 ᄯᅩᄒᆞᆫ 임 시(氏)의 일을 공(公)의게 ᄡᅳ디 아냐 친친(親親)이 말ᄉᆞᆷᄒᆞ며 죠곰도 셔의(鉏鋙)[114]티 아니ᄒᆞ니 공(公)이 더옥 ᄉᆞ랑ᄒᆞ나 ᄆᆞᄋᆞᆷ의 의심(疑心)ᄒᆞ미 잇ᄂᆞᆫ 고(故)로 반일(半日) 후(後) 이에 손을 잡고 무러 ᄀᆞᆯ오ᄃᆡ,

"근ᄂᆡ(近來)의 녀ᄋᆡ(女兒ㅣ) 무ᄉᆞᆷ 죄(罪)ᄅᆞᆯ 군(君)의게 어덧ᄂᆞ뇨?"

간의(諫議) 홀연(忽然) 침음(沈吟) 냥구(良久)에 ᄃᆡ(對)ᄒᆞ여 갈오ᄃᆡ,

"어이 아ᄅᆞ시ᄂᆞ니잇고?"

샹셰(尙書ㅣ) 웃고 ᄀᆞᆯ오ᄃᆡ,

"너의 악뫼(岳母ㅣ) 녀ᄋᆞ(女兒)의 안부(安否)ᄅᆞᆯ 알고져 ᄒᆞ야 사ᄅᆞᆷ

---

110) 창두(蒼頭): 종살이를 하는 남자.

111) 조당(阻擋): 나아가거나 다가오는 것을 막아서 가림.

112) 오사각모(烏紗角帽): 벼슬아치들이 관복을 입을 때에 쓰던 각진 모자로, 검은 사(紗)로 만들었음.

113) 세: [교] 원문에는 '쇄'로 되어 있으나 오기로 보임.

114) 셔의(鉏鋙): 서어. 뜻이 맞지 아니하여 조금 서먹함.

을 보ᄂᆡ매 협문(夾門)을 챵뒤(蒼頭ㅣ) ᄃᆡ희여 조당(阻擋)ᄒᆞ며 현셔(賢壻)의 명(命)이라 ᄒᆞᆫ다 ᄒᆞ니 긔 므슴 연괴(緣故ㅣ)뇨?"

태위(大夫ㅣ) 쳥파(聽罷)의 좌(座)를 믈너 ᄌᆞ약(自若)히 골

33면

오ᄃᆡ,

"젼일(前日) 쇼셰(小壻ㅣ) 녀 쇼ᄉᆞ(少師) 집과 뎡ᄆᆡᆼ(訂盟)[115]ᄒᆞ야 언약(言約)이 ᄌᆞ못 구드니 녀 공(公)이 쇼셔(小壻)를 사회로 알고 쇼셰(小壻ㅣ) ᄯᅩᄒᆞᆫ 빙악(聘岳)[116]으로 아더니 듕간(中間)의 연괴(緣故ㅣ) 고이(怪異)ᄒᆞ여 녀 공(公)의 녀ᄋᆞ(女兒ㅣ) ᄉᆞᄉᆡᆼ(死生)을 아디 못ᄒᆞ니 녯날 ᄆᆞ음이 ᄭᅳᆫ허져시니 다시 ᄇᆞ라미 우으나 가친(家親)이 십(十) 년(年)을 그음ᄒᆞ여 ᄎᆞᆺ기를 니ᄅᆞ시고 녀 쇼ᄉᆡ(少師ㅣ) 죽디 아녀시믈 뎡녕(丁寧)이[117] 니ᄅᆞ니 쟝ᄎᆞᆺ(將次ㅅ) 사ᄅᆞᆷ으로 져ᄇᆞ리디 아니려 ᄒᆞ더니, 악쟝(岳丈)이 당초(當初) 구혼(求婚)ᄒᆞ실 제도 여ᄎᆞ여ᄎᆞ(如此如此)ᄒᆞ시고 ᄌᆞ가(自家)의 결뎡(決定)ᄒᆞ연 디 오래니 션후(先後) ᄎᆞ례(次例)와 법(法)을 난(亂)티 못ᄒᆞ여 쇼셰(小壻ㅣ) 이러ᄐᆞᆺ ᄒᆞ니 녕녀(令女ㅣ) 분긔(憤氣)를 격발(激發)ᄒᆞ여 거조(擧措)의 패악(悖惡)[118]ᄒᆞ미 이러이러ᄒᆞ오니

---

115) 뎡ᄆᆡᆼ(訂盟): 정맹. 약속을 하거나 동맹을 맺음.

116) 빙악(聘岳): 장인.

117) 뎡녕(丁寧)이: 정녕히. 조금도 틀림없이 꼭. 또는 더 이를 데 없이 정말로.

118) 패악(悖惡): 사람으로서 마땅히 하여야 할 도리에 어그러지고 흉악함.

34면

회암(晦庵)[119] 션싱(先生) 녀교편(女敎篇)[120]을 의논(議論)ᄒᆞ매 결연(決然)이 ᄂᆡ칠 거시로ᄃᆡ 부모(父母)의 관인(寬仁)ᄒᆞ시미 쇼쇼(小小) 곡절(曲折)을 ᄉᆞᆯ피디 아니ᄒᆞ시고 쇼셰(小壻ㅣ) ᄯᅩᄒᆞᆫ ᄋᆞ시(兒時) 졍(情)을 일됴(一朝)의 동(動)티 못ᄒᆞ여 유모(乳母)ᄅᆞᆯ 약간(若干) ᄐᆡ벌(笞罰)ᄒᆞ고 마디못ᄒᆞ야 존부(尊府) 왕ᄅᆡ(往來)ᄅᆞᆯ 막고 녕녀(令女)ᄅᆞᆯ ᄀᆡ과(改過)ᄒᆞ과져 ᄯᅳᆺ이니 악댱(岳丈)은 고이(怪異)히 너기디 마ᄅᆞ쇼셔."

샹셰(尙書ㅣ) 듯기ᄅᆞᆯ ᄆᆞᆺ고 크게 놀나며 ᄀᆞ이업시 넉이너니 이에 샤례(謝禮) 왈(曰),

"녀ᄋᆞ(女兒)의 과악(過惡)이 이 지경(地境)의 밋ᄎᆞᄃᆡ 현셰(賢壻ㅣ) 하ᄒᆡ(河海) ᄀᆞᆺᄐᆞᆫ 대량(大量)으로 관샤(寬赦)[121]ᄒᆞ니 엇디 감격(感激)ᄒᆞᆷ을 모ᄅᆞ리오? 녀ᄋᆞ(女兒)의 죄(罪)ᄅᆞᆯ ᄉᆡᆼ각ᄒᆞ니 털과 ᄲᅢ ᄉᆞᆺ그러ᄒᆞ니 능히(能-) 안안(晏晏)티 못ᄒᆞᆫ디라. 녀ᄋᆞ(女兒)ᄅᆞᆯ ᄃᆞ려 도라와 심

35면

당(深堂)의 너허 ᄀᆡ과(改過)키ᄅᆞᆯ 기ᄃᆞ리리라."

---

119) 회암(晦庵): 중국 송나라의 유학자인 주희(朱熹, 1130~1200)의 호. 주희의 자(字)는 원회(元晦)・중회(仲晦). 도학(道學)과 이학(理學)을 합친 이른바 송학(宋學)을 집대성함. '주자(朱子)'라고 높여 이르며, 학문을 주자학이라고 함. 주요 저서에 『시전(詩傳)』, 『사서집주(四書集註)』, 『근사록(近思錄)』, 『자치통감강목(資治通鑑綱目)』 등이 있음.

120) 녀교편(女敎篇): 여교편. 주희의 저서 중에 있는 편명으로 보이나 미상임.

121) 관샤(寬赦): 관사. 너그럽게 용서함.

간의(諫議) ᄃᆡ왈(對曰),

“녕녀(令女)의 죄괘(罪過ㅣ)[122] 심샹(尋常)티 아니ᄒᆞ나 쇼ᄉᆡᆼ(小生)이 악댱(岳丈)의 지우(知遇)[123]ᄒᆞ시믈 ᄉᆡᆼ각ᄒᆞ여 ᄀᆞ마니 다ᄉᆞ려시나 부모(父母)와 가듕(家中)이 모ᄅᆞ니 이ᄂᆞᆫ 진실노(眞實-) 녕녀(令女)의 평ᄉᆡᆼ(平生)을 잠간(暫間) 앗기ᄂᆞᆫ ᄯᅳᆺ이 이시니 악댱(岳丈)이 챵셜(彰洩)[124]ᄒᆞ여 나타ᄂᆡ믄 가(可)티 아닌가 ᄒᆞᄂᆞ이다.”

임 공(公)이 크게 감격(感激)ᄒᆞ야 칭션(稱善) 왈(曰),

“현셔(賢壻)의[125] 놉흔 의긔(義氣)ᄅᆞᆯ 만히 샤례(謝禮)ᄒᆞᄂᆞ니 녀ᄋᆡ(女兒ㅣ) 만일(萬一) ᄀᆡ과(改過)ᄒᆞ여 타일(他日) 녀 부인(夫人) 안젼(案前)의 득죄(得罪)ᄒᆞ미 업ᄉᆞᆯ딘ᄃᆡ 엇디 현셔(賢壻)의 은혜(恩惠) 아니리오?”

간의(諫議) ᄃᆡ왈(對曰),

“만일(萬一) 젼두(前頭)[126]의 ᄀᆡ과(改過)ᄒᆞ미 이실딘ᄃᆡ 쇼ᄉᆡᆼ(小生)이 젼일(前日) 허믈을 ᄉᆡᆼ각디 아니ᄒᆞ려니와 죵시(終始) ᄒᆞᆫ갈

36면

ᄀᆞᆺ흘딘대 용샤(容赦)키 어려올가 ᄒᆞᄂᆞ이다.”

샹셰(尙書ㅣ) 탄식(歎息)ᄒᆞ고 녀ᄋᆞ(女兒)ᄅᆞᆯ ᄒᆞᆫ(恨)ᄒᆞ고 부인(夫人)은 더옥 참괴(慙愧)[127]ᄒᆞ며 간의(諫議)ᄅᆞᆯ 향(向)ᄒᆞ여 샤례(謝禮)ᄒᆞ믈

122) 죄괘(罪過ㅣ): 죄와 허물.

123) 지우(知遇): 남이 자신의 인격이나 재능을 알고 잘 대우함.

124) 챵셜(彰洩): 창설. 드러내어 밝힘.

125) 의: [교] 원문에는 글자가 비어 있어 안 보여 규장각본(4:36)을 참조함.

126) 젼두(前頭): 전두. 지금부터 다가오게 될 앞날.

마디아니ᄒᆞ더라.

ᄎᆞ일(此日) 태위[128](大夫ㅣ) 죵일(終日)토록 뫼셔 말ᄉᆞᆷᄒᆞ다가 도라오다.

이히 ᄀᆞ을의 팔도(八道)의 어ᄉᆞ(御史)[129]를 보ᄂᆡ시ᄂᆞᆫ디라. 텬ᄌᆞ(天子ㅣ) 니셩문의 믁연(默然) 어듕(語重)[130]ᄒᆞᆫ ᄌᆡ조(才操)를 보고져 ᄒᆞ샤 특지(特旨)로 됴셔(詔書)ᄒᆞ샤 졀강(浙江) 슌무어ᄉᆞ(巡撫御史)[131]를 ᄒᆞ이시고 졀월(節鉞)[132]을 주샤 남방(南方)을 진졍(鎭靜)하라 ᄒᆞ실ᄉᆡ 뎐지(傳旨)를 밧드러 치ᄒᆡᆼ(治行)[133]ᄒᆞᆯᄉᆡ 일가(一家)의 념녀(念慮)ᄒᆞ미 능히(能-) 긔록(紀錄)디 못ᄒᆞᆫ디라.

님ᄒᆡᆼ(臨行)ᄒᆞ여 간의(諫議), 의복(衣服)을 고티고 대검(大劍)을 차고 드러와 부모(父母) 존당(尊堂)의 하딕(下直)

37면

ᄒᆞ니 승샹(丞相) 부뷔(夫婦ㅣ) 흔연(欣然)이 ᄀᆞᆯ오ᄃᆡ,

"네 나히 어린ᄃᆡ 원노(遠路) 발셥(跋涉)[134]이 어려오나 일시(壹是) 국은(國恩)이라. 남ᄋᆡ(男兒ㅣ) 이런 고ᄃᆡ 일홈을 셰울디라 셜셜(屑

127) 참괴(慙愧): 매우 부끄러워함.

128) 위: [교] 원문에는 '휘'로 되어 있으나 오기로 보임.

129) 어ᄉᆞ(御史): 어사. 왕명으로 특별한 사명을 띠고 지방에 파견되던 임시 벼슬.

130) 어듕(語重): 어중. 말이 신중함.

131) 슌무어ᄉᆞ(巡撫御史): 순무어사. 지방에서 변란이나 재해가 일어났을 때 두루 돌아다니며 사건을 진정하던 특사.

132) 졀월(節鉞): 절월. 절부월(節斧鉞). 관리가 지방에 부임할 때에 임금이 내어 주던 물건. 절은 수기(手旗)와 같이 만들고 부월은 도끼와 같이 만든 것으로, 군령을 어긴 자에 대한 생살권(生殺權)을 상징함.

133) 치ᄒᆡᆼ(治行): 치행. 길 떠날 여장을 준비함.

134) 발셥(跋涉): 발섭. 산을 넘고 물을 건너 길을 감.

屑)[135]ᄒᆞᆫ 니별(離別)을 슬허ᄒᆞ리오? 모로미 치졍(治政)을 힘뻐 ᄒᆞ야 욕(辱)이 네 아븨게 밋디 말지어다."

슌뮈(巡撫ㅣ) ᄌᆡᄇᆡ(再拜) 슈명(受命)ᄒᆞ고 부젼(父前)의 하딕(下直)ᄒᆞ매 공(公)이 손을 잡고 년년(戀戀)ᄒᆞ며 치졍득실(治政得失)[136]을 ᄌᆞ시 니ᄅᆞ고 ᄯᅩ 경계(警戒)ᄒᆞᄃᆡ,

"너희 샹시(常時) 근신(勤愼)ᄒᆞ믈 혜아리건ᄃᆡ 국가(國家)의 ᄃᆡᄉᆞ(大事)ᄅᆞᆯ 맛타 그ᄅᆞᆺᄒᆞ디 아니리니 ᄌᆡ삼(再三) 보듕(保重)ᄒᆞ고 조심(操心)ᄒᆞ라."

슌뮈(巡撫ㅣ) 두 번(番) 졀ᄒᆞ여 명(命)을 밧들매 니친(離親)[137]ᄒᆞᄂᆞᆫ ᄆᆞᄋᆞᆷ이 쟝ᄎᆞᆺ(將次ㅅ) 아득ᄒᆞᄃᆡ 존당(尊堂)과 공(公)의 긔ᄉᆡᆨ(氣色)이 십분(十分) 화열(和悅)

38면

ᄒᆞ니 감히(敢-) 셜셜(屑屑)[138]ᄒᆞᆫ ᄉᆞᄉᆡᆨ(辭色)을 못 ᄒᆞ여 흔연(欣然)이 니러나 슉현당(--堂)의 니ᄅᆞ러 모친(母親)긔 하딕(下直)ᄒᆞ니 부인(夫人)이 역시(亦是) 흔연(欣然)ᄒᆞ미 ᄒᆞᆫ가지라. 죠곰도 비ᄉᆡᆨ(悲色)이 업셔 조심(操心)ᄒᆞ믈 니ᄅᆞ니 슌뮈(巡撫ㅣ) 냥ᄆᆡ(兩妹)와 졔뎨(諸弟)ᄅᆞᆯ 하딕(下直)ᄒᆞ고 다시 졀ᄒᆞ여 니별(離別)ᄒᆞ니 부인(夫人)이 ᄀᆞᆯ오ᄃᆡ,

"아ᄒᆡ(兒孩) 이번(-番) 가매 도라올 지속(遲速)을 뎡(定)티 못ᄒᆞ니

135) 셜셜(屑屑): 설설. 자질구레하게 부스러지거나 보잘 것 없이 됨.

136) 치졍득실(治政得失): 치정득실. 정사를 하는 이해득실.

137) 니친(離親): 이친. 어버이와 헤어짐.

138) 셜셜(屑屑): 설설. 자질구레함.

네 가히(可-) ᄋᆞ부(阿婦)ᄅᆞᆯ 보고 갈지어다.”

슌뮈(巡撫ㅣ) 슈명(受命)ᄒᆞ여 취운당(--堂)의 니ᄅᆞ니 임 시(氏) 슈병(繡屛)[139]의 지혀 바ᄂᆞ딜을 ᄒᆞ다가 ᄉᆡᆼ(生)을 보고 ᄇᆞᆯ연(勃然) 대로(大怒)ᄒᆞ여 ᄆᆡ온 노긔(怒氣) 안광(眼眶)의 ᄃᆡ발(大發)ᄒᆞ여 ᄉᆞ식(辭色)이 십분(十分) 됴티 아니ᄒᆞ니 슌뮈(巡撫ㅣ) 눈을 드러 보디 아니ᄒᆞ고 잠간(暫間) 안잣다가 즉시(卽時) 나와,

궐

39면

하(闕下)의 니ᄅᆞ러 하딕(下直)고 졀월(節鉞)과 황월(黃鉞)[140]을 압셰우고 ᄉᆞ륜거(四輪車)ᄅᆞᆯ 미러 남(南)으로 ᄒᆡᆼ(行)ᄒᆞ니 문졍공(--公) 등(等) 오(五) 인(人)과 예부(禮部) 등(等) 모든 군죵(群從)[141]이 십(十) 니(里) 댱뎡(長亭)[142]의 ᄇᆡ송(陪送)ᄒᆞ매 원노(遠路) 발셥(跋涉)[143]을 념녀(念慮)ᄒᆞ나 그 져믄 나희 큰 소임(所任)을 맛타 뎌러ᄐᆞᆺ 위의(威儀) 부셩(富盛)ᄒᆞ믈 두굿기더라.

하람공(--公) 뎨ᄉᆞ[144]ᄌᆞ(第四子) 듕문의 ᄌᆞ(字)ᄂᆞᆫ 슌뵈니 ᄎᆞ비(次妃) 댱 부인(夫人) 소ᄉᆡᆼ(生)이라. 흰 얼골이 분(粉) ᄇᆞ른 하랑(何郎)[145]이 도라온 ᄃᆞᆺ, 긴 눈셥이 귀ᄅᆞᆯ ᄀᆞᄅᆞ티며 도화(桃花) 냥협(兩頰)

139) 슈병(繡屛): 수병. 수놓은 병풍.

140) 황월(黃鉞): 황금으로 장식한 도끼.

141) 군죵(群從): 군종. 뭇 사촌.

142) 댱뎡(長亭): 장정. 먼 길을 떠나는 사람을 전송하던 곳.

143) 발셥(跋涉): 발섭. 산을 넘고 물을 건너 길을 감.

144) ᄉᆞ: [교] 원문에는 '삼'으로 되어 있으나 앞에 이몽현의 셋째아들로 이기문이 소개된 바 있으므로,(2:118) 이와 같이 수정함.

의 늠늠쥰슈(凜凜俊秀)[146]ᄒᆞᆫ 풍ᄎᆡ(風采) 결우리 업ᄉᆞ니 부뫼(父母ㅣ) 지극(至極) ᄉᆞ랑ᄒᆞ더니 년(年)이 십ᄉᆞ(十四)의 니ᄅᆞ니 공후갑뎨(公侯甲第)[147]예 유녀재(有女子ㅣ) 구혼(求婚)ᄒᆞ리 구름 ᄀᆞᆺᄐᆞ나 용이(容易)히 허(許)티 아니터니,

하간왕(--王)이 일(一) 녀(女)를

···

40면

두어시니 용뫼(容貌ㅣ) 미려자약(美麗自若)[148]ᄒᆞ고 덕긔(德氣) 온슌(溫順)ᄒᆞ며 진짓 슉뇨명염(淑窈明艶)[149]이라. 왕(王)이 ᄉᆞ랑ᄒᆞ여 ᄀᆞᆺᄐᆞᆫ ᄡᅡᆼ(雙)을 엇고져 ᄒᆞ더니,

우연(偶然)이 듕문을 보고 크게 흠ᄋᆡ(欽愛)[150]ᄒᆞ여 간졀(懇切)이 구혼(求婚)ᄒᆞ니 하람공(--公)이 국쳑(國戚)[151]으로 결혼(結婚)ᄒᆞᆷ을 깃거 아니나 허(許)티 아니미 ᄉᆞ톄(事體)[152] 박졀(迫切)[153]ᄒᆞ고 공휘(公侯ㅣ) ᄯᅩᄒᆞᆫ 쳐ᄌᆞ(妻子)의 아ᄅᆞᆷ다오믈 ᄌᆞ시 아ᄂᆞᆫ디라 허락(許諾)ᄒᆞ

---

145) 하랑(何郞): 하안(何晏)을 이름. 하안은 중국 삼국시대 위(魏)나라 사람(196~249)으로 자(字)는 평숙(平叔). 조조(曹操)의 의붓아들이자 사위. 노장(老莊)을 좋아해 하후현(夏侯玄), 왕필(王弼) 등과 청담(淸淡)을 숭상해 당시 사대부가 그들을 본받아 청담(淸淡)이 당대의 기풍(氣風)이 되기도 함. 후에 사마의(司馬懿)에게 죽임을 당함. 반하(潘何)라 하여 서진(西晉)의 반악(潘岳)과 함께 잘생긴 남자의 대명사로 불림.

146) 늠늠쥰슈(凜凜俊秀): 늠름준수. 늠름하고 빼어남.

147) 공후갑뎨(公侯甲第): 공후갑제. 높은 벼슬아치와 부귀한 사람. 갑제(甲第)는 크고 넓게 아주 잘 지은 집을 이름.

148) 미려자약(美麗自若): 아름답고 차분함.

149) 슉뇨명염(淑窈明艶): 숙요명염. 착하고 얌전하며 외모가 빼어남.

150) 흠ᄋᆡ(欽愛): 흠애. 흠모하며 사랑함.

151) 국쳑(國戚): 국척. 임금의 친인척.

152) ᄉᆞ톄(事體): 사체. 일의 체면.

153) 박졀(迫切): 박절. 인정이 없고 쌀쌀함.

고 튁일(擇日)ᄒᆞ여 친영(親迎)[154] ᄒᆞᆯ시,

공ᄌᆡ(公子ㅣ) 왕궁(王宮)의 니ᄅᆞ러 신부(新婦)를 마자 부듕(府中)의 도라와 교빅(交拜)를 ᄆᆞᆺ고 폐빅(幣帛)을 밧드러 구고(舅姑)긔 나오매 군쥬(郡主)의 교염자약(嬌艶自若)[155] ᄒᆞᆫ 용뫼(容貌ㅣ) 일셰(一世)의 무빵(無雙)ᄒᆞ니 구괴(舅姑ㅣ) 크게 깃거ᄒᆞ고 모다 댱 부인(夫人) 복녹(福祿)을 아니 일ᄏᆞᄅᆞ니 업더라.

어시(於時)의 초

41면

쥬 쇼져(小姐), 나히 십이(十二) 셰(歲) 되니 신댱(身長)이 표연(飄然)ᄒᆞ고 긔뷔(肌膚ㅣ) 윤튁(潤澤)ᄒᆞ여 모비(母妃)의 일광월안(日光月顔)[156]을 오로디 품슈(稟受)[157]ᄒᆞ여 유미(柔微)[158] ᄒᆞᆫ 틔(態) 너모 어리믈 구이(拘礙)ᄒᆞ되 남ᄉᆡᆼ(-生)이 년댱(年長) 남ᄌᆞ(男子)로 이시니 일시(一時)를 지류(遲留)티 못ᄒᆞᆯ디라. 튁일(擇日)ᄒᆞ야 녜(禮)를 일우니 남ᄉᆡᆼ(-生)의 쥰아(俊雅)ᄒᆞᆫ 골격(骨格)과 쇼져(小姐)의 텬향묘질(天香妙質)[159]이 진짓 텬뎡가위(天定佳偶ㅣ)라. 남ᄉᆡᆼ(-生)이 일개(一介) 한유(寒儒)[160]로 금일(今日) 왕부(王府) ᄋᆡ셰(愛壻ㅣ) 되여 쇼져(小姐)의 ᄉᆡᆨ덕(色德)이 ᄇᆞ라매 넘으니 깃븜과 견권(繾

154) 친영(親迎): 육례의 하나로, 신랑이 신부의 집에 가서 신부를 직접 맞이하는 의식.

155) 교염자약(嬌艶自若): 아리땁고 차분함.

156) 일광월안(日光月顔): 해와 달처럼 빛나는 얼굴.

157) 품슈(稟受): 품수. 선천적으로 타고남.

158) 유미(柔微): 연약하고 어림.

159) 텬향묘질(天香妙質): 천향묘질. 좋은 향기가 나는 빼어난 자태.

160) 한유(寒儒): 가난한 선비.

綣)[161]ᄒᆞ미 비길 ᄃᆡ 업더라.

태휘(太后ㅣ) 공쥬(公主)의 녀ᄋᆡ(女兒ㅣ) 처음으로 댱셩(長成)ᄒᆞ야 취가(娶嫁)[162]ᄒᆞ믈 드ᄅᆞ시고 크게 두굿기샤 샹(上)긔 쳥(請)ᄒᆞ여 금양 군쥬(郡主)ᄅᆞᆯ 봉(封)ᄒᆞ시고 궐ᄂᆡ(闕內)예 브ᄅᆞ샤 샹ᄉᆞ(賞賜)[163]ᄒᆞ시고 궁

42면

녀(宮女) 일(一) ᄡᅡᆼ(雙)을 ᄉᆞ급(賜給)ᄒᆞ시고 쇼졔(小姐ㅣ) 수십(數十)일(日)을 묵어 도라오니 ᄉᆡᆼ(生)이 밧비 드러와 보고 웃고 ᄀᆞᆯ오ᄃᆡ,

"엇디 그리 오ᄅᆡ 잇더뇨?"

쇼졔(小姐ㅣ) 함쇼(含笑) 부답(不答)ᄒᆞ니 ᄉᆡᆼ(生)의 공경(恭敬) 진듕(珍重)ᄒᆞ미 비길 ᄃᆡ 업더라.

이ᄯᅢ 태휘(太后ㅣ) 신질(身疾)이 발(發)ᄒᆞ샤 졈졈(漸漸) 위듕(危重)[164]ᄒᆞ시니 됴야(朝野) 황황(遑遑)[165]ᄒᆞ고 쥬비(朱妃) 혼블니톄(魂不離體)[166]ᄒᆞ야 금여(金輿)ᄅᆞᆯ ᄯᆞ롸 미앙궁(--宮)의 드러가 시약(侍藥)[167]ᄒᆞ믈 지셩(至誠)으로 ᄒᆞᄃᆡ ᄆᆞᄎᆞᆷᄂᆡ 효험(效驗)이 업셔 익일(翌日)의 태휘(太后ㅣ) 샹(上)을 쳥(請)ᄒᆞ여 유조(遺詔)[168] 왈(曰),

---

161) 견권(繾綣): 생각하는 정이 두터움.
162) 취가(娶嫁): 취가. 시집가고 장가듦.
163) 샹ᄉᆞ(賞賜): 상사. 칭찬하여 상으로 물품을 내려 줌.
164) 위듕(危重): 위중. 병세가 위험할 정도로 중함.
165) 황황(遑遑): 갈팡질팡 어쩔 줄 모르게 급함.
166) 혼블니톄(魂不離體): 혼불리체. 넋이 몸에 붙어 있지 않음.
167) 시약(侍藥): 곁에서 모시며 약을 바침.
168) 유조(遺詔): 임금의 유언. 여기에서는 태후가 유언을 말함을 뜻함.

"짐(朕)이 박덕(薄德) 위인(爲人)으로 곤위(壼位)[169]의 모쳠(冒忝)[170]ᄒᆞ연 디 셰ᄌᆡ(歲載) 오래니 쥬야(晝夜) 박빙(薄氷)[171]을 님(臨)ᄒᆞᆫ 듯ᄒᆞ더니 황텬(皇天)긔 득죄(得罪)ᄒᆞ여 인[172]종(仁宗) 황뎨(皇帝)[173] 붕(崩)ᄒᆞ시고 션뎨(宣帝)[174] 압흘 셔시며 위휘(-后ㅣ)[175] 또ᄒᆞᆫ

43면

듕도(中途)의 도라가니 인ᄉᆡᆼ(人生) 셰간(世間)의 즐거오미 업ᄂᆞᆫ디라 이제 도라가미 깃븐디라 엇디 슬허ᄒᆞ리잇가? 원(願)컨ᄃᆡ 샹(上)은 졍ᄉᆞ(政事)ᄅᆞᆯ 브즈런이 닷그시고 계양을 무휼(撫恤)[176]ᄒᆞ샤 기리 태평(太平)ᄒᆞ쇼셔."

샹(上)이 뇽누(龍淚)ᄅᆞᆯ 드리워 슈명(受命)ᄒᆞ시니 태휘(太后ㅣ) 또 공쥬(公主)의 손을 잡고 ᄀᆞᆯᄋᆞ샤ᄃᆡ,

"모녀(母女)의 니별(離別)이 늣거오나 현마 엇디ᄒᆞ리오? 됴히 오복(五福)을 누리라."

쥬비(朱妃) 흉금(胸襟)이 폐ᄉᆡᆨ(閉塞)[177]ᄒᆞ니 능히(能-) ᄃᆡ답(對答)

---

169) 곤위(壼位): 황후의 지위.

170) 모쳠(冒忝): 모첨. 외람되이 어떤 일을 맡음.

171) 박빙(薄氷): 얇은 얼음.

172) 인: [교] 원문에는 '효'로 되어 있으나 오기로 보임.

173) 인종(仁宗) 황뎨(皇帝): 인종 황제. 중국 명(明)나라의 제4대 황제(재위 1424~1425). 연호는 홍희(洪熙). 성조(成祖) 영락제(永樂帝)의 장자(長子)로, 이름은 주고치(朱高熾). 1년 동안의 짧은 재위 기간이었지만 선정을 베풀어 다음 황제인 선덕제(宣德帝)의 치세에도 큰 영향을 미쳐 명나라의 기틀을 잡았다는 평가를 받음. <이씨세대록>에서 태후는 인종의 후(后)로 등장함.

174) 션뎨(宣帝): 선제. 중국 명(明)나라의 제5대 황제인 주첨기(朱瞻基, 1399~1435)를 이름. '선제'는 연호 선덕(宣德, 1425~1435)과 황제(皇帝)를 줄여 부른 호칭. 묘호는 선종(宣宗).

175) 위휘(-后ㅣ): <이씨세대록>에서 선덕제의 후(后)로 등장함.

176) 무휼(撫恤): 어려운 처지에 있는 사람을 불쌍히 여겨 위로하고 물질로 도움.

디 못ᄒᆞ고 다만 졀ᄒᆞ고 명(命)을 바드니,

휘(后ㅣ) 이윽고 븅(崩)ᄒᆞ시니 공쥬(公主ㅣ) 실셩운졀(失性殞絕)[178] ᄒᆞ여 인ᄉᆞ(人事)를 므ᄅᆞ고 샹(上)이 크게 슬허 통도(痛悼)[179] ᄒᆞ시며 만됴ᄇᆡᆨ관(滿朝百官)이 거ᄋᆡ(擧哀)[180] ᄒᆞ며 태후(太后)의 셩덕(盛德)을 ᄉᆡᆼ각고 아니 슬허ᄒᆞ리 업

44면

더라.

수일(數日)이 디나매 녜(禮)로ᄡᅧ 념빙(殮殯)[181] ᄒᆞ야 셩복(成服)[182] 을 디ᄂᆡ매 쥬비(朱妃)의 망극(罔極)ᄒᆞ미 날로 더ᄒᆞ여 피를 토(吐)ᄒᆞ고 혈뉘(血淚ㅣ) 샹복(喪服)을 즘가 얼프시 셩복(成服)을 디ᄂᆡ매 태후(太后)의 음용(音容)[183]이 묘망(渺茫)[184] ᄒᆞ니 쥬야(晝夜) 호곡(號哭) 운졀(殞絕)ᄒᆞ야 ᄒᆞᆫ 술 물을 나오디 못ᄒᆞᄂᆞᆫ디라. 녜부(禮部) 등(等)의 망극(罔極)ᄒᆞ미 비길 ᄃᆡ 업고 샹(上)이 친(親)히 권위(眷慰)[185] ᄒᆞ시니 지극(至極)ᄒᆞᆫ 대효(大孝)로ᄡᅧ 능히(能-) 심ᄉᆞ(心思)를 억제(抑制)티 못ᄒᆞ야 날이 오래매 슬프미 더으더니,

---

177) 폐ᄉᆡᆨ(閉塞): 폐색. 막힘.

178) 실셩운졀(失性殞絕): 실성운절. 정신을 잃고 기절함.

179) 통도(痛悼): 마음이 몹시 아프도록 슬퍼함.

180) 거ᄋᆡ(擧哀): 거애. 상례에서, 죽은 사람의 혼을 부르고 나서 상제가 머리를 풀고 슬피 울어 초상난 것을 알림. 또는 그런 절차.

181) 념빙(殮殯): 염빈. 시체를 염습하여 관에 넣어 안치함.

182) 셩복(成服): 성복. 초상이 나서 처음으로 상복을 입음. 보통 초상난 지 나흘 되는 날부터 입음.

183) 음용(音容): 목소리와 모습.

184) 묘망(渺茫): 아득함.

185) 권위(眷慰): 돌아보고 위로함.

승샹(丞相)이 이 긔별(奇別)을 듯고 크게 근심ᄒᆞ야 녜부(禮部) 등(等)으로 뎐어(傳語)ᄒᆞ야 쥭음(粥飮) 나오믈 권(勸)ᄒᆞ니 공쥐(公主ㅣ) 녜부(禮部)ᄅᆞᆯ ᄃᆡ(對)ᄒᆞ여 ᄀᆞᆯ오ᄃᆡ,

"ᄂᆡ 심ᄉᆡ(心思ㅣ) 아ᄃᆡᆨ 비황(悲惶)[186]ᄒᆞ여 그러ᄒᆞ나 너희 엇디 어즈

45면

러이 구러 구고(舅姑) 셩녀(盛慮)ᄅᆞᆯ 깃치옵ᄂᆞ뇨? 당당(堂堂)이 슈명(受命)ᄒᆞ므로ᄡᅥ 고(告)ᄒᆞ라."

녜뷔(禮部ㅣ) ᄃᆡ왈(對曰),

"ᄌᆞ괴(慈敎ㅣ) 지극(至極)ᄒᆞ시나 요ᄉᆞ이 보옵건ᄃᆡ 죵일(終日)토록 일(一) 죵(鍾)[187] 미음(米飮) ᄎᆞ자시미 업고 혈뉘(血淚ㅣ) 마ᄅᆞᆯ 젹이 업셔 긔ᄇᆡᆨ(氣魄)이 위위(危危)[188]ᄒᆞ시니 엇디 지보(支保)[189]ᄒᆞ믈 어드시리잇고?"

공쥐(公主ㅣ) 텽파(聽罷)의 실셩뉴톄(失聲流涕) 왈(曰),

"여등(汝等)은 어미 사라 일시(一時) 미음(米飮) 아니 먹으므로 ᄆᆞ음이 여ᄎᆞ(如此)하니 나는 모질기 심(甚)ᄒᆞ야 모비(母妃)ᄅᆞᆯ 여희완디 팔구일(八九日)이 디나ᄃᆡ 완젼여구(完全如舊)[190]ᄒᆞ야 목셕(木石)으로 다ᄅᆞ미 업ᄉᆞ니 엇디 븟그럽디 아니리오?"

이에 진진(津津)[191]이 늣기여 좌우(左右)로 일긔(一器) 미쥭(糜

186) 비황(悲惶): 슬프고 두려움.

187) 죵(鍾): 종. 간장·고추장 따위를 담아서 상에 놓는, 종발보다 작은 그릇. 종지.

188) 위위(危危): 위태로움.

189) 지보(支保): 지탱하여 보존함.

190) 완젼여구(完全如舊): 완전여구. 몸이 건강하여 예전과 같음.

粥)[192]을 가져오라 ᄒᆞ야 두어 번(番) 마시고 ᄀᆞᆯ오ᄃᆡ,

"금일(今日)

46면

브터 강잉(强仍)ᄒᆞ리니 여등(汝等)은 과려(過慮)티 말나."

녜뷔(禮部ㅣ) 대희(大喜)ᄒᆞ야 도라와 승샹(丞相)게 고(告)ᄒᆞ니 승샹(丞相)이 잠간(暫間) 방심(放心)ᄒᆞ더라.

일월(日月)이 슉홀(倏欻)[193]ᄒᆞ야 태후(太后)ᄅᆞᆯ 효릉(-陵)의 장(葬)ᄒᆞ오니 쥬비(朱妃) 더옥 오ᄂᆡ(五內)[194] 붕삭(崩鑠)[195]ᄒᆞ여 호곡(號哭)ᄒᆞ믈 마디아니니 샹(上)이 더옥 슬허 위로(慰勞)ᄒᆞ시믈 지극(至極)히 ᄒᆞ시니 공쥐(公主ㅣ) 크게 울고 쥬왈(奏曰),

"죄신(罪臣)이 오ᄂᆞᆯ날 모후(母后) 낭낭(娘娘)을 마자 여ᄒᆡ옵고 도라가옵ᄂᆞᆫ 심ᄉᆡ(心思ㅣ) 장ᄎᆞᆺ(將次ㅅ) 텬디(天地) 아득ᄒᆞ온디라. 복원(伏願) 셩샹(聖上)은 뇽톄(龍體)ᄅᆞᆯ 보듕(保重)ᄒᆞ시믈 ᄇᆞ라ᄂᆞ이다."

샹(上)이 ᄯᅩᄒᆞᆫ 슬허 뇽누(龍淚)ᄅᆞᆯ 드리워 ᄀᆞᆯᄋᆞ샤ᄃᆡ,

"짐(朕)이 션뎨(先帝)와 모후(母后)ᄅᆞᆯ 여ᄒᆡ옵고 황고(皇考)[196]ᄅᆞᆯ 우러와 만년(萬年) 댱낙(長樂)을

191) 진진(津津): 매우 많은 모양.

192) 미쥭(糜粥): 미죽. 미음이나 죽 따위를 통틀어 이르는 말.

193) 슉홀(倏欻): 숙홀. 재빨라서 붙잡을 수가 없음. 또는 걷잡을 사이 없이 갑작스러움. 홀홀.

194) 오ᄂᆡ(五內): 오내. 오장(五臟).

195) 붕삭(崩鑠): 붕삭. '무너지고 부서짐'의 뜻으로 보이나 미상임.

196) 황고(皇考): 돌아가신 조부모의 존칭. 여기에서는 죽은 진 태후가 영종 황제의 조모이므로 이와 같이 칭하였음.

47면

츅(祝)ᄒᆞ옵더니 이제 기리 븡(崩)ᄒᆞ시니 도라 미양궁(--宮)을 텸망(瞻望)[197]ᄒᆞ매 슬품이 셕목(石木)인들 엇디 ᄎᆞᆷ으리잇가? 더옥 슉모(叔母)의 졍ᄉᆞ(情事)ᄂᆞᆫ 닐너 알 배 아니나 훼블멸셩(毁不滅性)[198]이 셩인(聖人)의 경계(警戒)오, 황슉(皇叔)이 ᄯᅩᄒᆞᆫ 대의(大義)ᄅᆞᆯ 아ᄅᆞ시ᄂᆞ니 ᄇᆞ라건ᄃᆡ 관억(寬抑)[199]ᄒᆞ셔 ᄌᆞ보(自保)ᄒᆞ쇼셔."

공쥐(公主ㅣ) 톄읍(涕泣) ᄇᆡ샤(拜謝)ᄒᆞ고 ᄇᆡᆨ의(白衣) 소거(素車)로 부듕(府中)의 도라오니 일개(一家ㅣ) 마자 됴위(弔慰)ᄒᆞᄂᆞᆫ 녜(禮)ᄅᆞᆯ ᄆᆞᆺ고 눈을 드러 보니 공쥬(公主)의 쳔ᄐᆡ만염(千態萬艶)[200]이 쇼샥(蕭索)[201]ᄒᆞ야 ᄒᆞᆫ낫 쵹뉘(髑髏ㅣ)[202] 되엿ᄂᆞᆫ디라. 좌위(左右ㅣ) 크게 놀나고 태부인(太夫人)이 참연(慘然)ᄒᆞ여 위로(慰勞) 왈(曰),

"국운(國運)이 블ᄒᆡᆼ(不幸)ᄒᆞ여 태후(太后) 낭낭(娘娘)이 븡텬(崩天)ᄒᆞ시미 신ᄌᆞ(臣子)의 망극(罔極)ᄒᆞᆫ 배오, 더옥 옥쥬(玉主)의 셩

48면

효(誠孝)로 그음업ᄉᆞ려니와 노뫼(老母ㅣ) 쇼시(少時)의 부모(父母)

---

197) 텸망(瞻望): 첨망. 높은 곳을 멀거니 바라다봄.

198) 훼블멸셩(毁不滅性): 훼불멸성. 부모의 상을 당해 너무 슬퍼하더라도 목숨을 잃기까지 하지는 말라는 뜻.

199) 관억(寬抑): 격한 감정을 너그럽게 억제함.

200) 쳔ᄐᆡ만염(千態萬艶): 천태만염. 매우 아름다운 자태.

201) 쇼샥(蕭索): 소삭. 생기가 사라짐.

202) 쵹뉘(髑髏ㅣ): 촉루. 해골.

를 여히옵고 지우금(至于今)[203] 투싱(偸生)[204]ᄒᆞ여시니 옥쥐(玉主ㅣ) ᄯᅩᄒᆞᆫ 널니 싱각ᄒᆞ쇼셔."

승샹(丞相)이 니어 탄왈(歎曰),

"인ᄌᆡ(人子ㅣ) 친(親)을 여히옵고 ᄯᆞ라 뫼시고져 ᄯᅳᆺ이 업ᄉᆞ리오마ᄂᆞᆫ 일도(一道)를 딕희여 대의(大義)를 폐(廢)ᄒᆞ미 올티 아니니 옥쥐(玉主ㅣ) ᄯᅩ 엇디 싱각디 못ᄒᆞ리오?"

공쥐(公主ㅣ) 슬프미 극(極)ᄒᆞ나 평싱(平生) 셩덕(盛德) 녜의(禮義)ᄂᆞᆫ 범인(凡人)의 ᄲᅱ여난디라 다만 안ᄉᆡᆨ(顔色)을 화(和)히 ᄒᆞ여 ᄇᆡ샤(拜謝) 슈명(受命)ᄒᆞ니 뎡 부인(夫人)이 근심ᄒᆞ야 ᄀᆞᆯ오ᄃᆡ,

"옥쥬(玉主)의 안ᄉᆡᆨ(顔色)을 보건ᄃᆡ 념녀(念慮)로오미 극(極)ᄒᆞᆫ디라 소셩(蘇醒)[205]ᄒᆞ시미 어려올가 ᄒᆞᄂᆞ이다."

공쥐(公主ㅣ) 피셕(避席) 샤례(謝禮) 왈(曰),

"소년(少年) 장긔(壯氣)[206]예 잠간(暫間) 쵸췌(憔悴)ᄒᆞ오나 대단티

•••

49면

아니ᄒᆞ오리니 셩녀(盛慮)를 더으디 마ᄅᆞ쇼셔."

구괴(舅姑ㅣ) ᄀᆞ장 근심ᄒᆞ야 양 시(氏)와 녜부(禮部)를 명(命)ᄒᆞ여 궁(宮)으로 도라가라 ᄒᆞ니,

공쥐(公主ㅣ) 믈너 궁(宮)의 도라와 더옥 슬프믈 이긔디 못ᄒᆞ야 눈

---

203) 지우금(至于今): 지금에 이르기까지.

204) 투싱(偸生): 투생. 구차하게 산다는 뜻으로, 죽어야 마땅할 때에 죽지 아니하고 욕되게 살기를 꾀함을 이르는 말.

205) 소셩(蘇醒): 소성. 중병을 앓고 난 뒤 몸이 회복됨.

206) 장긔(壯氣): 장기. 굳센 기운.

믈이 옥면(玉面)의 ᄀ득ᄒ야 톄읍(涕泣)ᄒ믈 금(禁)티 못ᄒ더니, 미쥬[207] 쇼져(小姐)와 모든 ᄌ셰(子壻ㅣ) 모다 위로(慰勞)ᄒ믈 극진(極盡)이 ᄒ고 남싱(-生)이 ᄯᅩᄒᆫ 드러와 됴상(弔喪)ᄒ고 말숨이 지극(至極)ᄒ고 소 부인(夫人) 등(等)이 모든 금댱(錦帳)[208]이 니어 니ᄅ러 각각(各各) 위로(慰勞)ᄒ니 공쥬(公主ㅣ) 다만 눈믈을 드리워 말이 업ᄉ니 안두후(--侯) 부인(夫人) 화 시(氏) 톄루(涕淚)ᄒ야 ᄀᆯ오ᄃᆡ,

"태낭낭(太娘娘)긔셔 무흠(無欠)이 텬년(千年)을 누리샤 붕(崩)ᄒ시ᄃᆡ 옥쥬(玉主ㅣ) 이러ᄐᆺ 과훼(過毁)[209]ᄒ시니 쳡(妾) ᄀᆺᄐ니

50면

ᄂᆫ 모질고 명완(命頑)[210]ᄒ미 심(甚)티 아니리잇가?"

소 부인(夫人)이 니어 왈(曰),

"옥쥬(玉主ㅣ) 이 말숨을 츄이(推理)[211]ᄒ시고 모든 아ᄒᆡ(兒孩)들의 졍ᄉ(情事)ᄅᆞᆯ 살피샤 관억(寬抑)ᄒ쇼셔."

공쥬(公主ㅣ) 기리 한슘디고 손사(遜謝)ᄒᆯ 분이러라. 모든 부인(夫人)ᄂᆡ 죵일(終日)토록 이에 잇다가 파(罷)ᄒ여 흣터디니 공쥬(公主ㅣ) 홀노 상(牀)을 비겨 늣기믈 마디아니ᄒ더라.

밤이 되매 하람공(--公)이 드러와 좌(座)ᄅᆞᆯ 일우매 공쥬(公主ㅣ) 안식(顏色)을 화(和)히 ᄒ여 니러 마자며 ᄌ뷔(子婦ㅣ) 좌우(左右)로 시

---

207) 쥬: [교] 원문에는 '슈'로 되어 있으나 앞의 예를 따라 이와 같이 수정함.

208) 금댱(錦帳): 금장. 동서.

209) 과훼(過毁): 지나치게 슬퍼하여 몸을 상하게 함.

210) 명완(命頑): 목숨이 모짊.

211) 츄이(推理): 추리. 미루어 살핌.

립(侍立)하니 공(公)이 눈을 드러 보고 ᄌᆞ연(自然) 안ᄉᆡᆨ(顏色)이 변(變)ᄒᆞ야 날호여 ᄀᆞᆯ오ᄃᆡ,

"낭낭(娘娘)의 승하(昇遐)[212]ᄒᆞ시미 신ᄌᆞ(臣子)의 망극(罔極)ᄒᆞ미라 능히(能-) 말ᄉᆞᆷ이 업ᄉᆞ니 현비(賢妃)ᄂᆞᆫ 너모 비ᄋᆡ(悲哀)ᄒᆞ여 우리 부모(父母)의 근

•••

51면

심을 깃티옵디 마ᄅᆞ쇼셔."

공쥐(公主ㅣ) 몸을 낫초아 듯고 말이 업더라.

이윽고 공(公)이 몸을 니러 나간 후(後) 쵸쥬 쇼졔(小姐ㅣ) 냥 쇼져(小姐)로 더브러 뫼셧더라.

이후(以後) 쥬비(朱妃) 지통(至痛)을 강잉(强仍)티 못ᄒᆞ야 여러 ᄃᆞᆯ 소션(素膳)[213]의 연연약질(軟軟弱質)[214]이 침애(枕厓)예 위돈(萎頓)[215]ᄒᆞ야 병셰(病勢) 듕(重)ᄒᆞ니 하람공(--公)이 근심ᄒᆞ여 긔년(朞年)[216]ᄀᆞ디 소션(素膳)을 ᄒᆡᆼ(行)티 못ᄒᆞᆯ 줄 알고,

일일(一日)은 ᄂᆡ당(內堂)의 드러가니 공쥐(公主ㅣ) 긔운이 져기 나은 ᄃᆞᆺᄒᆞ여 븟들녀 니러 안잣거ᄂᆞᆯ 공(公)이 먼니 좌(坐)ᄒᆞ야 긔운을 뭇고 녜부(禮部)ᄅᆞᆯ 도라보아 일긔(一器) 육즙(肉汁)을 가져오라 ᄒᆞ야 알ᄑᆡ 노코 말ᄉᆞᆷ을 펴 ᄀᆞᆯ오ᄃᆡ,

---

212) 승하(昇遐): 임금이나 존귀한 사람이 세상을 떠남을 높여 이르던 말.

213) 소션(素膳): 소선. 어물이나 육류가 없는 간소한 반찬.

214) 연연약질(軟軟弱質): 매우 약한 기질.

215) 위돈(萎頓): 앓아서 정신이 없음.

216) 긔년(朞年): 기년. 죽은 지 1년이 되는 날.

“무릇 상녜(喪禮)를 힝(行)ᄒᆞ미 녜문(禮文)의 비로ᄉᆞᆫ 배라. 연(然)이나 셩인(聖人)이

…

52면

훼블멸셩(毁不滅性)[217]을 니ᄅᆞ시니 이제 옥쥐(玉主ㅣ) 고질(痼疾)이 침면(沈綿)[218]ᄒᆞ야 쟝ᄎᆞᆺ(將次ㅅ) 보젼(保全)ᄒᆞᆯ 길이 업ᄉᆞ니 만일(萬一) 블ᄒᆡᆼ(不幸)ᄒᆞ면 부모(父母)긔 블효(不孝)를 용납(容納)ᄒᆞᆯ ᄯᅡ히 업ᄉᆞᆯ 거시오, 아래로 아ᄒᆡ(兒孩)들이 수풀 일흔 ᄉᆡ와 가지에 ᄯᅥ러진 닙 ᄀᆞᆺᄐᆞᆫ 거시니 임의 낭낭(娘娘)을 ᄯᆞ로디 못ᄒᆞᆫ 연후(然後)의 ᄯᅩ 몸을 ᄇᆞ리미 가(可)티 아니ᄒᆞ니 현비(賢妃)ᄂᆞᆫ 닉이 ᄉᆡᆼ각ᄒᆞ쇼셔.”

쥬비(朱妃) 듯기를 다ᄒᆞ매 놀나고 더옥 신졍(新情)이 산난(散亂)ᄒᆞ여 옷깃ᄉᆞᆯ 념의고 ᄀᆞᆯ오ᄃᆡ,

“고인(古人)은 쳘듁(啜粥)[219] 삼년(三年)이라도 오히려 브디(扶持)ᄒᆞ[220]엿거ᄂᆞᆯ 인ᄌᆡ(人子ㅣ) 되여 삼년(三年) 육즙(肉汁) 나오디 못ᄒᆞ믈 견ᄃᆡ디 못ᄒᆞ여 계유 장녜(葬禮)를 디ᄂᆡ고 입의 갓가이 ᄒᆞ리잇가? ᄎᆞ(此)ᄂᆞᆫ 죽

---

217) 훼블멸셩(毁不滅性): 훼불멸성. 부모의 상을 당해 너무 슬퍼하더라도 목숨을 잃기까지 하지는 말라는 뜻.

218) 침면(沈綿): 병이 오랫동안 낫지 않음.

219) 쳘듁(啜粥): 철죽. 죽을 계속 먹음.

220) ᄒᆞ: [교] 원문에는 ‘못’이라 쓰고 지운 표시가 있는데 문맥을 고려하여 이와 같이 수정함.

53면

을지언졍 밧드디 못ᄒᆞ리로소이다.”

공(公)이 텽파(聽罷)의 졍식(正色) 왈(曰),

“혹ᄉᆡᆼ(學生)이 이를 모ᄅᆞ미 아니로ᄃᆡ 현비(賢妃) 긔력(氣力)을 혜ᄋᆞ리건ᄃᆡ ᄇᆞ디(扶持)티 못ᄒᆞᆯ디라. 형셰(形勢) ᄇᆞ득이(不得已) 이를 권(勸)ᄒᆞ미어ᄂᆞᆯ 이러ᄐᆞ시 블통(不通)ᄒᆞ시뇨?”

공쥐(公主ㅣ) 홀연(忽然) 누쉬(淚水ㅣ) 만면(滿面)ᄒᆞ여 왈(曰),

“부모(父母)의 은혜(恩惠) 호텬망극(昊天罔極)221)이어ᄂᆞᆯ 녜문(禮文)의 구애(拘礙)ᄒᆞ여 일분(一分)도 갑흐미 업ᄉᆞ오니 이 쇠돌이 아니라 엇디 온젼(穩全)ᄒᆞ리오? 더옥 낭낭(娘娘) 븅텬(崩天)ᄒᆞ션 디 긔년(朞年)222)이 못ᄒᆞ여셔 육즙(肉汁)을 낭자(狼藉)히 먹으믄 만만블가(萬萬不可)ᄒᆞ오니 명공(明公)의 호례(好禮)ᄒᆞ시므로 ᄎᆞ(此)ᄂᆞᆫ ᄯᅳᆺ밧기라. 쳡(妾)이 비록 병(病)이 이시나 엇디 이ᄯᆡ의 죽어 구고(舅姑)의 셔하지쳑(西河之戚)223)과 여러 ᄌᆞ식(子息)의

54면

죵텬지통(終天之痛)224)을 깃티디 아니리니 샹공(相公)은 믈우(勿

221) 호텬망극(昊天罔極): 호천망극. 어버이의 은혜가 넓고 큰 하늘과 같이 다함이 없음을 이르는 말.

222) 긔년(朞年): 기년. 죽은 지 1년이 되는 날.

223) 셔하지쳑(西河之戚): 서하지척. 서하(西河)에서의 슬픔이라는 뜻으로 부모가 자식을 잃은 슬픔을 이름. 서하(西河)는 지금의 섬서성(陝西省) 한성현(韓城縣)에서 화음현(華陰縣) 일대. 중국 춘추시대 공자의 제자 자하(子夏, B.C.508?~B.C.425?)가 공자가 죽은 후 서하(西河)에 은거하고 있었는데 그 자식이 죽자 슬피 울어 눈이 멀었다는 데서 유래함. 『예기(禮記)』, 「단궁(檀弓)」.

憂)ᄒᆞ쇼셔.”

공(公)이 ᄎᆞ언(此言)을 듯고 ᄯᅩᄒᆞᆫ 태후(太后)의 은권(恩眷)[225]을 ᄉᆡᆼ각고 감회(感懷)ᄒᆞ믈 이긔디 못ᄒᆞ야 츄파(秋波)의 물결이 요동(搖動)ᄒᆞ야 이윽이 말을 아니ᄒᆞ고,

ᄌᆞ가(自家)로셔ᄂᆞᆫ 이를 두루혀디 못ᄒᆞᆯ 줄 알고 나와 ᄎᆞᄉᆞ(此事)로ᄡᅥ 승샹(丞相)긔 고(告)ᄒᆞ니 승샹(丞相)이 경동(驚動)ᄒᆞ여 ᄀᆞᆯ오ᄃᆡ,

“네 발셔 권(勸)ᄒᆞ야 도로혀미 잇ᄂᆞᆫ가 ᄒᆞ엿더니 대강(大綱) 쇼션(素膳)을 그져 나오거든 병셰(病勢) 듕(重)치 아니리오?”

즉시(卽時) 궁(宮)의 니ᄅᆞ니 시ᄋᆡ(侍兒ㅣ) ᄭᅢᆯ니 션보(先報)[226]ᄒᆞᆫᄃᆡ 공쥐(公主ㅣ) 강질(强疾)ᄒᆞ야 금금(錦衾)을 믈니티고 마자 부복(俯伏)ᄒᆞ니 공(公)이 급(急)히 평신(平身)[227]ᄒᆞ믈 니ᄅᆞ고 눈을 드러 보니 병셰(病勢) ᄲᅧ의 박혓고 옥

55면

골(玉骨)이 말나시믈 보고 크게 근심ᄒᆞ여 ᄀᆞᆯ오ᄃᆡ,

“노뷔(老父ㅣ) 여러 날 옥쥬(玉主)를 보디 못ᄒᆞ엿더니 그ᄉᆞ이 더옥 싀패(澌敗)[228]ᄒᆞᆫ 줄 알니오?”

나아가 ᄆᆡᆨ(脈)을 보고 ᄀᆞᆯ오ᄃᆡ,

“원긔(元氣) 허(虛)ᄒᆞ미 실ᄂᆞᆺ ᄀᆞᆺᄐᆞ니 일편도이 샹네(喪禮)를 ᄃᆡ희

---

224) 죵텬지통(終天之痛): 종천지통. 하늘이 끝나는 듯한 슬픔이라는 뜻으로 왕이나 부모의 죽음을 이름.

225) 은권(恩眷): 어여삐 여겨 잘 보살펴 줌.

226) 션보(先報): 선보. 먼저 기별함.

227) 평신(平身): 엎드려 절한 뒤에 몸을 그 전대로 펴는 것.

228) 싀패(澌敗): 시패. 기력이 쇠함.

여ᄂᆞᆫ 보젼(保全)치 못ᄒᆞ미 반ᄃᆞᆺᄒᆞ니 노뷔(老父ㅣ) 옥쥬(玉主)ᄅᆞᆯ 권(勸)ᄒᆞ여 상녜(喪禮)ᄅᆞᆯ 위월(違越)[229] ᄒᆞ야 블의(不義)ᄅᆞᆯ ᄒᆡᆼ(行)ᄒᆞ쇼셔 ᄒᆞ여도 옥쥐(玉主ㅣ) 도리(道理)예 거역(拒逆)디 아념 즉ᄒᆞ고 ᄯᅩ 공쥬(公主) 몸이 ᄉᆞᄉᆞ(私私) 몸이 아니라 션뎨(先帝)와 낭낭(娘娘)의 주신 배오, 노부(老父)의 집의 듕(重)ᄒᆞᆫ 몸이시니 잠간(暫間) 권도(權道)[230] ᄅᆞᆯ ᄒᆡᆼ(行)ᄒᆞ쇼셔."

말을 ᄆᆞᆺ고 일긔(一器) 육미(肉糜)ᄅᆞᆯ 가져오라 ᄒᆞ여 권(勸)키ᄅᆞᆯ ᄀᆞᆫ졀(懇切)이 ᄒᆞ니 공쥐(公主ㅣ) 존구(尊舅) 지ᄌᆞ(止慈)[231] ᄒᆞᆫ 말ᄉᆞᆷ이 ᄌᆞ긔(自己) 다시 ᄒᆞᆯ 말

●●●

56면

이 업ᄉᆞ니 먹고져 ᄒᆞᆫ즉 ᄎᆞ마 목이 메고 가ᄉᆞᆷ이 막히며 말고져 ᄒᆞ나 엄구(嚴舅)의 명(命)을 역(逆)ᄒᆞ미 가(可)티 아니니 다만 돈슈(頓首)[232] 부복(俯伏)ᄒᆞ여 ᄡᅡᆼ뉘(雙淚ㅣ) 삼삼(滲滲)[233] ᄒᆞᆯ 분이오, 감히(敢-) 말을 못 ᄒᆞ니 승샹(丞相)이 그 거동(擧動)을 보매 효ᄌᆞ(孝子)의 감회(感懷)ᄒᆞᆷ을 이긔디 못ᄒᆞᆯ디라. ᄉᆞᄉᆞ로 함누(含淚)ᄒᆞ고 다시 권(勸)ᄒᆞ야 ᄀᆞᆯ오ᄃᆡ,

"노뷔(老父ㅣ) 당년(當年)의 션친(先親) 긔년(朞年) 안히 육즙(肉汁)을 나와시니 이거시 구ᄐᆞ여 셜우미 헐(歇)ᄒᆞᆫ 배 아니로ᄃᆡ 시러곰

---

229) 위월(違越): 약속 따위를 지키지 않고 어김.

230) 권도(權道): 상황에 따라 변통하는 도리.

231) 지ᄌᆞ(止慈): 지자. 부모가 자식을 지극히 사랑함.

232) 돈슈(頓首): 돈수. 고개를 조아림.

233) 삼삼(滲滲): 눈물이 흘러내리는 모양.

몸을 아니 도라보디 못ᄒᆞ야 권도(權道)ᄅᆞᆯ ᄒᆡᆼ(行)ᄒᆞ미니 옥쥬(玉主)ᄂᆞᆫ 노부(老父)의 ᄯᅳᆺ을 어그ᄅᆞᆺ디 마ᄅᆞ쇼셔. 옥쥐(玉主ㅣ) 만일(萬一) 고집(固執)히 듯디 아냐 소션(素膳)을 녜(禮)ᄃᆡ로 나올진ᄃᆡ 젹년(積年) ᄉᆞ흰 폐간(肺肝)이 스러

57면

지미 츈셜(春雪) ᄀᆞᄐᆞ리니 일됴(一朝)의 몸을 ᄆᆞᆺ출진ᄃᆡ 황태휘(皇太后ㅣ) 운향(雲鄕)[234]의셔 늣기디 아니시며 니시(李氏) 조션(祖先)의 죄인(罪人)이 아니리오? 회(孝ㅣ) 비록 크나 대의(大義)도 아니 도라보디 못ᄒᆞ리니 쟝ᄎᆞᆺ(將次ㅅ) 엇디코져 ᄒᆞᄂᆞ뇨?"

공쥐(公主ㅣ) 부복(俯伏) 문파(聞罷)의 ᄒᆞᆯ일업ᄉᆞᆫ 바의 텬품(天稟)[235]이 대의(大義)ᄅᆞᆯ ᄉᆞᄆᆞᆺ고 바다ᄀᆞᆺ티 너른 위인(爲人)이라 금일(今日) 엄귀(嚴舅ㅣ) ᄌᆡ좌(在座)ᄒᆞ여 죽을 일을 명(命)ᄒᆞᆫ들 엇디 ᄌᆞ부(子婦) 되여 명(命)을 역(逆)ᄒᆞ리오. 눈물을 거두고 그ᄅᆞᆺ슬 나와 ᄒᆞᆫ 번(番) 마시고 톄루(涕淚) 샤왈(謝曰),

"블쵸(不肖) 쇼쳡(小妾)의 몸이 므슴 대ᄉᆡ(大事ㅣ)라 대인(大人)의 하렴(下念)[236]ᄒᆞ시미 여ᄎᆞ(如此)ᄒᆞ시니 감은(感恩)ᄒᆞᆫ들 엇디 감히(敢-) ᄉᆞ양(辭讓)ᄒᆞ야 명(命)을 역(逆)ᄒᆞ리잇가?"

승상(丞相)이 대희(大喜)ᄒᆞ여 다시 위

---

234) 운향(雲鄕): 신선이 사는 하늘나라인 백운향(白雲鄕)으로, 세상을 떠났음을 말함. 『장자(莊子)』, 「천지(天地)」에 "저 흰 구름을 타고 제향에 이른다. 乘彼白雲, 至於帝鄕."라고 한 데서 유래함.

235) 텬품(天稟): 천품. 타고난 기품.

236) 하렴(下念): 하념. 윗사람이 아랫사람을 염려하여 줌. 또는 그런 염려를 아랫사람이 높여서 이르는 말.

58면

로(慰勞)ᄒᆞ고 ᄯᅩ 쳑연(戚然)[237] 왈(曰),

"인ᄉᆡᆼ(人生)이 ᄇᆡᆨ구(白駒)의 틈 디남[238] ᄀᆞᆺ고 이제 ᄉᆞ(四) ᄌᆞ(子ㅣ) 잇시니 현마 엇디ᄒᆞ리오? 옥쥬(玉主)ᄂᆞᆫ 노부(老父)의 말ᄉᆞᆷ을 닛디 마ᄅᆞ샤 귀톄(貴體)ᄅᆞᆯ 조심(操心)ᄒᆞ쇼셔."

공쥐(公主ㅣ) 톄읍(涕泣) 슈명(受命)ᄒᆞ니 승샹(丞相)이 ᄌᆡ삼(再三) 위로(慰勞)ᄒᆞ고 도라가다. 녜부(禮部) 등(等)의 깃거ᄒᆞ미 엇디 측냥(測量)이 이시리오.

쥬비(朱妃) 다만 세ᄉᆡ(世事ㅣ) 이 ᄀᆞᄐᆞ믈 기리 늣겨 비록 강잉(强仍)ᄒᆞ나 ᄌᆞ연(自然) 침애(枕厓)예 ᄯᅥ나디 못ᄒᆞ니 제ᄌᆞ제뷔(諸子諸婦ㅣ) 일야(日夜) 시약(侍藥)[239]ᄒᆞ믈 게을니 아니ᄒᆞ고 양 쇼져(小姐) 더옥 동동촉촉(洞洞燭燭)[240]ᄒᆞᆫ 효셩(孝誠)이 잠시(暫時)도 게으ᄅᆞ디 아니ᄒᆞ더니,

일일(一日)은 약(藥)을 달히다가 유ᄋᆡ(乳兒ㅣ) 우ᄂᆞᆫ디라 궁인(宮人)을 맛디고 침소(寢所)의 드러가 유ᄋᆞ(乳兒)를 안아 졋 먹이더니 녜뷔(禮部ㅣ)

---

237) 쳑연(戚然): 척연. 슬퍼하는 모양.

238) ᄇᆡᆨ구(白駒)의 틈 디남: 백구의 틈 지남. 흰 망아지가 달리는 것을 문틈으로 보듯이 인생이나 세월이 덧없이 짧음을 이르는 말. 백구과극(白駒過隙).

239) 시약(侍藥): 곁에서 모시며 약을 바침.

240) 동동촉촉(洞洞燭燭): 동동촉촉. 공경하고 삼가며 매우 조심스러움.

59면

ᄆᆞ츰 드러와 약(藥)이 달핫ᄂᆞᆫ가 뭇다가 쇼져(小姐) 업고 궁녜(宮女ㅣ) 다리믈 보고 만분(萬分)이나 쾌(快)티 아냐 친(親)히 여러 보니 수(數)의 찻거ᄂᆞᆯ 친(親)히 ᄯᆞ고져 ᄒᆞ더니 쇼졔(小姐ㅣ) 나와 샹셔(尙書)의 미안(未安)이 너기믈 모로고 슈건(手巾)을 나와 ᄯᆞ려 ᄒᆞ니 녜뷔(禮部ㅣ) 졍ᄉᆡᆨ(正色)고 아사 ᄯᆞ다가 너른 ᄉᆞ매 ᄌᆞ연(自然) 민쳡(敏捷)디 못ᄒᆞ여 업텨 ᄇᆞ린디라. 삼뎨[241](三弟ㅣ) ᄆᆞ츰 이에 잇더니 놀나 ᄀᆞᆯ오ᄃᆡ,

"수싊(嫂嫂ㅣ) ᄒᆞ시던 대로 두시미 올토소이다."

샹셰(尙書ㅣ) 약(藥) 업티믈 양 시(氏) 타ᄉᆞ로 아라 심하(心下)의 노(怒)ᄅᆞᆯ 먹음어 미우(眉宇)ᄅᆞᆯ �고 다시 약(藥)을 나와 믈을 븟고 친(親)히 불을 픠여 달힌ᄃᆡ 혹ᄉᆡᆨ(學士ㅣ) 왈(曰),

"무고(無故)ᄒᆞᆫ 일의 온노(慍怒)[242]ᄒᆞ실 배 아니니 슈싊(嫂嫂ㅣ) 달히시게 우리ᄂᆞᆫ 졍

60면

당(正堂)으로 가사이다."

샹셰(尙書ㅣ) 듯디 아냐 ᄀᆞᆯ오ᄃᆡ,

"사ᄅᆞᆷ의 쳐ᄌᆡ(妻子ㅣ) 되여 이런 큰일이 ᄶᅢ의 밋디 못ᄒᆞ니 ᄯᅩ 무어ᄉᆞᆯ 맛디리오?"

---

241) 뎨: [교] 원문에는 '녜'로 되어 있으나 오기로 보이므로 규장각본(4:62)을 따름.

242) 온노(慍怒): 화를 냄.

셰문이 골오ᄃᆡ,

“앗가 계시다가 아ᄒᆡ(兒孩) 울기로 잠간(暫間) 가 계시거니와 쇼뎨(小弟) 등(等)의 쳐ᄌᆡ(妻子ㅣ) ᄒᆞᆫ가지로 ᄃᆡ령(待令)티 아니니 그 죄(罪) 경(輕)티 아닌디라 엇디 홀노 수수(嫂嫂)ᄅᆞᆯ 그ᄅᆞ다 ᄒᆞ시ᄂᆞ니잇가?”

샹셰(尙書ㅣ) 졍ᄉᆡᆨ(正色) 왈(曰),

“각각(各各) 맛ᄐᆞ미 다ᄅᆞ니 뎨쉬(諸嫂ㅣ) 간예(干預[243])ᄒᆞ실 배리오?”

드ᄃᆡ여 노ᄉᆡᆨ(怒色)이 표등(飆騰[244])ᄒᆞ나 양 쇼졔(小姐ㅣ) 안ᄉᆡᆨ(顏色)이 ᄌᆞ약(自若)ᄒᆞ야 ᄀᆞ의 셔셔 말을 아니ᄒᆞ더니,

냥구(良久) 후(後) 샹셰(尙書ㅣ) 약(藥)을 달혀 친(親)히 밧드러 모젼(母前)의 나아가니 쥬비(朱妃) 니러 안자 죠곰 마시다가 도로 노흐며 미우(眉宇)ᄅᆞᆯ ᄶᅵᆼ긔여 왈(曰),

“약(藥)을 엇디 달혓관ᄃᆡ

...

61면

내 긔운이 드러시니 먹디 못ᄒᆞ리로다.”

한님(翰林)이 골오ᄃᆡ,

“수쉬(嫂嫂ㅣ) 약(藥)을 달[245]히시다가 유ᄋᆡ(乳兒ㅣ) 울거ᄂᆞᆯ 잠간(暫間) 드러가시매 형쟝(兄丈)이 노(怒)ᄒᆞ여 친(親)히 약(藥)을 �다가 ᄉᆞ매에 걸녀 업티고 다시 달혓ᄂᆞ이다.”

243) 간예(干預): 어떤 일에 간섭하여 참여함.

244) 표등(飆騰): 기세가 맹렬함.

245) 달: [교] 원문에는 ‘친’으로 되어 있으나 문맥을 고려하여 규장각본(4:63)을 따름.

쥬비(朱妃) 왈(曰),

"양 현부(賢婦)의 달힌 약(藥)은 후셜(喉舌)을 잘 넘고 쟝위(腸胃) 편(便)ᄒᆞ니 ᄎᆞ후(此後) 약(藥)을 양 현뷔(賢婦ㅣ) 달히고 다ᄅᆞ니는 간셥(干涉)디 말게 ᄒᆞ라."

샹셰(尙書ㅣ) 믁믁(默默) 무언(無言)이러라.

황뎨(皇帝) 쥬비(朱妃)의 병셰(病勢) 듕(重)ᄒᆞ믈 드ᄅᆞ시고 크게 경녀(驚慮)ᄒᆞ샤 샹셔[246](尙書) 양 공(公)과 츄밀부ᄉᆞ(樞密府使) 노 공(公)으로 문병(問病)ᄒᆞ라 ᄒᆞ시니 이(二) 공(公)이 문(門)의 니ᄅᆞ매 녜뷔(禮部ㅣ) 당(堂)의 ᄂᆞ려 마자 올나 녜필(禮畢) 좌뎡(坐定)의 근일(近日) 존후(尊候)를 뭇ᄌᆞ온ᄃᆡ 양(兩) 공(公)이 샹명(上命)으

62면

로 옥쥬(玉主)의 문병(問病)ᄒᆞ[247]라 와시믈 닐너 증후(症候)[248]를 ᄌᆞ시 뭇고 인(因)ᄒᆞ야 한담(閑談)할ᄉᆡ 양 공(公) 왈(曰),

"노 공(公)의 말을 드ᄅᆞ니 현셰(賢壻ㅣ) 노 시(氏)를 츌거(黜去)[249]ᄒᆞ다 ᄒᆞ니 엇딘 일이뇨?"

녜뷔(禮部ㅣ) 졍ᄉᆡᆨ(正色) 대왈(對曰),

"기실(其實)은 노 시(氏) 아디 못ᄒᆞ거ᄂᆞᆯ 사오나온 비ᄌᆡ(婢子ㅣ) 농낙(籠絡)ᄒᆞ여 큰 죄(罪)를 니문(李門)의 어더 츌거(黜去)ᄒᆞ연 디 삼(三) ᄌᆡ(載) 츈취(春秋ㅣ) 되엿ᄂᆞ이다."

246) 셔: [교] 원문에는 이 뒤에 '와'가 있으나 문맥을 고려하여 삭제함.

247) ᄒᆞ: [교] 원문에는 '의'가 있고 이를 지운 표시가 있으나 문맥을 고려하여 이와 같이 수정함.

248) 증후(症候): 병을 앓을 때 나타나는 여러 가지 상태나 모양. 증세.

249) 츌거(黜去): 출거. 강제로 내쫓음.

양 공(公)이 크게 놀나 기간(其間) 연고(緣故)를 뭇거늘 샹셰(尙書ㅣ) 잠간(暫間) 안쉭(顔色)을 슈렴(收斂)ᄒᆞ여 ᄀᆞᆯ오ᄃᆡ,

"악댱(岳丈)이 셩니(性理)를 달통(達通)ᄒᆞ시며 ᄂᆞᆷ의 규ᄂᆡᄉᆞ(閨內事)를 알고져 ᄒᆞ시미 블가(不可)ᄒᆞ고, 츄밀(樞密) 합해(閤下ㅣ) 더옥 블미지ᄉᆞ(不美之事)[250]를 외인(外人)을 ᄃᆡ(對)ᄒᆞ여 챵셜(彰洩)[251]ᄒᆞ시미 가(可)티 아니니 ᄒᆞᆨᄉᆡᆼ(學生)이 본ᄃᆡ(本-) 블민(不敏)

63면

ᄒᆞᆫ 위인(爲人)으로 진실노(眞實-) 녕[252]녀(令女)의 ᄇᆡ합(配合)[253]이 블ᄉᆞ(不似)ᄒᆞ거늘 합해(閤下ㅣ) 지인(知人)ᄒᆞ시미 업셔 녕녀(令女)로ᄡᅧ 맛디시니 쇼ᄉᆡᆼ(小生)이 군ᄌᆞ(君子)의 졔가(齊家)[254]ᄒᆞᄂᆞᆫ 법(法)이 업셔 녕녜(令女ㅣ) 대죄(大罪)의 ᄡᅡ디니 ᄂᆡ티미 이시나 스ᄉᆞ로 즐겨홀 배 아니로소이다."

노 공(公)이 쇼왈(笑曰),

"이러ᄒᆞ믈 노뷔(老夫ㅣ) ᄯᅩᄒᆞᆫ 아ᄂᆞᆫ 배[255]로ᄃᆡ 아디 못게라, 아녀(阿女)의 십칠(十七) 쳥츈(靑春)을 엇디코져 ᄒᆞᄂᆞ뇨?"

샹셰(尙書ㅣ) 념슬(斂膝)[256] 대왈(對曰),

"합해(閤下ㅣ) 만일(萬一) 이 ᄯᅳᆺ이 계실딘ᄃᆡ 녕녀(令女)를 엄(嚴)히

250) 블미지ᄉᆞ(不美之事): 불미지사. 아름답지 않은 일.

251) 챵셜(彰洩): 창설. 드러내어 밝힘.

252) 녕: [교] 원문에는 '념'으로 되어 있으나 오기로 보이므로 규장각본(4:65)을 따름.

253) ᄇᆡ합(配合): 배합. 배필.

254) 졔가(齊家): 제가. 집안을 가지런히 함.

255) 배: [교] 원문에는 '베'로 되어 있으나 오기로 보아 규장각본(4:65)을 따름.

256) 념슬(斂膝): 염슬. 무릎을 모아 몸을 단정히 함.

경계(警戒)ᄒᆞ여 그 ᄆᆞ음을 ᄀᆡ과쳔션(改過遷善)케 ᄒᆞ실딘ᄃᆡ 혹ᄉᆡᆼ(學生)이 ᄯᅩᄒᆞᆫ 셰ᄌᆡ(歲載) 오래고 나히 ᄎᆞᆫ 후(後) 일문(一門)의 용셔(容恕)ᄒᆞ미 계실 거시어ᄂᆞᆯ 합해(閤下ㅣ) 일셰(一世) 명공(名公)으로ᄡᅥ ᄯᆞᆯ을 사문(寺門)[257]의 도라보ᄂᆡ여 승니(僧尼)의 무리 되

64면

게 ᄒᆞ시니 쇼ᄉᆡᆼ(小生)이 평ᄉᆡᆼ(平生)의 괴로이 너기ᄂᆞᆫ 배라 텬ᄌᆞ(天子ㅣ) 어지(御旨)ᄅᆞᆯ ᄂᆞ리오시나 ᄎᆞᆷ아 갓가이ᄒᆞᆯ 의ᄉᆞ(意思ㅣ) 업ᄂᆞ이다. 합하(閤下)ᄂᆞᆫ 스ᄉᆞ로 ᄉᆡᆼ각ᄒᆞ시고 쇼ᄉᆡᆼ(小生)의 우ᄃᆡᆨ(愚直)ᄒᆞ믈 용샤(容赦)ᄒᆞ시고 단발위리(斷髮爲尼)[258]와 신톄발부(身體髮膚)ᄅᆞᆯ 샹(傷)히오믄 쟝ᄎᆞᆺ(將次ㅅ) 엇던 사ᄅᆞᆷ의 ᄒᆡᆼ(行)ᄒᆞᆯ 배며 셜ᄉᆞ(設使) 머리털을 무주리디 아냐시나 산간(山間)의 승니(僧尼)의 무리로 더브러 경(經)을 외오고 부쳐ᄅᆞᆯ 공양(供養)ᄒᆞ미 경샹(卿相) 공후(公侯) 갑뎨(甲第) 녀ᄌᆞ(女子)의 ᄒᆡᆼ(行)ᄒᆞ염 즉ᄒᆞ리잇가? 녕녜(令女ㅣ) 합하(閤下)의 니ᄅᆞ시ᄂᆞᆫ 바ᄀᆞᆺ티 일시(一時) 완비(頑婢)[259]의 말을 드러 일을 그ᄅᆞᆺᄒᆞ여시나 니시(李氏)ᄅᆞᆯ ᄃᆡᆨ히고져 ᄒᆞ여실딘ᄃᆡ 그 문풍(門風)을 졷ᄎᆞ 고요히 이셔 젼과(前過)ᄅᆞᆯ 뉘웃ᄎᆞᆯ딘ᄃᆡ 쇼ᄉᆡᆼ(小生)

---

257) 사문(寺門): 절.

258) 단발위리(斷髮爲尼): 머리 깎고 중이 됨.

259) 완비(頑婢): 못된 여종.

65면

이 당당(堂堂)이 녜[260]부(禮部)의 고(告)ᄒᆞ고 거두어 도라올 거시어ᄂᆞᆯ 발셔 니시(李氏)ᄅᆞᆯ 져ᄇᆞ리려 ᄒᆞᄂᆞᆫ ᄠᅳᆺ으로 그 되(道ㅣ) 달나져시니 쇼ᄉᆡᆼ(小生)ᄃᆞ려 의논(議論)ᄒᆞ실 배 아니니 ᄎᆞ후(此後) 쇼ᄉᆡᆼ(小生)이 셰교분(世交分)으로[261] 합ᄒᆞ(閤下)ᄅᆞᆯ 셤기리니 합해(閤下ㅣ) ᄯᅩᄒᆞᆫ 이러ᄐᆞᆺ 아ᄅᆞ쇼셔."

노 부ᄉᆡ(府使ㅣ) 듯기ᄅᆞᆯ ᄆᆞᄎᆞ며 그 말이 ᄌᆞᄌᆞ(字字)히 유리(有理)ᄒᆞ여 녜(禮)밧기 업ᄉᆞ니 입이 이신들 므ᄉᆞᆷ 말을 ᄒᆞ리오. ᄇᆞᆺ그리ᄂᆞᆫ 빗티 ᄂᆞᆺ 우ᄒᆡ 어릐여 몸 둘 곳이 업셔ᄒᆞ거ᄂᆞᆯ 양 샹셰(尙書ㅣ) 그윽이 블안(不安)ᄒᆞ여 이에 니러나며 왈(曰),

"옥쥬(玉主) 환후(患候)ᄅᆞᆯ 아라시니 맛당이 복명(復命)[262]ᄒᆞᆯ디라 도라가리로다."

부ᄉᆡ(府使ㅣ) ᄯᅩᄒᆞᆫ 니러 도라가니 샹셰(尙書ㅣ) 그 용녈(庸劣)ᄒᆞ믈 우이 너겨 일댱(一場) 대쇼(大笑)ᄒᆞ고 ᄉᆞ매ᄅᆞᆯ

66면

ᄯᅥᆯ쳐 쇼화각(--閣)의 드러와 쇼져(小姐)ᄅᆞᆯ ᄃᆡ(對)ᄒᆞ여 ᄀᆞᆯ오ᄃᆡ,

"그ᄃᆡ 과연(果然) 무심(無心)ᄒᆞᆫ 사ᄅᆞᆷ이러라."

양 쇼졔(小姐ㅣ) 앗가 샹셔(尙書)의 ᄎᆡᆨ언(責言)을 드럿ᄂᆞᆫ디라 유유

260) 녜: [교] 원문에는 '녀'로 되어 있으나 오기로 보이므로 규장각본(4:67)을 따름.
261) 으로: [교] 원문에는 '을'로 되어 있으나 문맥을 고려하여 규장각본(4:67)을 따름.
262) 복명(復命): 명령을 받고 일을 처리한 사람이 그 결과를 보고함.

(懦懦)[263] 부답(不答)ᄒᆞᆫ듸 샹셰(尙書ㅣ) 왈(曰),

"므슴 연고(緣故)로 듸답(對答)디 아닛ᄂᆞ뇨?"

쇼졔(小姐ㅣ) 날호여 듸왈(對曰),

"무ᄉᆞ 일이 무심(無心)타 ᄒᆞ시ᄂᆞ니잇가?"

샹셰(尙書ㅣ) ᄀᆞᆯ오듸,

"앗가 악댱(岳丈)이 노 시(氏) ᄂᆡ티믈 몰나 계시다 ᄒᆞ니 엇디 가쇼(可笑ㅣ) 아니리오?"

양 시(氏) 듸왈(對曰),

"긔 므슴 됴흔 일이라 비록 부모(父母)권들 자랑ᄒᆞ리잇가?"

샹셰(尙書ㅣ) 그 어딜믈 탄복(歎服)ᄒᆞ더라.

이후(以後) 양 시(氏) 친뎡(親庭)의 니ᄅᆞ니, 양 공(公) 부뷔(夫婦ㅣ) ᄇᆡ야흐로 노 시(氏) ᄂᆡ친 곡졀(曲折)을 무ᄅᆞᆫ듸 쇼졔(小姐ㅣ) 대강(大綱) 고(告)ᄒᆞ니 양 공(公) 부뷔(夫婦ㅣ) ᄉᆡ로이 모골(毛骨)이 구숑(懼悚)[264]ᄒᆞ믈 ᄭᆡᄃᆞᆺ디 못ᄒᆞ고 샹셔(尙書)

67면

의 총명신이(聰明神異)ᄒᆞ믈 감샤(感謝)ᄒᆞ더라.

이후(以後) 쥬비(朱妃) 월여(月餘)의[265] 병휘(病候ㅣ) 쾌차(快差)ᄒᆞ니 ᄌᆞ뎨(子弟) 크게 깃거ᄒᆞ고 궁듕(宮中)이 진경(盡慶)ᄒᆞ여 화긔(和氣) ᄋᆡ연(藹然)[266]ᄒᆞ듸, 공쥐(公主ㅣ) 더옥 쳐황(悽惶)[267]ᄒᆞ야 눈믈이

263) 유유(懦懦): 모든 일에 딱 잘라 결정을 내리지 못하고 어물어물한 데가 있음.

264) 구숑(懼悚): 구송. 두려움.

265) 의: [교] 원문에는 '여'로 되어 있으나 오기로 보이므로 규장각본(4:69)을 따름.

266) ᄋᆡ연(藹然): 애연. 화기롭고 온화함.

ᄆᆞ를 적이 업더라.

이ᄯᅴ 임 시(氏) 어ᄉᆞ(御史)의 쳔(千) 니(里) 원힝(遠行)의 ᄒᆞᆫ 말도 아니코 ᄂᆡᆼ졍(冷情)이 보고 가니 초독(楚毒)[268] ᄒᆞᆫ 노긔(怒氣) ᄀᆞᆺ치 누ᄅᆞ디 못ᄒᆞ야 어ᄉᆞ(御史)의 쇼시(少時)젹 닙엇던 옷과 신혼(新婚) 젹 옷ᄉᆞᆯ 다 ᄂᆡ여 ᄡᆞ코 일변(一邊) 블을 지ᄅᆞ며 홍아를 블너 ᄀᆞᆯ오ᄃᆡ,

"너의 ᄒᆞᆫ 옷ᄉᆞᆫ ᄂᆡ ᄎᆞᆺ디 아니ᄒᆞ거니와 ᄂᆡ 지은 옷ᄉᆞᆫ 낫낫티 가져 오라."

홍ᄋᆡ 이 거동(擧動)을 보고 어이업셔 ᄀᆞᆯ오ᄃᆡ,

"어ᄉᆞ(御史) 샹공(相公)이 반셕(盤石) ᄀᆞᆺᄐᆞ시거ᄂᆞᆯ 엇딘 연고(緣故)로 그 몸의 갓가이ᄒᆞ시ᄂᆞᆫ

68면

옷ᄉᆞᆯ 블 지ᄅᆞ리잇가?"

임 시(氏) 대로(大怒) 왈(曰),

"쳔(賤)ᄒᆞᆫ 죵년이 엇디 담(膽) 큰 체ᄒᆞ고 나를 긔걸[269] ᄒᆞᄂᆞ뇨? 너를 당당(堂堂)이 ᄒᆞᆫ칼의 ᄆᆞᆺᄎᆞ 분(憤)을 플니라."

홍애 울고 ᄃᆡ왈(對曰),

"비ᄌᆞ(婢子)의 어미 부인(夫人)을 휵양(畜養)ᄒᆞ고 비ᄌᆡ(婢子ㅣ) 노야(老爺)를 ᄋᆞ시(兒時)의 거두다가 부인(夫人)이 남챵(南昌)의 뉴락(流落)ᄒᆞ신 후(後) 어미 노야(老爺)를 길너 그 공(公)이 듕(重)ᄒᆞ니 노

267) 쳐황(悽惶): 처황. 슬프고 경황이 없음.

268) 쵸독(楚毒): 초독. 매섭고 독함.

269) 긔걸: 명령함.

야(老爺)는 비즈(婢子) 등(等)을 되졉(待接)ᄒᆞ시거늘 쇼졔(小姐ㅣ) ᄆᆞ숨 위엄(威嚴)으로 쳡(妾)을 죽이시리오?"

임 시(氏) 대로(大怒)ᄒᆞ여 친(親)히 나아가 홍아의 멱을 잡아 ᄭᅳ어 업디르고 발노 ᄎᆞ며 니롤 갈아 쳘편(鐵鞭)으로 무슈(無數)이 치며 왈(曰),

"쳔(賤)ᄒᆞᆫ 년이 감히(敢-) 말ᄒᆞᆫ 양 ᄒᆞᄂᆞ뇨? 너롤 죽여야 ᄂᆡ 분(憤)이 잠간(暫間) 플니고 녀녀(-女)롤 드려와 신싊(身數ㅣ)[270] 와ᄒᆡ(瓦解)ᄒᆞᄂᆞᆫ

69면

양(樣)을 보면 ᄂᆡ ᄆᆞᄉᆞᆷ 근심이 이시리오?"

홍애 본ᄃᆡ(本-) 놉흔 당(堂) 머리 지은 시녀(侍女)로 당년(當年)의 화란(禍亂)을 ᄀᆞ쵸 격근 가온ᄃᆡ ᄯᅩ 이런 독(毒)ᄒᆞᆫ 슈단(手段)을 보디 아냣ᄂᆞᆫ디라 ᄃᆡ로(大怒)ᄒᆞ야 계요 버셔나 크게 울고 슉현당(--堂)의 도라오니,

ᄆᆞᄎᆞᆷ 공과 부인(夫人)이 ᄌᆡ좌(在座)ᄒᆞ엿거늘 울고 나아가 연고(緣故)롤 ᄌᆞ시 고(告)ᄒᆞ니 공(公)이 어히업셔 잠간(暫間) 웃고 말을 아니ᄒᆞ니 녜뷔(禮部ㅣ) ᄌᆡ좌(在座)러니 ᄒᆡ연(駭然)[271]ᄒᆞ야 ᄀᆞᆯ오ᄃᆡ,

"ᄎᆞ(此)ᄂᆞᆫ 강상(綱常)의 대악(大惡)이라 슉뷔(叔父ㅣ) 엇디코져 ᄒᆞ시ᄂᆞ뇨?"

공(公)이 잠쇼(暫笑) 무언(無言)이오, 부인(夫人)이 ᄀᆞᆯ오ᄃᆡ,

"현딜(賢姪)이 ᄒᆞᆫ갓 임 시(氏)롤 논박(論駁)디 말나. 녀ᄌᆞ(女子)의

---

270) 신싊(身數ㅣ): 신수. 한 사람의 운수.

271) ᄒᆡ연(駭然): 해연. 몹시 이상스러워 놀람.

평싱(平生)이 댱부(丈夫)의게 들녓ᄂᆞ니 셩이(-兒ㅣ) 만일(萬一) 예ᄉᆞ(例事)로오면 임 시(氏) 엇디 이런 거죄(擧措ㅣ)

70면

이시리오?"

녜뷔(禮部ㅣ) 웃고 ᄀᆞᆯ오ᄃᆡ,

"현[272] 보[273] ᄂᆞᆫ 대현(大賢)이라 녀ᄌᆞ(女子)의게ᄯᆞ려 블호(不好)ᄒᆞ미 이시리잇가?"

문졍공(--公)은 일언(一言)을 아니ᄒᆞ고 나가거ᄂᆞᆯ, 녜뷔(禮部ㅣ) 뫼셔 나가니 부인(夫人)이 즉시(卽時) 일쥬ᄅᆞᆯ 블너 취운당(--堂)의 가 임 시(氏)의 과도(過度)ᄒᆞ믈 말니라 ᄒᆞ고 홍아ᄅᆞᆯ 블너 크게 칙(責)ᄒᆞᆫᄃᆡ,

"부녀(婦女)의 죄(罪) 경듕(輕重)이 잇ᄂᆞ니 년쇼(年少) 녀ᄌᆡ(女子ㅣ) 져근 일도 ᄎᆞᆷ디 못ᄒᆞᄂᆞ니 이ᄂᆞᆫ 너의 쇼쥬인(小主人)이어ᄂᆞᆯ 그 허믈을 낭자(狼藉)히 챵셜(彰洩)[274] ᄒᆞ니 이 엇던 도리(道理)뇨?"

운이 ᄯᅩ 부인(夫人) 말ᄉᆞᆷ을 니어 일시(一時) 셩결[275][276]의 ᄒᆞ믈 뉘웃쳐 돈슈(頓首) 샤죄(謝罪)ᄒᆞ고 믈너가다.

일쥬 쇼제(小姐ㅣ) 취운당(--堂)의 니ᄅᆞ니 임 시(氏) 옷슬 블ᄉᆞᆯ오기ᄅᆞᆯ ᄆᆞᆺ고 분(憤)을 이긔디 못ᄒᆞ여 눈을 독(毒)

---

272) 현: [교] 원문에는 '뎐'으로 되어 있으나 앞의 예를 따라 이와 같이 수정함.

273) 현보: 이성문의 자(字).

274) 챵셜(彰洩): 창설. 드러내어 밝힘.

275) 결: [교] 원문에는 '셜'로 되어 있으나 오기로 보임.

276) 셩결: 성결. 성난 마음이 왈칵 일어난 바람.

71면

히 쓰고 니를 갈아 쳘편(鐵片)을 드러 긔완(奇玩)[277]을 산산이 두ᄃᆞ리며 ᄀᆞᆯ오ᄃᆡ,

"ᄡᅳᆯᄃᆡ업ᄉᆞ니 ᄂᆡ 엇디 이런 거ᄉᆞᆯ 머믈워 녀녀(-女)의 긔물(器物)을 삼으리오?"

ᄒᆞ니 쇼졔(小姐ㅣ) 이 거동(擧動)을 참혹(慘酷)히 넉여 완구(緩驅)[278]이 드러가니 임 시(氏) 도라보고 ᄀᆞᆯ오ᄃᆡ,

"쇼져(小姐)ᄂᆞᆫ 지실(指實)[279]ᄒᆞ라. 쳡(妾)의 거동(擧動)이 엇더ᄒᆞ뇨?"

일쥐 날호여 답왈(答曰),

"쇼졔(小姐ㅣ) 졍(正)히 뭇고져 ᄒᆞ더니이다. 금일(今日) 경ᄉᆡᆨ(景色)이 므ᄉᆞᆷ 연괴(緣故ㅣ)잇가?"

임 시(氏) 이 말을 듯고 일댱(一場)을 ᄎᆞ게 우서 ᄀᆞᆯ오ᄃᆡ,

"므ᄉᆞᆷ 연괴(緣故ㅣ)리오? 살고져 ᄠᅳᆺ이 업ᄉᆞ미라."

쇼졔(小姐ㅣ) 우문(又問) 왈(曰),

"어ᄂᆞ 날 죽고져 ᄒᆞ시ᄂᆞ뇨?"

임 시(氏) 답(答)디 아니코 두ᄃᆞ리니 이러 굴 졔, 졔(諸) 쇼졔(小姐ㅣ) 모다 담 ᄡᅳᆫ 둣 두ᄅᆞ니 일쥐 챡급(着急)[280]ᄒᆞ여 ᄲᅡᆯ니 나아가

277) 긔완(奇玩): 기완. 기이한 노리개.
278) 완구(緩驅): 천천히 감.
279) 지실(指實): 실제를 가리킴.
280) 챡급(着急): 착급. 매우 급함.

72면

손을 잡아 비러 ᄀᆞᆯ오ᄃᆡ,

"져져(姐姐)ᄂᆞᆫ 빌건ᄃᆡ ᄃᆡ를 보쇼셔. 모든 사ᄅᆞᆷ이 굿 삼아 보니 엇디 붓그럽디 아니리오? 져뎨(姐姐ㅣ) ᄂᆡ 말ᄉᆞᆷ을 듯디 아니시고 므ᄉᆞᆫ ᄂᆞᆺᄎᆞ로 부모(父母)긔 뵈오려 ᄒᆞ시ᄂᆞ뇨?"

임 시(氏) 마디못ᄒᆞ여 잠간(暫間) 진졍(鎭靜)ᄒᆞ야 안자며 ᄀᆞᆯ오ᄃᆡ,

"구괴(舅姑ㅣ) ᄂᆡ티신들 엇디ᄒᆞ리오?"

일쥐 다시 말을 아니ᄒᆞ고 시녀(侍女)ᄅᆞᆯ 명(命)ᄒᆞ야 서ᄅᆞ져 앗고 다시 임 시(氏)ᄅᆞᆯ 보매 분긔(憤氣) 엄ᄋᆡ(奄藹)[281]ᄒᆞ여 것구러디거ᄂᆞᆯ, 쇼졔(小姐ㅣ) 친(親)히 쳥심원(淸心元)을 드러 입의 드리워 구호(救護)ᄒᆞ니 냥구(良久) 후(後) ᄭᆡ여 기리 한숨져 ᄀᆞᆯ오ᄃᆡ,

"쇼졔(小姐ㅣ) 쳡(妾)을 이리 살와ᄂᆡ여 므엇ᄒᆞ려 ᄒᆞ시ᄂᆞ뇨?"

일쥐 한셜(閑說)[282]을 아니ᄒᆞ고 ᄀᆞᆯ오ᄃᆡ,

"동긔지간(同氣之間)의 당연지

73면

ᄉᆡ(當然之事ㅣ)니 다른 말 ᄒᆞ여 므ᄉᆞᆷᄒᆞ리오?"

이어 시녀(侍女)로 ᄃᆡ희오고 도라가니 공(公)이 ᄯᅩ 드러왓더라. 쇼졔(小姐ㅣ) 야야(爺爺)의 계시믈 구ᄋᆡ(拘礙)ᄒᆞ여 말을 아니ᄒᆞ더니 공(公)이 문왈(問曰),

---

281) 엄ᄋᆡ(奄藹): 엄애. 갑자기 기운이 막힘.

282) 한셜(閑說): 한설. 한가한 말. 실없는 소리.

"취운당(--堂) 거동(擧動)이 엇더ᄒᆞ더뇨?"

쇼졔(小姐ㅣ) ᄃᆡ왈(對曰),

"대단ᄒᆞᆫ 허믈이 업더이다."

공(公)이 쇼왈(笑曰),

"네 어미와 ᄂᆡ 뜻이 다 ᄒᆞᆫ가지니 바로 니ᄅᆞ라."

쇼졔(小姐ㅣ) 드ᄃᆡ여 ᄌᆞ시 고(告)ᄒᆞ니 공(公)이 도로혀 웃고 말을 아니ᄒᆞ더니,

져녁문안(--問安)의 졍당(正堂)의 모드매 임 시(氏)의 경ᄉᆡᆨ(景色)을 모든 쇼ᄋᆞ(小兒)들이 뎐(傳)ᄒᆞ여 사ᄅᆞᆷ마다 듯고 경아(驚訝)[283]티 아니리 업ᄉᆞᄃᆡ, 승샹(丞相)과 뎡 부인(夫人)은 굿ᄐᆞ여 아른 체ᄒᆞ미 업더라. ᄀᆡ국공(--公)이 쇼왈(笑曰),

"젼일(前日) 형댱(兄丈)이 니ᄅᆞᆫ 말이 계시니 임 시(氏)ᄅᆞᆯ 즉긱(卽刻)[284]의 ᄂᆡ티

···

74면

쇼셔."

공(公)이 역쇼(亦笑) 왈(曰),

"ᄂᆡ티고져 뜻이 업디 아니ᄒᆞ나 ᄋᆞᄌᆡ(兒子ㅣ) 잇디 아닌 ᄯᅥᆨ오, 어린 아ᄒᆡ(兒孩) 형샹(形狀) 업ᄉᆞᆫ 거조(擧措)ᄅᆞᆯ 죡가[285]ᄒᆞ여 무엇ᄒᆞ리오?"

ᄀᆡ국공(--公)이 크게 우셔 ᄀᆞᆯ오ᄃᆡ,

"그리므로 며ᄂᆞ리 죄(罪) 이시나 ᄂᆡ티미 쉽디 아니커ᄂᆞᆯ 젼일(前日)

283) 경아(驚訝): 놀라고 의아해함.

284) 즉긱(卽刻): 즉각.

285) 죡가: 다그침.

형당(兄丈)이 노 시(氏) 유ᄉᆞ(有事) 젹 그ᄃᆡ도록 쾌(快)ᄒᆞᆫ 말을 ᄒᆞ시더니잇가?"

공(公)이 미쇼(微笑) 부답(不答)ᄒᆞᆫᄃᆡ 하람공(--公) 왈(曰),

"삼뎨지언(三弟之言)은 희롱(戲弄)이어니와 아디 못게라 엇디코져 ᄒᆞ[286]ᄂᆞᆫ다?"

공(公)이 쇼이ᄃᆡ왈(笑而對曰),

"쳐티(處置)ᄒᆞ여 브졀업ᄉᆞ니 ᄇᆞ려두려 ᄒᆞᄂᆞ이다."

공(公) 왈(曰),

"여ᄌᆡ(女子ㅣ) 되여 살앗ᄂᆞᆫ 지아븨 옷ᄉᆞᆯ ᄇᆞᆯ 지ᄅᆞ고 장념(粧奩)[287]을 두ᄃᆞ리며 지아븨 유모(乳母)ᄅᆞᆯ 난타(亂打)ᄒᆞ니 ᄎᆞ(此)ᄂᆞᆫ 대악(大惡)이라. 만일(萬一) 그져 둔즉 후일(後日)이

•••

75면

두립디 아니랴?"

공(公)이 ᄃᆡ왈(對曰),

"쇼졔(小弟) ᄌᆞ못 아ᄂᆞᆫ 배로ᄃᆡ 임 샹셔(尙書)ᄂᆞᆫ 현명(賢明)ᄒᆞᆫ 댱뷔(丈夫ㅣ)니 이런 일을 알니미 가(可)티 아니ᄒᆞ고 임 시(氏) 투긔(妬忌) 이러ᄒᆞ나 아딕 우리게 블쵸(不肖)ᄒᆞ미 업고 샤음(邪淫)[288]ᄒᆞᆫ ᄆᆞ음이 업ᄉᆞ니 츌거(黜去)[289]ᄒᆞᆯ 죄(罪)ᄂᆞᆫ 아니니 필경(畢竟)을 보아 쳐티(處置)ᄒᆞ미 늣디 아닌가 ᄒᆞᄂᆞ이다."

---

286) ᄒᆞ: [교] 원문에는 'ᄒᆞᆫ'으로 되어 있으나 오기로 보임.

287) 장념(粧奩): 장렴. 몸을 치장하는 데 쓰는 갖가지 물건.

288) 샤음(邪淫): 사음. 요사스럽고 음탕함.

289) 츌거(黜去): 출거. 강제로 내쫓음.

뎡 부인(夫人)이 ᄀᆞᆯ오ᄃᆡ,

"창ᄋᆞ(-兒)의 말이 올흐나 ᄆᆞᄎᆞᆷᄂᆡ 아름답디 아니토다. 현부(賢婦)ᄂᆞᆫ ᄲᅧ 엇더케 너기ᄂᆞ뇨?"

소 부인(夫人)이 피셕(避席) ᄃᆡ왈(對曰),

"금일(今日) 임 시(氏)의 허다(許多) 과악(過惡)은 도시(都是)[290] 쳡(妾)이 어하(御下)[291]ᄅᆞᆯ 잘못ᄒᆞ여 변(變)이 규ᄂᆡ(閨內)의 니러나고 불회(不孝ㅣ) 존당(尊堂)의 밋ᄌᆞ오니 감쳥ᄉᆞ죄(敢請死罪)[292]오 감히(敢-) 임 시(氏)ᄅᆞᆯ 그ᄅᆞ다 못ᄒᆞᄂᆞ이다."

쇼뷔(少傅ㅣ) 왈(曰),

"이ᄂᆞᆫ 너모 과(過)ᄒᆞᆫ 말이라.

76면

그 모부인(母夫人)이 못 ᄀᆞᄅᆞ친 버ᄅᆞᆺ슬 그ᄃᆡ 어이 ᄀᆞᄅᆞ티리오? 그 소견(所見)을 모다 듯고져 ᄒᆞ노라."

부인(夫人)이 념용(斂容) 샤례(謝禮) 왈(曰),

"ᄌᆞ부(子婦)의 모친(母親)이 능히(能-) ᄀᆞᄅᆞ티므로 본부(本府)의셔ᄂᆞᆫ 능히(能-) 온슌(溫順)ᄒᆞ고 구가(舅家)의 니ᄅᆞ러ᄂᆞᆫ 쳡(妾)이 용녈(庸劣)ᄒᆞ와 법도(法度)ᄅᆞᆯ 인도(引導)티 못ᄒᆞ므로 이런 일이 이시미니이다."

쇼뷔(少傅ㅣ) 크게 웃고 왈(曰),

290) 도시(都是): 모두.

291) 어하(御下): 아랫사람을 다스림.

292) 감쳥ᄉᆞ죄(敢請死罪): 감청사죄. 감히 죽을죄를 청함.

"이 말이 올흐나 흔 일이 그르도다. 임 시(氏) 본부(本府)의셔 누를 싀싀와 작변(作變)흐리오?"

부인(夫人)이 피셕(避席) 무언(無言)이니 뉴 부인(夫人)이 골오디,

"임 시(氏) 일시(一時) 톄면(體面)을 일허시나 소 현뷔(賢婦ㅣ) 즈연(自然) 어디리 인도(引導)흐리니 여등(汝等)은 시비(是非)를 긋치라."

졔인(諸人)이 웃고 파(罷)흐여 흣터디다.

소 부인(夫人)이 임 시(氏) 거조(擧措)를 만만한심(萬萬寒心)흐여 기유(開諭)흐기

77면

를 싱각흐더니, 츳야(此夜)의 공(公)이 슉침(宿寢)[293] 홀시 공(公)이 뭇춤닉 임 시(氏)를 미안(未安)이 너기는 스쉭(辭色)을 아니흐고 フ만이 フ로디,

"즈뷔(子婦ㅣ) 일시(一時) 젼도(顚倒)[294] 흐미 대단흔 허믈이 아니니 부인(夫人)은 종용(從容)이 닐너 기유(開諭)흐라. 으뷔(阿婦ㅣ) 영오(穎悟)흐니 씨드르미 이시리라."

부인(夫人)이 응낙(應諾)흐더라.

이날 임 시(氏) 두로 작난(作亂)흐고 그려도 분(憤)이 플니디 아냐 침셕(寢席)의 휘굼겨 곡긔(穀氣)를 쓴코 우롬으로 소일(消日)흐더니,

익일(翌日) 야(夜)의 부인(夫人)이 브야흐로 시녀(侍女)로 임 시

293) 슉침(宿寢): 숙침. 잠을 잠.

294) 젼도(顚倒): 전도. 엎어지고 자빠진다는 뜻으로 사리에 어긋난 행위를 함을 이름.

(氏)롤 브르니, 임 시(氏) 강잉(强仍)ᄒᆞ여 소두(搔頭)[295]롤 헤쁠고 의상(衣裳)을 정돈(整頓)ᄒᆞ여 이에 니르러 슈명(受命)ᄒᆞ거놀 부인(夫人)이 좌우(左右)롤 믈니고 날호여 닐오ᄃᆡ,

"ᄋᆞ뷔(阿婦ㅣ) 어ᄃᆡ롤 알ᄂᆞ냐?"

임

78면

시[296](氏) 져슈(低首)[297] ᄃᆡ왈(對曰),

"우연(偶然)이 심ᄉᆡ(心思ㅣ) 블평(不平)ᄒᆞ와 여러 ᄣᅵ 셩졍(省定)[298]을 폐(廢)ᄒᆞ오니 죄(罪) 깁도소이다."

부인(夫人)이 ᄯᅩ 닐오ᄃᆡ,

"ᄂᆡ 드ᄅᆞ니 그ᄃᆡ ᄋᆞᄌᆞ(兒子)의 옷슬 블 지ᄅᆞ다 ᄒᆞ니 긔 어인 일이뇨?"

임 시(氏) 참슈(慙羞) ᄆᆞᆨ연(默然)이어놀 부인(夫人) 왈(曰),

"그ᄃᆡ 맛당이 회ᄉᆡᆨ(晦塞)[299]ᄒᆞ믈 곳쳐 온슌(溫順)ᄒᆞᆫ 도(道)의 나아가미 올커놀 ᄡᅵᄃᆞᄅᆞ믄 업고 가지록 교협(驕狹)[300]ᄒᆞᆫ 독(毒)을 ᄂᆡ여 시금(時今)의 ᄋᆞᄌᆡ(兒子ㅣ) 쳔(千) 니(里) 원방(遠方)의 진슈(鎭守)[301]ᄒᆞ니 부모(父母)의 지극(至極)ᄒᆞᆫ ᄯᅳᆺ의 ᄉᆞᄉᆡᆼ(死生)을 긔필(期必)티 못

295) 소두(搔頭): 비녀.

296) 시: 원문에는 이 앞에 '임'이 있으나 부연으로 보아 삭제함.

297) 져슈(低首): 저수. 고개를 숙임.

298) 셩졍(省定): 성정. 문안. 아침 일찍 부모의 침소에 가서 밤사이의 안부를 살피는 아침 문안 신성(晨省)과 잠자리에 들 때에 부모의 침소에 가서 잠자리를 살피고 밤 동안 안녕하기를 여쭈는 저녁 문안 혼정(昏定)을 합쳐 이른 말.

299) 회ᄉᆡᆨ(晦塞): 회색. 밝았던 것이 캄캄하게 아주 콱 막힘.

300) 교협(驕狹): 교만하고 편협함.

301) 진슈(鎭守): 진수. 군대를 주둔시켜 중요한 곳을 지킴.

ᄒᆞ여 념녀(念慮) 심두(心頭)[302]의 ᄆᆡᆼ얼(萌孼)[303]ᄒᆞ거늘 그ᄃᆡ 엇디 ᄉᆡᆼ인(生人)의 옷슬 망인(亡人)의 거동(擧動)을 ᄒᆞ여 쇼화(燒火)ᄒᆞᄂᆞ뇨? 무심(無心)ᄒᆞᆫ 사ᄅᆞᆷ도 놀나믈 마디아니ᄒᆞ니 더옥 그 부모(父母)의 노(怒)호오믈 이긔디

79면

못[304]ᄒᆞᆯ 거시로ᄃᆡ 우리 본ᄃᆡ(本-) 사ᄅᆞᆷ으로 더브러 결원(結怨)[305]ᄒᆞ기ᄅᆞᆯ 됴히 아니 너기고 ᄀᆞᄅᆞ쳐 션도(善道)의 나아가믈 깃거ᄒᆞ매 노(怒)호온 줄 모ᄅᆞ고 가듕(家中)이 산난(散亂)ᄒᆞ믈 크게 민망(憫惘)ᄒᆞ여 슈고로이 닐위여 니ᄅᆞᄂᆞ니 그ᄃᆡ 사ᄅᆞᆷ의 며ᄂᆞ리 되여 그 신임(信任) 비ᄌᆞ(婢子)ᄅᆞᆯ 임의(任意)로 난타(亂打)ᄒᆞ니 비ᄌᆡ(婢子ㅣ)즉 나의게 유공(有功)ᄒᆞ고 ᄋᆞᄌᆞ(兒子)ᄅᆞᆯ 흌양(畜養)ᄒᆞᆫ 공(功)이 이시니 녀ᄌᆡ(女子ㅣ) 되여 싀어버이와 지아비ᄅᆞᆯ 혜디 아니ᄒᆞ고 쟝ᄎᆞᆺ(將次ㅅ) 어ᄂᆞ ᄯᅡ히 도라가려 ᄒᆞᄂᆞ뇨? 그ᄃᆡ 요ᄉᆞ이 옷슬 블 지ᄅᆞ고 장념(粧奩)을 두ᄃᆞ려 거죄(擧措ㅣ) 힉이(駭異)ᄒᆞ니 이는 하쳔광부(下賤狂夫)[306]의 거동(擧動)이라. 우리 비록 용녈(庸劣)ᄒᆞ나 법(法)으로 다ᄉᆞ리려 ᄒᆞᆯ딘ᄃᆡ 그ᄃᆡ 어ᄂᆞ ᄂᆞᆺᄎᆞ로

302) 심두(心頭): 생각하고 있는 마음. 또는 순간적인 생각이나 마음.

303) ᄆᆡᆼ얼(萌孼): 맹얼. 싹틈. 생겨남.

304) 못: [교] 원문에는 이 앞에 '니ᄅᆞ디'가 있으나 부연으로 보아 삭제함.

305) 결원(結怨): 원한을 맺음.

306) 하쳔광부(下賤狂夫): 하천광부. 천한 사람과 미친 사람.

80면

텬일(天日)을 보리오? 이제 믈시(勿施)[307]ᄒᆞ미 ᄉᆞ랑의 취(醉)ᄒᆞ여 허믈을 아디 못ᄒᆞ미 아니오 어두어 살피디 못ᄒᆞ미 아니라. 이제 냥셰(兩歲) 슬하지졍(膝下之情)[308]을 고렴(顧念)[309]ᄒᆞ여 그ᄃᆡ 존구(尊舅)와 ᄂᆡ 다몿 시비(是非)ᄅᆞᆯ 아니ᄒᆞ고 죵용이 블너 니해(利害)ᄅᆞᆯ 니ᄅᆞᄂᆞ니 녀ᄌᆡ(女子ㅣ) 되여 긍긍업업(兢兢業業)[310]ᄒᆞ여 ᄒᆡᆼ실(行實)이 고인(古人)의 지디 아냐도 구가(舅家)의 부득디(不得知)[311]ᄒᆞᄂᆞ니 ᄒᆞ나둘히 아니니 더옥 그ᄃᆡ ᄀᆞᆺᄐᆞ니ᄅᆞᆯ 니ᄅᆞ리오? ᄂᆡ 비록 우몽(愚蒙)[312]ᄒᆞ나 그ᄃᆡ ᄉᆡ어미의 모쳠(冒忝)[313]ᄒᆞ여시니 ᄉᆡᆼ각건ᄃᆡ ᄯᅩᄒᆞᆫ 듕(重)티 아니랴? 그ᄃᆡ 이러ᄐᆞᆺ 아디 아냐 ᄆᆞ음의 우이너겨 다시 칠거(七去)[314]의 죄(罪)ᄅᆞᆯ 범(犯)ᄒᆞᆯ딘ᄃᆡ 녕당(令堂)[315]의 욕(辱)이 비경(非輕)ᄒᆞᆯ 거시오, 존부(尊府) 승샹(丞相)과 샹셰(尚書ㅣ) 강명(剛明)ᄒᆞ시미 일셰(一世)의 일홈

---

307) 믈시(勿施): 물시. 하려던 일을 그만둠.

308) 슬하지졍(膝下之情): 슬하지정. 곁에 있었던 정.

309) 고렴(顧念): 옛일을 뒤돌아보아 생각함.

310) 긍긍업업(兢兢業業): 항상 조심하여 삼감.

311) 부득디(不得知): 부득지. 알아 주지 않음.

312) 우몽(愚蒙): 어리석음.

313) 모쳠(冒忝): 모첨. 외람되이 어떤 일을 맡음.

314) 칠거(七去): 예전에, 아내를 내쫓을 수 있는 이유가 되었던 일곱 가지 허물. 시부모에게 불손함, 자식이 없음, 행실이 음탕함, 투기함, 몹쓸 병을 지님, 말이 지나치게 많음, 도둑질을 함 따위.

315) 녕당(令堂): 영당. 남의 어머니를 높여 이르는 말.

81면

나시니 반ᄃᆞ시 ᄉᆞ졍(私情)을 ᄉᆡᆼ각디 아니ᄒᆞ샤 그ᄃᆡ를 용납(容納)디 아니시리니 구가(舅家)와 친개(親家ㅣ) 다 용납(容納)디 아니면 진퇴냥난(進退兩難)ᄒᆞ리니 ᄉᆡᆼ각ᄒᆞ여 젼(前) 허믈을 ᄇᆞ리고 죄(罪) 우히 죄(罪)를 더으디 말나. 믈읏 남ᄌᆞ(男子)도 ᄆᆞ음ᄃᆡ로 일우디 못ᄒᆞᄂᆞ니 그ᄃᆡ 일개(一介) 녀ᄌᆡ(女子ㅣ)어늘 므ᄉᆞᆫ 위엄(威嚴)으로 쳘업ᄉᆞᆫ 셩을 간ᄃᆡ로 ᄂᆡ여 ᄇᆞ려 남의 패악(悖惡)히 너기고 우이 너기믈 바ᄃᆞ리오? 남궁(-宮) 공쥬(公主) 낭낭(娘娘)은 귀(貴)ᄒᆞ미 금지옥엽(金枝玉葉)이오 디위(地位) 텬승(千乘)[316]의 후비(后妃)시로ᄃᆡ 비약(卑弱)ᄒᆞ고 공검(恭儉)ᄒᆞ믈 못 밋ᄎᆞᆯ ᄃᆞᆺᄒᆞ시거ᄂᆞᆯ 그ᄃᆡᄂᆞᆫ 엇던 사ᄅᆞᆷ이완ᄃᆡ 웃사ᄅᆞᆷ이 이시믈 아디 못ᄒᆞᄂᆞ뇨? ᄂᆡ 금일(今日) 그ᄃᆡ를 죵용이 블너 의리(義理)로 ᄀᆡ유(開諭)

82면

ᄒᆞ미 나약(懦弱)ᄒᆞ여 그ᄃᆡ를 못 이긔미 아니라 젼혀(專-) 위(爲)ᄒᆞ미 텬뉸(天倫)의 지극(至極)ᄒᆞᆫ 의(義) 샹실(喪失)티 아니케 ᄒᆞ미니 쟝ᄎᆞᆺ(將次ㅅ) 엇디코져 ᄒᆞᄂᆞ뇨?"

말삼이 도도(滔滔)ᄒᆞ여 삼협(三峽)[317]의 믈이 구으ᄅᆞᆺ ᄌᆞᄌᆞ(字字) 졍대(正大)ᄒᆞᆫ 언에(言語ㅣ) 공ᄌᆡ(孔子ㅣ)[318] 도쳑(盜跖)[319]을 교화(敎

316) 천승(千乘): 천승. 천 대의 병거라는 뜻으로, 제후를 이르는 말. 제후는 천 대의 병거를 낼 만한 나라를 소유하였음.

317) 삼협(三峽): 중국 양자강에 있는 구당협(瞿塘峽), 무협(巫峽), 서릉협(西陵峽)의 세 협곡. 사천성(四川省) 봉절(奉節)에서 호북성(湖北省) 의창(宜昌)에 이르는 사이에 있음.

化)ᄒᆞ시미라도 이에 더으디 못ᄒᆞᆯ너라. 임 시(氏) 비록 쵸독(楚毒)ᄒᆞᆫ 노긔(怒氣)와 닝쵸(冷楚)[320]ᄒᆞ미 지극(至極)ᄒᆞ나 도쳑(盜跖)이 아니니 엇디 그 고모(姑母)[321]의 졍대(正大)ᄒᆞᆫ 말ᄉᆞᆷ의 ᄭᅵᄃᆞᄅᆞ미 업ᄉᆞ며 ᄯᅩ 므ᄉᆞᆷ 말을 ᄒᆞ리오. 븟그리며 황공(惶恐)ᄒᆞ미 욕ᄉᆞ무디(欲死無地)[322]ᄒᆞ나 일단(一端) 앙앙(怏怏)[323]ᄒᆞᄆᆞᆫ 업디 아냐 이에 눈믈을 흘니고 머리ᄅᆞᆯ 두ᄃᆞ려 복복(俯伏) 쳥죄(請罪) 왈(曰),

"쇼쳡(小妾)이 블릉누딜(不能陋質)[324]노 셩문(盛門)의 의탁(依託)ᄒᆞ와 구고(舅姑)의 홍은(鴻恩)[325]이 뫼

83면

ᄀᆞᆺᄌᆞ온디라 일신(一身)이 분골(粉骨)[326]ᄒᆞ오나 다 갑ᄉᆞᆸ디 못ᄒᆞ오려든 엇디 블효(不孝)ᄅᆞᆯ 깃티고져 ᄒᆞ리잇가마ᄂᆞᆫ 쇼쳡(小妾)이 ᄌᆞ유시(自幼時)로 텬셩(天性)이 조급(躁急)ᄒᆞ와 졈졈(漸漸) 기려 ᄌᆞ랏ᄉᆞᆸᄂᆞᆫ디라. 가군(家君)의 ᄒᆞᄂᆞᆫ 일이 인졍(人情)의 갓갑디 아니ᄒᆞ오니 편협(偏狹)ᄒᆞᆫ 셩도(性度)[327]의 미쳐 ᄉᆡᆼ각디 못ᄒᆞ옵고 큰 죄

---

318) 공ᄌᆡ(孔子ㅣ): 공자. 공구(孔丘, B.C.551~B.C.479)를 높여 부른 말. 공자는 중국 춘추시대 노나라의 사상가・학자로 자는 중니(仲尼)임. 인(仁)을 정치와 윤리의 이상으로 하는 도덕주의를 설파하여 덕치 정치를 강조하여 유학의 시조로 추앙받음.

319) 도쳑(盜跖): 도척. 중국 춘추시대의 큰 도적(?~?). 현인 유하혜(柳下惠)의 아우로, 수천 명을 거느리고 천하를 횡행하였다고 함.

320) 닝쵸(冷楚): 냉초. 냉랭하고 매서움.

321) 고모(姑母): 시어머니.

322) 욕ᄉᆞ무디(欲死無地): 욕사무지. 죽으려 해도 죽을 곳이 없음.

323) 앙앙(怏怏): 매우 마음에 차지 아니하거나 야속함.

324) 블릉누딜(不能陋質): 불능누질. 능력이 없고 자질이 비루함.

325) 홍은(鴻恩): 넓고 큰 은혜.

326) 분골(粉骨): 뼈가 가루가 됨.

(罪)를 지어 스스로 그른 줄 아디 못ᄒᆞ옵더니 이제 ᄇᆞᆰ히 ᄀᆡ유(開諭)ᄒᆞ시고 의리(義理)로 경계(警戒)ᄒᆞ시믈 밧ᄌᆞ오니 ᄇᆞ야흐로 모ᄉᆡᆨ(茅塞)[328]ᄒᆞᆫ 흉금(胸襟)이 잠간(暫間) 트이옵ᄂᆞ디라. 도라 죄(罪)를 혜아리건ᄃᆡ 터럭을 혜여도 남ᄉᆞ올디라 법(法)의 나아가믈 원(願)ᄒᆞ옵ᄂᆞ니 다시 주(奏)홀 배 업ᄂᆞ이다."

셜파(說罷)의 ᄆᆞᆰ은 눈믈이 낭낭(浪浪)이 ᄲᅥ러지니 소

84면

부인(夫人)이 츄파(秋波)를 잠간(暫間) 드러 보고 날호혀 닐오ᄃᆡ,

"현부(賢婦)의 영오(穎悟)히 ᄭᆡᄃᆞᄅᆞ미 가문(家門)의 ᄒᆡᆼ(幸)이라 엇디 깃브디 아니리오? 그ᄃᆡ 죄(罪) 딘실노(眞實-) 그ᄃᆡ 말 ᄀᆞᆺᄐᆞ여 크게 부도(婦道)의 어긋나나 곳티미 귀(貴)타 ᄒᆞᄂᆞ니 다시 일ᄏᆞᄅᆞ미 무익(無益)ᄒᆞ니 현부(賢婦)ᄂᆞᆫ 슬허 말고 ᄎᆞ후(此後) 덕(德)을 옥(玉)ᄀᆞᆺ티 닷그라. ᄋᆞ지(兒子ㅣ) 비록 ᄆᆡ몰ᄒᆞ나 현뷔(賢婦ㅣ) ᄒᆡᆼ실(行實)을 닷글딘ᄃᆡ 엇디 감동(感動)ᄒᆞ미 업ᄉᆞ리오?"

임 시(氏) 톄읍(涕泣) ᄇᆡ샤(拜謝)ᄒᆞ고 퇴(退)ᄒᆞ여 ᄎᆞ후(此後) ᄌᆞ긔(自己) 허믈을 크게 ᄭᆡᄃᆞ라 한심(寒心)ᄒᆞ믈 이긔디 못ᄒᆞ야 사ᄅᆞᆷ 보믈 븟그려 십여(十餘) 일(日)을 두문블츌(杜門不出)ᄒᆞ엿더니,

마디못ᄒᆞ야 소장(梳粧)[329]을 일우고 존당(尊堂)의 문안(問安)ᄒᆞ니 모다 그 ᄒᆡᆼ

---

327) 셩도(性度): 성도. 성품과 도량.

328) 모ᄉᆡᆨ(茅塞): 모색. 길이 띠로 인하여 막힌다는 뜻으로, 마음이 물욕에 가리어 어리석고 무지함을 비유적으로 이르는 말.

329) 소장(梳粧): 빗질하고 화장함.

85면

ᄉᆞ(行事)를 패악(悖惡)[330]히 너기나 그 ᄉᆡ부뫼(媤父母ㅣ) 죄(罪)ᄅᆞᆯ 다ᄉᆞ리디 아니ᄒᆞᄂᆞᆫᄃᆡ 시비(是非)ᄒᆞ미 가(可)티 아냐 ᄉᆞᄉᆡᆨ(辭色)디 아니ᄒᆞ더라.

임 시(氏) ᄎᆞ후(此後) 셩졍(性情)을 ᄀᆞᆺ쳐 온슌(溫順)ᄒᆞ기ᄅᆞᆯ 힘ᄡᅳ고 홍아ᄅᆞᆯ 블너 만만샤죄(萬萬謝罪)ᄒᆞ니 홍애 웃고 ᄀᆞᆯ오ᄃᆡ,

“쳔쳡(賤妾)이 쇼져(小姐) 비ᄌᆞ(婢子)니 치시미 엇디 고이(怪異)ᄒᆞ며 셩결의 다ᄉᆞ리시믈 엇디 원(怨)ᄒᆞ리잇가?”

임 시(氏) 더옥 참괴(慚愧)[331]ᄒᆞ야 샤례(謝禮)ᄒᆞ믈 마디아니ᄒᆞ니 대ᄌᆡ(大哉)라, 소 부인(夫人) 어진 교홰(敎化ㅣ) 임 시(氏) ᄀᆞᄐᆞᆫ 대악(大惡)을 일언(一言)의 졔어(制御)ᄒᆞ니 ᄒᆞᆫ 말이 가히(可-) 쳔금(千金)의 비길너라.

각셜(却說). 형부샹셔(刑部尙書) 뉴영걸은 남챵인(南昌人)이라 쇼년(少年) 등과(登科)ᄒᆞ여 벼ᄉᆞᆯ이 형부샹셔(刑部尙書)ᄅᆞᆯ ᄒᆞ엿더라. 소 부인(夫人)이 문졍공(--公)의 쇼실(小室) 옥난의

86면

함해(陷害)를 닙어 큰 옥ᄉᆡ(獄事ㅣ) 니러나매 뉴 샹셰(尙書ㅣ) 한님(翰林) 셜최의 다래오믈 듯고 원범(原犯)[332]을 뭇디 아니코 옥난

---

330) 패악(悖惡): 사람으로서 마땅히 하여야 할 도리에 어그러지고 흉악함.

331) 참괴(慚愧): 매우 부끄러워함.

332) 원범(原犯): 죄를 실제로 저지른 사람. 정범. 주범.

의 당(黨)이 소 부인(夫人) 모해(謀害)ᄒᆞ미 누에 쏭 먹듯 ᄒᆞ여 경긱(頃刻)의 만인(萬仞)[333]의 너흐니 뉴 샹셰(尙書 l) 혹(惑)히 고지드러 계ᄉᆞ(啓辭)[334]ᄒᆞ여 소 부인(夫人)을 남챵(南昌)의 원뎍(遠謫)[335]ᄒᆞ여 니ᄅᆞ러 ᄒᆡ만(解娩)[336]ᄒᆞ니 이 곳 남ᄋᆡ(男兒 l)라. 등의 큰 붉은 졈(點)이 모란곳닙만 ᄒᆞ고 ᄇᆡ에 경문 두 ᄌᆞ(字 l) 이시니 부인(夫人)이 블ᄒᆡᆼ(不幸) 듕 다ᄒᆡᆼ(多幸)ᄒᆞ여 그 샹표(上標)[337]를 응(應)ᄒᆞ여 일홈을 경문이라 ᄒᆞ엿더니,

부인(夫人)은 ᄋᆡᆨ(厄)이 가지록 험조(險阻)[338]ᄒᆞ여 강도(强盜) 나ᅀᅳᆼ을 만나 야반(夜半)의 분찬(奔竄)[339]홀 적 경문을 일흐니 경문이 ᄆᆞᆺ춤 나ᅀᅳᆼ의 어든 배 되여 뉴 샹셔(尙書) 집의 니ᄅᆞ니 샹

87면

셔 부인(夫人) 김 시(氏) 쳔금(千金)을 주고 사 스ᄉᆞ로 나흐라 ᄒᆞ여 뉴 공(公)을 속이려 ᄒᆞ더니,

이ᄯᅢ 경ᄉᆞ(京師)의셔 소 부인(夫人)의 ᄋᆡᄆᆡᄒᆞ미 들쳐나 셜최 극변(極邊)의 원찬(遠竄)ᄒᆞ고 뉴 공(公)이 샥딕(削職)ᄒᆞ여 이에 ᄂᆞ려오니 김 시(氏) 크게 깃거 이에 경문을 뵈고 니언(利言)[340]이 ᄭᆞ며 니ᄅᆞ니

333) 만인(萬仞): 만 길.

334) 계ᄉᆞ(啓辭): 계사. 논죄(論罪)에 관해 임금에게 올리던 글.

335) 원뎍(遠謫): 원적. 멀리 귀양을 감.

336) ᄒᆡ만(解娩): 해만. 아이를 낳음. 해산.

337) 샹표(上標): 상표. 위의 표지.

338) 험조(險阻): 지세가 가파르거나 험하여 막히거나 끊어져 있음. 여기에서는 운수가 그렇다는 말임.

339) 분찬(奔竄): 바삐 달아나 숨음.

340) 니언(利言): 이언. 말을 좋게 함.

뉴 공(公)이 고디듯고 깃거 ᄋᆞ명(兒名)을 현명이라 ᄒᆞ고 ᄉᆞ랑ᄒᆞ믈 쟝듕보옥(掌中寶玉)[341] ᄀᆞᆺ티 ᄒᆞ더니,

이ᄊᆡ 공(公)의 쳡(妾) 일(一) 인(人)이 이시니 명(名)은 각졍이라. 쇼시(少時)로브터 공(公)의 신임(信任)ᄒᆞ미 잇던 고(故)로 ᄯᅩᄒᆞᆫ 아ᄃᆞᆯ을 나흐니 공(公)이 일홈ᄒᆞ여 현ᄋᆡ라 ᄒᆞ고 ᄉᆞ랑ᄒᆞ나 현명의 밋디 못ᄒᆞ더라.

현명이 삼(三) 셰(歲)의 홀연(忽然) 김 부인(夫人)이 독질(毒疾)을 어더 죽으니 뉴 공(公)이 비통(悲痛)

88면

ᄒᆞ믈 이긔디 못ᄒᆞ여 극진(極盡)이 념빙(殮殯)[342] ᄒᆞ여 션영(先塋)의 장(葬)ᄒᆞ고 각졍으로 세ᄉᆞ(世事)ᄅᆞᆯ 맛디고 현명을 무휼(撫恤)[343] ᄒᆞ더니,

그 후(後) 일(一) 년(年) 만의 경태(景泰)[344] 즉위(卽位)ᄒᆞ샤 뉴 공(公)을 녜부샹셔(禮部尙書)로 브ᄅᆞ시니 뉴 공(公)이 경ᄉᆞ(京師)의 올나와 딕임(職任)을 다ᄉᆞ리고 경태(景泰) ᄯᅳᆺ 맛티믈 조각의 잘ᄒᆞ니 경태(景泰) ᄎᆞᆼ우(寵遇)[345] ᄒᆞ미 되여 승샹(丞相)을 ᄒᆞ여 묘당(廟堂)을 다

341) 쟝듕보옥(掌中寶玉): 장중보옥. 손바닥 안의 보옥.

342) 념빙(殮殯): 염빈. 시체를 염습하여 관에 넣어 안치함.

343) 무휼(撫恤): 어려운 처지에 있는 사람을 불쌍히 여겨 위로하고 물질로 도움.

344) 경태(景泰): 중국 명나라 제7대 황제인 대종(代宗)의 연호(1449~1457). 이름은 주기옥(朱祁鈺). 제5대 황제인 선종(宣宗) 선덕제(宣德帝, 1425~1435)의 아들이며 제6대 황제인 영종(英宗) 정통제(正統帝, 1435~1449)의 이복아우임. 1449년에 오이라트족의 침략으로 정통제가 직접 친정을 나가 포로로 잡힌, 이른바 토목(土木)의 변(變)으로, 황제로 추대됨. 정통제가 풀려나 돌아온 뒤에도 황위를 물려주지 않다가 정통제를 옹립하려는 세력이 일으킨 정변으로 폐위되고 폐위된 지 한 달 후에 급사함.

345) ᄎᆞᆼ우(寵遇): 총우. 사랑하여 특별히 대우함.

ᄉᆞ리니 ᄉᆞ방(四方) 졔휘(諸侯ㅣ) ᄆᆡᄉᆞ(每事)를 뉴 공(公)의 보픔(報稟)[346] ᄒᆞ고 텬하(天下) 십삼(十三) ᄉᆡᆼ(省)의게 쳥쵹(請囑)[347]이 ᄒᆞ로도 부지기싊(不知其數ㅣ)라. 뉴 공(公)이 만일(萬一) ᄌᆡ믈(財物)이 듕(重)ᄒᆞᆫ즉 극(極)ᄒᆞᆫ 살옥(殺獄)과 역모(逆謀)라도 다 프러 노흐며 공(功)이 업셔도 쳥현화딕(淸顯華職)[348]을 주고 비록 ᄆᆞᄋᆞᆷ이 어질고 ᄌᆡ죄(才操ㅣ) 잇ᄂᆞᆫ 니라도 ᄌᆡ믈(財物)곳 업ᄉᆞ면 쓰디 아니

•••

89면

니 됴야(朝野)의 현ᄉᆡ(賢士ㅣ) 믈너나고 거셰(擧世) 다 뉴 공(公)을 ᄭᅮ디져 반젹(叛賊)[349]이라 ᄒᆞᄃᆡ 경태(景泰)ᄂᆞᆫ 망연(茫然)이 모ᄅᆞ고 춍우(寵遇)ᄒᆞ미 ᄇᆡᆨ뇨(百僚)의 읏듬이러라.

현명이 졈졈(漸漸) ᄌᆞ라 칠팔(七八) 셰(歲)의 니ᄅᆞ니 얼골이 흰 옥(玉)을 다듬아 ᄎᆡᄉᆡᆨ(彩色)을 메은 듯 긴 눈셥과 늉쥰일각(隆準日角)[350]이 대인(大人) 긔샹(氣像)이오, ᄀᆞᄅᆞ티디 아닌 문쟝(文章)이 닐워 스ᄉᆞ로 쳔(千) 언(言)을 일우고 필하(筆下)의 쥬옥(珠玉)이 난낙(亂落)[351]ᄒᆞ니 이런 긔ᄌᆞ(奇者)ᄂᆞᆫ 고금(古今)의 드므더라.

각졍이 경문의 특이(特異)ᄒᆞ믈 ᄭᅥ려 ᄆᆡ양 해(害)ᄒᆞᆯ ᄆᆞᄋᆞᆷ이 이시ᄃᆡ

---

346) 보픔(報稟): 보품. 윗사람에게 아뢺.

347) 쳥쵹(請囑): 청촉. 청을 넣어 부탁함.

348) 쳥현화딕(淸顯華職): 청현화직. 맑은 벼슬과 높은 자리.

349) 반젹(叛賊): 반적. 자기 나라를 배반한 역적.

350) 늉쥰일각(隆準日角): 융준일각. 우뚝 솟은 왼쪽 이마. 융준은 오뚝한 콧날을 의미함. 일각(日角)은 이마 왼쪽의 두둑한 뼈 또는 이마 뼈가 불쑥 나온 모양으로 왕자(王者)나 귀인의 상(相)이라고 함. 이에 비해 월각(月角)은 오른쪽 이마의 불쑥 나온 모양을 의미함. 크게 귀하게 될 골상.

351) 난낙(亂落): 난락. 어지럽게 떨어짐.

김 부인(夫人) ᄉᆞ지시녀(事知侍女)[352] 츄향이 강보(襁褓)로브터 보호(保護)ᄒᆞ믈 지셩(至誠)으로 ᄒᆞ니 공ᄌᆡ(公子ㅣ) 시러금 각졍의 독슈(毒手)ᄅᆞᆯ 면(免)ᄒᆞ나 이에 니ᄅᆞ러ᄂᆞᆫ 모친(母親)이 업ᄉᆞᆷ을 스ᄉᆞ로 슬허

•••

90면

ᄒᆞ믈 ᄇᆞᄋᆞᄂᆞᆫ ᄃᆞ시 ᄒᆞ고 각졍을 공경(恭敬)ᄒᆞ믈 지극(至極)히 ᄒᆞ며 현이ᄅᆞᆯ 우ᄋᆡ(友愛)ᄒᆞ믈 졍셩(精誠)으로 ᄒᆞ며 공(公)의게 효셩(孝誠)이 못 밋촐 ᄃᆞᆺᄒᆞ니 공(公)이 지극(至極) ᄉᆞ랑ᄒᆞᄃᆡ 각졍은 더옥 써리더라.

경문이 팔(八) 셰(歲) 되매 만ᄉᆞ(萬事)의 모ᄅᆞᆯ 거시 업고 고금(古今)을 능통(能通)ᄒᆞ여 ᄌᆡ죄(才操ㅣ) 쵸셰(超世)ᄒᆞ니 쳥년(靑蓮)[353]의 일두쥬(一斗酒)의 시ᄇᆡᆨ편(詩百篇)[354] ᄒᆞᄂᆞᆫ ᄌᆡ죄(才操ㅣ) 잇고 ᄒᆡᆼ실(行實)이 안ᄆᆡᆼ(顔孟)[355]을 법(法)ᄒᆞ고 도량(度量)이 어위ᄎᆞ고[356] 희

---

352) ᄉᆞ지시녀(事知侍女): 사지시녀. 일을 맡은 시녀.

353) 쳥년(靑蓮): 청련. 이백(李白, 701~762)을 말함. 청련은 이백의 호. 자는 태백(太白). 젊어서 여러 나라에 만유(漫遊)하고, 뒤에 출사(出仕)하였으나 안녹산의 난으로 유배되는 등 불우한 만년을 보냄. 칠언절구에 특히 뛰어났으며, 이별과 자연을 제재로 한 작품을 많이 남겼음. 시성(詩聖) 두보(杜甫)에 대하여 시선(詩仙)으로 칭하여짐.

354) 일두쥬(一斗酒)의 시ᄇᆡᆨ편(詩百篇): 일두주의 시백편. 한 말 술을 마시고 시 백 편을 지음. 두보(杜甫, 712~770)가 <음중팔선가(飮中八仙歌)>에서 이백을 두고 한 말로 원문에는 일두시백편(一斗詩百篇)이라 되어 있음. "한 말 술에 시 백 편을 짓는 이백, 장안의 저자 주막에서 잠을 자는구나. 李白一斗詩百篇, 長安市上酒家眠."

355) 안ᄆᆡᆼ(顔孟): 안맹. 안회(顔回)와 맹가(孟軻). 안회(B.C.521~B.C.490)는 중국 춘추시대의 유학자로 자는 자연(子淵)이고, 공자의 수제자로 학덕이 뛰어났음. 맹가는 중국 전국시대의 사상가(B.C.372~B.C.289)로 자는 자여(子輿)·자거(子車). 공자의 인(仁) 사상을 발전시켜 '성선설'(性善說)을 주장하였으며, 인의의 정치를 권함. 유학의 정통으로 숭앙되며, '아성(亞聖)'이라 불림.

356) 어위ᄎᆞ고: 도량이 넓고 크고.

로(喜怒)를 동(動)티 아니니 뉴 시(氏) 일문(一門)이 밀위여 딕졉(待接)ᄒᆞ더라.

경문이 부친(父親)의 블의지ᄉᆞ(不義之事)를 크게 ᄋᆡ둘와ᄒᆞ더니, 일일(一日)은 쳥쥬 ᄌᆞᄉᆡ(刺史ㅣ) ᄉᆡᆼ복(生鰒) 칠ᄇᆡᆨ(七百) 개(個)와 미인(美人) 십(十) 인(人)을 보ᄂᆡ고 니부샹셔(吏部尙書)의 승탁(陞擢)[357]고져 ᄒᆞ니 그 ᄉᆡᆼ복(生鰒)이 뉴(類)달나 크기 쇼반(小盤)

91면

ᄀᆞᆺ고 ᄃᆞᆺ겁기 박 ᄀᆞᆺᄐᆞ니 ᄒᆞᆫ 뎜(點)을 먹으면 맛시 긔이(奇異)ᄒᆞ여 겻히 사ᄅᆞᆷ이 춤을 흘니믈 ᄭᆡ닷디 못ᄒᆞ고 미녀(美女) 십(十) 인(人)은 다 졀ᄃᆡ묘ᄋᆡ(絕代妙娥ㅣ)[358]라. 뉴 공(公)이 대락(大樂)ᄒᆞ여 다 밧고져 ᄒᆞ거ᄂᆞᆯ, 경문이 ᄋᆞᆲ히 나아가 읍간(泣諫) 왈(曰),

"대인(大人)이 본ᄃᆡ(本-) 션됴(先朝) 신하(臣下)니 새 임군 셤기미 블의(不義)어ᄂᆞᆯ 이제 됴졍(朝廷) 대ᄉᆞ(大事)를 ᄀᆞ음아ᄅᆞ시며 이런 블의(不義) 만만(萬萬) 가(可)티 아니코 인신(人臣)의 보궐습유(補闕拾遺)[359]ᄒᆞᄂᆞᆫ ᄃᆡ ᄉᆞ졍(私情)을 ᄭᅳᆫ코 공도(公道)를 ᄒᆡᆼ(行)ᄒᆞ시미 올ᄉᆞᆸ거ᄂᆞᆯ 이제 쳥쥬 ᄌᆞᄉᆡ(刺史ㅣ) 보ᄂᆡᆫ 거시 다 뉴시(-氏) 일문(一門)을 망(亡)히올 거시니 원(願)컨ᄃᆡ 야야(爺爺)ᄂᆞᆫ 믈니티시미 올흘가 ᄒᆞᄂᆞ이다."

뉴 공(公)이 ᄎᆞ언(此言)을 듯고 잠간(暫間) ᄂᆡ우쳐 즉시(卽時) 다

---

357) 승탁(陞擢): 승진시켜 발탁함.

358) 졀ᄃᆡ묘ᄋᆡ(絕代妙娥ㅣ): 절대묘아. 매우 빼어난 미녀.

359) 보궐습유(補闕拾遺): 임금을 보좌하여 잘못된 점을 바로잡음.

도로 보니거늘

···

92면

경문이 깃브믈 이긔디 못ᄒᆞ여 ᄉᆡ를 타 간(諫)ᄒᆞᄃᆡ,

"이제 국졍(國政)이 ᄒᆡ이(解弛)[360] ᄒᆞ고 또 승샹[361](丞相) 니관셩이 졍벌(征伐)ᄒᆞᆯ 뜻이 잇다 ᄒᆞ오니 젼후ᄉᆡ(前後事ㅣ) 크게 두립ᄉᆞ온디라 죠히 고향(故鄕)의 도라감만 ᄀᆞᆺ디 못ᄒᆞ오니 대인(大人)은 닉이 ᄉᆡᆼ각ᄒᆞ쇼셔."

공(公)이 ᄀᆞᆯ오ᄃᆡ,

"네 말이 올흐니 부귀(富貴)를 누리미 오랜디라 향니(鄕里)의 도라가 강어(江魚)를 낙가 여ᄉᆡᆼ(餘生)을 즐기미 가(可)타."

ᄒᆞ고 즉시(卽時) 칭병ᄉᆞᄃᆡᆨ(稱病辭職)[362] ᄒᆞ니 경태(景泰) 잔ᄎᆡᄒᆞ여 ᄃᆡ졉(待接)ᄒᆞ고 남챵ᄇᆡᆨ(南昌伯)을 봉(封)ᄒᆞ여 금은(金銀) ᄎᆡ거(彩車)로 보니니 뉴 공(公)이 고두(叩頭) 샤은(謝恩)ᄒᆞ고,

일가(一家)를 거ᄂᆞ려 남챵(南昌) 녯집의 니ᄅᆞ러 쥬문(朱門)을 널니고 댱원(牆垣)을 놉혀 ᄇᆡᆨ(百) 년(年)을 계교(計巧)ᄒᆞ니 봉읍(封邑)의 드는 거시 ᄒᆞ로

---

360) ᄒᆡ이(解弛): 해이. 긴장이나 규율 따위가 풀려 마음이 느슨함.

361) 샹: [교] 원문에는 이 뒤에 '이'가 있으나 부연으로 보아 삭제함.

362) 칭병ᄉᆞᄃᆡᆨ(稱病辭職): 칭병사직. 병을 핑계해 맡은 직무를 내놓고 물러남.

93면

도 블가승쉬(不可勝數ㅣ)[363]오, 젹년(積年) 탐학(貪虐)[364]ᄒᆞ여 모흔 지믈(財物)이 구산(丘山) ᄀᆞᄐᆞ니 뉴 공(公)이 반뎜(半點) 시롬 업시 쥬야(晝夜) 미녀(美女) 풍악(風樂)으로 쇼일(消日)ᄒᆞ니 ᄉᆡᆼ가(笙歌) 소ᄅᆡ 그틸 ᄉᆞ이 업더라.

각졍이 ᄯᅩ 공(公)의 ᄯᅳᆺ을 맛텨 날마다 공교(工巧)ᄒᆞᆫ 쥬찬(酒饌)을 풍비(豐備)히 ᄒᆞ여 공(公)으로 더브러 잔치ᄒᆞ니 경문이 일야(日夜) 송구(悚懼)ᄒᆞ여 ᄆᆡ양 녁간(力諫)[365]ᄒᆞ니 ᄭᅮ지져 왈(曰),

"이 어린 ᄋᆞᄒᆡ 쳘 모ᄅᆞᆫ다."

ᄒᆞ고 듯디 아니ᄒᆞ더니 각졍이 ᄯᅩ 공(公)을 도도와 ᄀᆞᆯ오ᄃᆡ,

"노얘(老爺ㅣ) 벼ᄉᆞᆯ이 샹위(相位)에 계시고 금은(金銀)이 궤듕(櫃中)에 ᄀᆞ득ᄒᆞ엿시니 일ᄉᆡᆼ(一生)을 쾌(快)히 디ᄂᆡ실디라. 맛당이 원듕(園中)의 ᄒᆞᆫ ᄃᆡ(臺)ᄅᆞᆯ ᄆᆞ어 일홈을 경화ᄃᆡ(--臺)라 ᄒᆞ고 긔화요쵸(琪花瑤草)[366]ᄅᆞᆯ 심거 ᄉᆞ졀(四節) 경개(景槪)ᄅᆞᆯ

94면

완샹(玩賞)[367]ᄒᆞ시미 엇디 됴치 아니리오?"

공(公)이 깃거 즉시(卽時) 인보(人夫)와 공쟝(工匠)을 명(命)ᄒᆞ여

363) 블가승쉬(不可勝數ㅣ): 불가승수. 이루 셀 수 없음.

364) 탐학(貪虐): 탐욕이 많고 포학함.

365) 녁간(力諫): 역간. 힘써 간함.

366) 긔화요쵸(琪花瑤草): 기화요초. 옥같이 고운 풀에 핀 구슬같이 아름다운 꽃.

367) 완샹(玩賞): 완상. 즐겨 구경함.

딕(臺)를 셰우려 ᄒᆞ거늘 경문이 이 쇼식(消息)을 듯고 대경(大驚)ᄒᆞ여 밧비 부젼(父前)의 간(諫)ᄒᆞᄃᆡ,

"야애(爺爺ㅣ) 공장(工匠)을 모화 어ᄃᆡ 집을 지으려 ᄒᆞ시ᄂᆞ니잇가?"

공(公) 왈(日),

"ᄂᆡ 압히 져ᄅᆞ고 향곡(鄕曲)의 경개(景槪) 무미(無味)ᄒᆞ여 ᄆᆞ옴이 즐겁디 아니니 후원(後園)의 ᄒᆞᆫ ᄃᆡ(臺)를 무어 츈츄(春秋)로 놀고져 ᄒᆞ노라."

공ᄌᆡ(公子ㅣ) 듯기를 ᄆᆞᆺ고 눈믈을 흘니며 머리를 두ᄃᆞ려 간(諫)ᄒᆞ여 ᄀᆞᆯ오ᄃᆡ,

"대인(大人)이 엇디 ᄎᆞᆷ아 이런 블의지ᄉᆞ(不義之事)를 ᄒᆡᆼ(行)ᄒᆞ려 ᄒᆞ시ᄂᆞ니잇고? ᄌᆞ고(自古)로 쥬(紂)[368]의 녹ᄃᆡ(鹿臺)[369]와 오왕(吳王)[370]의 고소ᄃᆡ(姑蘇臺)[371] ᄆᆞᆺᄎᆞᆷᄂᆡ 션죵(善終)[372]티 못ᄒᆞ고 ᄒᆞ믈며 부공(父公)이 샹위(相位)로 퇴로(退老)[373]ᄒᆞ셔 근신(勤愼)

368) 쥬(紂): 주. 중국 은(殷)나라의 마지막 황제. 시호는 제신(帝辛)이고 성은 자(子), 이름은 수(受)이고 일명 수덕(受德)이라 함. 목야(牧野)의 전투에서 주나라 무왕에게 패해 자살하고 은나라는 망함. 주(紂)라는 이름은 주나라 무왕이 건국한 후 그를 '주(紂)'라고 부른 데서 유래함.

369) 녹ᄃᆡ(鹿臺): 녹대. 중국 은(殷)나라 주왕(紂王)이 총희(寵姬)인 달기(妲己)의 환심을 사기 위해 세운 화려한 별궁. 주왕은 후에 주(周)나라 무왕(武王)에게 패해 자살함.

370) 오왕(吳王): 중국 춘추시대 오(吳)나라 왕 부차(夫差, ?~B.C.473)를 이름. 성은 희(姬). 월왕(越王) 구천(句踐)에게서 패한 부왕(父王) 합려(闔閭)의 유언에 따라 구천에게 복수하기 위해 장작더미 위에서 자며 마침내 구천을 패배시켰으나 구천을 살려 주고, 후에 쓸개를 맛보며 원한을 갚기 위해 애쓴 구천에게 패배해 자살함.

371) 고소ᄃᆡ(姑蘇臺): 고소대. 오(吳)나라 왕 부차(夫差)가 월(越)나라를 격파하고 월왕 구천(句踐)에게서 얻은 미인 서시(西施)를 위해 쌓은 누대. 부차는 후에 구천과의 전투에서 잡혀 추방당하자 자살함.

372) 션죵(善終): 선종. 천명을 누리고 죽음.

373) 퇴로(退老): 늙어서 벼슬에서 물러남.

95면

ᄒᆞ시미 올커놀 ᄃᆡ(臺)롤 무어 즐기미 크게 블가(不可)ᄒᆞ오니 만일(萬一) 됴졍(朝廷) 의논(議論)이 날진ᄃᆡ 대인(大人)이 므슴 계교(計巧)로 막으려 ᄒᆞ시니잇가?"

공(公)이 무언(無言) 부답(不答)이러니 각졍이 ᄂᆡᄃᆞ라 ᄀᆞᆯ오ᄃᆡ,

"공ᄌᆡ(公子ㅣ) 샹공(相公)을 망국(亡國)ᄒᆞᆫ 님군의게 비기니 실언(失言)ᄒᆞ미 ᄃᆡ단ᄒᆞ도다."

뉴 공(公)이 그 말을 듯고 대로(大怒)ᄒᆞ여 경문을 결박(結縛)ᄒᆞ고 ᄐᆡ(笞) 이십(二十)을 쳐 ᄂᆡ티며 ᄀᆞᆯ오ᄃᆡ,

"네 나히 어리믈 도라보디 아니면 듕쟝(重杖)을 면(免)티 못ᄒᆞ리라."

공ᄌᆡ(公子ㅣ) 다시 말을 못 ᄒᆞ고 모든 시노(侍奴)의게 휘좃티여 밧긔 나와 셕고ᄃᆡ죄(席藁待罪)[374]ᄒᆞ더니 셕양(夕陽)의 공(公)이 그려도 부ᄌᆞ지심(父子之心)이라 블너 드려와 밥을 먹이고 다시 역명(逆命)티 말기로ᄡᅥ 경계(警戒)ᄒᆞ니, 공ᄌᆡ(公子ㅣ) 눈믈이

96면

새음 솟ᄃᆺ ᄒᆞ야 슈명(受命)ᄒᆞᆯ 분이러라.

수십(數十) 일(日) ᄂᆡ(內) ᄃᆡ(臺)롤 ᄆᆞᆺᄎᆞ니 금은쥬옥(金銀珠玉)과 ᄎᆡ식단쳥(彩色丹青)[375]으로 누샹(樓上)을 공교(工巧)히 ᄭᅮ며시니 공

374) 셕고ᄃᆡ죄(席藁待罪): 석고대죄. 거적을 깔고 엎드려서 임금의 처분이나 명령을 기다리던 일. 여기에서는 유영걸의 명령을 기다림을 말함.

(公)이 각졍으로 더브러 누(樓)의 올나 보고 크게 깃거 미녀(美女) 풍악(風樂)을 나와 즐겨 놀거놀 공지(公子ㅣ) 디(臺)룰 우러러보고 강개(慷慨)ᄒᆞ여 ᄀᆞᆯ오ᄃᆡ,

"우리 집이 반ᄃᆞ시 은(殷)나라 환(患)[376]이 이시리니 ᄂᆡ 엇디 ᄎᆞᆷ아 안자셔 망(亡)ᄒᆞᆷ믈 보리오?"

이에 츄주(趨走)[377]ᄒᆞ여 경화ᄃᆡ(--臺) 앏ᄒᆡ 니ᄅᆞ니 공(公)이 보고 웃고 닐오ᄃᆡ,

"ᄂᆡ ᄋᆞ히(兒孩) 노부(老父)의 일을 그ᄃᆡ도록 칙망(責望)ᄒᆞ더니 엇디 구경ᄒᆞ라 왓ᄂᆞ뇨?"

경문이 믄득 머리롤 기동의 브ᄃᆡ이져 크게 울고 간(諫)ᄒᆞ여 ᄀᆞᆯ오ᄃᆡ,

"셩탕(成湯)[378]이 칙(責)ᄒᆞ시ᄃᆡ, '궁실(宮室)이 슝여(崇歟)[379]아?

97면

녀알(女謁)[380]이 셩여(盛歟)[381]아?' ᄒᆞ시니[382] 이제 대인(大人)이

---

375) 치식단청(彩色丹靑): 채색단청. 여러 가지 빛깔로 그림이나 무늬를 그림. 또는 그 그림이나 무늬.

376) 은(殷)나라 환(患): 중국 은(殷)나라가 주왕(紂王) 때에 망한 환난.

377) 츄주(趨走): 추주. 윗사람 앞을 지날 때에 허리를 굽히고 빨리 걸음.

378) 셩탕(成湯): 성탕. 중국 은(殷)나라의 개국 군주 탕왕(湯王)을 이름. 이름은 이(履) 또는 대을(大乙). 처음에 박(亳) 땅에 있으면서 하(夏)나라의 방백이 되어, 천자 걸(桀)이 무도(無道)하자 군대를 일으켜 정벌하고 걸(桀)을 남소(南巢)로 추방한 후 천하를 차지해 국호를 상(商)이라 칭함.

379) 슝여(崇歟): 숭여. 거창해서인가.

380) 녀알(女謁): 여알. 대궐 안에서 정사(政事)를 어지럽히는 여자.

381) 셩여(盛歟): 성여. 성해서인가.

382) 셩탕(成湯)이~ᄒᆞ시니: 성탕이 책하시되 궁실이 숭여아 여알이 성여아 하시니. 성탕이 스스로를 꾸짖으시기를, 궁실이 거창해서인가, 여알(女謁)이 성해서인가 하시니. 중국 은(殷)나라 임금 탕(湯)이 7년이나 큰 가뭄이 들자 상림(桑林) 들에 나아가 자신이 희생이 되어 비가 오기

일국(一國) 직샹(宰相)으로 히닉(海內)롤 춍녕(總領)[383]ᄒᆞ시다가 뎐야(田野)의 믈너와 계시니 이러티 아녀셤 즉ᄒᆞ거놀 셔모(庶母)의 니언(利言)[384]이 참소(讒訴)ᄒᆞᄂᆞᆫ 말을 고지드ᄅᆞ시고 금일(今日) 경ᄉᆡᆨ(景色)은 집이 망(亡)홀 댱본(張本)[385]이니 히ᄋᆡ(孩兒ㅣ) 몬져 죽으믈 원(願)ᄒᆞᄂᆞ니 빌건ᄃᆡ 대인(大人)은 이 ᄃᆡ(臺)롤 비록 허[386]디 아니시나 미녀셩ᄉᆡᆨ(美女聲色)[387]과 가무풍악(歌舞風樂)을 긋티시면 거의 문호(門戶)롤 보젼(保全)ᄒᆞ미 되리이다."

언미필(言未畢)의 각졍이 공(公)의 앏히 나아와 ᄀᆞᆯ오ᄃᆡ,

"쇼시(少時)로브터 노야(老爺) 도라보시믈 어더 노야(老爺)의 평안(平安)ᄒᆞ시믈 요구(要求)ᄒᆞ오매 이 ᄃᆡ(臺)롤 일우미어놀 공ᄌᆡ(公子ㅣ) 이제 쳡(妾)으로써 달긔(妲己)[388]예 비(比)ᄒᆞ오니 ᄎᆞᆷ아 이 말을 듯고 사라

98면

무엇ᄒᆞ리잇가?"

셜파(說罷)의 공(公)의 찬 칼흘 ᄲᆡ혀 ᄌᆞ결(自決)코져 ᄒᆞ니 뉴 공(公)이 ᄎᆞ경(此景)을 보고 대로(大怒)ᄒᆞ여 ᄀᆞᆯ오ᄃᆡ,

---

를 빌면서 여섯 가지로 스스로를 책망한 이른바 '육책(六責)'에 들어 있는 항목들. 그 여섯 가지는 곧 '정사를 잘하지 못해서인가, 백성이 생업(生業)을 잃어서인가, 궁실이 거창해서인가, 여알(女謁)이 많아서인가, 뇌물이 성행해서인가, 참소가 퍼져서인가. 政不節歟, 民失職歟, 宮室崇歟, 女謁盛歟, 苞苴行歟, 讒夫昌歟.'임. 『십팔사략(十八史略)』. 참고로 『자치통감(資治通鑑)』, 「한기(漢紀)」에도 이 내용이 나오지만, 세부적으로 어휘가 약간 다름. 이 작품에서 인용한 구절은 『십팔사략』의 것과 일치함.

383) 총녕(總領): 총령. 모든 것을 전부 거느림.

384) 니언(利言): 이언. 말을 이롭게 함.

385) 댱본(張本): 장본. 어떤 일이 크게 벌어지게 되는 근원.

386) 허: [교] 원문에는 'ᄒᆞ'로 되어 있으나 문맥을 고려하여 규장각본(4:100)을 따름.

387) 미녀셩ᄉᆡᆨ(美女聲色): 미녀성색. 여색과 노래.

388) 달긔(妲己): 달기. 중국 은(殷)나라의 마지막 천자인 주왕(紂王)의 총희(寵姬).

"욕ᄌᆡ(辱子ㅣ) 계요 팔(八) 셰(歲)의 이런 ᄒᆡᆼ식(行事ㅣ) 이시니 살와 브졀업도다."

이에 몸을 니러 공ᄌᆞ(公子)의 몸을 잡아 누하(樓下)의 ᄂᆞ리티니 몸과 ᄲᅧ ᄇᆞ ᄋᆞ져실 거시로ᄃᆡ 혼졀(昏絶)ᄒᆞ여 피를 토(吐)하고 인ᄉᆞ(人事)를 모ᄅᆞ니 츄향이 급(急)히 나아가 울며 붓드러 방듕(房中)의 누이며 약믈(藥物)을 쳐 구호(救護)ᄒᆞ니 두어 식경(食頃)의 눈을 ᄯᅥ 향을 보고 눈믈이 ᄂᆞᆺ치 ᄀᆞ득ᄒᆞ여 말을 아니니 츄향이 울며 위로(慰勞)ᄒᆞ여 ᄀᆞᆯ오ᄃᆡ,

"공ᄌᆡ(公子ㅣ) 무ᄉᆞ 일 노야(老爺)의 뇌졍(雷霆)[389]의 노(怒)를 범(犯)ᄒᆞ야 귀톄(貴體) 이러ᄐᆞᆺ 샹(傷)케 ᄒᆞ시ᄂᆞ니잇가?"

공ᄌᆡ(公子ㅣ)

99면

눈을 감고 ᄃᆡ답(對答)디 아니터라.

이날 공(公)이 잔치를 파(罷)ᄒᆞ고 ᄂᆞ려와 경문의 거쳐(居處)를 무ᄅᆞ니 츄향이 ᄃᆡ왈(對曰),

"공ᄌᆡ(公子ㅣ) 긔졀(氣絶)ᄒᆞ샤 피를 무수(無數)히 토(吐)ᄒᆞ고 인ᄉᆞ(人事)를 모ᄅᆞ시ᄂᆞ이다."

공(公)이 믁연(默然)이러라.

ᄎᆞ후(此後) 각졍의 참쇠(讒訴ㅣ) 년속(連續)ᄒᆞ매 공(公)이 ᄒᆞ로 셰 순(巡)식 쳐 ᄃᆞ리의 피 ᄆᆞ를 젹이 업ᄉᆞ니 츄향이 잔잉ᄒᆞ미 각골(刻骨)ᄒᆞ더라.

---

389) 뇌졍(雷霆): 뢰정. 천둥과 벼락.

뉴 공(公)이 민간(民間)의 작폐(作弊)[390] 무궁(無窮)ᄒᆞ여 만일(萬一) 고은 ᄯᆞᆯ 두엇ᄂᆞᆫ ᄇᆡᆨ셩(百姓)이면 위력(威力)으로 아사 창녀(娼女)의 수(數)ᄅᆞᆯ ᄎᆡ오고 민인(民人)을 잔학(殘虐)[391]ᄒᆞ니 남챵(南昌) 일읍(一邑)의 원언(怨言)[392]이 챵텬(漲天)[393]ᄒᆞᄃᆡ 뎌의 셰(勢)ᄅᆞᆯ 두려 감히(敢-) 입을 벙긋디 못ᄒᆞ더라.

경문이 부친(父親)의 ᄒᆞᄂᆞᆫ 일이 졈졈(漸漸) ᄒᆞᆯ일업ᄉᆞ믈

100면

보고 스ᄉᆞ로 망극(罔極)ᄒᆞ여 ᄉᆡᆼ각ᄒᆞᄃᆡ,

'ᄂᆡ 당당(堂堂)이 죽기ᄅᆞᆯ 고이 못 ᄒᆞ고 뉴시(-氏) 일문(一門)이 망(亡)ᄒᆞ리로다.'

일일(一日)은 현ᄋᆡ로 더브러 두로 건니러니 홀연(忽然) 모친(母親)을 ᄉᆡᆼ각고 크게 늣겨 쇼시(小詩)[394] 일(一) 슈(首)ᄅᆞᆯ 지어 ᄆᆞᆰ게 읇흐니 그 쇼ᄅᆡ 단혈(丹穴)의 봉(鳳)이 울며 쳥산(靑山)의 ᄇᆡᆨ옥(白玉)을 두ᄃᆞ리ᄂᆞᆫ ᄃᆞᆺᄒᆞ니 듯ᄂᆞᆫ 재(者ㅣ) 즐겨 거름을 머추더니 홀연(忽然) 뎡젼(庭前)의 ᄇᆡᆨ연(白燕) ᄒᆞᆫ ᄡᆞᆼ(雙)이 ᄂᆞ려와 곡됴(曲調)ᄅᆞᆯ ᄆᆞᆺ초아 춤추니 그 거동(擧動)이 ᄌᆞ못 긔이(奇異)ᄒᆞᆫ디라. 현ᄋᆡ 놀나 ᄀᆞᆯ오ᄃᆡ,

"공지(公子ㅣ) 글을 읇흐시니 뎌 즘ᄉᆡᆼ의 거동(擧動)이 뎌러ᄒᆞ니 잇고?"

---

390) 작폐(作弊): 폐단을 일으킴.

391) 잔학(殘虐): 잔인하고 포학함.

392) 원언(怨言): 원망하는 소리.

393) 챵텬(漲天): 창천. 하늘에 퍼져 가득함.

394) 쇼시(小詩): 소시. 짤막하고 간단한 시.

경문이 ᄯᅩᄒᆞᆫ 긔이(奇異)히 너기더니 ᄂᆞᆷ이 보면 됴티 아닐가 ᄒᆞ여 ᄯᅳᆺ차 ᄇᆞ리고 다시 글을 읇디

∙∙∙

101면

아니ᄒᆞ더라. 말이 졈졈(漸漸) ᄒᆞ여 남창(南昌) 일도(一道)의 퍼져 ᄒᆞᆫ 공ᄌᆡ(公子ㅣ) 월하(月下)의 글을 읇흐매 ᄇᆡᆨ연(白燕)이 ᄂᆞ려와 춤추다 ᄒᆞ여 뎐(傳)ᄒᆞ야 양 공(公)이 드ᄅᆞᆫ디라.

뉴 공(公)이 ᄒᆞ로ᄂᆞᆫ 유완(遊玩)[395]ᄒᆞ여 ᄒᆞᆫ 곳의 니ᄅᆞ니 초옥(草屋) 삼ᄉᆞ(三四) 간(間)이 졍결(淨潔)ᄒᆞ거ᄂᆞᆯ 우연(偶然)이 드리미러 보니 ᄒᆞᆫ 졀ᄉᆡᆨ(絕色)의 녀ᄌᆡ(女子ㅣ) 혼자 안자 슈(繡)노커ᄂᆞᆯ 그린 ᄃᆞᆺᄒᆞᆫ 눈섭이며 블근 입이며 흰 ᄂᆞᆺ티 고금(古今)의 업ᄉᆞᆫ 졀ᄉᆡᆨ(絕色)이라. 공(公)이 ᄒᆞᆫ번(-番) 보고 대혹(大惑)ᄒᆞ여 혜오ᄃᆡ,

'뎌 녀ᄌᆡ(女子ㅣ) 심산벽쳐(深山僻處)[396]의 혼자 이시니 ᄃᆞ려가다 뉘 시비(是非)ᄒᆞ리오?'

드ᄃᆡ여 그 녀ᄌᆞ(女子)를 녑히 ᄭᅵ고 집의 도라와 셔헌(書軒)의셔 핍박(逼迫)ᄒᆞ려 ᄒᆞ니,

원ᄂᆡ(元來) 그 녀ᄌᆞ(女子)ᄂᆞᆫ 션ᄇᆡ 최ᄉᆡᆼ(-生)의 쳬(妻ㅣ)라. 집

∙∙∙

102면

이 가난ᄒᆞ여 최ᄉᆡᆼ(-生)은 나모ᄒᆞ여 ᄑᆞᆯ고 노 시(氏)ᄂᆞᆫ 슈(繡)노하 됴

395) 유완(遊玩): 노닐며 즐김.

396) 심산벽쳐(深山僻處): 심산벽처. 깊은 산의 궁벽한 곳.

셕(朝夕)을 니우더니 이날은 최싱(-生)이 나모 폴나 나가고 노 시(氏) 혼자 슈(繡)노터니 무망(無妄)[397]의 뉴가(-哥)의 활챡(活捉)[398]ᄒᆞ믈 만나 이곳의 니ᄅᆞ러 핍박(逼迫)고져 ᄒᆞ믈 보고 대로(大怒)ᄒᆞ여 ᄭᅮ지져 왈(曰),

"네 국가(國家) ᄌᆡ샹(宰相)으로 쳥텬ᄇᆡᆨ일지하(靑天白日之下)의 ᄉᆞ족(士族) 부녀(婦女)ᄅᆞᆯ 겁틱(劫敕)[399]ᄒᆞ니 신명(神明)이 너ᄅᆞᆯ 용샤(容赦)티 아니리라."

뉴 공(公)이 그 말ᄒᆞᄂᆞᆫ 양(樣)이 더옥 ᄊᆡ 녹는 ᄃᆞᆺᄒᆞ야 나호여 안고 친(親)ᄒᆞ믈 ᄆᆡᆺ고져 ᄒᆞ니 노 시(氏) 죽기로 좃디 아니ᄒᆞᄂᆞᆫ디라. 졍(正)히 쵸조(焦燥)ᄒᆞ여 셔도더니, 이ᄯᅴ 경문이 셔당(書堂)의 잇더니 공(公)이 엇던 녀ᄌᆞ(女子)ᄅᆞᆯ 업고 드러가믈 보고 냥가(良家) 녀ᄌᆡ(女子ㅣ) 줄 모ᄅᆞ고

•••

103면

ᄒᆡ연(駭然)[400]ᄒᆞ여 ᄀᆞ만이 드러가 각졍을 보고 닐오ᄃᆡ,

"야애(爺爺ㅣ) 앗가 엇던 녀ᄌᆞ(女子)ᄅᆞᆯ ᄃᆞ리고 서헌(書軒)으로 가시니 셔모(庶母)ᄂᆞᆫ 드러가 말니쇼셔."

각졍이 ᄎᆞ언(此言)을 듯고 대로(大怒)ᄒᆞ여 셔헌(書軒)의 니ᄅᆞ러 ᄎᆞ경(此景)을 보고 분긔(憤氣) ᄒᆞ늘 ᄀᆞᆺᄐᆞ여 공(公)을 븟들고 발악(發惡)ᄒᆞ더니 경문이 ᄯᅩ 드러와 간(諫)ᄒᆞ여 ᄀᆞᆯ오ᄃᆡ,

---

397) 무망(無妄): 별 생각이 없이 있는 상태.

398) 활챡(活捉): 활착. 산 채로 잡음.

399) 겁틱(劫敕): 겁칙. 겁박하여 탈취함.

400) ᄒᆡ연(駭然): 해연. 몹시 이상스러워 놀람.

“이제 셔모(庶母) 일(一) 인(人)이 침셕(寢席)의 뫼시미 족(足)ᄒᆞ거늘 또 미녀셩식(美女聲色)을 갓가이ᄒᆞ시리잇가?”

노 시(氏) 경문을 붓들고 ᄀᆞᄅᆞ쳐 ᄭᅮ지져 왈(曰),

“너희 역젹(逆賊)이 아비를 돕디 아냐 ᄉᆞ족(士族) 부녀(婦女)를 겁욕(劫辱)[401]ᄒᆞ여 날을 쳔인(賤人)의게 비기ᄂᆞ뇨?”

경문이 듯기를 ᄆᆞᆺ고 ᄃᆡ경(大驚)ᄒᆞ여 년망(連忙)이 ᄇᆡ복(拜伏) 왈(曰),

“아디 못ᄒᆞ고 만홀(漫忽)[402]ᄒᆞᆫ 죄(罪) 깁

104면

거니와 만일(萬一) ᄉᆞ족(士族)이실진ᄃᆡ 이곳의 엇디 와 계시니잇고?”

노 시(氏) 대즐(大叱) 왈(曰),

“다 뎌 도젹(盜賊)의 일이라.”

연고(緣故)를 니ᄅᆞ니 경문이 놀나오미 아모라타 업고 망극(罔極)ᄒᆞ미 측냥(測量)업셔 공(公)긔 고왈(告曰),

“이 변(變)이 심샹(尋常)티 아니ᄒᆞ오니 대인(大人)은 원(願)컨ᄃᆡ 이 부인(夫人)을 도라보ᄂᆡ쇼셔. 엇디 츰아 이런 노릇슬 ᄒᆞ시ᄂᆞ니잇가?”

각졍이 ᄯᅩᄒᆞᆫ 블을 구ᄅᆞ며 손바닥을 두ᄃᆞ려 발쟉(發作)ᄒᆞ여 ᄀᆞᆯ오ᄃᆡ,

“쳥텬ᄇᆡᆨ일지하(靑天白日之下)의 ᄉᆞ족(士族) 부녀(婦女) 겁틱(劫敕)ᄒᆞᄂᆞᆫ 놈을 머리를 동시(東市)의 ᄃᆞᆯ니라. 현익야, 샐니 부현(府縣)의 고(告)ᄒᆞ여 서울노 이문(移文)[403]ᄒᆞ게 ᄒᆞ여라. 공지(公子ㅣ)야, 소지

401) 겁욕(劫辱): 겁박하여 욕을 보임.

402) 만홀(漫忽): 한만하고 소홀함.

403) 이문(移文): 관아에 공문서를 보냄.

(所志)[404] 쵸(草) 잡으쇼셔."

인(因)ᄒᆞ여 머리ᄅᆞᆯ 플고 뉴 공(公)의게 ᄃᆞ라드러 나로ᄉᆞᆯ ᄯᅳ

105면

드며 통곡(慟哭)ᄒᆞ니 뉴 공(公)은 각졍의 말을 듯고 놀나 눈이 둥그러ᄒᆞ여 ᄒᆞᆫ 구셕의 안잣고 노 시(氏)는 ᄭᅮ짓기ᄅᆞᆯ 마디아니ᄒᆞ니 경문이 한심(寒心)ᄒᆞ믈 이긔디 못ᄒᆞ여 각졍을 말녀 ᄀᆞᆯ오ᄃᆡ,

"셔모(庶母)ᄂᆞᆫ 고이(怪異)히 구디 말나."

노 시(氏)ᄅᆞᆯ 향(向)ᄒᆞ여 쳥죄(請罪)ᄒᆞ여 ᄀᆞᆯ오ᄃᆡ,

"가친(家親)이 취후(醉後)의 그ᄅᆞᆺ 존위(尊位)ᄅᆞᆯ 범(犯)ᄒᆞ여 계시나 본졍(本情)이 아닌 줄 ᄉᆞᆯ피샤 용샤(容赦)ᄒᆞ시고 평안(平安)이 도라가쇼셔."

노 시(氏) 왈(曰),

"ᄂᆡ 도라가려니와 나의 가부(家夫)ᄅᆞᆯ 블너오거든 ᄒᆞᆷᄀᆡ 가리라."

경문이 진졍(眞情)으로 아라 급(急)히 최ᄉᆡᆼ(-生)을 블너오니,

이ᄯᅢ, 최ᄉᆡᆼ(-生)이 나모ᄅᆞᆯ 폴고 도라오니 져근 아ᄃᆞᆯ ᄇᆡᆨ만이 계요 다ᄉᆺ ᄉᆞᆯ이라 혼자 안자 울거ᄂᆞᆯ

106면

최ᄉᆡᆼ(生)이 대경(大驚)ᄒᆞ여 어믜 간 곳을 므ᄅᆞ니 ᄇᆡᆨ만이 ᄀᆞᆯ오ᄃᆡ,

---

404) 소지(所志): 청원이 있을 때에 관아에 내던 서면.

"엇던 남ᄌᆡ(男子ㅣ) 업어 가더라."

ᄒᆞ니 최ᄉᆡᆼ(-生)이 어히업셔 아모리 ᄒᆞᆯ 줄 모ᄅᆞ더니 홀연(忽然) 뉴부(-府) 가인(家人)이 브ᄅᆞᆷ을 보고 이에 니ᄅᆞ니, 노 시(氏) 이에 잇다가 ᄉᆡᆼ(生)을 보고 ᄂᆞᆾ출 ᄡᅡᆨ고 ᄀᆞᆯ오ᄃᆡ,

"쳡(妾)이 그ᄃᆡ긔 도라완 디 칠팔(七八) 년(年)의 그ᄃᆡ를 ᄒᆞ로도 됴히 먹이디 못ᄒᆞ고 오ᄂᆞᆯ날 노젹(老賊)의 욕(辱)을 바다 ᄎᆞᆷ아 인셰간(人世間)의 머무디 못ᄒᆞᄂᆞ니 그ᄃᆡ ᄒᆡᆼ혀(幸-) 부부(夫婦)의 졍을 뉴렴(留念)ᄒᆞ여 타일(他日) 셩쥐(聖主ㅣ) 나시고 현샹(賢相)이 국권(國權)을 다ᄉᆞ릴 적 나의 원통(冤痛)이 죽으믈 관부(官府)의 알외여 뉴적(-賊)의 머리를 동시(東市)의 ᄃᆞᆯ지어다."

셜파(說罷)의 ᄎᆞᆫ 칼흘 ᄲᅢ혀 가ᄉᆞᆷ을

107면

지ᄅᆞ니 피를 흘니고 것구러디ᄂᆞᆫ디라. 최ᄉᆡᆼ(-生)이 하 망극(罔極)ᄒᆞ여 븟들고 ᄒᆞᆫ 소ᄅᆡ 통곡(慟哭)의 믄득 긔졀(氣絶)ᄒᆞ니 그 경샹(景狀)이 참담(慘憺)ᄒᆞ미 쳘셕간쟝(鐵石肝腸)이라도 눈믈을 흘닐디라.

경문이 목젼(目前)의 이런 참경(慘景)을 보고 놀나옴과 ᄒᆡ연(駭然)ᄒᆞ믈 모착(模着)[405]디 못ᄒᆞ여 다만 최ᄉᆡᆼ(-生)을 쥐믈너 ᄭᆡ오니 최ᄉᆡᆼ(-生)이 계요 ᄭᆡ여 울거ᄂᆞᆯ, 경문이 진실노(眞實-) 혜 돕디 아냐 말이 나디 아니ᄒᆞᄃᆡ ᄂᆞᆾ출 둣거이 ᄒᆞ야 위로(慰勞) 왈(曰),

"가친(家親)이 그릇 취후(醉後)의 부인(夫人)을 범(犯)ᄒᆞ샤 이런 대란(大亂)이 나니 참괴(慙愧)ᄒᆞ믈 엇디 능히(能-) 이긔여 니ᄅᆞ리오마

405) 모착(模着): 진정함.

는 션싱(先生)은 모로미 우리 부즈(父子)의 죄(罪)를 샤(赦)ᄒᆞ고 망부인(亡夫人)을 녜(禮)ᄃᆡ로 념빙(殮殯)ᄒᆞ시고

•••

108면

일싱(一生) 의식(衣食)을 아등(我等)이 이우리니 태의(台意)[406] 엇더ᄒᆞ시뇨?"

최싱(-生)이 심듕(心中)의 졀티(切齒)ᄒᆞᄃᆡ 당금(當今)의 뉴시(-氏) 셰(勢) ᄐᆡ산(泰山) ᄀᆞᆺᄐᆞᆫ디라 거우디 못ᄒᆞᆯ 줄 아라 다만 샤례(謝禮)ᄒᆞ여 ᄀᆞᆯ오ᄃᆡ,

"망쳬(亡妻ㅣ) 셩(性)이 조급(躁急)ᄒᆞ여 스ᄉᆞ로 죽어시니 엇디 존부(尊府) 타시리오? 당당(堂堂)이 공ᄌᆞ(公子)의 말ᄉᆞᆷ을 닛디 아니리라."

인(因)ᄒᆞ여 노 시(氏) 신톄(身體)를 거두어 도라오니 뉴부(-府)의셔 빙념(殯殮) 제구(諸具)를 거록히 출혀 보ᄂᆡ엿거ᄂᆞᆯ, 최싱(-生)이 거즛 샤례(謝禮)ᄒᆞ나 ᄆᆞᄋᆞᆷ의 졀티(切齒)ᄒᆞᄃᆡ,

'망쳬(亡妻ㅣ) 졀노 ᄒᆞ여 죽어시니 ᄂᆡ 엇디 ᄎᆞ마 제 집 거ᄉᆞᆯ 념빙(殮殯)의 ᄡᅳ리오?'

ᄒᆞ고 다 블 지ᄅᆞ고 노 시(氏)를 계요 입관(入棺)ᄒᆞ여 초장(草葬)[407] ᄒᆞ고 ᄒᆡᆼ혀(幸-) 뉴 공(公)이 겁틱(劫敕)ᄒᆞᆯ가 두려 ᄇᆡᆨ만을

---

406) 태의(台意): 상대방의 의견을 높여 이르는 말.

407) 초장(草葬): 시체를 짚으로 싸서 임시로 매장함. 또는 그런 장사.

109면

업고 드라나다.

이ᄣᅴ, 뉴 공(公)이 노 시(氏)의 연고(緣故)로 변(變)을 보고 아모 말도 못 ᄒᆞ고 어린 ᄃᆞᆺᄒᆞ여 맛티 매게 ᄶᅩᆺ친 꿩 ᄀᆞᆺᄐᆞ여ᄒᆞ거ᄂᆞᆯ 경문이 나아가 ᄀᆞᆯ오ᄃᆡ,

"향ᄀᆡᆨ(向刻) 변(變)이 진실노(眞實-) 대인(大人)이 원임대신(原任大臣)[408]이 아니실딘ᄃᆡ 문호(門戶)ᄅᆞᆯ 보젼(保全)티 못ᄒᆞ시리니 ᄎᆞ후(此後) 쥬ᄉᆡᆨ(酒色)을 먼니ᄒᆞ쇼셔."

뉴 공(公)이 믁연(默然) 부답(不答)이러라.

이후(以後) 뉴 공(公)이 ᄯᅩᄒᆞᆫ 풍악(風樂)을 긋티디 아니ᄒᆞ더니, 이듬ᄒᆡ 겨울의 셜경(雪景)을 ᄯᅴ여 각졍으로 더브러 경화ᄃᆡ(--臺)의 가 삼(三) 일(日)을 놀거ᄂᆞᆯ 경문이 초조(焦燥)ᄒᆞ여 나아가 간(諫)ᄒᆞ여 ᄀᆞᆯ오ᄃᆡ,

"ᄌᆞ고(自古)로 믈이 가득ᄒᆞ면 ᄢᅵᄂᆞ니 대인(大人)이 이 ᄃᆡ(臺)예 노ᄅᆞ션 디 두 ᄒᆡ니 조믈(造物)이 ᄭᅥ릴 ᄃᆞᆺᄒᆞ고 ᄒᆞ믈며

110면

요ᄉᆞ이 늉동대한(隆冬大寒)[409]의 년일(連日)ᄒᆞ여 고루(高樓)의셔 셩톄(盛體) 실셥(失攝)[410]ᄒᆞ실가 두리ᄂᆞ이다."

---

408) 원임대신(原任大臣): 예전에 대신을 지낸 벼슬아치를 이르던 말.

409) 늉동대한(隆冬大寒): 융동대한. 한겨울의 매서운 추위.

410) 실셥(失攝): 실섭. 몸조리를 잘 하지 못함.

뉴 공(公)이 대로(大怒) 왈(曰),

“젼일(前日) 이런 말을 다시 말나 ᄒᆞ엿거ᄂᆞᆯ ᄯᅩ 엇디 감히(敢-) 날을 그ᄅᆞ다 ᄒᆞᄂᆞ뇨?”

셜파(說罷)의 ᄐᆡ(笞) 삼십(三十)을 쳐 ᄂᆡ티니 공ᄌᆡ(公子ㅣ) ᄲᅩ티여 거젹을 ᄭᅳᆯ고 안잣더니,

홀연(忽然) 세 ᄂᆞᆺ 유쟈(儒者)를 만나니 ᄒᆞ나흔 봉목명안(鳳目明眼)[411]이오 년화냥협(蓮花兩頰)[412]이며 쥬슌호치(朱脣皓齒)[413]와 쇄락(灑落)[414]ᄒᆞᆫ 얼골이 산쳔(山川) 슈긔(秀氣)를 가져시니 년(年)이 십삼오(十三五) 셰(歲)ᄂᆞᆫ ᄒᆞ고, ᄒᆞ나흔 눈이 ᄆᆞᆰ기 거울 ᄀᆞᆺ고 희기 옥(玉) ᄀᆞᆺ고 ᄲᅣᆷ이 삼츈(三春) 홍도(紅桃) ᄀᆞᆺ고 입은 ᄋᆡᆼ도(櫻桃) ᄀᆞᆺ고 신댱(身長)이 칠(七) 쳑(尺) 오(五) 촌(寸)이오 나흔 삼십여(三十餘) 셰(歲)ᄂᆞᆫ ᄒᆞ고, ᄒᆞᄂᆞ흔 텬뎡(天庭)[415]이 반월(半月) ᄀᆞᆺ고 ᄌᆞᆷ미

111면

봉안(蠶眉鳳眼)[416]이오 늉듄일각(隆準日角)[417]이며 호치쥬슌(皓齒朱脣)이며 귀밋티 윤ᄐᆡᆨ(潤澤)ᄒᆞ여 진쥬(珍珠)를 며온 ᄃᆞᆺ 두 엇게

411) 봉목명인(鳳目明眼): 봉황의 눈매에 맑은 눈동자.

412) 년화냥협(蓮花兩頰): 연화양협. 연꽃 같은 두 뺨.

413) 쥬슌호치(朱脣皓齒): 주순호치. 붉은 입술과 흰 이.

414) 쇄락(灑落): 기분이나 몸이 상쾌하고 깨끗함.

415) 텬뎡(天庭): 천정. 관상에서, 두 눈썹의 사이 또는 이마의 복판을 이르는 말.

416) ᄌᆞᆷ미봉안(蠶眉鳳眼): 잠미봉안. 누워 있는 누에눈썹과 봉황의 눈.

417) 늉듄일각(隆準日角): 융준일각. 우뚝 솟은 왼쪽 이마. 융준은 오뚝한 콧날을 의미함. 일각(日角)은 이마 왼쪽의 두둑한 뼈 또는 이마 뼈가 불쑥 나온 모양으로 왕자(王者)나 귀인의 상(相)이라고 함. 이에 비해 월각(月角)은 오른쪽 이마의 불쑥 나온 모양을 의미함. 크게 귀하게 될 골상.

비봉(飛鳳) ᄀᆞᆺ고 허리 살대 ᄀᆞᆺᄐᆞ여 신댱(身長)이 팔(八) 쳑(尺) 오(五) 촌(寸)이오 년(年)이[418] 십팔구(十八九) 셰(歲)ᄂᆞᆫ ᄒᆞ더라. ᄒᆞᆫ갈ᄀᆞ티 갈건(葛巾)[419] 학챵의(鶴氅衣)[420]로 초혀(草鞋)[421] 신고 듁장(竹杖)을 집고 앏히 나아와 무ᄅᆞ듸,

"공ᄌᆡ(公子ㅣ) 나히 몃티나 ᄒᆞ뇨?"

경문이 일ᄉᆡᆼ(一生)을 향곡(鄕曲)의셔 ᄯᅳᆺ의 마ᄌᆞ니를 보디 못ᄒᆞ고 됴셕(朝夕)으로 뉴 공(公)의 패악(悖惡)[422]ᄒᆞᆫ 경샹(景狀)을 ᄃᆡ(對)ᄒᆞ여 심ᄉᆡ(心思ㅣ) 울울(鬱鬱)ᄒᆞ더니 금일(今日) 셰 낫 귀ᄀᆡᆨ(貴客)을 보니 노읍(魯邑)[423]의 드러 공ᄌᆞ(孔子)를 ᄃᆡᄒᆞᆫ ᄃᆞᆺ 공슌(恭順)이 이러 졀ᄒᆞ고 답(答)고져 ᄒᆞ더니 홀연(忽然) 동ᄌᆡ(童子ㅣ) 나와 ᄀᆞᆯ오듸,

"노애(老爺ㅣ) 브ᄅᆞ시ᄂᆞ이다."

경문이 년

•••

112면

망(連忙)이 드러가니 공(公)이 ᄀᆞᆯ오듸,

"ᄃᆡ(臺)예 ᄂᆞ리려 ᄒᆞ니 현ᄋᆞ를 업어 압셔라."

경문이 공슌(恭順)이 현ᄋᆞ를 업고 공(公)으로 더브러 현ᄋᆡ를 셔당(書堂)의 두고 나ᄌᆡ 본 셰 낫 ᄀᆡᆨ인(客人)의 거동(擧動)을 닛디 못ᄒᆞ

418) 이: [교] 원문에는 이 뒤에 '이'가 있으나 부연으로 보아 삭제함.

419) 갈건(葛巾): 갈포(葛布)로 만든 두건. 갈포는 칡 섬유로 짠 베.

420) 학챵의(鶴氅衣): 학창의. 소매가 넓고 뒤 솔기가 갈라진 흰옷의 가를 검은 천으로 넓게 댄 웃옷.

421) 초혀(草鞋): 초혜. 짚신.

422) 패악(悖惡): 사람으로서 마땅히 하여야 할 도리에 어그러지고 흉악함.

423) 노읍(魯邑): 중국 춘추시대 공자(孔子)가 난 나라.

여 밧비 나가 보니 죵젹(蹤迹)이 업ᄂᆞᆫ디라.

도로 드러와 심하(心下)의 탄왈(歎曰),

'말셰(末世)의 엇디 그런 긔특(奇特)ᄒᆞᆫ 사ᄅᆞᆷ이 잇ᄂᆞ뇨?'

ᄒᆞ고 닛디 못ᄒᆞ더니 대개(大槪) 텬눈(天倫) 혈믝[424](血脈)이 ᄌᆞ동(自動)ᄒᆞ미러라.

이듬ᄒᆡ 봄의 니(李) 승샹(丞相)이 황샹(皇上)을 마자 세우고 초모(草茅)[425]의 현냥(賢良)[426]을 탁용(擢用)[427]ᄒᆞ며 묘당(廟堂)[428] 권(權)을 잡으매 젼(前) 공ᄉᆞ(公事)ᄅᆞᆯ 간검(看檢)[429]ᄒᆞ여 뉴 공(公)의 결(決)ᄒᆞᆫ 배 ᄒᆞᆫ 일도 졍(正)티 아니믈 보고 ᄀᆞ장 한심(寒心)ᄒᆞ여 탑젼(榻前)의 고(告)ᄒᆞ고 뎡[430]죄(定罪)

•••

113면

ᄒᆞ여 뉴 공(公)을 나슈(拿囚)[431]ᄒᆞ니,

금의(禁義)[432] 관원(官員)과 나졸(邏卒)이 남창(南昌)으로 ᄂᆞ려가 텰삭(鐵索)으로 결박(結縛)ᄒᆞ여 풍우(風雨)ᄀᆞᆺ티 ᄒᆡᆼ(行)ᄒᆞ니, 일개(一家ㅣ) 창황망극(倉黃罔極)[433]ᄒᆞ여 아모리 ᄒᆞᆯ 쥴 모ᄅᆞ고 경문이 망극

---

424) 믝: [교] 원문에는 '빅'으로 되어 있으나 오기로 보임.

425) 초모(草茅): 시골의 궁벽한 곳. 조야(草野).

426) 현냥(賢良): 현량. 어질고 착함. 또는 그런 사람.

427) 탁용(擢用): 발탁해 씀.

428) 묘당(廟堂): 조정.

429) 간검(看檢): 두루 살피어 검사함.

430) 뎡: [교] 원문에는 '녕'으로 되어 있으나 문맥을 고려하여 규장각본(4:115)을 따름.

431) 나슈(拿囚): 나수. 죄인을 잡아 가둠.

432) 금의(禁義): 임금의 명령을 받들어 중죄인을 신문하는 일을 맡아 하던 관아.

433) 창황망극(倉黃罔極): 매우 정신이 없음.

(罔極)ᄒᆞ여 급[434](急)히 각졍으로 더브러 집안 보ᄇᆡ를 거두어 가지고 경ᄉᆞ(京師)의 니ᄅᆞ니 뉴 공(公)이 블셔 하옥(下獄)ᄒᆞ엿더라.

형부샹셔(刑部尙書) 니몽원이 좌긔(坐起)[435]를 베플고 뉴 공(公)을 올녀 이젼(以前) 블의(不義)로 결(決)ᄒᆞᆫ 문셔(文書) 수ᄇᆡᆨ(數百) 댱(張)을 ᄂᆡ여 노코 간졍(奸情)[436]을 ᄌᆞ시 무ᄅᆞ니, 뉴 공(公)이 입이 이신들 므ᄉᆞᆫ 말을 ᄒᆞ리오. 다만 일시(一時)의 오ᄂᆞᆯ날을 ᄉᆡᆼ각디 못ᄒᆞ고 저즐와 ᄒᆞ니 니(李) 샹셰(尙書ㅣ) 크게 웃고 ᄀᆞᆯ오ᄃᆡ,

"죡해(足下ㅣ) 식니(識理) 샹국(相國)으로 이런 블의(不義)를 ᄒᆡᆼ(行)

114면

ᄒᆞ고 텬앙(天殃)이 두립디 아니랴?"

셜파(說罷)의 노(怒)ᄒᆞᄂᆞᆫ 긔운이 관(冠)을 ᄀᆞᄅᆞ쳐 다시 옥(獄)의 ᄂᆞ리오고 일을 거두어 계ᄉᆞ(啓辭)ᄒᆞ니 ᄆᆞᆺ츰 샹(上)이 옥휘(玉候ㅣ)[437] 블예(不豫)ᄒᆞ샤 비답(批答)[438]이 ᄂᆞ리디 아냐시나 뉴 공(公)이 죽을 줄 알고 옥듕(獄中)의셔 뉘웃고 탄왈(歎曰),

"경문의 금옥지언(金玉之言)[439]을 듯디 아냐 오ᄂᆞᆯ날이 이시니 뉘 타시라 ᄒᆞ리오?"

ᄒᆞ더라.

---

434) 급: [교] 원문에는 이 앞에 '굽'이 있으나 부연으로 보아 삭제함.

435) 좌긔(坐起): 좌기. 관아의 으뜸 벼슬에 있던 이가 출근하여 일을 시작함.

436) 간졍(奸情): 간정. 간악한 실정.

437) 옥휘(玉候ㅣ): 임금의 건강 상태를 이르던 말.

438) 비답(批答): 임금이 상주문의 말미에 적는 가부의 대답.

439) 금옥지언(金玉之言): 금이나 옥처럼 귀중한 말.

경문이 이쩍 셔울 니르러 법관(法官)의 사회(查覈)이 붉을던디 그 부친(父親)이 죽을 줄노 아더니 이놀 형부(刑部) 문(門) 밧긔셔 우러러 긔국공(--公)을 보니 긔상(氣像)과 풍치(風采) 늠늠(凜凜)ᄒᆞ여 붉으미 거울 굿고 놉흐미 산악(山岳) 굿ᄐᆞ니 말솜이 ᄌᆞᄌᆞ(字字) 졍논(正論)이오, 뉴 공(公)을 ᄀᆞᄅᆞ쳐 졀티(切齒)ᄒᆞ믈 보니 홀일업

•••

115면

셔 믈너와 가슴을 두ᄃᆞ려 우더니, 공(公)의 후회(後悔)홈과 슬허ᄒᆞᄂᆞᆫ 셔간(書簡)을 보고 더옥 망극(罔極)ᄒᆞ여 붓들고 구을며 호곡(號哭)ᄒᆞ니 일월(日月)이 무광(無光)ᄒᆞᆫ디라 힝뇌(行路ㅣ)[440] 위(爲)ᄒᆞ여 눈믈을 흘니더라.

이쩍 긔국공(--公)이 도라가 형뎨(兄弟)를 ᄃᆡ(對)ᄒᆞ여 뉴 공(公)의 거동(擧動)을 니ᄅᆞ니 실쇼(失笑)ᄒᆞ믈 마디아니니 문졍공(--公)이 아연(啞然)[441] 왈(曰),

“뉴 공(公)의 죄샹(罪狀)이 여ᄎᆞ(如此)ᄒᆞ니 죽기를 면(免)티 못홀디라 그 아둘을 바릴 거시니 가히(可-) 앗갑도다.”

긔국공(--公)이 쇼왈(笑曰),

“뉴 공(公)의 아ᄃᆞᆯ이 셜ᄉᆞ(設使) 좀표티(-標致)[442] 이신들 무어시 대단홀 거시라 형쟝(兄丈)이 이ᄃᆡ도록 ᄒᆞ시ᄂᆞ니잇고?”

공(公) 왈(曰),

---

440) 힝뇌(行路ㅣ): 행로. 길을 가는 사람.
441) 아연(啞然): 너무 놀라거나 어이가 없어서 또는 기가 막혀서 입을 딱 벌리고 말을 못 하는 모양.
442) 좀표티(-標致): 좀표치. 자잘한, 아름다운 얼굴.

"그 아희(兒孩) ᄂᆡ직(內在)ᄂᆞᆫ 아디 못ᄒᆞ나 얼골이 긔이(奇異)ᄒᆞ미 ᄂᆡ ᄌᆞ식(子息)들노 비(比)티 못

116면

ᄒᆞ니 ᄂᆡ ᄌᆞ못 앗기ᄂᆞ니 ᄂᆡ 맛당이 가 보고 그 거동(擧動)을 보리라."

하람공(--公) 왈(曰),

"ᄎᆞ뎨(次弟) 말이 올흐니 뉴ᄌᆞ(-子)ᄅᆞᆯ 가 보아 만일(萬一) 경인졔셰(驚人濟世)[443]ᄒᆞᆯ ᄌᆡ죄(才操ㅣ)어든 그 아비ᄅᆞᆯ 도모(圖謀)ᄒᆞ야 살와 ᄂᆡ미 호ᄉᆡᆼ(好生)ᄒᆞᄂᆞᆫ 덕(德)이라."

문졍공(--公)이 ᄯᅳᆺ을 결(決)ᄒᆞ야 잇튼날 미복(微服)으로 경문의 햐쳐(下處)의 니ᄅᆞ니, 경문이 하ᄂᆞᆯ을 블너 통곡(慟哭)ᄒᆞ더니 밧긔 ᄀᆡᆨ(客)이 와시믈 듯고 우룸을 긋티고 쳥(請)ᄒᆞ여 볼ᄉᆡ 거년(去年) 동(冬)의 만낫던 ᄀᆡᆨ(客)이라. 놀나고 반겨 녜필(禮畢)의 공(公)이 ᄀᆞᆯ오ᄃᆡ,

"셕년(昔年)의 군(君)의 ᄌᆡ모(才貌)ᄅᆞᆯ 흠앙(欽仰)[444]ᄒᆞᄃᆡ 시러곰 셔로 보믈 엇디 못ᄒᆞ고 금일(今日) 샹경(上京)ᄒᆞ믈 듯고 이에 니ᄅᆞ럿거니와 녕존(令尊)의 화란(禍亂)은 ᄉᆡᆼ각디

117면

못ᄒᆞᆯ 배라 위로(慰勞)ᄒᆞᆯ 말이 업도다."

443) 경인졔셰(驚人濟世): 경인제세. 사람을 놀라게 하고 세상을 구제할 만한 재주.

444) 흠앙(欽仰): 공경하여 우러러 사모함.

공직(公子ㅣ) 톄루(涕淚) 뒤왈(對曰),

"쇼싱(小生)의 익운(厄運)이 비샹(非常)ᄒᆞ와 가엄(家嚴)이 사싱(死生)의 이시니 쟝ᄎᆞᆺ(將次ㅅ) 하ᄂᆞᆯ을 블너 뒤신(代身)ᄒᆞᆷ믈 원(願)ᄒᆞ고 쇼싱(小生)이 어린 나히 이런 일을 만나니 ᄉᆞ면(四面)의 도라 알 니 업고 무ᄅᆞ리 업더니 대인(大人)이 어ᄃᆡ로조ᄎᆞ 니ᄅᆞ시니잇가? 대명(大名)을 알고져 ᄒᆞᄂᆞ이다."

공(公)이 그 얼골의 수쳑(瘦瘠)홈과 망극(罔極)ᄒᆞᆫ 거동(擧動)을 보매 크게 감동(感動)ᄒᆞ더니 밋 말ᄉᆞᆷᄒᆞ매 녜뫼(禮貌ㅣ) 온듕(穩重)ᄒᆞ고 거지(擧止) 긔이(奇異)ᄒᆞ믈 보니 긔특(奇特)ᄒᆞ믈 이긔디 못ᄒᆞ여 닐오ᄃᆡ,

"나의 셩명(姓名)은 다ᄅᆞᆫ 날 고(告)ᄒᆞ려니와 다만 ᄌᆞ(子)의 졍ᄉᆡ(情事ㅣ) 참담(慘憺)ᄒᆞ니 아니 봄만 ᄀᆞᆺ디 못ᄒᆞ도다. 장ᄎᆞᆺ(將次ㅅ) 엇디코져 ᄒᆞᄂᆞ

■●●

118면

뇨?"

공직(公子ㅣ) 뒤왈(對曰),

"오직 부직(父子ㅣ) ᄉᆞ싱(死生)을 ᄒᆞᆫ가지로 ᄒᆞ리로소이다."

공(公)이 속을 ᄉᆡᆼ바 ᄀᆞᆯ오ᄃᆡ,

"ᄂᆡ 드ᄅᆞ니 형부샹셔(刑部尙書) 니몽원이라 ᄒᆞ니 군(君)이 엇디 그 문하(門下)의 나아가 참담(慘憺)ᄒᆞᆫ 졍ᄉᆞ(情事)ᄅᆞᆯ 고(告)ᄒᆞ여 구청(救請)[445]ᄒᆞ미 엇더ᄒᆞ뇨?"

---

445) 구청(救請): 구청. 구해 주기를 청탁함.

경문이 ᄀᆞᆯ오ᄃᆡ,

"쇼ᄌᆡ(小子ㅣ)[446] 대인(大人)을 보니 군ᄌᆡ(君子ㅣ)시어ᄂᆞᆯ 엇디 이런 블의(不義)예 말ᄉᆞᆷ을 ᄒᆞ시ᄂᆞ니잇가? 몽원이 셜ᄉᆞ(設使) 무샹(無狀)ᄒᆞ여 가친(家親)을 모해(謀害)ᄒᆞ여도 쇼ᄌᆡ(小子ㅣ) 당당(堂堂)이 만셰황야(萬歲皇爺) 탑젼(榻前)의 나아가 원통(冤痛)ᄒᆞᆫ 정ᄉᆞ(情事)ᄅᆞᆯ 고(告)ᄒᆞ여 신빅(伸白)[447]ᄒᆞ미 가(可)ᄒᆞ거ᄂᆞᆯ 이제 가친(家親)이 그ᄅᆞᆺ 사ᄅᆞᆷ의 ᄃᆞ리오믈 드러 그ᄅᆞ미 이시니 쇼ᄉᆡᆼ(小生)이 엇디 니(李) 공(公)의게 ᄉᆞᄉᆞ(私私)로이 쳥(請)ᄒᆞ며 니몽원이 특명(特命) 흠ᄎᆡ(欽差) 법관(法官)으로 ᄉᆞ졍(私情)

119면

을 두어 죄(罪) 잇ᄂᆞ니ᄅᆞᆯ 구(救)ᄒᆞᆷ도 가(可)티 아니니 셩샹(聖上)이 만일(萬一) 호ᄉᆡᆼ지덕(好生之德)[448]을 드리오샤 가친(家親)의 쇠잔(衰殘)[449]ᄒᆞᆫ 목숨을 살오실딘ᄃᆡ 만ᄒᆡᆼ(萬幸)이오, 그러티 아냐 죽으믈 주실딘ᄃᆡ 쇼ᄌᆡ(小子ㅣ) 등문고(登聞鼓)ᄅᆞᆯ 울녀 죽으믈 ᄃᆡ(代)ᄒᆞ리니 대인(大人)은 고이(怪異)히 너기디 마ᄅᆞ쇼셔."

문졍공(--公)이 듯기ᄅᆞᆯ ᄆᆞᆺ고 탄왈(歎曰),

"대ᄌᆡ(大哉)라, 군(君)의 사ᄅᆞᆷ 되오미여! 금년(今年)이 몃티뇨?"

ᄃᆡ왈(對曰),

---

446) 쇼ᄌᆡ(小子ㅣ): 소자. 원문과 규장각본(4:121)에 모두 이와 같이 되어 있음. 이경문이 이몽창과 후에 부자 사이라는 것을 확인하지만 아직 모르는 상태에서 이와 같이 부른 것임. 원래는 '소생'으로 칭하는 것이 마땅하나 작가 또는 필사자의 의도를 살려 수정하지 않았음.

447) 신빅(伸白): 신백. 원통한 일을 풀어 밝힘.

448) 호ᄉᆡᆼ지덕(好生之德): 호생지덕. 사형에 처할 죄인을 특사하여 살려 주는 제왕의 덕.

449) 쇠잔(衰殘): 쇠잔. 쇠하여 힘이나 세력이 점점 약해짐.

"십(十) 세(歲)로소이다."

공(公)이 더옥 놀나며 탄복(歎服)ᄒᆞ여 죵용(從容)이 위로(慰勞)ᄒᆞ다가 도라와 졔뎨(諸弟)를 ᄃᆡ(對)ᄒᆞ여 차탄(嗟歎) 왈(曰),

"뉴뇌(-奴ㅣ) 뎌 ᄀᆞᄐᆞᆫ 아ᄃᆞᆯ을 두어시니 가히(可-) ᄀᆞ빅야이 보디 못ᄒᆞ리니 뎌의 말이 여ᄎᆞ여ᄎᆞ(如此如此)ᄒᆞ니 더옥 긔특(奇特)ᄒᆞᆫ디라 우리 도모(圖謀)ᄒᆞ여 살오미

120면

엇더ᄒᆞ뇨?"

긔국공(--公)이 침음(沈吟)[450] ᄃᆡ왈(對曰),

"형댱(兄丈) 말ᄉᆞᆷ이 여ᄎᆞ(如此)ᄒᆞ시니 쇼뎨(小弟) 트러 죽도록 아니려니와 셩의(聖意) 엇더ᄒᆞ실 동 알니잇가?"

문졍공(--公)이 ᄌᆡ삼(再三) 완유(緩宥)[451]ᄒᆞ믈 니ᄅᆞ더라.

명일(明日) 긔국공(--公)이 ᄯᅩ 좌긔(坐起)ᄒᆞ매,

이ᄯᅢ 최ᄉᆡᆼ(-生)이 남챵(南昌)의 숨어 일야(日夜) 보슈(報讎)[452]ᄒᆞ믈 ᄉᆡᆼ각ᄒᆞ더니 뉴 공(公)이 나슈(拿囚)ᄒᆞ믈 듯고 향듕(鄕中) 난힐(難詰)[453]ᄒᆞᆫ 쟈(者)로 의논(議論)ᄒᆞ여 경ᄉᆞ(京師)의 니ᄅᆞ러 일시(一時)의 소지(所志))로ᄡᅥ 형부(刑部) 아문(衙門)의 졍(呈)ᄒᆞ니,

긔국공(--公)이 일일히(一一-) ᄉᆞᆯ펴보매 골경신히(骨驚神駭)[454]ᄒᆞᆫ

450) 팀음(沈吟): 침음. 속으로 깊이 생각함.

451) 완유(緩宥): 형벌을 늦추어 풀어 줌.

452) 보슈(報讎): 보수. 남이 저에게 해를 준 대로 저도 그에게 해를 줌.

453) 난힐(難詰): 따지기를 잘함.

454) 골경신히(骨驚神駭): 골경신해. 뼈가 놀라고 정신이 놀랄 정도로 매우 놀라는 것을 말함.

디라, 불연(勃然)[455] 대로(大怒)ᄒᆞ여 뉴 공(公)을 올녀 형댱(刑杖)을 쥰ᄎᆞ(準次)[456]ᄒᆞ며 실졍(實情)을 무ᄅᆞ니 뉴 공(公)의 젹년(積年) 음패(淫悖)[457]ᄒᆞᆫ ᄒᆡᆼ젹(行蹟)이 드러나매 ᄒᆞᆯ일업셔 일

121면

일일히(一一-) 승복(承服)ᄒᆞ니 ᄀᆡ국공(--公)이 어히업셔 드듸여 수십(數十) 원고(原告)의 소지(所志)와 뉴 공(公)의 원졍(原情)[458]을 거두어 주달(奏達)ᄒᆞ고 계ᄉᆞ(啓辭)[459]ᄒᆞ듸,

'죄인(罪人) 뉴영걸이 젼됴(前朝) 패악(悖惡)은 니ᄅᆞ도 말고 남챵(南昌)의 도라가 녀민작폐(戾民作弊)[460]ᄒᆞ미 녯날 왕망(王莽),[461] 동탁(董卓)[462]이라도 이에 더으디 못ᄒᆞᆯ디라. 가히(可-) 능지쳐ᄉᆞ(陵遲處死)[463]ᄒᆞ여 후인(後人)을 징계(懲誡)ᄒᆞ여지이다.'

샹(上)이 ᄇᆡ야흐로 ᄌᆞ시 보시고 뇽안(龍顏)이 진노(震怒)ᄒᆞ샤 이늘

---

455) 불연(勃然): 발연. 왈칵 성을 내는 태도나 일어나는 모양이 세차고 갑작스러움.

456) 쥰ᄎᆞ(準次): 준차. 매를 몇 차례에 걸쳐 때림.

457) 음패(淫悖): 음란하고 패악함.

458) 원졍(原情): 원정. 사정을 하소연한 글.

459) 계ᄉᆞ(啓辭): 계사. 논죄(論罪)에 관하여 임금에게 올리던 글.

460) 녀민작폐(戾民作弊): 여민작폐. 백성을 못살게 굴고 폐단을 일으킴.

461) 왕망(王莽): 중국 전한(前漢)의 정치가(B.C.45~A.D.23). 자는 거군(巨君). 자신이 옹립한 평제(平帝)를 독살하고 제위를 빼앗아 국호를 신(新)으로 명명함. 한(漢)나라 유수(劉秀)에게 피살됨.

462) 동탁(董卓): 중국 후한(後漢) 말년의 군벌(?~192). 자는 중영(仲穎). 황건적을 토벌하기 위해 의병을 일으켜 189년에 대장군 하진(何進)의 부름에 응해 군대를 거느리고 경사에 가 환관들을 죽이고, 오래지 않아 소제(少帝)를 폐위시키고 헌제(獻帝)를 옹립한 후 정사를 농단함. 헌제를 협박해 수도를 장안(長安)으로 옮기도록 하고 낙양의 궁실을 불태움. 후에 왕충(王允)과 양자 여포(呂布)에게 살해당함.

463) 능지쳐ᄉᆞ(陵遲處死): 능지처사. 대역죄를 범한 자에게 과하던 극형. 죄인을 죽인 뒤 시신의 머리, 몸, 팔, 다리를 토막 쳐서 각지에 돌려 보이는 형벌

됴회(朝會)를 베프시고 졔신(諸臣)을 모호시니 문무빅관(文武百官)이 반녈(班列)을 졍(正)히 ᄒᆞ매 샹(上)이 뉴 공(公)의 죄안(罪案)[464]을 누리와 ᄀᆞᆯᄋᆞ샤ᄃᆡ,

"ᄌᆞ고(自古)로 난신적ᄌᆡ(亂臣賊子ㅣ)[465] 업디 아니ᄒᆞᄃᆡ 뉴적(-賊) ᄀᆞᆺ티 탐학음포(貪虐淫暴)[466]ᄒᆞᆫ 재(者ㅣ) 이시리오? 법부(法部)의 계ᄉᆞ(啓辭)ᄃᆡ로 능지쳐ᄉᆞ(陵遲處死)ᄒᆞ미 맛당ᄒᆞ도다."

승

122면

샹(丞相)이 반녈(班列)을 ᄡᅧ나 빅주(拜奏) 왈(曰),

"뉴영걸의 죄(罪) 가히(可-) 쥬륙(誅戮)ᄒᆞ믈 면(免)티 못ᄒᆞᆯ 거시나 그러나 셩샹(聖上)이 새로이 즉위(卽位)ᄒᆞ샤 ᄒᆡᄂᆡ(海內) 민심(民心)이 미뎡(未靜)ᄒᆞ여시니 대신(大臣)을 쳐ᄉᆞ(處死)ᄒᆞ미 가(可)치 아니ᄒᆞ온디라 일명(一命)을 용샤(容赦)ᄒᆞ샤 호ᄉᆡᆼ지덕(好生之德)을 펴시믈 ᄇᆞ라ᄂᆞ이다."

샹(上) 왈(曰),

"션ᄉᆡᆼ(先生)의 말이 올흐나 바히[467] 경죄(輕罪)로 샤(赦)티 못ᄒᆞ리니 우승샹(右丞相)의 ᄯᅳᆺ은 엇더ᄒᆞ뇨?"

문졍공(--公)이 돈슈(頓首)[468] 주왈(奏曰),

---

464) 죄안(罪案): 범죄 사실을 적은 기록.

465) 난신적ᄌᆡ(亂臣賊子ㅣ): 난신적자. 나라를 어지럽히는 불충한 무리.

466) 탐학음포(貪虐淫暴): 탐욕이 많고 포학하며 음란함.

467) 바히: 아주.

468) 돈슈(頓首): 돈수. 고개를 조아림.

“뉴영걸의 죄(罪) 크게 챵누(彰漏)[469] ᄒᆞ여 국법(國法)의 가히(可-) 용샤(容赦)티 못ᄒᆞ려니와 셩됴(聖朝) 초졍(初政)의 대신(大臣) 살육(殺戮)이 가(可)티 아니니 용샤(容赦)ᄒᆞ시미 ᄒᆡᆼ심(幸甚)이로소이다.”

샹(上)이 원ᄂᆡ(元來) 문졍공(--公)이 뉴영걸노 유혐(有嫌)ᄒᆞᆫ 줄 아ᄅᆞ시고 짐줏 무ᄅᆞ시

123면

미러니 ᄎᆞ언(此言)을 드ᄅᆞ시고 경아(驚訝)[470] ᄒᆞ샤 침음(沈吟)ᄒᆞ시더니,

홀연(忽然) 금문(金門)의 븍이 크게 울거ᄂᆞᆯ 샹(上)이 ᄂᆡ시(內侍)로 무로라 ᄒᆞ시니 이윽고 무ᄉᆡ(武士ㅣ) 십여(十餘) 셰(歲) 동ᄌᆞ(童子)ᄅᆞᆯ 미러 뎐폐(殿陛)[471]의 다ᄃᆞᄅᆞ니 일시(一時)의 보건ᄃᆡ 기ᄋᆡ(其兒ㅣ) 머리ᄅᆞᆯ 프러 ᄂᆞᄎᆞᆯ 덥고 옷ᄉᆞᆯ 메와다[472] 옥계(玉階) 하(下)의 업ᄃᆡ여 고두(叩頭) 뉴톄(流涕) 왈(曰),

“죄신(罪臣) 뉴현명은 일만(一萬) 번(番) 죽으믈 ᄇᆞ려 만셰황야(萬歲皇爺) 농뎐(龍殿)의 졍ᄉᆞ(情事)ᄅᆞᆯ 고(告)ᄒᆞᄂᆞ이다.”

드ᄃᆡ여 ᄉᆞ매로셔 일(一) 봉(封) 혈셔(血書)ᄅᆞᆯ ᄂᆡ여 뎐샹(殿上)의 헌(獻)ᄒᆞ니 황얘(皇爺ㅣ) 의아(疑訝)ᄒᆞ샤 한님ᄒᆞᆨᄉᆞ(翰林學士) 문복[473] 명으로 닑으라 ᄒᆞ시니 농샹(龍床)의 복디(伏地)ᄒᆞ여 고셩(高聲) 독지

469) 챵누(彰漏): 창루. 드러나 퍼짐.

470) 경아(驚訝): 놀라고 의아해함.

471) 뎐폐(殿陛): 전폐. 궁전(宮殿)으로 오르는 계단의 섬돌.

472) 메와다: 한쪽 어깨에 걸치고 한쪽 소매를 벗어.

473) 복: [교] 원문에는 ‘봉’으로 되어 있으나 앞의 예를 따라 이와 같이 수정함.

(讀之)ᄒᆞ니 기소(其疏)의 왈(曰),

'죄신(罪臣)은 곳 죄인(罪人) 뉴영걸의 쳔(賤)ᄒᆞᆫ ᄌᆞ식(子息)이라. 본ᄃᆡ(本-) 강보(襁褓)의 어미

124면

를 일코 혈혈무의(孑孑無依)[474]ᄒᆞᆫ 인ᄉᆡᆼ(人生)으로 늙은 아비를 우러러 여년(餘年)을 계교(計巧)ᄒᆞ매 본ᄃᆡ(本-) 뎐야(田野)의 ᄆᆞᆯ너가 호믜를 ᄆᆡ며 강어(江魚)를 낫가 촌옹(村翁)이 되엿거ᄂᆞᆯ 경태(景泰) 황뎨(皇帝)[475] ᄌᆡ삼(再三) 브ᄅᆞ시ᄂᆞᆫ 명(命)이 셩화(星火)ᄀᆞᆺᄐᆞ시니 죄신(罪臣)의 아비 본ᄃᆡ(本-) ᄆᆞᄋᆞᆷ이 굿디 못ᄒᆞᆫ 고(故)로 마디못ᄒᆞ야 경ᄉᆞ(京師)에 니ᄅᆞ러 국권(國權)을 잡으나 죄신(罪臣)의 아비 디식(知識)이 노모(老耄)[476]ᄒᆞ고 ᄒᆞᆨ문(學問)이 고루(固陋)ᄒᆞ야 보샹지ᄌᆡ(輔相之才)[477] 아니오 풍상간고(風霜艱苦)를 디ᄂᆡ여 근력(筋力)이 만히 쇼삭(蕭索)[478]ᄒᆞ야 묘당(廟堂)[479] 번무(繁務)[480]를 밋쳐 슈응(酬應)[481]티 못ᄒᆞ야 ᄒᆡ몽(解蒙)[482]티 못ᄒᆞᄂᆞᆫ 가온ᄃᆡ 탐남

---

474) 혈혈무의(孑孑無依): 외로워 의탁할 곳이 없음.

475) 경태(景泰) 황뎨(皇帝): 경태 황제. 경태는 중국 명나라 제7대 황제인 대종(代宗)의 연호(1449~1457). 이름은 주기옥(朱祁鈺). 제5대 황제인 선종(宣宗) 선덕제(宣德帝, 1425~1435)의 아들이며 제6대 황제인 영종(英宗) 정통제(正統帝, 1435~1449)의 이복아우임. 1449년에 오이라트족의 침략으로 정통제가 직접 친정을 나가 포로로 잡힌, 이른바 토목(土木)의 변(變)으로, 황제로 추대됨. 정통제가 풀려나 돌아온 뒤에도 황위를 물려주지 않다가 정통제를 옹립하려는 세력이 일으킨 정변으로 폐위되고 폐위된 지 한 달 후에 급사함.

476) 노모(老耄): 일흔이나 여든의 노인. 또는 늙어서 정신이 가물가물함.

477) 보샹지ᄌᆡ(輔相之才): 보상지재. 대신을 거느리며 임금을 도와 나라를 다스릴 만한 재주.

478) 쇼삭(蕭索): 소삭. 생기가 사라짐.

479) 묘당(廟堂): 조정.

480) 번무(繁務): 번다한 업무.

481) 슈응(酬應): 수응. 요구에 응함.

(貪濫)[483] ᄒᆞᄂᆞᆫ 관원(官員)이 ᄡᅵ를 타 눈의 뵤흔 거ᄉᆞᆯ 주며 긴(緊)히 ᄃᆞ리ᄂᆞᆫ 말을 신(臣)의 아비 능히(能-) 믈니티디

125면

못ᄒᆞ여 드ᄃᆡ여 신쳥(信聽)[484] ᄒᆞ야 죄과(罪過)[485]의 범(犯)ᄒᆞ야 젼젼(輾轉)ᄒᆞ여 이에 니ᄅᆞ러시니 이 엇디 신(臣)의 아비 본심(本心)이며 스ᄉᆞ로 ᄒᆞ고져 ᄒᆞᆫ 배리잇가? 이 다 ᄋᆡᆨ운(厄運)이 듕비(重比)[486] ᄒᆞ고 하ᄂᆞᆯ이 죄신(罪臣)의게 일편도이 앙화(殃禍)[487]ᄅᆞᆯ ᄂᆞ리오샤 오ᄂᆞᆯ 난(難)이 이시니 이 엇디 인력(人力)으로 ᄒᆞᆯ 배리잇고? 지어(至於) 최가(-家) 녀ᄌᆞ(女子)ᄅᆞᆯ 잠통(潛通)[488] ᄒᆞ다 ᄒᆞ오나 이 ᄯᅩ 원통(冤痛)ᄒᆞᆫ 일이라. 신(臣)의 아비 본ᄃᆡ(本-) 일작근음(一酌僅飮)[489]이면 졍신(精神)이 혼미(昏迷)ᄒᆞ여 셰ᄉᆞ(世事)ᄅᆞᆯ 바히 아디 못ᄒᆞ므로 쥬후(酒後)의 우연(偶然)히 두로 ᄃᆞᆫ니다가 최녀(-女)의 잇ᄂᆞᆫ 곳이 심슈(深邃)[490] 티 못ᄒᆞ온 고(故)로 챵졸(倉卒)의 냥가(良家) 녠(女ㄴ) 줄은 쳔만(千萬) ᄉᆡᆼ각 못 ᄒᆞ고 ᄃᆞ리고 집의 니ᄅᆞ럿더니 노 시(氏) 녀(女)의 언ᄂᆡ(言內)[491]로 알고 죄

---

482) ᄒᆡ몽(解蒙): 해몽. 어리석음을 깨침.

483) 탐남(貪濫): 탐람. 탐욕이 넘침.

484) 신쳥(信聽): 신청. 믿고 곧이들음.

485) 죄과(罪過): 죄와 허물.

486) 듕비(重比): 중비. 거듭되고 자주 닥침.

487) 앙화(殃禍): 어떤 일로 인하여 생기는 재난.

488) 잠통(潛通): 몰래 간통함.

489) 일작근음(一酌僅飮): 한 잔의 술을 겨우 마심.

490) 심슈(深邃): 심수. 깊음.

491) 언ᄂᆡ(言內): 언내. 말 가운데. 언즁(言中).

126면

신(罪臣)의 아비게 푸러 니르매 노뷔(老父ㅣ) 씨드라 즉시(卽時) 도라보닉니 노네(-女ㅣ) 주살(自殺)호온디라. 이 엇디 노부(老父)의 죄(罪)리오마는 최한(-漢)이 법문(法門)의 고장(告狀) 시(時)의도 노부(老父)로뻐 음증(淫烝)[492]타 호미 업ᄉᆞ오니 일노 보아도 아비가히(可-) 강간(强姦)이 업ᄉᆞ온 줄 알 거시오, 민간(民間) 녀ᄌᆞ(女子)를 탈취(奪取)ᄒᆞ믄 곡절(曲折)이 이시미라. 태황뎨(泰皇帝)[493] 노부(老父)를 남챵빅(南昌伯)을 봉(封)ᄒᆞ시니 죄신(罪臣)의 아비 일의 분간(分揀)ᄒᆞ믄 싱각디 아니ᄒᆞ고 다만 그 봉읍(封邑)이라 거두워 시녀(侍女)의 수(數)를 치오미 무방(無妨)타 ᄒᆞ고 ᄒᆞ나둘을 ᄲᆞ믄 그 큰 과실(過失)이 아니로딕 유시(攸司ㅣ)[494] 임의 딕역부도(大逆不道)[495]로 마련ᄒᆞ여 지어(至於) 극뉼(極律)노뻐 계달(啓達)[496]ᄒᆞ오니 신(臣)이 감히(敢-) 군부(君父)를 원(怨)ᄒᆞ미 아니로딕 폐

127면

해(陛下ㅣ) 궁듕(宮中)의 계샤 쇼쇼(小小)ᄒᆞᆫ 일을 아디 못ᄒᆞ시고

---

492) 음증(淫烝): 손위의 여자와 정을 통함.

493) 태황뎨(泰皇帝): 태황제. 경태 황제를 이름.

494) 유시(攸司ㅣ): 유사. 담당 관청.

495) 딕역부도(大逆不道): 대역부도. 임금이나 나라에 큰 죄를 지어 도리에 크게 어긋나 있음. 또는 그런 짓.

496) 계달(啓達): 신하가 글로 임금에게 아뢰던 일.

훈갓 유ᄉᆞ(攸司)의 말노조차 윤죵(允從)ᄒᆞ시니 신(臣)이 하늘을 블너 호곡(號哭)ᄒᆞ야 잠간(暫間) 쳔(賤)ᄒᆞᆫ 소견(所見)을 베프옵ᄂᆞ니, 일월지명(日月之明)은 무쳐브지(無處不知)[497]ᄒᆞ오리니 원(願)컨ᄃᆡ 죄신(罪臣)의 아비 일즉 모역지죄(謀逆之罪)[498]가 아니오, 다만 디식(知識)이 혼모(昏耗)[499]ᄒᆞ야 스ᄉᆞ로 몸 가지믈 아라 ᄒᆞ디 못ᄒᆞ야 죄(罪)예 ᄲᅡ져실지언졍 나라흔 져ᄇᆞ리미 업ᄉᆞ오니 이 죄(罪)로 역뉼(逆律)노 모라 죽이시미 너모 심(甚)티 아니리잇가? 신뷔(臣父ㅣ) 말년(末年)의 죄(罪)ᄅᆞᆯ 국가(國家)의 어더 시신(屍身)이 쟝ᄎᆞᆺ(將次ㅅ) 다ᄅᆞᆯ디라. 신(臣)이 그 ᄌᆞ식(子息)이 되여 ᄎᆞᆷ아 안자셔 괄목(刮目)[500]디 못ᄒᆞ올디라. 몸이 화(化)ᄒᆞ여 여ᄉᆡᆼ(餘生)인 줄 닛고 구곡(九曲) 원통(冤痛)ᄒᆞᆫ 졍ᄉᆞ(情事)

128면

ᄅᆞᆯ 만세야야(萬歲爺爺) 뇽샹(龍床)을 더리이ᄂᆞᆫ 죄(罪) 만ᄉᆞ무셕(萬死無惜)[501]이오 쳔ᄉᆞ유경(千死猶輕)[502]이나 인군(人君)의 셩덕(盛德)이 호호(浩浩)ᄒᆞ며 양양(洋洋)ᄒᆞ샤 초목(草木)의 니로히 밋ᄉᆞ오니 신(臣)이 ᄯᅩᄒᆞᆫ 셩샹(聖上) 만민(萬民)의 튱수(充數)ᄒᆞ야숩ᄂᆞᆫ 고(故)로 머리ᄅᆞᆯ 브ᄃᆡ이져 통곡(慟哭)ᄒᆞᄂᆞ니 셩샹(聖上)은 늙은 아뷔

497) 무쳐브지(無處不知): 무처부지. 알지 못하는 곳이 없음.

498) 모역지죄(謀逆之罪): 반역을 꾀한 죄.

499) 혼모(昏耗): 늙어서 정신이 흐릿하고 기력이 쇠약함.

500) 괄목(刮目): 아무렇지도 않게 봄.

501) 만ᄉᆞ무셕(萬死無惜): 만사무석. 만 번 죽어도 아깝지 않음.

502) 쳔ᄉᆞ유경(千死猶輕): 천사유경. 천 번 죽어도 오히려 가벼움.

혈혈(孑孑)ᄒᆞᆫ ᄌᆞᆫ명(殘命)[503]을 샤(赦)ᄒᆞ시고 신(臣)으로 ᄃᆡ명(代命)케 ᄒᆞ실딘대 신(臣)이 당당(堂堂)이 우음을 먹음고 도라가ᄂᆞᆫ 넉시 폐하(陛下) 쳔츄(千秋)ᄅᆞᆯ 츅원(祝願)ᄒᆞ리이다. 죄신(罪臣)이 졍신(精神)이 붕퇴(崩頹)[504]ᄒᆞ고 간담(肝膽)이 븐븡(分崩)[505]ᄒᆞ야 브디소운(不知所云)[506]이로소이다.'

ᄒᆞ엿더라.

샹(上)이 귀로 드ᄅᆞ시고 뇽안(龍眼)으로ᄡᅥ 필톄(筆體)ᄅᆞᆯ 보시며 밧비 휘쇄(揮灑)[507]ᄒᆞᆫ 모양이 뇽ᄉᆡ(龍蛇ㅣ) ᄯᅱ노ᄂᆞᆫ ᄃᆞᆺᄒᆞ며 효ᄌᆞ(孝子)의 위

129면

부(爲父)ᄒᆞ여 ᄉᆞ디(死地)ᄅᆞᆯ 구(救)ᄒᆞᄂᆞᆫ ᄉᆞ에(辭語ㅣ) 졀졀싀싀(切切--)[508]ᄒᆞ미 비졀참긍(悲絕慘矜)[509]ᄒᆞᆫ 듕(重) 튱담완곡(沖澹婉曲)[510]ᄒᆞ여 가히(可-) 텬의(天意)ᄅᆞᆯ 격동(激動)ᄒᆞᆯ디라. 샹(上)이 참연(慘然)이 ᄉᆡᆨ(色)을 변(變)ᄒᆞ시고 문무ᄇᆡᆨ관(文武百官)이 ᄯᅩᄒᆞᆫ ᄉᆡ비(嘶悲)[511]티 아니리 업더라.

---

503) ᄌᆞᆫ명(殘命): 잔명. 쇠잔한 목숨.

504) 붕퇴(崩頹): 붕퇴. 무너지고 깨어짐.

505) 븐븡(分崩): 분붕. 떨어져 흩어짐.

506) 브디소운(不知所云): 부지소운. 이를 바를 알지 못함.

507) 휘쇄(揮灑): 붓을 휘두른다는 뜻으로, 글씨를 쓰거나 그림을 그리는 것을 이르는 말.

508) 졀졀싀싀(切切--): 절절싀싀. 간절하고 엄숙함.

509) 비졀참긍(悲絕慘矜): 비절참긍. 매우 슬픔.

510) 튱담완곡(沖澹婉曲): 충담완곡. 맑고 깨끗하며 정성스러움.

511) ᄉᆡ비(嘶悲): 시비. 흐느껴 슬퍼함.

승샹(丞相)과 우승샹(右丞相)이 이예 샹각[512](相角)[513]을 압호고 홍포(紅袍)를 쓰으러 돈슈(頓首) 주왈(奏曰),

“뉴영걸의 죄당만ᄉᆡ(罪當萬死ㅣ)[514]오나 그 유가(-家) 쇼ᄌᆞ(小子)의 근텬(根天)[515]ᄒᆞᆫ 효(孝)가 실노(實-) 셩셰(盛世)의 빗나옵고 그 작인(作人)을 잠간(暫間) 보오매 먼 긔샹(氣像)이 가히(可-) 나라히 반ᄃᆞ시 동냥(棟樑)[516]이 되리니 원(願) 폐하(陛下)는 영걸의 죄(罪)로써 감ᄉᆞ(減死)[517]ᄒᆞ셔 효티텬하(孝治天下)[518]로 법(法)ᄒᆞ셔 특은(特恩)을 누리오샤 ᄉᆞ명(賜命)을 거두오시믈 ᄇᆞ라ᄂᆞ이다.”

샹(上)이 쳥파(聽罷)의 잠

130면

간(暫間) 우으시고 졈두(點頭) 왈(曰),

“샹국(相國)의 말이 금옥(金玉) ᄀᆞᆺᄐᆞ니 그ᄃᆡ로 ᄒᆞ리라.”

뎐지(傳旨)ᄒᆞ샤 경문을 의관(衣冠)을 주어 계(階)의 오ᄅᆞ라 ᄒᆞ신ᄃᆡ 경문이 구디 ᄉᆞ양(辭讓) 왈(曰),

“죄신(罪臣)이 엇디 감히(敢-) 샹뎐(上殿)의 오ᄅᆞ리잇고?”

샹(上)이 뎐어(傳語) 문왈(問曰),

---

512) 각: [교] 원문에는 ‘간’으로 되어 있으나 오기로 보임.

513) 샹각(相角): 상각. 재상의 각모(角帽).

514) 죄당만ᄉᆡ(罪當萬死ㅣ): 죄당만사. 지은 죄가 너무 커서 죽어 마땅함.

515) 근텬(根天): 근천. 하늘에 뿌리를 둠. 하늘이 냄.

516) 동냥(棟樑): 동량. 마룻대와 들보로 쓸 만한 재목이라는 뜻으로, 집안이나 나라를 떠받치는 중대한 일을 맡을 만한 인재를 이르는 말.

517) 감ᄉᆞ(減死): 감사. 사형을 면하게 형벌을 감하여 주던 일.

518) 효티텬하(孝治天下): 효치천하. 효로 천하를 다스림.

"이에 원졍(原情)을 보니 딘실노(眞實-) 그러ᄒᆞᆫ디라. 쾌(快)히 네 아비 죄(罪)ᄅᆞᆯ 샤(赦)ᄒᆞ려 ᄒᆞᄂᆞ니 네 당당(堂堂)이 글을 브즈런이 닑어 딤(朕)의 보필(輔弼)을 빗ᄂᆡ라."

경문이 머리ᄅᆞᆯ 두ᄃᆞ려 산호ᄇᆡ무(山呼拜舞)[519]ᄒᆞ고 주왈(奏曰),

"신(臣)이 간뇌도지(肝腦塗地)[520]ᄒᆞ나 셩은(聖恩)을 만일(萬一)을 갑ᄉᆞ올 길이 업ᄉᆞ올디라. 신(臣)은 국가(國家) 듕슈(重囚) 죄ᄌᆡ(罪子ㅣ)니 엇디 감히(敢-) 폐하(陛下) 보필(輔弼)이 되믈 ᄇᆞ라리잇고? 다만 초야(草野)의 업ᄃᆡ여 화봉인(華封人)의 쳔츄(千秋)ᄅᆞᆯ

131면

츅원(祝願)[521]ᄒᆞᆯ ᄯᆞᄅᆞᆷ이로소이다."

셜파(說罷)의 눈믈을 흘녀 ᄉᆞᄇᆡ(四拜)ᄒᆞ고 믈너나니 샹(上)이 크게 차탄(嗟歎)ᄒᆞ샤,

"져러ᄐᆞᆺ ᄒᆞᆫ 인ᄌᆡ(人材) 뉴노(-奴)의 삼겨시니 텬의(天意)ᄅᆞᆯ 가히(可-) 아디 못ᄒᆞ리로다. 댱ᄂᆡ(將來) 뉴뇌(-奴ㅣ) 쇽죄(贖罪)ᄒᆞᆯ 일이 업고ᄂᆞᆫ 과갑(科甲)[522]의 나아오디 못ᄒᆞ리니 가셕(可惜)ᄒᆞ도다."

드ᄃᆡ여 뉴영걸을 폄(貶)ᄒᆞ야 셔인(庶人)을 ᄆᆡᆫᄃᆞ라 강ᄌᆔ 위[523]리안

519) 산호ᄇᆡ무(山呼拜舞): 산호배무. 산호하고 배무함. 산호는 나라의 중요 의식에서 신하들이 임금의 만수무강을 축원하여 두 손을 치켜들고 만세를 부르던 일. 중국 한나라 무제가 숭산(嵩山)에서 제사 지낼 때 신민(臣民)들이 만세를 삼창한 데서 유래함. 배무는 엎드려 절하고 춤을 추는 행위로서 조정에서 절을 하는 예식임.

520) 간뇌도지(肝腦塗地): 참혹한 죽임을 당하여 간장(肝臟)과 뇌수(腦髓)가 땅에 널려 있다는 뜻으로, 나라를 위하여 목숨을 돌보지 않고 애를 씀을 이르는 말.

521) 화봉인(華封人)의~츅원(祝願): 화봉인의 천추를 축원. 화(華) 땅에 봉해진 사람이 요(堯)임금이 오래 살기를 축원함. 화 땅에 봉해진 사람이 요임금에게 장수와 부귀, 아들이 많기를 축원했다는 고사. 화봉삼축(華封三祝). 『장자(莊子)』, 「천지(天地)」.

522) 과갑(科甲): 과거.

치(圍籬安置)[524] ᄒᆞ라 ᄒᆞ시니 삼ᄉᆞ(三司)[525] 아댱(亞長)[526] 공경(公卿) ᄃᆡ쇼인(大小人)이 다 경문의 안면(顔面)을 보아 일언(一言)을 아니코 믈너나니 그 위인(爲人)을 알니러라.

문졍공(--公)이 뉴 공(公) 사라나믈 더옥 깃거 하람공(--公)으로 더브러 친(親)히 그곳의 니ᄅᆞ러 경문을 볼ᄉᆡ, 경문이 뉴 공(公)을 옥듕(獄中)의 가 븟드러 ᄂᆡ여와 햐

132면

쳐(下處)[527]의 니ᄅᆞ러 븟들고 크게 통곡(慟哭)ᄒᆞ며 슈형(受刑)ᄒᆞᆫ 곳즐 보고 경문이 구을며 ᄋᆡ통(哀慟)ᄒᆞ니 공(公)이 역시(亦是) 울고 왈(曰),

"당년(當年)의 네 말을 듯디 아냐 금일(今日) 환난(患難)을 보니 엇디 ᄂᆞᆷ을 원(怨)ᄒᆞ리오? 연(然)이나 목숨이 사라 부ᄌᆡ(父子ㅣ) 다시 보미 다 셩샹(聖上)의 주시미라."

문이 울고 ᄀᆞᆯ오ᄃᆡ,

"만일(萬一) 셩샹(聖上)의 홍은(鴻恩)[528]곳 아니면 쇼ᄌᆡ(小子ㅣ)

---

523) 위: [교] 원문에는 '우'로 되어 있으나 오기로 보임.

524) 위리안치(圍籬安置): 유배된 죄인이 거처하는 집 둘레에 가시로 울타리를 치고 그 안에 가두어 두던 일.

525) 삼ᄉᆞ(三司): 삼사. 세 관직의 합칭. 동한(東漢) 때에는 태위(太尉), 사공(司空), 사도(司徒)를, 당나라 때는 어사대부(御史大夫), 중서(中書), 문하(門下)를, 후당에서 송나라까지는 염철(鹽鐵), 탁지(度支), 호부(戶部)를, 명나라 때는 포정사사(布政使司), 안찰사사(按察使司) 도지휘사사(都指揮使司)를 삼사로 부름. 모두 각 기관의 문무장관임.

526) 아댱(亞長): 아장. 조정의 각 기관에서 두 번째 높은 벼슬.

527) 햐처(下處): 하처. 손님이 길을 가다가 묵음. 또는 묵고 있는 그 집. 사처.

528) 홍은(鴻恩): 넓고 큰 은혜.

엇디 텬뉸(天倫)의 졍(情)을 온젼(穩全)ᄒᆞ리오?"

언미파(言未罷)의 시뇌(侍奴ㅣ) 보왈(報曰),

"거일(去日) 와 계시던 ᄀᆡᆨ(客)이 니ᄅᆞ러 계시이다."

경문이 밧긔 나가 마자 녜필(禮畢) 후(後), 문이 츄파(秋波)ᄅᆞᆯ 드러 하람공(--公)을 보고 면목(面目)이 의희(依稀)ᄒᆞ야 다만 ᄀᆞᆯ오ᄃᆡ,

"존ᄀᆡᆨ(尊客)이 ᄯᅩ 엇디 죄인(罪人)을 ᄎᆞᄌᆞ시ᄂᆞ니잇고?"

문졍공(--公)이 ᄀᆞᆯ오ᄃᆡ,

"녕대인(令大人)이 ᄉᆞ디(死地)ᄅᆞᆯ

133면

면(免)ᄒᆞ믈 듯고 부러 와 하례(賀禮)ᄒᆞ미라."

문이 눈믈을 흘녀 왈(曰),

"가뷔(家夫ㅣ) 비록 ᄉᆞ디(死地)ᄅᆞᆯ 면(免)ᄒᆞ야시나 듕형(重刑)을 닙어 상톄(傷處ㅣ) ᄌᆞ못 듕(重)ᄒᆞ시니 망극(罔極)ᄒᆞ믈 이긔여 알외디 못ᄒᆞᄂᆞ이다. 다만 귀ᄀᆡᆨ(貴客)이 죄인(罪人)을 ᄎᆞ자시나 거쥬(居住)ᄅᆞᆯ 아디 못ᄒᆞ니 의혹(疑惑)ᄒᆞ믈 이긔디 못ᄒᆞᄂᆞ이다."

하람공(--公)이 잠쇼(暫笑) 왈(曰),

"나ᄂᆞᆫ 부ᄆᆞ도위(駙馬都尉) 니몽현이오 뎌ᄂᆞᆫ 우승상(右丞相) 문졍공(--公) 니몽챵이니 동복형뎨(同腹兄弟)라."

경문이 듯고 놀나며 한심(寒心)ᄒᆞ야 믄득 ᄂᆞᆺ빗출 곳티고 샤례(謝禮) 왈(曰),

"이제 합해(閤下ㅣ) 죄인(罪人)을 ᄎᆞᄌᆞ시니 후의(厚誼)ᄂᆞᆫ 블승다샤(不勝多謝)[529]ᄒᆞ나 부형(父兄)을 해(害)ᄒᆞᆫ 원쉬(怨讐ㅣ) 이시니 가히

(可-) ᄃᆡ면(對面)티 못홀소이다."

문경공(--公)이 쇼이ᄃᆡ왈(笑而對曰),

"군(君)이 그ᄅᆞ

■■■

134면

다. 존공(尊公)의 죄악(罪惡)이 만셩(滿城)의 회쟈(膾炙)ᄒᆞ야 모ᄅᆞ리 업고 국법(國法)은 삼쳑(三尺)[530]이 지엄(至嚴)ᄒᆞ거늘 아등(我等)이 족하(足下)의 경인(驚人)ᄒᆞᆫ 대ᄌᆡ(大才)를 앗겨 셩상(聖上)의 관뎐(寬典)[531]을 쓰실 ᄯᅢ 닷토디 아녓거ᄂᆞᆯ 엇디 원슈(怨讎)라 ᄒᆞᄂᆞ뇨?"

경문이 탄왈(歎曰),

"가부(家夫)의 죄안(罪案)이 그러ᄒᆞ나 인ᄌᆡ(人子ㅣ) 되여 그 술을 헐워 슈형(受刑)ᄒᆞᆫ 사ᄅᆞᆷ으로 더브러 슈쟉(酬酌)ᄒᆞ리오?"

드ᄃᆡ여 ᄉᆞ매를 ᄯᅥᆯ쳐 드러가니 냥(兩) 공(公)이 죠곰도 노(怒)ᄒᆞ여 ᄒᆞᄂᆞᆫ ᄉᆞ식(辭色)이 업셔 웃고 도라와 ᄀᆞᆯ오ᄃᆡ,

"뉴ᄋᆡ(-兒ㅣ) ᄌᆞ못 어려온 아ᄒᆡ(兒孩)니 쇽인(俗人)의 밋출 배 아니로다. 타일(他日) ᄌᆞ못 감화(感化)홀 조각이 이시리라."

ᄒᆞ더라.

뉴 공(公)이 ᄒᆡᆼ거(行車)의 실녀 젹소(謫所)로 갈ᄉᆡ 각졍이 ᄀᆞᆯ오ᄃᆡ,

"이제 젹소(謫所)

529) 블승다샤(不勝多謝): 불승다사. 깊이 감사함을 이기지 못함.

530) 삼쳑(三尺): 삼척. 법률. 고대 중국에서 석 자 길이의 죽간(竹簡)에 법률을 썼던 데서 유래함.

531) 관뎐(寬典): 관전. 너그러운 은전.

135면

의 가나 ᄉᆞ셰(事勢) 냥박(良薄)[532]ᄒᆞ야 의뢰(依賴)ᄒᆞᆯ 길이 업ᄉᆞ니 남챵(南昌)의 작노(作路)[533]ᄒᆞ야 ᄌᆡ산(財産)을 ᄑᆞᆯ아 가리라."

뉴 공(公)이 올히 너겨 드ᄃᆡ여 길흘 남챵(南昌)으로 말ᄆᆡ암아 녯 집의 니ᄅᆞ러 집안 경보(輕寶)ᄅᆞᆯ 서ᄅᆞᆺ고 뎐토(田土)ᄅᆞᆯ 더러 ᄑᆞ라 수만(數萬) 금(金)을 장만ᄒᆞ여 가지고 길흘 ᄯᅥ나랴 ᄒᆞ더니 각졍이 ᄀᆞᆯ오ᄃᆡ,

"우리ᄂᆞᆫ 이리 간 후(後) 조션(祖先) 졔ᄉᆞ(祭祀)ᄅᆞᆯ ᄒᆞ리 업ᄉᆞ니 공ᄌᆞ(公子)ᄅᆞᆯ 머믈워 두고 가미 엇더ᄒᆞ뇨?"

뉴 공(公)이 ᄀᆞ장 올히 너겨 경문을 머물우니 경문이 니별(離別)을 차아(嗟訝)[534]ᄒᆞ나 딘실노(眞實-) ᄉᆡᆼ각건ᄃᆡ 조션(祖先) 졔ᄉᆞ(祭祀)ᄅᆞᆯ ᄒᆞ리 업고 모친(母親) 분묘(墳墓)의 ᄑᆞᆯ을 뷔리 업ᄉᆞᆫ디라 ᄉᆞ졍(私情)을 ᄎᆞᆷ아 슈명(受命)ᄒᆞ나 경문이 실셩호곡(失聲號哭)ᄒᆞ믈

136면

이긔디 못ᄒᆞ니 뉴 공(公)이 역시(亦是) 참연(慘然)ᄒᆞ야 피ᄎᆞ(彼此) 눈믈을 ᄲᅳ리고 위로(慰勞) 왈(曰),

"너ᄂᆞᆫ 노부(老父)ᄅᆞᆯ 뉴렴(留念)티 말고 몸을 보젼(保全)ᄒᆞ야 조션(祖先) 졔ᄉᆞ(祭祀)ᄅᆞᆯ 졍셩(精誠)으로 ᄒᆞ고 셔로 만날 ᄣᅢᄅᆞᆯ 기ᄃᆞ려라."

ᄉᆡᆼ(生)이 부친(父親)의 이러ᄐᆞᆺ ᄒᆞ시믈 보고 간쟝(肝臟)이 녹ᄂᆞᆫ ᄃᆞᆺ

532) 냥박(良薄): 양박. '진실로 어려움'의 뜻으로 보이나 미상임.

533) 작노(作路): 작로. 길을 갈 때 어디를 통하여 감.

534) 차아(嗟訝): 슬프고 놀라움.

ᄒᆞᄃᆡ 것ᄎᆞ로 화연(和然)이 위로(慰勞)ᄒᆞ야 왈(曰),

"야애(爺爺ㅣ) 쳔(千) 니(里) 밧긔 젹거(謫居)ᄒᆞ시ᄃᆡ 쇼ᄌᆡ(小子ㅣ) ᄒᆞᆫ가지로 ᄯᅩᆯ와 ᄒᆡᆼ(行)티 못ᄒᆞ오니 더옥 망극(罔極)ᄒᆞ오믈 이긔디 못ᄒᆞ오나 조션(祖先) 향화(香火)ᄅᆞᆯ 폐(廢)티 못ᄒᆞ여 쇼ᄌᆞ(小子)로 머믈고져 ᄒᆞ시니 마디못ᄒᆞ야 봉승(奉承)ᄒᆞ오리니 원(願) 야야(爺爺)ᄂᆞᆫ 험노(險路)의 무고(無故)히 ᄒᆡᆼ(行)ᄒᆞ오셔 셩톄(盛體) 강건(剛健)ᄒᆞ시믈 ᄇᆞ라옵고 집을 졍돈(整頓)ᄒᆞᆫ 후(後) 쇼ᄌᆡ(小子ㅣ) 맛당이 ᄂᆞ려가와 ᄯᅥ로 뫼시리이다."

언파(言罷)

●●●

137면

의 쳔(千) 항(行) 누쉬(淚水ㅣ) 옷 압흘 젹셔 말을 일우디 못ᄒᆞ니, 뉴 공(公)이 ᄯᅩᄒᆞᆫ 인셩(人性)을 ᄀᆞᆺ촌 배오 험난(險難)을 경녁(經歷)ᄒᆞ여 죽을 목숨이 ᄌᆡᄉᆡᆼ(再生)ᄒᆞ여 부견텬일(復見天日)[535]ᄒᆞ미 그 ᄋᆞᄌᆞ(兒子)의 지효(至孝)로 격텬소감(格天所感)[536]이라 뉘웃고 븟그려 ᄋᆞᄌᆞ(兒子)의 손을 잡고 갈범[537] ᄀᆞᄐᆞᆫ 소ᄅᆡ로 에에쳐 울며 왈(曰),

"ᄂᆡ 완명(頑命)[538]은 죽디 아니ᄒᆞ리니 네 쳔금듕신(千金重身)을 보호(保護)ᄒᆞ여 먼니 ᄇᆞ라ᄂᆞᆫ 바ᄅᆞᆯ 져ᄇᆞ리디 말나."

공ᄌᆡ(公子ㅣ) 더옥 오ᄂᆡ(五內) ᄆᆡ여지ᄂᆞᆫ ᄃᆞᆺᄒᆞ나 슬프믈 먹음고 두

---

535) 부견텬일(復見天日): 부견천일. 다시 하늘의 해를 봄.

536) 격텬소감(格天所感): 격천소감. 하늘을 감동시킴.

537) 갈범: 몸에 칡덩굴 같은 어룽어룽한 줄무늬가 있는 범. 칡범.

538) 완명(頑命): 질긴 목숨.

손을 밧드러 관위(款慰)[539] ᄒᆞ며 두어 됴건(條件) 말로ᄡᅥ 부탁(付託)ᄒᆞ니 이ᄂᆞᆫ 혹 젹쇼(謫所)의 가셔도 진졍(眞情)ᄒᆞ매 본습(本習)이 날가 념녀(念慮)ᄒᆞ여 권면(勸勉)ᄒᆞ미러라. 공(公)이 고개 조아,

"다 네 말대로 ᄒᆞ리라."

ᄒᆞ더라.

•••

138면

ᄎᆡ관(差官)이 ᄒᆡᆼ도(行途)ᄒᆞᆯ ᄌᆡ쵹ᄒᆞ매 마디못ᄒᆞ야 손을 난호니 공ᄌᆡ(公子ㅣ) 가ᄂᆞᆫ 길을 ᄇᆞ라보며 졍신(精神)이 아득ᄒᆞ야 통곡(慟哭)ᄒᆞ니 ᄒᆡᆼ인(行人)이 길을 머추고 눈믈 아니 지이리 업더라.

날이 져믈매 집의 도라와 심ᄉᆞ(心思)ᄅᆞᆯ 지졉디 못ᄒᆞ나 ᄒᆞᆯ일업ᄂᆞᆫ 일이니 스ᄉᆞ로 관비(寬悲)[540] ᄒᆞ고 듀야(晝夜) 독셔(讀書)ᄒᆞ여 셰월(歲月)을 보ᄂᆡ더라.

어시(於時)의 졀강(浙江) 어ᄉᆡ(御史ㅣ) 왕ᄉᆞ(王事)ᄅᆞᆯ ᄆᆞᆺ고 몸이 져기 ᄒᆞᆫ가(閑暇)ᄒᆞ매 슈ᄆᆡ지간(睡寐之間)[541]의 잠시(暫時)도 닛디 못ᄒᆞᄂᆞᆫ 밧쟈(-者)ᄂᆞᆫ 실산(失散)ᄒᆞᆫ 됴 모친(母親)과 아ᄋᆞ 경문을 심방(尋訪)코져 ᄒᆞ야 위지경믈유람(爲之景物遊覽)[542]이라 ᄒᆞ고 그윽ᄒᆞᆫ ᄉᆞ찰(寺刹)과 깁흔 도관(道觀)의 아니 밋춘 곳이 업ᄉᆞ나 흐터지고 모히미 ᄯᅴ가 잇고 하늘이 졍(定)ᄒᆞ신 바ᄅᆞᆯ

---

539) 관위(款慰): 정성껏 위로함.

540) 관비(寬悲): 슬픔을 너그러이 억제함.

541) 슈ᄆᆡ지간(睡寐之間): 수매지간. 자나깨나.

542) 위지경믈유람(爲之景物遊覽): 위지경물유람. 경치를 유람한다 말함.

139면

어듸 가 즈레 인력(人力)으로 ᄎᆞᄌᆞ리오.

산연(潸然)[543]이 뉴톄(流涕)ᄒᆞ믈 ᄭᅵᄃᆞᆺ디 못ᄒᆞ야 감회(感懷)ᄒᆞᄂᆞᆫ 시(詩)를 지어 마샹(馬上)의셔 읇흐며 등왕각(滕王閣)[544]의 니ᄅᆞ니, ᄆᆞᄎᆞᆷ ᄒᆞᆫ 쇼년(少年) 셔ᄉᆡᆼ(書生)이 홀노 안자 벽샹(壁上) 졔영(題詠)[545] ᄒᆞᆫ 거ᄉᆞᆯ 보거ᄂᆞᆯ 어ᄉᆡ(御史ㅣ) 보니 그 쇼년(少年)이 옥골션풍(玉骨仙風)[546]이오 봉안즘미(鳳眼蠶眉)[547] 신이(神異)ᄒᆞ야 탈쇽비범(脫俗非凡)[548]ᄒᆞ고 샹활(爽豁)[549]ᄒᆞᆫ 풍ᄎᆡ(風采) 의희(依稀)히 요디(瑤池)[550]의 목왕(穆王)[551]을 우이 너기ᄂᆞᆫ 거동(擧動)이라 분호(分毫)도 ᄌᆞ가(自家) 부친(父親)으로 다ᄅᆞ미 업ᄉᆞ니 놀나 ᄉᆡᆼ각ᄒᆞ듸,

'ᄂᆡ 일즉 홍아의 말을 드ᄅᆞ니 경문이 맛티 부친(父親) ᄀᆞᆺ더라 ᄒᆞ니 이 아ᄒᆡ(兒孩) 혹자(或者) 경문인가?'

ᄒᆞ고 나아가 읍(揖)ᄒᆞ고 왈(曰),

"ᄒᆞᆨᄉᆡᆼ(學生)은 뵈노라."

그 쇼년(少年)이 도라보고 믄득 놀나 부술 더디고 니러 마자 피치

---

543) 산연(潸然): 눈물이 줄줄 흐르는 모양.

544) 등왕각(滕王閣): 중국 당(唐)나라 태종(太宗)의 아우 등왕(滕王) 이원영(李元嬰)이 강서성(江西省) 남창시(南昌市)의 서남쪽에 세운 누각.

545) 졔영(題詠): 제영. 제목을 붙여 시를 읊음. 또는 그런 시가.

546) 옥골션풍(玉骨仙風): 옥골선풍. 살빛이 희고 고결한 신선과 같은 기질이나 풍채.

547) 봉안즘미(鳳眼蠶眉): 봉안잠미. 봉황의 눈에 누워 있는 누에눈썹이라는 뜻으로 잘생긴 남자의 얼굴을 비유한 말.

548) 탈쇽비범(脫俗非凡): 탈속비범. 세속에서 벗어나 평범하지 않음.

549) 샹활(爽豁): 상활. 시원스럽고 활달함.

550) 요디(瑤池): 요지. 중국 곤륜산(崑崙山)에 있다는 연못으로 주(周) 목왕(穆王)이 서왕모(西王母)를 만나 즐겼다는 곳임.

551) 목왕(穆王): 중국 서주(西周) 때의 왕. 성은 희(姬)이고 이름은 만(滿).

(彼此ㅣ) 좌뎡(坐定)ᄒᆞ매

•••

140면

어ᄉᆡ(御史ㅣ) 왈(曰),

"ᄆᆞᆺ춤 유산(遊山)ᄒᆞ라 이곳의 왓더니 긔약(期約)디 아닌 존션(尊仙)을 만나니 셩명(姓名)을 듯고져 ᄒᆞᄂᆞ이다."

쇼년(少年)이 셩명(姓名)을 니ᄅᆞ디 아니ᄒᆞ고 왈(曰),

"귀ᄀᆡᆨ(貴客)의 존셩(尊姓)을 니ᄅᆞ실딘ᄃᆡ ᄯᅩᄒᆞᆫ 명(命)을 밧들니이다."

어ᄉᆡ(御史ㅣ) 미쇼(微笑) 왈(曰),

"금일(今日) 존ᄀᆡᆨ(尊客)을 보매 년티(年齒) ᄒᆞᆨᄉᆡᆼ(學生)으로 더브러 차지(次之)[552]ᄒᆞ신가 시브오니 존ᄀᆡᆨ(尊客)이 몬져 니ᄅᆞ시미 ᄒᆡᆼ(幸)일가 ᄒᆞᄂᆞ이다."

문이 미쇼(微笑) 부답(不答)이러니 이에 ᄀᆞᆯ오ᄃᆡ,

"뉴현ᄉᆡ로소이다."

어ᄉᆡ(御史ㅣ) 경문(驚問) 왈(曰),

"젼됴(前朝) 승샹(丞相) 뉴 공(公)의 족당(族黨)이시냐?"

부답(不答)이어ᄂᆞᆯ 어ᄉᆡ(御史ㅣ) ᄀᆞ만이 혜오ᄃᆡ,

'야애(爺爺ㅣ) 전일(前日) 뉴가(-家) 쇼ᄌᆞ(小子)ᄅᆞᆯ 기리시던 거시오, 뉴ᄋᆞ(-兒)의 고향(故鄕)이 남창(南昌)이라 이 필연(必然) 뉴현명이로ᄃᆡ 니ᄅᆞ기 됴티 아냐 아니ᄒᆞ

---

552) 차지(次之): 다음.

141면

ᄂᆞᆫ도다.'

ᄒᆞ고,

"나ᄂᆞᆫ 동경인(東京人)으로 남챵(南昌) 경믈(景物) 유람(遊覽)코져 이에 니ᄅᆞ럿더니 엇디 오ᄂᆞᆯ날 이곳의셔 현ᄉᆞ(賢士)를 만날 줄 뜻ᄒᆞ여시리오?"

경문이 손샤(遜謝)ᄒᆞ고 문왈(問曰),

"존형(尊兄)의 훤당(萱堂)이 ᄀᆞ즉ᄒᆞ시며 안항(雁行)[553]이 긔하(幾何)[554]오?"

어ᄉᆡ(御史ㅣ) 답왈(答曰),

"듕시하(重侍下)[555]오 여러 형뎨(兄弟) 고독(孤獨)디 아니로라."

ᄒᆞ니 문이 그 풍도(風度)[556]를 흠션(欽羨)[557]ᄒᆞ며 슈작지졔(酬酌之際)[558]의 ᄉᆞᄉᆞ로 반갑고 늣기ᄂᆞᆫ ᄆᆞ음이 나 츄연(惆然)이 탄식(歎息)ᄒᆞ며,

"원ᄂᆡ(元來) 그러토소이다."

ᄒᆞ더라.

어ᄉᆡ(御史ㅣ) 우문(又問) 왈(曰),

"형(兄)이 냥친(兩親)이 강건(剛健)ᄒᆞ시냐?"

---

553) 안항(雁行): 기러기의 행렬이라는 뜻으로 남의 형제를 높여 이르는 말.

554) 긔하(幾何): 기하. 몇.

555) 듕시하(重侍下): 중시하. 부모와 조부모가 다 살아 있어서 모시는 처지.

556) 풍도(風度): 풍채와 태도.

557) 흠션(欽羨): 흠선. 공경하고 부러워함.

558) 슈작지졔(酬酌之際): 수작지제. 서로 대화하는 사이.

경문이 쳑연(戚然)[559] 왈(曰),

"일즉 ᄌᆞ당(慈堂)을 영결(永訣)ᄒᆞ고 ᄯᅩ 가친(家親)이 원방(遠方)의 계시니 심식(心思ㅣ) 울울블낙(鬱鬱不樂)[560]ᄒᆞ믈 이긔디 못ᄒᆞ야 이에 왓더니 현형(賢兄)을 만날 줄 ᄯᅳᆺᄒᆞ

142면

여시리잇고?"

어식(御史ㅣ) ᄎᆞ언(此言)을 듯고 이 벅벅이 뉴현명인 줄 알고 심하(心下)의 위인(爲人)을 앗겨 웃고 왈(曰),

"왕블(王勃)[561]의 등왕각셰(滕王閣序ㅣ)[562] 쳔(千) 셰(歲)예 니ᄅᆞ히 뉴젼(流傳)ᄒᆞᄃᆡ ᄃᆡ젹(對敵)ᄒᆞ리 업ᄂᆞ디라. 금일(今日) 군(君)을 보니 긔위(氣宇ㅣ)[563] 쳥상(淸爽)[564]ᄒᆞ니 필연(必然) 그 문장(文章)이 이실디라. 가히(可-) ᄒᆞᆫ번(-番) 낙필(落筆)ᄒᆞ미 여하(如何)오?"

문이 ᄉᆞ양(辭讓) 왈(曰),

"초야(草野) 져근 아ᄒᆡ(兒孩) 엇디 왕블(王勃)의 ᄌᆡ조(才操)를 비견(比肩)ᄒᆞ리잇고?"

어식(御史ㅣ) 잠쇼(暫笑) 왈(曰),

---

559) 쳑연(戚然): 척연. 슬퍼하는 모양.

560) 울울블낙(鬱鬱不樂): 울울불락. 우울하여 즐겁지 않음.

561) 왕블(王勃): 왕발. 중국 당(唐)나라의 문학가.(650 또는 649~676) 자(字)는 자안(子安). 양형(楊炯), 노조린(盧照鄰), 낙빈왕(駱賓王)과 함께 초당사걸(初唐四杰) 중의 한 명으로 불림. 대표작으로 <등왕각서(滕王閣序)>가 있음.

562) 등왕각셰(滕王閣序ㅣ): 등왕각서. 중국 당(唐)나라의 왕발(王勃)이 지은 작품.

563) 긔위(氣宇ㅣ): 기우. 기개와 도량.

564) 쳥상(淸爽): 청상. 맑고 시원함.

"시셰(時勢) 녜(禮)로 심허(心許)ᄒᆞ미 여ᄎᆞ(如此)ᄒᆞ니 ᄉᆡᆼᄉᆞ(生死)의 변(變)티 말미 엇더ᄒᆞ뇨?"

경문이 샤례(謝禮) 왈(曰),

"현형(賢兄)이 만일(萬一) 더러이 아니 너기실딘ᄃᆡ 쇼뎨(小弟) 엇디 져ᄇᆞ리리잇고? 연(然)이나 존형(尊兄)의 실졍(實情)을 알고져 ᄒᆞᄂᆞ이다."

어ᄉᆡ(御史ㅣ) 웃고 답왈(答曰),

"ᄂᆡ 엇디 형(兄)을 ᄃᆡ(對)하여 실

143면

졍(實情)을 긔이리오? 딘실노(眞實-) 쳣 말과 다ᄅᆞ미 업ᄂᆞ니 본[565]ᄃᆡ(本-) 동경인(東京人)이로ᄃᆡ 자최 ᄉᆞᄒᆡ(四海)에 아니 간 ᄃᆡ 업ᄉᆞ나 ᄯᅳᆺ의 마ᄌᆞ니 업더니 금일(今日) 형(兄)을 만나니 일언(一言)의 간담(肝膽)이 비최고 졍(情)이 무거오믈 ᄭᅵᆺ듯디 못ᄒᆞ니 ᄉᆞᄉᆡᆼ(死生)의 ᄆᆡᆼ셰(盟誓)ᄒᆞ여 져ᄇᆞ리디 아니믈 원(願)ᄒᆞ노라."

경문이 십분(十分) 치샤(致謝)ᄒᆞ더니 샤양(斜陽)이 셔(西)히 숨고 져녁 ᄂᆡ 니러나ᄂᆞᆫ디라 경문 왈(曰),

"ᄂᆡ 집이 머디 아니니 잠간(暫間) 왕님(枉臨)[566]ᄒᆞ여 헐슉(歇宿)[567]ᄒᆞ시미 엇더ᄒᆞ리잇고?"

어ᄉᆡ(御史ㅣ) ᄉᆞ양(辭讓)티 아니코 ᄯᆞ라 뉴부(-府)의 니ᄅᆞ러 ᄒᆞᆫ가

565) 본: [교] 원문에는 '분'으로 되어 있으나 오기로 보임.

566) 왕님(枉臨): 왕림. 남이 자기 있는 곳으로 찾아옴을 높여 이르는 말.

567) 헐슉(歇宿): 헐숙. 어떤 곳에 대어 쉬고 숙박함.

지로 초당(草堂)의 드러가 어시(御史ㅣ) 좌우(左右)를 둘너보니 문방(文房) 제귀(諸具ㅣ) 정제(整齊)[568]ᄒᆞ고 셔칙(書冊)이 ᄀᆞ득ᄒᆞ여 만권셔(萬卷書)를 ᄡᅡ코 경문이 시녀(侍女)를 명(命)ᄒᆞ여 셕식(夕食)을

•••

144면

ᄀᆞ초아 ᄃᆡ졉(待接)ᄒᆞ고 이(二) 인(人)이 밤이 깁도록 담화(談話)ᄒᆞ매 경문의 웅건쇄락(雄健灑落)[569]ᄒᆞᆫ 언ᄉᆞ(言辭)와 통쾌(痛快)ᄒᆞᆫ 소견(所見)이 크게 항복(降服)되고 어ᄉᆞ(御史)의 ᄆᆡᆼ변쥬론(猛辯周論)[570]이 밋디 못ᄒᆞᆯ디라. 서로 ᄋᆡ모(愛慕)ᄒᆞᄂᆞᆫ 졍(情)이 봄눈 ᄉᆞᆺ듯 능히(能-) 츰디 못ᄒᆞᆯ디라 ᄌᆞ연(自然) 텬눈(天倫)이 동(動)ᄒᆞ미러라.

ᄎᆞ야(此夜)를 ᄒᆞᆫ가지로 잘시 어시(御史ㅣ) ᄯᅩ 문왈(問曰)

"녕ᄃᆡ인(令大人)이 무ᄉᆞ 일노 원방(遠方)의 가 계시뇨?"

경문이 츄연(惆然) ᄃᆡ왈(對曰),

"국가(國家)의 찬젹(竄謫)[571]ᄒᆞ여 계시이다."

어시(御史ㅣ) 왈(曰),

"엇디 ᄯᆞ라가디 아니뇨?"

ᄃᆡ왈(對曰),

"조션(祖先) 가뫼(家廟ㅣ) 이곳의 계시고 향화(香火)를 능히(能-) 밧들 니 업서 형세(形勢)예 ᄯᅳ로혀 잇ᄂᆞ이다."

어시(御史ㅣ) 그 니친(離親)ᄒᆞᆫ 경ᄉᆞ(情事)를 참혹(慘酷)히 너기ᄃᆡ

568) 정제(整齊): 정제. 정돈하여 가지런히 함.

569) 웅건쇄락(雄健灑落): 웅대하고 굳세며 시원스러움.

570) ᄆᆡᆼ변쥬론(猛辯周論): 맹변주론. 용맹스럽고 주도면밀한 변론.

571) 찬젹(竄謫): 찬적. 벼슬을 빼앗고 귀양을 보냄.

ᄌᆞ시 뭇기 슈상(殊常)ᄒᆞ여 제긔(提起)티 아니코 ᄌᆞ리ᄅᆞᆯ 년(連)ᄒᆞ여

145면

말ᄉᆞᆷᄒᆞ매 경문이 단삼니의(單衫裏衣)[572]로 녹운금(綠雲衾)을 반(半)만 덥고 금병(錦屛)을 지혀 말ᄒᆞᄂᆞᆫ 양(樣)이 ᄇᆡᆨ문으로 흡ᄉᆞ(恰似)ᄒᆞ고 미우(眉宇)ᄅᆞᆯ ᄡᅵᆼ길 적이면 야야(爺爺)로 다ᄅᆞ미 업ᄂᆞᆫ디라. 집 ᄯᅥᄂᆞᆫ 디 오래니 ᄉᆞ향지심(思鄕之心)이 ᄀᆞᆫ절(懇切)ᄒᆞᆯ ᄎᆞ(次) 그 ᄀᆞᆺᄐᆞ믈 보매 반기미 측냥(測量)업셔 경문의 옥슈(玉手)ᄅᆞᆯ 잡고 쇼왈(笑曰),

"ᄂᆡ게 어린 아이 잇더니 군(君)의 거동(擧動)이 심(甚)히 ᄀᆞᆺᄐᆞ니 반갑도다."

경문 왈(曰),

"텬하(天下)의 각각(各各) 사ᄅᆞᆷ이 그리 ᄀᆞᆺᄐᆞ며 녕뎨(令弟) 엇디 날 ᄀᆞᆺ티 용녈(庸劣)ᄒᆞ리오?"

어ᄉᆡ(御史ㅣ) 웃고 왈(曰),

"ᄌᆞ(子)의 말도 올흐나 하 ᄀᆞᆺᄐᆞ니 ᄒᆞᆫ 당(堂)의 모히면 능히(能-) 분변(分辨)티 못ᄒᆞ리로다."

경문이 ᄯᅩᄒᆞᆫ 웃더라.

ᄎᆞ야(此夜)ᄅᆞᆯ 셔로 ᄉᆞ랑ᄒᆞ여 자고 명일(明日) 갈ᄉᆡ 경문이 조

572) 단삼니의(單衫裏衣): 단삼이의. 적삼과 속옷. 적삼은 윗도리에 입는 홑옷.

146면

반(早飯)을 지촉ᄒᆞ여 ᄃᆡ졉(待接)ᄒᆞ고 ᄀᆞᆯ오ᄃᆡ,

"형(兄)이 어ᄃᆡ로 가려 ᄒᆞ시ᄂᆞ뇨?"

어ᄉᆡ(御史ㅣ) 왈(曰),

"ᄂᆡ 경ᄉᆞ(京師)의 외개(外家ㅣ) 잇더니 경ᄉᆞ(京師)로 가ᄂᆞ니 형(兄)이 과댱(科場)의 나오면 만나기 어렵디 아닐가 ᄒᆞ노라."

경문이 실샹(實狀)을 니ᄅᆞ디 아녀 뎜두(點頭)[573] ᄒᆞ니 어ᄉᆡ(御史ㅣ) 써나는 졍(情)이 의의(依依)[574] ᄒᆞ여 ᄀᆞᆯ오ᄃᆡ,

"이제 형(兄)을 우연(偶然)이 만나 졍(情)이 셔로 심샹(尋常)티 아녀 이러틋 차아(嗟訝)[575] ᄒᆞ니 후회(後會)ᄅᆞᆯ 긔약(期約)디 못ᄒᆞ리로다."

문이 어ᄉᆞ(御史)의 이ᄀᆞᆺ티 ᄉᆞ랑ᄒᆞᆷ을 보매 감은(感恩)ᄒᆞ미 분골난망(粉骨難忘)[576]이오 의긔(義氣) 대ᄌᆡ(大者ㅣ)라 봉안(鳳眼)의 신쳔(身泉)이 어ᄅᆡ여 왈(曰),

"우리 다 남ᄌᆡ(男子ㅣ)라 후일(後日) 다시 만나디 못ᄒᆞᆯ가 근심ᄒᆞ리오? 존형(尊兄)은 무ᄉᆞ(無事)이 득달(得達)ᄒᆞ쇼셔. 경ᄉᆞ(京師)의 가는 날 즉시(卽時) ᄎᆞ자뵈

---

573) 뎜두(點頭): 점두. 고개를 끄덕임.

574) 의의(依依): 헤어지기가 서운함.

575) 차아(嗟訝): 슬프고 놀람.

576) 분골난망(粉骨難忘): 죽어 뼈가 가루가 되어도 은혜를 잊지 못함.

147면

오리이다."

니ᄅᆞ며 년년(戀戀)ᄒᆞ여 능히(能-) 수이 분슈(分手)티 못ᄒᆞ니 냥인(兩人)이 셔로 눈믈을 ᄲᅮ려 ᄯᅥ나니, 어ᄉᆡ(御史ㅣ) 일(一) 보(步)의 두 번(番) 도라보믈 면(免)티 못ᄒᆞ고 문이 가는 바를 ᄇᆞ라보와 결연(缺然)ᄒᆞ믈 억제(抑制)티 못ᄒᆞ더라.

ᄎᆞᄒᆡᆼ(此行)의 ᄇᆡᆨ년가우(百年佳偶)를 긔봉(奇逢)ᄒᆞ여 텬의(天意)를 합(合)ᄒᆞ고 희ᄉᆡ(喜事ㅣ) 무궁(無窮)ᄒᆞ니 챠쳥하회(且聽下回)[577]ᄒᆞ라.

577) 챠쳥하회(且聽下回): 차청하회. 다음 회를 또 보라.

역자 해제

1. 머리말

<이씨세대록>은 18세기에 창작된 것으로 추정되는 작가 미상의 국문 대하소설로, <쌍천기봉>[1]의 후편에 해당하는 연작형 소설이다. '이씨세대록(李氏世代錄)'이라는 제목은 '이씨 가문 사람들의 세대별 기록'이라는 뜻인데, 실제로는 이관성의 손자 세대, 즉 이씨 집안의 4대째 인물들인 이흥문・이성문・이경문・이백문 등과 그 배우자의 이야기에 서사가 집중되어 있다. 이는 전편인 <쌍천기봉>에서 이현[2](이관성의 아버지), 이관성, 이관성의 자식들인 이몽현과 이몽창 등 1대에서 3대에 걸쳐 서사가 고루 분포된 것과 대비되는 모습이다. 또한 <쌍천기봉>에서는 중국 명나라 초기의 역사적 사건, 예컨대 정난지변(靖難之變)[3] 등이 비중 있게 서술되고 <삼국지연의>의 영향을 받은 군담이 흥미롭게 묘사되는 가운데 가문 내적으로 혼인담, 부부 갈등, 처첩 갈등 등이 배치되어 있다면, <이씨세대록>에서는 역사적 사건과 군담이 대폭 축소되고 가문 내적인 갈등 위주로

1) 필자가 18권 18책의 장서각본을 대상으로 번역 출간한 바 있다. 장시광 옮김, 『팔찌의 인연, 쌍천기봉』 1-9, 이담북스, 2017-2020.

2) <쌍천기봉>에서 이현의 아버지로 이명이 설정되어 있으나 실체적 인물이 등장하지 않고 서술자의 요약 서술로 짧게 언급되어 있으므로 필자는 이현을 1대로 설정하였다.

3) 중국 명나라의 연왕 주체가 제위를 건문제(재위 1399-1402)로부터 탈취해 영락제(재위 1402-1424)에 오른 사건을 이른다. 1399년부터 1402년까지 지속되었다.

서사가 전개된다는 점에서 큰 차이가 있다.

2. 창작 시기 및 작가, 이본

<이씨세대록>의 정확한 창작 연도는 알 수 없고, 다만 18세기의 초중반에 창작되었을 것으로 추정된다. 온양 정씨가 정조 10년(1786)부터 정조 14년(1790) 사이에 필사한 것으로 추정되는 규장각 소장 <옥원재합기연>의 권14 표지 안쪽에 온양 정씨와 그 시가인 전주 이씨 집안에서 읽었을 것으로 보이는 소설의 목록이 적혀 있다. 그중에 <이씨세대록>의 제명이 보인다.[4] 이 기록을 토대로 보면 <이씨세대록>은 적어도 1786년 이전에 창작된 것으로 추측할 수 있다. 또, 대하소설 가운데 초기본인 <소현성록> 연작(15권 15책, 이화여대 소장본)이 17세기 말 이전에 창작된바,[5] 그보다 분량과 등장인물의 수가 훨씬 많은 <이씨세대록>은 <소현성록> 연작보다는 후대의 작품일 가능성이 높다. 요컨대 <이씨세대록>은 18세기 초중반에 창작된 작품으로, 대하소설 중에서는 비교적 이른 시기의 창작물이다.

<이씨세대록>의 작가는 알려져 있지 않다. 다만 작품의 문체와 서술시각을 고려하면 전편인 <쌍천기봉>과 마찬가지로 경서와 역사서, 소설을 두루 섭렵한 지식인이며, 신분의식이 강한 사대부가의 일원으로 추정할 수 있다. <이씨세대록>은 여느 대하소설과 마찬가지로 국문으로 표기되어 있으나 문장이 조사나 어미를 제외하면 대개 한자어로 구성되어 있고, 전고(典故)의 인용이 빈번하다. 비록 대하소

---

4) 심경호, 「樂善齋本 小說의 先行本에 관한 一考察 -온양정씨 필사본 <옥원재합기연>과 낙선재본 <옥원중회연>의 관계를 중심으로-」, 『정신문화연구』 38, 한국정신문화연구원, 1990.

5) 박영희, 「소현성록 연작 연구」, 이화여대 박사논문, 1994 참조.

설 <완월회맹연>(180권 180책)의 수준에는 미치지 못하지만, 다른 유형의 고전소설에 비하면 작가의 지식 수준이 매우 높은 편이다. <이씨세대록>에는 또한 강한 신분의식이 드러나 있다. 집안에서 주인과 종의 차이가 부각되어 있고 사대부와 비사대부의 구별짓기가 매우 강하다. 이처럼 <이씨세대록>의 작가는 학문적 소양을 갖추고 강한 신분의식을 지닌 사대부가의 남성 혹은 여성으로 추정되며, 온양 정씨의 필사본 기록을 통해 유추할 수 있듯이 사대부가에서 주로 향유된 것으로 보인다.

<이씨세대록>의 이본은 현재 2종이 알려져 있다. 한국학중앙연구원의 장서각에 소장된 26권 26책본과 서울대학교 규장각에 소장된 26권 26책본이 그것이다. 장서각본과 규장각본 모두 표제는 '李氏世代錄', 내제는 '니시셰ᄃᆡ록'으로 되어 있고 분량도 대동소이하다. 두 이본은 문장이나 어휘 단위에서 매우 흡사하고 오탈자(誤脫字)도 두 이본에 고루 있어 어느 이본이 선본(善本) 혹은 선본(先本)이라 단언할 수 없다.

3. 서사의 특징

<이씨세대록>에는 가문의 마지막 세대로 등장하는 4대째의 여러 인물이 병렬적으로 구성되어 있다는 서사적 특징이 있다. 인물과 그 사건이 대개 순차적으로 등장하지만 여러 인물의 사건이 교직되어 설정되기도 하여 서사에 다채로움을 더하고 있다. 이에 비해 <쌍천기봉>에서는 1대부터 3대까지 1명, 3명, 5명으로 남성주동인물의 수가 점차 확대되어 가고 서사의 양도 그에 비례해 세대가 내려갈수록 확장되어 있다. 곧, <쌍천기봉>에서는 1대인 이현, 2대인 이관성·

이한성·이연성, 3대인 이몽현·이몽창·이몽원·이몽상·이몽필 서사가 고루 등장한다는 점에서 <이씨세대록>과 차이가 난다. <이씨세대록>에도 물론 2대와 3대의 인물이 등장하기는 하나 그들은 집안의 어른 역할을 수행할 뿐이고 서사는 4대의 인물 중심으로 전개된다. 이를 보면, '세대록'은 인물의 서사적 비중과는 무관하게 2대에서 4대까지의 인물을 등장시켰다는 점에서 붙인 제목으로 이해할 필요가 있다.

이처럼 <이씨세대록>에 가문의 마지막 세대 인물이 주로 활약한다는 설정은 초기 대하소설로 분류되는 삼대록계 소설 연작[6]과 유사한 면이다. <소씨삼대록>에서는 소씨 집안의 3대째[7] 인물인 소운성 형제 위주로, <임씨삼대록>에서는 임씨 집안의 3대째 인물인 임창흥 형제 위주로, <유씨삼대록>에서는 유씨 집안의 4대째 인물인 유세형 형제 위주로 서사가 전개된다.[8] <이씨세대록>이 18세기 초중반에 창작된 초기 대하소설임을 감안하면 인물 배치가 이처럼 삼대록계 소설과 유사한 것은 이상하지 않다.

한편, <쌍천기봉>에서는 군담, 토목(土木)의 변(變)과 같은 역사적 사건, 인물 갈등 등이 고루 배치되어 있다. 구체적으로, 작품의 앞과 뒤에 역사적 사건을 배치하고 중간에 부부 갈등, 부자 갈등, 처첩(처처) 갈등 등 가문에서 벌어질 수 있는 다양한 갈등을 배치하였다. 이에 반해 <이씨세대록>에는 군담 장면과 역사적 사건이 거의 보이지

---

6) 후편의 제목이 '삼대록'으로 끝나는 일군의 소설을 지칭한다. <소현성록>·<소씨삼대록> 연작, <현몽쌍룡기>·<조씨삼대록> 연작, <성현공숙렬기>·<임씨삼대록> 연작, <유효공선행록>·<유씨삼대록> 연작이 이에 해당한다.

7) 소운성의 할아버지인 소광이 전편 <소현성록>의 권1에서 바로 죽는 것으로 설정되어 있어 1대로 보기 어려운 면이 있으나 제명을 존중해 1대로 보았다.

8) 다만 <조씨삼대록>에서는 3대와 4대의 인물인 조기현, 조명윤 등이 활약한다는 점에서 차이가 난다.

않는다. 군담은 전편 <쌍천기봉>에 이미 등장했던 장면을 요약 서술하는 데 그쳤고, 역사적 사건도 <쌍천기봉>에 설정된 사건을 환기하는 정도이고 새로운 사건은 보이지 않는다. <쌍천기봉>이 역사적 사실에 허구를 가미한 전형적인 연의류 작품인 반면, <이씨세대록>은 가문에서 발생할 수 있는 다양한 갈등, 예컨대 처처(처첩) 갈등, 부부 갈등, 부자 갈등 위주로 서사를 구성한 작품으로, <이씨세대록>은 <쌍천기봉>과는 다른 측면에서 대중에게 흥미를 유발할 만한 요소로 구성되어 있음을 알 수 있다.

여느 대하소설과 마찬가지로 <이씨세대록>에도 혼사장애 모티프, 요약 모티프 등 다양한 모티프가 등장해 서사 구성의 한 축을 이루고 있다. 이 가운데 가장 눈에 띄는 것은 기아(棄兒) 모티프이다. 대표적으로는 이경문의 경우를 들 수 있는데 기아 모티프가 매우 길게 서술되어 있다. <쌍천기봉>의 서사를 이은 것으로 <쌍천기봉>에서 간간이 등장했던 이경문의 기아 모티프를 본격적으로 다루고 있다. 즉, <쌍천기봉>에서 유영걸의 아내 김 씨가 어린 이경문을 사서 자기 아들인 것처럼 꾸미는 장면, 이관성과 이몽현, 이몽창이 우연히 이경문을 만나는 장면, 이경문이 등문고를 쳐 양부 유영걸을 구하는 장면이 나오는데, <이씨세대록>에서는 그 장면들을 모두 보여주면서 여기에 덧붙여 이경문이 유영걸과 그 첩 각정에게 박대당하지만 유영걸을 효성으로써 섬기는 모습이 강렬하게 나타나 있다. 이경문이 등문고를 쳐 유영걸을 구하는 장면은 효성의 정점에 해당한다. 이경문은 후에 친형인 이성문에 의해 발견돼 이씨 가문에 편입된다. 이때 이경문과 가족들과의 만남 장면은 매우 감동적으로 그려져 있다. 이처럼 이경문이 가족과 헤어졌다가 만나는 과정은 연작의 전후편에 걸쳐 등장하며 연작의 핵심적인 모티프 중의 하나로 기능하고 있고, 특히 <이씨세대록>에서는 결합에 초점이 맞춰져 있어 그 감동이 배가되어 있다.

4. 인물의 갈등

<이씨세대록>에는 다양한 갈등이 등장하는데 이 가운데 핵심은 부부 갈등이다. 대표적으로 이몽창의 장자인 이성문과 임옥형, 차자인 이경문과 위홍소, 삼자인 이백문과 화채옥의 갈등을 들 수 있다. 이성문과 이경문 부부의 경우는 반동인물이 개입되지 않은, 주동인물 사이의 갈등이라는 공통점이 있다. 이성문의 아내 임옥형은 투기 때문에 이성문의 옷을 불지르기까지 하는 인물이다. 이성문이 때로는 온화하게 때로는 엄격하게 대하나 임옥형의 투기가 가시지 않자, 그 시어머니 소월혜가 나서서 임옥형을 타이르니 비로소 그 투기가 사라진다. 이경문과 위홍소는 모두 효를 중시하는 인물인데 바로 그러한 이념 때문에 혹독한 부부 갈등을 벌인다. 이경문은 어려서 부모와 헤어져 양부(養父) 유영걸에게 길러지는데 이 유영걸은 벼슬은 높으나 품행이 바르지 못해 쫓겨나 수자리를 사는데 위홍소의 아버지인 위공부가 상관일 때 유영걸을 매우 치는 일이 발생한다. 이 때문에 이경문은 위공부를 원수로 치부하는데 아내로 맞은 위홍소가 위공부의 딸인 줄을 알고는 위홍소를 박대한다. 위홍소 역시 이경문이 자신의 아버지를 욕하자 이경문과 심각한 갈등을 벌인다. 효라는 이념이 두 사람의 갈등을 촉발시킨 원인이 된 것이다. 두 사람은 비록 주동인물로 설정되어 있지만, 이들을 통해 경직된 이념이 주는 부작용이 만만치 않음을 보여준다.

이백문 부부의 경우에는 변신한 노몽화(이흥문의 아내였던 여자)

가 반동인물의 역할을 해 갈등을 벌인다는 특징이 있다. 이백문은 반동인물의 계략으로 정실인 화채옥을 박대하고 죽이려 한다. 애초에 이백문은 화채옥을 마음에 들어하지 않았는데 이유는 화채옥이 자신을 단명하게 할 상(相)이라는 것 때문이었다. 화채옥에게는 잘못이 없는데 남편으로부터 박대를 받는다는 설정은 가부장제의 질곡을 드러내 보이는 장면이다. 여기에 이흥문의 아내였다가 쫓겨난 노몽화가 화채옥의 시녀가 되어 이백문에게 화채옥을 모함하고 이백문이 곧이들어 화채옥을 끝내 죽이려고까지 하는 데 이른다. 이러한 이백문의 모습은 이몽현의 장자 이흥문과 대비된다. 이흥문은 양난화와 혼인하는데 재실인 반동인물 노몽화가 양난화를 모함한다. 이런 경우 대개 이백문처럼 남성이 반동인물의 계략에 속아 부부 갈등이 벌어지지만 이흥문은 노몽화의 계교에 속지 않고 오히려 노몽화의 술수를 발각함으로써 정실을 보호한다. <이씨세대록>에는 이처럼 상반되는 사례를 설정함으로써 흥미를 배가하는 동시에 가부장제의 문제점을 드러내고 있다.

5. 서술자의 의식

<이씨세대록>의 신분의식은 이중적이다. 사대부와 비사대부 사이의 구별짓기는 여느 대하소설과 마찬가지지만 사대부 내에서 장사와 차자의 구분은 표면적으로는 존재하나 서술의 실상은 그렇지 않다. 사대부로서 그렇지 않은 신분의 사람을 차별하는 모습은 경직된 효의 구현자인 이경문의 일화에서 두드러진다. 예컨대, 이경문은 자기 친구 왕기가 적적하게 있자 아내 위홍소의 시비인 난섬을 주어 정을 맺도록 하는데(권11) 천한 신분의 여성에게는 정절을 전혀 배

려하지 않는 것을 엿볼 수 있다. 또한 이경문이 양부 유영걸의 첩 각정의 조카 각 씨와 혼인하게 되자 천한 집안과 혼인한 것을 분하게 여겨 각 씨에게 매정하게 구는 것(권8)도 그러한 신분의식이 여실히 드러나는 장면이다. 기실 이는 <이씨세대록>이 창작되던 당시의 사회적 모습이 반영된 것이라 추측할 수 있는 장면들이다.

사대부와 비사대부 사이의 구별짓기는 이처럼 엄격하나 사대부 내에서의 구분은 꼭 그렇지만은 않다. 서사적으로 등장인물들은 장자와 비장자의 구분을 하고 있고, 서술의 순서도 그러한 구분을 따르려 하고 있다. 서술의 순서를 예로 들면, <이씨세대록>은 이관성의 장손녀, 즉 이몽현 장녀 이미주의 서사부터 시작된다. 이미주가 서사적 비중이 그리 크지 않음에도 이미주부터 이야기가 시작되는 것은 그만큼 자식들 사이의 차례를 중시한다는 점을 의미한다. 다만, 특기할 만한 것은 남자부터 먼저 시작하지 않았다는 점이다. 여자든 남자든 순서대로 서술했다는 점이 중요하다. 이미주의 뒤로는 이몽현의 장자 이흥문, 이몽창의 장자인 이성문, 이몽창의 차자 이경문, 이몽창의 장녀 이일주, 이몽원의 장자 이원문, 이몽창의 삼자 이백문, 이몽현의 삼녀 이효주 등의 서사가 이어진다. 자식들의 순서대로 서술하려 하는 강박증이 있다고 생각될 정도로 서술자는 순서에 집착한다. 이원문이나 이효주 같은 인물은 서사적 비중이 매우 미미하지만 혼인했다는 사실을 서술하고 있는 것이다. 그런데 이러한 순서 집착에도 불구하고 서사 내에서의 비중을 보면 장자 위주로 서술되어 있지 않음을 알 수 있다. 전편 <쌍천기봉>의 주인공이 이관성의 차자 이몽창이었던 것과 마찬가지로 후편에서도 주인공은 이성문, 이경문, 이백문 등 이몽창의 자식들로 설정되어 있다. 이몽현의 자식들인 이미주와 이흥문의 서사는 그들에 비하면 미미한 편이다.

이처럼 가문의 인물에 대한 서술 순서와 서사적 비중의 괴리는 <이씨세대록>을 특징짓는 한 단면이다.

<이씨세대록>에는 꿈이나 도사 등 초월계가 빈번하게 등장해 사건을 진행시키고 해결한다. 특히 사건이나 갈등의 해소 단계에 초월계가 유독 많이 보인다. 예를 들어 이경문이 부모와 만나기 전에 그 죽은 양모 김 씨가 꿈에 나타나 이경문의 정체를 말하고 그 직후에 이경문이 부모를 찾게 되는 장면(권9), 형부상서 장옥지의 꿈에 현아(이경문의 서제)에게 죽은 자객들이 나타나 현아의 죄를 말하고 이성문과 이경문의 누명을 벗겨 주는 장면(권9-10), 화채옥이 강물에 빠졌을 때 화채옥을 호위해 가던 이몽평의 꿈에 법사가 나타나 화채옥의 운명에 대해 말해 주는 장면(권17) 등이 있다. 이러한 초월계의 빈번한 등장은 이 세계의 질서가 현실적 국면으로는 해결할 수 없을 정도로 질곡에 빠져 있음을 의미한다. 현실계의 인물들은 얽히고설킨 사건들을 해결할 능력이 되지 않고 이는 오로지 초월계가 개입되어야만 해소될 수 있는 성질의 것임을 보여주고 있는 것이다.

6. 맺음말

<이씨세대록>은 조선 후기의 역동적인 사회에서 산생된 소설이다. 양반을 돈으로 살 수 있을 정도로 양반에 대한 권위가 땅에 떨어지고 양반과 중인 이하의 신분 이동이 이루어지던 때에 생겨났다. 설화 등 민중이 향유하던 문학에 그러한 면이 잘 드러나 있다. 그러나 이 작품에는 그러한 시대적 변동에 맞서 기득권을 유지하려는 사대부 계층의 의식이 강하게 드러나 있다. 사대부와 사대부 이하의 계층을 구별짓는 강고한 신분의식은 그 한 단면이다.

그렇지만 한편으로는 가부장제의 질곡에 신음하는 여성들의 목소리가 드러나 있기도 하다. 까닭 없이 남편에게 박대당하는 여성, 효라는 이데올로기 때문에 남편과 갈등하는 여성 들을 통해 유교적 가부장제가 여성에게 가하는 억압적 모습이 서술의 이면에 흐르고 있다. <이씨세대록>이 주는 흥미와 그 서사적 의미는 바로 이러한 데에서 찾을 수 있지 않을까 한다.

장시광

서울대 강사, 아주대 강의교수 등을 거쳐 현재 경상국립대학교 국어국문학과 교수로 재직 중이다. 논문으로 「대하소설의 여성반동인물 연구」(박사학위논문), 「여성영웅소설에 나타난 여화위남의 의미」, 「대하소설 갈등담의 구조 시론」, 「운명과 초월의 서사」 등이 있고, 저서로 『한국 고전소설과 여성인물』이 있으며, 번역서로 『조선시대 동성혼 이야기 방한림전』, 『여성영웅소설 홍계월전』, 『심청전: 눈먼 아비 홀로 두고 어딜 간단 말이냐』, 『팔찌의 인연: 쌍천기봉 1-9』 등이 있다.

(이씨 집안 이야기) 이씨세대록 2

초판인쇄 2021년 12월 31일
초판발행 2021년 12월 31일

지은이 장시광
펴낸이 채종준
펴낸곳 한국학술정보㈜
주 소 경기도 파주시 회동길 230(문발동)
전 화 031) 908-3181(대표)
팩 스 031) 908-3189
홈페이지 http://ebook.kstudy.com
E-mail 출판사업부 publish@kstudy.com
출판신고 2003년 9월 25일 제406-2003-000012호

ISBN 979-11-6801-252-3 04810
979-11-6801-227-1 (전 13권)